COMMON MASTER PRESS+

沙丘

-5-

HERETICS OF DUNE

異端

法蘭克・赫伯特—著 魏晉—譯

FRANK HERBERT

前言　我在寫《沙丘》時……

我完全沒有心思去想這本書會不會成功。我只關心寫作本身。我先花了六年的時間研究，才坐下來寫出故事，而我設計的許多情節層次交互關聯，需要我用上從未體驗過的高度專注力。

這是個探索救世主迷思的故事。

這個故事從另一個觀點看待被人類占據、被當作能源機器的星球。

這個故事要洞察政治和經濟交互勾結的複雜機關。

這個故事要檢視不容質疑的預言以及其隱藏的危險。

這個故事會提及增進意識的藥物，也會警示依賴這類物質可能產生什麼後果。

飲用水既是類比石油，也是類比水本身，這種物質的供應量每天都在減少。

因而這是一本生態小說，有許多弦外之音，同時也探討人以及他們對人類價值的人性憂慮，在寫書的每個階段，我都必須妥善注意這些層次。

我的腦子裡沒有空間多想別的事。

書剛出版後，出版社給我的報告來得很慢，後來發現也不準確。書受到嚴厲批評。在出版前，超過十二家出版社退回我的書稿。這本書上市後也沒有宣傳，不過外頭有事在發生了。

有兩年時間，書店和讀者的抱怨讓我應接不暇，他們抱怨買不到書。《全球目錄》（*The Whole Earth Catalog*）雜誌對它讚譽有加。一直有人打電話來，問我是不是要開創一個邪教。

答案是：「天啊，不是！」

我在描述的事緩緩地成功實現了。「沙丘」系列前三本書寫完後，沒有人懷疑這是一套受歡迎的作品——據說是史上最受歡迎的作品之一，在全世界賣出上千萬本。現在人們最常問我的問題是：「這樣的成功對你來說代表什麼？」

我很訝異。我倒也不是預期會失敗，這就是一本書，而我寫出來了。有一部分的《沙丘救世主》和《沙丘之子》是在我寫完《沙丘》之前就寫好了，它們在我實際動筆後添加了血肉，但故事的骨幹始終不變。我是個作家，我在寫作。成功代表我能花更多時間寫作。

回首望去，我意識到我是憑直覺做了對的事。你不該為成功而寫，那會分散你的注意力，讓你不能專心寫作。如果你認真寫作，你就只會做一件事：拚命寫。

你和讀者之間有一紙不成文的契約：如果有人走進書店，把辛辛苦苦賺來的錢（或耗費的力氣）拿出來買你的書，你便有責任為那個人提供一些娛樂，以及你能給予的所有事物。

一路走來，我的初衷始終是如此。

法蘭克・赫伯特

（譯／聞若婷）

1

凡紀律，非解放之物，多常於潛默之中，以規矩限制約束。勿問理由，慎究做法。推問理由，則悖論始；窮究做法，則囿於茫茫因果宇宙而不得出，此二者，皆為追求無窮之境之大忌。

——《厄拉科斯外典》

• • •

「塔拉札有沒有告訴妳，我們已經折耗了十一個鄧肯．艾德侯的甦亡人？這已經是第十二個了。」年邁的聖母施萬虞站在三樓的女兒牆內，看著下方草坪上單獨玩耍的孩子，言語之間頗為尖酸。伽穆星球午間耀眼的陽光被庭院白色的牆壁反射在牆下的草地上，灑下一片光輝，那個年幼的甦亡人彷彿身處聚光燈下。

折耗！聖母盧西拉心想。她輕輕地點了一下頭，心中思忖施萬虞行事措辭多麼冷酷無情。我們的存貨已經耗盡了，快點再送幾個過來！

那個孩子的年紀看似十二標準年，不過在甦亡人尚未喚醒初始的記憶時，他們的樣貌並不能反映真實年齡。男孩體格健壯，一頭黑髮茂密鬈曲，盯著樓上的兩位聖母看，眼神非常直接，完全沒有避諱什麼。初春黃色的陽光灑下，在他的腳下形成了一片小小的影子。太陽把他曬得黝黑，不過他只是稍微動了一下，左肩白皙的皮膚便從藍色的連身衣下面露出一塊。

施萬虞說：「這些甦亡人不僅成本高昂，而且對我們極為危險。」她的聲調平淡，絲毫不露聲色，正因為如此，聽起來也更顯威嚴，彷彿居高臨下的聖母導師在對侍祭訓話。這番話也令盧西拉更加意識到，施萬虞是這個甦亡人計畫的公開反對者之一。

塔拉札告誡過她：「她一定會希望說服妳，讓妳加入她的陣營。」

「十一次失敗已經夠了。」施萬虞道。

盧西拉瞥了一眼這位滿臉皺紋的聖母，突然想到：未來我也會變老，變成一副乾癟的模樣，說不定也會成為貝尼．潔瑟睿德的一號人物。

施萬虞身材矮小，長年參與女修會的事務，臉上已生出不少老年斑。盧西拉曾為此行做過一些調查，她知道施萬虞一襲常規黑色長袍下隱藏著一副嶙峋瘦骨，除了更衣侍祭和曾經與她育種過的男子，鮮少有人見過這身黑袍之下的軀體。施萬虞長著一張闊嘴，下唇因下頜滿布的皺紋而內縮，下巴便因此顯得外凸。她舉止決絕果斷，不解內情之人常常誤以為她心有惱怒。伽穆主堡的這位指揮官少言寡語，離群索居，比多數聖母更孤僻。

盧西拉又一次產生了希望自己能夠了解甦亡人計畫全貌的想法。不過塔拉札的指令已經非常明確：「只要事關這個甦亡人的生死安危，就務必警惕施萬虞的一言一行。」

「我們認為，之前的十一個甦亡人大多都死在那些忒萊素人自己手裡。」施萬虞說，「這件事本身應該就能說明一些問題。」

盧西拉效仿施萬虞的沉默姿態，不動聲色地等待對方繼續，彷彿在說：「雖然我比妳年輕許多，施萬虞，但我也是正牌的聖母。」她能夠感覺到施萬虞注視的目光。

施萬虞曾經見過這位盧西拉的全息影像，可是她的影像遠沒有她本人難對付。毫無疑問，這個銘者[1]接受了最佳的銘刻訓練。盧西拉的虹膜和瞳孔均為藍色，沒有經過任何鏡片矯正，面部表情因而頗為犀利，與她的鵝蛋臉十分相配。她現在穿著黑色的阿巴袍，卻沒戴上兜帽，棕色長髮用髮夾牢牢束在腦後，像瀑布一般在背後披瀉而下，即便是最硬挺的長袍也無法完全掩藏她豐滿的胸部。她承襲的基因譜系以富有母性而聞名，她本人也已經與兩個男性為女修會生育了三個孩子。沒錯，這是一個尤物，一頭棕色的長髮，一對豐滿的乳房，散發出母性的光輝。

「妳不太說話。」施萬虞道，「可見塔拉札已經告訴妳要提防我了。」

「妳有什麼根據認為會有人想殺了這第十二個甦亡人？」盧西拉問道。

「他們已經嘗試過了。」

盧西拉不明白，為什麼自己想到施萬虞時腦中會出現「異端」一詞。諸位聖母之中有可能產生異端嗎？這個詞語的宗教含意在貝尼．潔瑟睿德這裡似乎完全不適用。倘若一個群體對所有涉及宗教的事物都具有極度的操控欲，群體中人又怎麼會有離經叛道之舉？

盧西拉將注意力轉移到那個甦亡人身上。男孩做著側手翻在院子裡整整轉了一圈，站定之後再次看向了牆上的兩個人。

「身手可真好呀！」施萬虞輕蔑地說。蒼老的聲音並未完全掩蓋言語之間的憤恨。

盧西拉瞥了施萬虞一眼，異端之念。「異見」並不合適，「反對」不能完全概括這個老女人表現出的態度。這種念頭可以令貝尼．潔瑟睿德分崩離析。公然反對塔拉札，反對統御大聖母？簡直難以想

1　銘者：專精於誘惑和性技巧的聖母，能放大性行為中的快感，使得被設下銘印的男性有意識或無意識地善待女修會，甚至聽從其指令。銘者的對象通常是掌權人士、未來有潛力發展之人，或者女修會希望納入育種譜系的對象。但如果對象曾事先受訓，便有可能成功抵抗，不被設下銘印。——編注

像！統御大聖母有如帝王君主，一旦採納建議，作出決定，諸位聖母便理應服從。

「現在的形勢不容我們製造新的麻煩！」施萬虞說道。

她的意思非常清楚。「大離散」的散失之人正在陸續返回，其中部分人心懷不軌，危及女修會安全。尊母！這個稱呼聽起來與「聖母」多麼相似。

盧西拉試探著問了一句：「那麼妳覺得我們應該全力應對大離散回來的那些尊母？」

「全力應對？呵！她們沒有我們這麼強大，頭腦也不清晰。而且，她們不了解美藍極！這也正是她們希望從我們這裡得到的東西，即關於香料的資訊。」

「或許吧。」盧西拉道，她不願意僅憑些許證據便輕易贊同這個說法。

施萬虞說：「大聖母塔拉札現在反倒迷了心竅，把精力和時間浪費在這個什麼甦亡人上面。」

盧西拉一言不發。甦亡人計畫確實引起了聖母之間的舊恨，雖然喚起另一個奎薩茲．哈德拉赫的可能性極小，此事依然在女修會上下引起了一番既怒且懼的騷動。對沙蟲體內的暴君殘骸動手動腳，這可是危險至極的事情！

「我們絕對不能把那個甦亡人帶到拉科斯。」施萬虞喃喃道，「別驚醒沉睡的蟲子。」

盧西拉再次注意到了那個年幼的甦亡人——他背對著高牆和兩位聖母，但是從他的姿態來看，這個孩子知道她們討論的是自己，正在等待二人的反應。

「塔拉札雖然派妳來，但想必妳也意識到他的年紀還太小。」施萬虞道。

「我從沒聽說過有哪個這樣年幼的男性接受了深層銘刻。」盧西拉表示贊同，言語之中夾帶了些微自嘲。她知道施萬虞能夠聽出這種語氣，但是不會明白真正含意。管控生育、生殖，以及隨之而來的所有必要事宜，這是貝尼．潔瑟睿德的立身之本。利用愛欲，但是切莫心生愛意，施萬虞現在應該在思考這個問題。女修會的分析人員了解愛的各類根源，組織早在發展初期便對此進行了研究，但是至今尚未有人膽敢從銘刻對象身上激發對她們的愛意。她們容許愛的存在，但卻提防愛的侵蝕，這是基本的原則。她們明白人類的愛根植於這個物種的遺傳基因之中，正是因為這張安全網，人類才得以存續。人類的這種本性可以在必要之時加以利用（有時對象是其他聖母），為實現女修會的目的對特定的個人進行銘刻。你知道對方受到銘刻之後，將會與你形成穩固的關係，這種關係並非尋常人等可隨意建立。他人或許能夠看出這種關係，並且企圖操弄結果，然而建立關係的兩人只會隨著潛意識的音樂起舞。

「我剛才並不是說不該對他進行銘刻。」施萬虞誤讀了盧西拉的沉默。

「我們應該奉命做事。」盧西拉駁斥道，這話施萬虞想怎麼理解就怎麼理解吧。

「可見妳並不反對把這個甦亡人帶上拉科斯。」施萬虞道，「妳若了解了計畫的全部的來龍去脈，不知還會不會這麼堅定地服從命令。」

盧西拉深吸了一口氣，莫非施萬虞要告訴她甦亡人計畫的真正意圖了？

「拉科斯有一個女孩，名叫什阿娜·布拉赫。」施萬虞說，「她能控制那些巨蟲。」

盧西拉不讓自己流露出心中的警覺。「巨蟲」。不是「沙胡羅」，也沒說「魔鬼」，而是「巨蟲」。暴君預言的沙蟲馭者終於出現了！

施萬虞見盧西拉依然沉默，便說道：「我可不是在和妳閒談。」

盧西拉想：確實不是在閒談，妳指稱這個事物時用的是描述性的稱呼，而非那個帶有神話色彩的名號。「巨蟲」。妳指的其實是暴君雷托二世，他的無盡夢境化身為一顆顆意識的珍珠，寄居於每一條沙蟲體內，至少這是他引導我們相信的說法。

施萬虞朝草坪上的男孩點了點頭：「妳覺得他們的甦亡人能夠左右那個控制蟲子的女孩嗎？」

盧西拉心想：終於不賣關子了。她說：「我不需要知道這種問題的答案。」

「妳確實很謹慎。」施萬虞說道。

盧西拉伸了一個懶腰。謹慎？沒錯！塔拉札告誡過她：「凡事只要與施萬虞有關，妳就務必多加小心，但也千萬不得瞻前顧後，猶豫不決。我們的時間非常短，倘若抓不住這個機會，就沒有勝算了。」

什麼勝算？盧西拉有些好奇。她瞥了眼一旁的施萬虞：「我不明白，這些忒萊素人為什麼能殺得了那十一個甦亡人？他們為什麼能夠突破我們的防線？」

「現在，霸夏來了，說不定就不會再出那種岔子了。」施萬虞雖然嘴上這麼說，但是從語氣可以聽出，她其實不以為然。

統御大聖母塔拉札說過：「盧西拉，妳是銘者。待妳抵達伽穆，便會看出一些眉目。不過，此次任務無須了解計畫的全部內容。」

「這得付出多大的成本和代價！」施萬虞憤怒地瞪著那個蹲在地上揪草的甦亡人。

盧西拉明白，此事無關成本和代價，避免公開承認失敗比這重要得多，絕對不能聽憑女修會的可靠形象受損。然而，如此早的時間點就喚來銘者，這件事情關係重大。塔拉札事先便已想到這位銘者會察覺這一點，而且能夠看出這個模式的一些眉目。

獨自玩耍的男孩在草地上摸爬滾打，施萬虞舉起瘦削的手指了指他。

「都是權術。」施萬虞說道。

盧西拉心想：毫無疑問，施萬虞「異端」的核心就是女修會的權術。施萬虞就任伽穆主堡指揮官，由此事便可一窺貝尼・潔瑟睿德內部爭論的微妙形勢。反對塔拉札的諸位聖母不願坐視不理，袖手旁觀。

施萬虞轉過身來，徑直看向盧西拉。事已至此，無須多言。兩人的頭腦都經過貝尼・潔瑟睿德的訓練，已經從這次對話之中獲得了足夠的資訊。聖殿花費了不少心思，最終才選中了這個盧西拉。

盧西拉感到這個年邁的聖母正在仔仔細細地打量自己，但是她不想讓對方觸碰到自己內心深處的使命感，這是所有聖母危難之時的支柱。既然這樣，那就讓她好好地看一看自己。盧西拉轉過身去，嘴角微揚，露出一個淺淺的微笑，注視的目光移向對面的房頂。

一名男子身穿軍服，手持重型雷射槍，出現在盧西拉的視野之中。他向兩名聖母這邊望了一下，便將注意力放在草地上的孩子身上。

「那個人是誰？」盧西拉問道。

「派特林，霸夏最信任的助手。他說自己只是霸夏的勤務兵，傻子才會相信這樣的鬼話。」

盧西拉仔細打量對面的男人。原來他就是派特林，塔拉札說他是伽穆星球的原住民，霸夏點名讓他參加此次任務。這個男人一頭金髮，身形纖瘦，早已過了服役作戰的年齡，可是業已退伍的霸夏復出之時，便執意要求派特林與他共擔此任。

施萬虞看到盧西拉把注意力轉回到那個甦亡人身上，滿面憂容。沒錯，既然這座主堡需要霸夏親自保衛，可見這個甦亡人現在已是危在旦夕。

盧西拉突然一驚：「咦……他……」

「是邁爾斯・特格的命令。」施萬虞道出霸夏之名，「這個甦亡人連玩耍時都在訓練，肌肉必須經過適當鍛鍊，才能適應個體恢復初始自我之後的活動。」

「可是他做的那些鍛鍊並不簡單。」盧西拉道，她感覺自己的肌肉也隨著那些熟悉的訓練動作動了起來。

「我們知道的所有東西幾乎全都可以讓他知道。除了女修會的奧祕，他想知道什麼都沒有問題。」施萬虞說，嘲諷的語氣表明她認為此事極為不妥。

「沒有人會覺得這個甦亡人能成為另一個奎薩茲．哈德拉赫。」盧西拉表達了不同的意見。

施萬虞只聳了聳肩。

盧西拉站在那裡，一動不動，心中生出兩個疑問：這個甦亡人有沒有可能變成一位男性聖母？這一個鄧肯．艾德侯反觀自身的能力有沒有可能超越聖母——能夠看到她們不敢察視的內在？

這時，施萬虞用咆哮般的低沉嗓音喃喃道：「這個計畫……她們的方案實在危險，可能還會犯下相同的錯誤……」她話說了一半，便突然停了。

盧西拉心中默唸，她們，她們的甦亡人。

「如果能夠確定伊克斯人和魚言士在這件事中的立場，我願意付出任何代價。」盧西拉道。

「魚言士！」這些女人會經僅為暴君效忠，施萬虞想到她們，便不禁搖起頭來，「她們相信的是真相和公正。」

盧西拉忍住喉頭一緊的感覺，施萬虞的立場已經明確，現在只差公開表態了。然而，她是這裡的指揮官。政治上的規矩非常簡單：反對此計畫的人必須密切關注計畫本身，一旦出現麻煩，她們就會立即要求中止。不過，那邊草地上的可是真正的鄧肯．艾德侯甦亡人，細胞比對結果無誤，真言師也已確認過。

塔拉札曾吩咐：「妳務必讓他領悟所有形式的愛意。」

「他的年紀這麼小。」盧西拉說道，注意力仍然在甦亡人身上。

「年紀確實不大。」施萬虞說，「所以，我想目前妳準備在他心中喚醒孩童對於母愛的反應，然後……」施萬虞聳了聳肩。

盧西拉的臉上沒有露出任何表情。貝尼·潔瑟睿德的成員就該服從。我是銘者，所以……從塔拉札的命令到銘者專門的訓練，決定了許多事情的走向。

盧西拉對施萬虞說：「有一個人與我相貌相仿，聲音相似，我就是在替她銘刻。可否告訴我她的身分？」

「不可。」

盧西拉沒有說話。她原本便未期待從他人處獲得真相，但是她曾多次聽聞，自己與安保聖母達爾維·歐德雷迪驚人地相似。「完全就是年輕的歐德雷迪。」盧西拉曾經多次聽到這樣的說法。盧西拉和歐德雷迪當然同屬亞崔迪的基因譜系，這一譜系與希歐娜的後代進行了大量回交。那些基因並非只存在於魚言士的體內！不過，聖母的他者記憶雖然具有線性選擇的特性，而且僅能以女性的視角記錄或回憶，仍然可以提供重要的線索，令她了解甦亡人計畫的大致輪廓。盧西拉想起了潔西嘉在女修會基因譜系中已存在五千餘年，不禁由心底生出一陣恐懼。當前的模式似曾相識，大難將至的預感極其強烈，盧西拉不由自主地唸起了制驚禱文，她初次學習女修會儀禮的時候，便學會了這段真言：

「我絕不能害怕。恐懼會扼殺心智。恐懼是小號的死神，會徹底摧毀一個人。我要面對恐懼，讓恐懼掠過我，穿過我。當這一切過去，我將睜開靈眼，凝視恐懼走過之路。恐懼消逝後，不留一物。唯有我留存。」

盧西拉漸漸平靜下來。

施萬虞隱約察覺到她的情緒，因而也稍稍放鬆戒備。盧西拉並非愚蠢之人，並非空有頭銜的「特別」的聖母——背景勉強夠格，做起事來不致於令女修會蒙羞的那一類人。盧西拉確有一番本領，即便對方也是聖母，反應也難逃她的眼睛。既然這樣，那就再好不過了！那就讓她真正感受一下這個愚蠢的計畫，看看這個危險的計畫到底多麼不得人心！

「我覺得她們的甦亡人看到拉科斯之前，應該就已經沒命了。」施萬虞道。

盧西拉並未直接回應，而是說：「跟我說說他的朋友。」

「他沒有朋友，只有老師。」

「我什麼時候能見見他們？」她的眼睛一直盯著對面的女兒牆，派特林悠閒地靠在一根矮柱子上，重型雷射槍隨時待命。盧西拉猛然醒悟，她才是派特林一直盯著的人。派特林是霸夏發出的訊息！施萬虞顯然注意到了，而且明白霸夏的用意。有我們在保護他！

「我想妳一心想見的人是邁爾斯．特格吧。」施萬虞道。

「還有其他人。」

「不想先接觸那個甦亡人嗎？」

「我已經和他接觸過了。」盧西拉向下面的院子點了點頭，那個孩子再度一動不動地站在那裡看著她，「這個甦亡人看起來有些想法。」

「關於其他幾個甦亡人，我只有報告能參考。」施萬虞說，「不過我懷疑他是這一連串甦亡人裡最有想法的一個。」

施萬虞的言語和態度，顯示出她隨時都準備用激烈的方式提出反對意見，盧西拉若不是有意識地克制自己，險些為之一顫。從施萬虞的言語之中，完全聽不出下面的孩子是和他們一樣的人類。

盧西拉思考這件事情的時候，天上的雲朵一如往常在此時間遮蔽了太陽。一陣冷風吹過主堡的高牆，在院子裡轉了個圈。男孩轉過身去，加快鍛鍊的速度，希望藉此取暖。

「他想獨處的時候會去哪裡？」盧西拉問道。

「通常在他的房間。他有幾次想冒險逃走，但是被我們及時攔住了。」

「他對我們肯定恨之入骨。」

「必然如此。」

「那我只能直接處理這個問題。」

「當然，銘者無疑可以消解仇恨。」

「我想到了吉薩。」盧西拉投給施萬虞一個了然於胸的眼神，「妳竟然會讓吉薩犯下那樣的錯誤，我非常驚訝。」

「我不會干涉甦亡人教學的正常進度，如果教師對他產生了真正的感情，那也不是我的問題。」

「惹人喜歡的孩子。」盧西拉道。

她們又稍站了一會兒，看著這個鄧肯．艾德侯的甦亡人獨自玩耍與訓練。吉薩短暫浮現在兩位聖母的腦海中，她是甦亡人計畫在這裡最初的一位教師。施萬虞的態度非常明確：吉薩注定會失敗。盧西拉想的則是：施萬虞和吉薩給我的任務增加了難度。兩個女人都沒有意識到，自己的想法再次證明了她們對各自信念忠貞不渝。

盧西拉看著院中的孩子，開始從一個新角度欣賞神帝暴君的成果。這個型號的甦亡人，雷托二世已經用了無數代，曾連續使用了大約三千五百年。神帝雷托二世絕非尋常的自然之力，他是人類歷史上最為強大的統治者，無論何種社會體系、自然產生或反常的仇恨、何種形式的政府、禁忌或強制性的儀式，還是鬆散或嚴謹的宗教，都為他所征服。他所到之處，無一能倖免，即便是貝尼．潔瑟睿德，也未逃脫這一命運。

雷托二世將自己踏上的這條路線稱為「黃金之路」，這個型號的鄧肯．艾德侯甦亡人在這條偉大的道路上發揮了舉足輕重的作用。盧西拉研究過貝尼．潔瑟睿德的相關記載，詳盡程度在宇宙之中或許沒有能出其右者。直至今日，多數古老的帝國星球上，新婚夫婦仍會向東西方位輕灑幾滴水，然後鄭重祈禱：「噢！無窮之力和無窮恩慈的神啊！願祢的祝福從這供奉流回我們身邊。」

這個儀式原本由魚言士和她們溫順的祭司進行，然而它現在已經深入人心，民眾在這樣的場合都會不由自主地執行。即便最為多疑的信眾也只會說：「反正做了也沒什麼壞處。」這樣的成就，即便貝尼．潔瑟睿德護使團最為高明的宗教工程師也會自愧不如。貝尼．潔瑟睿德中的精銳之士也無法與暴君比肩。暴君去世至今已一千五百年，而女修會仍然無力消除他那恐怖成就的影響。

「誰負責這個孩子的宗教訓練？」盧西拉問道。

「沒人負責。」施萬虞說，「何必勞心此事？這個甦亡人一旦喚醒初始的記憶，便會有他自己的想法。那時如有必要，我們再想辦法。」

男孩今天的訓練時間結束了，他沒再看向牆上的人，便離開院子，走進了左邊的一扇寬門。派特林收起了剛才的防禦架勢，也沒看兩位聖母便走開了。

「千萬不要被特格的人騙了。」施萬虞道，「他們腦袋後面也長著眼睛。妳可知道，特格的生母，也是貝尼．潔瑟睿德的一位聖母。他教給那個甦亡人的都是一些不宜外洩的東西！」

2

爆炸也是時間的壓縮，從某個角度來看，某種程度上自然宇宙所有可見的變化都具有與爆炸相似的特性，否則你們也注意不到這些變化。而平緩一些的變化，如果發展過程足夠緩慢，在時間不夠長或者關注時間太短的情況下，都難以察覺。所以，我告訴你們，我所見過的變化，有一些是你們根本未曾察覺的。

——雷托二世

• • •

一名女子站在統御大聖母奧瑪・麥維斯・塔拉札對面，聖殿星球的晨光映襯著她高挑柔軟的身形。女人周身裹著一襲阿巴袍，從肩到腳一片亮閃閃的黑色。即便如此，這身穿著也無法完全遮掩她舉手投足間的優雅氣質。

塔拉札坐在她的犬椅[2]上，身體前傾，掃視著記錄儀器投在眼前桌面上方密密麻麻的貝尼・潔瑟睿德文字，這投影只有她看得見。

「達爾維・歐德雷迪」，投影區域顯示出了桌旁女子的名字，然後顯示出重要的個人資訊，這些資

2 犬椅：經過生物工程培育出的犬隻，長成椅子的形狀，受訓後能為坐在身上的人按摩。——編注

訊塔拉札早已瞭若指掌。投影可以發揮多種作用：一來為統御大聖母提供可靠資訊；二來她可以假裝掃視紀錄，趁機稍作思考；三來此次交談若出現負面情況，可以作為最終的論據。

資訊不斷掠過塔拉札的眼前：歐德雷迪已為貝尼．潔瑟睿德生了十九個孩子，每個孩子的父親都不相同。這件事情不足為奇，不過無論多麼敏銳的眼睛也難以在歐德雷迪的身體上發現多次生育的痕跡。鷹勾鼻和高顴骨賦予了她五官高貴的氣質，眉眼口鼻都讓人不禁注意到她的窄下巴。不過，她的嘴唇飽滿，洋溢著她自己都要小心抑制的熱情。

塔拉札心想：我們總是可以依賴亞崔迪基因。

歐德雷迪身後的窗簾飄動，她轉頭瞥了一眼。這裡是塔拉札白天使用的客廳，空間不大，陳設頗為典雅，色調以綠色為主。只有塔拉札的犬椅那一塵不染的白色才將她與背景區分開來。房間的凸窗向東，窗外是花園和草地，遠處是聖殿星球的皚皚群山。

塔拉札沒有抬頭，說道：「妳和盧西拉都願意參加這次任務，我頗為欣慰。如此一來，我的擔子便能輕很多。」

「要是能認識一下這位盧西拉就好了。」歐德雷迪看著塔拉札的頭頂，嗓音是柔和的女低音。

塔拉札清了清嗓子：「不必。盧西拉是我們最為高明的一位銘者。她和妳一樣，也為此接受了同樣的自由開明的訓練。」

塔拉札隨意的語調帶有一種近乎無禮的色彩，歐德雷迪也只是因為與其相熟，才壓抑了心中的不滿。她意識到自己的情緒某種程度上源於「自由開明」四字，這個詞讓亞崔迪氏族的祖先都義憤而起。這個概念隱含著諸多無意識的猜想和未經檢驗的偏見，她腦中累積的女性記憶對這些猜想和偏見大加抨擊。

「只有自由開明的人才會真正地思考，只有自由開明的人才懂得思考，只有自由開明的人才明白同胞的疾苦。」

歐德雷迪想：這個詞語的背後隱含了多少刻薄與惡意！深藏的自尊心竟如此渴望高人一等的尊貴感。

歐德雷迪提醒自己，塔拉札隨意的口吻雖然聽似傷人，但她用這個詞語其實只是為了表達最寬泛的含意——盧西拉所接受的大眾化教育足以和歐德雷迪的教育相配。

塔拉札往後一靠，換了個舒適的姿勢，但是注意力仍然放在面前的投影區域。陽光從東窗直接照在她臉上，在鼻子和下巴上投下了些許陰影。塔拉札身形嬌小，年紀稍長於歐德雷迪，不過風韻猶存，使她成為收服了許多難對付的育種對象的最可靠育種者。橢圓形的臉龐，曲線柔和的顴骨，一頭黑髮緊緊地紮在腦後，前額上高凸的美人尖便露了出來。塔拉札說話的時候，嘴唇只是微動，控制唇部動作的能力異於常人。旁人若端詳她的相貌，注意力往往集中在她那雙懾人心魄的純藍色眼眸上。她的整張面孔好像一副老於世故的面具，幾乎掩藏了她所有真實的情緒。

歐德雷迪對統御大聖母現在的這個狀態並不陌生，她知道塔拉札馬上就會開始自言自語。此時，塔拉札確實開始喃喃自語。

大聖母的目光隨著投影區域滾動的文字而移動，大腦中不停地思考，很多事情占據了她的思緒。這對於歐德雷迪而言是一件值得寬慰的事。塔拉札並不相信世界上有什麼保護人類的善良力量。在塔拉札的宇宙裡，護使團和女修會的意圖就是一切。無論什麼事情，即便是去世已久的暴君的陰謀詭計，只要對這些意圖有利，都可以視為益事，其他任何事情都是惡事。大離散[3]回來的那些陌生人，尤其那些自稱「尊母」的後代，強行進入了她們的世界，這些人絕對不可以信任。塔拉札自己的人，即便是那些在議會上反對她的聖母，才是貝尼．潔瑟睿德最終能夠依賴的人，只有她們能夠信賴。

塔拉札依然沒有抬頭，說道：「妳知道嗎，暴君統治之前與他去世之後的數千年間，重大衝突的數量有著天壤之別。自從暴君登基以來，此類衝突不及此前百分之一。」

「從我們掌握的資訊看來，確實如此。」歐德雷迪說。

塔拉札抬頭看了她一眼，便又低頭下去：「妳說什麼？」

「在我們視線之外發生過多少戰爭？這種事情我們無從得知。莫非您有大離散那些人的統計資料？」

「當然沒有！」

「您現在的意思是雷托馴化了我們。」歐德雷迪道。

「如果妳想那麼說，亦無不可。」塔拉札在投影內容裡看到的東西上做了記號。

「這功勞難道不應該分一部分給我們敬愛的霸夏邁爾斯．特格？」歐德雷迪問道，「或者分一些給過去那些天賦過人的霸夏？」

「那些人由我們挑選而出。」塔拉札道。

「我不明白為什麼討論戰爭的事情。」歐德雷迪說，「和我們現在的問題有什麼關係？」

「有些人覺得我們可能會『砰』的一下，就回到暴君降世之前的狀態。」

「噢？」歐德雷迪抿住了嘴巴。

「在這些返回的散失之人中，有幾個群體正在做軍火生意，只要妳願意買，只要妳買得起，他們就可以把軍火賣給妳。」

「具體來說是什麼情況？」歐德雷迪問。

「目前，大量先進軍火不斷湧入伽穆，忒萊素人想必正在囤積一些惡劣的武器。」

塔拉札靠在椅背上，揉了揉自己的太陽穴。她的聲音很小，幾乎像是喃喃自語：「我們認為當下事關女修會的存亡，我們所作的決定均秉持最高的原則。」

歐德雷迪先前也曾見過這樣的局面，她說：「大聖母難道懷疑貝尼．潔瑟睿德是否具正當性？」

「懷疑？那倒沒有，不過我確實有些沮喪。為了這些崇高的目標，我們終此一生，孜孜不倦，可是到頭來看到的卻是什麼？看到我們用生命換取的許多東西，原本不過是一些無足輕重的判斷和決定。歸根結柢，這些東西皆源自個人的一己之欲，或是為了安適，或是為了方便，與我們的崇高理想全然沒有任何關係。那時處於緊要關頭的只不過是一些世俗的工作協定，用來滿足有權下決定之人的需要。」

「您之前把這些稱作『政治上的必要之計』。」歐德雷迪道。

塔拉札強壓怒氣，將注意力轉回眼前的投影：「判斷抉擇時墨守成規，貝尼．潔瑟睿德倘若變成這樣，我們注定會因此覆滅。」

「從我的個人資訊裡絕對看不到無足輕重的判斷和決定。」歐德雷迪道。

「我搜尋的是軟弱之處，是瑕疵。」

「這些您也絕對不會看到。」

塔拉札心中暗暗一笑，她清楚歐德雷迪為什麼說了這麼自命不凡的話——這是她激怒統御大聖母

3 大離散：雷托二世遇刺後亞崔迪帝國崩毀，發生大饑荒，導致數十億人離開舊帝國轄內的世界，前往其他宇宙探索、尋找生路，此一事件稱為大離散，是雷托二世黃金之路的一部分，逼迫人們放棄安全、穩定、一成不變，卻也因此變得腐敗致命的生活方式與思考模式。——編注

的方法。歐德雷迪常常看似焦躁不安，實則已忘卻時間，漂浮在耐心的河流中悠悠靜觀，這是她的拿手好戲。

塔拉札沒有上鉤，歐德雷迪便恢復了平靜等待的姿態——氣息舒緩，神志清晰，耐心自然而然就來了。女修會很早便教會了她如何將過去和現在區分成同步進行的流動意識。她在觀察周遭環境時，可以憶起自己星星點點的往事，身臨其境，重新經歷一番，好像往事與當下重疊了一樣。

記憶上的功夫，歐德雷迪心想。總有些事情需要努力挖出，然後入土為安。這是拆除障礙。即便其他所有事情均已蓋棺論定，童年的記憶依然糾纏在大腦之中。

有一段時間，歐德雷迪的生活曾經與多數孩子一樣——與一對男女住在一棟房子裡，兩人即便不是她的親生父母，也必然是監護人。她認識的所有孩子過的都是這樣的日子，她們有「爸爸」和「媽媽」。有些人的「爸爸」離家工作，有些人則是「媽媽」如此。歐德雷迪的養父離家工作，養母長年待在家裡，工作時間不聘日托保母。很久之後，歐德雷迪才知道，自己的生母付了很大一筆錢，希望這個女嬰能夠就這樣生活在眾人之中，不被人發現。

「她愛妳，所以才把妳藏在我們這裡。」養母等到歐德雷迪懂事後才告訴她，「妳千萬不能讓別人知道我們不是妳的親生父母。」

然而，歐德雷迪後來得知，這件事與愛並沒有關係。聖母行事，動機絕對不會這麼世俗，她的生母便是貝尼．潔瑟睿德的一位聖母。

歐德雷迪能夠知道這些事情，全都是有計畫在先。她的名字是歐德雷迪，其他人如果不想表達親善或沒跟她生氣時，通常叫她達爾維，年齡相仿的朋友平時則暱稱她達爾。

然而，所有事情都沒有按照原定計畫發展。歐德雷迪回憶起某個房間裡的一張窄床，房間牆壁是粉嫩的藍色，牆上掛了很多幅動物畫和幻想的風景畫，白色的窗簾隨著春夏之時的微風輕輕拂動。歐德雷迪想起自己在那張窄床上彈跳的情景，對於那時的她而言，這個遊戲很有趣，可以讓她笑得很開心。一個男人張開雙臂抱住跳起的她，舉到自己的圓臉前面，嘴唇上兩撇小鬍子蹭得她咯咯直笑。跳上跳下的時候，窄床會隨著振動撞擊牆面，久而久之便在牆上留下了一些凹痕。

歐德雷迪正在回味這段往事，不願將之拋入理性的深井之中。牆上的痕跡，笑聲和歡樂的痕跡，多麼微不足道的事情，卻意義重大。

不知道為什麼，她最近懷念養父的次數愈來愈多。不過，並非所有回憶都是幸福的往事。有時記憶中的他悲憤交織，警告養母不要「太過投入」。他的臉上時常露出各種各樣的沮喪表情，生氣的時候便會高聲怒吼。每當此時，歐德雷迪的養母眼中便會充滿擔憂，舉動戰戰兢兢。歐德雷迪感覺到了她的擔憂和恐懼，並對那個男人心生憎恨。那個女人知道怎樣才能讓男人平靜下來。她吻了一下他的後頸，手指拂了拂他的臉頰，然後在他的耳邊說幾句悄悄話。

貝尼．潔瑟睿德的一位分析監理員花了很大的工夫，才將歐德雷迪這些遠古的「自然」情感驅散。然而，即便到了現在，仍然有一些殘餘需要挑揀剔除。歐德雷迪知道，即便到了現在，往事也不可能盡數消散。

她看著塔拉札全神貫注地掃視自己的資訊紀錄，心中在想這是否便是統御大聖母正在查找的瑕疵。

她們現在肯定知道我可以控制早年的那些情緒了。

畢竟都已經是那麼久遠的舊事了。不過她不得不承認，有關那個男人和那個女人的記憶仍然深埋在她的心中。這些記憶的力量十分強大，以至於關於這兩個人，尤其是養母的記憶，或許永遠都無法徹底抹除。

生母當時身處絕境，歐德雷迪現在完全明白她為什麼把自己藏在伽穆星球上的那個地方，她對生母無怨無悔，因為只有這樣，母女兩人才能雙雙保住性命。問題出在她的養母那裡，這個女人將她視為自己的親生女兒，像多數母親一樣，給了她愛，而女修會恰恰對這種感情心存疑慮。

貝尼．潔瑟睿德來的時候，養母並沒有阻攔聖母，眼睜睜地看著她們帶走了她的孩子。當時來了兩位聖母和一隊監理，男女皆有，歐德雷迪多年以後才真正明白了那令人心碎瞬間的意義。女人早就已經知道女兒終有一天要與自己分別，只是時間早晚的問題而已。可是，安寧的日子過了一天又一天，一年又一年，六個標準年馬上就要過去了，女人便開始心存僥倖。

就在此時，兩位聖母帶著健壯的侍從來了。她們只是一直在等待安全的時機，等到確定沒有追捕者知道這是貝尼．潔瑟睿德計畫培育的亞崔迪血脈。

歐德雷迪看到她們給了養母很大一筆錢，女人將錢撒在地上，但是一個「不」字都沒有說。在場的成年人都知道誰是強者，誰是弱者。

歐德雷迪喚醒了那些壓抑的情緒，她仍然能看到那個女人默默走到靠街的窗戶旁，在一把直背椅子上坐下，環抱自己，前後搖晃，一言不發。

兩位聖母利用魅音和各種詭計，配合鎮靜藥草燃起的煙霧，依仗人多勢眾，最終將歐德雷迪引上了她們的地行車。

「一會兒就好，妳的親媽媽派我們來的。」

歐德雷迪察覺出對方的謊言，但是好奇心占了上風。我的親媽媽！

那個女人，她唯一已知的女性家長，歐德雷迪看了她最後一眼——女人坐在窗邊不停地前後搖晃，一副肝腸寸斷的表情，兩隻胳膊緊緊抱著自己。

後來，歐德雷迪說要回到那個女人身邊時，這段視覺記憶便被貝尼・潔瑟睿德用在一堂重要的課上。

「愛令人悲慘。愛是一種非常古老的力量，在古代發揮了重要的作用，但是如今已經不再關乎種族興亡。千萬不要忘記那個女人的錯誤和痛苦。」

歐德雷迪進入青春期許久之後，還是需要透過白日夢調整自己的狀態。成為合格的聖母之後，她就一定真的可以回去了，找到那個愛她的女人。儘管她只知道「媽媽」和「西比亞」這兩個稱呼，她也要找到那個女人。歐德雷迪想起了那些叫那個女人「西比亞」的成年朋友，想起了那些人的歡笑聲。

西比亞媽媽。

然而，貝尼・潔瑟睿德的女修發現了她的白日夢，找出其根源，於是便將這事也變成了一堂課。

「有一種思維方式，我們稱之為意識並流，白日夢便是這種思維方式的萌芽狀態。這種思維是理性思考的一種必要手段。只有掌握這種思維方式，妳才能清空大腦中的雜物，以便更加清晰地思考。」

意識並流。

歐德雷迪目不轉睛地看著客廳桌前的塔拉札。童年的創傷必須小心翼翼地放在記憶中一個重建的地方。一切往事都已留在遙遠的伽穆星球上，留在丹星人在大饑荒和大離散之後重建的那顆星球上。丹星，那時還稱作卡樂丹。歐德雷迪藉助這些他者記憶的立場，牢牢掌握了理性思維。她接受「香料之痛」儀式的時候，這些記憶也曾湧入她的意識之中。

意識並流……意識的篩網……他者記憶。

女修會教給她的這些手段多麼強大，多麼危險。其他的人生全都在意識的簾幕外面，是生存的倚靠，不是閒來無事滿足好奇心的手段。

塔拉札邊盯著眼前展開的資料解譯，邊開口說道：「妳沉溺在他者記憶的時間太久，與其把精力耗費在這件事上，不如留存下來，以備後用。」

統御大聖母抬起頭來，純藍色的眼睛緊盯著歐德雷迪，好像看透了她的內心一般：「有時妳已經到了肉體能夠承受的極限，如果不加克制，必然會折損壽命。」

「大聖母，屬下並未濫服香料。」

「那就最好不過了！一個身體最多只能攝入那麼多美藍極，只能在往事之間尋覓那麼長時間！」

「您發現我的瑕疵了嗎？」歐德雷迪問。

「伽穆！」只是一個名字，但是勝過長篇大論。

歐德雷迪明白，當年伽穆的那些無法避免的創傷，只會攪亂她的心智，必須連根拔起，理性處理。

「可是您派我去的地點是拉科斯。」歐德雷迪說道。

「那就別忘了勸人節制的警句格言，別忘了妳是誰！」

塔拉札再次低身看向投影儀的顯示區域。

歐德雷迪心想：我是歐德雷迪。

在貝尼．潔瑟睿德學校裡，聖母通常不會直呼對方的名字，點名只點姓氏。久而久之，熟人好友之間也形成了以姓相稱的習慣。她們早早便懂得暱稱的意義，這種東西自古以來便被用作令人陷入情感的圈套。

當時，塔拉札是比歐德雷迪早了三堂課的學姊，老師讓她「帶一帶那個女孩」，其實是想讓兩人結識，幾位教師則從旁密切觀察。

所謂「帶一帶」，其實是稍微給了她一點兒下馬威，不過也讓她了解一些必要的知識，這些東西與其由老師教授，不如由同學告知。塔拉札能夠看到這個女孩的私人紀錄，於是便開始用「達爾」稱呼自己訓練的這個女孩，歐德雷迪則叫她「塔爾」。兩個名字之間逐漸產生了一種奇妙的聯繫——達爾和塔爾。[4]暗中觀察的聖母聽到了兩人的對話，勃然大怒，大加訓斥，然而兩人仍然偶爾會在不經意之間犯下錯誤，有時只是單純覺得有意思。

歐德雷迪低頭看著塔拉札，說道：「達爾和塔爾。」

塔拉札的嘴角揚起了一絲微笑。

「我的個人紀錄裡，哪一件事情您不是瞭若指掌？」歐德雷迪問道。

塔拉札往後靠坐，等待犬椅依著她的新坐姿調整好形態，雙手交握放上桌面，抬頭看著這個比自己年輕一些的女人。

塔拉札心想：*其實沒有年輕多少。*

不過，塔拉札離校之後，便一直認為歐德雷迪屬於後輩那個群體，兩人之間的鴻溝，無論過去多少年，都依舊存在。

「達爾，萬事初始之時，最需戒慎小心。」塔拉札說道。

「這個計畫早就過了初始階段。」歐德雷迪說道。

「可是，妳參與的部分現在不正要開始嗎？而且我們這是親自展開了前所未有的行動。」

「您是要告訴屬下這個甦亡人計畫的全部內容嗎？」

「不。」

4 達爾（Dar）與塔爾（Tar）的暱稱均來自達爾維（Darvei）與塔拉札（Taraza）的名字字首。——編注就是這樣，一個字便將「按需知情」和有關高層爭執的所有證據都拋到了一邊。不過，歐德雷迪明白。最初的貝尼．潔瑟睿德聖殿為這個組織制定了一套守則，數千年間只出現了幾處無關緊要的變動。貝尼．潔瑟睿德的各個部門均被縱向與橫向的間隔嚴格分隔，相互獨立，只有在這裡，在頂端的指揮部才會出現交集。諸位聖母在各自的「隔間」內履行自己的職責（被分配到的崗位），但是單一隔間內的成員與同時存在的其他隔間內的同儕互不相識。

歐德雷迪心想：可是我知道盧西拉聖母同時也在某個隔間裡面。這是合乎邏輯的答案。她明白必須採行此法的原因。這種設計與古代的祕密革命組織類似。貝尼．潔瑟睿德始終視自己為永遠的革命組織，她們的革命行動只在暴君雷托二世在位時受到壓制。

歐德雷迪提醒自己：是受到壓制，沒有偏離方向，也沒有銷聲匿跡。

「這次行動裡，」塔拉札說道，「我想知道，妳有沒有感覺到女修會將受到什麼直接的威脅。」

這是塔拉札特有的提問方式，歐德雷迪已經可以憑藉靜默的本能得到答案，然後透過語言表達。塔拉札的話音剛落，她便說道：「如果我們坐以待斃，結果將更加不堪設想。」

「根據我們的推斷，此次行動，女修會大概會遇到一些危險的情況。」塔拉札說道，她的聲音乾澀冷漠。歐德雷迪天生擁有未卜先知的本能，可以探知女修會可能需要面對的威脅，塔拉札並不喜歡麻煩她動用這項天賦。歐德雷迪之所以能夠預知未來，當然是因為她受到了亞崔迪基因譜系的不羈影響，這個氏族擁有一些危險的天賦。因此，歐德雷迪的育種檔案帶有一條特殊的標注：「所有後代均須嚴加審查。」歐德雷迪的兩個子嗣便因此喪命。

塔拉札心想：我實在不應在這種時候喚醒歐德雷迪的天賦。然而，這種誘惑有時確實令人難以抗拒。

塔拉札將投影儀收進桌內，看著空無一物的桌面，說道：「單獨行動期間，即便遇到完美的男性，未經我們允許，也不得與其育種。」

「不能重蹈我生母的覆轍。」歐德雷迪說。

「妳的生母錯在育種時被人認出了身分！」

歐德雷迪以前便聽說過這樣的事情，所以育種女修特別需要嚴密關注亞崔迪系譜的人在這方面的情況。狂放的天賦，確實如此。她了解這種狂放的天賦，正是根植基因之中的這股力量，才誕生了奎薩茲．哈德拉赫和暴君。可是，育種女修在追求什麼？難道她們工作時通常都是抱著保守的心態？不會再有危險的後代了！她從來沒見過自己的孩子，一個都沒見過。對於諸位聖母而言，這種事情也不見得有何古怪。她也從來沒見過自己遺傳檔案裡的紀錄。在這方面，女修會也小心謹慎地劃清了各項職權的界線。

而且，她們還曾經禁止我喚醒那些他者記憶！

她曾在自己的記憶中發現了一些空白區域，於是便將它們打開。可能只有塔拉札，或許還有另外兩位議事聖母（很有可能是貝隆達和另一位年長的聖母）才能存取此類育種資訊。

塔拉札和其他幾位聖母真的誓死不向外人透露保密資訊嗎？在一位擁有關鍵地位的聖母臨終之時，如果身邊沒有聖母，無法移交其濃縮封裝的人生記憶，女修會終究會為其舉行接任儀式。雷托二世在位之時，女修會曾多次舉行這一儀式，不堪回首！女修會各個部門無論怎樣動作，他竟然都瞭若指掌！真是個怪物！她知道，各位聖母雖然明白雷托二世由衷愛戴祖母潔西嘉女士，但是從來不曾妄想他會放過貝尼．潔瑟睿德。

潔西嘉，妳在嗎？

歐德雷迪感覺到了內心深處的波動。一名聖母犯下失誤，「她竟然放鬆警惕，愛上了他人！」如此區區小事，但是釀成了怎樣的惡果？宇宙遭受了三千五百年的殘暴統治啊！

黃金之路，無盡的未來？那些因為大離散而散失的數兆億人怎麼辦？現在回來的那些散失之人，他們造成的威脅又怎麼辦？

塔拉札有時候好像可以看透歐德雷迪的心思，此時似乎又知道了她的想法：「那些離散的人就在那裡……虎視眈眈地等著我們。」

歐德雷迪聽過類似的一些說法：危險與誘惑同在。如此多的未知人類。數千年間，美藍極已經令女修會的異能天賦達到出神入化的水準，面對這些尚未開發的人類資源，她們想必也希望充分利用。未知的基因被送到了眼前，浩瀚如煙海一般！想想那些宇宙中自由飄蕩的潛在天賦，很可能永遠失落在宇宙之中！

「茫然不知最讓人恐懼。」歐德雷迪說道。

「但也可以激發最遠大的雄心壯志。」塔拉札說。

「那麼我要去拉科斯了嗎？」

「時候到了，自然會告訴妳。我覺得這件事情適合由妳來做。」

「不然您也不會交給我來辦。」

兩人還在學校的時候，便經常有這樣的對話，不過塔拉札發現自己只是脫口而出，並非刻意而為。太多的記憶讓她們倆糾纏在一起：達爾和塔爾。千萬要小心！

「千萬不要忘記妳效忠的是誰。」塔拉札說道。

3

有了無現星艦，便有可能出其不意，消滅整個星球，而不會遭到任何報復。可以利用小行星等大型天體撞擊星球，一舉將其摧毀；抑或顛覆這個星球上的性觀念，造成內部混亂，令他們互相攻擊，從而自我毀滅。這些尊母似乎傾向於後面這種做法。

——貝尼．潔瑟睿德分析報告

• • •

鄧肯．艾德侯一直都在注意牆上看著自己的人，有時候雖然貌似專心訓練，也並未忘記她們。派特林在上面，但是他不算。鄧肯知道是派特林對面的兩位聖母在看著他。他看見盧西拉，心想：這是個新來的，心中不禁一陣激動，於是賣力地練了起來。

他完成了邁爾斯．特格吩咐的前三套玩耍訓練，隱約感覺派特林會向邁爾斯報告他的出色表現。鄧肯喜歡特格和年邁的派特林，而且感覺兩個人也喜歡自己。不過，這個新聖母的到來預示了一些有意思的變化。第一，她比之前的聖母年輕。第二，這位聖母並未掩飾自己純藍的眼睛，一眼便能看出她來自貝尼．潔瑟睿德。他第一次見到施萬虞的時候，就見她戴了一副隱形眼鏡，遮住了成癮症狀的瞳孔，眼白還帶有些許血絲。他曾經聽主堡的一個侍祭說過：「施萬虞的眼睛有散光，女修會接受了她的基因譜系裡的這個缺點，從而合理換取了她需要傳給後代的其他特質，所以這副鏡片還有矯正散光的作用」。

鄧肯當時幾乎並不明白這些話的含意，但是他後來查閱了主堡圖書館的資料，不過資料稀少且內容極其有限。他問了一些相關的問題，可是施萬虞統統避而不談。不過，他在事後看到幾位教師的行為，便明白自己的問題惹惱了主堡的這位指揮官。施萬虞通常會把怒氣發洩在其他人身上。

鄧肯猜測，她大為光火，真正的原因應該是他想知道她是不是自己的媽媽。

鄧肯知道自己和別人不一樣，而且已經知道很長時間了。貝尼．潔瑟睿德的這座主堡結構精密，有些地方他無法進入。不過，他發現了一些隱密的途徑，可以繞開這些門禁和障礙。他時常透過厚實的合成玻璃或打開的窗戶，望著下面的守衛以及一段又一段空地。各處碉堡選址巧妙，周邊的那些空地都在他們的縱射範圍之內。邁爾斯．特格親自跟他講解過縱射陣位的重要意義。

伽穆，是這個星球現在的名字，它以前叫羯地主星，但是有個名叫葛尼．哈萊克的人改成了伽穆。都是非常古老的歷史了，沒什麼意思。卡樂丹星球尚未更名為丹星的時候，伽穆蘊藏石油。直至今日，這座星球的塵土中仍然殘留些許石油的苦味。鄧肯的幾位老師告訴他，延續數千年的特殊種植計畫正在改變這一情況。他在主堡就能看到種植計畫裡的一些植物——主堡周圍便是大片的松樹等木本植物。

鄧肯做了一圈側手翻，眼睛依然偷瞅兩位聖母。他按照特格教的方法，側手翻的時候活動了一下自己的核心肌肉。

除了肌肉訓練，特格還跟他講過星球防禦。伽穆的繞行軌道上有很多監控飛船，船內的工作人員不能攜帶眷屬登船。因為只有眷屬留在伽穆，監控飛船守衛星球的人員才能夠時刻保持警惕。這些飛船附近還有多艘探測不到的「無現星艦」，艦上成員均為霸夏的人和貝尼．潔瑟睿德的聖母。

特格說：「如果沒讓我全權負責安排所有防禦工作，我肯定不會接手這項任務。」

鄧肯這時才明白，自己就是「這項任務」，主堡的目的是保護他，特格的監控飛船，包括那些無現星艦，都是在保護主堡。

這些軍事課程的內容，鄧肯感覺似曾相識。在學習看似脆弱的星球如何抵禦太空中來襲的危險時，他知道各項防禦工作在什麼情況下才算布置妥當。雖然整體極度複雜，但是他可以分辨並理解其中的一些要素。例如，持續監控大氣和伽穆居民的血清組成，到處都是貝尼·潔瑟睿德雇用的蘇克醫生。

特格說：「疾病就是武器，我們必須精心調整對抗疾病的防禦工作。」

特格時常會對被動防禦大加批判，他認為：「之所以會採用這樣的防禦思路，是因為圍城心態在作怪。而這種心態只會造成致命漏洞，這一點，早已為人所知。」

每當特格講解軍事內容的時候，鄧肯總是聚精會神地聽講。他聽派特林說過，也在圖書館的資料裡看過，身兼晶算師與霸夏的邁爾斯·特格曾經確實是貝尼·潔瑟睿德赫赫有名的軍事領袖。派特林經常提到他們一起服役的事情，主角往往都是特格。

特格認為：「機動力是作戰成功的關鍵。如果你被緊緊牽制在堡壘裡，就算整顆星球都是堡壘，說到底，你也不堪一擊。」

特格對伽穆沒有多少感情。

「你已經知道這個地方之前叫羯地主星了。這裡曾經是哈肯能氏族的地盤，他們讓我們見識了人類暴虐的極限。」

鄧肯回憶這些事情的時候，看到牆頭的兩位聖母顯然正在討論自己。

我是新來的那個的任務嗎？

鄧肯不喜歡被人盯著，他希望新來的這位聖母可以留給他一些獨處的時間。她看起來和施萬虞不太一樣，似乎沒那麼難相處。

鄧肯心中一邊咒罵，一邊依著咒罵的節奏繼續練習。去死吧，施萬虞！去死吧，施萬虞！

他從九歲那年，也就是四年前，便開始憎恨施萬虞。他覺得，她應該不知道自己恨著她，她可能已經忘了那件讓他心生恨意的事情。

鄧肯當時剛滿九歲，他偷偷溜過主堡內守衛的眼皮底下，鑽進了一條隧道，出口就是一座碉堡。隧道裡瀰漫著真菌的味道，陰暗，潮溼。他剛趴到碉堡的射擊孔上，還沒朝外邊看多久，就被逮個正著，趕回了主堡的核心區域。

他被施萬虞嚴厲地訓誡了一番，對他來說，她是一個冷淡疏遠又具威脅性的角色，凡是她下達的命令他都得遵從。直至今日，他仍然如此看待她，不過，四年前的逃跑事件讓他領教了貝尼．潔瑟睿德魅音的厲害。未經訓練的人，聽到這種經過微妙操控的聲音，會全無招架之力，只能屈從就範。

她不能容忍他人抗拒自己的命令。

「你造成整支護衛隊都要遭受懲戒。」施萬虞說，「他們都將受到嚴厲的處罰。」

施萬虞的這番話令鄧肯倍感愧疚——鄧肯非常喜歡護衛隊裡的幾個守衛，他偶爾還會引幾個人出來嬉笑打鬧一番。他偷偷溜進碉堡其實只是惡作劇，但是他的那些朋友卻因此受到了懲罰。

鄧肯知道處罰的意思。

去死吧，施萬虞！去死吧，施萬虞……

鄧肯離開施萬虞跟前後，衝到了當時的教員主管聖母塔瑪拉尼那裡。這位聖母也是一位面容枯槁的老嫗，舉止冷峻，一張窄小的臉，滿頭白髮，皮膚已不復彈性和光澤。他問塔瑪拉尼，守衛會受到怎樣的懲罰。塔瑪拉尼令人意外地陷入了沉思，聲音好像沙礫摩擦木材一般乾啞。

「懲罰？哎，哎。」

他們所在的這間教室空間狹小，旁邊是一間較大的練習房，塔瑪拉尼每天晚上都會在那裡準備第二天的課程。這裡不僅有微泡系統和卷軸讀取儀器，還採取了其他精密的手段儲存、調取資訊。鄧肯對這裡的興趣遠遠超過圖書館，可是他必須有人陪同才能進入這間教室。這間房間有多盞懸浮燈球，室內燈火通明。鄧肯進門的時候，塔瑪拉尼便從備課的地方轉過了身。

「我們的重大懲罰往往都有點像與祭祀相關的筵席。」她說，「那些守衛將接受的想必便是重大的懲罰。」

「筵席？」鄧肯覺得困惑。

坐在旋轉椅上的塔瑪拉尼轉身面對鄧肯，直視他的眼睛，牙齒在明亮燈光之下閃爍著鋼鐵的光澤。「必須受罰之人，往往得不到歷史的善待。」她說道。

聽到「歷史」這兩個字，鄧肯不禁一顫。這是塔瑪拉尼的信號，她要講課了，他又要聽到一些無聊的東西了。

「任何人，凡是受到了貝尼·潔瑟睿德的懲罰，必然都會明白一些道理，必然都將終生銘記。」

鄧肯全神貫注地看著塔瑪拉尼蒼老的嘴巴，突然感覺她要講的是自身的痛苦往事。他能知道一些有意思的事情了！

「我們的懲罰遠非痛苦那麼簡單，而是要教導一堂無可躲避的課程。」塔瑪拉尼說道。

鄧肯坐在她腳邊的地上，這個角度看去，塔瑪拉尼一身黑色，彷彿一個不祥的預兆。

「我們的懲罰並不會造成極致的痛苦。」她說，「只有貝尼·潔瑟睿德的聖母接受聖母試煉時，才會受到極致痛苦的考驗。」

鄧肯點了點頭，圖書館的資料將其稱作「香料之痛」，只有通過這個神祕的考驗，才能成為合格的聖母。

「不過，重大的懲罰確實會使肉體遭受劇痛。」她說，「也會給情感和心理造成重創。我們的懲罰，針對的往往是對方最大的弱點，所以受罰之人也會因此更加堅強。」

鄧肯聽了她的這番話，心裡滿是惶恐不安。她們要怎麼處置他的守衛？他張口結舌，不知道該說些什麼，可是他也沒有必要說話——塔瑪拉尼的話還沒有說完。

「懲罰最後往往以一道甜品收尾。」她的兩隻手「啪」的一聲，放在膝蓋上。

鄧肯皺起了眉頭。甜品？甜品是筵席的一部分，筵席怎麼會是懲罰呢？

「並不是真正的筵席，只是用了筵席的概念，每一步都會有一段不同的體驗。」塔瑪拉尼說道，一隻嶙峋的手在空中畫了一個圓圈，「甜品端上來了，完全出乎悔過之人的意料，他們心想：啊，我終於得到了寬恕！你明白了嗎？」

鄧肯搖了搖頭，他並不明白。

「這是一時的甜美。」她說，「一場痛苦的筵席，你挨完了每一道菜，最後上來了一道你得以品嘗的美味。可是！你雖然在品嘗甜品，但是隨後便會出現最為痛苦的時刻，你會意識到，會明白這並非最終的歡愉。絕非如此。這是重大懲罰帶來的最為可怕的後果，能把貝尼．潔瑟睿德的課程牢牢烙印在他們心底。」

「但她到底會怎麼處置那些守衛？」鄧肯費了很大的氣力，才說出了這句話。

「我不知道每一步具體會採取怎樣的措施，也沒必要知道。我只能告訴你，每個人受到的懲罰都各不相同。」

塔瑪拉尼就此打住，不再談論此事，轉而繼續準備第二天的課程。「我們明天再繼續。」她說，「明天要講怎樣辨識各種凱拉赫語口音對應的地方。」

鄧肯也問了其他人有關懲罰的問題，但即便是特格和派特林也不願意跟他解釋。他後來見到了那些守衛，可是連他們也不願談及自己受到的折磨。他主動向他們示好，其中幾人只是敷衍地回應了一下，但是再也沒有人願意跟他一塊兒玩耍。受到懲罰的人都不願意原諒他，這一點他至少可以確定。

去死吧，施萬虞！去死吧，施萬虞！……

這就是他內心深處憎恨的來源，他厭惡之前的那些老太婆。新來的這個年輕聖母會不會和以前的那些一樣？

去死吧，施萬虞！

他曾經質問施萬虞：「妳為什麼要懲罰他們？」施萬虞停頓了片刻，然後說：「你待在伽穆這裡很危險，有些人想要傷害你。」

鄧肯沒有問這是怎麼回事，因為他已經問過這方面的問題，但是從來沒有人跟他解釋過。即便是特格也不願意回答他的問題，不過特格出現在這裡，就已經能夠說明他的處境有多麼危險。

邁爾斯·特格是一個晶算師，他肯定知道很多事情。這個年邁的男人在思維的海洋中遨遊的時候，鄧肯看到他的眼中閃爍著光芒，可是他從來不會以晶算師的狀態回答鄧肯的這些問題：

「我們為什麼待在伽穆？」

「你們在提防誰？誰想要害我？」

「我的父母是誰？」

面對這些問題，特格通常沉默不語，有時只會低吼：「我不能回答你。」

那座圖書館沒有什麼用，他在八歲那年就明白了，當時的教員主管是一個未合格的聖母，名叫盧蘭・吉薩，儘管沒有施萬虞這般蒼老，至少也有一百多歲。

在他的要求下，圖書館向他提供了伽穆（羯地主星）的資訊，揭露哈肯能氏族的資訊，讓他知道了他們的衰敗。也能找到特格曾經指揮過的多場戰役和戰爭的資料，沒有哪一場戰鬥看似極其血腥。若干名解說員提到了特格「手腕圓滑高超」。此外，從這條資料看到了那條資料，從那條資料又看到了另一條資料，鄧肯知道了神帝的時代，了解到神帝如何讓子民臣服於自己。鄧肯沉浸在這個時代裡好幾個星期。他在紀錄資料裡發現了一幅舊地圖，便將地圖投射到了聚焦牆上。藉由後期添加的解說資訊，鄧肯知道了這座主堡的前身——魚言士曾將此處作為指揮中心，後在大離散期間棄之而去。

魚言士！

鄧肯當時多麼希望自己能夠生活在她們的時代，成為稀罕的男性參謀，為這支崇拜神帝的女軍建言獻策啊。

噢！生活在那個年代的拉科斯星球上！

特格對神帝的事倒是坦率得令人意外，他通常稱呼神帝為「暴君」。圖書館的一道鎖被打開，有關拉科斯的資訊湧到鄧肯面前。

「我有機會看到拉科斯嗎？」他曾經問過吉薩。

「你現在就是在為去那裡生活作準備。」

這答案令他錯愕不已。他們跟他講過那顆星球的許多事情，這些東西現在成了他最新的關注焦點。

「我為什麼會去那裡生活？」

「這個問題我不能回答。」

他對於那顆神祕的星球產生了不一樣的興趣，於是便繼續研究起那個世界和星球上的教會，他們信奉的是分裂之神沙胡羅。一群蟲子。神帝變成了那些蟲子！這個想法令鄧肯心生敬畏，或許這裡有一些值得他崇拜的地方。這個想法令他頗有感觸。一個人怎麼會甘心變成那樣恐怖的形態？

鄧肯知道他的守衛以及主堡的其他人對於拉科斯和那個教會的看法，譏諷和嘲笑說明了他們的態度。特格說：「我們或許永遠都無法了解全部的真相，但是，小夥子，我跟你說，那不是軍人該信的教。」

施萬虞道出了特格沒說的話：「你需要了解暴君，但是你不能信他的宗教。那種宗教卑鄙可恥，信仰這種東西是對你自己的侮辱。」

學習之餘，鄧肯抓住一切時間，仔細研習圖書館的各類資料：《分裂神之聖書》、《守護聖經》、《奧蘭治合一聖書》乃至《外典》。他得知早已不復存在的信仰傳播部，也知道了「那顆本質是『理解之恆星』的珍珠」。

他樂此不疲地搜索有關那些蟲子的資訊。牠們竟然有那麼大！個頭大的可以從主堡的一端伸到另一端。早在暴君在位之前，這些蟲子便已出現。人們曾駕馭牠們，在莽莽荒漠之中馳騁，而今拉科斯的教會明令禁止馭蟲。

一支考古隊伍曾在拉科斯上發現了暴君原始的無現空間[5]，他們的記載令他魂牽夢縈。達艾斯巴拉特，這是那個地方的名字。考古學家哈迪．貝諾托的報告上寫有「受拉科斯教會之命，就此封禁」的字樣。貝尼．潔瑟睿德檔案部給這些記載標上了很長的檔案編號，貝諾托在記載中揭露的真相非常神奇。

5 無現空間：此空間能藏匿起位在其中的所有物體，不被預見能力和探測儀器察覺而現形。雷托二世在達艾斯巴拉特放置日誌的地點，還有伊克斯人培育赫薇．諾里的地點都屬於無現空間。在大離散時期，伊克斯人把相關科技應用到星艦上，製造出無現星艦，不僅不會被探測，宇宙航行時也不需要宇航領航員和美藍極導引，就可成功完成太空旅行。——編注

「每隻蟲子體內都有神帝的一部分意識嗎？」他問吉薩。

「據說如此。即便當真如此，這些意識現在並沒有知覺，沒有意志。暴君自己說過，他將進入一場無盡的夢境。」

每次學習，他都會接受一次特殊的教育，都會聽到貝尼．潔瑟睿德關於宗教內涵的闡釋。某天，他終於看到了題為「希歐娜之九女」和「艾德侯之千子」的那些記載。

他質問吉薩：「我叫鄧肯．艾德侯，我也姓艾德侯，這是怎麼回事？」

吉薩行走的時候，彷彿始終置身於失敗的陰影之中，一張長臉低著，淚汪汪的眼睛看向地面。鄧肯質問她的時候已是傍晚，兩人當時在練習室外面的長走廊上。聽到這個問題，她臉色煞白。

見她一時語塞，他便繼續追問：「我是鄧肯．艾德侯的後代嗎？」

「這件事你得去問施萬虞。」吉薩十分艱難地說出了這句話，彷彿忍受著劇烈的疼痛。

又是這樣的回覆，他非常生氣。她的意思是說施萬虞會讓他閉上嘴巴，不再追問這件事情，並不會提供什麼有價值的資訊。鄧肯以為施萬虞什麼都不會告訴他，然而事實並非如此。

「你身上流淌的正是鄧肯．艾德侯的血。」

「我的父母是誰？」

「他們已經去世很久了。」

「他們怎麼死的？」

「我不知道。你來到我們這裡的時候，已經是個孤兒了。」

「那為什麼有人想害我？」

「你以後可能做的事情讓他們害怕了。」

「我可能會做什麼事情？」

「好好學習，你終究會明白所有事情。」

閉嘴！好好學習！又是這句熟悉的話！

這次他乖乖地聽話了，因為他已經能夠判斷對方是否拒絕了他。不過，他在孜孜不倦的探索之中，看到了有關大饑荒和大離散的其他記載，還有關於無現星艦和無現空間的記載，他還了解到，即便是宇宙間預知力最強的大腦也無法追蹤這兩樣東西的蹤跡。他在這裡得知鄧肯．艾德侯和希歐娜的子孫後代的事情——這些古人效忠神帝暴君，他們也不會被先知和具備預知力的人看到。宇航公會的宇航員即便處於深度的美藍極迷醉狀態，也無法探查這些人的行蹤。這些記載稱，希歐娜是一個真正胎生的亞崔迪家的人，鄧肯．艾德侯則只是一個甦亡人。

甦亡人？

他在圖書館內四處搜尋，希望找到有關這個奇怪詞語的詳細解釋。甦亡人。然而，他找到的資訊不過是有限且簡單的記載：「甦亡人：人類，發育自忒萊素人再生箱中的屍體細胞。」

再生箱？

「忒萊素人發明的設備，可以利用屍體的細胞培殖人類活體。」

「描述『甦亡人』。」他對圖書館發出指令。

「單純無知的肉體，不具備其初始的記憶，參見『再生箱』。」

鄧肯學會解讀沉默的含意，學會理解主堡的那些人沒告訴他的事情。他獲得了啟示，他明白了！

那年他只有十歲，可是他全都明白了！

我是個甦亡人。

鄰近傍晚的圖書館，周圍所有玄祕的機械裝置彷彿都與背景融為一體，這個十歲的男孩靜靜地坐在一臺掃描器前，緊抱著得到的知識思忖。

我竟然是甦亡人！

他不記得培殖自己的再生箱，那個細胞成長為幼兒的地方。他最初的記憶是吉薩將他抱出搖籃，她那警覺的雙眼中透露出關心，但很快被謹慎替代。

儘管主堡的人們並不希望他知道這些事情，但是這些資訊和圖書館的資料最終讓他看到了整件事的核心——他自己。

「告訴我貝尼．忒萊素的事。」他向圖書館發出指示。

「這個民族自行分為幻臉人和尊主兩個階級。幻臉人像騾子一樣，不能生育，唯主命是從。」

他們為什麼要這樣對待我？

圖書館的資訊機器突然變成了陌生又危險的東西。他非常害怕，怕的不是自己的問題又撞上一扇又一扇空白的牆壁，而是問題的答案。

施萬虞和這些人為什麼這麼在意我？

他感覺這些人都在欺騙自己，包括邁爾斯．特格和派特林。摘取一個人類的細胞，然後培養出一個甦亡人，為什麼這樣的事情不會受到譴責？

他猶豫不決地再度發問：「甦亡人有可能想起過去的自己嗎？」

「有可能。」

「要怎麼做？」

「甦亡人要向初始身分轉化，必須滿足一些心理上的預設條件，這些條件可以透過創傷激發。」

這算什麼答案！

「怎麼激發？」

此時，圖書館的門口突然出現了施萬虞的身影。可見，圖書館已事先設定，他的這些問題會觸發她身邊的警報！

「你遲早會明白所有事情。」她說道。

她想打發他！他憤憤不平，她的話並不能讓他信服。內心有個聲音告訴他，這些人雖然自視甚高，但是不比他尚未喚醒的自我睿智。他對施萬虞的厭惡達到了全新的高度，她成為一個人格化的象徵，代表一切吊他胃口、拒絕解答的人事物。

不過，現在他浮想聯翩。他要找回自己初始的記憶！他感受到了真相隱約的搏動——找回初始的記憶，他就能夠想起自己的生身父母，自己的家人，自己的朋友……以及自己的敵人。

他質問施萬虞：「你們把我造出來，是不是為了對付我的敵人？」

「孩子，你已經學會了沉默。」她說，「便應該多多利用。」

好吧，我就要這樣和妳鬥。去死吧，施萬虞。我一句話都不會再說，我要潛心學習，絕對不會讓妳知道我內心的想法。

「畢竟，」她說，「我們培養的人應該清心寡欲，寵辱不驚。」

她居然用這種施恩態度跟他說話！他可不吃這套，他要沉默警惕地與他們所有人對抗。鄧肯從圖書館跑回自己的房間蜷縮成一團。

之後的幾個月裡，許多事情證實了他甦亡人的身分。即便是孩子，也能發現自己身邊的異常。他偶爾會看到牆外有其他孩子，在主堡旁的路上嬉笑打鬧，他也在圖書館裡找到有關兒童的記載。大人不會揪著那些孩子，強迫他們參加這些嚴酷的訓練。其他的孩子不會什麼大小事都被聖母施萬虞管得死死。

鄧肯發現的這些事情使他的生活再一次發生了變化。盧蘭・吉薩被召離，再也沒有回來。

她不應該讓我知道甦亡人的事。

然而，事實並非這麼簡單，正如施萬虞那天在女兒牆上向初來乍到的盧西拉解釋的那樣。

「我們知道這一天終究會到來，他必然會知道甦亡人的事情，必然會提出一些尖銳的問題。」

「早就應該由聖母接手他的日常教育。吉薩留在他身邊或許就是個錯誤。」

「妳是在質疑我的決斷嗎？」施萬虞突然甩出一句。

「莫非您的判斷力完美到不容質疑？」盧西拉的聲音雖然低沉柔和，但是像一記耳光打在施萬虞的臉上。

施萬虞沉默了將近一分鐘，而後說：「吉薩把這個甦亡人當成了心肝寶貝。她還哭著說自己會想念他。」

「沒人事先警告過她？」

「吉薩沒有接受過我們的訓練。」

「所以妳當時讓塔瑪拉尼接替了她的位置。我不認識塔瑪拉尼，但是她的年紀應該相當大了吧。」

「相當老。」

「吉薩調走之後，他有什麼反應？」

「他問她去哪裡了。我們沒有告訴他。」

「塔瑪拉尼和他相處得怎麼樣？」

「他和她相處了三天之後，非常平靜地告訴她：『我討厭妳。這是不是我該對妳採取的態度？』」

「才三天！」

「現在，他一邊看著妳，一邊心想：我恨施萬虞，這個新來的是不是也會很討人厭？不過，他也在想，妳和那些老太婆不一樣，妳非常年輕。以後，他就會知道這一點的重要意義了。」

4

人類只有各有立足之地，只有各自知道自己在整體布局中歸屬何處，知道自己能夠取得怎樣的成功，方能擁有最好的生活。毀了他的立足之地，便毀了這個人。

——貝尼・潔瑟睿德教義

• • •

邁爾斯・特格原本並不願意接受伽穆星球的這項任務。訓練未成年的甦亡人，教他戰鬥打仗？即便是這麼一個甦亡人孩童，即便他有那些歷史和往事，特格還是希望可以享受自己井然有序的退伍生活。

然而，他給貝尼・潔瑟睿德當了一輩子的軍事晶算師，演算不出抗拒不從的做法。

監管之人，誰人監管？

守衛該由誰守衛？應該由誰防止守衛監守自盜？

這個問題特格在多種情況下都曾仔細考慮過，現在已經成為他忠於貝尼・潔瑟睿德的一個基本信條。無論你如何評價女修會的其他方面，她們孜孜不倦、堅定不移的精神確實令人欽佩。

在特格看來，這是一種道德的追求。

貝尼・潔瑟睿德道德的追求完全契合他的理念和原則，而這些理念和原則是不是貝尼・潔瑟睿德對他進行訓練的結果，就不在他考慮的範圍內了。理性的思維，尤其是晶算師的理性思維，只能形成這樣的判斷。

特格將千思萬緒總結成一句：哪怕只有一人能夠遵照這些根本的理念和原則行事，這個宇宙都會變得更好。重點從來都不在於正義與否。正義需要的是訴諸法律，但這就像面對喜怒無常的情人一樣，人們只能聽憑執法者依靠一時之念和片面之見進行決斷。重點往往在於公平與否，這個概念遠比正義更加深奧。受制裁者必須能夠感受到決斷的公平之處，事情方能得到妥善解決。

對於特格而言，「必須細察法律條文」的論斷只會危及他的行事原則。講求公平，便需要協調，需要有矩可循，最重要的一點，對上對下均應坦誠相待。領導群體如果能夠遵循這些原則，便無須施加外力管控。因為你的職責合理正確，所以你會履行。你為什麼服從命令？並非因為你預料這件事情合理正確，而是因為這件事情在當下就是合理正確，不需要通過預言和預知來判斷。

特格知道亞崔迪後裔的預知力之準確頗負盛名，但是他的宇宙裡沒有格言這回事。你應該接受這個宇宙實際的模樣，然後盡可能實踐你的原則。上級命令絕對不可違背。塔拉札並沒有將這件請求當成命令，不過她的意思非常明確。

「你是這項任務的最佳人選。」

他活了這麼長時間，人生輝煌璀璨，最後又光榮引退。特格明白自己老了，思維遲緩，行動緩慢，衰老導致的各種問題行將入侵他的意識。可是，當他聽到使命的召喚，即使必須勉強放下拒絕的念頭，整個人已精神抖擻了起來。

這項任務由塔拉札親自委派，眾人（包括護使團）之上的最高掌權者選中了他。她並不是普通的聖母，而是那位統御大聖母。

塔拉札親臨勒尼烏斯，來到了他的休養之地。大聖母親臨，無上光榮，他明白這個道理。她的身影突然出現在他的門口，身邊只帶兩名貼身侍祭和幾個貼身護衛，其中不乏一些熟悉的面孔，是他曾經親手訓練過的子弟兵。她來到這裡的時間耐人尋味，就在早上，特格剛剛用過早餐不久。她知道他的生活模式，必然知道他在這個時間最為警醒。可見，她希望他神志清醒，各項機能都在最佳狀態。

塔拉札一襲黑袍，隨特格的老勤務兵派特林走進了東邊的客廳，這間房間不大，布置典雅，只有堅實的家具。很多人都知道特格討厭犬椅和其他有生命的家具。派特林走進客廳的時候，臉色凝重，特格一眼便注意到了他的表情。派特林臉長而蒼白，皺紋頗多，外貌看似假面般不動聲色，然而特格注意到了他嘴角加深的褶皺和凝視的目光。可見在來的路上，塔拉札跟派特林說了一些令他不安的話。

房間東側是幾扇高大厚重的合成玻璃推拉門，外面是綠草如茵的長坡，一路往河邊的樹木開展過去。塔拉札一進門就停步，欣賞起外面的景色。

特格無須提醒便按下一個按鈕，簾幕滑了出來，遮住了門外的風景，室內的燈球也亮了起來。塔拉札知道，特格計算出他們需要隱密的環境。他還命令派特林：「任何人都不得打擾我們。」

「長官，南部農場怎麼安排？」派特林貿然問了一句。

「你們看著辦，你和費如斯知道我的打算。」

派特林離開的時候，門關得猛了一點兒，一個小小的信號，但是特格聽到了很多資訊。

塔拉札往房間裡邁了一步，打量起了這個地方：「萊姆綠。」她說，「我非常喜歡這個顏色。你母親很有眼光。」

特格聽到這句話，心裡升起了一股暖流。他對這棟房子和這片土地的感情很深，他的家人雖然僅僅在這裡住了三代，但是已經在這個地方留下了他們生活的痕跡。很多房間都還留著他母親安排的事物，幾乎沒有更動。

「熱愛土地和地方，不會有什麼問題。」特格說道。

「我特別喜歡走廊裡焦橙色的地毯，還有入口上方的彩色玻璃天窗。」塔拉札說道，「那扇天窗肯定有個古董。」

「您到這裡肯定不是來聊室內設計的。」特格說道。

塔拉札呵呵笑了。

她的嗓音聲調很高，經過女修會的訓練之後，頗具破壞力。即便像她現在這樣刻意表現得隨興，這種聲音也很難忽略。特格見過她在貝尼・潔瑟睿德議會上的樣子，行事果斷，令人信服，言語之間流露出清晰、犀利的思維和頭腦。她現在雖然看似悠閒，但是特格感覺到她要告訴自己一個重大的決定。

特格向左側的綠色軟椅伸手示意。她看了一眼，然後又環視了一番，心中暗笑。

她敢保證，整座房子都不會有一把犬椅。特格是個老古董，身邊用的東西也都是古董。她坐了下來，撫平自己的長袍，等待特格坐在面向她的同款椅子上。

「霸夏，我不想打攪你退伍之後的生活，不想讓你再次出馬。」她說，「可是，目前形勢危急，我實在別無選擇。」

特格兩隻修長的手臂隨意擱在椅子扶手上，儼然是晶算師休息的狀態，靜靜地等待。這個姿態便是在說：「有什麼資料，就輸入我的大腦。」

塔拉札一時有些窘迫，強加這份任務給他並不公平。特格身材高䠷，頭部碩大，滿頭灰髮，頗為威嚴。她知道，再過四個標準年，他就三百歲了。有鑑於標準年只比所謂的原始年短少大約二十小時，他這般高壽，還曾為貝尼・潔瑟睿德立下赫赫戰功，塔拉札對他必須敬重有加。她看特格一身淺灰色軍服，沒有佩戴軍章。夾克和褲子都是精心訂製，白色的襯衫領口敞開，露出了脖子上深深的褶皺。他的腰上閃爍著一點金光，那是退伍時獲得的霸夏旭日勛章。他還是那麼務實！竟然把這個金色的勛章當成了腰帶扣環。這件事情讓她放下了心——特格能明白她現在的麻煩。

「我能不能喝一點兒水？」塔拉札問，「我們這一路上不輕鬆，走了挺長時間。最後一段路，我們用的是自己的飛船，五百年前就該換掉的玩意兒。」

特格起身走到牆邊移開一塊牆板，從後方櫃子裡拿出一瓶冷水和一只玻璃杯，放在塔拉札右手旁的矮桌上。「我有美藍極。」他說道。

「邁爾斯，不用麻煩，我自己也有。」

特格坐了回去，她從特格的動作裡注意到有些僵硬的跡象，不過以現在的年紀來說，他的身體仍然相當柔韌靈活。

塔拉札倒了半杯水，一口氣喝完了。她小心翼翼地把杯子放回桌上。該怎麼進行才好？特格的表現騙不了她，他並不想重出江湖。她的分析人員事先提醒她有這種可能。退伍之後，特格相當認真地研究起了農業。他在勒尼烏斯開墾了數公頃土地，種植作物，這塊土地其實就相當於實驗農場。

她抬起頭，毫不避諱地打量了他一番。特格肩膀寬闊，更加凸顯出他的細腰，可見他現在仍然堅持鍛鍊。面部狹長，骨骼稜角分明，線條鮮明，典型的亞崔迪氏族特徵。特格回視統御大聖母，一如過往他被人打量時的作為。他看著塔拉札，抓住了她的注意力，同時準備好回答這位大聖母提出的任何問題。他的薄唇彎成淡淡微笑，露出潔白整齊的牙齒。

塔拉札心想：他知道我現在很尷尬，真該死！論起女修會的那些手段，他一點都不比我遜色！

特格沒有開口提問，他的姿態滴水不漏，淡然到令人詫異。她提醒自己這是晶算師普遍的特點，並不該過度解讀。

特格突然起身，大步走到塔拉札左方的餐櫃旁。他轉過身來，雙手環胸，靠著餐櫃低頭看她。

塔拉札出於無奈，只好也將椅子轉向面對他。這個老頭！特格不準備讓她輕輕鬆鬆地辦成這件事。負責檢驗審查的聖母都認為讓特格坐下來交談並非易事。他喜歡站著，像站軍姿一樣繃緊雙肩，目光直視下方。他身高超過兩公尺，幾乎沒有哪位聖母能夠與他比肩。大聖母的分析人員一致認為，特格的這種行為是他反抗女修會權威的方式（或許是無意識的習慣）。然而，他的其他行為完全不會表現出這種態度。特格從前始終都是女修會最為可靠的指揮官。

在這個多社會並存的宇宙中，幾股重要的勢力儘管各自的標籤簡單明瞭，然而彼此之間的互動錯綜複雜，一個可靠的指揮官價值堪比數倍於其體重的美藍極。雖然宗教以及有關帝國暴政的共同記憶常常在談判之中產生巨大的影響，然而經濟實力強大的勢力才是最終的贏家，而軍事實力則是任何人的計算機裡都通用的籌碼。過去每一次談判，軍事因素都有一席之地，未來亦然，因為推動交易系統的正是需求。只要人們還需要特定事物，例如香料或者伊克斯的技術產品；只要還有人需要專業人員，例如晶算師或蘇克醫生；只要市場還存在對各種日常事務的需求，諸如勞動力、建築工人、設計師、平順生活、藝術家、帶有異國風情的特殊娛樂……只要需求存在，市場就會繼續存在。

任何一種法律體系都無法全面約束這樣龐雜的市場與需求，人們因而時常需要尋求有影響力的仲裁人從中調解。在這個經濟的網路之中，貝尼．潔瑟睿德自然而然接下了調解的角色，這一點邁爾斯．特格心知肚明，他也知道自己這次又將成為一個籌碼。無論他喜不喜歡充當這個角色，對於那些談判而言，都不重要。

「你家裡似乎沒有什麼事情需要你留在這裡了吧？」塔拉札說道。

特格默認了統御大聖母的推斷。沒錯，他的妻子三十八年前便已去世，膝下兒女均已成人，除了一個女兒，其他均遠走他鄉。他還有很多自己的事情，但是對家人已經不再需要履行任何義務，家裡確實沒有什麼事情需要他留在這裡。

塔拉札隨後回憶了他多年以來效忠女修會的光榮歷史，大致講述了幾件他的重要事蹟。她知道讚揚不會對他產生多少作用，但是對她而言這是她所需要的開場白，才能帶出接下來的話。

「你之前聽人說過你和氏族祖先的相似之處。」她說。

特格幾不可察地點了點頭。

「你的相貌和暴君的祖父雷托·亞崔迪一世高度相似。」她說。

特格沒有任何反應，完全看不出他是否聽見或者贊同這句話。這只是一份資料，原本便已存在於他浩瀚的記憶之中。他知道自己有亞崔迪的基因，也曾在聖殿星球見過雷托一世的樣子，當時的感覺就好像照鏡子一樣，頗為詭異。

「你個子比他稍微高一點。」塔拉札說道。

特格一言不發，還是靜靜地俯視著她。

塔拉札說：「該死，霸夏，你能不能至少試著幫我一把？」

「大聖母，您這是命令嗎？」

「這算哪門子的命令！」

特格慢慢地笑了。塔拉札當著他的面大發雷霆，這件事情本身已經表達了很多含意。她如果不信任對方，絕不會如此行事。她如果認為對方只是一名下屬，當然也不會這樣直白地表達自己真實的情緒。

塔拉札向後靠，仰頭笑著看他：「好了。」她說，「現在您也開心了。派特林說，我要是找你回去執行任務，你肯定會有一萬個不滿。我向你保證，沒有你，我們的計畫寸步難行。」

「敢問是什麼計畫？」

「我們正在伽穆上培養鄧肯．艾德侯的一個甦亡人，馬上就要六歲了，可以接受軍事教育了。」

特格的眼睛微微瞪大。

「對於你而言，這項任務比較繁重。」塔拉札說，「但是我希望你能夠盡快接手他的訓練和保護工作。」

「我長得像亞崔迪公爵。」特格說，「你們要利用我恢復他初始的記憶。」

「正是此意，在八到十年後。」

「如此之久！」特格搖了搖頭，「為何選在伽穆？」

「貝尼．忒萊素人按照我們的指示，修改了他的普拉那－並度遺傳特徵，他的神經反射將達到我們這個時代的速度。至於伽穆……最初的鄧肯．艾德侯便是在那裡出生、長大。因為他的細胞遺傳特徵受到更改，所以我們必須保證其他所有因素盡量與原來的情況相同。」

「費這麼大的工夫，是為了什麼？」這是晶算師覺察到了資料的語氣。

「我們在拉科斯發現了一個女童，具備操控蟲子的能力。我們準備到時把這個甦亡人派過去。」

「妳們要讓他們交配？」

「我來找你，並不是請你當晶算師。我們需要你，一是因為你軍事才能卓著，二是因為你和雷托一世的相貌相仿。時機成熟時，你知道如何恢復他初始的記憶。」

「所以，您請我回歸，真正的目的是讓我當教官。」

「你曾經是我們的大霸夏，你覺得現在做這樣的事情是委屈了自己？」

「大聖母，在下悉聽尊便。要我接手這些事情沒有問題，不過前提是我也要全權接管伽穆的所有防禦工作。」

「邁爾斯，這件事情已經安排好了。」

「您總是能確知我的想法。」

「而且我總是相信你忠心耿耿。」

特格背部往後一施力，順勢站直，若有所思地停了一會兒，說：「由誰來告訴我各方面的情況？」

「紀錄部門的貝隆達，和以前一樣。她會告訴您一個密碼，這樣可以防止他人知道我們彼此交流的資訊。」

「我給您一個名單。」特格說，「都是以前的老戰友，還有一些人的子女。希望我到伽穆的時候，他們已經待命。」

「你覺得他們都會答應？」

他的表情好像在說：「還用說嗎？」

塔拉札呵呵輕笑，她心想：當年亞崔迪那些人教了我們一招——培養甘心奉獻、絕對忠誠的人。

「招兵買馬的事情交給派特林負責。」特格說，「他肯定不願意要什麼軍銜，這點我知道，但是他必須享受副官的待遇，薪資一分也不能少。」

「我們自然會恢復你大霸夏的銜級。」她說，「我們……」

「不必，大霸夏還是留給伯茲馬利。不能因為他的老指揮官回來了，就削弱了他的力量。」

她端詳了他一段時間，然後說：「伯茲馬利現在還不是……」

「我知道，這件事情我很清楚。老戰友們隨時都會跟我說女修會的事情。不過，大聖母，妳我都知道，沒人比伯茲馬利更加優秀，他早晚都會成為大霸夏。」

這個結論她無法反駁，因為下判斷的不是一名普通的軍事晶算師，而是特格。她突然想到另外一件事。

「那麼，你也已經知道我們在議會上發生的爭執了！」她難掩怒氣，「可是還讓我……」

「大聖母，倘若我認為妳們會在拉科斯培養出又一個怪物，我剛才就會直接說出自己的想法了。您相信我的判斷，我也相信您的決定。」

「你真可惡，邁爾斯，我們已經太長時間沒見面了。」塔拉札起身，「想到你馬上就能回到我的手下，我心裡就平靜了許多。」

「您的手下。」他說，「確實沒錯，任命我為特殊行動霸夏。這樣一來，伯茲馬利即便聽到了什麼消息，也不會問出愚蠢的問題。」

塔拉札從長袍內拿出一疊利讀聯晶紙遞給他：「我已經簽過名了，填上你自己的復職資料。其他的授權說明都在這裡，還有交通票券之類的東西。這些都是我以個人名義下達的命令，你要服從的是我。你是『我的』霸夏，聽明白了嗎？」

「以前不也經常這樣？」他問道。

「現在的情況和以前不一樣。千萬保護好那個甦亡人，好好訓練他。你的責任就是處理好他的事情，在這一點上，無論誰與你作對，我都會作你的後援。」

「聽說伽穆的指揮官是施萬虞。」

「邁爾斯，無論誰跟你作對，我都會支持你。不要信任施萬虞。」

「知道了。要和我們一起吃飯嗎？我女兒已經……」

「不好意思，邁爾斯，我得趕緊回去。我會盡快派貝隆達來見你。」

特格送她到大門口，跟自己的幾個學生客套了幾句，便目送她們離開。車道上停了一輛裝甲地行車，顯然是她們自己帶過來的新車型。特格看到這輛車，心裡一陣不安。

情況危急！

堂堂統御大聖母以信使的身分親自造訪，深知如此一來，他必定能了解當下的形勢。他明白女修會的處世之道，所以知道剛才那些事情背後的含意。他聽線人說了貝尼．潔瑟睿德議會上的爭執，但是沒想到那麼嚴重。

「你是我的霸夏。」

特格看了一眼塔拉札留下的那疊授權文書和票券，她已經簽了字，蓋了章。這些東西體現了她對他堅定的信任，結合他剛才便已察覺到的一些異常徵兆，令他內心更加難以平靜。

「不要信任施萬虞。」

他把晶紙放進口袋，然後便去找派特林。必須有人跟派特林說明一下情況，安撫一下他的情緒。他們需要商量商量，看看這項任務需要哪些人參與。他在腦子裡列出了一些名字，大事臨頭，不能大意，必須是最優秀的人馬才行。他媽的！莊園所有的事情都要交給費如斯和迪梅拉打理。那麼多零碎細節！他大步從客廳向前廳走去，感覺自己心跳在加速。

中途特格遇到一個護衛，過去也是他的手下，便停了下來：「馬丁，我今天的會客行程全部取消。去跟我女兒說，讓她去我的書房找我。」

消息很快便傳遍主宅，然後傳遍了整個莊園。僕人和家人都知道那位統御大聖母剛剛跟特格私下交談了一番，便都自動豎起了一道保護屏障，不再讓雞毛蒜皮的雜事分散他的注意力。他正在逐項羅列實驗農場必須注意的具體工作，大女兒迪梅拉便衝了進來。

「父親，我已不是個小孩了！」

他們所在之處是一間小型溫室，和特格的書房相連。種著花草的檯子上放著特格吃剩的午餐，午餐餐盤的後面，派特林的筆記本靠牆立著。

特格端詳著自己的女兒，迪梅拉長得像他，不過個頭不像他。臉上的稜角太過分明，算不上是美人。但如今她和丈夫費如斯的婚姻幸福美滿，兩個人育有三個孩子，都很優秀。

「費如斯呢？」特格問道。

「他在忙南部農場移植的事情。」

「噢，對，派特林跟我說了。」

特格笑了。女修會曾經邀請迪梅拉入會，可是她拒絕了女修會，嫁給勒尼烏斯的本地人費如斯，留在父親身邊。特格每當想到這件事情，都十分開心欣慰。

「我只知道她們叫你回去執行任務。」迪梅拉說，「是什麼危險的任務嗎？」

「妳這話的語氣跟妳母親一模一樣。」特格說道。

「這代表確實是危險的任務！這些可惡的女人，你拚死拚活，替她們做了那麼多事情，還不夠嗎？」

「顯然還不夠。」

她聽到派特林從溫室的另一頭進來，便轉身離開了。特格聽到她對派特林說了一句：

「他真是愈老愈像那些聖母了！」

特格不禁思考起這個問題。不然呢？他的母親是聖母，父親是聯合誠信奧伯商業聯盟（簡稱「鉅貿聯會」）的小職員。在他成長的歲月裡，整個家庭奉女修會的準則和理念為圭臬。他年紀尚幼時便發現，每當母親提出反對意見，父親對鉅貿聯會星際貿易網路的忠誠便會變得不堪一擊。

整個家完全處於他母親的支配之下，到她去世，情況才出現變化；她在他父親去世後不到一年就跟著撒手人寰。母親行為處事的許多痕跡至今還縈繞在他的身邊。

派特林走到他的面前：「我是回來拿筆記本的，您又加了幾個人名？」

「加了幾個，最好趕緊去找他們。」

「遵命！」派特林一個俐落的後轉，大步走向溫室另一頭的入口，筆記本打在腿上發出「啪啪」的響聲。

特格心想：他也察覺到了。

特格再一次環視四周，這棟宅子現在仍然是他母親的地盤。儘管他在這裡住了這麼多年，儘管他在這裡建立了家庭，依然還是她的地盤！噢，這間溫室是他搭起來的，可是那邊的書房過去是她的私人房間。

簡妮特．洛克斯布羅，來自勒尼烏斯的洛克斯布羅氏族。那些家具，那些裝飾，都還是她的。這裡還是她的地盤，塔拉札看出了這一點。他和妻子更換了一些無關緊要的東西，但是這裡的核心仍然屬於簡妮特．洛克斯布羅。她身上流淌的魚言士血液在這裡得到了體現。她曾經是女修會多麼寶貴的一筆財富啊！只是她竟然和洛斯齊．特格結為夫妻，在這裡終老，這件事情頗令人匪夷所思。不過，你如果知道女修會持續了一代又一代的育種計畫，便能理解其中的用意了。

特格心想：又是這一套，她們讓我等了這麼些年，就是為了這個時候。

5

數千年過去了，難道宗教尚未獲取造物的專利？

——忒萊素人之問，《摩阿迪巴語錄》

・・・

忒萊素的清晨空氣如水晶一般澄澈，四處寂寥無聲，半是因為空氣裡帶著寒意，半是因為整座星球好像一隻蓄勢待發的猛獸，好像靜候的班得隆城，翹首企足，虎視眈眈，只待他一聲令下，便會一躍而出。諸位尊主之主「馬哈依」[6]泰爾威斯．瓦夫特別喜歡每天的這個時段。他透過大開的窗戶，眺望這座屬於自己的城市。只有聽到他的命令，班得隆才會展現出盎然的生機，他就是這麼告訴自己的。他能感覺到外面的恐懼，因為他能夠掌控忒萊素文明出現的任何情況。這個文明是孕育生命的培養池，從這裡發源，而後將勢力擴散到了遠方。

他的同胞為了這一天已經等待了數千年之久。瓦夫細細品味這個時刻。他們經歷了先知雷托二世（他不是神帝，只是神使）的暴政，經歷了大饑荒，經歷了大離散，一次又一次被低等種族擊敗，他

6 忒萊素人共分成四個等級，位階由高至低分別為馬哈依、馬謝葉赫、卡薩德與多莫。馬哈依又稱阿卜杜，尊主之主，為統領全體忒萊素人的最高領袖。馬謝葉赫是從尊主之中挑選出的統治階級，卡薩德能承擔護衛與戰鬥工作，多莫則是家戶僕役或低階人口。——編注

們忍辱負重，養精蓄銳，最終等到了這個時刻。

噢，先知！我們的機會來了！

在他看來，高窗之下的這座城市是一個符號，是宓萊素人勵精圖治的史冊上有力的一筆。其他的宓萊素星球，其他的大型城市，相互連接、相互依賴、效忠於他的神主和他的城市，都知道那個信號很快就會出現，都在耐心地等待。幻臉人和馬謝葉赫這兩股息息相關的勢力已經壓縮了他們的力量，做好驚天一躍的準備，數千年的等待即將結束。

瓦夫認為這是「漫長的開端」。

沒錯，他看著這座蓄勢待發的城市，點了點頭。組織誕生之初，只是一顆觀念的種子，微不足道，然而貝尼．宓萊素的領袖那時便已明白，一項計畫如果過於漫長複雜而精密，將會面臨怎樣的風險。他們明白自己必須歷經劫難而不滅，接受一次次巨大的損失、屈從與羞辱。這些因素，以及其他的因素共同為貝尼．宓萊素勾勒出一個特定的形象。他們經過數千年的假裝，已經製造了一種迷思。

「宓萊素人惡毒，卑鄙，下流，無恥！宓萊素人愚蠢無知！宓萊素人的行為很容易預測！宓萊素人衝動魯莽！」

連先知的僕從也陷入這種迷思。一名魚言士被俘之後，曾在這間房間裡向一位宓萊素尊主咆哮：「你們戲演了這麼多年，就演成了真的！你們實在太卑鄙！」所以他們殺了她，而先知則無動於衷。

外面的那些世界和民族，實在不了解宓萊素人有多麼隱忍和克制。衝動魯莽？他們看到貝尼．宓萊素為了一鳴驚人可以等待幾千年之後，或許便不再會有這樣的看法了。

「斯班納斯伯根！」

瓦夫仔細玩味這個古老的詞語：弓弦拉開的距離！在射出你的箭之前，你將弓拉得有多開。這支箭將射得很深！

「馬謝葉赫等得比誰都久。」瓦夫喃喃道。他只有在自己的堡壘之中，才敢自言自語說出「馬謝葉赫」。

太陽慢慢升了起來，窗外的屋頂閃閃發光。他聽到城市甦醒的騷動，忒萊素人甘苦參半的氣味隨風飄進了他的房間。他深吸一口氣，關上窗戶。

獨自俯瞰全城之後，瓦夫感覺自己重新獲得了活力。他轉身從窗邊走開，穿上象徵榮譽的白色齊拉特袍。所有多莫見到這件長袍，都會反射性地垂首鞠躬。袍子完全遮住他矮小的軀幹，令他覺得這衣袍其實是一具盔甲。

神主的盔甲！

他在前一天晚上剛剛提醒過他的議員：「我們屬於亞吉斯特，其他所有地方都是邊境。數千年以來，我們為了一個目的，成功塑造出卑鄙無能的虛假形象，連貝尼・潔瑟睿德也沒有識破我們的假象！」

這間薩格拉空間深長，沒有窗戶，處在無現空間盾的保護下，他的九位議員正襟危坐，微笑著對他方才的發言表達了靜默的贊同。他們看到了呼弗蘭儀式[7]的結果，他們已經知道了。呼弗蘭儀式決定了忒萊素人的命運，而只有蓋謳[8]才有權舉行儀式。

7 普汶韃：在忒萊素人的文化中，不與他們信奉同一真神的人，以及出身非忒萊素血統的人均被劃歸為不潔之人，稱作普汶韃。忒萊素人一旦接觸了普汶韃，返回母星時都需要仰賴呼弗蘭儀式（ghufran）滌清罪惡、求得神之寬恕。在阿拉伯語中，Ghufrān 意為「寬恕」。——編注

8 蓋謳：忒萊素統治階級最核心成員組成的祕密議會。——編注

瓦夫是最為強大的忒萊素人，然而即便是他，離開了忒萊素，接觸外星那些駭人聽聞的罪惡之後，也需要在呼弗蘭上卑躬屈膝祈求寬恕，才能重新回歸自己的世界。這件事情並沒有什麼不妥，即便是最為堅毅的人也可能被普汶韃玷汙。那些卡薩德看管忒萊素的所有邊境，守護那些女人的寢宮，他們也有理由懷疑所有人，即便是瓦夫。他確實屬於這個民族，也確實屬於蓋謳，但是每當返回核心地帶，尤其是每當步入寢宮播撒精子，他都必須證明自己的身分。

瓦夫走到他的落地長鏡前面，對自己和身上的長袍審視一番。他明白，對於那些普汶韃而言，身高勉強搆到一百五十公分的自己看來就像小精靈一樣。灰眼灰髮灰膚，全都在襯托那張橢圓形的臉，還有那張小小的嘴巴和兩排尖牙。幻臉人大概能夠模仿他的面貌，效仿他的體態，還可以聽從某位馬謝葉赫的命令，偽裝成他的樣子，但是沒有哪位馬謝葉赫和卡薩德會受騙，只有普汶韃才會上了他的當。

當然，貝尼．潔瑟睿德是另一回事！

想到這裡，他不禁橫眉怒目。不過，那些女巫還沒見過新的幻臉人。

他安慰自己：從沒有哪個民族像貝尼．忒萊素一樣通曉基因的語言。神主親自賦予我們這個偉大的能力，正因為如此，我們才將其稱為「神主的語言」。

瓦夫大步走到門前，等待晨鐘敲響。各種心情紛紛湧上他的心頭，他感覺完全無法描述心中的感受。耐心的等待終將有所回報。他沒有問為什麼只有貝尼．忒萊素聽到了先知真正的訊息。神主意下如此，而先知是神主的臂膀，自然也應尊為神使。

噢，先知！您已經幫我們處理好他們了。

而且，伽穆的那個甦亡人，就出現在這個時候，數千年的等待沒有付之虛空。

晨鐘響起，瓦夫大步走進了走廊，與幾位剛剛出現的白袍人一同轉向東面，走上露臺，迎接和煦的朝陽。他是同胞的馬哈依，他是同胞的阿卜杜，他現在能夠認為自己就代表所有忒萊素人。

我們是研究《沙利亞特》的法學家，是宇宙間研究這套法律的最後一群人。

只要出了他那些同為一國之君的兄弟們的密封空間，不論在什麼地方，他都不能吐露腦海中這個祕密，但是他知道周圍所有人的腦中都湧動著相同思緒。無論馬謝葉赫、多莫還是幻臉人，都曾產生過這個念頭。上自馬謝葉赫的蓋謳，下至最低等的多莫，都相信一種悖論——大家血脈相通，然而同時社會層次分明。可是，對於瓦夫而言，這想法並無相悖之處。

因為我們為同一個神主效力。

一個偽裝成多莫的幻臉人向他們鞠躬，打開了露臺的門。瓦夫看出這人是個幻臉人，笑著和身旁的同伴走進了陽光之中。還只是個多莫！這是親族之間常開的一個玩笑，不過幻臉人和他們沒有親屬關係。幻臉人只是物件，只是用具而已，和伽穆的那個甦亡人一樣，都是利用馬謝葉赫方能操持的「神主的語言」設計出的東西。

瓦夫向太陽行了拜禮，幾位馬謝葉赫簇擁在他的身邊。他發出了一聲阿卜杜的吶喊，無數聲音迴響在城市最遙遠的地方。

「太陽不是神主！」他高聲說。

太陽確實不是神主，只是神主的無窮威力和仁慈的象徵，也只是一個物件和用具。瓦夫感覺前一天晚上的呼弗蘭滌淨了自己身上的汙穢，早晨的儀式讓他重獲新生，他現在可以回想那些普汶韃的地方發生的事，細細思考這一次在外面的所見所聞了；正是因為這些事，才必須進行呼弗蘭儀式。他轉身走進室內，其他信徒紛紛為他讓路。他走過一道道廊廳，進入滑道，出口便是他和幾位議員約定相見的中央花園。

他想：我們這次打了那些普汶韃一個措手不及。

瓦夫每次離開貝尼．忒萊素的內部世界，就感覺自己參加了拉什卡軍的部隊，踏上終極復仇的征途。他的同胞私下將這個終極的復仇稱為巴達，蓋謳或呼弗蘭最先詢問的往往便是這件事是否已經完成，而瓦夫這次的拉什卡便取得了圓滿成功。

瓦夫出了滑道，來到一處陽光充沛的中央花園。周圍建築屋頂安裝了很多稜鏡一般的反光裝置，將陽光投在園中。一處小小的噴泉正在演奏視覺賦格曲，周邊鋪砌的石子圍成圓形。花園的一側有一圈低矮的白色柵欄，裡面是一片修剪整齊的草坪。這裡與噴泉的距離剛好，空氣溼潤，而水聲又不至於打攪人們低聲交談。草坪內緣放了十張材質古老的塑膠長椅，九張排成半圓形，另外一張與其他椅子相距稍遠，相對而放。

瓦夫在草坪邊緣站定，看了看周圍的環境。他並不是第一次來到此地，可是他不知道自己這次為什麼如此欣喜。長椅的深藍色澤源自材料本身，數百年的撫摸和使用在扶手和椅面上留下了淺淺的凹陷，然而這些凹陷處的顏色依然和長椅的其他地方一樣鮮豔。

瓦夫坐上長椅，面朝他的九位議員，心中正在組織必須說的那些話。這次拉什卡，他帶回了一份文書，這也恰恰正是此次遠行的目的。瓦夫此時拿到這份文書，不早不晚，正合時宜。對於這些忒萊素人而言，文書上的標籤和文字都能夠傳達有力的資訊。

瓦夫從長袍內側的口袋取出薄薄一疊利讀聯晶紙。他看到其他議員對這疊晶紙產生興趣，九個人的臉龐均與他相仿，這些人是蓋謳核心的馬謝葉赫。所有臉上都露出了期盼的神色，他們曾經在蓋謳看過這份文書——《亞崔迪宣言》。他們花了整整一個晚上，思索宣言的寓意。現在，這些文字必須接受檢驗。瓦夫將宣言放在自己的腿上。

「我認為這篇宣言應當廣為傳播。」瓦夫說道。

「一字不改？」說話的人是議員彌賴，他是這些馬謝葉赫中最了解甦亡人改造情況的人。毫無疑問，彌賴希望成為阿卜杜和馬哈依。瓦夫盯著這位議員寬大的下巴，頜部軟骨生長了數百年，已經在他的臉上留下了清晰可見的痕跡，明白地顯出這個軀體的年紀。

瓦夫說：「我們拿到的時候是什麼樣，散播出去時就什麼樣。」

彌賴說：「太危險了。」

瓦夫向右轉頭，幾位議員看到噴泉勾勒出他那孩子似的側臉。神主之手就在我右邊！天空的顏色像紅瑪瑙一般，這座歷史最為悠久的忒萊素古城的上空，彷彿架著環境惡劣的星球上保護拓荒者的巨大人造護罩。瓦夫的注意力回到了他的議員身上，臉上沒有什麼表情。

「對於我們來說，並沒有什麼危險。」他說道。

「這只是你的想法。」彌賴說道。

瓦夫說：「那我們就來交流交流。我們需要擔心伊克斯人或者魚言士嗎？其實沒有必要，他們現在都是我們的人了，只是他們自己不知道罷了。」

瓦夫頓了一下，讓大家理解他的話。他們都知道新的幻臉人已經神不知鬼不覺地混進了伊克斯人和魚言士的最高議會。

「至於宇航公會，他們不會反對我們，也不會跟我們作對，因為我們是他們唯一穩當的美藍極來源。」瓦夫說道。

「那大離散回來的這些尊母呢？」彌賴質問道。

「必要之時，我們再去對付她們。」瓦夫說，「而且，曾經有一些同胞自願加入大離散，他們的後代將會助我們一臂之力。」

「現在時機似乎確實有利。」另一名議員低聲說道。

瓦夫看到說話的人是小托戈。好，這一票到手了。

「還有貝尼．潔瑟睿德！」彌賴突然發聲。

「在我看來，尊母會幫我們解決掉這些礙事的女巫。」瓦夫說，「她們現在已經和鬥獸場上的野獸一樣互相咆哮了。」

「萬一有人發現了這篇宣言的作者是誰……」彌賴質問道，「到時候怎麼辦？」

有幾位議員點了點頭。瓦夫記住這幾個人，他要把這些人爭取過來。

「這個時代，被人稱為亞崔迪後裔非常危險。」他說道。

「在伽穆星球上或許就不是如此了。」彌賴說，「而且那份宣言上面簽了亞崔迪這個名字！」

瓦夫心想：真是蹊蹺。在他離開忒萊素核心地去參加的那場普汶韃大會上，鉅貿聯會的人也強調了這一點。不過，鉅貿聯會的大部分人私下都是無神論者，懷疑所有宗教，而亞崔迪當然是一股強大的宗教力量。鉅貿聯會的憂慮幾乎可以說是顯而易見。

瓦夫詳細描述了他們當時的反應。

彌賴依然堅持自己的看法，他說：「鉅貿聯會的這位代表，雖然利欲薰心，目無神尊，但是話說得很對，這篇宣言是個圈套。」

瓦夫暗想：彌賴不除，必有後患。他拿起宣言，大聲朗讀了第一行：

「太初有言，言即神也。」

「這句是直接從《奧蘭治合一聖書》援引的話。」彌賴道。幾位議員再次擔憂地點了點頭。

瓦夫一笑，露出尖利的牙齒：「閣下莫非是說普汶韃中有人懷疑世間確實存在《沙利亞特》和馬謝葉赫？」

能夠光明正大地說出這些詞語，他的心裡相當舒暢，這話提醒了他的聽眾，只有內部的這些忒萊素人還記得這些詞語和古語的原貌。彌賴或者其他的議員擔心亞崔迪的那些話會顛覆了《沙利亞特》嗎？

瓦夫也提出了這個問題，然後看到眾人眉頭緊鎖。

「你們是不是有誰覺得，普汶韃有人知道了我們運用神主的語言的方法？」

行了！讓他們好好想一想這個問題！在座的每一位都曾經在甦亡人的軀體中一次又一次甦醒。這些議員的記憶在甦亡人的肉體中傳承得極好，其他所有民族都未曾取得這樣的成就。彌賴親眼見過先知，司凱特利曾經和摩阿迪巴說過話！他們雖然知道肉體如何再生，記憶如何恢復，但是將其壓縮在一個政府之中，並加以限制，以免人人都來索要這個能力。只有那些女巫擁有相似的經驗庫房可以取用，她們小心翼翼，顫顫巍巍，唯恐自己又造出了一個奎薩茲．哈德拉赫！

瓦夫告訴他的議員這些事，再補上一句：「是時候採取行動了。」

瓦夫看到沒人提出異議，便接著說：「這篇宣言只有一個作者，所有分析都得出同樣結論。彌賴？」

「一人撰寫，而且那個人肯定是真正的亞崔迪氏族之人，毋庸置疑。」彌賴表達贊同。

「這一點是會議上所有人的共識。」瓦夫說，「連宇航公會的一位三級宇航員都同意。」

「可是這個人寫出了這麼一篇文章，在眾多民族之中引起了軒然大波。」彌賴據理力爭。

「亞崔迪人製造混亂的能力，什麼時候令我們懷疑過？」瓦夫說道，「我在普汶韃那裡看到這份宣言的時候，就知道神主向我們發出了信號。」

「那些女巫還是不承認這是她們的手筆？」小托戈問道。

瓦夫暗暗讚嘆：真是機敏。

「普汶韃的所有宗教都遭到這篇宣言質疑。」瓦夫說，「除了我們，所有人的信仰都成了懸而未決的疑問。」

「問題就在這裡！」彌賴立刻抓住了這一點。

「可是，這件事情只有我們知道。」瓦夫說，「還有誰可能懷疑《沙利亞特》確實存在？」

「宇航公會。」彌賴說。

「他們從來沒提過，以後也絕對不會說。他們知道如果說出口，我們會有怎樣的反應。」

瓦夫拿起了那張紙，再次朗讀起來：

「宇宙之間，到處都是我們無法理解的力量。如果把這些力量投射到感官可見的螢幕上，我們能夠看到它們的影子，但卻無法真正理解。」

「這個姓亞崔迪的想必知道《沙利亞特》。」彌賴喃喃自語。

瓦夫充耳不聞，繼續朗讀：

「理解事物需要靠語言，然而有些事物並非語言可以描述或闡釋，有些事情只有脫離語言才能體悟。」

瓦夫誠惶誠恐地將宣言放回腿上，彷彿手裡捧著聖物。他輕聲輕語，讓議員必須彎身向前才能聽清，有幾個人甚至把手圈在耳旁：「這表示我們的宇宙擁有不可思議的魔力，所有主觀、隨意的形式都不會永恆存在，而會出現不可思議的變化。科學引領我們得出如此詮釋，彷彿把我們放在一條既定的軌道上，我們無法偏離它的方向。」

瓦夫待這些話滲進了眾人心裡，接著說：「分裂之神在拉科斯的那些祭司還有其他的普汶韃騙子，沒人能夠接受這樣的說法。只有我們明白，因為我們的神主擁有巨大的魔力，我們操持祂的語言。」

「我們肯定會被扣上宣言起草人的帽子。」彌賴說道。然而，話音未落，他就狠狠地搖了搖頭：「原來是這樣！我明白了，我知道你是什麼意思了。」

瓦夫一言未發。他看得出來，他們都在思索自己最初信仰的蘇非教派，回憶偉大信念[9]和禪遜尼合一運動，正是因為這篇信條和這場合一運動，才有了貝尼·忒萊素。關於他們的起源，這個蓋謳的人們從神主那裡得知很多真相，但是他們一代代都施行保密方針，因而並沒有普汶韃知道這些。

瓦夫的腦海中靜靜地浮現出了一句話：「莫基於領會之揣度，內含根據確鑿的信念。萬物由此勃然而生，如同草木自種子蓬發。」

瓦夫知道其他議員也想到了偉大信念的要義，便向他們重申了禪遜尼的告誡。

「揣度隱含了對語言能力的信念，普汶韃對此信念深信不疑。只有《沙利亞特》會質疑，而且我們只會默默地質疑。」

議員們不約而同地點了點頭。

瓦夫微微頷首，繼續說：「在視語言為至高信仰的宇宙中，光是說出世間存在著語言無法描述的事物，都將使宇宙為之震撼。」

「普汶韃的愚昧思想！」他的議員紛紛大聲說道。

9 偉大信念：忒萊素人所信仰的宗教為蘇非教與禪遜尼的混合體，偉大信念即為此宗教的部分核心教義，其中包括相信「暴君」雷托二世是神所派遣的先知，引領信徒走向通往神之道路。——編注他們現在全都和瓦夫站到了一邊，他高喝一聲，將勝券穩握手中：「蘇非－禪遜尼的信條是什麼？」

他們無法言說，但是都想到了：悟者，不可說，不可名。毋須理解亦可達致。

一時間，所有人都抬起了頭，會心對視。彌賴自告奮勇，唸出了忒萊素人的誓言：

「我神不可言，既言之，則非我神，僅為雜音，一如常時所聞雜亂之聲矣。」

「我看出來了。」瓦夫說，「各位都感覺到巨大的力量透過這篇宣言落入我們手中。當下已經有數百萬份傳到了普汶韃手裡。」

「是誰散布的？」彌賴問道。

「誰知道呢？知道了又如何？」瓦夫反問，「讓那些普汶韃去查吧，讓他們費盡心力，尋根究柢地駁斥和封殺吧。他們愈是這樣，就會賦予宣言裡這些話更多力量。」

「我們不應該像他們那樣，公開反駁宣言嗎？」彌賴問道。

「必要之時，再行此策。」瓦夫說道，「好了！」他把晶紙在膝頭拍了拍，「普汶韃已經把注意力集中到了當下最重要的事情上，這是他們的弱點。我們必須讓這篇宣言盡可能在宇宙中廣為傳播，範圍愈廣愈好。」

「神主的魔法是我們唯一的橋梁。」幾位議員吟誦道。

瓦夫看到，他們都已經找回了堅定的信仰，這種事情輕而易舉。所有馬謝葉赫都不會像普汶韃那樣，愚蠢地低吼：「神恩無量啊，為什麼是我？」普汶韃在這同一句話裡，既祈求無窮之力庇護自己，同時又加以推拒，從來沒有注意到自己的愚鈍之處。

「司凱特利。」瓦夫喚道。

最左邊坐著一個年紀最輕、面貌也最年輕的議員，他殷勤地傾身向前。

「讓信徒做好準備。」瓦夫說。

「竟然是個亞崔迪氏族成員給了我們這件武器，實在大出所料。」彌賴說，「亞崔迪一族的理想，為什麼始終都有數十億人追隨？」

「不是亞崔迪一族，是神主。」瓦夫說著舉起了雙手，口誦結束語：「眾馬謝葉赫在蓋謳相聚，知神主與他們同在。」

瓦夫閉上眼睛，等待其他人離開。馬謝葉赫！在他自己祕密的議會之外，沒有忒萊素人說伊斯蘭米亞語，即便與幻臉人交談也不會說。然而，他們在蓋謳上可以光明正大地用這種語言交談，堂堂正正地自稱馬謝葉赫。無論在詹朵拉的韋柯特的任何地方，即便到了忒萊素亞吉斯特最遙遠的地方，也不會有普汶韃知道這個祕密。

瓦夫站起身，心裡想著：「亞吉斯特」，不羈之人的土地。

他感覺這幾張晶紙彷彿正在自己的手中震動，這份《亞崔迪宣言》正是能將普汶韃的大眾領向滅亡的工具。

6

時為美藍極，時為苦塵土。

——拉科斯箴言

‧‧‧

高大蜿蜒的沙丘頂上躺著一個名叫什阿娜的女孩，她已經和拉科斯的祭司在一起待了三年。她瞇著眼睛，看著早晨的遠方，聽到一陣巨大的摩擦聲。地平線上籠罩著詭異的銀光，好像薄霧一般。沙子裡仍然殘存著夜間的些許寒意。

她知道，自己身後兩公里開外的地方有一座清水環繞的高樓，那些祭司正安全地站在樓上看著自己，但是她並不在意——她把注意力全部放在身體下方震動的沙地上。

是個大傢伙，少說也有七十公尺，漂亮極了。她心想。

她非常慶幸自己穿上了那些祭司送給她的灰色蒸餾服——這件衣服是祭司找到她之後贈送的，穿在身上平整光滑，完全不像之前那件破舊的「傳家寶」，滿是粗糙的補丁。她也慶幸自己外面套了一件白底紫紋的厚袍子，但是她更因為能夠來到這裡而激動。每到這種時刻，她的心中便會充滿豐富而危險的情緒。

那些祭司並不明白這裡發生了什麼，她知道，他們都是懦夫。她回頭看了一眼遠處的高樓，看到了太陽在鏡片反射出一道道陽光。

她能夠清晰地想像出祭司透過窺視鏡看到的自己——心智早熟的孩子，十一標準年歲，身形瘦弱，皮膚黝黑，棕色的頭髮已因為多年日曬而深淺不一。

他們看到我在做他們根本沒有膽量做的事情，他們看到我站在了魔鬼的前面。我在沙漠裡很小，魔鬼很大，他們現在已經可以看到他了。

什阿娜聽到了巨大的摩擦聲，知道自己馬上也會看到巨蟲。拉科斯的祭司每天清晨都會歌頌沙漠中這些身體有稜紋的霸主，跪拜雷托二世濃縮入牠們體內的意識精華。然而，在什阿娜的眼中，這些龐然凶煞不是什麼沙胡羅，也不是沙漠之神，牠們是「放過我的東西」，或者說魔鬼。

現在，牠們屬於她。

事情要從三年多前說起，當時正是她八歲生日的那個月份，也就是舊曆的宜嘉月。他們村莊簡陋破敗，原本只是拓荒者建造的住地，遠離安穩的屏障，根本看不到類似欽恩的坎兒井和環形運河，只有溼沙修築的壕溝。魔鬼感受到潮溼便會離開，可是這些沙蟲的幼態沙鱒很快便會帶走所有水分。每天都需要放出捕風器收集的寶貴水分，才能重新形成屏障。村子裡全都是簡易的木屋，只有兩座小型捕風器，收集的水分只夠飲用，偶爾才有剩餘，可以抵禦沙蟲。

那天早上和今天差不多，清晨寒冷的空氣像針一樣從她的鼻子進入肺部，地平線只能看到詭異的白色。村子裡的孩子大部分都已經四散出發，走進沙漠，尋找魔鬼遺落在沙地上的星星點點的美藍極，因為夜裡有人聽到兩隻大型魔鬼在村子附近出現。美藍極的價格即便現今已經下降，依然可以買下足夠的琉璃磚，建起第三座捕風器。

每一個孩子都不僅在尋找香料，也在尋找古蹟，尋找弗瑞曼的穴地據點。這些地方雖然只剩下斷窟殘室，但是魔鬼當前，岩石的屏障多少可以提供一些保護。而且，據說這些穴地殘存的房間有一些藏有大量美藍極，所有村民都夢想自己能夠發現這樣的地方。

什阿娜穿著滿是補丁的蒸餾服和單薄的長袍，一個人向東北方走去，遠方是雲霧繚繞、恢宏壯麗的欽恩城，豐富的水分在烈日下蒸騰上升，伴著暖風撲面而來。

尋覓殘留美藍極的時候，人們主要依賴嗅覺。這種狀態下，人們只有零碎的意識可以用來注意魔鬼肢體摩擦沙地的聲音。他們腿部肌肉不由自主、沒有規律、一蹦一跳地走著，腳步聲與沙漠自然的聲音融為一體。

峽谷從她視野中遮蔽了村莊。越過峽谷的風吹沙隨風跳躍摩擦，聲響巧妙地融入遠方的尖叫，什阿娜起初並沒有聽到。撕心裂肺的叫聲漸漸進入她的意識，這才引起她的注意。

很多人在尖叫！

什阿娜這時完全顧不上按照沙漠裡的安全措施不規則行走了，她用孩子的肌肉竭盡全力往回奔跑，慌忙爬上峽谷的滑面，直直望向聲音的源頭。這時尖叫的聲音剛剛被截斷，她目睹了現場發生的一切。

大風和沙鱒使得村莊另一側的一段屏障完全喪失了水分，她從顏色的差異分辨出屏障上的缺口。一隻狂野的沙蟲已經從缺口進來了，盤縮著身體，緊緊挨著溼沙區域的邊緣。蟲子用迅速收縮的圓形口腔鏟起人和木屋，口中依稀可見火光。

什阿娜看到圓圈裡面已經沒有了木屋的痕跡，只剩下捕風器的殘骸。尚未喪命的人們在一片狼藉的中心抱成一團。此時，仍然有一些人在瘋狂地奔跑，希望突出重圍，逃到沙漠裡去，其中便有她的爸爸。然而，所有人均未倖免。巨大的口器一次吞下了所有人，而後將整座村莊徹底夷為了平地。

區區村莊竟敢擅自占據魔鬼的領土，如今只剩下漫漫沙塵，彷彿原本便是荒無人煙的地方。

什阿娜深吸一口氣，由鼻子吸入肺部，以便保留體內的水分，沙漠裡所有聽話的孩子都明白這個道理。她掃視地平線，希望找到其他的孩子，看到的卻只有魔鬼在沙地上留下的曲線和環形，一個人都看不到了。她大聲喊叫，尖厲的童音劃破乾燥的空氣，傳向了遠方，可是沒有人回應。

孤獨一人。

她恍惚地沿著沙脊向村莊原本所在的方向走去。走到附近的時候，一波濃重的肉桂氣味乘著大風鑽進了她的鼻孔，她明白了。村莊選址有誤，下方有一大片香料預菌體。菌群深埋沙地，成熟之後會爆出大量美藍極，然後吸引魔鬼來到了這裡。即便是不懂事的孩子，也知道魔鬼抵擋不住香料噴發的誘惑。

什阿娜悲憤交加，一怒之下便跑下沙丘，趁著巨蟲剛剛轉身，尚未通過來時的缺口離開村莊，跑到了魔鬼的身後。她不加思考，順著蟲尾就爬了上去，沿著巨蟲長著一道道環脊的寬大背部，一直跑到了口器後端的凹陷處。她蹲在那裡，兩隻拳頭狠狠捶打腳下堅硬的表面。

巨蟲停了下來。

什阿娜心中的憤怒突然變成了恐懼，她停下了手中的動作，才意識到自己剛才一直在大聲叫喊。她不知道自己怎麼來到了這裡，她只知道自己現在身處何處，孤立無助的惶恐襲上她的心頭。

蟲子依然一動不動地趴在沙地上。

什阿娜不知道該怎麼辦，這隻蟲子隨時都可以翻身，把她碾成一灘肉泥，或者鑽進沙中，把她留在沙上，從容不迫地吞吃她。

蟲身突然一陣顫動，從尾部一直傳到口器後面什阿娜所在之處，然後蟲子開始向前移動。牠轉了一個半徑很大的彎，然後加快速度，向東北方向前進。

什阿娜趴在巨蟲背上，緊緊抓著環脊的前緣，唯恐蟲子突然鑽進沙中，到時候她該怎麼辦呢？不過，魔鬼並沒有鑽到地下，也完全沒有改變方向，依然筆直地快速越過一座座沙丘。什阿娜終於回過神來，她知道自己這是在幹什麼。分裂之神的祭司嚴格禁止這種行為，但是古代的弗瑞曼人也會這樣駕馭巨蟲。他們站在魔鬼的背上，手裡拿著兩根長鉤，鉤端掛住巨蟲的環脊，以此作為支撐。無論書面歷史還是口述史，均有關於弗瑞曼人馭蟲的紀錄。然後，拉科斯的教會頒布教令，稱弗瑞曼人的這種行為在當時並無不妥，然而此後雷托二世與沙漠之神結合，因此絕對不允許以任何方式貶損散布於沙蟲體內的雷托二世。

巨蟲馱著什阿娜，以驚人的速度奔向雲霧蒸騰的欽恩城，龐大的城市立在縹緲的遠方，好像一座海市蜃樓。什阿娜破爛的長袍隨風拍打著綴滿補丁的單薄蒸餾服，抓著環脊的手指已經開始疼痛。巨蟲的熱交換散發肉桂、燒焦的石頭和臭氧味，隨著風一陣陣從她的身上吹過。

欽恩的景象逐漸變得清晰明確。

什阿娜心想：那些祭司看到我這個樣子，肯定會大發雷霆。

她看到低矮的磚石結構，那是第一排坎兒井，後面是一個扁圓形的全封閉式高架水渠，再後面是梯臺式花園的牆面和一座座捕風器的巨大側影，然後就是教會的神廟，周圍還有一道道清水屏障。

短短一個多小時就到了這裡！要是步行過來，得花上一天的時間！

她的父母和村裡的村民來過欽恩很多次，為了做交易，也為了來跳個舞，但是什阿娜只跟他們來過兩次。她基本上只記得跳舞的事情，還有之後混亂暴力的場景。欽恩的恢宏廣闊令她目瞪口呆。這麼多房子！這麼多人！這樣的地方，魔鬼肯定傷害不了。

然而，蟲子依然直直向前衝，彷彿要衝過坎兒井和水渠一樣。什阿娜目不轉睛地看著前方，眼前的城市不斷升高，她心中的讚嘆壓過了惶恐。魔鬼仍沒有慢下來的意思！

蟲子突然停了下來，兩側是牠擠出來的沙堆。

坎兒井的井口距離沙蟲大開的口器不足五十公尺。什阿娜聽到魔鬼體內深處的熔爐轟隆作響，嗅到了巨蟲呼出熾熱的肉桂氣味。

現在，她終於明白了，旅程結束了。她慢慢鬆開抓著環脊的手，站起身，以為蟲子又會恢復活動，然而魔鬼一動不動。什阿娜小心翼翼地滑到沙地上站定。現在牠會動了嗎？她有點想要跑到坎兒井那裡，卻又被巨蟲迷住了。什阿娜在被攪亂的沙裡踉踉蹌蹌，繞到了蟲子的正面，望向可怕的口器內部。蟲口外緣是一圈晶牙，裡面是來回翻騰的火焰，灼熱的氣息裹挾香料的氣味，從她身上吹過。

她像之前發瘋似地衝上蟲背那樣，一邊激動大喊，一邊朝著巨蟲恐怖的口器揮舞拳頭：「去死吧，魔鬼！為什麼要這樣對待我們？」

她曾經聽到媽媽也說過同樣的話，當時是因為沙蟲毀了他們的一處塊莖菜園。什阿娜從未質疑過「魔鬼」這個名稱，也從未想過媽媽為什麼會那麼憤怒。在拉科斯星球上，他們是活在底層最貧困的一群，她自己也知道。她的同胞先相信有魔鬼，而後才是沙胡羅。然而，沙蟲終究是蟲子，而且常常比尋常的蟲子可怕。黃沙漫漫的星球全無正義可言，只有危險潛伏。她的同胞之所以被迫搬到凶險的沙丘上，或許是因為貧窮和對祭司的恐懼，但是他們依然像弗瑞曼人那樣，不屈不撓，隱忍不發。

然而，這次魔鬼打敗了他們。

什阿娜發現自己站在通向死亡的路上，她的思想在當時還沒有完全成熟，只知道自己做了一件瘋狂的事情。很多年之後，經過女修會的教導，她的心智成熟後，才意識到自己當時是被孤獨的恐懼擊垮，想讓魔鬼送自己去和遇害的親友作伴。

巨蟲的身下傳出了摩擦的聲音。

什阿娜捂住了嘴巴，險些叫了出來。

蟲子緩緩動身，退後了幾公尺，掉頭沿著來時的軌跡邊緣加速離開。隨著巨蟲遠去，蟲身與沙地的摩擦聲漸漸消失，這時什阿娜才注意到了另一個聲音，她抬頭仰望天空。祭司的撲翼機飛來，發出碰碰聲響，影子從她的身上掠過。飛行器朝著沙蟲的方向飛去，在清晨的陽光中閃閃發光。

什阿娜的心中產生了一種比較熟悉的恐懼。

是那些祭司！

她死盯著那架撲翼機，它在空中盤旋了一會兒便回返，慢慢落在附近一塊被沙蟲壓實的沙地上。她聞到潤滑油的味道，和撲翼機燃料令人作嘔的酸味。那個東西好像一隻巨大的昆蟲，趴在地上，對她虎視眈眈。

撲翼機的一扇艙門打開了。

什阿娜挺起胸膛，堅定地站在原地。好極了，他們逮到她了，她知道現在會發生什麼事。逃是絕對逃不掉的，畢竟那些祭司駕駛著撲翼機，他們想去哪就去哪，什麼都看得到。

兩位衣著華麗的祭司走下撲翼機，踩著沙向她跑了過來。兩人穿的都是白底金紋紫繡邊的長袍，來到什阿娜跟前，便跪在她的腳邊。她聞到他們汗水的氣味和身上麝香一般的美藍極熏香。這兩個祭司很年輕，不過和她印象中的祭司差不多：神態和藹，手上沒有長繭，也不在乎流失水分。二人的長袍內都沒有穿蒸餾服。

什阿娜左前方的祭司，眼睛與她同高，說：

「沙胡羅的孩子啊，我們看到妳的父神從祂的國度將妳帶到了這裡。」

什阿娜並不明白這句話是什麼意思，她只知道祭司都是一些可怕的人。父母和她認識的所有成年人，都藉由他們的言行舉動令她把這個道理深深記在了心裡。祭司擁有撲翼機，無論你是否觸犯了法條，祭司心血來潮之間，就會將你餵給魔鬼。她的同胞遇過很多這類的事情。

什阿娜退了兩步遠離眼前跪姿的男子，惶恐地四處張望。應該往哪邊跑？

剛才說話的祭司舉起了一隻手懇求：「不要走。」

「你們都是壞蛋！」什阿娜激動地說，嗓音都啞了。

兩名祭司聞聲，慌忙低頭趴在沙地上。

遠處，陽光從城市高樓上的鏡片折射過來。什阿娜看到了那些東西，她知道這些閃光是怎麼回事，祭司總是會在城市裡監看你。如果看到了鏡片的反光，那就是告訴你不要太出鋒頭，要「乖一點」。

什阿娜的兩手在身前交握，希望能讓自己停止顫抖。她瞥了一眼左邊，瞄了一眼右邊，然後看了看跪在自己腳下的祭司，不太對勁。

兩個祭司頭磕在地上，不停顫抖，誠惶誠恐地等待著，誰都不說話。

什阿娜不知道自己該如何是好，她還是個八歲的孩子，無法理解短時間內發生的這些重大衝擊。她知道魔鬼帶走了父母和所有的村民，這是她親眼所見。魔鬼把她帶到了這裡，不願把她送入牠的熊熊烈火中。牠放過了她。

這個詞她知道是什麼意思：放過。學唱聖舞的歌曲時，大人跟她解釋過這個詞語。

「沙胡羅放過我們！

「快快帶魔鬼離開……」

什阿娜不想驚動地上的祭司，於是挪動腳步，慢慢地跳起了那支沒有節奏的舞蹈。記憶中的音樂逐漸在腦海中響起，她展開雙臂，兩條腿交替著莊重地抬起。她的身體不停地轉動，起初還很慢，隨後舞蹈的熱情在她的心中燃起，轉動的速度便隨之加快了，棕色的長髮隨之快速拍打她的臉龐。

兩名祭司鼓起勇氣抬起頭來，看到這個奇怪的孩子竟然在跳聖舞！他們認出了這些動作，是安神聖舞。她正在請求沙胡羅寬恕他的子民，她正在請求神寬恕他們！

兩人面面相覷，向後坐起。他們希望用古老的辦法轉移孩子的注意力——一邊和著節拍拍手，一邊誦起了那首古老的歌：

「我們的父親在沙漠上吃著嗎哪。

「在那旋風四起的燒灼之地！」

祭司已忘卻了其他的事情，注意力完全聚集在這個孩子身上。他們看到孩子身形瘦削，四肢纖細，但是身上不乏肌肉。她的長袍和蒸餾服破舊不堪，綴了不少補丁，好像貧民的裝束。她的顴骨高突，在橄欖色臉上留下陰影。他們還注意到她棕色的眼睛，部分頭髮因為長年日曬，已變成了棕紅。孩子的面容呈現出節水的尖銳形狀——鼻子和下巴狹窄，額頭寬大，嘴大而唇薄，脖子細長。她長得很像達艾斯巴拉特至聖之殿那些弗瑞曼人肖像。廢話！沙胡羅的孩子必然是如此樣貌。

她的舞跳得也很好，曼妙的舞步全然沒有迅速重複的節奏。她的舞確實有節奏，但緩而長得令人讚賞，從不在一百步內重複。太陽逐漸升起，她還在不停地跳著，直到將近中午，才筋疲力盡地倒在地上。

兩個祭司站了起來，眺望沙胡羅離開的方向。女孩的舞步沒有將祂喚回，他們受到了寬恕。什阿娜便由此展開新生活。

高級祭司針對什阿娜的事在他們的住所裡吵了許多天，最終把他們的爭執和報告交給最高祭司赫德雷．杜埃克。一天下午，杜埃克和六個祭司議員在小會堂舉行會議，會堂壁畫上人面蟲身的雷托二世和善地俯視他們。

杜埃克身下的石凳據說摩阿迪巴本人曾坐過，是在風隙穴地找到的古物，椅腳仍可以清晰地看到一隻亞崔迪鷹的雕紋。

幾位議員與他相對而坐，他們的長凳全無古色古香之感，也比他的短小一些。

最高祭司身形魁梧，灰白的頭髮梳理整齊，錦緞一般垂至肩頭，恰好襯出他方正的面孔，闊口厚唇，下巴肥厚。杜埃克的瞳孔呈深藍色，周圍則依然是原來透明的眼白。他灰白的眉毛沒有經過修剪，濃厚茂密地遮在眼睛上方。

幾位議員的背景不一，他們是從前的祭司氏族的後代，每個人都暗自認為，只要自己坐上杜埃克的位置，就不會是現在這般光景了。

瘦臉的斯蒂羅斯自告奮勇站了出來，發表反對意見：「她不過是沙漠裡的一個野孩子，而且她罔顧禁令，騎上了沙胡羅，絕對不可縱容。」

話音未落，其他人便大聲叫嚷起來：「萬萬不可！斯蒂羅斯，萬萬不可。你不明白！她並沒像弗瑞曼人那樣，站在沙胡羅背上。她沒有創造者矛鉤，也沒有……」

斯蒂羅斯想用聲音壓過他們。

雙方僵持不下，杜埃克看到他們各有三人，另外還有一個貪圖享樂的胖子烏普路德，建議「謹慎接納」。

烏普路德表示：「她當時沒有辦法指引沙胡羅的方向。我們全都看到她面無懼色地下到地上，還和沙胡羅說話。」

他們確實都看到了那一幕，有人是在當時看到的，有人是事後在全息影像裡看到的（有一個腦筋動得快的旁觀者錄了下來）。無論是不是沙漠裡的野孩子，她都正面迎向沙胡羅，還與祂交談。此外，沙胡羅也沒有吞吃她。確實沒有。上神的巨蟲聽從她的命令，後退了幾公尺，就此回到了沙漠裡。

「我們要試一試她的法力。」杜埃克說道。

第二天一早，什阿娜在沙漠裡遇到的那兩個祭司駕駛一架撲翼機，送她到了一片杳無人煙的沙地。兩人把她帶到一座沙丘的最高處，將一把仿製精妙的弗瑞曼沙錘插在地上。沙錘的扣環打開之後，槌芯重重砸在地上，整個沙漠為之震動——這是遠古人類召喚沙胡羅的方式。兩個祭司逃進他們的撲翼機，升起後高高地懸在空中等待。驚慌失措的孩子孤零零地站在距離沙錘約二十公尺的地方——然後她最擔心的事情發生了。

兩隻沙蟲蜿蜒而來，長度不超過三十公尺，空中的兩個年輕祭司見過比這還要長的沙蟲。一隻蟲子掀翻沙錘，打斷了連續不斷的捶擊。兩隻蟲子畫著平行曲線，並排停在距離什阿娜六公尺左右的地方。

什阿娜怯懦地站著，身體兩側的手緊緊握拳。這就是祭司幹的事情，他們只會把你送到魔鬼的嘴前。

兩個祭司坐在飛行器裡，饒富興味地緊盯下方。他們的窺視鏡將一切景象傳送到最高祭司位於欽恩城的府邸，那裡也有一群人正目不轉睛地看著這裡發生的事情。他們都曾見過這樣的場景，這是常規的懲罰，輕而易舉就可以清除礙事的民眾或者祭司同胞，或者消除障礙，方便自己再納一個小妾。

然而，他們從來沒見過一個孩子，一個這樣的孩子，孤零零地受害！

上神的兩條蟲子緩緩向前爬了幾公尺，但是到了距離什阿娜約莫三公尺的地方，便又一動也不動。

什阿娜把自己交給了命運，完全沒有逃跑的意思。她覺得自己很快就能見到爸爸媽媽，見到她的好朋友了。可是沙蟲依然一動不動，她心中的恐懼變成了憤怒。是那些混蛋祭司把她一個人扔在這裡！她能聽到他們的撲翼機懸浮在自己的頭頂，也能聞到四周的空氣中瀰漫著沙蟲熾熱的香料氣味。她突然舉起右手，一根手指指向天上的撲翼機。

「來吧！吃了我吧！他們等著呢！」

空中的祭司聽不到她說了什麼，但是看到她在和上神的蟲子說話，也看到了她的手勢，一根手指筆直地指著他們，貌似不是什麼好兆頭。

沙蟲沒有移動。

什阿娜把手放下來，大聲斥責：「你們害死了媽媽！爸爸！還有我的朋友！」她向前邁了一步，然後對蟲子用力地揮舞拳頭。

兩隻沙蟲後退，和她保持相同的距離。

「你們不想吃我的話，就給我滾回去！」她揮了揮手，想把牠們趕回沙漠中。

沙蟲乖乖順順地後退幾步，然後便一同掉頭離開。

兩個祭司駕駛撲翼機，跟著兩條蟲子飛到一公里開外的地方，看著牠們鑽進沙地，方才驚恐害怕地飛了回來，把這個沙胡羅的孩子拎上了飛機，帶著她回到欽恩。

當天傍晚，貝尼．潔瑟睿德派駐在欽恩的使館便知道了事情的來龍去脈。第二天早上，消息便已傳向聖殿。

終於出現了！

7

某些戰爭之所以麻煩（暴君必然知道這件事情，因為他的教誨裡包含這一點），是因為它們泯滅了意志不堅之人的道德感。這些人雖然大難不死，但是受盡了戰爭的摧殘。戰爭將他們拋回了單純的人群之中，然而後者完全無法想像回歸故里的這些士兵會做出怎樣的事情。

——《黃金之路的教誨》，藏於貝尼．潔瑟睿德檔案部

• • •

邁爾斯．特格還記得自己小時候坐在餐桌旁邊，跟父母和弟弟薩比尼用晚餐的事情。特格當時只有七歲，但是那時的情景至今依然歷歷在目——勒尼烏斯上的那個家，餐廳裡五彩繽紛地點綴著新剪下的花枝，昏暗的黃色陽光透過古色古香的簾子細碎地灑在室內。桌上擺著鮮亮的藍色盤碟和閃耀的銀質刀叉，桌旁站著服侍家人用餐的侍祭。他的母親由於履行特殊的使命，大概永遠無法參與女修會的活動，但是諸位聖母斷然不會浪費一位貝尼．潔瑟睿德的教師。

簡妮特．洛克斯布羅－特格骨架粗大，僅從相貌便能看出並非等閒之輩。她坐在餐桌的一端，觀察桌上的情況，絕不允許出現一絲一毫的差池。邁爾斯的父親洛斯齊．特格則總是樂呵呵地把這一切看在眼裡。這個男人身材精瘦，腦門凸起，面部狹窄，使得兩隻深色的眼睛看似往側面凸出，烏黑的頭髮和妻子的金髮形成了絕佳的對比。

餐桌上瀰漫著爾杜湯的香氣，大家正在安靜地用餐，他的母親則在教他的父親如何應付糾纏不休的自由商人。她提到「忒萊素人」的時候，邁爾斯的注意力完全轉移到了她那裡，他最近剛剛學到了「貝尼・忒萊素」。

薩比尼，這個多年之後在羅摩星球死於一名用毒者之手的男孩，當時雖然只有四歲，也在全神貫注地傾聽。在他的眼裡，哥哥就是他的大英雄。無論什麼事情，只要引起邁爾斯的注意，也都會激發他的興趣。兩個男孩一言不發，靜靜地聽著。

簡妮特夫人說：「這個男人在幫忒萊素人掩人耳目，我能從他的聲音裡聽出來。」

洛斯齊・特格說：「親愛的，我相信妳的能力，妳確實能夠發現這樣的蛛絲馬跡。可是我又能怎麼辦呢？他手裡的信用憑證並沒有什麼問題，他想買——」

「現在稻米的生意並不重要，千萬不要以為幻臉人表面上想找的東西是他們真正的目的。」

「他肯定不是幻臉人，他——」

「洛斯齊！我知道，你按照我說的學會了方法，現在能判斷對方是不是幻臉人。這個自由商人確實不是，那些幻臉人還在他的艦上，他們知道我在這裡。」

「他們知道自己糊弄不了妳。沒錯，可是——」

「忒萊素人詭計多端，虛實莫辨，這是他們從我們這裡學到的手段。」

「親愛的，既然和我們打交道的是忒萊素人，我相信妳的判斷，那這立刻就成了美藍極的問題。」

簡妮特夫人輕輕地點了點頭。確實如此，連邁爾斯都知道忒萊素人和香料之間的聯繫，這也是他對忒萊素人如此熱中的一個原因。在拉科斯上產出千分之一克美藍極的時間裡，貝尼・忒萊素的再生箱可以生產數噸之多。新的供給出現之後，美藍極的消耗量隨之大幅增長，即便是宇航公會也拜倒在這個勢力腳下。

「可是那些米……」洛斯齊．特格大著膽子開口。

「親愛的，貝尼．忒萊素根本不用在我們這個區域買那麼多龐迪米，他們是想買去跟別人交易。我們必須搞清楚誰才是最後的買主。」

「妳要我使用拖延戰術。」他說道。

「正是此意，你察言觀色的能力超群，我們現在恰恰需要你這項能力。不要讓那個自由商人給出明確的答覆，幻臉人訓練出來的人，肯定會明白其中的寓意。」

「我們將幻臉人引出艦船，以便妳在別處進行調查。」

簡妮特夫人笑了：「你像這樣想得比我更遠時，真是特別讓我喜歡。」

兩個人默默地對視了一眼，心照不宣。

「他在這個區域找不到其他供應商。」洛斯齊．特格說道。

「他會盡量避免一翻兩瞪眼的局面。」簡妮特夫人拍著桌子說道，「拖延，拖延，再拖延。你必須把那些幻臉人引出飛船。」

「他們必然會看透我們的心思。」

「親愛的，所以這項行動非常危險。你絕對不能去他們的地盤，身邊隨時都要有我們自己的護衛。」

邁爾斯．特格想起父親確實將幻臉人引出了他們的飛船。簡妮特夫人把邁爾斯帶到了觀察儀器旁邊，他看到父親和幻臉人正在那間銅質內壁房間裡談判。洛斯齊．特格費了很大的工夫，談下了這筆生意，後來也因此獲得了鉅貿聯會的最高表彰和豐厚的獎勵。

邁爾斯．特格之前從來沒見過幻臉人，父親面前的兩個男人身形矮小，相貌相似到像雙胞胎。兩個人都是圓臉，幾乎沒有下巴，蒜頭鼻，嘴巴小，眼睛又黑又小，好像黑色的鈕釦，直硬的白色短髮像刷子的毛一樣。二人的穿著與先前的自由商人一樣——黑色短上衣，黑色的褲子。

「假象，邁爾斯。」他的母親說道，「假象就是他們的手段，製造假象，達到真正的目的，這就是忒萊素人。」

「像冬季晚會上的魔術師那樣？」邁爾斯聚精會神地盯著觀察儀器，看著裡頭玩具一般大小的人。

他的母親回答：「非常相似。」她也正盯著觀察儀器，但是一隻手護在了兒子的肩上。

「邁爾斯，你現在看到的是一群惡魔，仔細看清楚了。你看到的那些面孔瞬間就能變成另一副模樣。他們可以變高變矮，變胖變瘦，可以變成你父親的樣子，那時就只有我才能看出真偽。」

邁爾斯・特格瞠目結舌，他盯著觀察儀器，聽父親解釋鉅貿聯會的龐迪米價格再次暴漲的原因。

他的母親說：「最麻煩的是，最近一些新的幻臉人只要觸摸死者的肉體，就能夠吸收其部分記憶。」

邁爾斯仰起頭，看著母親：「他們讀心？」

「不完全是。我們認為他們複製了死者的記憶，基本上和全息攝影差不多。他們還不知道我們發現了他們的這項本事。」

邁爾斯明白，這件事情他誰都不能說，就算是對父母也不能說。母親教過他貝尼・潔瑟睿德保守祕密的方法。他認真看著螢幕裡的人物。

聽了父親的話，幻臉人雖然沒有露出任何表情，但是眼睛似乎亮了起來。

「他們為什麼會這麼邪惡？」邁爾斯問道。

「他們是集體生物，生來便沒有特定的體形或面孔。現在變成這副模樣，是因為我，他們知道我在看著他們。他們已經放鬆下來，露出了自然的集體形態，注意看。」

邁爾斯歪著頭，端詳這些幻臉人。他們樣貌如此平淡無奇，而且似乎軟弱無能。

他的母親說：「他們沒有自我的意識，只會本能地保留自己的生命，除非有人命令他們為主人而死。」

「他們會去死嗎？」

「他們已經為主人死了不知道多少次。」

「誰是他們的主人？」

「那群男人很少離開貝尼．忒萊素的星球。」

「他們有孩子嗎？」

「幻臉人沒有，他們像騾子一樣，不能孕育後代。那些主人可以，我們抓到過幾個，不過他們的後代比較奇怪，幾乎沒有女嬰，而且我們不能探測他們的他者記憶。」

邁爾斯皺起了眉頭，他知道母親是一個貝尼．潔瑟睿德，他也知道聖母的大腦存有浩如煙海、橫亙數千年的他者記憶。他甚至知道貝尼．潔瑟睿德育種計畫的一些事情。聖母挑選特定的男性，與他們交配，生育後代。

「忒萊素人的女性長什麼樣子？」邁爾斯問道。

這個問題很有見地，簡妮特夫人心中升起了一股自豪之情。沒錯，她幾乎確定兒子未來將會成為晶算師，育種女修沒有看錯洛斯齊．特格的基因潛能。

「在他們的星球之外，沒人報告過自己見過女性的忒萊素人。」簡妮特夫人說道。

「忒萊素人真的有女性嗎？還是說他們全靠再生箱？」

「他們確實有女性。」

「那些幻臉人有沒有女的？」

「他們想男則男，想女則女。仔細觀察他們。這些人知道你父親想幹什麼，他們發怒了。」

「他們會不會傷害父親？」

「他們不敢，我們採取了預防措施，他們知道。注意看左邊那人咬牙切齒的樣子，那是他們發怒的一個標誌。」

「你剛才說他們是集……集體生物。」

「像築巢而居的昆蟲那樣。他們沒有自我認知，沒有自我的意識，沒有道德的概念。無論他們說了什麼，做了什麼，都千萬不能相信。」

邁爾斯一陣顫抖。

「我們始終都沒有發現他們的善惡準則。」簡妮特夫人說，「他們是人肉自動機器。沒有自我，對一切便也無所敬重，甚至完全不會質疑。他們生來便只會服從主人的吩咐。」

「所以他們來這裡買米是奉命行事。」

「正是如此。他們受命買米，但是在這個區域，他們只有在這裡能買到。」

「他們必須在父親這裡買嗎？」

「他們只能在他這裡買。兒子，看見沒有？他們給的可是美藍極。」

邁爾斯看到一個幻臉人從地上的箱子裡拿出了棕橘色的香料憑證，高高的一疊，交給他的父親。

「價格比他們預想的高了太多太多。」簡妮特夫人說，「後面的事情就可想而知了。」

「怎麼可想而知？」

「買了這批米，必然有人會傾家蕩產，我們應該知道買家是誰。不論是誰，我們到時候就知道了，然後就能知道他們在這裡實際交易的是什麼了。」

簡妮特夫人指出了一些蹊蹺之處，正是這些地方暴露出幻臉人的身分，也只有經過訓練的眼睛和耳朵才會察覺。邁爾斯經過母親的指點，立刻便發現這些細節。母親告訴他，自己覺得他或許會成為一名晶算師……甚至可能不僅是晶算師。

快要十三歲的時候，邁爾斯．特格來到貝尼．潔瑟睿德位於蘭帕達斯的要塞接受進階教育，母親對他的判斷在這裡得到了驗證。消息傳到她那裡：

「妳的兒子正是我們夢寐以求的晶算師戰士。」

母親去世之後，特格整理她的遺物時才看到了這張字條，之前並不知情。文字刻在一張小小的利讀聯晶紙上，下面是聖殿的紋章，這些東西讓他產生了時空錯位的感覺。他突然回到了記憶中的蘭帕達斯，就在那裡，他對母親的愛與敬畏巧妙地轉移到了女修會之上。他後來接受晶算師的訓練，才明白這是怎麼一回事，但是並沒有因此而產生明顯的改變。如果要說改變了什麼，也應該是進一步加深了他與貝尼．潔瑟睿德的聯繫。他的實力有一部分必然是女修會的支持，這一點已經毫無疑問。他當時已經知道貝尼．潔瑟睿德女修會在他的宇宙裡是一股非常強大的勢力，至少可以與宇航公會相提並論，勝過繼承了亞崔迪帝國核心的魚言士議會，當時也強過鉅貿聯會，而且在某種程度上能夠與伊克斯的發明家和貝尼．忒萊素相抗衡。數千年間，伊克斯人造出航行機器，打破了宇航公會對於空間旅行的壟斷；忒萊素人發明了再生箱，找到大量培養香料的方法，也打破了拉科斯人的壟斷。儘管發生了這些事情，女修會仍然保持著她們的權威，由此也能推知她們在宇宙中影響之深遠廣泛。

邁爾斯．特格在那時就已經非常了解過去的歷史了。宇航領航員可以駕駛飛船在摺疊的空間之中穿梭——這一秒還在這個星系，下一秒則已經到達了某個遙遠的星系，然而伊克斯人也已經具備了這項能力。

學院的聖母對他知無不言，言無不盡，令他首次得知自己有亞崔迪血統。她們當時正在測試他，所以必須告訴他這件事情。顯然，她們在測試他的預知力。他能不能像宇航公會的宇航員一樣，預先發現致命的障礙？他沒有通過測試。在此之後，她們對他進行了無現空間和無現星艦的測試，可是他的結果和其他人類相同。不過，為了這項測試，她們增加對他施予的香料劑量，他感覺自己的真我覺醒了。

他問教師女修自己為什麼會出現這種奇怪的感覺，她將之稱為「大腦萌發伊始」。有一段時間，他透過這個全新的意識看待宇宙，看到這個世界有著不可思議的魔力。他的意識先是一個圓形，而後是一個球體。主觀、隨意的形式都變成轉瞬即逝的存在，他會毫無徵兆地隨之進入恍惚狀態。不過，女修後來教他控制這種狀態的辦法。她們告訴了他聖人和玄者的事情，強迫他沿著意識的線條，徒手畫出正圓，兩手各畫一個。

學期末，他的意識恢復到原本的狀態，事物都變成了常規的樣子，但是那段神奇的記憶從此便一直留在他的腦海之中，成了艱難逆境中力量的來源。

特格答應擔任這個甦亡人的教官之後，發現這段回憶出現的頻率愈來愈高。他和施萬虞在伽穆主堡初次見面的時候，這段記憶發揮了莫大的作用。兩人見面的地方是這位聖母的書房，房間的牆壁採用金屬材質，閃閃發光，房內放置了大量儀器和設備，多數均帶有伊克斯的標誌。朝陽透過她身後的窗戶，傾灑在她的身上，使得特格難以看清她兜帽下的面孔。即便是她坐著的那把椅子也是能腐化自我的伊克斯人手筆。無奈之下，他只好坐在一把犬椅上，但是他意識到施萬虞必然知道自己反對用任何形式的生命做這種卑賤的事情。

「之所以選了你，是因為你具備當人祖父的特質。」施萬虞說道。明亮的陽光在她的頭頂形成了一個光環。故意為之！「你的睿智將會贏得這個孩子的愛戴和尊敬。」

「我肯定不像個父執輩。」

「據塔拉札所說，你恰恰擁有她要求的各種特點。我了解你的赫赫戰功，知道你浴血奮戰，為我們作出了偌大的貢獻。」

這番話恰好再次應驗他先前的計算結果：這件事情，她們已經謀劃了很長時間。她們為此進行育種，我即是為此而被培育生下，我是她們一盤大棋中的棋子。

然而，他只說：「塔拉札希望這個孩子喚醒真我之後，能夠成為令人膽寒的戰士。」

施萬虞只盯著他一會兒，然後說道：「他如果提到了甦亡人的事情，無論問你什麼，都絕對不能回答。沒有我的允許，『甦亡人』這個詞提都不許提。關於這個甦亡人，你工作需要的所有資料我們都會提供給你。」

特格一字一頓冷漠地說道：「聖母想必並不知道在下頗了解忒萊素人的甦亡人，我曾在戰場上與忒萊素人兵戎相見。」

「你覺得自己非常了解艾德侯這一系列？」

「艾德侯的甦亡人長於軍事謀略，人盡皆知。」特格說道。

「那麼，我們的甦亡人或許還有霸夏大人尚未耳聞的特點。」

她的聲音無疑帶有嘲諷的意味，同時還有幾分掩藏不住的妒忌和憤怒。特格的母親曾經教他如何讀懂她掩飾的各種情緒，這是一門禁學，所以他通常也不會顯露出來。他假裝懊喪，聳了聳肩膀。

不過，施萬虞顯然知道這個霸夏只聽從塔拉札的命令，界限已經明確地劃了出來。

施萬虞說道：「弌萊素人受貝尼．潔瑟睿德之命，大幅修改了目前的艾德侯系列，他的神經與肌肉系統已經調整到現代人的水準。」

「初始的個性沒改變吧？」特格平淡地提問，他不知道她會透露多少真相。

「他是個甦亡人，不是複製人！」

「我明白了。」

「真的明白了？對他進行普拉那－並度訓練的每一個階段，都必須極為謹慎。」

「塔拉札正是這麼囑託我的。」特格說，「我們都會遵守那些命令。」

施萬虞身體前傾，怒形於色：「這個甦亡人在某些計畫裡會對我們所有人造成極大的危險，我覺得你完全不知道自己將要訓練的是什麼東西！」

特格注意到了「什麼東西」一詞，她說的並不是「誰」。對於施萬虞這些反對塔拉札的人而言，這個甦亡人兒童永遠不會成為「誰」，或許至少需要等到他找回初始的自我，完全恢復鄧肯．艾德侯的身分。

特格現在明白了，施萬虞對於這個甦亡人計畫並非只持保留態度，正如塔拉札先前所言，她正在設法阻礙計畫。施萬虞是敵人，塔拉札的命令非常明確。

「你必須保護好那個孩子，絕對不能有什麼閃失。」

8

雷托二世開始變身為拉科斯的沙蟲，距今已經過去了一萬年，然而關於此舉的動機，史學家依然眾說紛紜。企求長生？人類的壽命通常在三百標準年之內，他的壽命卻十倍於此，不過他為此付出了多麼大的代價啊。貪圖權力？他雖然是名副其實的暴君，可是權力又滿足了他什麼欲望？因為某些原因，希望阻止人類毀滅自我？我們僅僅有他本人關於黃金之路的敘述和闡釋，而且我無法接受達艾斯巴拉特紀錄的一面之詞。抑或，還有其他的可喜之事，必須和他擁有相同經歷才能理解？目前，我們沒有更加可靠的依據，所以這個問題仍有探討的空間。我們能說的只有「他這麼做了！」，只有這個確實存在的事實無從否認。

——高斯．安達伍德致辭，於雷托二世變身一萬週年

•••

瓦夫明白，自己又一次踏上了去拉什卡的征程，這一次的風險遠非常人可以想像。大離散回歸的一位尊母要見他，這可是普汶韃中的普汶韃！這些女人心狠手辣，從大離散回歸的忒萊素人後代對她們的事情知無不言。

「遠非貝尼．潔瑟睿德的諸位聖母可比。」他們說道。

瓦夫告訴自己：人數之多也遠非她們可比。

他也並不完全相信這些回歸的忒萊素人子孫。他們口音奇特，舉止怪異，他們舉行儀式的方式也令人生疑。他們怎麼可能回歸偉大的蓋謳？這些人在外遊蕩了數百年之久，怎樣的呼弗蘭儀式才能滌清他們的汙穢？然而，經過了數代，他們竟然依舊保守著忒萊素人的祕密，令人頗為訝異。

他們已經不是馬里柯兄弟了，但他們是忒萊素人了解回歸的散失之人的唯一管道。況且，他們帶來了價值重大的資訊，即便沾染了普汶韃的邪惡，也算值得了。根據這些資訊，忒萊素人已經對鄧肯·艾德侯的甦亡人進行了相應的調整。

尊母認為伊克斯人地位中立，因而雙方便將見面地點定在一艘近星繞行的伊克斯無現星艦上。飛船環繞的是一顆氣態巨行星，由雙方共同選定，位於舊帝國開採殆盡的太陽系。先知親手榨乾了這個恆星系統最後的財富。新的幻臉人假扮伊克斯人混進無現星艦的工作人員之中，可是因為首次接觸尊母，瓦夫還是很焦慮。這些尊母倘若真的比貝尼·潔瑟睿德的那些女巫更恐怖，她們會不會發現艦上的一些伊克斯人已被幻臉人取代？

忒萊素人費了極大的精力，才促成雙方最終選中了這個會面地點，同時也做好了相應的安排。會不會出什麼差錯？他帶了兩件隱祕的武器，從未在忒萊素的核心星球之外使用過，藉此安慰自己不會有什麼問題。他袖子裡藏著的這兩支袖珍獵殺鏢都是他的工匠長年累月、嘔心瀝血的成果。他已經訓練了若干年，揚袖發射毒鏢的本領已經成為條件反射，幾與本能無異。

會面的房間牆壁全部鍍了一層紅銅，證明伊克斯人無法使用祕密監視設備。可是大離散的人們會不會已發明超出伊克斯人知識範圍的儀器？

瓦夫步伐游移地走進房間，尊母已經到了，坐在一張真皮躺椅上。

她看到瓦夫，第一句話便是：「叫我尊母，大家都這麼稱呼我，你也要這麼稱呼我。」

大離散回歸的忒萊素人告誡他，見了尊母首先務必鞠躬。他於是照做：「尊母。」

她的嗓音沒有暗藏力量，聲音低沉，言語之間表露出她對他的鄙夷之意。她好似一個年邁的運動員或雜技演員，雖然動作慢條斯理，但是肌肉張力和一些技能絲毫不減當年。她的顴骨高凸，面部嶙峋，皮膚繃得緊緊的。她的嘴唇很薄，傲慢躍然於臉上，每一個字都好像砸在下等人頭上一樣。

「行了，進來坐下！」她發出命令，揮了揮手，示意瓦夫坐在對面的躺椅上。

瓦夫聽到身後的艙門「嘶」地關上了，只有他們兩個人！她戴了一件探測器，他看到導線伸進了她的左耳。他藏在袖子裡的獵殺鏢經過了反探測「清洗」，然後在零下三百四十克耳文度的輻射浴中放置了五個標準年，以達到躲過探測器的能力。這樣準備得夠嗎？

他輕輕坐上那張椅子。

這位尊母戴著橘色的隱形眼鏡，頗有一種桀驁不馴又狂野的感覺。這個女人整個人都令人望而生畏，配上她的穿著，便更是如此！外面一件深藍的斗篷，裡面一套鮮紅的緊身連身褲。斗篷的表面綴有一些珍珠狀的材質，形成了惡龍圖案和怪異的阿拉伯紋飾。她彷彿坐在王座上，嶙峋的雙手悠閒地搭在扶手上。

瓦夫環顧房間四周，他的手下已經和伊克斯的維修工人以及尊母的代表檢查過這間房間。

他心想「我們盡了一切努力」，試圖讓自己放鬆下來。

這位尊母笑了起來。

瓦夫瞪著她，同時盡可能保持鎮定的表情。「妳在打量我。」他指責道，「妳覺得自己有無數手段可以對付我，讓我聽令的手段軟硬皆備。」

「跟我說話不要用這種語氣。」她聲音低沉，語調平淡，但是其中的毒辣卻令瓦夫差點為之畏縮。

他目不轉睛地看著女人腿部細長的肌肉，一襲紅衣絲毫沒有遮掩她的身形，彷彿原生的皮膚。

這次會面的時間特地設定為對雙方而言都在體感上午十點左右，為此在抵達的路途上便調整了他們清醒的時間。可是瓦夫卻有些昏沉混亂，他感覺自己處於下風。如果大離散那些忒萊素人說的話是真的，那該如何是好？她肯定帶了武器。

她看著他，冷冷地笑了笑。

「妳想威嚇我。」瓦夫說道。

「而且成功了。」

瓦夫心裡一陣怒火，但是他並沒有在言語之間表露出來：「我來這裡可是應了貴方的邀請。」

她說：「但願你不是來找麻煩的，否則你必敗無疑。」

他說：「我來這裡是為了談合作。」他暗自思忖：她們需要我們什麼東西？無論怎樣，她們肯定是需要某些東西。

「我們有什麼合作可談？」她問道，「你要在即將解體的筏子上面建一座大廈嗎？哼！協議這種東西說破裂就破裂，而且是常有的事。」

「那我們拿什麼來交易？」他問道。

「交易？我不喜歡討價還價。我對你幫那群女巫做的甦亡人比較感興趣。」她的語氣沒有透露出任何資訊，但是瓦夫聽到這句話，心跳加快了許多。

在瓦夫的某一次甦亡人人生中，一個變節的晶算師曾經訓練過他。然而，晶算師的能力超出他的理解範圍，而且解釋和推理又不能沒有語言。無奈之下，他們只好殺了這個普汶韃晶算師，但是他們也學到了一些有價值的東西。想到這件事情，瓦夫厭惡得微一撇嘴，但是也想起了那些有價值的東西。

發動攻擊，吸收攻擊所產生的資料！

他大聲說道：「妳可沒提供我什麼報酬！」

「怎麼犒勞你，我來決定就行。」她說。

瓦夫擺出輕蔑的眼神：「妳在耍我嗎？」

她露出了猙獰的笑容，口中白齒顯露：「我要是耍你的話，你肯定會丟了這條性命，而且你也會巴不得趕緊死了。」

「所以難道我只能依賴妳的好心好意，才能活下去？」

「依賴！」她從牙縫裡擠出來這麼兩個字，好像很噁心的樣子，「你為什麼把那些甦亡人賣給女巫，然後再殺了他們？」

瓦夫雙唇緊閉，一言不發。

「你們對這個甦亡人做了手腳，但他還是可以恢復初始的記憶。」她說。

「妳知道得可真多！」瓦夫說道。這句話不算是嘲諷，他希望也沒有暴露什麼訊息。一定有內奸！那些女巫當中有她安插的內奸！忒萊素的核心會不會也有叛徒？

「拉科斯上有一個女童，關乎這些女巫計畫的成敗。」這位尊母說道。

「妳為什麼知道這件事？」

「她們幹了什麼事，我們都知道！你覺得我們有內奸，但其實你不知道我們可以把手伸到多遠！」

瓦夫頓時就洩了氣，莫非她能看穿他的心思？散失之人是不是天生便具備這種能力？這項能力莫非源自外面的世界，一個未經歷大離散的人未能發現的世界？

「你們對這個甦亡人做了什麼手腳？」她質問道。

魅音！

雖然經過那位晶算師的訓練之後，瓦夫對於這種手段已經有所防備，但是依然險些脫口回答她。這位尊母竟然擁有那些女巫的能力！倘若對方是聖母，他必定能料到這一手，而且事先防備，但他實在沒料到這位尊母也使出了這樣的手段。瓦夫花了點時間才恢復了過來，他雙手合十，撐在下巴前。

「你有一些有意思的資源。」她說。

瓦夫臉上露出了一副流浪兒的表情，他知道自己可以表現得很像一個無害的精靈。

發動攻擊！

「我們知道妳們從貝尼．潔瑟睿德那裡學到了不少東西。」他說道。

她的臉上掠過一絲憤怒：「我們並沒有從她們那裡學什麼東西！」

瓦夫提高了自己的音調，以一種詼諧迷人的聲音哄誘：「當然，我們不是在討價還價。」

「不是嗎？」她臉上出現了驚訝的神色。

瓦夫放下雙手：「得了，尊母，妳對這個甦亡人感興趣，又提到拉科斯的事。妳以為我們是誰？」

「你們是誰並不重要。用不著多久，你們就會變成無足輕重的人了。」

瓦夫從她的話裡聽到了寒冷徹骨的機器邏輯，從她這句話感覺不出晶算師那套的跡象，但卻更加令人不寒而慄。她現在就能置我於死地！

她的武器在哪裡？她是不是根本不需要武器？他不喜歡那些健壯、細長的肌肉，她雙手的繭子和她橘色眼睛中獵人般的光芒也一樣。她有沒有可能猜到，甚至已經知道他袖子裡藏著獵殺鏢？

「我們遇到了一個問題，無法藉由符合邏輯的辦法解決。」她說道。

瓦夫目瞪口呆地看著她，這種話只有禪遜尼的尊主才說得出來！他自己就曾說過不止一次。

「有一種可能性，你或許從來都未曾考慮過。」她說道。這番話好像揭掉了她臉上的一副面具，瓦夫突然看到了這些姿態背後那個工於心計的女人。她難道以為他是個只能撿豬蝓糞便的傻乎乎小精靈嗎？

他裝出一副猶豫疑惑的樣子，問道：「這樣的問題要怎麼解決？」

「順其自然即可。」她說。

瓦夫仍然看著她，還是那副迷惑的神色。她並沒有想告訴他什麼真相，但是，這些事情還是暗示了一些東西！他說：「妳這話真讓我無所適從。」

「人類已經超越有窮，進入了無窮之境。」她說，「這才是大離散真正的饋贈。」

瓦夫強行壓住內心的混亂，說道：「無數宇宙，無窮時間，如此一來，任何事情都有可能發生。」

「啊，你這個小傢伙倒是挺聰明。」她說，「一個人怎麼可能考慮到無窮無盡的所有事情？依靠邏輯是決然無法完成的。」

古代巴特勒聖戰的領袖希望讓人類擺脫機械心智，瓦夫覺得她的這番話與他們的想法有些相似，這位尊母竟然與時代脫節得如此嚴重。

「我們的祖先希望透過電腦找到解決辦法。」他冒險開口。看她怎麼回答！

「你明明知道電腦的儲存容量有限。」她說。

這一句話讓他又亂了方寸，難道她真的可以看透人腦？這是不是一種頭腦複印？忒萊素人改造了幻臉人和甦亡人，其他人也有可能實現類似的改變。他集中注意力，想到了伊克斯人和他們邪惡的機器。普汶韃的機器！

尊母迅速環視這間房間，問道：「我們是不是不應該相信這些伊克斯人？」

瓦夫屏住了呼吸。

她說：「我覺得你並不是完全信任他們。行了行了，小個子，我現在告訴你，我不會害你的。」

瓦夫現在才開始思考她是不是確實想和他坦誠溝通，友好相待，她確實放下了剛才的傲慢和憤恨。大離散的那些忒萊素人說尊母在性方面的決策方式與貝尼．潔瑟睿德大同小異，她會不會是在勾引他？不過，她非常清楚邏輯的弊端，剛才她自己也已經說了。

真令人困惑！

「我們一直在繞圈子。」他說。

「恰恰相反。圓圈是閉合的，圓圈是局限的。人類已經跨出了成長的空間，不再受到空間的約束。」

她又開始了！他聽得口乾舌燥：「人們常說，控制不了的，就必須接受。」

她橘色的眼睛緊盯著他，探身過來：「如果我說貝尼．忒萊素會遭受滅亡之災，你接受嗎？」

「如果真的會這樣，我就不會來這裡了。」

「邏輯不行的時候，就必須借助另外的東西。」

瓦夫笑了：「這句話聽起來挺合邏輯。」

「好大的膽子！竟敢嘲笑我！」

瓦夫出於防禦心態抬起雙手，並且換了一種撫慰的語氣：「尊母說的『另外的東西』，敢問是什麼？」

「精力！」

她的回答令他頗為意外：「精力？怎樣的形式？需要多少？」

「你希望得到符合邏輯的答案。」她說。

瓦夫的心頭掠過一絲遺憾，他意識到這個女人終究不是禪遜尼的信徒。她只是在玩文字遊戲，繞著非邏輯轉圈，用的手段終究還是邏輯。

「腐朽必始於中央。」他說。

她似乎並沒有聽到：「任何人類，我們只要放下身段去觸碰，就能夠從他們內心的深處發現尚未發掘的精力。」她伸出了一根皮包骨的手指，距離他的鼻子只有幾公釐。

瓦夫往椅背縮身，直到她放下手臂。他說：「貝尼．潔瑟睿德生出她們的奎薩茲．哈德拉赫之前，說的不正是這番話嗎？」

「她們沒能控制住自己，也沒能控制住他。」她譏笑道。

瓦夫覺得，她在思考非邏輯性的時候，再一次動用了邏輯。這些失誤已經讓他了解很多資訊，他或許已經可以一窺這些尊母的來歷了。一位天生的聖母，出身拉科斯的弗瑞曼人，後來在大離散期間走出了這個宇宙。大饑荒時期以及大饑荒結束後不久的時間裡，各個民族乘坐無現星艦紛紛逃離了這個宇宙。某艘無現星艦便將這個野生的女巫和她的觀念播撒到了某個地方，那顆種子現在便以這個橘色眼眸女獵手的形式回歸。

她再一次奮力施展魅音，質問道：「你們到底把那甦亡人怎麼了？」

瓦夫這次有所準備，便不予理會。他必須把尊母從這個話題上引開，如果有可能，最好終結她的性命。他已經從她那裡得知不少東西，但是他不知道她擁有怎樣的神祕能力，因而完全無法判斷她從自己這裡獲得多少資訊。

大離散的忒萊素人告訴他，這些尊母都是善用性欲的魔頭。她們利用性的力量征服奴役男性。

她說：「你根本不知道我能讓你多麼逍遙快活。」她的聲音像鞭子一樣纏在他的身上。如此誘人！如此魅惑！

瓦夫堅守陣地，說道：「告訴我，妳為什麼——」

「我什麼都不需要告訴你！」

「那麼妳就確實不是來談判的了。」他的語氣帶有些許遺憾，這些無現星艦確實將腐壞播撒到了其他宇宙。瓦夫感覺到自己肩上的重任，倘若他沒能把她殺死，會發生什麼事情？

「好大的膽子！竟敢不停跟尊母討價還價！」她厲聲說道，「你明明知道我們從來不談條件！」

瓦夫說：「尊母，我並不了解貴方的行事原則。不過，據妳所言，我感覺自己方才似乎有所冒犯。」

「准予原諒。」

我並沒有請求原諒！他平靜地看著她。根據她的表現，他可以推斷出很多事情。瓦夫憑藉自己上千年的閱歷，回顧了一番自己在這裡得知的事情。這個從大離散回歸的女性來找他，是為了獲取一項至關重要的資訊。可見她沒有其他消息管道。儘管她高明地掩飾了自己的焦急，他依然能夠察覺。她亟須知道自己擔心的事情是不是發生了。

她的雙手像利爪一樣，輕輕地放在椅子的扶手上，多麼像一隻猛禽！腐朽必始於中央。他剛才說過這句話，但是她並沒有聽見。大離散的人好像自由的原子一樣在宇宙間遊蕩，他們顯然仍在不斷地離散。這個尊母代表的民族，她們想必還沒有找到追蹤無現星艦的方法。當然，這就是答案了。她和貝尼·潔瑟睿德一樣，也拿無現星艦無可奈何。

他說：「妳希望找到能讓無現星艦現形的辦法。」

這句話顯然對她的情緒造成影響。她沒有料到眼前這個精靈一樣的小個子竟然會說出這樣的話。他看到尊母的臉上先是恐懼，而後是憤怒、決絕，最後重新戴上凶狠的面具。不過，她知道了，她知道瓦夫看到了自己的神色。

「所以，這就是你對那甦亡人動的手腳。」她說。

「這是貝尼．潔瑟睿德那些女巫的要求。」瓦夫撒了謊。

「我低估了你的實力。」她說，「不知道你是不是也低估了我的實力。」

「非也，尊母。能夠培育出妳這樣的人，這個育種計畫顯然相當可怕。我猜不用一眨眼的工夫，妳就能一腳置我於死地。那些女巫與妳完全是天壤之別。」

她的臉上露出了愉悅的笑容，神色因此也柔和了一些：「忒萊素人是想心甘情願作我們的僕人，還是想被我們強迫奴役？」

瓦夫沒有打算掩飾內心的憤慨：「妳是要讓我們當奴隸？」

「這只是其中一個選項。」

他知道了！這個女人的弱點在於傲慢。他卑躬屈膝地問道：「那麼，敢問尊母有什麼吩咐？」

「有兩位年輕的尊母，我要你當作客人帶回去，和她們交配，然後……讓你學會我們歡愉的方法。」

瓦夫緩緩地呼吸了兩口長氣。

「莫非你不能生育？」她問道。

「我們只有幻臉人才和騾子一樣。」這件事情人盡皆知，她早就知道了。

她說：「你雖然自稱尊主，可是還沒能成為自己的主人。」

至少比你強，該死的尊母！馬謝葉赫才是我真正的名號，這可是能帶給妳毀滅的。

「兩位尊母將會仔細察看所有忒萊素的東西，返回之後報告給我。」她說。

他看似無奈地嘆了一口氣：「這兩個女子相貌如何？」

「兩位尊母！」她糾正了他的措辭。

「妳們只有這一個名號？」

「如果她們願意，你可以直呼她們的姓名，但是你不得擅自用其他的方式稱呼她們。」她歪了歪身子，骨瘦如柴的手指關節在地板上敲了幾下。她的手中閃著金屬的光澤，她竟然有辦法穿透這間房間的防護層！

艙門打開，兩名女子走了進來，兩人的裝扮與瓦夫的尊母相仿，只是深藍斗篷的紋飾相對較少，年紀也相對較小。瓦夫怔怔地看著她們，兩人都是……他試圖掩飾自己臉上的喜色，但是明白自己還是露出了笑容。沒關係，這個老女人會以為他是在欣賞這兩個女子的美貌。他看到兩人之中有一個是新型幻臉人，具體的特徵只有尊主才會注意到。忒萊素人成功掉了一個包，這些散失之人完全沒有察覺！他們越過了一個障礙！這些新式甦亡人不知道會不會也可以逃過貝尼．潔瑟睿德的法眼？

「你很明理地同意這件事，因此你將獲得獎賞。」年邁的尊母說道。

「尊母在上，我看到了貴方的實力。」瓦夫所言不虛。他知道隱藏不了自己下定決心的眼神，於是便低下了頭。

她指了指剛剛進門的兩個女子：「這兩位將與你一同回去。哪怕只是她們一時興起的想法，你也必須奉若軍令，對她們絕對不得有絲毫怠慢和淡漠。」

「我明白，這是必然。」瓦夫低著頭，抬起雙手，彷彿鞠躬行禮，兩個袖子「嗖」的一聲，各射出了一支飛鏢。此時瓦夫的身體猛然偏向一邊，動作卻不夠快，左側大腿已被尊母右腳踢中，連人帶椅子仰翻在地。

那是老尊母的臨終一擊──瓦夫左袖射出的飛鏢射入她驚愕而張開的口中，刺進她的喉嚨，毒素麻醉了喉部的神經，老婦一聲都未能發出。另一支飛鏢射進了非幻臉人的年輕尊母右眼，她還沒有發出聲音示警，瓦夫的幻臉人幫手便以迅雷不及掩耳之勢手刀砍向她的喉嚨。

兩具屍體倒在地上。

瓦夫痛苦地從椅子裡脫身，站直也把椅子扶起來。他的大腿陣陣抽痛，她如果再向前踢一點，他的大腿就斷了！他意識到，她的反應並非由中樞神經系統控制，和一些昆蟲一樣，攻擊可以直接由必要的肌肉系統發動。這件事情必須調查一番！

他的幻臉人幫手原本站在敞開的艙門旁邊探聽風聲，後來她往旁邊一靠，讓一個伊克斯護衛模樣的幻臉人進來。

瓦夫揉了揉自己受傷的大腿，兩個幻臉人褪下了死者的長袍。假冒的伊克斯人把頭貼到了年邁的尊母頭上，一眨眼的工夫，伊克斯人便消失了。現場只剩下一位以假亂真的老婦和一名年輕的尊母侍從。又一個偽裝的伊克斯人走了進來，變成了年輕尊母的樣子。兩具死屍很快便變成了一堆灰燼，其中一位新的尊母將灰燼捧進一個袋子，藏到自己的長袍裡面。

瓦夫仔仔細細檢查了一番這間房間。東窗事發的後果令他不寒而慄，那位尊母之所以如此傲慢，是因為她擁有令人嘆為觀止的能力，必須探查一下這些能力。他留住假扮老尊母的幻臉人。

「已經把她印下來了吧？」

「稟告尊主，正是如此。我複製的時候，她活躍的記憶尚未消亡。」

「傳給她。」他指了指原先扮成伊克斯護衛的那人。她們的額頭接觸了幾秒隨即分開。

「完成。」年邁的尊母說道。

「這些尊母我們已經複製了多少個？」

「稟告尊主，四個。」

「全都沒有被發現？」
「稟告尊主，一個都沒有。」
「這四個務必返回這些尊母的核心地帶，盡可能了解這些女人，然後回來一個，彙報你們了解到的情況。」
「報告尊主，這個方法行不通。」
「行不通？」
「她們已經切斷了自己和源頭的聯繫，這是她們慣常採取的手段。這些女人是尊母中的一個新群體，她們已經在伽穆星球站穩了腳跟。」
「但是我們一定有辦法……」
「還望尊主原諒，她們在大離散中的座標原本藏在一艘無現星艦上，現在已經被抹除了。」
「難道她們完全銷聲匿跡了？」他的語氣中透露出內心的沮喪。
「稟告尊主，確實完全銷聲匿跡了。」
真是災難一場！他的思維突然好像野馬一樣，發瘋似的掙脫轡繩，逼得他必須極力克制。「絕對不能讓她們知道我們在這裡幹了什麼。」他喃喃道。
「尊主，她們絕對不會從我們這裡知道。」
「她們現在已經具備了什麼天賦和能力？快說！」
「她們現在的能力和貝尼．潔瑟睿德的聖母基本相差無二，只是不能透過美藍極調取祖先的記憶。」
「當真如此？」
「完全看不出她們具備這樣的能力。如您所知，我們——」

「是，是，我明白。」他揮了揮手，幻臉人閉上了嘴巴，「可是那個老女人如此傲慢，如此……」

「報告尊主，時間緊迫，屬下有一事不得不說。這些尊母雲雨之歡的能力已經爐火純青，遠非其他任何人可以比擬。」

「這樣看來，我們的線人說的是真話。」

「報告尊主，她們借鑑了原始的怛特羅斯密教，衍生出她們獨有的一套性刺激方法，她們正是透過這方法接受信眾膜拜。」

「膜拜。」他輕聲複述，「她們的能力莫非在女修會的育種女修之上？」

「報告尊主，那些尊母自認為如此，我們是否應當展——」

「絕對不行！」瓦夫了解事態後，迅速揭下了精靈一般的面具，擺出尊主威嚴的面孔，兩位幻臉人順服地點了點頭。瓦夫面露喜悅，大離散回歸的忒萊素人竟然將事情如實告訴了他，全無隱瞞和欺騙！只一次簡簡單單的精神複印，就讓他確定忒萊素人獲得了嶄新的武器！

「尊主現在有何吩咐？」年邁的尊母問道。

瓦夫恢復了精靈一般的面孔：「只有在回到班得隆的忒萊素核心之後，我們再商討這些事情。另外，即便是尊主，也不能對尊母發號施令。除非確定周圍沒有其他人，否則妳們就是我的主人。」

「遵命。現在是否應當將您的命令傳達給外面的人？」

「嗯，命令如下：這艘無現星艦絕對不能返回伽穆，必須完全消失，一點蛛絲馬跡、一個倖存者都不能留下。」

「遵命。」

9

科技和其他許多活動一樣，投資者往往希望避開風險，盡可能地排除不確定因素。人們通常希望遇到意料之中的事情，所以資本投資往往遵循這個原則。很少有人明白這個原則的害處有多麼大，因為這種觀念嚴重限制了萬事萬物變化的可能，進而使得全人類對宇宙驚人的隨機多變毫無招架之力。

——《伊克斯人評估》，藏於貝尼．潔瑟睿德檔案部

• • •

在沙漠裡第一次受測試後的隔天早晨，什阿娜在祭司的住處醒來，她看到床邊圍滿了身穿白色長袍的人。

全都是祭司！

「她醒了。」一個女祭司說。

什阿娜驚恐萬分，她緊抓著被子貼緊下巴，惶恐地看著這些專注的面孔。他們準備再像昨天那樣，把她扔到沙漠裡嗎？她筋疲力盡地睡去，長了這麼大，她從來沒有睡過這麼柔軟的床，沒蓋過這麼乾淨的被子，但是她明白，這些祭司做什麼事情都有可能另有所圖，絕對不能相信他們！

「您睡得好嗎？」問話的是剛才說話的那位祭司。這個女人年紀較大，頭髮斑白，頭上戴著白底

紫邊的大兜帽，濕潤的眼睛飽經滄桑，但是非常敏銳，透著淡藍色。她的鼻子小巧，略向上翻，嘴巴窄小，下巴突出。

「您可以說句話嗎？」這個女人繼續說道，「我叫卡妮亞，是夜間伺候您的祭司。還記得嗎？是我把您抱上了床。」

這個人的語氣至少聽起來比較令人安心。什阿娜坐起身，仔細觀察這群人一番。他們竟然害怕她！長年住在沙漠裡的孩子能夠聞出來那些費洛蒙，對於什阿娜而言，那種氣味等同於恐懼。

她說：「你們以為自己可以傷到我，你們為什麼要傷害我？」

床邊的人驚慌失措，面面相覷。

恐懼從什阿娜的內心消散，她感覺狀況和昨天不一樣了，昨天沙漠裡的考驗改變了一些事。她想起那個年長的女祭司昨天是多麼卑躬屈膝……卡妮亞？她昨天晚上幾乎一直跪在地上。任何一個人，下定赴死的決心之後，倘若大難不死，內心情緒都會達到新的平衡，恐懼只是一時的心理狀態，什阿娜終將明白這個道理。現在，她眼前的新局面頗為耐人尋味。

卡妮亞戰戰兢兢地答道：「聖童，我們真的並無惡意。」

什阿娜整理一下腿上的被子：「我叫什阿娜。」這是沙漠裡的禮儀，畢竟卡妮亞已經報上她自己的名字，「這些人是誰？」

「您如果不想看到這些人，我可以讓他們立刻離開……什阿娜。」卡妮亞左邊的女人臉色紅潤，穿著和她相似的長袍，卡妮亞看了看她說：「當然，艾爾霍薩不能走，她是您白天的侍從。」

艾爾霍薩行了一個屈膝禮。

什阿娜抬起頭，看到一張水腫的圓臉，五官鮮明，金黃蓬鬆的頭髮裹在臉周像一圈光暈。什阿娜突然將注意力轉移到男祭司身上。他們眼皮低垂但目光專注，一些人將信將疑，微微發顫，恐懼的氣息非常濃重。

男祭司！

「我不想看到他們。」什阿娜向那些男祭司擺了擺手，「他們是哈拉姆！」這種稱呼非常粗鄙，指代最為邪惡的事物。

男祭司聞聲大驚失色。

「退下！」卡妮亞下達了命令，她的臉上一副幸災樂禍的表情。她自己沒被什阿娜算進歹毒之流，但那些男祭司顯然和哈拉姆是同一類人！他們必然做了傷天害理的事情，神才派來了一個兒童祭司懲罰他們。卡妮亞覺得那些男人幹得出這種事情，他們一向很少用尊重的態度對她。

那些男祭司鞠著躬，退出了什阿娜的房間，惶惶如喪家之犬。其中有一位擅長演說的黑人歷史學家，名叫德羅曼德，他思維活躍，思考問題常常像食腐鳥類啄食肉塊一樣緊咬不放。房門關上之後，德羅曼德告訴還在顫抖的同伴，「什阿娜」這個名字是古名「希歐娜」的現代形式。

「大家都知道希歐娜的歷史地位。」他說，「她曾經協助沙胡羅由人類的形態轉變為分裂之神。」

斯蒂羅斯是位年長祭司，滿臉皺紋，嘴唇發紫，瞳孔泛白。他疑惑地看著德羅曼德：「這就怪了。」

斯蒂羅斯說道，「『口述史』說希歐娜是他由一變多的重要原因。什阿娜，你難道覺得……」

「哈迪・貝諾托翻譯的神的聖諭，你們忘了嗎？」另一個祭司突然說道，「沙胡羅曾多次提到希歐娜。」

斯蒂羅斯說：「但是，並非每次都是好話。別忘了她全名叫什麼——希歐娜・伊本・福阿德・阿塞耶法・亞崔迪。」

「亞崔迪。」又一名祭司小聲說道。

「我們必須小心謹慎地研究她。」德羅曼德說。

一個年輕的侍祭匆匆忙忙跑進廊廳，在人群中找了好一會兒才看到斯蒂羅斯。他說：「斯蒂羅斯，你們趕緊離開這間廊廳。」

「出什麼事了？」眾人之中傳出一個憤怒的聲音。

傳話的侍祭說：「她需要移駕大祭司處。」

「誰的命令？」斯蒂羅斯質問道。

「大祭司杜埃克親口下的命令。」侍祭說。「他們一直在聆聽。」他的手輕輕地指了指他過來的方向。

廊廳裡的人全都明白了。房間的形狀和格局設計成可以傳聲，把他們的聲音傳入其他的地方，常常會有人在某個地方傾聽你所說的每一句話。

「他們聽到什麼了？」斯蒂羅斯質問道，他的聲音顫顫巍巍，非常蒼老。

「她問自己住的是不是最好的地方。他們馬上就要把她請到大祭司那裡，你們絕對不能被她看到。」

「那我們該做什麼？」斯蒂羅斯問道。

德羅曼德說：「去研究她。」

眾人立刻全數離開大廳，研究起了什阿娜。這個模式未來將會刻入他們所有人的生活之中，以什阿娜為主體所形成的日常工作改變了人們的生活，即便在分裂之神信仰所及的最遙遠地方，人們的生活也因此發生了改變。一切皆因三個字而起——「研究她」。

在這些祭司看來，她是那麼單純，單純得不可思議。可是她識字，可以讀書，而且對杜埃克住處（現在變成了她的住處）裡的《聖書》表現出濃厚的興趣。

從上到下，所有人為了安撫憤怒的聖童，都改變了不少。杜埃克搬進了主助祭的住處，其他人也依此例分別搬進了自己下級的住處。幾位製作者精量細作，為什阿娜打造了最高級的蒸餾服。除此之外，她還穿上了白底紫邊金繡紋的祭司長袍。

眾人現在只要看到德羅曼德便紛紛走避，因為這位歷史學家兼演說家只要見到同儕，就會滔滔不絕地向對方講述希歐娜的身世和生平，好像他們能夠從中了解關於什阿娜的重要資訊一樣。

「希歐娜是聖鄧肯．艾德侯的配偶，他們的後代遍及整個宇宙。」

「真的嗎？實在不好意思，我真的有急事要辦，不能再聽你講了。」

杜埃克起初還比較有耐心，願意聽德羅曼德講希歐娜的事情。希歐娜的歷史耐人尋味，帶給後人的教訓也顯而易見。杜埃克說：「神派來了一個新的希歐娜，事情應該都很清楚了。」

德羅曼德再次來到大祭司的住處時，帶來了更多史料和逸事：「現在，達艾斯巴拉特的這些記載便具備了新的含意。」他對大祭司說道，「我們不應該再測試一下這個孩子，然後比較比較嗎？」

德羅曼德剛吃完早飯就找上大祭司提問，杜埃克陽臺的餐桌上放著還沒有用完的早餐。透過打開的窗戶，兩個人能夠聽到什阿娜在樓上的動靜。

杜埃克將手指抵在唇上悄聲說：「聖童主動要求到沙漠裡去。」他走到牆上的地圖旁，手指放在欽恩西南方的一個區域，「這個區域顯然引起了她的興趣，或者應該說……在召喚她。」

德羅曼德說：「聽說她經常查詞典，她肯定不是——」

「她在考驗我們。」杜埃克說，「別被騙了。」

「可是，杜埃克大人，她問卡妮亞和艾爾霍薩的問題都頗為幼稚。」

「德羅曼德，你是在質疑我的判斷嗎？」

德羅曼德這才意識到自己越了界。他閉起嘴，但表情顯示，他還有很多話沒能說出來。

「一些惡已經潛入受膏之人中間，神派她來，便是為了鏟除這些惡。」杜埃克說，「快滾！做一番禱告，捫心自問那惡是不是已在你的內心扎根。」

德羅曼德離開之後，杜埃克召來一個親信：「聖童現在何處？」

「報告大人，她去了沙漠，去和她的聖父密談。」

「去了西南面嗎？」

「報告大人，正是西南面。」

「務必將德羅曼德帶去東面的沙漠，在周圍插下幾把沙錘，切莫讓他再返回城內。」

「大人，德羅曼德？」

「沒錯，德羅曼德。」

雖然德羅曼德進了神的嘴巴，那些祭司仍然遵循著他的命令繼續研究什阿娜。

什阿娜也在研究，學習。

不知不覺之間，她明白了自己擁有巨大的權威，可以隨意使喚身邊的人。起初，一切都好像是遊戲一般，每天都像在過兒童節，無論是怎樣的心血來潮，成年人都忙著趕緊滿足。然而，所有的突發奇想似乎都不難實現。

她是不是想要一個稀有的水果？

於是，水果便盛在金色的盤子裡端了上來。

她是不是要和大街上的哪個孩子一同玩耍？

於是，那個孩子便被推進了什阿娜在神廟裡的住處。恐懼和震驚消失之後，這個孩子或許還會玩幾個遊戲，一眾男女祭司則在一旁密切觀察。兩個孩子在樓頂的花園天真地跑跑跳跳，嘻嘻哈哈說著悄悄話，這一切行為都會成為祭司分析的對象。什阿娜受不了這些孩子對她的恭敬，她很少會讓某個孩子再來陪她玩耍，比較偏好找來新玩伴學新東西。

什阿娜為什麼讓這些孩子來陪她玩耍？是童心使然還是另有他圖？祭司對此始終意見不一，他們採取恐怖的手段審問了這些兒童。什阿娜得知後，對她的監護人大發雷霆。

關於什阿娜的傳言無可避免地傳遍了拉科斯，也傳出了這顆星球，女修會累積的報告愈來愈多。什阿娜像傲慢的獨裁者，諸位祭司每天的任務便是滿足她無窮無盡的好奇心。她的貼身侍從沒有一位將此視為一種教育——什阿娜教育拉科斯的祭司，他們同時也在教育她。不過，貝尼．潔瑟睿德一眼就看到了這一點，她們一直都在密切關注著什阿娜生活的各個方面。

「她現在不會有危險。姑且讓她待在那裡，時機成熟之後，我們再去接她。」塔拉札下達了命令，「必須有一支防禦部隊隨時處於警備狀態，而且務必有人定期向我彙報。」

什阿娜從來沒說過她的出身，也沒說過魔鬼怎麼害死了她的家人和鄰居，這是她自己和魔鬼之間的事情。她覺得，自己閉口不提這些事情，是在回報沙蟲的不殺之恩。

她去沙漠的次數變少了，對於她而言，有些事情已經沒有那麼重要了。她仍然非常好奇，但是已經知道無論再走進沙漠多少次，或許也不能明白魔鬼為什麼會那麼做。什阿娜知道拉科斯上還有其他勢力的使館，但是貝尼．潔瑟睿德在她的侍從裡安插了臥底，透過各種方式讓她不對女修會顯露過多興趣。每當什阿娜饒有興趣地詢問女修會的事情，臥底便會回以無關緊要的話，緩解她的好奇心。

塔拉札的命令直接且尖銳：「我們花了數代的時間準備，現在已經進展到提煉成果之時。我們必須伺機而動。現在已經可以確定，我們等待的就是這個孩子。」

10

在我看來，宣導改革的那些人，他們造成的苦難超過人類歷史上的其他任何勢力。隨便說一個銳意改革的人名，我都能告訴你這個人的腦子裡裝著些怎樣邪惡的圖謀，除此之外無處發洩。我們應該發現自然之理，並順流而下，這理應是我們永恆的奮鬥目標！

——聖母塔拉札，《對話紀錄》，貝尼．潔瑟睿德檔案編號GSXXMAT9

• • •

伽穆的太陽升起，陰鬱的烏雲逐漸消散。清晨潮溼的空氣萃取了青草和周圍森林的芬芳。

鄧肯．艾德侯站在一扇禁窗旁邊，呼吸著這醉人的氣味。今天早晨，派特林告訴他：「你十五歲了，是個年輕人，不能再把自己當小孩子了。」

「今天是我的生日嗎？」

兩人當時在鄧肯的寢室裡，派特林剛剛叫醒他，遞給他一杯柑橘汁。

「我不知道你的生日是哪天。」

「甦亡人有生日嗎？」

派特林一言不發，他不能跟這個甦亡人提甦亡人的事情。

「施萬虞說你不能告訴我這個問題的答案。」鄧肯說道。

派特林窘迫萬分：「霸夏要我通知你，今天早上的訓練課程延後。他希望你做一做腿部和膝部的練習，之後會有人來叫你。」

「這些練習我昨天做過了！」

「我只是在傳達霸夏的吩咐。」派特林拿起空的玻璃杯，離開鄧肯的房間。

鄧肯迅速穿好衣服，他們會在餐廳等他去用早餐。都去死吧！他不需要他們的早餐。霸夏在忙什麼事情？為什麼不能準時上課？腿部練習和膝部練習！特格因為接到了臨時任務，便安排這些沒有意義的練習供他消磨時間。鄧肯怒氣沖沖地沿著一條禁道走到一扇禁窗旁，他們想怎麼懲罰就怎麼懲罰這些該死的護衛！

鄧肯感覺飄進窗戶的氣味勾起了自己的回憶，但是那段記憶始終都只在意識的邊緣遊走，難以定位。他知道自己的大腦中存有一些奇怪的記憶，這件事情令人恐懼，但又令人著迷，就像在懸崖邊緣行走，又像公然與施萬虞對抗。他從來沒有上過懸崖，也從來沒有公然與施萬虞對抗過，但是他想像得出這些情境。他只消看到全息影像裡懸崖邊的小路，腹部便一陣發緊。對於施萬虞，他也時常幻想自己怒火中燒，違逆抗命的樣子，也會產生同樣的生理反應。

我的腦子裡有另一個人，他心想。

不僅是在他的腦子裡，還在他的身體裡。他能感覺到這個人的經歷，好像醒來之後知道自己有作夢，但想不起夢中的事情一樣。這些夢一樣的東西喚起了一些記憶，他知道自己不可能擁有這些記憶。但是這些記憶確實就在他的大腦裡。

他能夠說出一些他聞到氣味的樹名，但是這些名字他卻從來沒在圖書館的紀錄裡見過。

禁窗之所以稱作禁窗，是因為裝設在主堡最外層的牆上，而且可以打開。現在窗戶為了通風而敞開。他要想從自己的房間來到窗戶這裡，需要翻過陽臺的欄杆，從某個儲藏室的風井滑過來。他現在已經駕輕就熟，無論是翻欄杆、進倉庫，還是鑽風井的時候，完全不會弄出一絲一毫的動靜。那些人經過貝尼．潔瑟睿德的訓練之後，多麼細微的痕跡都逃不過他們的眼睛，他在很小的時候就明白了這個道理。多虧了特格和盧西拉教給他的知識，他自己也能看出部分痕跡。

鄧肯站在樓上陰暗的走廊裡，目不轉睛地看著遠方的林子，成片樹林沿著連綿不絕的山坡爬上一座座亂石參差的山峰。那片樹林的魅力令人無法抗拒，樹林後面的山峰擁有一種迷人的魔力，很容易就能想像那片土地無人涉足。他多麼希望自己能夠沉醉其中，能夠專心地做自己，而不需要擔心大腦中還存在著另一個人，一個素不相識的陌生人。

鄧肯長嘆一口氣，沿著他的密道回到自己的房間。他只有在安全抵達自己房間後，才敢說自己又成功了一次，這次誰都不會受到懲罰。

痛苦和懲戒像光暈一樣籠罩在鄧肯不得進入的地方，這只會讓鄧肯擅闖禁地的時候格外小心。他不希望在禁窗旁被施萬虞發現，更不喜歡想像她會因此讓他禁受怎樣的痛苦。不過，他告訴自己，即便痛如刀割，他也會咬牙忍住。施萬虞曾經用過更加歹毒的手段，但他也沒有痛得大叫出來，只是狠狠地盯著她，懷著憎惡，暗自吸取從她那裡獲得的教訓。施萬虞的懲罰讓他明白，他必須精進自己的技巧，移動時不能遭人看見、不可產生任何聲響，也不應該留下任何痕跡洩漏自己的行蹤。

鄧肯坐在摺疊床的邊緣，聚精會神地看著眼前空無一物的牆壁。有一次，他看著這面牆的時候，牆上出現了一個形象，是個年輕的女子，頭髮呈淡琥珀色，五官圓潤，惹人喜愛。她看著他，笑了笑，嘴裡說了些什麼，但是聽不到聲音。不過，鄧肯當時已經學會了讀唇術，他清楚地讀出了女子的話。

「鄧肯，我可愛的鄧肯。」

他不知道，這是不是他的母親，他的親生母親？

甦亡人也有親生母親，他們的母親就在過去的某處。在遙遠的過去，在再生箱的背後，一個活生生的女人生下了他，而且……愛著他。沒錯，她愛他，因為他是自己的孩子。如果牆上的女子是他的母親，那麼為什麼她的形象會出現在這裡？他想不起來這個女人是誰，他希望她是自己的母親。

這段經歷令他恐慌，然而他仍然希望能夠在牆上看到那個形象。那張轉瞬即逝的臉龐令他魂牽夢縈，無論那個年輕女子是誰，他都迫不及待想再次見到。他身體內的陌生人認識她，他幾乎可以確定。有時候，他希望自己能夠成為那個陌生人，只要足夠回憶起所有隱藏的記憶的短短時間就好，但是自己的這種欲望讓他心生恐懼。他覺得，如果陌生人走進他的意識，他將會失去真實的自我。

他不知道死亡會不會就是那種感覺。

鄧肯曾經見過死亡的景象，那時他還不滿六歲。四人妄圖闖入主堡，他的護衛奮力驅逐，一人遇害，四名入侵者也全部身亡。鄧肯親眼看著五具屍體運進主堡，死者肌肉鬆弛，手臂垂了下來。他們身上某種非常關鍵的東西不在了，無法喚醒大腦中的記憶，無論是自身的記憶還是陌生人的記憶。

五個人被送到了主堡的深處，後來他聽到一名護衛說，四個入侵者已被灌下了「謝爾」，那是他第一次聽說伊克斯刑訊儀這個概念。

吉薩向他講解：「伊克斯刑訊儀可以強行探查人類的大腦，即便對象已經死亡也沒問題。你的體內如有謝爾這種藥物，伊克斯人的這種刑訊儀便無法強行探查你的大腦。在藥效消失之前，你的所有細胞就已經徹底死亡了。」

鄧肯聽覺靈敏，他知道四個入侵者當時還在接受其他形式的探查。沒人向他講解這些探查方法，他懷疑這肯定是貝尼．潔瑟睿德的祕密手段。他認為那些聖母使用了另外一種令人憎惡的招數，她們肯定是將死者復活，然後強行逼迫這些肉體吐出她們需要的資訊。在鄧肯想像的畫面裡，惡魔般的觀察員任意操縱死者已經失去自我的肉體。

他腦中的這個觀察員往往都是施萬虞。

儘管幾位老師想盡一切方法，希望幫助鄧肯消除「無知之人的臆斷」，但是他的腦海中依然充斥著這樣的畫面。他的老師說，這些故事荒誕無稽，唯一的價值是令未經教化的人對貝尼．潔瑟睿德心生敬畏。鄧肯不願相信自己已經接受了教化。每當看到一位聖母，他想的總是：我和她們不一樣！

盧西拉最近頗為執著，她說：「宗教是精力的源泉。你必須領會這種精力，可以將其用於實現你自己的目標。」

他想：是她們的目標，不是我的目標。

他想像自己戰勝了女修會，特別是施萬虞，這才是他自己的目標。鄧肯感覺自己想像的畫面好像潛伏的現實，源自那個陌生人存在的地方。不過，他學會了點頭附和，假裝自己也覺得人類願意虔信宗教的想法很有趣。

盧西拉看出了他的表裡不一，她對施萬虞說：「他覺得應當畏懼神祕的力量，而且盡量避免接觸。他如果始終維持這樣的想法，就無法體會到我們最根本的要義。」

施萬虞的書房裡只有她們兩個人，施萬虞將兩人的這種交流稱作「常規評估」。兩位聖母剛剛用完清淡的晚餐，房間裡迴響著主堡守衛換崗的聲音——夜間的巡邏開始了，換下崗的守衛開始享受他們短暫的閒暇時光。施萬虞的書房並沒有完全隔音，這是女修會修繕時有意為之。貝尼．潔瑟睿德的聖母均經過感官訓練，可以從身邊的聲音聽出很多東西。

近來，施萬虞每進行一次「常規評估」，都會覺得更加失落。盧西拉不可能加入她們的陣營，一同反抗塔拉札，這件事情愈來愈明確。聖母之間雖然也可以耍一些花招，擺布對方，但是這些招數均被盧西拉一一化解。此外，盧西拉和特格還在向這個甦亡人傳授一些不太穩當的能力，這是最可惡的事情。現在的情況危險至極。撇開她帶來的這些麻煩，施萬虞發現自己開始愈發敬重盧西拉。

盧西拉說：「他覺得我們運用了祕術。他怎麼會產生這種奇怪的想法？」

施萬虞感覺這個問題令她陷入了不利境地。盧西拉已經知道她們為了削弱這個甦亡人，確實採用了玄祕的力量。盧西拉其實是在說：「違抗女修會之命，這可是犯罪！」

「他要是想學習我們的知識，妳肯定會教給他。」施萬虞說道。在施萬虞看來，無論這件事情多麼危險，現在都已經成為了事實。

「他求知欲旺盛，這是當前最有利的籌碼。」盧西拉說，「但是我們兩個人都知道，只有這一點，並不能達成目的。」盧西拉的言語之中並無責備之意，但是施萬虞還是聽出了她的指責。

施萬虞心中暗想：該死，她在試圖讓我加入她們的陣營。

施萬虞想到了幾種回覆：「我並沒有違抗命令。」呸！這種辯解令人作嘔！「我們一向是根據貝尼·潔瑟睿德常規的訓練方法對待這個甦亡人。」不妥，也不符合實情。況且這個甦亡人並非常規的教育對象。他心思縝密，只有能夠成為聖母的人才能與之相提並論。這正是問題所在！

施萬虞說：「我犯了一些錯誤。」

這就對了！這個回答一箭雙鵰，盧西拉應該能夠領會到其中的深意。

「妳雖然傷害了他，但是並沒有犯下錯誤。」盧西拉說。

「但是我沒能料到另一位聖母有可能揭發他的問題。」施萬虞說道。

「他想獲得我們的能力，但只是為了擺脫我們。」盧西拉說，「等到我知道了她們的所有知識，我就可以離開這裡了。這是他現在的想法。」

施萬虞沒有作聲。盧西拉繼續說：「如果他跑了，我們就要去抓住他，然後親手毀了他。妳的想法的高明之處就在這裡。」

施萬虞笑了。

盧西拉說：「我不會重蹈妳的覆轍。有些事情我知道妳早晚會明白，不如現在明明白白地告訴妳。我現在知道塔拉札為什麼要派銘者來應付這個年齡這麼小的甦亡人了。」

施萬虞的笑容瞬間消失了：「妳要幹什麼？」

「我們把侍祭和她們的老師聯繫在一起，我也要這樣把他和我聯繫起來。我要坦率、忠誠地待他，把他當作我們的人對待。」

「但他是男性！」

「他無法經歷香料之痛，除此之外，他需要經歷的與其他聖母別無二致。我覺得，他已經開始回應我。」

「那什麼時候開始銘刻的最終階段？」施萬虞問道。

「嗯，這個問題需要小心謹慎。妳覺得最終階段會摧毀他，當然，這也是妳的計畫。」

「盧西拉，塔拉札以這個甦亡人為中心制定的各項計畫，眾位聖母當中不乏反對的聲音，想必妳也知道。」

這是施萬虞最有力的論據，她到此時才說出口，也說明了很多事情。有些聖母深恐女修會再度造就一個奎薩茲．哈德拉赫，貝尼．潔瑟睿德內部對此事意見相當分歧。

「他是原始遺傳基因庫，不是為了成為奎薩茲．哈德拉赫而培育。」盧西拉說道。

「可是忒萊素人竄改了他的遺傳基因！」

「沒錯，這是我們的命令。他們縮短了他神經和肌肉的反應時間。」

「僅此而已？」施萬虞問道。

「細胞的研究結果妳也看過了。」盧西拉說道。

「我們如果具備了忒萊素人的那些能力，就用不著他們了。」施萬虞說，「我們就會有自己的再生箱。」

「妳覺得他們隱瞞了什麼事情。」盧西拉說道。

「他在不受我們監視的情況下，在他們手上整整待了九個月！」

「這樣的話我都聽過了。」盧西拉說道。

施萬虞無奈地舉了舉雙手：「那麼，聖母大人，我就把他交給妳了，妳想怎麼辦就怎麼辦，一切後果也由妳自己承擔。不過，無論妳怎麼跟聖殿彙報，都休想把我趕走。」

「把妳趕走？當然不會，我可不想讓妳們那派系送一個我們不熟悉的人來。」

「我的忍耐是有限度的，妳不要這麼放肆。」施萬虞說道。

「塔拉札的忍耐也是有限度的，不要一而再，再而三地耍詐。」盧西拉說道。

「要是再出了一個保羅・亞崔迪，或是一個該死的暴君，那就是她塔拉札的罪過。」施萬虞說，「妳就跟她說，這話是我說的。」

盧西拉站起來：「妳可能知道，這個甦亡人需要服用多少美藍極，塔拉札讓我全權判斷，我已經開始增加他的攝入量了。」

施萬虞的雙拳重重砸在書桌上：「妳們這群混蛋！妳們會毀了所有人！」

11

忒萊素人的祕密一定在他們的精子中。測試結果證明，他們的精子細胞並不會直接將基因送入卵子，其中有些環節我們觀察不到。我們檢查的所有忒萊素人，他們都將自己內部的自我隱藏了起來。這些人類天生可以逃避伊克斯刑訊儀的探查！他們將祕密保守在最深的層次，這是他們的終極鎧甲，也是他們的終極武器。

——貝尼・潔瑟睿德分析報告，檔案部編號：BTXX441WOR

• • •

什阿娜住進祭司的聖所已過了四年，貝尼・潔瑟睿德的間諜某天早晨照例彙報了有關她的資訊，但是引起了拉科斯的聖母的特別注意。

「妳說她當時在屋頂？」拉科斯主堡的聖母指揮官塔瑪拉尼問道。

塔瑪拉尼先前曾在伽穆服務，她比大多數人都了解女修會在拉科斯的目的。間諜來報時，塔瑪拉尼正在享用澆了美藍極的柑橘蜜餞作為早餐。她接過報告，一邊用餐，一邊反覆閱讀，信使以稍息姿勢站在餐桌一旁。

「報告聖母，她當時在屋頂。」信使答道。

塔瑪拉尼抬頭瞥了信使一眼，是季普娜，拉科斯土生土長的侍祭，目前正在接受訓練，女修會準備交給她一些本地的敏感任務。塔瑪拉尼嚥下一口蜜餞，說：「『把他們帶回來！』她這樣說，一字不差？」

季普娜稍微點了點頭，她明白指揮官的疑問所在：什阿娜的命令有沒有留下回絕的餘地？

塔瑪拉尼繼續閱讀報告，一目十行，尋找敏感的信號。她很開心女修會派了季普娜來，她非常相信這個拉科斯女人的能力。季普娜五官圓潤，面部線條柔和，和拉科斯的許多祭司一樣，她頂著一頭亂髮，但是頭腦卻絲毫不亂。

季普娜說：「什阿娜當時非常不開心。因為一架撲翼機從屋頂附近飛過，她清清楚楚看到兩個囚犯戴著鐐銬坐在機內。她知道這些人是要去沙漠裡送死。」

塔瑪拉尼放下報告，笑了出來：「所以她命令將那兩個囚犯帶到她那裡。她的措辭挺有意思。」

季普娜問道：「您是說『把他們帶回來』？這句話似乎只是一個再簡單不過的命令，為什麼說有意思？」

這個侍祭說話直接，塔瑪拉尼欣賞她這一點，季普娜不會放過任何一個了解聖母的思維和心理活動的機會。

塔瑪拉尼說：「我感興趣的並不是她的這些表現。」她彎下腰去，朗讀起報告的內容，「『你等並非奴僕之奴僕，你等乃魔鬼之奴僕。』」塔瑪拉尼抬頭看著季普娜，「這些妳都是親眼看到，親耳聽見？」

「報告聖母，都是我親眼所見，親耳所聞。屬下想到您或許會有其他問題，於是便親自來報。」

塔瑪拉尼說：「她還是叫他魔鬼，他們肯定氣得半死！不過，暴君確實曾說：『他們將稱我為魔鬼。』」

季普娜說：「我讀過在達艾斯巴拉特發現的報告。」

「兩名犯人立刻就被送了回來？」塔瑪拉尼問道。

「報告聖母，撲翼機剛接到她的命令，沒幾分鐘就把兩個人送了回來。」

「所以他們時時刻刻都在關注她的一舉一動，這樣就好。什阿娜有沒有表現出她認識這兩個囚犯？他們有沒有交流？」

「報告聖母，我可以確定她不認識這兩個人，兩個普通的下等人而已，蓬頭垢面，穿著破爛，聞起來像是城界木屋裡的底層貧民。」

「什阿娜下令摘除兩個貧民的鐐銬，然後對他們說了一句話。她確切是怎麼說的？」

「『你們是我的子民了。』」

塔瑪拉尼說：「好極了，真是好極了。什阿娜之後命令祭司帶兩人去沐浴，給他們幾件新衣服，然後放了他們。接下來發生了什麼事情？用妳自己的話告訴我。」

「她喚來杜埃克，還有三個他的隨侍議員伴隨，當時……他們算是吵了一架。」

塔瑪拉尼說：「請進入記憶入定狀態，重新播放這段對話。」

季普娜閉上眼睛，深吸一口氣，進入了記憶入定狀態。「什阿娜說：『我不喜歡你們把我的子民餵給魔鬼。』斯蒂羅斯議員說：『他們是獻給沙胡羅的祭品！』什阿娜憤怒地跺腳說：『是魔鬼！』杜埃克說：『行了，斯蒂羅斯，這件事情以後不要再說了。』什阿娜說：『你們什麼時候才能明白？』斯蒂羅斯剛要說話，杜埃克瞪了他一眼，說：『報告聖童，我們已經明白了。』什阿娜說：『我想——』」

「行了。」塔瑪拉尼說道。

侍祭睜開眼睛，靜待聖母吩咐。

不一會兒，塔瑪拉尼便說：「季普娜，回到什阿娜身邊。妳這次做得確實非常好。」

「謝聖母讚揚。」

塔瑪拉尼說：「那些祭司會驚慌失措。杜埃克對什阿娜有信仰，所以只要是她的希望，祭司都會奉命照辦。他們之後不會再利用沙蟲懲罰犯人了。」

季普娜說：「那兩個犯人呢？」

「嗯，妳的觀察十分敏銳。那兩個犯人會把這件事情告訴別人，事情將會失去真實的本來面目。人們會說什阿娜保護他們不受祭司戕害。」

「聖母，事情不正是這樣嗎？」

「啊，妳想想那些祭司除了將人送進蟲口，他們還有哪些招數？他們將會採取其他懲罰手段——鞭刑，或者剝奪人們的某些權利或東西。什阿娜減輕了人們對於魔鬼的恐懼，但是人們對於祭司的恐懼將會與日俱增。」

兩個月之後，塔瑪拉尼提交聖殿的報告便應驗了她的推斷。

塔瑪拉尼在報告中稱：「拉科斯的祭司目前懲罰的手段以減少配給為主，尤其是減少水資源的配給。流言已經傳到拉科斯最遙遠的角落，很快也會傳到許多其他星球。」

塔瑪拉尼仔細考慮這篇報告的意義和影響，許多聖母都會看到報告的內容，包括對塔拉札懷有二心的派系，所有聖母都能夠想像到拉科斯必將發生的事情。什阿娜騎著一隻野生的沙蟲，從沙漠來到城前，拉科斯的許多人都已經看到了，那些祭司從一開始就不該遮遮掩掩。好奇心在得不到滿足的時候，人們往往便會自行解答自己的問題，主觀臆斷常常比真相更加危險。

先前的報告提過什阿娜邀請其他孩子與她一同玩耍的事情。這些孩子虛實交錯的故事每經過一次口耳相傳，便會再遭受竄改，而且每一次改變的內容都原原本本地轉達給了聖殿。兩個犯人穿著全新的華麗服裝回到大街上，他們的說法令原本便有幾分神祕色彩的故事更加令人費解。女修會是製造神祕的高手，她們在拉科斯上擁有一股現成的能量，可以小心翼翼地放大並引導。

塔瑪拉尼在報告中稱：「我們已經在普通民眾中散播了一個『如願以償』的信念。」她重讀自己最近提交的報告時，想到了貝尼．潔瑟睿德流傳出去的那些話。

「我們等了那麼久，等的就是什阿娜。」

這句話非常簡單，傳播出去也不會遭到誇張的歪曲。

「沙胡羅的聖童來懲戒那些祭司了！」

這一句則稍微引起了一些事端，幾名祭司由於群情激憤，死在夜間的小巷。執法的祭司因此更加戒備，不出所料，他們對普通民眾行了不義之舉。

什阿娜正在和街上的一個孩子共進午餐，斯蒂羅斯卻率領七名議員祭司突然闖了進來。塔瑪拉尼認為，幾位祭司造訪什阿娜應該是杜埃克手下的議員內部騷動的結果。她預料到此事會發生，事先便已做好準備，因而拿到了整件事情的祕密錄影。所有人的話語和表情都十分清晰，貝尼．潔瑟睿德的聖母透過這些便可以清楚了解他們內心的想法。

「我們當時是要給沙胡羅獻祭！」斯蒂羅斯高聲辯解。

「杜埃克已經跟你說了，不要再跟我提這件事情。」什阿娜說道。

斯蒂羅斯一行頗為窘迫，女孩身邊的女祭司看到這個情景，面露譏笑。

「可是沙胡羅——」斯蒂羅斯剛剛張口，便被女孩厲聲打斷。

「魔鬼！」什阿娜糾正他的措辭，臉上的表情清楚顯露她內心的想法：這些祭司難道蠢到什麼都不明白嗎？

「可是我們一直以為——」

「你們以為錯了！」什阿娜跺腳說道。

斯蒂羅斯假意請教：「莫非我們需要相信分裂之神沙胡羅也是魔鬼？」

塔瑪拉尼心想：這人可真是個蠢貨，竟然能夠被一個黃毛丫頭唬住。什阿娜接下來也確實辦到了。

「大街上的那些小孩，不論是誰，只要到了會走路的年紀，都明白這個道理！」什阿娜大發雷霆。

斯蒂羅斯提了一個狡猾的問題：「您怎麼知道街上小孩的想法？」

「你懷疑我！你太邪惡了！」什阿娜斥責道。她知道這句話杜埃克會聽到，會讓這些人吃不了兜著走，所以最近時常這樣駁斥質疑她的祭司。

這個道理斯蒂羅斯再清楚不過，他兩眼低垂，身旁的什阿娜則好像向小孩子講述古老的寓言一樣，語重心長地向他解釋，寓居沙蟲體內的可以是神，可以是惡魔，也可能二者共居其中。這種事情，人類只能接受，沒有決斷的資格。

斯蒂羅斯會將發表這種異端言論的人送入沙漠，他此時的神色彷彿在說：只有拉科斯社會最底層的渣滓才會產生這種荒誕不經的觀念。可是現在！杜埃克竟然執意認為什阿娜說的是福音真理！他竟然要因為這些異說而與杜埃克較勁！貝尼．潔瑟睿德將他的面部表情細緻入微地錄了下來。

塔瑪拉尼看著全息影像，心想目前的局面正合女修會的心意，她向聖殿彙報了這件事。疑慮折磨著斯蒂羅斯的內心，所有人都在懷疑，只有普通民眾對什阿娜的虔誠不摻雜任何疑心。杜埃克身邊的間諜說，他甚至開始懷疑自己當初應不應該將歷史學家兼演說家德羅曼德送入蟲口。

「德羅曼德質疑她，是不是有他的道理？」杜埃克問了身邊的人。

「毫無道理！」阿諛奉承者紛紛說道。

他們又能怎麼說呢？大祭司在這種事情上的判斷絕對不會有錯，神不會讓他犯錯。不過，不難看出什阿娜把杜埃克搞得困惑不已，她的說法讓過去多位大祭司的判斷和決定付諸東流，各方各面的教義均需要重新闡釋。

斯蒂羅斯每天都會質問杜埃克：「這個女孩，我們到底知道她的什麼底細？」

對於這類爭論，塔瑪拉尼掌握了相關的所有報告。斯蒂羅斯和杜埃克經常爭論到深夜，兩個人（他們以為沒有其他人）在杜埃克的住處，舒舒服服地坐在稀有的藍色犬椅上，手邊放著澆了美藍極的蜜餞。塔瑪拉尼在全息影像中看到，兩人頭頂飄著一盞黃色的懸浮燈球，亮度已經調暗，以便疲勞的眼睛得到放鬆。

斯蒂羅斯說：「或許第一次把她和沙錘一塊留在沙漠裡的時候，算不上什麼好的測試方法。」

這句話非常奸詐，很多人都知道杜埃克心思並非十分複雜，算不上老謀深算。「不算好的測試方法？這話是什麼意思？」

「神或許希望我們再進行一些其他的測試。」

「她在沙漠裡和神交談了那麼多次！你明明已經親眼看到了！」

「我是看到了！」斯蒂羅斯高興得險些跳了起來，可以看出，杜埃克的話正中他的下懷，「她既然可以毫髮無傷地面對神，說不定可以把方法告訴其他人。」

「我們每次提到這件事情，她都大為光火，這你也知道。」

「說不定是我們的方法不對。」

「斯蒂羅斯，假如這個孩子說得沒錯呢？要知道，我們供奉的就是『分裂』之神。這件事情我最近仔細想了很長時間，神為什麼分裂？這難道不是神的終極測試？」

從斯蒂羅斯的表情可以看出，與他為伍的祭司擔心的正是杜埃克會陷入這樣的思考模式。他想改變大祭司思考的方向，但是杜埃克絲毫不為所動，一頭栽進了形而上學。

杜埃克說：「這就是終極測試，發現邪惡的良善之處，發現良善的邪惡所在。」

斯蒂羅斯的神情只能用「驚慌失措」來形容。杜埃克是神前至尊的受膏者，這件事情任何祭司都不得懷疑！倘若杜埃克對外公布了他想出的結論，將會撼動祭司權威的基石！可以看出，斯蒂羅斯正在思考是不是該將大祭司送入蟲口。

斯蒂羅斯說：「大祭司才識深廣，在下絕無爭辯之意。不過，在下想出了一個方法，或許可以消除許多疑慮。」

「但說無妨。」杜埃克說道。

「可以給她的衣服裝上一些不起眼的設備，這樣我們或許便可以聽到她和——」

「你以為神不會知道我們的所作所為嗎？」

「在下絕無此意！」

「我不會派人帶她去沙漠。」杜埃克說道。

「如果是她自己要去呢？」斯蒂羅斯擺出了自己最諂媚的面孔，「她之前很多次不都是這樣嗎。」

「可是最近都沒去過，她似乎不用向神請示了。」

「我們難道不能提個建議？」斯蒂羅斯問道。

「比如說？」

「『什阿娜，妳什麼時候會再去見你的聖父？妳不想他嗎？』」

「聽起來不像提議，倒像是試探。」

「我只是說——」

「聖童不是傻子！斯蒂羅斯，這個孩子可以與神交流。我們這樣妄加揣測，神或許會降下天譴。」

「神派她來，難道不是讓我們研究的嗎？」斯蒂羅斯問道。

這句話太過類似德羅曼德的歪理邪說，杜埃克十分反感，他狠狠地瞪了斯蒂羅斯一眼。

斯蒂羅斯說：「我的意思是，神肯定希望我們從她的身上學到一些東西。」

這句話杜埃克自己說過很多遍，今天第一次發現它竟然與德羅曼德的話出奇地相似。

杜埃克說：「絕對不可以試探她，也不可以測試她。」

「我對天發誓！」斯蒂羅斯說，「絕對萬分小心，絕不冒犯神威。無論從聖童那裡學到了什麼，我都會立即向您彙報。」

杜埃克只是點了點頭。要確定斯蒂羅斯說的是實話，杜埃克有自己的一套辦法。

此後，每次狡猾的試探和測試，塔瑪拉尼和她的下屬都迅速彙報給了聖殿。

塔瑪拉尼在報告中稱：「什阿娜好像有心事。」

對於拉科斯和聖殿的聖母而言，什阿娜的心事非常明白。這些祭司很早之前便已推斷出了什阿娜的出身，斯蒂羅斯一次次打探她的口風，讓這個孩子心生思鄉之情。什阿娜很聰明，面對這些問題，她什麼都不說，但是明顯可以看出，她懷念自己在拓荒者村莊的日子。儘管環境險惡，每天擔驚受怕，但是她當時顯然非常幸福。她不會忘記從前的歡聲笑語、在沙地裡插杆看天氣、在村莊木屋的牆縫裡抓蠍子，還有在沙丘上用鼻子找香料的生活。女修會已經大概猜出什阿娜從前居住的村莊在什麼位置，因為那一片區域她去了很多次，她們也大概猜出了村莊消失的原因。什阿娜房間的牆上貼著杜埃克的幾張舊地圖，有一張她經常看得出神。

不出塔瑪拉尼所料，一天早晨，什阿娜將手指戳在那幅地圖上，指尖的位置正是她經常去的那片沙地。什阿娜對她的侍從說：「我要去這裡。」

於是，那些女祭司便叫來了一架撲翼機。

男祭司坐在懸浮在空中的撲翼機裡，聚精會神地偷聽，什阿娜再一次在沙地中面對她的剋星。塔瑪拉尼和議事聖母調準了祭司的收聽頻率，同樣聚精會神地關注現場情況。

什阿娜命令祭司將她放在這裡，放眼望去，四處盡是沙丘，全然看不到村莊的痕跡。這次，她用了沙錘。這也是斯蒂羅斯狡獪的建議，他還仔細向她講解該如何使用這個古老的器具召喚分裂之神。來了一隻蟲子。

塔瑪拉尼看著自己的轉播投影，覺得這隻蟲子體形並不龐大，體長目測大約五十公尺。什阿娜距離張開的口器只有大約三公尺，觀察她的人都能清楚聽見沙蟲體內火焰升騰的聲音。

「可不可以告訴我你們為什麼要這樣做？」什阿娜質問道。

沙蟲熾熱的氣息撲面而來，但是她並沒有退縮。巨獸身下的沙地嘩啦作響，而她卻置若罔聞。

「快說！」什阿娜語氣強硬。

沙蟲沒有發出任何聲音，但是什阿娜卻歪著頭，好像在聽牠說話。

「那就回去吧。」什阿娜說道，她揮了揮手，示意沙蟲離開。

蟲子順從地向後退，然後便鑽回沙地之中。

這一次對話並沒有很多交流，但是卻令男祭司爭論了很多天，女修會則透過間諜竊喜地監視著他們的情況。他們不能直接詢問什阿娜，否則竊聽就敗露了。她也仍然和以前一樣，拒絕討論關於前往沙漠的任何事情。

斯蒂羅斯依然狡猾地試探，結果完全如女修會所料。在某些日子，什阿娜醒來之後，便會毫無預兆地說：「今天我要到沙漠裡去。」

她有時候用沙錘，有時候則跳舞，沙蟲便會從欽恩城或人類居住地視野之外的沙地來到她的眼前。什阿娜單獨站在蟲子前面，對牠說話，其他人則聚精會神地聽她說的每一句話。一份又一份錄影經過塔瑪拉尼的手，交給了聖殿，她發現這些錄影頗有意思。

「我應該恨你才對！」

這將會在那些男祭司之間掀起多激烈的軒然大波！杜埃克希望舉辦一次公開討論：「我們所有人是否都應該憎恨分裂之神，同時愛戴祂？」

斯蒂羅斯表示神的意願尚不明確，勉強阻止了杜埃克的提議。

什阿娜曾經問過一隻巨大的沙蟲：「可以再讓我騎你一次嗎？」

她走了過去，沙蟲卻向後退了退，不讓她上去。

還有一次，她問沙蟲：「我必須和這些祭司待在一起嗎？」

除此之外，她還問了這隻沙蟲很多其他的問題，例如：

「你把人們吃下去之後，他們都去哪裡了？」

「大家為什麼不跟我說實話？」

「我應不應該懲罰那些壞蛋祭司？」

塔瑪拉尼聽到最後一個問題笑了出來，她知道這個問題會在杜埃克手下那群人之間造成巨大的風波，她的間諜很快便如實彙報了祭司的憤慨。

「祂怎麼回答她的？」杜埃克問道，「有人聽到了神的聲音嗎？」

一名議員壯著膽子說：「祂或許直接將回覆傳到了她的心裡。」

議員的話音未落，杜埃克就搶過了話頭：「就這麼決定了！我們必須直接問她神吩咐了她什麼事情。」

什阿娜拒絕參與這些討論。

塔瑪拉尼在報告中稱：「她非常清楚自己的力量有多大。斯蒂羅斯雖然依然時常慫恿，但是她現在不怎麼前往沙漠了。這件事情的吸引力已經逐漸變弱，我們之前或許也已經料到了，恐懼和欣喜的效果只能持續這麼久。不過，她學會了一個有效的命令：『走開！』」

女修會認為這是一個重要的進展。既然分裂之神都服從她的命令，也就沒有祭司膽敢質疑她下達這命令的權力了。

塔瑪拉尼在報告中稱：「那些祭司正在沙漠中修建高樓。什阿娜再次走入沙漠的時候，他們希望能夠在更加安全的地方觀察她。」

女修會料到事情會這樣發展，她們甚至動用了一些手段，加快這些工程的進度。每一座高塔均設有捕風器，配有維修人員，建有水障、花園以及其他文明設施。一座座高樓都是一個個小型社會，拉科斯的人居區域隨之延伸至沙蟲的領地。

拉科斯不再需要拓荒者村莊，而這項發展的功勞歸於什阿娜。

普通民眾說：「她是我們的祭司。」

杜埃克和他的眾位議員百思不得其解：魔鬼和沙胡羅共存一體？斯蒂羅斯每天惶惶不可終日，唯恐杜埃克將這個事實公之於眾。斯蒂羅斯提議將杜埃克送入蟲口，但是最終被自己的顧問群否決了。他還曾暗示祭司什阿娜可以在事故中意外喪命，所有顧問聽到之後統統大驚失色，他自己也覺得此舉風險過大。

他說：「即便我們拔掉了這根眼中釘，神可能還會派來另一個更加棘手的使者。」然後，他告誡眾人：「古籍上說，將會有一個孩童來領導我們。」

斯蒂羅斯過去一直認為什阿娜不過是肉體凡胎，最近才開始將她視為非凡之人，而跟他有同樣想法的人早就累積了不少。什阿娜身邊的那些人，包括卡妮亞在內，看得出來，都已經愛上了這個女孩。她是這麼直率，這麼聰慧，又這麼敏感。

很多人發現，連杜埃克對什阿娜的好感也日漸增加。

任何人如果受到了這種力量影響，女修會都能立刻發現。這種效應自古便有，貝尼．潔瑟睿德知道其名稱：擴大崇拜。塔瑪拉尼在報告中稱，拉科斯各地的人們不再向魔鬼或沙胡羅祈禱，他們已經紛紛轉向了什阿娜，整個星球出現了重大變化。

塔瑪拉尼在報告中稱：「他們明白，什阿娜會替弱勢人群說話。這個局面我們非常熟悉，一切都在計畫之中。那個甦亡人什麼時候過來？」

12

氣球的表面總是大過這個鬼東西的中心！這才是大離散真正的意義！

——伊克斯人提議在散失之人中間安插新的調查探測器時，貝尼・潔瑟睿德如是說

・・・

女修會的快速駁艦將邁爾斯・特格送到了環繞伽穆飛行的宇航公會交通飛船。他不喜歡這個時候離開主堡，但是手頭需要處理的這件事顯然相當要緊。另外，他憑直覺判斷此行不妙。憑藉自己三百多年的人生經驗，特格已學會要相信自己的直覺。他感覺伽穆有些事不大對勁。每一次巡邏，每一份遙感報告，還有派特林在城裡安插的間諜彙報的情況，所有事情都讓他愈發不安。

特格憑藉自己晶算師的能力，察覺到了主堡內外的勢力變動，由他看顧的那個甦亡人正身處險境。然而，塔拉札卻在此時命令他登上公會交通飛船述職，同時做好動手的準備，文件上面的加密識別碼也證實這項命令確實是由塔拉札親自下達。

駁艦剛剛起飛，特格便進入了備戰狀態。他已經做好了各項準備，也向盧西拉發出了警報。他對盧西拉很放心，但施萬虞就沒那麼簡單了。他確實想和塔拉札商討一下，爭取在伽穆主堡執行幾項必要的調整。不過，他首先要打贏眼前的這場戰役，他毫不懷疑自己即將進入戰場。

駁艦飛入降落平臺，特格透過左舷看到交通飛船的船身暗處畫著宇航公會的繭型紋飾，裡面刻有

巨大的伊克斯人標誌。宇航公會在這艘飛船上採用伊克斯技術，用機器取代了傳統的宇航員。交通飛船上會有維護設備的伊克斯技工，還會有一名真正的公會宇航員。即使宇航公會從未學會全心信任機器，他們仍開著這些改裝過的飛船到處巡行，想傳達給忒萊素人和拉科斯人一項資訊，飛船外側那個巨大的伊克斯標誌也蘊含同樣寓意：

「看吧，你們的美藍極並不是我們不可缺少的資源！」

駁艦固定在了飛船的對接抓鉤上，特格感覺到輕微的晃動，深吸了一口氣，穩定了一下自己的狀態。他的內心和以往臨上戰場的狀態一樣：摒棄所有虛妄的幻想，任務已經失敗了，談判失敗了，所以現在需要浴血奮戰……除非他有其他的辦法壓制對方。當今世界，戰鬥往往已經變成了小規模的對抗，不過依然需要有人付出生命的代價，這代表了一種更為持久的失敗。我們如果不能和平地解決分歧，便愧為人類。

一名侍從請特格隨他前往塔拉札等候的地方，這個人的說話方式明顯帶有伊克斯特徵。他們經過了一條條走廊和氣動管道，特格一直在尋找危險的跡象，希望證實統御大聖母傳給他的訊息中暗藏的警告。然而，一切似乎都十分安詳又平常，侍從對他也是畢恭畢敬。侍從說：「我之前是安狄奧餘的第列格軍指揮官。」他說的那次衝突險些爆發戰爭，最終是特格壓制了對方。

他們在一條普通的走廊裡停了下來，牆面上是一扇普普通通的橢圓形艙門。特格走進門內，才看到裡面是一間牆面潔白的房間，布置頗為舒適——幾把躺椅，幾張矮邊桌，燈球也調成了黃色的護眼光。艙門「咚」的一聲合上了，將他的嚮導留在了走廊裡。

一名貝尼．潔瑟睿德的侍祭掀起了特格右側細若蛛絲的垂簾，簾後藏了一條通道。她向他點了點頭，有人已經看到他了，塔拉札必然會收到通知。

特格的小腿有些顫抖，但是他克制住了。

要動手嗎？

他沒有誤解塔拉札祕藏的警告。他不知道他的準備是否足以應對現場的局勢。左手邊有一把黑色的躺椅，椅子前面是一張長桌，桌子另一頭還有一把椅子。特格走到房間的這一側，背靠牆面，靜靜等待。他看到自己的靴尖還沾著伽穆的棕色塵土。

房間裡有一股奇怪的味道，他用力地聞了聞，謝爾！塔拉札和她的人馬是否特意提防伊克斯的刑訊儀？特格登上駁艦之前便服用了自己平常就在吃的謝爾膠囊，他的頭腦裡有太多或許對敵人有利的知識。塔拉札在自己的房間裡留下謝爾的氣味，還有另一層用意——她雖然不能阻止某些人在一旁觀察，但是可以透過這種方式向他們表態。

塔拉札從垂簾後面走了進來，她看來面帶倦色，引起了他的注意，因為除非即將倒下，貝尼·潔瑟睿德的聖母隨時都可以掩藏自己的疲倦。她真的筋疲力盡了嗎？還是在佯裝倦態，迷惑暗中監視他們的人？

塔拉札剛走進房間，便停下腳步，端詳了特格一番，她感覺霸夏似乎比上次蒼老了許多。伽穆的任務在他的身上留下了痕跡，但是這讓她非常欣慰——這表明特格確實在履行他的責任。

「邁爾斯，你這麼快就趕過來了，我很滿意。」她說道。

滿意！這是他們事先約定的暗號，塔拉札一旦說了這個詞，就表示危險的敵人正在祕密監視他們。

特格點了點頭，他的視線移向塔拉札進來時穿過的那個垂簾。

塔拉札露出微笑向前走，她沒有在特格的身上發現服用美藍極的跡象。特格年事已高，人們常常懷疑他為了防止寶刀老去，或許服用了美藍極。有些人即便身心極為強大，當他們預感自己人生即將結束，也會不惜以成癮為代價，依賴美藍極增強自己的精力，然而在特格身上卻完全看不出這樣的跡象。特格穿著他從前的大霸夏軍裝，但是摘掉了肩膀和衣領上的金質星徽，塔拉札明白這是什麼意思。他說：「我還記得，當年為您效勞的時候，我是如何拚搏才得到這身裝束。這一次，我也沒有辜負您的期望。」

特格注視著她，目光冷靜，不露一點聲色。他整個人似乎完全波瀾不驚，但是塔拉札知道，他的內心此時一定洶湧澎湃，他在等待她的信號。

她說：「時機成熟之後，必須第一時間喚醒我們的甦亡人。」特格剛要說話，她便揮了揮手，示意他不要出聲，「盧西拉的報告我都看了，我知道他還太小。可是，箭已經搭在了弦上，不得不發。」

他發現這些話是她為監視的人準備的煙幕彈，他們會相信她的話嗎？

「我現在命令你喚醒他的原始記憶。」說著，她的左手腕一動，這是他們表示「肯定」的暗號。

果然不出他所料！特格瞥了一眼那塊垂簾，是誰在簾子後面竊聽？

他動用了自己晶算師的能力，思考這個問題。雖然仍然有些資訊沒到位，但只要掌握了所需的資訊，晶算師依然可以了解大致的事態。有時他只需極其模糊的輪廓，就可以了解事物的大致情況，然後就能逐步填入缺失的部分，最終形成完整的認知。晶算師或許希望直接獲得他們需要的所有資料，但是鮮有機會如願以償，不過他經過了相關訓練，可以察覺到大概的模式，發現各個部分之間的聯繫，從而形成宏觀的認識。特格同時也提醒自己，他過去所接受的一些訓練歸根結柢是軍事訓練：你訓練新兵去使用武器，是為了讓他學會正確的瞄準方式。

他就是塔拉札的武器，她正在將他瞄向敵人，他對於當前處境的判斷得到了她的確認。

她說：「在你喚醒我們甦亡人的記憶之前，有人會不惜一切代價奪取他的性命或者將他劫走。」

他明白這個語氣是什麼意思，她正在透過冷靜的分析向晶算師提供資料。如此看來，她看出了他正處在晶算師模式。

晶算師的搜索機制正在腦中不停運轉，尋找符合當前情況的模式。第一，女修會制訂了一個事關這個甦亡人的計畫，雖然他不了解具體的內容，但是知道拉科斯上有個年幼的女性，據說可以控制沙蟲，她是女修會這項計畫的中心。第二，艾德侯的甦亡人：頗具人格魅力，而且由於他具備某種特質，暴君和忒萊素人反覆創造他很多次，多到數也數不清，數量加起來恐怕有滿滿一艘飛船那麼多！這個甦亡人到底能夠發揮怎樣的作用？暴君為何不厭其煩地令他起死回生？第三，忒萊素人：數千年間，他們利用再生箱培養了一個又一個鄧肯．艾德侯甦亡人，暴君去世之後，他們也沒有停手。忒萊素人將這系列的甦亡人賣給了女修會十二次，女修會每次支付的都是她們珍貴的財產，也是最強勢的貨幣——美藍極。忒萊素人可以大量生產美藍極，為什麼他們還接受女修會支付的這些香料？道理很簡單——他們希望以此耗竭女修會的存貨，這是貪欲的一種特殊形式。忒萊素人想透過買賣的方式奪得霸權，他們費盡心機，原來是為了爭權奪勢！

特格將注意力轉到了靜靜等待的大聖母身上，說道：「忒萊素人殺了我們的那些甦亡人，目的是控制我們行動的時機。」

塔拉札點了點頭，但是沒有說話。可見事情並非這麼簡單，他再一次進入了晶算師模式。

對於忒萊素人而言，貝尼．潔瑟睿德是一個價值巨大的美藍極市場。雖然因為拉科斯星球也會慢慢地產出少量香料，他們無法壟斷，但是這個市場價值巨大，相當大。忒萊素人無緣無故得罪一個價值巨大的市場，這種做法未免不合常理。莫非他們找到了價值更大的市場？

還有誰能從貝尼．潔瑟睿德的活動中分得一杯羹？伊克斯人，毫無疑問。可是，伊克斯人自己並不需要美藍極，他們能夠出現在這艘飛船上，即證明他們與此事無關。魚言士現在已經和伊克斯人聯合，因此搜索也可以排除魚言士。

這個宇宙中到底哪個或哪些強大的勢力擁有……

想到這裡，特格的思考突然停住了，好像撲翼機踩住了俯衝制動器一樣，他的大腦自由地飄浮著，而他則在翻尋其他的思路。

不在這個宇宙中。

模式逐漸浮現了出來，財富。經過他的晶算師計算，特格看到了伽穆全新的作用。很久以前，伽穆星球的資源便被哈肯能氏族開採殆盡，只留下了一具傷痕累累的屍骸，而後有幸被丹星人恢復了原貌。不過，伽穆一度失去了希望。沒有了希望，又何談夢想。在這個髒爛不堪的地方，最為基礎的實用主義占據了住民的思想，一切只要有用就行。

財富。

第一次考察伽穆的時候，他就注意到這裡的金融機構數量眾多，一些甚至標有「不受貝尼・潔瑟睿德干涉」的字樣。伽穆可以充當支點，供人支配巨額財富。他想起了一家銀行，他曾經前往此處探查是否能當作緊急聯絡點使用。當時他立刻就意識到，這個地方開展的不僅是伽穆星球上的金融業務，這裡是銀行的銀行。

這筆財富超出了尋常的意義。

特格大腦中還沒有開始建立最佳範式，但是他已經得到了足夠的資料，可以進行一次測試推演。不屬於這個宇宙的財富；來自大離散的人類。

晶算師彙整資料與推演的整個過程只花了幾秒的時間。特格的思緒抵達測試點後，便放鬆肌肉和神經，瞥了一眼塔拉札，然後走到垂簾前。他看到塔拉札並沒有給出任何警示，便猛地掀開簾子，眼前赫然出現一個身高與自己相仿的男子，身著軍裝，肩章飾有兩杆交叉的長矛。男人相貌粗獷，下巴寬大，眼睛呈綠色，神色訝異，但亦不失警覺，一隻手放上鼓起的口袋，裡面顯然是一件武器。

特格向他笑了笑，放下垂簾，回到塔拉札旁邊。

「監視我們的是散失之人。」他說道。

塔拉札放鬆了下來，特格方才的表現令人嘆為觀止。

垂簾被推向一邊，人高馬大的陌生人走了進來，停在距離特格兩步的地方，面有慍色。

「我明明警告過您，讓您不要告訴他！」男人的嗓音沙啞又低沉，特格從未聽過這種口音。

「我事先也告誡過你，不要小看這位晶算師霸夏。」塔拉札說道，臉上掠過一絲厭惡。

男人收斂了許多，臉上露出了一種微妙的恐懼：「尊母，我——」

「你叫我什麼？再叫一遍試試！」塔拉札身體緊繃，擺出預備格鬥的動作，特格還是第一次看到她這副模樣。

男人略微垂下頭：「這位夫人，這裡的事情可不是您說了算。您別忘了，我奉命——」

特格聽得煩了，說道：「有我在，這裡的事情她就能說了算。來這裡之前，我啟動了一些保護措施。這……」男人的臉上出現警惕的神情，特格掃了一眼四周，然後注意力回到了他的身上，「不是一艘無現星艦，我們有兩個無現星艦監控站現在已經將你鎖定在了視野之中。」

「你們休想活著離開！」男人怒吼一聲。

特格和善地笑了笑：「所有人都會死在這艘飛船上。」他咬緊下顎輸入定經信號，啟動了顱內微小的脈搏計時器，他的視覺中心出現了倒數計時的圖像信號，「你沒有多少考慮的時間。」

「告訴他你怎麼知道要做這些準備。」塔拉札說道。

「大聖母和我可以透過專門的私密方式交流。」特格說道，「不過，她根本不需要發出警報，她的召集令就已經完全能夠說明事態的嚴重性。大聖母在這個時候登上宇航公會的交通飛船？不可能的事情！」

「看來我們遇到僵局了。」男人咆哮道。

特格說道：「或許如此，不過，無論公會還是伊克斯人都不願意看到我親手訓練的學生率領貝尼·潔瑟睿德發起全面進攻，我說的是伯茲馬利霸夏。你的後援保障已經蕩然無存。」

塔拉札說道：「我並沒有跟他說過這些事。你剛才見識了晶算師霸夏的實力，我想你們的宇宙中很難有人能夠與他相提並論。想跟伯茲馬利作對的話，建議你再考慮考慮，畢竟他是這位晶算師訓練出來的軍官。」

男子的視線從塔拉札移到特格身上，然後又轉回塔拉札身上。

特格說道：「現在並非沒有辦法，我有一個建議。塔拉札大聖母和她的隨行人員與我一同離開這裡。你必須立刻決定，時間已經所剩無幾。」

「虛張聲勢。」這句話並沒有什麼底氣。

特格面向塔拉札深深鞠躬：「大聖母在上，為您效勞是我的榮耀。與您就此別過。」

塔拉札說道：「或許死亡也不會讓我們分離。」這是聖母與聖母告別的傳統方式。

「快滾！」相貌粗獷的男子衝到靠近走廊的艙門旁邊，一把拉開了艙門，門口的兩位伊克斯護衛大驚失色。他聲音嘶啞，命令二人：「把他們帶回駁艦。」

特格從容不迫地說道：「大聖母，請召集您的隨從。」然後對艙門旁的男人說，「優秀的軍人不會像你這樣惜命，我手下的人都絕對不會這麼貪生怕死。」

男子惱羞成怒：「這艘飛船上有真正的尊母，我誓死保護她們。」

特格撇了撇嘴，轉身看到塔拉札從隔壁房間領出了兩位聖母和四名侍祭。特格認出了一位聖母：達爾維·歐德雷迪。他之前只遠遠地看到過她，鵝蛋臉和甜美的雙眼如此迷人，像極了盧西拉。

「我們有時間互相介紹一下嗎？」塔拉札問。

「報告大聖母，當然有時間。」

塔拉札向他介紹各位女性時，他都點了點頭，並一一握手。

離開之前，特格轉向身穿軍裝的陌生男子說道：「我們要始終關注細節，不然便愧為人類。」

他們登上了駁艦，塔拉札坐在特格旁邊，其他聖母和侍祭則坐在附近，這時特格才提出了最關鍵的問題。

「他們是怎麼綁架妳們的？」

駁艦正在高速飛向伽穆，特格在眼前的螢幕裡看到，刻有伊克斯標誌的交通飛船按照他的指令，仍然繞軌道飛行，待他們安全進入星球防禦系統才會執行下一步指令。

塔拉札還沒來得及回答，歐德雷迪便側過身子，從走道那邊探了過來，說道：「大聖母，我已經撤銷了霸夏摧毀公會飛船的命令。」

特格迅速轉頭，怒目而視，對歐德雷迪說道：「他們綁架了你們，而且……妳怎麼知道我——」

「邁爾斯！」

塔拉札一句斥責打斷了特格，他笑了笑，滿臉歉意。沒錯，她非常了解他，程度近乎他對自己的了解……有些方面甚至超過他對自己的認識。

塔拉札說道：「不是他們抓到我們，是我們故意讓他們抓。當時，我假裝護送達爾前往拉科斯。我們在交叉點[10]下了無現星艦，向公會要了最快的交通飛船。我議會的所有成員，包括伯茲馬利，都認為這些散失之人會劫下交通飛船，把我們帶到你這裡，以此獲得甦亡人計畫的所有資訊。」

特格目瞪口呆，她竟然冒這麼大的風險！

塔拉札說：「我們知道你會前來救援。伯茲馬利在一旁待命，如果你失敗，他就會立即出手。」

特格說：「你們放過的那艘公會飛船，將會召集援兵，攻擊我們的——」

「他們不會攻擊伽穆。」塔拉札說道，「這裡聚集了大離散的眾多勢力，他們不敢得罪這麼多人。」

「我看您倒是十分放心，我要是也能這樣放心就好了。」特格說道。

「邁爾斯，大可不必擔心。不摧毀那艘飛船還有其他的原因。有人已經發現伊克斯和公會選邊站，這樣會耽誤買賣，但他們又需要想方設法保住所有買賣。」

「除非他們現在有了更要緊的客戶！除非這些客戶能提供更大的利潤！」

「哎，邁爾斯，」她像是喃喃自語，「時至今日，緩和事態，達成平衡，才是我們貝尼．潔瑟睿德真正在做的事情，這你也知道。」

特格認可這個說法，但是他的注意力集中在一個詞上「……時至今日……」這四個字讓人產生一種臨終遺言的感覺。他剛要發問，塔拉札便繼續說道：

「無論局勢如何令人激憤，我們依然喜歡在戰場外面處理。能夠秉持這種態度，不得不說，我們需要感謝暴君。邁爾斯，你應該從來沒想過自己是暴君訓練出來的產品，但是事實確實如此。」

特格接受了這個說法，但是默不作聲。這是整個人類社會中的一個因數，任何晶算師都會遇到這個資料。

「邁爾斯，你的這種特質，正是我們當初找上你的原因。」塔拉札說道，「有的時候，你確實很讓人懊惱，但是我們就是要這樣的你。」

特格注意到塔拉札微妙的語氣和動作，發現她並不只是在跟他說話，也在跟她的隨從說話。

「邁爾斯，你有沒有想過，聽你同樣努力地論證一件事情的正反兩面，這有多麼令人抓狂？但是你平易近人，和藹可親，這也是你的有力武器。有些敵人看到你那麼平易和善，完全想像不出會有與你正面交鋒的時候，於是事到臨頭便會把他們嚇得不知所措。」

特格勉強笑笑，瞄了一眼坐在走道對面的那些女人。塔拉札為什麼要跟這些人說這種話？達爾維・歐德雷迪頭向後仰，雙眼閉起，似乎正在休息；其他幾個人正在自顧自地閒聊。然而，特格知道這些並不能說明問題，貝尼・潔瑟睿德的成員之中，即便是侍祭也可以同時進行多線思考。他的注意力回到塔拉札身上。

「你確實可以從敵人的角度看待問題。」塔拉札說道，「這是我這番話的意思。當然，當你進入那種心智框架的時候，你的眼裡就沒有了敵人。」

「我絕對不會敵我不分！」

「邁爾斯，不要誤解我的話，我們從來都沒有懷疑過你的忠誠。不過，有些東西，我們只有藉由你才能發現，這其中的原因著實匪夷所思。有些時候，你就是我們的眼睛。」

特格看到達爾維・歐德雷迪已經睜開了眼睛，正看著自己。這個女人著實動人，相貌令人心旌搖曳。她和盧西拉一樣，也讓他想起了一位故人。特格剛要開始回憶過去，便被塔拉札打斷了思緒。

10 交叉點：一般指宇航公會執行運輸任務時會用到的行星或天體。也可特別指稱宇航公會根據地所在的星球，設有公會銀行與唯一一間宇航學校。——編注

「面對針鋒相對的兩股力量，這個甦亡人是否有能力加以平衡？」她問道。

特格說：「他有機會成為晶算師。」

「邁爾斯，他在某一世曾經當過晶算師。」

「您真的希望他年紀這麼小就喚醒原始的記憶嗎？

「邁爾斯，我們別無選擇，現在已是事關存亡的時刻。」

13

鉅貿聯會的失敗之處？道理很簡單——龐大的商業勢力虎視眈眈地守在他們活動範圍的邊緣，等待合適的時機將他們一舉吞下，好像豬蝓吞食垃圾一樣，而他們對此卻毫無察覺。這是大離散真正的威脅，對於他們來說如此，對我們所有人亦然。

——貝尼．潔瑟睿德議會筆記，檔案部編號：SXX90CH

．．．

歐德雷迪僅將一部分精力用於關注特格和塔拉札之間的對話。他們乘坐的駁艦較小，客艙頗為擁擠。這艘飛船需要借助大氣阻力減緩下落速度，她知道這一點，也做好了面對劇烈震盪的準備。這類飛行器上，飛行員會盡量少用懸浮裝置以節約能源。

每到這種時候，她就會做好一切必要的準備。時間緊迫，一種特殊的計時方法驅使她不斷向前。離開聖殿之前，她看了一眼月曆，感受到時間一如既往鍥而不捨地前進，也感受到了時間有力的語言：秒、分、時、日、週、月、年……準確來說，應該是標準年。「鍥而不捨」這個詞仍不足以概括，「不可侵犯」更加合適。傳統，絕對不可違抗。這些比喻深深植根於她的大腦之中，有些星球雖然已經摒棄了人類原始的計時方式，但是遠古而來的時間依然在這些地方洶湧流淌。一週七日，七啊！這個數字至今依然具有巨大的力量，巨大的神祕力量，《奧蘭治合一聖書》將其奉為神聖之數。上帝六日之內創造了一個世界，「第七日便安息」。

歐德雷迪心想：就應該這樣！我們耗費了巨大的精力之後，都應該好好休息。

歐德雷迪的頭微微轉向走道對面，看著特格。他不知道她擁有多少關於他的記憶。她可以明確地看到歲月在這張堅毅的臉上留下了怎樣的印記，也看得出來教導那個甦亡人消耗了他太多精力。伽穆主堡的這個孩子肯定像海綿一樣，可以吸收自己身邊所有的一切。

邁爾斯．特格，你可知道我們在怎樣利用你？她的心中不禁產生疑問。

這個想法使她意志消沉，但是她彷彿懷著叛逆的心情，故意將它留在自己的腦中。這個老頭多麼容易讓人喜愛啊！當然不是伴侶之間的愛……但也是另一種愛。她能夠感覺到那種連結帶來的觸動，憑藉自己敏銳的貝尼．潔瑟睿德技能，也意識到那種連結的存在。愛，令人憎惡，令人消沉。

歐德雷迪第一次奉命引誘育種對象的時候，曾經感受到過這種觸動，這是一種奇怪的感官經歷。貝尼．潔瑟睿德多年的訓練已經讓她開始警惕這種感覺。在那之前，她的監管者們從未讓她享受過那種奢侈而又心安理得的溫暖，她後來也明白了她們的良苦用心。然而，她還是等到了那一天，受育種女修派遣，奉命接近一名男性，讓他進入自己的身體。她能夠想起所有現實客觀的資料，即使她容許自己有快感，她依然在觀察交配對象的快感。畢竟，她的身心都已細緻入微地調整成適合育種訓練，其間所接觸的男性教官也經過了育種女修精挑細選。

歐德雷迪嘆了一口氣，視線離開特格，閉上眼睛陷入回憶。男性教官從來不會表現出他們沉湎於自己與學生的感情之中，這是貝尼．潔瑟睿德性教育不可避免的問題。

第一次引誘任務，兩人共同達到了高潮，酥軟的歡愉令她手足無措，這種雙方依存、融合的感覺在人類誕生之初便已出現……甚至更早！這種感覺十分強烈，可以讓人幾乎喪失理智。男伴的臉上洋溢著幸福，甜蜜地吻了她一番，他放下了一切戒備，全無顧忌地將自己展現在她的眼前，暴露出自己所有的弱點。沒有哪個男性教官做過這樣的事情！她奮力回想貝尼・潔瑟睿德的教誨，她從男人的臉上看到他的本質，也在內心的最深處感受到了那種本質。在短暫的瞬間中，她也作出了同等的回應，感受到了全新高度的快感，所有教員都未曾告訴她人類可以獲得這樣的體驗。在這一瞬間，她明白了潔西嘉女士和其他某些貝尼・潔瑟睿德女修失敗的原因。

這就是愛的感覺！

這種強烈的感覺令她心生恐懼（育種女修事先便料到了她的這種反應），她恢復了貝尼・潔瑟睿德謹慎的訓練狀態，自然的表情僅僅是曇花一現，臉上很快便戴上了歡愛的面具。歐德雷迪運用精心設計的方式愛撫男子，相較自然的愛撫，這種方式難度更高，但是效果也更加顯著。

男子的反應一如預料中那般愚蠢。將他視為蠢人，歐德雷迪才不會心生愛意，有助於任務完成。第二次引誘沒有第一次那麼困難，但是她依然能夠回想起第一次的特徵，不過有時只會麻木地驚嘆。有時他的面孔會無緣無故出現在她的腦海之中，她也能夠立刻認出這張臉的主人。

她的其他育種對象則在她記憶裡留下了不一樣的標記，她必須主動在過往的記憶中尋找，才能看到他們的面孔。他們留下的感官紀錄沒有那麼深刻，然而第一次的紀錄卻讓她難以忘懷！

這就是愛情的危險之處。

數千年來，愛情這股隱藏的力量已經給貝尼・潔瑟睿德帶來了諸多麻煩。例如潔西嘉女士和她對公爵的愛，此類人、事不一而足。愛情令人盲目，愛情令貝尼・潔瑟睿德的聖母忘卻自己的責任。除非不會阻礙貝尼・潔瑟睿德的活動，也不會造成明顯、直接的影響，或者是為了開展貝尼・潔瑟睿德更加宏大的計畫，否則各聖母必須避免這種情感。

不過，聖母通常都用警惕不安的眼光關注愛情。

歐德雷迪睜開雙眼，瞥了特格和塔拉札一眼。統御大聖母換了一個新的話題，塔拉札的聲音有時真是令人無法忍受！歐德雷迪閉上眼睛，聽著兩人的對話，她感覺自己的意識中有一根躲不開的絲線，將自己的注意力和兩人的聲音綁在了一起。

「一個文明裡，相當比例的基礎建設都是人類賴以生存的要素，極少有人會意識到這一點。」塔拉札說道，「這個問題，我們已經進行了很多研究。」

歐德雷迪想道：愛情也屬於這種賴以生存的基礎建設。塔拉札為什麼現在談這個話題？這位大聖母做事幾乎都有深沉的理由。「人類如果希望繼續生存下去，希望人口至少保持當前水準，所必需的所有事物都屬於『人類依賴的基礎建設』。」塔拉札說道。

「比如美藍極？」特格問道。

「沒錯，可是大多數人看到香料，只會想『有了香料，我們的壽命遠遠超過了古代的祖先，還真不錯』。」

「只要他們用得起。」歐德雷迪聽出了特格的諷刺。

「只要市場沒有被某個勢力完全掌控，大多數人的需求就都能得到滿足。」塔拉札說道。

「經濟方面的知識，我是從小跟在母親身邊學的。」特格說，「食物、水、可吸入的空氣、沒有被毒素汙染的生活空間，貨幣有很多種，價值因依賴程度而異。」

歐德雷迪聽了這番話，心中暗暗點頭，他說了她想說的話。塔拉札，不要再說廢話！有話直說！

「我希望你還牢牢記著你母親的教導。」塔拉札說道。她的聲音突然變得這麼溫柔！塔拉札的語氣隨後陡變，厲聲說：「水力專制！」

歐德雷迪暗自思忖：這個話鋒轉得巧妙。資料彷彿水流一般，從記憶的龍頭中噴湧而出。水力專制：集中控制水、電、燃料、藥品或美藍極等關鍵資源……必須服從集中控制資源的勢力，否則資源就會斷絕，你就只有死路一條！

塔拉札再次開口：「妳母親肯定還告訴過妳另一個有用的概念——關鍵的圓木。」

歐德雷迪的好奇心被勾了起來，聽起來塔拉札有重要的事情要說。關鍵的圓木：這個概念相當古老，可以追溯至懸浮裝置面世之前。當時，伐木工人會將砍倒的木材放入河中，木材即可順著河水漂到中央木材廠。然而，有時圓木會卡在河裡擠成一團，木材廠便會派去一名專業人士，找出那根關鍵的圓木，抽起它後其他木材便可以繼續順流而下了。她知道，特格能夠從理性的層面理解這個詞語，然而她和塔拉札可以在他者記憶中找到真實的場景，親眼看到關鍵的圓木抽出時的場景——大量圓木落入水中，木屑紛飛，水花四濺。

「暴君就是一根關鍵的圓木。」塔拉札說道，「他阻礙了人類的發展，他也消除了這個阻礙。」

駁艦接觸到了伽穆的大氣層，艦體開始劇烈震動。歐德雷迪感覺安全帶緊緊地捆著自己，不過只有幾秒鐘的時間，而後飛船便平穩了許多，塔拉札也繼續說道：

「撇開某些所謂自然產生的生存必備要素之外，還有一些透過心理手段建立的宗教，甚至是生理需求也可能具有這樣的潛在成分。」

「護使團深諳此道。」特格說道。歐德雷迪再一次聽出了他深深的厭惡。塔拉札肯定也聽出來了，她到底想幹什麼？這樣有可能使特格動搖！

「嗯，沒錯。」塔拉札說道，「我們的護使團。人類強烈希望自己的信念結構能夠成為『真正的信仰』。如果有個東西能夠讓你開心，或者賦予你安全感，而且能夠融入你的信念結構之中，人類將會對其產生多麼大的依賴！」

飛船經歷了第二次大氣緩衝，塔拉札再一次停住了。

「他就不能打開懸浮裝置嗎？」塔拉札抱怨道。

「節省能源。」特格說道，「避免過於依賴。」

塔拉札輕聲笑了：「邁爾斯，你說得一點也沒錯，你非常明白這個道理。我知道，這裡面有你母親的功勞。孩子朝著危險的方向嘗試新事物的時候，母親就要負責。」

「你覺得我是個孩子？」他問道。

「我覺得你剛剛第一次親身領教了那些所謂的尊母的陰謀詭計。」

歐德雷迪心想：所以這才是正題。同時，她也驚訝地意識到塔拉札並不只是在和特格說話。她也在和我說話！

塔拉札說：「這些女人自詡尊母，她們將崇拜和性快感混在一起，我懷疑她們根本不會想到這樣有多麼危險。」

歐德雷迪睜開眼睛，看向走道對面的大聖母。塔拉札目不轉睛地看著特格，臉上的表情令人費解，只有眼中燃燒著焦急的火焰，迫切希望他能夠明白局勢的緊迫。

「多麼危險。」塔拉札重複了一遍這四個字，「人類大眾確實擁有一個統一的身分，他們可以像一個集體一樣，這個群體可以像一個生物一樣活動。」

「暴君是這麼說的。」特格如是回答。

「他也確實展現出人類的這個特質！他把這個集體的靈魂玩弄於股掌之上。邁爾斯，有些時候，我們為了生存，必須與靈魂交流。你也知道，靈魂始終都在尋找表達的機會。」

「現在還流行與靈魂交流？」特格問道。歐德雷迪不喜歡他這種說笑的語調，她看到這句話也同樣引起了塔拉札的憤怒。

「你覺得我在跟你說宗教的潮流？」塔拉札質問道，尖厲的聲音非常刺耳，「我們都知道宗教是人造出來的！我是在跟你說這些尊母，她們效仿我們的手段，但是完全沒有領會我們深層的觀念。她們竟敢居高臨下，接受眾人的崇拜！」

「貝尼．潔瑟睿德通常盡量避免自己成為崇拜的對象。」他說道，「母親曾說，崇拜者和被崇拜者因為信仰而結合。」

「也可以因信仰而對立！」

歐德雷迪看到特格突然進入了晶算師模式，雙眼目光渙散，表情安詳。她現在明白了塔拉札的部分目的。這個晶算師現在兩隻腳分別踩在一匹馬上，尋找特定模式的思考載著他飛馳向前，但他雙腳下各是不同的現實。他必須同時駕馭，才能前往同一個目標。

特格喃喃發出晶算師沒有抑揚頓挫的聲音：「分裂的勢力將會為霸權爭鬥不休。」

塔拉札發出了一聲滿意的嘆息，幾乎像是帶有性的意味。

「人類依賴的基礎建設。」塔拉札說道。「許多力量都在想方設法雄霸宇宙，而大離散回歸的這些女人想要控制所有這些勢力。公會飛船上的那個軍官，他提到他的尊母時，語氣中既有敬畏，也有憎恨。你肯定也聽出來了，我知道你從母親那裡學到了很多東西。」

「我聽出來了。」特格再一次將注意力集中在塔拉札身上，他和歐德雷迪都在細細揣摩她的每一句話。

塔拉札說道：「人類的依賴性，說簡單也十分簡單，說複雜又十分複雜，就好比齲齒。」

「齲齒？」特格的晶算師思考亂了套，完全摸不著頭腦，歐德雷迪看出他的反應正中了塔拉札的下懷。塔拉札在玩弄她的晶算師霸夏，手段頗為高明。

歐德雷迪心想：我應該仔細觀察，認真學習。

塔拉札重複了一遍「齲齒」，然後說道：「人類出生的時候，只須做一個簡簡單單的植入手術，大多數人就無須為這個麻煩而苦惱。可是，我們依然必須刷牙，或者透過其他的方法護理牙齒。我們覺得這是明擺著的道理，很少會認真考慮為什麼要這麼做。我們認為用在自己牙上的東西就是生活裡再普通不過的一部分。然而，這些東西、裡面的材料、齒科護理的指導人員、蘇克監視儀器，所有這些彼此之間都存在密不可分的聯繫。」

「您不需要跟晶算師解釋事物間的相互關係。」特格說道。他的語氣仍然有些好奇，同時帶有明確的不滿。

塔拉札說道：「沒錯，這就是晶算師思維的自然狀態。」

「您既然明白這個道理，為什麼還要大費周章？」

「晶算師，關於這些尊母，你掌握了多少資訊？仔細想一想，然後告訴我，她們的弱點是什麼？」

特格不假思索，立刻說道：「她們只有繼續鞏固支持者和信眾對她們的依賴，才能生存下去。這就好像成癮一樣，最終只會是死路一條。」

「正是如此，那你覺得有什麼危險呢？」

「她們有可能牽連很多人。」

「邁爾斯，這是暴君的問題，他自己肯定也知道。好了，現在仔仔細細聽好了。達爾，你也注意聽。」塔拉札的視線轉向走道對面，和歐德雷迪對上眼，「你們倆都聽我說，我們將要在人類的洪流之中放入一些強大的……元素，它們可能會阻礙人類繼續奔湧，它們勢必造成一些破壞。而我們……」

駁艦再一次出現了劇烈的震動，他們緊緊抓著自己的座位，只聽見周圍轟隆作響，這種環境完全無法繼續交談。艦體停止震動之後，塔拉札提高了音量。

「這艘破飛船要是能把我們活著送回伽穆，邁爾斯，你就必須跟達爾一塊過去。《亞崔迪宣言》你已經看過了，她會告訴你這份宣言的事情，讓你有所準備。沒別的事情了。」

特格轉過頭，看著歐德雷迪，她的相貌再一次牽動了他的記憶。除了因為她和盧西拉長相相似，還有其他的原因，他放下了這件事情。《亞崔迪宣言》？他讀這篇宣言不過是遵從塔拉札的指示而已。讓我有所準備？什麼意思？

歐德雷迪看到特格疑惑的表情，現在她明白塔拉札的動機了。統御大聖母的命令有了新的寓意，《亞崔迪宣言》的文字也有了全新的含意。

「宇宙由眾多意識會合而成，具有預知力的那個人類將這項創世天賦運用到了人類無法想像的極致。人們當時並未認識到亞崔迪家這個私生子擁有如此強大的能力，他隨後又將這個能力傳給了自己的兒子，也就是後來的暴君。」

歐德雷迪記得自己寫下的這每一個字，但是現在這個宣言在她眼裡卻出現了全新的含意。

歐德雷迪心中暗念：塔爾！該死！如果妳這一步走錯了，那可怎麼辦？

14

從量子層面來說，我們的宇宙可以視為一個不確定的地方，只有獲得相當數量的數字，才能利用統計的方法找到它的運作規律。有一類宇宙，單一星球的運行路徑可以測量到微微秒之譜，若視其為相對可預測的宇宙，那麼前述「不確定的宇宙」與「相對可預測的宇宙」之間，其他力量也會介入干預、發揮作用。我們日常生活所在的宇宙，就在這兩種宇宙之間，你的信仰是極為強大的力量。你的想法和信念決定了日常事件的發展，如果夠多人抱有足夠堅定的信念，就能催生出一種新的事物。信念結構是一張濾網，可以將混亂篩成有序。

——《暴君分析結果》，塔拉札文檔：貝尼．潔瑟睿德檔案部

• • •

特格回到伽穆，思維一片混亂。他走出駁艦，踏上主堡私用降落坪燒焦的邊緣區域，環視四周，彷彿第一次來到這裡。此時臨近中午，短短半天時間竟然發生了這麼多事。

他不禁好奇，貝尼．潔瑟睿德為了傳授必要的教誨，究竟能幹出多麼驚人的事？塔拉札已經令他脫離了自己熟悉的晶算師思考流程，他感覺公會飛船上的事情完全是為他而安排的，他已經被迫偏離可預測的路徑。他走過守衛看管的簡易機坪，來到入口區域，眼前的伽穆竟然如此陌生。

特格曾經見過許多星球，了解過它們的運作規律，也知道它們對住民產生了什麼影響。有些星球

靠近一顆巨大的黃色太陽，生物因而始終生活在溫暖的環境之中，不斷演變，成長；有些星球有距離遙遠的多顆太陽，天空常年昏暗，陽光微弱，對星球溫度的影響十分有限；其他星球的情況有些在兩者之間，有些在這個範圍之外。伽穆就是個例外——陽光呈黃綠色，一天等於三十一點二七標準時，一年等於二點六標準年。特格原本以為自己了解這個地方。

哈肯能氏族被迫離開這顆星球之後，大離散留下的殖民者多數來自丹星，哈萊克氏族在星圖重繪時期將星球的名字換成了伽穆，他們便沿用了下來。當時，外界將這些殖民者稱作卡樂丹人，然而一些名稱經過數千年的時間，往往會縮短。

特格走到主堡周邊護坡的入口處便停了下來，從這裡可以到達主堡下方的那片區域。塔拉札一行人還在後面，他看到塔拉札正專注地對歐德雷迪說話。

他想，應該是在說《亞崔迪宣言》。

即便在伽穆，也很少有人承認自己的祖先是哈肯能或亞崔迪，然而兩個氏族的遺傳性狀在這座星球表達得相當顯著，尤其是人口占多數的亞崔迪——鼻梁挺拔，前額高凸，嘴唇魅惑誘人。這些特徵通常不會出現在同一個人臉上，往往是這個人長了一張這樣的嘴，那個人長了那樣一雙犀利的眼睛，形形色色，不一而足。不過，也有一些人會擁有所有特徵，他們身上的傲氣顯而易見，透露出他們心裡的想法：

「我是他們之中的一員！」

伽穆星球的原住民即便看出這些特徵，記在心裡，但很少有人把他們看作亞崔迪人。

之所以出現這種局面，起因在於哈肯能氏族，他們留下的基因譜系可以追溯至早期的希臘人、帕坦人以及阿拉伯歷史上的馬穆魯克。這些遠古的歷史行將湮沒，只有專業的歷史學家以及經過貝尼・

潔瑟睿德教導的人才講得上來。

塔拉札一行人走到特格旁邊，他聽到她對歐德雷迪說：「這件事情必須一五一十告訴邁爾斯。」他想：好極了，她肯定會告訴他的。他轉身帶領她們經過內部守衛走向碉堡下面的長通道，從那裡即可進入主堡內部。

這些該死的貝尼・潔瑟睿德！她們來伽穆到底是為了什麼？他心想。

這座星球上可以看到貝尼・潔瑟睿德的許多痕跡——她們為了調整遺傳特質，會採用回交的手段；你時不時地還會看到一些女人眼神尤其勾人。

他們碰到了內庭的護衛，隊長向特格行禮致敬，他回了禮，但是眼神的焦點絲毫不動。沒錯，勾人的眼神。他剛到這座主堡不久，便見到了這樣的眼神，巡視伽穆的時候，這樣的眼睛更是比比皆是。他也曾經見過許多相貌與自己相仿的人，而且想起了老派特林不知道說過多少次的那句話。

「霸夏，您長得真像伽穆人。」

勾人的眼睛！剛才那位隊長就有一雙誘惑的眼睛，歐德雷迪和盧西拉的眼睛也是這個樣子。他覺得，勾引他人的時候，極少有人意識到眼睛的重要性，只有經過貝尼・潔瑟睿德的教育，才會明白箇中意義。擇偶的時候，女人豐滿的胸部，男人有力的腰胯（臀部肌肉結實緊緻），這些自然非常重要，但是倘若眼睛沒有魅力，剩下的一切都將失去意義。眼神至關重要，這件事情他非常明白，誘人的眼神能夠讓你沉醉耽溺，忘乎所以，直到幽谷牢牢鎖住陽具，你才會從夢中醒來。

他剛抵達伽穆主堡，立刻注意到盧西拉那雙魅惑的眼睛，此後便一直小心翼翼。女修會必然充分利用她的天賦和能力！

盧西拉正在中央檢查消毒室等候，她給了他一個手勢，表示甦亡人一切正常。特格放鬆了下來，看盧西拉和歐德雷迪面對面審視著對方。兩個女人儘管年紀有差，但面部五官卻驚人地相似。不過，她們體形相差較多——歐德雷迪腰身纖細，盧西拉則更加健壯。

眼神勾人的護衛隊長走到特格身旁，湊到他的耳邊：「施萬虞剛剛知道您帶了誰來。」說著向塔拉札點了點頭，「啊，她來了。」

施萬虞從對面的一條升降管中走了出來，只憤怒地瞪了特格一眼，便來到了塔拉札旁邊。

他想：塔拉札想給你個出其不意，我們都知道是什麼原因。

塔拉札對施萬虞說：「見到我妳好像不太高興。」

「屬下不知大聖母駕到，實在意外。」施萬虞說道，再次看了特格一眼，目露凶光。

歐德雷迪和盧西拉不再觀察對方。歐德雷迪說：「我當然聽說過，但是在另一個人臉上看到自己，還真是讓人愕然。」

塔拉札說道：「我可警告過妳。」

「大聖母有何吩咐？」施萬虞問道。她想知道塔拉札來伽穆的目的，但是只能這樣詢問。

塔拉札說：「我想和盧西拉私下談話。」

施萬虞說：「我這就命人安排住處。」

「不必了，我不在這裡逗留。」塔拉札說道，「邁爾斯已經為我安排好了交通飛船，聖殿還有事情等待我回去處理。我和盧西拉在外面的院子交談便可。」塔拉札用一根手指輕輕地點了點臉頰，說道：「對了，我想見見那個甦亡人，看看他未受到監視時的樣子，幾分鐘就行。這件事情盧西拉肯定可以安排好。」

盧西拉和大聖母向一個升降管走去，她說：「他最近的訓練強度增大了，但是一切都非常順利。」

特格將他的注意力轉向歐德雷迪，視線掃過施萬虞時，他注意到她怒不可遏的表情，她也毫不掩飾自己的憤怒。

盧西拉是歐德雷迪的妹妹，或是女兒？特格非常好奇。他突然想到，兩人相貌如此相像，想必是貝尼·潔瑟睿德的傑作，必定有所謀求。定是如此，畢竟盧西拉是一個銘者！

施萬虞強壓怒火，好奇地看著歐德雷迪。「我正要去用午餐，」施萬虞說道，「妳可否賞光同行？」

歐德雷迪說：「我有事需要和霸夏單獨商討。如果不礙事，我們是否可在此處商議？我絕對不能讓那甦亡人看到。」

施萬虞皺緊了眉頭，絲毫沒有掩飾她對歐德雷迪的怨怒。她們聖殿的人還真清楚哪些人忠心耿耿！可是誰都不能……誰都不能摘下她身為觀察指揮官的這頂帽子！反對黨也是有權利的！

施萬虞心裡此時的想法就連特格也看得一清二楚，施萬虞離開的時候，他看到她的後背僵直。

歐德雷迪說：「姊妹反目，凶多吉少。」

特格向他的護衛隊長打手勢，命令她將護衛帶離。歐德雷迪說「單獨」，旁邊就絕對不能有閒雜人等。他對歐德雷迪說：「這片地方由我負責，不會有間諜，也不會有人祕密觀察我們。」

「想來也是如此。」歐德雷迪說道。

「那邊有一間維修室。」特格的頭向左邊歪了歪，「有家具，也有犬椅，如果妳喜歡的話。」

「我討厭牠們依偎在我身上的感覺。我們在這裡說好嗎？」她一隻手攙住了特格的手臂，「可不可以走一走？我在那艘駁艦上坐得身體都僵了。」

兩人慢慢地走著，他問她：「妳應該要告訴我什麼事？」

她說：「我的記憶已經不需要經過選擇性篩檢了。我現在擁有所有記憶，但當然只有女性一側的記憶。」

「所以？」特格噘起了嘴巴，他以為歐德雷迪會開門見山，這個女人看起來像是喜歡打開天窗說亮話的人。

「塔拉札說你已經看過《亞崔迪宣言》，那就好。你明白，這篇宣言必將激怒許多勢力。」

「施萬虞已經開始以此為由，謾罵『你們亞崔迪家的人』。」

歐德雷迪嚴肅地看著他，正如相關報告所稱，特格依然偉岸、威風，不過她在看到那些報告之前，就已經了解這位霸夏的風範。

「你與我，我們都是亞崔迪家的人。」歐德雷迪說道。

特格立刻進入了高度戒備的狀態。

「你的母親曾經跟你詳細說過這件事情。」歐德雷迪說，「那年你第一次在學校放假時回到勒尼烏斯。」

特格停下腳步低頭看她。她怎麼知道這件事情？據他所知，自己從來沒有見過這位關係疏遠的達爾維．歐德雷迪，也未曾和她交談過。莫非他是聖殿專門討論的話題？他不發一語，迫使歐德雷迪繼續說下去。

「我的親生母親曾經和一名男子有一段對話，我向你複述一遍。」歐德雷迪說道，「兩人躺在床上，男子說：『第一次逃脫貝尼．潔瑟睿德密不透風的束縛之前，我成了幾個孩子的父親，當時我以為自己是獨立自主的人員，以為自己可以隨心所欲，加入自己願意加入的軍隊，到自己選擇的地方戰鬥。』」

特格聽到這番話毫不掩飾驚訝，這些話出自他的口！一字不差，與他的晶算師記憶中的那段話完全相同，歐德雷迪好像用機械錄音機錄下來似的，連語調也一模一樣！

他目瞪口呆地看著歐德雷迪繼續說道：「還想聽嗎？沒問題。男人說：『這些當然是她們送我接受晶算師訓練之前的事情，那個訓練可真是讓我大開眼界！原來我無時無刻不在女修會的監視之下！我從來都不是自由的人員。』」

「連我說出那些話的時候，也不是。」特格說道。

「沒錯。」她對他的手臂微微施力，催促他繼續漫步穿過大廳，「你的那些孩子全都屬於貝尼．潔瑟睿德。女修會絕對不允許我們的基因型流進野生的基因庫。」

「我死了之後，把我送給魔鬼，寶貴的基因型已留在女修會的手裡了。」他說道。

「我的手裡。」歐德雷迪說，「我是你的女兒。」

他再一次拉住了她。

「你應該知道誰是我的母親。」她說道。他剛要說話，她便舉起一隻手，示意他不必開口：「名字並不重要。」

特格端詳起歐德雷迪的面孔，發現一些熟悉的特徵，想起了她的母親。那麼盧西拉是怎麼回事？歐德雷迪好像聽到了這個問題一樣，答道：「盧西拉來自另一個平行的育種品系。是不是相當了不起？精細入微的婚配育種竟然能夠取得這樣的成果。」

特格清了一下嗓子，他感覺自己對這個重逢的親生骨肉並沒有產生什麼感情，只是她的話以及其他的重要信號需要他格外注意。

「我們在這裡並不是為了閒談。」他說道，「這些就是妳要跟我說的嗎？我以為大聖母是說……」

「確實還有別的事情。」歐德雷迪答道，「那篇宣言是我寫的。我奉塔拉札之命，遵照她詳細的指示寫的。」

特格環顧了一下這間大房間，好像在觀察有無他人偷聽他們的對話。他壓低了聲音說：「這篇宣言已經被忒萊素人傳到了各個角落！」

「妳為什麼跟我說這些？塔拉札說妳要讓我有所準備，不知道是要準備什麼。」

「正如我們所願。」

「未來某個時機，你必會知道我們的目的。塔拉札希望那時你能自主行動，希望你成為一個真正的自由人員。」

歐德雷迪看到他的眼裡露出晶算師的神情。

特格深吸了一口氣。依賴性和關鍵的圓木原來是這個意思！他的晶算師思考感覺到了一個宏大的模式，他已掌握的所有資料都無法令他對其產生清晰的認識。他完全不認為歐德雷迪告訴他這些事情是出於某種形式的孝心。儘管她們想方設法避免，但是貝尼．潔瑟睿德所有的訓練都存在一種崇尚基要主義、教條與儀式的本質。歐德雷迪，這個突然出現的女兒，是一個合格的聖母，對神經肌肉的掌控能力超凡，還擁有女性一側的全部記憶！她也不是普通的貝尼．潔瑟睿德！沒有多少人能看出她的身手。不過，那種熟悉的東西，那種本質上的東西依然在那裡，總是逃不過晶算師的眼睛。

她想幹什麼？

確認他是不是自己的父親？她需要知道的事情明明都已經確定了。

特格現在看著她，看著她耐心十足地等待他理清頭緒，想起人們常說的實話——貝尼．潔瑟睿德的聖母已經不完全屬於人類了。她們跳出了主要的洪流，有時與之相對平行流淌，有時為了她們的計畫偶爾也會潛回這洶湧的波濤之中，不過多數時候都處於人類之外。她們主動脫離人類的範疇，就是這個明顯的特質，一種額外的身分，使得她們雖然源自人類，卻與死亡已久的暴君更加接近。

運籌操縱，這是她們的看家本領，所有人、所有事物都是她們手中的棋子。

「我必須成為貝尼·潔瑟睿德的雙眼。」特格說道，「塔拉札希望我替妳們所有人作出一個『人性化』的決定。」

歐德雷迪顯然覺得很愉快，掐了一下他的手臂：「看看我這個父親多有意思！」

「妳真的有父親嗎？」他問了歐德雷迪，也跟她說了自己認為貝尼·潔瑟睿德脫離人類的想法。

她說：「脫離人類……你為什麼會有這麼奇怪的想法？那麼宇航公會的宇航員也脫離了原本的人性嗎？」

他認真考慮了一番，宇航公會的宇航員形態出現了較大變化，與人類常見的外形相去甚遠。他們出生在太空中，在充滿美藍極的氣罐中終老，形態扭曲，四肢和器官都出現了變長和移位的情況。不過，青春期的宇航員進入氣罐之前可以正常交配，他見過這方面的演示。他們雖然也變成了異於人類的種族，但是與貝尼·潔瑟睿德不同。

他說：「宇航員在思維和心理方面和妳們不一樣，他們仍然用人類的方式思考。在太空中駕駛飛船，即便運用預知力尋找安全的航道，這其中的模式也是人類可以接受的。」

「你不能接受我們的模式？」

「我盡量接受，但是妳們在發展的過程中跳脫了原初的模式。妳們可能會有意識地採取一些措施，甚至希望以此表現得更有人情味。就像妳現在勾著我的手臂的樣子，好像妳真的是我女兒一樣。」

「我確實是你的女兒，只是沒想到你會對我們有這麼低的評價。」

「恰恰相反，我敬畏妳們。」

「敬畏你自己的女兒？」

「也敬畏其他所有聖母。」

「你覺得我活在世上，只是為了操縱低等的生物嗎？」

「我覺得妳現在已經無法真正體會人類的感情。妳們的內心有一個空缺，是妳們自己剜除的，妳們已經不再屬於人類。」

歐德雷迪說道：「謝謝。塔拉札說你肯定不會掩藏自己的真實想法，不過我本來就知道了。」

「妳要我做好什麼準備？」

「到時候你就知道了，有些事情現在我還不能說……我暫時只能告訴你這些。」

又在操縱人！要不完的心機！都去死吧！

歐德雷迪清了清嗓子，好像有什麼話要說，但是沒有說出口。她攙著特格轉身，漫步返回房間另一側。

儘管歐德雷迪事先便已知道特格必然會說出這些話，父親的話依然傷了她的心。她想告訴他，她還能保留著人類的感情，但是他對於女修會的判斷確實沒錯。

女修會讓我們抵制愛情，我們能夠模擬愛意，但是每一個人也都可以果斷地斬斷情根。

兩人聽到身後傳來聲音，便停步轉身。盧西拉和塔拉札從升降管裡走了出來，悠閒地談論她們觀察甦亡人的結果。

塔拉札說：「妳把他當作我們自己人對待是對的。」

特格聽到了這句話，但是沒有說什麼，只是等著兩個女人走近。

歐德雷迪心想：他知道了。他不會問我親生母親的事情，因為他們兩個人之間不存在聯繫，沒有真正的銘刻。他確實知道了。

歐德雷迪閉上雙眼，腦海中忽然出現一幅油畫，讓她吃了一驚。這是塔拉札客廳牆上的那幅畫作，採用精美的密封畫框和隱形的合成玻璃，運用伊克斯人高超的裝裱工藝。歐德雷迪時常駐足畫前，每次都感覺自己伸手即可觸摸到伊克斯人精心保存的古老畫布。

畫家給作品起的名字以及畫家本人的名字刻在作品下方拋光的銘牌上：文森．梵谷。〈寇迪威爾的小屋〉。

這幅畫作的年代相當久遠，那個時代只留下了極少數的物件，供後人切實了解。她曾經想像這件作品需要經過多少機緣巧合，才會完好無損地來到塔拉札的房中。

過去伊克斯人保護和修復古物的技術曾經堪稱登峰造極，觀賞者只須觸摸畫框左下角的黑點，即可全身心同時領略畫家和修復這幅作品的伊克斯人過人的才華。伊克斯匠人的名字寫在畫框上：馬丁．布羅。人類手指觸碰之後，黑點便會變成一個感官投射器，所用技術原理與伊克斯刑訊儀相同，不過是個有益身心的副產品。布羅不僅修復了這件畫作，也恢復了梵谷繪製畫作時每一筆的情感。畫家的筆觸蘊含了所有心理活動，他揮動的畫筆記錄了一切。

歐德雷迪時常站在那裡，醉心其中直到畫作完成。她不知道自己看過多少遍那幅畫，感覺自己已經可以獨立臨摹出這幅作品。

特格方才斥責她失去人性，她便想起了自己賞畫的事情，歐德雷迪立刻明白為什麼腦中會浮現那幅畫作，也明白那幅畫為什麼仍然令她著迷。回憶賞畫並不需要很長時間，但這短暫的瞬間常常能讓她找回所有人性，讓她想到那些農舍曾真的有人類居住過，讓她想到當時瘋狂的梵谷在見到那幅場景時，曾有完整的人性停留在他心中，停住腳步為自己留下紀錄。

塔拉札和盧西拉停下了腳步，距離特格和歐德雷迪兩步遠，塔拉札呼出的氣息有一股大蒜的味道。

塔拉札說：「我們剛才稍作逗留，吃了一點東西。二位想吃點什麼嗎？」

塔拉札恰恰不該問這個問題。歐德雷迪鬆開了特格的手臂，迅速轉過身去，用袖口擦了擦眼睛。

她再一次抬頭看了看特格，發現了他驚訝的表情。她心想：沒錯，這是真的眼淚！

塔拉札說：「我們應該都已經達成來這裡的目的了。達爾，妳該去拉科斯了。」

「早就該走了。」歐德雷迪說道。

15

如果希望找到維繫生命的理由，希望生命成為相互關心的善意根源，那麼我們雙方都必須下定決心要為生命注入意義與善意才行。

——綺諾伊，《雷托二世對話錄》

• • •

分裂之神大祭司赫德雷．杜埃克對於斯蒂羅斯的不滿日漸增加。斯蒂羅斯本人儘管年事已高，無望坐上大祭司的寶座，但是他有子有孫，還有數不清的侄子外甥。斯蒂羅斯已經將自己的勃勃野心變成了家族的大業，這個憤世嫉俗之徒代表了祭司中的一股強大勢力，即所謂的「科學派」，他們陰險狡詐，無孔不入。他們已偏離正道，逐漸接近異教，現在的形勢不容樂觀。

杜埃克提醒自己，多任大祭司都曾因令人痛心的意外，在沙漠之中「迷路」。斯蒂羅斯和他的黨羽有能力製造這種意外事故。

當時正是欽恩城的下午，斯蒂羅斯剛剛見過杜埃克，悻悻而返。他想請杜埃克下一次走進沙漠，親眼觀察什阿娜召喚沙蟲。杜埃克懷疑其中有詐，拒絕了他的邀請。

斯蒂羅斯隨後說了一番莫名其妙的話，含沙射影，暗指什阿娜舉止異常，另外煞費口舌地抨擊了貝尼．潔瑟睿德。斯蒂羅斯一直懷疑女修會的動機，本能地排斥貝尼．潔瑟睿德拉科斯主堡新上任的指揮官，那位……她叫什麼名字來著？哦，對，歐德雷迪。稀奇古怪的名字，不過那些聖母經常取稀奇古怪的名字，這是她們的特權。神從未親口駁斥貝尼・潔瑟睿德基本的良善，他確實曾經譴責過某些聖母，但是女修會的願景與他的聖願相同。

杜埃克並不喜歡斯蒂羅斯指桑罵槐詆毀什阿娜，覺得他雞蛋裡挑骨頭。杜埃克今天站在三頌聖殿高大的祭壇前面，周圍環繞分裂之神的形象，高聲宣講，終於堵住了斯蒂羅斯的嘴巴。祭壇前方是一條通道，繼光器像稜鏡一樣投下一條條絢爛的光帶，透過燃燒美藍極產生的煙霧，打在通道兩側聳立的柱子上。杜埃克明白，他的話在這裡能夠直接傳進神的耳中。

「神透過我們當代的希歐娜教導我們。」杜埃克對斯蒂羅斯說道，他看到這位年邁的議員滿臉疑惑，「什阿娜是希歐娜在當代的代表，正是希歐娜將祂變成了現在分裂的狀態。」

斯蒂羅斯火冒三丈，仗著自己與杜埃克多年的交情，出言不遜，倘若當著全體議員祭司的面，這些話絕對不會從他的口中說出。

「我告訴你，她身邊現在圍滿了人，每個人都想向她證明自己正直、善良，還——」

「他們也是在向神證明！」杜埃克不能聽任這個老頭信口雌黃。

斯蒂羅斯湊到大祭司的耳邊，說道：「她現在想知道什麼，我們就告訴她什麼。知無不言，言無不盡！」

「這是我們應該做的事情。」

斯蒂羅斯彷彿沒有聽到杜埃克說話，繼續說道：「就連達艾斯巴拉特的錄音，她說想看，卡妮亞都給她送了過去！」

「我是《命運之書》。」杜埃克效仿神的語調，說出了他在達艾斯巴拉特錄音裡親口說出的那句話。

「正是那段錄音！她把每一句話都聽了個遍！」

「這有什麼好擔心的？」杜埃克心平氣和地問道。

「我們沒有測探她的知識，反倒是她在測探我們的知識！」

「這必然是神的意願。」

斯蒂羅斯的臉上露出惱怒的神色，被杜埃克看在眼裡，但是他沒有說什麼，只是安靜地等待這位老人組織新的論點。這樣的論點當然可以找到大量的論據，杜埃克並不否認，但是怎樣解讀才是最為關鍵的一環，這也正是一切最終必須由大祭司解讀的原因。儘管（或許正是因為）拉科斯的祭司看待歷史的方式與眾不同，他們非常了解神在這座星球塵埃落定的來龍去脈。他們擁有達艾斯巴拉特和這座寶地的所有東西，這裡是宇宙間已知最早建成的無現空間。數千年間，沙胡羅將草木繁盛的厄拉科斯變成了荒漠遍布的拉科斯，達艾斯巴拉特卻一直在沙地之下靜靜地等待。拉科斯的祭司在這片神聖的寶地擁有了神的聲音、神的語錄乃至神的全息影像。所有事情都得到了合理的解釋，他們得知拉科斯表面的沙漠重現了這顆星球原初的形態，當時這裡是神聖香料唯一的來源。

斯蒂羅斯說：「她向我們詢問神的家族的事情，為什麼她會問——」

「她在測試我們，看看我們還記不記得他們的長幼。聖母潔西嘉到她兒子摩阿迪巴，再到他的兒子雷托二世，這三位是天堂三神。」

斯蒂羅斯喃喃自語道：「雷托三世，死在薩督卡手裡的那個雷托呢？他算什麼？」

杜埃克鏗鏘有力地說道：「斯蒂羅斯，注意你的言辭。你也知道，我的曾祖父就曾坐在這條石凳上論斷此事。我們的分裂之神轉世時，一部分的他留守天堂，調停各方之間的爭權奪勢。他的這一部分便無名無姓，是為神的永恆真元！」

「噢？」

杜埃克聽出了老頭尖酸的嘲諷，斯蒂羅斯的話似乎在繚繞的煙霧中顫抖，等待嚴酷的懲罰。

「那她為什麼問我們的雷托如何變成分裂之神？」斯蒂羅斯質問道。

杜埃克大驚失色，他莫非質疑「神變沙蟲」的事？他說：「她早晚都會開導我們。」

「我們的解釋站不住腳，想必令聖童大為失望。」斯蒂羅斯譏諷道。

「斯蒂羅斯，注意分寸！」

「我怎麼沒有注意分寸？她問我們沙鱒如何將拉科斯大部分的水分吸入體內，然後重新造出沙地，您難道沒從這裡看出什麼來嗎？」

杜埃克心中怒火熊熊，但是他不希望斯蒂羅斯看到自己真實的情緒。這個老祭司確實代表了祭司中一個勢力龐大的派系，但是他的話語和口氣暗示的那些問題，歷任大祭司很久之前便已回答過。雷托二世變態成蟲，促生了數不勝數的沙鱒，每一隻體內都帶有他的一點殘骸。從沙鱒到分裂之神，這個變化的過程為人熟知，也為人所崇拜，質疑這點就是否定神的權威。

「而你卻坐視不管！」斯蒂羅斯斥責道，「我們現在已經成了棋子——」

「不用再說了！」杜埃克聽夠了這個老頭的揶揄嘲諷，他拿出大祭司的威嚴，說出了神的話語：「你的主非常了解你的內心，我無須他人作證，你的靈魂今日足以彰顯內心。可是，你沒有聽從靈魂的指引，反而受心中怒火指揮。」

斯蒂羅斯只好悻悻而返。

杜埃克斟酌許久之後，穿上自己最得體的白底紫邊金繡紋祭司長袍，去了什阿娜的住處。

女孩當時正在祭司中央大廈樓頂的花園，身邊有卡妮亞和另外兩名侍從：名叫鮑迪克的年輕祭司，私下受命於杜埃克；而另一個名叫季普娜的侍祭女祭司，行為舉止與聖母太過相像，頗令杜埃克反感。女修會必然在這裡安插了臥底，但是杜埃克不願意去想這件事情。什阿娜的體育訓練大部分均已由季普娜負責，兩人現在形同手足，令卡妮亞頗為妒忌。但只要是什阿娜的命令，即便卡妮亞也無法勸阻。

他們四人站在一條石凳旁邊，一座通風塔的影子幾乎完全投在了石凳上，季普娜握著什阿娜的右手，活動著她的手指。杜埃克發現什阿娜長高了，他照顧了她整整六年，女孩胸前已經稍稍有些隆起。樓頂一絲風都沒有，杜埃克感覺空氣潮溼、沉悶。

他環顧四周，看到自己安排的保全措施均已到位，這才放了心，誰都不知道危險有可能出現在哪個方向。杜埃克的四名貼身侍衛雖然看似便衣裝束，但其實全副武裝。他們和杜埃克保持一定距離，四個角落分別站一人。花園四周的護牆頗高，只能露出護衛的頭部。這座高樓的高度超過了欽恩城幾乎所有建築，僅次於正西方一千公尺外的捕風器主站。

儘管杜埃克分明看到自己的保全命令均已妥善落實，他還是有種危險將至的感覺。難道是神在警示他？斯蒂羅斯的嘲諷依然令杜埃克頗為惱火，他剛才是不是不應聽任斯蒂羅斯大放厥詞？

什阿娜看到杜埃克走了過來，停下了季普娜教她的奇怪手指練習。她假裝瞭然而有耐心，靜靜地注視大祭司，她的三位隨從因而也轉過身來，與她一同看著杜埃克。

什阿娜覺得杜埃克並不可怕，反倒相當喜歡這個老人，儘管他有時會問一些愚蠢的問題，而且有些回答也很拙劣！有一次，她無意中發現了杜埃克最怕聽到的問題。

「為什麼？」

一些隨從的祭司以為她問的是：「你們為什麼相信這個？」什阿娜立刻注意到了這一點，從此以後，她每次詢問杜埃克和其他祭司，都會以這個問題為開始：

「你們為什麼相信這個？」

杜埃克停了下來，在距離什阿娜大約兩步遠的地方鞠了一躬：「什阿娜，午安。」他的脖子貼著長袍的領口緊張地轉了幾下，毒辣的陽光打在他的肩膀上，他不知道這個孩子為什麼經常來這裡。

什阿娜依然用銳利的眼神凝視杜埃克，她知道自己的眼光打亂了他的心神。

杜埃克清了清嗓子，每當什阿娜這樣注視自己，他都會好奇：神是否正在用她的眼睛看著我？

卡妮亞開了口：「什阿娜今天一直在問魚言士的事情。」

杜埃克諂媚地說道：「那是神的聖軍。」

「全都是女人？」什阿娜問道，語氣中充滿不可思議。對於拉科斯星球社會的底層住民而言，魚言士只是古代的一群人，大饑荒時期遭到了驅逐。

杜埃克心中暗想：她在測試我。魚言士，現代所謂的魚言士與最初的魚言士已經不存在明顯的聯繫，現在他們只是拉科斯星球上一小群兼作臥底的商人，男女皆有，多數時候為伊克斯效力。

杜埃克說：「魚言士中的男性通常發揮參謀的作用。」他認真地看著什阿娜，想知道她會怎麼應答。

「而且，他們還有鄧肯．艾德侯。」卡妮亞說。

「對，對，還有那些鄧肯。」這個女人經常插嘴！杜埃克強壓怒火，舒展開緊皺的眉頭。他不喜歡聽人說到神在拉科斯上這方面的歷史。那個甦亡人一代又一代地出現，他在聖軍中的地位暗示了神對貝尼．忒萊素的放縱，不過不可否認，魚言士保護歷代鄧肯躲過了各種災難，當然是受神的吩咐。那些鄧肯毫無疑問是神聖的，不過並非尋常意義上的神聖。據神親口所言，他曾經親手殺死幾個鄧肯，顯然將他們立刻送進了天堂。

「季普娜在跟我說貝尼・潔瑟睿德的事情。」什阿娜說道。

這個孩子的思維還真跳躍！

杜埃克清了清嗓子，看到了自己對於聖母模稜兩可的態度。「神之所愛」，例如聖人綺諾伊，必須受到敬重。此外，首任大祭司還曾經論述「神之新娘」神聖赫薇・諾里為何是位不為人知的聖母，論證嚴謹，鞭辟入裡。有鑑於這些特殊情況，拉科斯的祭司只能忍氣吞聲地善盡對貝尼・潔瑟睿德的責任，主要的方式便是將賣給女修會的美藍極價格降到令人不可思議的水準，遠低於弌萊素人的報價。

什阿娜極其天真地說道：「赫德雷，跟我講講貝尼・潔瑟睿德的事情吧。」

杜埃克狠狠地掃視什阿娜身邊的隨從，看看他們有沒有在偷笑。他沒想到什阿娜會直呼自己的名字，一時有些不知所措。她這樣稱呼他，某種意義上有損他的威嚴，但某種意義上也是透過這種親近關係表達對他的尊敬。

他心中暗想：神的考驗可不簡單。

「聖母是好人嗎？」什阿娜問道。

杜埃克嘆了一口氣。根據所有相關記載來看，神對於女修會的態度其實有所保留。祭司發現神諭之後，便已仔細研讀，最後交給大祭司解讀。神並沒有任由女修會破壞他的黃金之路，這一點他至少可以確定。

「她們很多人都是好人。」杜埃克說道。

「附近有聖母嗎？在哪裡？」什阿娜問道。

「在女修會駐欽恩使館。」杜埃克答道。

「你認識她嗎？」

「貝尼・潔瑟睿德主堡裡有很多聖母。」他說。

「主堡是什麼？」

「是她們在這裡的家，她們管那裡叫『主堡』。」

「肯定有一個負主要責任的聖母，你認識她嗎？」

「我認識上一任主責的聖母，塔瑪拉尼。現在這一位剛來到欽恩，我和她並不熟識，只知道她叫歐德雷迪。」

「這個名字真是滑稽。」

杜埃克雖然心裡也這麼想，嘴上卻說：「我們有位歷史學家跟我說，這是『亞崔迪』的一種拼寫形式。」

什阿娜聽到大祭司的話，便認真地思考了一下。亞崔迪，正是這個氏族創造了魔鬼。沒有亞崔迪的時候，只有弗瑞曼人和沙胡羅。亞崔迪曾經是拉科斯星球最為重要的氏族，什阿娜的同胞不顧祭司的百般禁忌，藉由口述史將這個氏族的宗族系譜代代相傳。在村莊時，什阿娜曾經多次在夜晚聽過這些名字。

「摩阿迪巴生暴君。」

「暴君生魔鬼。」

什阿娜沒有心情和杜埃克爭辯誰對誰錯，而且他今天貌似很累，她只說了一句話：「帶這位歐德雷迪聖母來見我。」

季普娜用手遮住得意洋洋的微笑。

杜埃克大驚失色，後退了幾步，這樣的命令叫他如何是好？就算是拉科斯的祭司，也不能對貝尼・

潔瑟睿德發號施令啊！如果女修會拒不服從，那可怎麼辦？可不可以送她們一些美藍極，以此作為交換？這樣可能會讓她們覺得他在示弱，她們或許還會討價還價！這個世界裡，沒有人比女修會冷漠無情的聖母更會討價還價。新來的這位歐德雷迪看樣子也是個狠角色。

這些想法都在一瞬間內閃過杜埃克的腦海。

卡妮亞插嘴，幫了杜埃克一個忙：「或許季普娜可以代替什阿娜，前往貝尼．潔瑟睿德主堡邀請聖母。」

杜埃克瞄了那個年輕的侍祭一眼，沒錯！許多人都懷疑季普娜是貝尼．潔瑟睿德安插的臥底，卡妮亞顯然也有這樣的想法。當然了，拉科斯上的所有人都是某個勢力的臥底。杜埃克慈眉善目地笑了，向季普娜點了點頭。

「季普娜，妳可認識拉科斯的聖母？」

季普娜說：「回稟大祭司大人，我知道幾位。」

不管怎樣，她起碼還知道個長幼尊卑！

「好極了。」杜埃克說道，「可否請妳前往女修會在拉科斯的使館，邀歐德雷迪聖母造訪欽恩，與什阿娜相見？」

「回稟大祭司大人，我定將盡力而為。」

「那我就放心了！」

季普娜得意地轉向什阿娜，她明白大功即將告成。女修會教了她百般技巧，引誘什阿娜提出這樣的要求，自然不在話下。季普娜莞爾一笑，剛要開口說話，卻注意到什阿娜身後四十公尺處護牆附近的異動。陽光下有什麼東西閃閃發光，體積不大，而且……

季普娜一聲尖叫哽在喉頭，她攫住什阿娜，一把推向大驚失色的杜埃克，高聲喊道：「快跑！」隨後衝向那道飛速而來的亮光——一支尋獵鏢帶著一根細長的魃迦藤飛了過來。

杜埃克年輕時打過板球，他本能地接住了什阿娜，遲疑了一下，才意識到眼前的險象。女孩在杜埃克的懷裡掙扎，叫喊，他抱著她轉身衝進了梯塔的門。他聽到身後傳來了門重重關上的聲音，卡妮亞急促的腳步聲緊隨其後。

「出什麼事了？出什麼事了？」什阿娜一邊大聲叫喊，一邊用力地捶著杜埃克的胸口。

「噓！什阿娜！別說話！」杜埃克停在第一個樓梯平臺上，這裡有一條滑道和一臺懸浮升降機，都可以前往建築的核心區域。卡妮亞追了上來，停在杜埃克旁邊，劇烈的喘息在狹小的空間裡產生了巨大的聲響。

卡妮亞氣喘吁吁地說道：「那個東西殺死了季普娜和您的兩名護衛，把他們都切碎了！我親眼看見的！我的神哪！」

杜埃克的腦子裡一片混亂。滑道和懸浮升降系統都是穿過梯塔的封閉蟲洞，有可能遭到破壞。樓頂的襲擊或許並非只是一次普通的襲擊事件，可能配合了許多陰謀詭計。

什阿娜還在掙扎：「放我下來！出什麼事了？」

杜埃克把她輕輕地放了下來，但是仍然抓著她的一隻手。他彎下腰對她說：「什阿娜，親愛的，有人想傷害我們。」

什阿娜的嘴巴張成了一個驚訝的圓，然後說：「他們傷害季普娜了嗎？」

杜埃克抬頭看了看樓頂的那扇門，上面是撲翼機的聲音嗎？斯蒂羅斯！陰謀造反的人可以輕輕鬆鬆地將三條脆弱的生命送進沙漠！

卡妮亞平復了呼吸，說道：「我聽到來了一架撲翼機，我們要不要離開這裡？」

杜埃克說：「我們走樓梯下去。」

「可是——」

「我說了算！」

杜埃克牢牢抓著什阿娜的手，帶著兩人走到下面的一個樓梯平臺。這裡不僅有滑道和懸浮升降系統，還有一扇門，門後是一條寬敞又彎曲的走廊。過了那扇門，再往前走幾步就是什阿娜的住處，也是他自己過去的住處，杜埃克又猶豫了。

卡妮亞小聲說道：「樓頂又出什麼事情了。」

杜埃克低頭看了看身邊心驚膽戰、一言不發的孩子，她的手心全都是汗。

樓頂確實非常嘈雜，有人的叫喊，有噴火槍的聲響，還有很多人跑動的聲音。杜埃克聽到樓頂的門「哐」的一聲打開，這讓他下定決心，猛地推開眼前的門衝了進去，誰知卻撞進一群密密排成楔形隊形的黑衣女人之中。杜埃克感覺到一股挫敗的空虛，他認出人群最前面的那個女子，恰恰是歐德雷迪！

什阿娜被一個女人從他的身邊奪了過去，拉進了身著黑袍的人群之中。杜埃克和卡妮亞還沒來得及反抗，嘴巴便各自被一隻手捂住，整個人被按在了牆上。幾個身穿長袍的人走出去，順著樓梯爬了上去。

歐德雷迪小聲說道：「那女孩安然無恙，這是現在最重要的事情。」她盯著杜埃克的眼睛，「不許聲張。」捂住他嘴巴的手鬆開了，她通過魅音說道：「樓上怎麼回事?!」

杜埃克不由自主地說出了事情的整個過程：「一枚尋獵鏢拖著一根鯎迦藤，飛過了護牆。季普娜看到了，然而——」

「季普娜人呢？」

「死了，卡妮亞親眼所見。」杜埃克描述了季普娜衝向飛鏢的英勇舉動。

季普娜犧牲了！歐德雷迪怒火中燒，痛心疾首，不過臉上全然沒洩漏一絲悲憤的神色。實在是太可惜了！這樣壯烈的犧牲必須受到讚賞，可是這樣的損失卻如何彌補！女修會始終都需要此等無所畏懼的忠烈之士，但是她們也需要季普娜所具備的各類豐富基因。結果就這麼沒了，全都毀在那些笨手笨腳的蠢貨手裡！

歐德雷迪打了個手勢，捂著卡妮亞嘴巴的手便鬆開了。歐德雷迪問：「妳當時看到什麼了？」

「尋獵鏢把魆迦藤纏在季普娜的脖子上，然後……」卡妮亞打了一個冷戰。

樓頂轟隆一聲，沉悶的爆炸聲在她們的頭頂迴蕩了一陣，而後漸漸陷入寂靜。歐德雷迪揮了揮手，身著長袍的女子便悄無聲息地散開，走出彎曲的走廊。只有歐德雷迪和兩名眼神冷漠、面色凝重的年輕女子留在杜埃克和卡妮亞旁邊，什阿娜卻已無處可尋。

歐德雷迪說：「這事肯定少不了伊克斯人。」

杜埃克也認同，畢竟有一根那麼長的魆迦藤……「妳們把那個孩子帶去哪了？」他問道。

「我們是在保護她。」歐德雷迪說道，「別出聲。」她歪過頭，仔細聆聽附近的聲音。

一位長袍女子繞過彎曲的走廊，奔跑而至，對著歐德雷迪的耳朵小聲說話。歐德雷迪聽完微微一笑。

「沒事了。」她說道，「我們去見什阿娜。」

什阿娜已經回到了她的住處，正坐在主廳的一張軟墊藍椅子上，身後幾位黑袍女子站成有護衛意味的弧形。在杜埃克看來，這個孩子似乎已經擺脫了剛才的恐懼和驚慌，她的眼睛裡閃爍著激動和好奇。杜埃克右邊的物體吸引了什阿娜的注意力。他停下腳步，轉頭看去，眼前的景象令他大驚失色。

一具男屍一絲不掛地癱在牆邊，姿態扭曲，頭部扭轉，下巴搭在左肩，雙眼大開，只顯露出死亡的空虛。

斯蒂羅斯！

長袍撕下的碎布在屍體的腳邊撒了一地，顯然是從他身上直接扯下來的。

杜埃克看著歐德雷迪。

她說：「這件事情他有份，還有幻臉人和伊克斯人。」

杜埃克口乾舌燥，費了很大的力氣才咽下一口口水。

卡妮亞拖著腳從他身邊經過，走向了屍體。杜埃克看不到她臉上的表情，但是看到她，他便想起了斯蒂羅斯和卡妮亞年輕時期曾經有過一段風流韻事。杜埃克本能地站到了什阿娜身前，防止卡妮亞欲行不軌。

卡妮亞走到屍體旁邊，用腳踢了幾下，而後轉頭，幸災樂禍地對杜埃克說：「我得看看他是不是死透了。」

歐德雷迪瞥了一眼身邊的女子：「處理掉這具屍體。」她看向什阿娜，剛才忙著帶領突擊隊伍應對神殿樓頂的襲擊事件，還沒來得及端詳這個孩子。

杜埃克站在歐德雷迪背後說道：「聖母，可否解釋一下剛才——」

歐德雷迪頭都沒回，直接打斷了他的話：「等下再說。」

聽到杜埃克的話，什阿娜臉上的表情活躍了起來：「我就知道妳是聖母！」

歐德雷迪只是點了點頭，這個孩子真有意思。歐德雷迪內心產生了一些觸動，與她站在塔拉札那幅古畫前的感覺相同。融入那幅作品之中的靈感之火現在打開了她的思路。靈感如野火般蔓延！這是瘋子梵谷希望透過那幅畫表達的東西。這是有序之中的混亂。這難道不是女修會這首樂曲終章的旋律？

歐德雷迪心想：這個孩子就是我的畫布。她感覺自己的手彷彿握住了那支古老的畫筆，彷彿聞到了油彩和顏料的氣味。

「所有人都出去。」歐德雷迪下達了命令，「讓我一個人和什阿娜待一會兒。」

杜埃克剛要反對，便被跟隨歐德雷迪的一名女子抓住了手臂。歐德雷迪狠狠地瞪了他一眼。

她說：「貝尼．潔瑟睿德曾經為你效勞，這一次是我們救了你的命。」

那名女子拽了拽杜埃克的手臂。

歐德雷迪說道：「帶他出去，他想知道什麼，就都告訴他。」

卡妮亞向著什阿娜的方向走了一步：「我是這孩子的——」

「出去！」歐德雷迪動用魅音，十成十的功力。

卡妮亞頓時嚇呆了。

歐德雷迪瞪著卡妮亞，說道：「你們差點兒讓她落進了那群造反的笨蛋手裡！你們還可不可以接觸什阿娜，我們需要仔細考慮。」

卡妮亞的眼眶裡出現了淚光，但是歐德雷迪的斥責並非毫無依據。她只好轉身，和其他人一同跑了出去。

歐德雷迪將注意力轉回了這個警覺的孩子身上。

「我們等了妳很長時間。」歐德雷迪說道，「絕對不會再讓那群蠢貨有機會失去妳。」

16

執法的勢力往往決定了法律的傾向。是否合乎道德？用法是否精準？這些都沒有太大的意義，因為真正的問題在於「有影響力的人是誰」。

——貝尼．潔瑟睿德議會會議紀錄，檔案部編號：XOX232

•••

塔拉札一行人剛剛離開伽穆，特格便全心投入工作之中。他必須制定新的堡內規程，防止施萬虞接觸甦亡人，這是塔拉札的命令。

「她想怎麼觀察就怎麼觀察，但是絕對不可以碰他一下。」

儘管工作壓力巨大，特格在短暫的閒暇時間卻會不由自主地出神，心中瀰漫強烈的焦慮。他雖然已經歸納了諸多資料類別，但是公會飛船上的援救行動，還有歐德雷迪莫名其妙的自白，這兩件事情和哪一個類別的資料都格格不入。

依賴性……關鍵的圓木……

特格發現自己坐在工作室裡，面前投影出了衛兵的站崗時間表格，一些崗次的調整等待他批准。可是，他竟然一時忘了現在是什麼時候，甚至忘了今天的日期，過了一段時間才回過神來。

早晨過去了一半，塔拉札一行人已經走了兩天。特格現在孤身一人，鄧肯今天的訓練課程交給了派特林，他這才有時間決定指揮的事宜。

特格感覺這間工作室非常陌生，然而當他看向房間裡的各個物件，卻又感覺親切熟悉。這裡有他自己的個人資料控制臺，他的軍裝外套整齊地搭在身旁的椅背上。他嘗試進入晶算師模式，可是大腦卻不願服從他的意念。當年的訓練結束之後，他從來沒遇到過這種情況。

當年的訓練。

塔拉札和歐德雷迪兩個人讓他再次開始了某種形式的訓練——

自我訓練。

久遠以前他與塔拉札的一段對話自動在記憶中顯現了出來，多麼熟悉的對話。他就在那裡，陷入自己的回憶之中而不能自拔。

他和塔拉札當時都非常疲憊，兩人剛剛下了一連串決定，採取一系列的措施，方才阻止了巴蘭迪科上的一場腥風血雨。現在從歷史上來看，這件事只是微末小事，但當時卻令他們費盡了心力。協議簽訂之後，塔拉札請他來到了自己無現星艦上的小客廳。她氣定神閒地讚揚了他的真知灼見，是他看穿了對方的弱點，迫使他們妥協。

兩個人不眠不休，忙碌了將近三十個小時。特格非常慶幸有機會坐下來，享用塔拉札調製的食飲。塔拉札轉了幾下按鈕，食飲機器便流出了兩大杯質地柔滑如乳脂的棕色液體。

塔拉札拿過一杯，遞給了特格，他聞出了杯子裡的東西。這杯食飲可以快速補充能量，貝尼．潔瑟睿德以外的人很少有機會能喝到。不過塔拉札已經不把特格看作外人了。

特格仰頭「咕嘟咕嘟」喝了幾大口，眼睛則盯著客廳精美華麗的吊頂。這是一艘舊型號的無現星艦，建造時人們還相當注重內部裝潢——飛簷上雕紋華麗，每一寸表面上都刻有巴洛克風格的圖案。

飲料中美藍極的味道非常濃烈，令特格突然想起了幼時的往事……

特格看著手中的玻璃杯，說道：「每當我耗費了大量精力之後，母親就會給我調一杯這東西。」話音未落，他便已經感覺到能量湧入了自己身體的各個部位。

塔拉札端起自己的那一杯，坐在他對面的犬椅上。這白色的毛絨家具已經服侍了統御大聖母很多年，牠自動擺出合適的體態供她使用。塔拉札為特格準備了一把傳統的綠色軟椅，但是她看到他瞥了一眼犬椅，便笑著對他說道：「邁爾斯，人各有所好。」

她輕啜一口食飲，愜意地吁了一口氣：「啊……剛才確實費了挺大的勁，好在我們幹得漂亮，有那麼幾次差一點就出事了。」

特格發現自己不由自主地受到塔拉札的悠閒態度影響。她沒有故作任何姿態，也沒有居高臨下的神情和腔調，此時完全看不出兩個人在貝尼．潔瑟睿德裡的上下級關係。她顯然在向他示好，完全沒有引誘的意味，這次會面就如同表面看起來的一樣，完全是一次和任何聖母都可能發生的單純會面。

特格一陣欣喜，他發現自己已經可以精準地看透奧瑪．麥維斯．塔拉札的內心活動，即便她戴上了慣常的面具也依然能夠洞悉。

塔拉札說道：「你的母親教你的東西超過了女修會要求的範圍，她非常明智，但也算是一個異教徒。我們現在培育出來的貌似都是異教徒。」

「異教徒？」特格頓時心生不滿。

「這是女修會的聖母私下開的玩笑。」塔拉札說道，「我們理應絕對服從大聖母的命令，這一點我們確實做到了，意見與大聖母相左時除外。」

特格笑了，一口喝完了食飲。

「說來奇怪。」塔拉札說道，「在那個針鋒相對的局面裡，我感覺自己不由自主地把你當成了聖母對待。」

特格感覺食飲在胃裡有些發熱，鼻孔裡有一種輕微的感覺。他把空玻璃杯放在一張邊桌上，看著杯子說：「我大女兒……」

「你說的是迪梅拉吧，當初你應該讓她加入貝尼．潔瑟睿德。」

「她不去女修會並不是我的意思。」

「可是當時你要是說一句話……」塔拉札聳了聳肩，「算了，都是過去的事情了。迪梅拉現在怎麼樣了？」

「她覺得我的言行舉止經常與妳們過分相似。」

「過分？」

「大聖母，她對我全心付出，只是不了解我們真正的關係——」

「我們是什麼關係？」

「『您下命令我服從』的關係。」

塔拉札從杯緣上方盯著他。她放下了玻璃杯，同時說道：「沒錯，邁爾斯，你從來都不算真正意義的異教徒，不過以後……就說不定了……」

塔拉札話音剛落，特格便開了口，希望轉移塔拉札的注意力，讓她不再思考這些事情：「很多人長期攝入美藍極，迪梅拉覺得這樣會讓他們變得像妳們一樣。」

「真的是這樣嗎？邁爾斯，你覺得一種延年益壽的藥劑會有這麼多副作用嗎？」

「我覺得並不是沒有可能。」

「是，你當然覺得有可能。」她喝完了杯中的食飲，將杯子放到了一邊，「我剛才是說壽命大幅延長之後，部分人，尤其是你，會透澈地理解人類的本質。」

「我們活得愈久，觀察到的東西也愈多。」他說道。

「我覺得並不是這麼簡單。有些人從來都不會觀察，他們活著，便只是活著而已。他們固執、執拗，一旦有什麼事物可能打破生活平和的假象，就會憤恨地強烈抵制或反抗。」

「我一直都不知道該怎麼為香料分類出一份可行的平衡表，找到處理它的折衷辦法。」特格用晶算師整理資料常用的流程加以比喻。

塔拉札點了點頭，她顯然也了解箇中困難之處。「比起晶算師，我們女修會思考的方式比較接近單一路徑。」她說，「我們有一些常用的辦法可以擺脫這種狀態，但是這情況卻會繼續存在。」

「這個問題早在先祖的時代便已存在。」他說道。

「香料出現之前的情況和現在不一樣。」她說道。

「可是他們的壽命非常短暫。」

「五十年，一百年，對於我們來說並不算很長，可是……」

「他們是不是在有限的生命中完成了更多的事情？」

「噢！他們在這方面有時十分狂熱。」

特格意識到她的觀點源自她在自己的他者記憶中見過這樣的事情。他並非第一次聽人講述古代，他的母親過去偶爾會告訴他這類回憶，不過通常是為了告誡他或讓他明白某個道理。塔拉札也是要教導他什麼事情嗎？

「美藍極就像是一隻有很多手的怪物。」她說道。

「您有時候會希望我們沒有發現這種物質嗎？」

「沒有這個東西，貝尼．潔瑟睿德便不復存在。」

「宇航公會也不會存在。」

「不過，那樣的話，也就不會有暴君，不會有摩阿迪巴。香料一隻手給予，其他所有的手則全部負責索取。」

「我們想要的東西在哪隻手裡？」他問道，「問題常常不就在這裡嗎？」

「邁爾斯，你知不知道自己是個異類？晶算師很少考慮哲學的話題。我覺得這是你的強項，你非常善於懷疑。」

他聳了聳肩膀，塔拉札突然提到這件事情，令他頗為不悅。

「你好像不喜歡聽這種話。不過，不管怎樣，不要摒棄懷疑的習慣。只有善於懷疑，才能成為哲人。」

「正如禪遜尼所說。」

「邁爾斯，神祕主義者都相信懷疑的力量。無論什麼時候，都不要低估懷疑的力量。這概念非常有說服力。懷疑和確信的自信是開悟的一體兩面。」

他非常驚訝地問道：「各位聖母也會施行禪遜尼之禮？」在此之前，他從來沒有想過這個問題。

「只會施行一次。」她說，「我們藉此進一步開悟，完全見道，動用全身的每一個細胞。」

「香料之痛。」他說道。

「你的母親肯定跟你說過，只是顯然沒有提到這項儀式和禪遜尼的關聯。」

特格乾咽了一口，真有意思！塔拉札令他對貝尼．潔瑟睿德獲得新的認識，完全改變了他對這個組織的認知，包括母親在他心目中的形象。對於他而言，這些女人達到高不可攀的境界，他永遠都無法企及。她們有時或許將他視為並肩作戰的同志，但他永遠都無法進入她們的圈子。他可以效仿，僅此而已，永遠都無法成為摩阿迪巴或暴君那樣的人物。

「預知力。」塔拉札說道。

這個詞轉移了他的注意力，她轉移了話題，不過也還是在說同一件事情。

「我在想摩阿迪巴的事情。」他說。

「你以為他成功預見了後來的世界。」她說。

「晶算師學院是這麼告訴我的。」

「從你的語氣能聽出來你對這個說法持保留意見。他到底預見了未來還是造就了未來？預知力有時會令人非常痛苦。人們雖然希望了解未來，但他們真實的目的往往只是了解下一年鯨毛的價格或其他同樣平淡無奇的事情，沒人想知道自己未來每時每刻的生活會是什麼樣子。」

「毫無驚喜。」特格說道。

「正是如此。如果擁有這種未卜先知的能力，人生會變得無聊枯燥，苦不堪言。」

「您覺得摩阿迪巴的人生無聊枯燥，苦不堪言？」

「暴君的人生也是如此。在我們看來，他們一輩子都在想方設法打破自己創造的一根又一根鎖鏈。」

「可是，他們相信……」

「邁爾斯，你是哲人，要善於懷疑。千萬當心！任何事情都不要輕易相信，否則大腦就會停滯，無法向著外部無窮無限的宇宙繼續生長。」

雖然食飲將疲憊驅趕到了特格意識的外緣，可是此時他再次覺得疲憊，他也感覺到新觀念攪亂了他的思維，他一言不發地坐了一會兒。晶算師學院的教師曾經告訴他，懷疑會削弱晶算師的意志，可是他卻感覺自己因而變得更加強大。

他想：她說這些話，是在告誡我。她想告訴我一個道理。

每一名學員進入晶算師學院之初，都會學習禪遜尼的一段警言，他感覺那段警言現在好像投映在自己腦海，在火焰之中映出輪廓，自己所有晶算師意識完全放在了那段話上：

你們相信粒狀奇異點，便等於否認所有向前或向後的運動。信仰造就了粒狀的宇宙，這個宇宙也因信仰而持續存在。一切都不得改變，否則你所信仰的不動宇宙便會消失。不過，你一旦停止運動，宇宙便會自行運動，超過你的認知範圍，進入你無法理解的狀態。

「有一件事非常蹊蹺。」塔拉札說道，語氣完全進入了她剛才所營造的情緒狀態，「伊克斯的科學家竟然不知道他們自己的信念對他們的宇宙產生了多麼巨大的影響。」

特格注視著她，安靜地聆聽。

「伊克斯人未來將如何看待他們的世界，這個問題充分反映在他們秉承的信念之中。」塔拉札說，「他們的宇宙如何運轉取決於他們實驗的種類，並非依據宇宙本身的規律運轉。」

特格一驚，從記憶中回過神來。他看到自己還在伽穆主堡，坐在自己工作室那把熟悉的椅子上。他環顧四周，看到所有東西都還在原來的位置。僅僅過去了幾分鐘，可是這間房間和房裡的東西已不再陌生。他進入晶算師模式，然後脫離。狀態恢復了。

塔拉札和他的交談已經過去了那麼長時間，他的舌頭和鼻孔卻依然感覺得到那杯食飲味道和氣味的刺激。他知道自己只須眨一下眼，進入晶算師模式，就能再次喚回那天的情景，看到低懸的燈球在燈罩中的光，感覺到身下柔軟的椅子，聽到他們兩個人的聲音。整個情景保存在隔離記憶的時間膠囊裡，隨時都可以重播。

調取這段回憶之後，會形成一個神奇的宇宙，他的各項能力在那裡會放大得不可思議，遠遠超出他的想像。那個神奇的宇宙不存在原子，到處都只有波和強烈的運動。在那裡，他不得不摒棄信念和理解所構築的障礙。那個宇宙通透明白，他的不需要任何投射宇宙形態的螢幕，可以不受到任何干擾，直接看透整個宇宙。這個神奇的宇宙把他縮減成一個具備想像力的核心。他自己的成像能力是宇宙間唯一一塊螢幕，上面可以覺察到任何投射出的形態。

在那裡，我既是操作者，也是被操作者！

特格周圍的工作室環境不斷地波動，時而進入他感官的現實，時而又從中脫離。他感覺自己的意識被限縮到最有限的用途中，但這個用途又同時充滿了他的宇宙，他現在成為了無限之身。

他想：這件事情塔拉札早有所謀劃！她放大了我的能力！

他的心中產生了一種令他不安的敬畏，他現在知道他的女兒歐德雷迪是如何利用這種力量，為塔拉札創造出《亞崔迪宣言》了。他自己的晶算師能力已經淹沒於這個宏大的模式之中。

塔拉札希望他能夠有令人生畏的表現，這項要求既讓他受到了挑戰，也讓他心生恐懼。因為，女修會很有可能將因此而不復存在。

17

助強而切勿扶弱，這是基本的原則。

——《貝尼・潔瑟睿德終章》

・・・

「妳怎麼可以對這些祭司呼來喚去？」什阿娜問道，「這裡可是他們的地盤。」

歐德雷迪回答得非常隨意，但是她的措辭迎合了什阿娜的理解能力：「這些祭司的祖輩是弗瑞曼人，他們附近往往都會有一些聖母。況且，小女孩，妳對這些祭司不也是呼來喚去嗎？」

「這不一樣。」

歐德雷迪暗暗一笑。

三個小時之前，她的突擊部隊打斷了神廟樓頂的襲擊行動。現在歐德雷迪便已經在什阿娜的住處建立了指揮中心，進行了必要的評估，發起了初步反擊，同時還套出了什阿娜的話，並細緻觀察她。意識並流。

歐德雷迪環顧四周，看了看自己挑選的這間指揮中心，面前的牆角還有斯蒂羅斯長袍上撕下的一塊碎布。常有的事。這間房間輪廓怪異，一對平行的牆面也沒有。她聞了聞房內的氣味，仍然殘留一絲探測器的臭氣，她的人手方才用探測器處理過，確保外界不會獲知房內的事情。

這間房間的輪廓為什麼這麼古怪？這座建築歷史悠久，曾經多次翻新重建，但是這與其古怪的輪廓並沒有關係。牆壁和天花板覆有乳黃色的塗料，表面粗糙而又別有趣味。兩扇門的兩側垂有作工精緻的香料纖維幔簾。此時已是傍晚時分，暮色透過格柵窗簾，映在窗戶對面的牆上。銀色燈罩的黃色燈球懸浮在天花板下方，燈光均已調至日光狀態。窗戶下面有一些通風口，街道上的聲音從這些地方含混地傳入屋內。橘色地毯和灰色地磚的圖案十分柔和，一派富麗堂皇而又安全的感覺，可是歐德雷迪卻突然感到不安。

一名身材高大的聖母從隔壁的通訊室走了過來，說道：「報告指揮聖母，消息已向公會、伊克斯和忒萊素發出。」

歐德雷迪心不在焉地說：「知道了。」

來者便回到她的崗位上。

「妳在幹什麼？」什阿娜問道。

「研究。」

沉思中的歐德雷迪抿住了嘴巴。嚮導帶領她們穿過神廟進入這間房間之前，先是走過了一片錯綜複雜的廊道和上上下下的樓梯，她們途中透過拱門瞥見了幾處院落，然後進入一個壯觀的伊克斯技術懸浮管道系統，悄無聲息地來到另一條走廊，過了幾級臺階，繞過一條彎曲的廊道……最後才來到這間房間。

歐德雷迪再一次迅速環顧這間房間。

「為什麼要研究這間屋子？」什阿娜問道。

「噓！小女孩，別說話！」

這間房間整體是一個不規則多面體，左側的牆壁面積相對較小，大約三十五公尺長，最寬的地方只有它的一半。房內設有多個矮沙發和多個椅子，樣式各異。什阿娜像女王一般坐在一把亮黃色的椅子裡，扶手寬大柔軟。不過，一把犬椅都沒有。家具布料多為棕色、藍色和黃色相間。較寬的一面牆上有一幅群山的油畫，歐德雷迪盯著作品上方一個通風口的白色格柵。一陣涼風由窗戶下面的通風口進入室內，然後飄向畫作上方的通風口。

什阿娜說：「這裡之前是赫德雷的房間。」

「妳為什麼直呼其名，故意惹他生氣？」

「直呼他的名字會惹他生氣嗎？」

「小女孩，不要跟我玩文字遊戲！妳自己心裡清楚得很，妳叫他名字，就是為了惹他心煩。」

「那妳為什麼還問這個問題？」

歐德雷迪繼續仔細打量著這間房間，沒有回答什阿娜的問題。油畫對面的那面牆與外牆既不平行也不垂直，她恍然大悟。真是高明！這間房間建成這種形狀，如此一來，無論再小的聲音，高處那個通風口後面的人都可以聽到，油畫後面必然還藏著另一個通風道，可以將房間裡的聲音傳到別的地方。這樣的設計，無論是探測器、嗅測器還是其他任何設備都沒辦法發現。沒有東西能夠探測出竊聽或暗中監視的人，只有經過特殊訓練的人在高度警惕的狀態下才能發現蛛絲馬跡。

歐德雷迪比畫了一個手勢，喚來一旁待命的一名侍祭。她的手指快速地動了幾下，告訴侍祭：「去看看誰在那個通風口後面竊聽。」她向油畫上方的通風口揚了揚頭，「不要驚動他們，我們得知道誰是他們的上級。」

「妳怎麼知道要來救我的？」什阿娜問道。

歐德雷迪心想：這個孩子的聲音甜美，但是需要訓練。不過，她的聲音也很穩重，這一點可以培養成有力的武器。

「快說！」什阿娜語氣非常強硬。

女孩蠻橫的態度令歐德雷迪頗為訝異，但是她不得不強行壓下心中騰然而起的怒火。現在就得立下規則！

「小女孩，冷靜一點。」歐德雷迪說這句話時，將自己的聲音調整到了適當的男高音，她看到孩子確實平靜了。

不過，什阿娜的一番話再一次出乎她的意料：「這是另外一種魅音，妳想讓我安靜下來。季普娜跟我說過魅音的事。」

歐德雷迪轉過頭來，面對面低頭看著這女孩。什阿娜最初的悲傷已經消散，但是她說起季普娜時，話語中仍然帶有怒氣。

歐德雷迪說：「我正在想怎麼對付襲擊你們的那些人。妳為什麼來干擾我？妳不想讓那些人為此付出代價嗎？」

「妳要怎麼對付他們？告訴我！妳準備怎麼辦？」

歐德雷迪沒想到這個孩子的報復心如此之強，這方面必須加以管教！仇恨和愛一樣危險，一個人可以恨多深，就可以愛多深。

歐德雷迪說：「每當有人惹惱了女修會，我們都會向對方發出一條訊息。這次也不例外，我已經向宇航公會、伊克斯和忒萊素發送了這條訊息，一句話——你們將為此付出代價。」

「什麼代價？」

「貝尼．潔瑟睿德正在籌劃相應的懲罰措施，他們會知道自己這次的行為造成了怎樣的後果。」

「可是妳們要做什麼？」

「到時候妳就知道了，妳說不定還會知道我們設計懲罰的方法。目前，妳還不需要知道這麼多。」

什阿娜皺起了眉頭，她說：「妳根本沒有生氣，只是被惹惱了，妳自己說的。」

「孩子，不要動不動就不耐煩！有些事情妳並不理解。」

通訊室的聖母再一次走了出來，瞥了一眼什阿娜，然後對歐德雷迪說道：「聖殿確認收到了您的報告，她們認可您的應對辦法。」

那位聖母站在原地，沒有離開，歐德雷迪問她：「還有什麼事情？」

那個女人掃了什阿娜一眼，表示還有一些事情需要私下彙報。歐德雷迪舉起右手，示意她靜默交流。

那位聖母作出了回應，她的手指飛快地舞動：「塔拉札表示：忒萊素人是最關鍵的一環。必須利用美藍極，讓宇航公會付出慘痛的代價，禁止拉科斯繼續向他們供應香料，迫使他們和伊克斯人聯合。散失之人的競爭如此激烈，他們必將因為應對不及而分崩離析。暫時不用顧及魚言士，她們與伊克斯是一夥人。忒萊素的尊主之主將會作出反應，他到拉科斯時，想辦法抓住他。」

歐德雷迪淡淡一笑表示明白，看著那位聖母離開房間。聖殿不僅認可她在拉科斯採取的各項措施，並且已經以驚人的速度想好符合貝尼．潔瑟睿德風格的妥當懲罰辦法。塔拉札和她的諸位議事聖母顯然早已預料到這一天。

歐德雷迪鬆了一口氣。她提交給聖殿的報告非常簡潔，簡要描述襲擊事件，列出女修會的傷亡名單，指出發動襲擊的勢力，並且告知塔拉札她已經向肇事方發送了女修會規定的警告訊息：「你們將為此付出代價」。

這些蠢貨現在知道他們捅了馬蜂窩，並將惶惶不可終日——這是最關鍵的懲罰。什阿娜在椅子上挪了挪，她的態度顯示出她現在要換一個新的辦法：「妳們有一個人說當時有幾個幻臉人在場。」她用下巴指了指樓頂。

歐德雷迪心想：這個孩子到底有多麼無知，這空缺必須用知識補上。幻臉人！歐德雷迪想起了他們檢查的那幾具屍體。忒萊素人終於派出他們的幻臉人，這次當然是對貝尼·潔瑟睿德的試探。這些新的幻臉人極難辨識，但是他們獨特的費洛蒙仍然會散發出極具特色的氣味。歐德雷迪已經在報告中將資訊告知聖殿。

可是如何防止外界知道貝尼·潔瑟睿德已經了解此事？這是當前的難題。歐德雷迪喚來一名傳信的侍祭，她瞄了一下那個通風口，向她示意，然後用手指說道：「殺掉竊聽的那些人！」

歐德雷迪低頭對著什阿娜說：「小女孩，妳對魅音太感興趣了。沉默是最寶貴的學習手段，要想學習知識，就不要亂說話。」

「那我可以學魅音嗎？我想學。」

「我要妳閉上嘴巴，從安安靜靜當中學習。」

「我命令妳教我魅音！」

歐德雷迪想起季普娜的相關報告，什阿娜其實已經透過魅音控制了身邊的大多數人。她憑藉自己的力量學會了這項技能，已經達到中等水準，可以影響少數的對象。她是個天才，杜埃克和卡妮亞以及其他人都對她心生怯意。他們的恐懼當然與宗教幻想有關，但是什阿娜能夠通過適當的語調和語氣運用魅音，說明她在無意識中即可靈活自如地變換說話的方式。

歐德雷迪明白，什阿娜期望的回覆非常明確——以誠相待。這種方式效果相當顯著，同時可以一舉多得。

「我有很多東西要教妳。」歐德雷迪說，「但是妳不能命令我教妳。」

「所有人都聽我的！」什阿娜說道。

歐德雷迪心想：她才剛剛進入青春期，現在已經擺出貴族的派頭。我們造就的神啊！她會變成什麼樣子？

什阿娜從椅子上溜了下來，抬頭疑惑地看著歐德雷迪。這個孩子的眼睛和歐德雷迪的肩膀齊平，她以後身高不會矮，肯定會非常威武。不過，前提是她能活到那個時候。

什阿娜說：「妳只回答了我幾個問題，卻不肯回答其他的。妳說妳們在等我，但是不解釋原因。妳為什麼不願服從我的命令？」

「小女孩，這個問題很愚蠢。」

「妳為什麼總是叫我小女孩？」

「妳不是小女孩嗎？」

「我有月經了。」

「就算這樣妳也還是個小女孩。」

「那些祭司都聽我的。」

「他們怕妳。」

「妳不怕我？」

「不怕。」

「太好了！所有人見了我就害怕，那樣太沒意思了。」

「那些祭司以為妳是神派來的。」

「妳不是這麼想的嗎？」

「我為什麼要這麼想？我們——」話沒說完，傳信的侍祭走進房間。她的手指飛速舞動：「四名祭司竊聽，已經解決了，全都是杜埃克的走狗。」

歐德雷迪揮了揮手，侍祭便離開了。

什阿娜說：「她怎麼會用手指說話？」

「小女孩，妳問了太多不該問的問題。而且，妳還沒說我憑什麼該把妳看作神的工具。」

「魔鬼沒有要我的命，我在沙漠裡遇到魔鬼，可以跟他說話。」

「妳為什麼不叫他沙胡羅？為什麼叫他魔鬼？」

「所有人都愛問這個愚蠢的問題！」

「那就告訴我妳愚蠢的答案。」

什阿娜的神色再一次陰沉了下來：「我叫他魔鬼，因為我看到了他恐怖的一面。」

「妳看到的他有多麼恐怖？」

什阿娜歪著頭看了歐德雷迪一會兒，然後說：「這是個祕密。」

「妳知道怎麼保守祕密嗎？」

什阿娜挺直腰桿點了點頭，不過歐德雷迪看出了她的遲疑。這孩子知道自己被人引導到進退兩難的處境！

「好極了！」歐德雷迪說，「保守祕密是聖母最重要的一項課程，既然妳已經會了，那我們就不用再在這個方面浪費精力了。」

「不行！我什麼都想學！」

這個孩子性子很急，控制情緒的能力相當差。

「不論什麼東西妳都得教給我！」什阿娜的語氣依然非常強硬。

歐德雷迪心想：該給她點顏色看看了。什阿娜已經說了不少話，也表現出了不少行為舉止，即便五級的侍祭現在也有把握管教她了。

歐德雷迪運起十成功力，用魅音說道：「小女孩，再用那個語氣跟我說話試試！要想學東西，就不要那麼放肆！」

什阿娜全身僵硬，一分多鐘之後才明白剛才發生了什麼事情，整個人放鬆了下來。她很快便露出溫暖直接的開心笑臉：「我真高興妳來了！最近真的好無聊。」

18

人類思維紛繁複雜，絕非世間萬物可比。

——雷托二世：達艾斯巴拉特紀錄

• • •

在伽穆的這個緯度，夜晚常常來得很快，像是在預示不祥之事，不過此時距離天黑還有將近兩個小時，濃厚的雲層遮擋了主堡的光線。鄧肯已經遵照盧西拉的命令，回到院子裡，進行高強度的自主訓練。

盧西拉站在女兒牆上仔細觀察，這裡恰恰是她第一次觀察他的地方。

鄧肯做了幾套貝尼．潔瑟睿德八倍格鬥技，旋空連翻，摸爬騰轉，從草地的一邊衝到另一邊，再從另一邊幾步跳了過來。

盧西拉心想：這幾個隨機躲閃相當精彩。鄧肯的速度堪比電光石火，她也看不出鄧肯的套路，完全無法判斷他的下一個動作。甦亡人即將十六歲了，現在已經懂得運用自身的普拉那-並度天賦。

鄧肯訓練時的動作拿捏有度，傳達出非常多資訊。盧西拉當初剛給他安排了這些夜訓，他很快就作出了回應。塔拉札的指示她已經完成了第一步——這個甦亡人無疑已經對她產生了感情。她引發了他內心的戀母情結，而且他的意志並沒有因此而嚴重削弱，可是特格仍舊擔憂不已。

盧西拉安慰自己：雖然我現在為這個甦亡人遮風擋雨，但他不會一味懇求，終究會成為一個獨立的個體，特格的憂慮沒有必要。

當天早晨，她對特格說：「只要是他擅長的地方，他都能充分自如地展現自我。」

她覺得應該讓特格看看他現在的表現，這些新的練習動作主要由鄧肯自己創造。

他靈敏地一躍而起，跳到了院子幾乎正中央的位置，盧西拉險些發出了驚嘆。這個甦亡人神經和肌肉的平衡已經相當了得，假以時日，或許可以與過人的心理平衡搭配起來，而且至少與特格的心理平衡同等級，屆時將會產生可觀的文化影響。很多人領教特格的厲害之後，便不由自主地表示願意效忠於他，進而效忠女修會。看看那些人，便想像得到鄧肯未來的聲威。

她想：主要是暴君的功勞。

雷托二世出現之前，從未有大規模的文化調整體系可以延續如此之久，因而貝尼．潔瑟睿德過去始終沒有看到理想的平衡狀態。盧西拉欣賞的正是「沿刃鋒流動」的平衡。她並不知道這次任務完整的計畫，但正因這份欣賞，她才全心投入任務之中，即便她本能地對自己需要採取的行動反感。

鄧肯的年齡實在太小！

女修會要求她執行的下一步行動，塔拉札已經明確地告訴她了：性銘刻。那天早上，盧西拉才剛在鏡中看到一絲不掛的自己，擺出了自己將要運用的各種神情和姿態，以達成塔拉札的命令。盧西拉假意歇息的時候，看到自己的面容好像一位史前的愛神，她圓潤豐腴，情欲高漲的男性定會撲將過來。

盧西拉曾經在課堂上見過古代女人的石雕，她們臀胯寬大，乳房豐滿，哺育嬰孩不虞匱乏，而她就是這古代型態的現代版。

鄧肯正在下方的院子裡練習，他停了一會兒，似乎正在設計後續的動作。沒過一會兒，他點了點頭，騰空而起，連轉幾圈之後，像瞪羚一樣單腿著地，一個跳躍迴旋到側邊，比起戰鬥動作，倒更有幾分舞蹈的意味。

盧西拉一咬牙，下定了決心。

性銘刻。

她覺得性的祕密根本不是什麼祕密，性原本便與生命息息相關。當然，正是因此，女修會第一次派她執行引誘任務之後，她的記憶中才會留下了一張男人面孔。育種女修事先便曾告訴她會出現這樣的情況，不需要驚慌，可是盧西拉事後才發現性銘刻是一把雙刃劍。你或許能學會沿著刀刃流動，但是你也有可能為其所傷。有的時候，第一次引誘任務的那張男人面孔突然闖入她的大腦，令她不知所措。那段回憶時常在重要的親密時刻頻繁出現盧西拉腦海裡，她必須費九牛二虎之力才能掩飾。

育種女修安慰她道：「這是磨鍊，會讓妳更加強大。」

然而，她有時還是覺得自己把一些應該保持神祕的事物變得平凡瑣碎了。

盧西拉必須執行下一步行動，但是她滿心不快。這幾天晚上，觀察鄧肯訓練的時間變成她一天之中最享受的時光。男孩的肌肉發育成果顯著，肌肉和神經之間的協調愈發靈敏，這歸功於女修會擅長的普拉那－並度訓練。她馬上就得執行下一步行動了，不能再沉溺於細細欣賞她的學生。

她知道，邁爾斯．特格馬上就會走出來，鄧肯將回到練習室內演練那些更為致命的武器。

特格。

盧西拉再次對這個男人產生了好奇。她曾經感覺自己多次被他吸引，那種情感她立刻就知道是怎麼回事。銘者如果事先未向某人許諾，並且不違背禁令，便可以在挑選育種伴侶方面擁有部分自主權。特格雖然年歲已高，但是從個人資料來看，他說不定還有生育能力。她當然不可以把孩子留在身邊，但是她已經學會怎麼調適心理了。

她曾經問自己：有何不可？

她之前的計畫極其簡單——完成對甦亡人的性銘刻之後，向塔拉札提報她的想法，然後和令人敬畏的邁爾斯．特格生下一個孩子。她曾初步暗示引誘特格，可是對方不為所動。某天午後，兩人在武器室旁的更衣間裡，特格晶算師狀態下的嘲諷打消了她的念頭。

「盧西拉，我已經過了交配的年紀。我貢獻了那麼多，女修會也應該滿足了。」

特格只穿了一件黑色的運動緊身衣，他用毛巾擦乾了臉上的汗水，然後把毛巾扔進了大籃子裡。

「沒有什麼事情的話，就走吧。」他說道，看都沒看她一眼。

他看透了她的心思！

她事先就該想到這個情況，特格畢竟是特格。盧西拉知道她說不定還可以引他上鉤，接受過她這等訓練的聖母沒道理會失敗，就算是特格這樣強大的晶算師也不在話下。

盧西拉站在原地，遲疑了一會兒，她的大腦正在自動籌劃如何規避這次事件，繼續引誘特格。可是，她卻因為某種原因打消了念頭。並不是因為她遭拒之後惱羞成怒，也不是因為她的各種手段確實有些微機率對他無效，也和自尊沒有太大關係。

莊重。

特格行事莊重，他驍勇善戰，曾經為女修會立下汗馬功勞，盧西拉也有所耳聞。盧西拉轉身離開，但是她並不十分清楚自己此時的想法。或許因為女修會對他有感激之情，此時引誘他不僅有損他的威名，也是自取其辱。除非上級有令，不然她實在做不出這樣的事情。

她站在女兒牆上，這些回憶干擾了她的注意力。武器室門口的陰影裡有什麼動了一下，她瞥見特格的身影。盧西拉將注意力放回眼前，全神貫注地看著鄧肯。甦亡人練完了空翻，安靜地站在下方深深呼吸，抬起視線關注盧西拉。她看到了他臉上的汗水和淺藍色單衣被汗水浸透的深色區塊。

盧西拉趴在牆垛上大聲說道：「鄧肯，很好！明天我來教你幾套拳腳組合動作。」

她不假思索地說出了這兩句話，話音未落便意識到了原因。這些話並不是說給甦亡人聽的，她是想告訴站在武器室門口的特格：「看見沒？別以為只有你能教他殺敵的本領！」

盧西拉發現特格已經走進她心裡更深處，越過了她應該容許的界限。她一臉嚴肅地將視線轉向從門邊暗處走出的高大身影，鄧肯這時已經朝著霸夏跑了過去。

就在盧西拉全神貫注地看著特格的時候，貝尼．潔瑟睿德最本能的反應讓她在電光石火之間採取行動。身體先是做出反應，腦袋才解釋原因：事有蹊蹺！危險！這不是特格！她的所有動作一氣呵成——運起所有功力，用魅音大喝一聲：

「鄧肯！臥倒！」

鄧肯立刻趴在草地上，注意力全部放在從武器室走出的這個特格身上，對方手裡持有一把用於實戰的雷射槍。

幻臉人！盧西拉暗想。她只是因為高度警覺，才看出了破綻。新的幻臉人！

她大喊：「幻臉人！」

鄧肯向旁一蹬，橫身飛起，足有一公尺之高。他的反應速度令盧西拉大為震驚，她從來不知道人類的動作可以如此之快！當鄧肯看來彷彿漂浮在半空中，雷射槍第一槍從他身下掃過。

盧西拉翻過女兒牆，跳向往下一層樓的窗臺。她記得樓層之間有一條突出的排水管，身體落下時迅速伸手一搆，果然便抓住了排水管道。她向旁邊盪了幾下，然後安全地落在了再下一層的窗臺上。

她知道自己根本無法及時趕到現場，但是依然奮不顧身地向鄧肯的位置跑去。

盧西拉聽到頭頂的牆面劈啪作響，抬頭便看到雷射正自上而下向自己襲來。她向左一閃，扭身落到了草地上，同時飛快環顧四周，看清了周圍的情況。

鄧肯一面向襲擊者衝去，一面翻騰躲閃，驚人地再現了他的訓練內容。真是快如閃電！

盧西拉看出了冒牌特格臉上的猶豫不決。

她一個箭步衝向這個幻臉人，「感覺」到了他的想法：他們倆對付我一個！

然而，他們兩個人必然解決不了敵人，盧西拉雖然還在向前奔跑，但知道眼前是怎樣的局勢。幻臉人只須將武器調至近距火力全開的模式，就可以點燃面前的空氣，什麼東西都無法穿過這樣的一道防禦。她還在絞盡腦汁思索如何撂倒這個假冒的特格，卻看到他的胸口出現了一片鮮紅血霧。一條紅色光束以傾斜角度迅速往上劃過握槍胳膊的肌肉，手臂便像雕像斷臂一樣掉了下來。那人的肩膀隨著血花噴湧緩緩脫離了軀幹，整個人隨之癱倒在臺階上，碎成了斷肢殘軀，血肉模糊，到處是燒焦的深褐色和夾雜藍色的豔紅。

盧西拉停了下來，她聞到了幻臉人獨特的費洛蒙。鄧肯走到她身邊，他瞥到幻臉人屍體後面的走廊裡有人走動。

死屍後面出現了另一個特格，盧西拉看到這才是特格本人。

「是霸夏。」鄧肯說道。

盧西拉心中油然升起了一陣喜悅——鄧肯已經學會透過部分細節判斷對方是不是本人。她指著幻臉人的死屍：「你聞一聞他身上的味道。」

鄧肯吸了一口氣：「嗯，我明白了。不過，他模仿得並不是非常像，我和妳幾乎同時看穿了他的真面目。」

特格從走廊裡走了出來，左手持一把重型雷射槍，右手穩穩地扶著槍托和扳機。他仔細地環顧院子四周，然後定定地看著鄧肯，最後把視線轉向了盧西拉。

「帶鄧肯進來。」特格說道。

這是戰場上指揮官的軍令，完全倚賴緊急情況下該做什麼的老到判斷。盧西拉二話不說，牽著鄧肯的手，走進了武器室。

鄧肯從鮮血淋漓的死屍旁邊走過，什麼都沒有說，進屋之後，回頭瞥了一眼那灘血肉模糊，問道：「誰把他放進來的？」

她發現鄧肯並沒有問「他是怎麼進來的」，他拋去了細枝末節，一句話便說中了問題的關鍵。

特格領著他們大步走向他自己的住處。他停在門口，瞄了一眼房內，然後示意盧西拉和鄧肯隨他進去。

特格的房間有一股濃重的焦肉味，同時瀰漫著烤肉氣味的縷縷青煙，盧西拉剛一聞到，心中便頓生嫌惡：這是人肉烤熟的味道！特格床邊地板上趴著一個人，穿著他的軍裝，應該是從床上滾了下來。

特格用腳尖把這個人翻了過來，盧西拉看到一張眼神驚愕、嘴痛苦地咧開的面孔。她發現這是主堡周邊的一個護衛，從主堡紀錄來看，他與施萬虞一同來到主堡。

「這是他們的先鋒。」特格說，「派特林搞定了他，然後我們給他穿上了我的軍裝。我們發動進攻之前，沒讓他們看到這個人的臉，所以他們並不知道不是我。他們沒來得及複印記憶。」

「你原本就知道這件事情？」盧西拉愕然。

「貝隆達事先把所有情況都告訴我了！」

盧西拉忽然明白了特格這些話更深層的寓意。她壓住心中升騰而起的怒火：「你怎麼可以讓他們溜進院子裡？」

特格心平氣和地說：「這邊的局勢當時非常危險，我必須作出抉擇。現在看來，我當時的判斷沒有問題。」

盧西拉火冒三丈：「你的抉擇就是讓鄧肯自己保護自己？」

「我當時如果去救他，其他的襲擊者就會盤踞在這個地方。我和派特林費了不少工夫才幹掉這邊的敵人，我們當時沒有精力顧及其他的事情。」特格看了一眼鄧肯，「看樣子他表現得相當不錯，多虧我們對他勤加訓練。」

「那個……那個畜生差一點就要了他的命！」

「盧西拉！」特格搖了搖頭，「我當時就算好了時間，你們倆至少可以堅持一分鐘。我知道妳肯定會奮不顧身地擋住那個『畜生』，哪怕犧牲自己，也要保住鄧肯，這樣就又多了二十秒。」

鄧肯聽到特格的這番話，兩眼炯炯有神地看著盧西拉，問道：「妳會犧牲自己嗎？」

盧西拉沒有作聲，特格說：「她會的。」

盧西拉沒有否認霸夏的說法，但是想起了鄧肯當時驚人的移動速度和令人眼花撩亂的進攻。

特格看著盧西拉，說道：「戰場之上，難能兩全。」

她同意這個說法，特格的選擇一向正確，這一次也不例外。不過，甦亡人的普拉那－並度加速完全超出了她的預期，她知道自己需要和塔拉札溝通一下。特格突然站直身子，進入高度戒備的狀態，兩眼直直盯著她身後的房門。盧西拉愣了一下，迅速轉身。

施萬虞站在門口，身後是派特林，他的手上也握著一把重型雷射槍，盧西拉看到槍口對著施萬虞。

「她說什麼都要進來。」派特林說道，臉上略帶憤怒的神色，嘴角向下。

施萬虞說：「南邊的碉堡外面橫七豎八地躺了不少屍體，我要過去看一下，你的人不放行，我命令你立刻撤銷禁令。」

「等我的人清理乾淨現場，我就撤銷禁令。」特格說。

「那些人還在殺人！我能聽見外面的動靜！」施萬虞的語氣中透出了些許惡意，她狠狠盯著盧西拉。

特格說：「我們也在審問外面的那些人。」

施萬虞將視線轉向特格：「既然這裡這麼危險，那我們就把這個……孩子帶到我的房間裡去，快點！」

「不必如此。」特格的聲音低沉，但是非常堅定。

施萬虞愕然，心中大為不悅。派特林握緊了雷射槍的槍托，施萬虞的眼睛掃過雷射槍，轉向注視自己的盧西拉，兩人四目相對。

特格稍微頓了一會兒，說道：「盧西拉，帶鄧肯去我的起居室。」他向身後的門揚了揚頭。

盧西拉遵守指示，整趟路都刻意將身體擋在施萬虞和鄧肯之間。

房門關上之後，鄧肯說：「她真的心神不寧，剛才差一點就說出了『甦亡人』這兩個字。」

盧西拉說：「施萬虞剛才不止露出了這一個破綻。」

她環顧四周，這是她第一次看到特格的起居室，這裡是霸夏回歸自我的聖地。她想起了自己的住處，井井有條的房間裡同樣有些許凌亂。一把舊式的淺灰色軟椅，旁邊放了一張小桌，幾個閱讀卷軸被人隨意放在桌邊，彷彿主人只是暫時離開，馬上就會回來。旁邊一把硬椅上橫放一件黑色的霸夏軍裝外套，上面放著一個沒有蓋上的針線盒。袖口上有一個破洞，不過已經仔仔細細地補好了。他自己修補自己的東西。

盧西拉萬萬沒有想到，聲名赫赫的邁爾斯．特格竟然還有這一面。假使她想到這方面的事情，也會以為特格會把這些雜活交給派特林。

「是不是施萬虞把那些人放進來的？」鄧肯問道。

盧西拉絲毫沒有掩蓋她的怒氣：「是她手下幹的好事。她太過分了！竟然和忒萊素人暗中勾結！」

「派特林會不會殺了她？」

「我不知道，也不在乎！」

門外傳來施萬虞憤怒的聲音，洪亮又清晰：「霸夏，我們就在這裡這麼等著嗎？」

「您想什麼時候走都沒問題。」這是特格的聲音。

「我現在就想走！但我進不了南邊的隧道！」

施萬虞大發雷霆。盧西拉知道這老嫗如此失態，肯定是為了某件她刻意為之的事。可是，她究竟在圖謀什麼？特格現在一定非常謹慎。他剛才非常高明，讓盧西拉看到了施萬虞治下的疏漏，但是他們沒有摸清施萬虞還有哪些手段。盧西拉不知道自己能不能過去幫助特格，把鄧肯留在這裡。

特格說：「您現在可以過去了，不過建議您不要返回住處。」

「為什麼？」施萬虞沒能掩飾自己的內心，語氣暴露了她的詫異。

「您稍等。」特格說道。

盧西拉聽到了遠處嘈雜的人聲，附近傳來悶聲巨響，接著更遠的地方也傳來了一聲巨響，塵土由門縫飄進了特格的起居室。

「怎麼回事？」施萬虞的聲音格外大。

盧西拉擋在鄧肯和通往門廳的牆壁之間。

鄧肯盯著起居室的房門，身體已經擺出了防禦的姿勢。

「第一聲是他們的進攻，在我意料之中。」是特格的聲音，「第二聲，恐怕打了他們一個措手不及。」

附近突然響起了巨大的哨聲，蓋住了施萬虞的聲音。

「霸夏，你真是料事如神！」派特林的聲音。

「到底怎麼回事？」施萬虞高聲質問。

「剛才那第一聲爆炸，親愛的聖母，是襲擊者炸了您的住處。第二聲，是我們炸了那些襲擊者。」

「霸夏，信號收到！」派特林的聲音，「他們全軍覆沒了。如您所料，那些人是坐著懸浮飛行器從無現星艦上下來的。」

「無現星艦呢？」特格的聲音透著憤怒。

「剛通過摺疊空間即被摧毀，沒有倖存者。」

「你們這群蠢貨！」施萬虞厲聲尖叫，「你們知道自己做了什麼好事嗎？」

「我只是服從命令，保護那個男孩。」特格說道，「對了，您在這個時間本來應該待在自己的房間，不是嗎？」

「你說什麼？」

「他們炸毀您的房間，目的其實是您本人。忒萊素人非常危險，聖母。」

「我不信你的鬼話！」

「那您不妨過去看看。派特林，放她出去。」

盧西拉聽到現在，聽出了施萬虞的真實想法——這個晶算師霸夏在這裡比聖母更受信賴，施萬虞知道這一點。她肯定會鋌而走險。特格說她的住處被毀，這一著棋很妙，不過她說不定不會相信。特格和盧西拉發現她參與了這次襲擊，這肯定是施萬虞現在最大的心事。不知道還有多少人也知道了這件事情，其中必然包括派特林。

鄧肯盯著關閉的房門，頭部略微右傾，臉上露出好奇的表情，好像看穿了門板，直視後方的人。

施萬虞如臨深淵，小心翼翼地控制著自己的聲音：「我不信他們炸毀了我的住處。」她知道盧西拉在聽他們說話。

「只有一個辦法能確認。」特格說。

真是高明！盧西拉暗暗讚嘆。施萬虞只有先確定忒萊素人是不是耍了花招，才能決定其他的事情。

「既然如此，你們在這裡等我回來！這是命令！」盧西拉聽到施萬虞拂袖而去的聲音。

盧西拉心想：她的情緒管理實在欠佳。不過，特格這次的表現也令盧西拉頗為不安。他真的做出了這樣的事情！特格將一位聖母打得措手不及，全無招架之力。

鄧肯面前的房門猛地一下打開了，特格站在門口，一隻手抓著門閂。「快！」特格道，「趁她還沒回來，我們必須趕緊離開主堡。」

「離開主堡？」盧西拉大驚失色。

「快！聽見沒有！派特林給我們安排好了一條路線。」

「可是我必須——」

「沒什麼必須！直接跟我走，不然我們就得來硬的了。」

「你覺得自己真的能……」盧西拉的話只說了一半。站在她面前的已經不是之前的特格，她知道他如果事先沒有準備，絕對不會這樣威脅她。

「好吧。」她牽起鄧肯的手，跟隨特格離開了他的住處。

派特林站在走廊裡，望著右邊，說：「她走了。」他看著特格，「霸夏，您知道該怎麼辦吧？」

「派特！」

盧西拉從來沒有聽特格用暱稱叫過他的這位勤務兵。

派特林笑了，露出了兩排潔白的牙齒：「抱歉，霸夏，我太激動了。那，就交給您了，我也還有我的事情。」

特格揮了揮手，示意盧西拉和鄧肯順著右邊的走廊往下走。她帶著鄧肯走進了廊道，聽到特格緊跟在他們後邊。鄧肯滿手都是汗，他掙脫了盧西拉的手，在她身旁大步前進，完全不回頭。

長廊盡頭有一個懸浮升降機，由特格的兩個手下看守。他向他們點了點頭，說：「沒有人跟過來。」

兩人異口同聲道：「好的，霸夏。」

盧西拉、鄧肯與特格進入了升降機，此時她才意識到自己在這場爭端中站到了特格這邊，然而她並不了解事情的全部情況。她感覺女修會的權術之爭好像洶湧的波濤，在她身旁翻滾。大多情況下，權術都只是溫柔的波浪，輕輕拍在沙灘上，然而現在她感覺到一股毀滅力量十足的海浪轟然砸來。

三人走進了南面碉堡的安檢室。

進門的時候，鄧肯說：「我們都應該帶上武器。」

特格說：「武器馬上就有，希望你已經做好了殺人的心理準備。不論是誰，只要阻攔我們，一律殺死。」

19

下述一件意義重大的事實：從未有人在貝尼・氐萊素的核心星球的庇護之外見過氐萊素人的女性（幻臉人模擬的氐萊素女性無法生育，本次分析不作探討）。我們初步推論，女性氐萊素人之所以與外界隔絕，是因為氐萊素人不想讓她們落入我們的手中。氐萊素的尊主肯定將他們最重要的機要祕密也藏在了女性的卵子之中。

——貝尼・潔瑟睿德分析報告——檔案部編號：XOXTM99……041

・・・

「我們終於見面了。」塔拉札說。

她的眼神越過兩公尺的開闊空間，看向坐在椅子上的泰爾威斯・瓦夫。女修會的分析人員已經確認，這個男人就是氐萊素的尊主之主。這麼瘦小的身軀，怎麼會有那麼大的權力？她提醒自己：對此人切不可以貌相取。

「即便如此，有些人也依然會覺得我們不可能見面。」瓦夫說道。

塔拉札注意到他的聲音尖細，這一點也與一般的大人物不同。

兩人坐在宇航公會中立的無現星艦上，艦體外側附有貝尼・潔瑟睿德和氐萊素人的多個監控飛船，好像啄食腐肉的飛禽趴在死屍上。（宇航公會先前一直戰戰兢兢，迫切希望平息貝尼・潔瑟睿德的怒火。他們明白，「你們將為此付出代價」，他們曾經因惹惱女修會而付出了慘痛的代價。）兩人所在的這間艙室面積不大，整體呈橢圓形，牆面採用了傳統的鍍銅工藝，而且「無法監聽監視」，不過塔拉札絲毫不相信這樣的說法。此外，宇航公會和忒萊素人之間透過美藍極建立了多種聯繫，她認為這些關係目前依舊存在，而且完好無損。

瓦夫對塔拉札不抱有任何幻想，這個女人遠比任何一位尊母都要危險。如果他殺了塔拉札，貝尼·潔瑟睿德仍將出現一個同樣危險的統御大聖母，而且將會擁有眼前這位大聖母掌握的所有重要資訊。

「我們發現你的新幻臉人非常有意思。」塔拉札說道。

瓦夫苦笑了一下。尊母損失了一艘無現星艦，尚且沒有責怪忒萊素人，這些聖母，確實比尊母危險多了。

塔拉札的右邊有一張矮几，上面放著一個雙面數位立鐘，擺放的位置剛好讓兩人都能看到鐘上的時間。塔拉札瞥了一眼那鐘，瓦夫那一面已經與他的生理時鐘同步。她看到兩面的時間均已是下午過去一半的時候，兩人的生理時鐘只差不到十秒。這次談判安排非常周到，即便是兩把椅子擺設的位置和之間的距離，雙方事先也已提出了明確的要求。

艙內只有他們兩人，橢圓的空間長約六公尺，寬約三公尺。兩把木質躺椅完全相同，均採用木釘榫接，包覆橘色布料，沒有一丁點的金屬或其他異物。除了椅子，這間房間只有那張邊桌和桌上的立鐘。邊桌的三條木質桌腿細而長，桌面是一塊纖薄的黑色合成玻璃。兩位當事人均由安檢人員使用探測器進行了細緻的檢查，每人還配有三名貼身護衛，在艦艙唯一的艙門外守候。塔拉札覺得忒萊素人不會再運用幻臉人掉包的伎倆，況且現在是這樣的形勢！

「你們將為此付出代價。」

忒萊素人相當清楚自己不占上風，加上他們現已知道新的幻臉人也無法逃過聖母的法眼，故而更加謹慎。

瓦夫清了一下嗓子，說道：「我們大概不可能達成共識。」

「那你來是為了什麼？」

「妳們拉科斯上的主堡向我們傳來一條詭異的訊息，我想請妳解釋一下這句話是什麼意思。我們為了什麼事需要付出代價？」

「閣下，這裡只有你我兩人，就不必裝瘋賣傻了，有些事情不可避免，我們都心知肚明。」

「例如呢？」

「貝尼．忒萊素的女人從來沒有參加過我們的育種計畫。」她心中暗想：讓他去發愁吧！沒有忒萊素女人的他者記憶，嚴重有礙貝尼．潔瑟睿德展開調查，這件事情瓦夫可能也知道。

瓦夫橫眉怒目：「妳肯定不會以為我願意拿──」他說了一半便搖搖頭，「我真的不敢相信這就是妳們所說的代價。」

塔拉札沒有作聲，瓦夫繼續說道：「拉科斯神廟的那次襲擊行動，是現場那群蠢貨擅自行動，他們已禁受到懲罰。」

這是預料中的以退為進第三招，塔拉札就知道他會下這一步棋。

在此之前，她聽取了無數次差強人意的分析簡報。女修會撰寫了大量分析報告，可是她們對這位忒萊素尊主，這個泰爾威斯．瓦夫卻知之甚少。她們透過推演得出了幾個極其重要的預測結果，前提是她們掌握的相關資料屬實。有些資訊相當耐人尋味，然而問題在於其中的部分資訊來源並不可靠。不過，有一個關鍵的資訊不會有錯──坐在她對面的這個小個子危險至極。

瓦夫的「以退為進第三招」，引起了塔拉札的注意。現在該回應他了，塔拉札露出了然於心的笑容。她說：「我們就知道你會說這樣的假話。」

「我們還沒說幾句話，現在就要惡語相向了嗎？」他平靜地說道。

「這個問題你該問問自己。我告訴你，我們可沒大離散回來的那群蕩婦那麼好糊弄。」

瓦夫目瞪口呆，塔拉札見狀，準備走一著險棋。女修會此前聽聞一艘伊克斯會議船離奇失蹤，她們根據這個消息和其他線索進行了推論，現在看來果真如此！塔拉札保持著剛才的笑容，順著女修會的猜測，用彷彿事實天下皆知的語氣繼續說道：「那群蕩婦可能想知道自己人裡混進了幻臉人。」

瓦夫克制住了內心的怒火。這群天殺的女巫！她們知道了！竟然被她們知道了！他的多位議員先前便高度懷疑女修會提議雙方見面的動機，反對的人數雖然沒有過半，但也與支持者不相上下。這些女巫如此……歹毒，她們的報復手段也陰險！

塔拉札想：現在該把他的注意力轉移到伽穆上去，讓他全無招架之力。她說：「就算你們策反了我們內部的人，例如伽穆主堡的施萬虞，你們也不會得到任何有價值的資訊！」

瓦夫惱羞成怒：「她以為……以為可以把我們當作賞金殺手使喚！我們只是教訓了她一番！」

塔拉札心中竊喜：他的自尊心暴露出來了，真有意思。這種自尊心背後的道德架構具有某種含意，必須好好探討一番。

塔拉札說：「你們其實根本沒能打入我們內部。」

「妳們也沒能打入忒萊素人內部！」瓦夫努力控制住情緒，勉強夠冷靜虛張聲勢。他需要時間才能思考！才能謀劃！

塔拉札說：「你或許希望知道怎樣才能封起我們的嘴巴。」她看到瓦夫木然地瞪著自己，認為他已默認，便繼續說道：「首先，那些自稱尊母的蕩婦，她們的事情不論你知道多少，都得告訴我們。」

瓦夫聽到這話，顫抖了一下。他們殺死尊母之後，許多事情都得到了證實。她們在性事的技藝確實登峰造極！只有心理素質極為強大的人，才不會拜倒在那巨大的快感之下。這種手段可以發揮的作用令人難以想像！這件事情也得告訴這些女巫嗎？

塔拉札再次強調：「所有事情，你知道多少，就要告訴我們多少。」

「妳為什麼叫她們蕩婦？」

「她們想效仿我們，可是她們為權勢出賣了自己，變得不倫不類，同時讓我們代表的一切事物都變成了他人的笑柄。還敢自稱尊母！」

「她們人多勢眾，至少萬倍於妳們！我們看到了這方面的證據。」

「我們一個人就能幹掉她們所有人。」塔拉札說道。

瓦夫沉默地觀察她。這個女人是在吹牛嗎？貝尼．潔瑟睿德這些女巫真真假假、虛虛實實，從來不會讓你確切看到真相。她們確實有一些手段，只是不一定讓你知道，這個神奇宇宙的暗面歸她們所有。這些女巫曾經多次透過話語或行動削弱《沙利亞特》的權威。忠實的信徒為何還要接受一次試煉？這難道是神的旨意？

塔拉札沒有說話，寂靜的空間變得更加寂靜。她察覺到瓦夫的慌亂，想起了女修會為此次會面召開的會前會。貝隆達在會上表示，忒萊素人有無可能假裝愚蠢、單純，她說：

「我們到底知道忒萊素人的什麼底細？」

塔拉札當時感覺到同一個答案浮現在聖殿會議室內所有人心中：我們知道的，或許只是他們主動暴露的面相。

所有分析人員都不免懷疑，外界眼中的忒萊素人只是他們刻意營造的假象。考慮忒萊素人的智商時，必須記得再生箱的祕密完全掌握在他們的手中。這項技術真的如某些人所說，只是他們意外發現的技術財富嗎？那麼，數千年至今，為什麼再也沒有人這麼走運了？

甦亡人。

忒萊素人是否正在利用製造甦亡人的技術延續他們的生命？她能從瓦夫的舉止之間發現一些跡象……不能完全確認，但是非常可疑。

聖殿的那些會議上，貝隆達反覆重申她們根本的質疑：「那些資訊……所有相關的資訊！我們所有的檔案紀錄有可能都是一堆垃圾！全都是只能餵給豬蝓的垃圾！」

有些聖母原本並沒有非常緊張，貝隆達的比喻卻令她們倒吸了一口冷氣。

豬蝓！

這是豬和巨型蛞蝓雜交的物種，爬行緩慢，雖然牠們的肉可當作奢華盛宴的盤中飧，但是這種動物本身卻充分體現了女修會厭惡忒萊素人的地方。貝尼．忒萊素使用了所有生命起源的那種螺旋結構在再生箱中培育豬蝓，這種生物是他們早期與外界交易的一種產品。這種生物長了多張嘴巴，任何垃圾幾乎都可以用作飼料。牠們喜歡不停吞食各類垃圾，將垃圾迅速轉化為黏滑的糞便，氣味與豬糞相同。人們談及這種生物，每每想到「骯髒」、「汙穢」等詞語，而貝尼．忒萊素這個產地則加強了外界的這種印象。

貝隆達引用鉅貿聯會某個廣告中的宣傳語，說道：「這是世間最美味的肉類。」

「不過，產自汙穢之中。」塔拉札接了這麼一句。

汙穢。

塔拉札注視著瓦夫，也想到了這個詞語。他們為自己建立這種骯髒形象，到底是什麼原因？這形象顯然與瓦夫剛才所展現的強烈的自尊心格格不入。

瓦夫一隻手遮住嘴巴，輕咳了一下。他感覺到了袖子裡的重量——他藏了兩支強力獵殺鏢。反對與會的少數派議員曾經向他建議：「跟貝尼．潔瑟睿德打交道，和跟尊母打交道一樣，誰最後能掌握對方最關鍵的機要資訊，誰才是真正的贏家。只有殺了對方，才能確保成功。」

我或許能了結她的生命，可是之後怎麼辦？

艙門外還守著三位聖母，塔拉札事先肯定告訴了三人什麼暗號。艙門打開之時，三人如果沒有收到暗號，必將有一場腥風血雨。他明白，即便是新的幻臉人也絕無可能打敗外面的那幾個聖母。然後，這些女巫便會進入高度警戒的狀態，她們也會發現瓦夫這幾個護衛的真實面目。

「好，都告訴妳們。」瓦夫說道。這句話的言外之意讓他頗為難堪，但是他別無他法。塔拉札所言太過誇張，貝尼．潔瑟睿德和尊母的實力差距並非如此之大，但是他知道她並非信口胡言。可是，倘若那些尊母知道了她們使團的真實遭遇，他非常清楚會發生什麼事。她們尚不能把無現星艦失蹤歸罪於忒萊素人，飛船確實會離奇失蹤，然而蓄意行刺就完全是另一回事情了。尊母必然會想辦法斬除這麼狂妄自大的對手，即便是用來殺雞儆猴。大離散返回的忒萊素人也提過尊母的手段多麼毒辣，瓦夫見到她們之後，相信了他們的說法。

塔拉札說：「這次會面，我第二個想談的主題是我們的甦亡人。」

瓦夫在躺椅上挪了挪身子。

塔拉札非常厭惡瓦夫的長相——圓臉尖牙，小眼朝天鼻。

塔拉札斥責道：「你們原本只負責向我們提供甦亡人，卻妄圖透過殺害甦亡人控制我們計畫的進度。」

瓦夫再次考慮是不是有必要殺了這位聖母。難道什麼事情都瞞不住這些該死的女巫嗎？由此可見，貝尼．潔瑟睿德很有可能在忒萊素核心星球找到了一個給她們通風報信的叛徒，不然她們怎麼會知道這件事情？

他說：「大聖母，我跟妳保證，那個甦亡人——」

「你什麼也不用保證！能掛擔保的只有我們自己。」塔拉札搖了搖頭，神色陰沉，「你還以為我們不知道你賣給我們的是瑕疵品。」

瓦夫連忙說道：「你們在合同裡提到的各項要求，他都符合！」

塔拉札再一次搖了搖頭。這個矮小的忒萊素尊主完全沒有意識到他已經暴露了真相。塔拉札說：「你們在他的內心埋下了你們的詭計。你們擅自變動，我們暫且不作追究，但是我警告閣下，倘若這些改動妨礙了我們的計畫，你們就吃不了兜著走吧。」

瓦夫手抹臉，感覺到額上的汗水，心中暗罵「該死的女巫」，不過還有一些事情她並不了解。從大離散歸來的忒萊素人和塔拉札深惡痛絕的尊母給了忒萊素人一件性之利器，無論這位大聖母在此說出怎樣的話，他都絕對不會透露！

塔拉札靜靜地揣摩瓦夫的反應，決定鋌而走險，詐他一下：「我們奪下了你們的伊克斯會議船，那些新的幻臉人當時還沒死，我們知道了不少事情。」

瓦夫已經做好了動手的準備。

塔拉札心想：正中要害！議事聖母先前提出了一種大膽的推測，統御大聖母這一招險棋，打開了顯露解答的康莊大道。現在看來，這位議事聖母的想法似乎並不算大膽：「忒萊素人妄圖模擬整個普拉那—並度。」

「整個普拉那—並度？」

在座的聖母一片譁然。她們了解記憶複印，但是忒萊素人希望實現的這種心理複製超出了記憶複印的範疇。

提出這個推測的是負責檔案部的西斯德里昂女修，她帶來一張清單，密密麻麻列舉了相關的佐證資料。「伊克斯刑訊儀能夠靠機械完成的事情，忒萊素人可以用神經和肌肉實現，這一點我們已經知道。他們下一步的目標非常明顯。」

塔拉札看到瓦夫的反應，便繼續仔細觀察著他。現在的他非常危險。

瓦夫臉露怒火，這些女巫知道的事情太過危險！他完全沒有懷疑塔拉札那番話真實與否。不論我下場如何，我都得殺了她！我們要把她們斬草除根。卑鄙無恥之流！這是她們的原話，用在她們身上恰到好處。

塔拉札準確解讀了他的神情，迅速說道：「只要你們不妨礙我們的計畫，我們就不會傷害你們。無論你們信奉什麼宗教、要怎麼生活，都是你們自己的事。」

瓦夫遲疑了，她所說的話並不重要，他主要忌憚她的本事。她們還知道什麼事情？他們已經等了數千年之久，眼看即將稱霸宇宙，他之前已經拒絕對尊母卑躬屈膝，可是現在居然又得向這些女巫低頭！瓦夫惱怒不堪。到頭來，還是那些少數派議員說得對：「我們不能和這些普汶韃結為盟友，我們哪怕和這些民族交好，都是邪惡之舉。」

塔拉札感覺他仍有動手的衝動，是她逼得太緊了嗎？她做好了防禦的準備。瓦夫下意識地動了一下兩隻手臂，這個動作激起了她的戒心。他袖子裡有暗器！絕對不能低估忒萊素人的本事，她的探測器可什麼都沒有發現。

「我們知道你身上帶著暗器。」她說，又是一著險棋，「現在，如果你犯了衝動的錯誤，那些蕩婦也會知道你動用暗器的事情。」

瓦夫淺而短地呼吸了三下，讓自己開口時聽來平靜自制：「休想把我們變成貝尼．潔瑟睿德的奴僕！」

塔拉札心平氣和地說：「我沒有要求也沒有逼迫你們屈從。」

她等待瓦夫回應，這位尊主的表情絲毫沒有變化，盯著她的渙散的眼神中看不到任何反應。

他喃喃道：「妳威脅我們，妳說我們知道多少，就得告訴——」

「我的意思是分享！」塔拉札厲聲打斷了他，「我把你們看作地位平等的夥伴，所以才跟你談分享。」

他質問道：「那你有什麼要跟我們分享？」

她用呵斥孩子的語氣說：「閣下，你問問自己，貝尼．忒萊素寡頭統治階級的成員為什麼會來參加這場談判？」

瓦夫的聲音依舊高度自制，他反問：「那麼貝尼．潔瑟睿德的統御大聖母，妳此行又是為了什麼？」

她溫柔地說道：「為了增強我們的實力。」

他指責塔拉札道：「妳並沒有說願意和我們分享什麼，還希望占得上風。」

塔拉札依然認真地觀察他的表情，她很少見到一個人類能夠這樣控制內心的憤怒。「想要我們分享什麼，你就直說。」她說。

「然後妳難道就會慷慨大方地告訴我們了嗎？」

「我們可以協商。」

「這下倒說起了協商。妳命令我……命令我——」

「你這次來，看樣子是鐵了心要破壞我們能夠達成的所有共識。」她說，「你根本就不想協商！我坐在你面前，願意跟你交易，你卻只是——」

「交易？」瓦夫突然想起那位尊母之前聽到這兩個字的憤怒反應。

塔拉札說道：「你沒聽錯，交易。」

瓦夫的嘴角好像揚起了一絲微笑：「妳覺得我有權跟你討價還價？」

「閣下，你可千萬當心。」她說，「你有最終的決定權。誰能徹底毀掉對手，這權力就在誰手裡。我沒有威脅你，但是你威脅我了。」她看了一眼他的衣袖。

瓦夫嘆了一口氣，這可如何是好，她可是普汶韃！他怎麼能跟普汶韃交易？

「有一個我們用理性的方法解決不了的問題。」塔拉札說道。

瓦夫沒有表現出他的詫異——那個尊母也說過這句話！他內心一驚，貝尼．潔瑟睿德和尊母有沒有可能為了某種共通目的攜手合作？塔拉札雖然對那些女人恨得咬牙切齒，可是這些女巫什麼時候可信過？

瓦夫再次考慮他敢不敢犧牲自己消滅這個女巫。有什麼用呢？她知道了什麼事情，其他女巫肯定也已知道，殺了她只會更容易招致災禍。這些女巫內部爭論不休，可這說不定也是障眼法。

塔拉札說：「你要我們分享些東西。我如果給你們幾個我們的珍貴人類血統品系，你看怎麼樣？」

瓦夫對此明顯產生了興趣。

他說：「我們為什麼要這種東西？我們有自己的再生箱，基因樣本到處都是。」

「什麼的樣本？」她問道。

瓦夫嘆了一口氣，貝尼·潔瑟睿德總是如此犀利，一針見血。他感覺自己大概讓她猜到了某些事情，才自然而然地提到這個話題。事已至此，懊惱也無益。忒萊素人深諳生命最深奧語言的精密知識，對於野生的人類基因庫並沒有太多興趣，她的推斷（也可能是臥底的線報！）確實沒錯。千萬不能小看貝尼·潔瑟睿德，還有她們育種計畫的產物，否則必然沒有好下場。神知道是她們造就了摩阿迪巴和先知！

「那妳還想要我們用什麼來交換？」他問道。

「終於願意好好地談了！」塔拉札說，「我們當然都知道，我要給你們的可是身為亞崔迪血統品系的育母。」她心中暗想：「就讓他做夢去吧！那些女人只會有一張亞崔迪氏族的臉，但是絕對不會是真正的亞崔迪家的人！」

瓦夫感覺自己的脈搏變快了。她真的會說到做到嗎？她有沒有想過，忒萊素人只要檢查一遍這些原料，就會獲得多少資訊？

「我們希望能優先選擇她們的後代。」塔拉札說道。

「絕對不行！」

「那雙方輪流優先選擇，如何？」

「可以考慮。」

「『可以考慮』是什麼意思？」她身體前傾，看到瓦夫興趣盎然，她知道成功就在不遠處了。

「妳們還有什麼要求？」

「我們的育母必須可以任意使用你們的基因實驗室。」

「開什麼玩笑？」瓦夫憤怒地搖了搖頭。她以為忒萊素人會將自己最強大的利器這麼輕易地拱手相讓？

「那給我們一個正常運作的再生箱也可以。」

瓦夫瞪著她，什麼都沒有說。

塔拉札聳了聳肩：「我總要試一試。」

「嗯，妳試過了。」

塔拉札靠在椅子上，回想自己剛才發現的蛛絲馬跡。她剛才用禪遜尼的話試探了一下，瓦夫的反應耐人尋味。「有一個用理性的方法解決不了的問題。」他聽到這句話之後，情緒出現了一種微妙的波動。他當時好像內心亂了套，眼睛裡充滿了疑惑。諸神在上！瓦夫莫非私下信仰禪遜尼？

無論多麼危險，她都必須打探清楚。歐德雷迪必須充分了解各種情況，盡可能在各個方面占據上風，才能妥善應對拉科斯的局勢。

「目前來看，我們只能談到這個程度。」塔拉札說，「來日方長，我們還有時間繼續談。神僅憑祂的無盡恩澤便賜予我們無限的宇宙，萬事萬物一切皆有可能。」

瓦夫不假思索地拍了一下手，說道：「意外的禮物才是最好的禮物！」

塔拉札心想：不光禪遜尼教，還有蘇非教，竟然還信仰蘇非教！她開始調整自己對忒萊素人的看法，他們已經暗自信仰了這個宗教多久？

塔拉札試探道：「就其本身而言，時間並無所謂時間，只要觀察周而復始的環形就知道了。」

瓦夫說：「類日恆星是環形，所有宇宙都是環形。」他屏氣凝神，等待她的回應。

「環形是閉合的狀態。」塔拉札一面在他者記憶中尋找合適的說法，一面小心翼翼地開口，「所有閉合有限的事物，都必須開放，成為無限的形式。」

瓦夫掌心向前，舉起雙手，然後將雙臂放在膝上，原本因緊張而高聳的雙肩稍稍放鬆。「這些話妳一開始的時候為什麼沒有說？」他問道。

塔拉札提醒自己：我必須萬分小心。她需要仔細考慮瓦夫的動作和他所說的話承認了什麼。

「我們除非打開天窗說亮話，不然剛才說的那些話都沒有任何意義。就算這樣，我們也只能用語言交流。」

塔拉札的言行舉止令瓦夫似乎明白了一些事情，但是他希望從這張貝尼·潔瑟睿德的面孔上看到更加確鑿的證據。他提醒自己，她可是個普汶鞑，絕對不能相信這些人……不過，倘若她也相信「偉大信念」之事……

「神主派先知到拉科斯，不是為了考驗我們、教導我們嗎？」他問道。

塔拉札在他者記憶中陷入了沉思。拉科斯上的先知？摩阿迪巴？不對……這不符合蘇非派和禪遜尼的信仰……

是暴君！她的嘴抿成了一條直線。「不能掌控的事情，就必須接受。」她說。

「因為這必然是神主所為。」瓦夫答道。

塔拉札已經看夠也聽夠了。護使團已經讓她充分了解已知的每一個宗教，他者記憶填補了相關的空白，鞏固了她對宗教的理解。她覺得自己務必想方設法安全離開這間艦艙，必須向歐德雷迪示警！

「我能否提議一件事？」塔拉札問。

瓦夫禮貌地點了點頭。

「我們之間的關係或許並非我們想像的這麼簡單。」她說，「我想請你到貝尼·潔瑟睿德拉科斯主堡一坐，我們在當地的指揮官會招待你。」

「是亞崔迪家的人？」他問道。

「不是。」塔拉札撒了個謊，「但是我肯定會告知育種女修你的需要。」

「我會備好妳需要的報酬。」他說，「這筆交易為什麼要到拉科斯談？」

「那個地方不正合適嗎？」她問道，「先知的故鄉，誰都不會弄虛作假。」

瓦夫往後靠坐，兩隻手臂放鬆地放在腿上。塔拉札當然知道該怎麼回應，他沒想到她會坦誠地說出這樣的話。

塔拉札起身：「我們每個人各自都會聆聽神主的囑咐。」

他想：我們在蓋謳共同聆聽神主的聖音。他抬頭看著她，心中提醒自己她是普汶韃。絕對不能相信這些人！千萬當心！這個女人畢竟是貝尼・潔瑟睿德的女巫，她們為了達到自己的目的，可以創造宗教，很多人都知道這件事情。她們是普汶韃！

塔拉札走到艙門旁邊，打開艙門，比出代表安全的信號。她轉過身來，面向沒有起身的瓦夫。她想：他還沒有看透我們的真實意圖。我們派給他的那些人必須嚴加挑選，絕對不能讓他察覺自己成了我們的誘餌。

他平靜地注視著塔拉札。

她心想：這位尊主看起來可真是鎮定，可是他仍然逃不出我們的圈套！女修會和忒萊素人結盟，這件事情會吸引外界的注意，不過我們說了算！

「拉科斯見。」她說。

20

大離散傳播了哪些社會傳統元素？我們非常了解那些時代，知道當時人們的心態和物質環境。散失之人離開這個宇宙的時候，他們的思考受限於人力和硬體等具體方面。很多人對於「自由」懷抱迷思，因而迫切尋找擴散的空間。暴君的教誨其實還有更深層的寓意——暴力會畫地自限，然而大多數人都沒有領悟這個道理。大離散是一場狂放的隨機運動，人們認為這就是生長（擴散）。實際上，這場運動的促因是對於停滯和死亡巨大的恐懼（通常是無意識的）。

——大離散：貝尼．潔瑟睿德分析報告（檔案部）

•••

歐德雷迪側躺在凸窗的窗臺上，臉頰輕輕貼著溫暖的合成玻璃，看著窗外的欽恩大廣場。她靠著一塊散發美藍極氣味的紅色軟墊，在拉科斯這裡，很多東西都會有美藍極的味道。她的身後是三間房間，面積不大，但是空間利用得當，而且遠離拉科斯祭司的神廟和貝尼．潔瑟睿德的主堡。選擇這個地方，也是女修會和那些祭司達成的協議。

當時，歐德雷迪毫不讓步：「我們必須提高守護什阿娜的安全級別。」

杜埃克堅決反對：「她絕對不能由女修會單獨監護！」

歐德雷迪反駁道：「也不能由你們祭司單獨監護。」

歐德雷迪所在之處是六樓，樓下的大廣場上有一個巨大的市場，攤位排列雜亂無章，幾乎占滿整個廣場。落日銀黃色的陽光灑在這個地方，凸顯了顏色鮮豔的遮陽篷，也在不平整的地上投下一道道長長的影子。綴了補丁的遮陽篷下面，隨意擺放的商品周圍，人們東一群西一片漫無目的地逛著，這些人群周圍的陽光裡瀰漫著滾滾塵埃。

大廣場整體是一個巨大的長方形，遠處的邊界距離歐德雷迪的窗戶足足有一公里之遠，左右兩邊相距至少有兩公里。白天，人們冒著酷熱，頂著烈日，只想買到一些物美價廉的東西。他們的腳步已將廣場夯實的土地和年代久遠的石材磨成了苦澀的塵土。

夜幕逐漸降臨，樓下的活動發生了變化——更多人來到此地，他們的動作更快，也更加紛亂。歐德雷迪歪頭看著窗戶的正下方，一些商販已經慢條斯理地向不遠處的住處走去。這些人吃完飯，稍微休息，就會馬上回來。這個時候，室外的空氣不會燙得人喉嚨痛，他們要充分把握這段更有價值的時間。

歐德雷迪還沒看到什阿娜的身影，那些祭司不會敢耽擱太長時間。他們大概正忙作一團，不斷詰問什阿娜，告誡她切莫忘記自己是神派到聖會的神使，也提醒她許多該為神盡的義務。就是這些枝微末節的東西讓歐德雷迪總得事後特地向什阿娜詢問內容，嘲弄一番後再教她正確的觀點。

歐德雷迪伸了一個懶腰，安靜地做了一些小幅運動，舒展緊張的肌肉。她確實能夠大概體會到什阿娜此時的心情，她現在肯定心亂如麻。聖母接過什阿娜的監護權之後會發生什麼，什阿娜自己並不了解。不過，毫無疑問，這個孩子的大腦裡亂七八糟地充滿很多誤解和錯誤的資訊。

歐德雷迪心想：就像我當年一樣。

這種時候，她難免總會想起往事。現在她的任務非常明確——驅邪，不僅驅除什阿娜的邪念，也要驅除她自己的邪念。

她回想自己記憶中某位聖母總是一再想起的事情：歐德雷迪，五歲，伽穆上那棟舒適的房子。房子外排列著寬闊大道旁時常可見的一層樓低矮建築，這類房子常被人誤以為是濱海城市的中級宅第。這些房子一直延續到弧形的海岸線，房子在靠海側的面積比大道兩邊大了很多，它們只有到了海邊才不會吝惜每一寸土地。

透過經貝尼．潔瑟睿德鍛鍊的記憶，歐德雷迪走過遠方的那棟房子，看到房裡的人，走過那條大道，看到了那些玩伴。她胸口發緊，意識到這些記憶和之後的事情也有關係。

貝尼．潔瑟睿德的那所「托兒所」在人造星球阿爾－達納布上，那是女修會最初的一顆避難星球。（她後來得知貝尼．潔瑟睿德曾經考慮將整個星球變成一間無現空間，最終由於能源原因而作罷。）

伽穆的孩子來到這個學校之後，便再也享受不到從前的舒適生活，再也找不到歡樂的玩伴了。貝尼．潔瑟睿德的教育包括高強度的體育訓練。巨大的痛苦、近乎不可能的肌肉鍛鍊，這些都是日常。教導聖母時常告誡她們，要想成為聖母，就必須承受這些考驗。

她的一些同伴沒通過這個階段，於是成了護士、僕從、勞工、普通的育母。女修會需要她們擔任什麼工作，她們便進入了相應的崗位。歐德雷迪曾經羨慕地想，倘若自己當初也「沒過關」，之後的生活或許也不會太差，畢竟責任輕了，任務少了。不過，這些都是她完成「初級訓練」之前的事情。

我看作自己熬出了頭，成功了，我從另一頭破繭而出了。

沒想到之後的要求更加嚴苛。

歐德雷迪坐起身，把她的靠墊推到一邊。外面的聲音嘈雜了許多，她轉身背對窗外的市場。這群該死的祭司！他們拖拖拉拉得太過分了，簡直快超出她的忍耐極限！

她想：我必須回憶小時候的事情，這樣才好跟什阿娜交流。她轉念一想，不禁對自己嗤之以鼻，又是藉口！

有些學員得花上至少五十年才能成為聖母。在中級培訓的階段，她們就切實地了解這一點，進而懂得了耐心的道理。歐德雷迪較早就表現出對深入研究的濃厚興趣，女修會曾經認為她說不定可以培養成為貝尼．潔瑟睿德的晶算師，同時很有可能成為一名檔案部聖母。不過，她們後來發現她的天賦可以用在更加有益的地方，便打消了這個念頭，並將她的培養方向轉向了聖殿更為機要的工作。

安全保衛。

亞崔迪家的人由於那種狂放的天賦，常常會擔任這一類的職位。注重細節是歐德雷迪最明顯的特質。她明白，其他聖母只需根據她們對她的深刻了解，即可預測她的一些行動，塔拉札便時常如此作為。歐德雷迪曾無意中聽到塔拉札親口說：

「歐德雷迪的工作表現，確切地反映了她這個人的人格特質。」

聖殿裡流傳著這樣一個笑話：「歐德雷迪下班之後會去幹嘛？去工作。」

聖母在外界會習慣性地戴上掩飾的面具，但是聖殿內部對此並無太多要求。她可以短暫表現自己的情緒，可以開誠布公地面對自己和他人的錯誤，可以傷感、憎恨，有時甚至可以開心。要男人也有男人，不用於育種，而是用來慰藉自己。貝尼．潔瑟睿德聖殿的這些男性全都相當迷人，甚至有少數幾個男人散發著真誠的魅力，這幾個自然頗受人歡迎。

因為情感。

歐德雷迪不由自主地看清了自己此時的內心。

我又想到了這些。

拉科斯落日的陽光灑在歐德雷迪的背上，她感覺到溫暖。她知道自己現在身在何處，但已經開始期待見到什阿娜的情景了。

愛！

多麼容易產生又多麼危險的感情啊！

此時此刻，她多麼羨慕駐地聖母，她們能夠和一位交配對象廝守終生。邁爾斯．特格就誕生於這樣的一段感情，她憑藉他者記憶也知道了潔西嘉女士和雷托．亞崔迪公爵的往事，即便摩阿迪巴也選擇了這種婚配方式。

可是，我不能這樣。

這種生活不屬於她，這個想法令歐德雷迪心中頗為苦澀而嫉妒。她走上了現在這這種生活方式，又得到了什麼補償？

「人生倘若排除愛情，便可以更加熱烈地為女修會奉獻。我們為初識貝尼．潔瑟睿德之道的姊妹們提供自己的一套支持。不用擔心享受不到性的歡愉，妳想什麼時候享受就什麼時候享受。」

和迷人的男人翻雲覆雨！

自潔西嘉女士之後，再經過暴君的時代，很多事物都變了……貝尼．潔瑟睿德也不例外，所有聖母都知道。

歐德雷迪長嘆一口氣，瞥了一眼身後的市場，依然沒有看到什阿娜的蹤影。

我絕對不能愛上這個孩子！

完成了，歐德雷迪知道自己按照貝尼．潔瑟睿德要求的方式做完了一場刻下記憶的遊戲。她轉身面向窗外，盤坐在窗臺上。她從這裡可以俯瞰整個市場、這座城市的房屋和這片盆地。南面還有幾座殘留的山丘，她知道那裡原本是沙丘星的大盾壁。摩阿迪巴率領他騎著沙蟲的大軍攻破這道基岩形成的巍峨壁壘之後，只留下了這麼幾座小山。

遠方的地面升騰著滾滾熱浪，而欽恩城的周圍環繞著坎兒井和運河，可以抵擋這些新生的蟲子。歐德雷迪微微一笑，這些祭司挖掘護城水道，防止他們的分裂之神侵擾他們的生活，然而他們意識不到箇中矛盾。

神啊，我們崇拜祢，可是不要打攪我們的生活。這是我們的宗教，這是我們的城市。祢看，這裡現在是欽恩，我們已經不再把這裡稱作厄拉欽恩。這顆星球現在已經是拉科斯，不再是沙丘，也不是厄拉科斯。神啊，不要靠近我們。祢已成為歷史，往事不堪回望。

歐德雷迪望著遠處的山丘在熱浪中舞動，她可以利用他者記憶將古代的地貌融入現實，她知道那段往事。

如果那些祭司再不趕緊把什阿娜帶來，我可就對他們不客氣了。

大廣場的周圍立有厚實的高牆，熱量因而依舊滯留在地表尚未散去。市場裡林立的帳篷及周圍建築裡生起了火，煙氣增加了高溫擴散的範圍。今天很熱，遠遠超過三十八度。不過，這棟大樓過去曾是魚言士的活動中心，樓頂有多處蒸發池，搭配伊克斯技術的機械即可為整座建築降溫。

我們在這裡肯定相當舒適。

而且，貝尼．潔瑟睿德的各項保護措施可以充分保證他們的安全，此地的走廊有聖母巡邏。祭司雖有派出代表駐紮，但是歐德雷迪不想讓他們去的地方，他們誰都去不了。什阿娜可以偶爾見見他們，但是必須事先經過歐德雷迪同意。

歐德雷迪心想：一切順利，塔拉札的計畫奏效了。

歐德雷迪仍然記得她和聖殿最近一次的通信內容。她知道了忒萊素人的底細，心中激動不已，但是她小心克制，並沒有表現出來。這個瓦夫，忒萊素的這個尊主，肯定非常有意思，非常值得研究。

禪遜尼！還有蘇非教！

「這種儀式形式已經維持了數千年沒有變化。」

塔拉札的報告還有另外一層未言明的含意。塔拉札對我完全沒有任何戒心。歐德雷迪想到這裡，感覺到一股力量湧進了體內。

什阿娜是支點，我們是槓桿，我們的力量來自很多地方。

歐德雷迪放鬆了下來，她知道什阿娜不會允許祭司耽擱太久。歐德雷迪自己已經因為期待而備受煎熬，什阿娜必然更加如此。

歐德雷迪和什阿娜，兩個人已經成了同謀，這是第一步。對於什阿娜而言，這場遊戲著實令人不可思議。大人從小就告訴她，絕對不能相信祭司，現在終於有了個盟友，真有意思！

某種活動在窗戶下的人群之間引起騷動，歐德雷迪好奇地瞥了一眼。五名男子赤身裸體，手臂勾著手臂，圍成了一個圈。他們的長袍和蒸餾服堆在一邊，旁邊守著一個膚色黝黑的姑娘，她身穿一件棕色的香料長裙，頭上裹了一塊紅布。

舞者！

歐德雷迪看到很多有關這個現象的報告，但是她來到欽恩之後，這是第一次親眼看到。旁觀的人群裡有三個人高馬大的侍衛祭司，頭戴高冠黃盔，身著露腿短袍（便於腿部行動），人手一把覆有金屬箔的權杖。

舞者繞著圈跳，懷著戒心的人群也騷動起來。歐德雷迪知道這個模式，人群馬上就會高聲呼喊，而後會發生一場混戰。有人會頭破血流，有人會尖叫，有人會四處奔跑，不過最終都將自行趨於平靜，無須官方干涉。有些人會哭著離開，有些人會大笑而去，而三個侍衛祭司不會插手干涉。

數百年來，這個毫無意義的瘋狂活動及其後果令貝尼・潔瑟睿德極為著迷。現在，這支舞蹈深深吸引歐德雷迪的注意力。過去這項儀式由護使團傳給了拉科斯的民眾，拉科斯人稱之為「消遣之舞」，還有別的名稱，寓意最為豐富的是「賽艾諾克」。這支舞蹈原本是暴君最盛大的儀式，是他與他的魚言士分享的時刻。

歐德雷迪注意到人們在這場活動中釋放的巨大精力，也很尊重它。任何一位聖母都看得出其重要性。不過，如此浪費精力卻令她痛心，這項儀式應該得到正確的引導，集中力量用在有益的地方。這些力量如果無處可去，對於祭司來說會成為一場災難，而這項儀式現在僅僅是給了這些人釋放的途徑罷了。

水果的甜美氣味飄進歐德雷迪的鼻孔，她嗅了嗅，看著窗邊的通風口。從紛亂的人群和地面蒸騰而出的熱氣升起，帶著水果的味道鑽進了這些伊克斯技術做的通風口。她把整張臉貼在合成玻璃上，盯著正下方的人群。啊，不知道是舞者還是人群掀翻了一個水果攤。舞者腳下滾了一地水果，黃色漿汁濺了他們一腿。

歐德雷迪在旁觀者中認出了水果攤主那張滿是皺紋的臉，她見過他幾次，攤子就擺在樓房的門口。自己的攤子翻了，可是老人好像並不在乎。他和周圍的所有人一樣，注意力完全集中在舞者身上。五名裸男舞步凌亂，時而將腳高高抬起，時而只是略微抬起，全無節奏可言，五人的動作似乎並不協調，不過每隔一段時間便會出現同一個動作——三人雙腳著地，另外兩人被同伴舉起。

歐德雷迪認出了這個模式，這個動作借鑑自古代弗瑞曼人在沙地行走的步伐，他們為了防止自己被沙蟲發現，必須這樣移動。

人們走出市場，擁向舞者，他們像孩子的玩具一樣不停蹦跳，只希望能夠越過人頭，看一眼那五個男人。

這時歐德雷迪看到了什阿娜的衛隊，遠遠地從廣場右側的大道走來。歐德雷迪在那邊的一座建築上看到了動物足跡的符號，知道那條大道是神之路。她在過去的記憶中看到雷托二世每次走出遙遠南方的沙厲爾的高牆，來到這座城市，便是走這條路進城。暴君曾經以古代的厄拉欽恩城為中心修建了他的節慶之城奧恩，如果仔細觀察，現在還能發現奧恩城的一些影子和痕跡。奧恩曾經掩蓋了厄拉欽恩的很多印記，但是一些大路保留至今：一些建築仍然大有用武之地，不宜拆除，建築之間的道路因而也保留了下來。

什阿娜的衛隊停在大道進入市場的地方，黃盔侍衛手持權杖，開出了一條道路。幾人人高馬大，粗權杖高兩公尺，立在地上時卻只到最矮的侍衛的肩頭。無論人群多麼混亂，都不會忽視侍衛祭司的身影，不過保護什阿娜的這幾位更是巨人中的巨人。

幾名侍衛回到隊首，繼續帶領隊伍向歐德雷迪這邊走來。他們昂首闊步，筆直向前，每走一步都會露出長袍裡上好的灰色蒸餾服。十五名侍衛列成短短的V形隊伍，行至攤位密集之處，只能勉強繞過。

他們身後鬆鬆散散地跟了幾位女祭司，把什阿娜簇擁在中間。歐德雷迪一眼就看到衛隊中什阿娜突出的身形，看到她顏色斑駁的頭髮，還有那張昂起的高傲臉龐。不過，那些黃盔侍衛吸引了歐德雷迪的注意力。他們昂首闊步，渾身散發著他們自幼便被訓練出來的傲慢。這些護衛知道自己高於普通平民一等，平民也不出意外地為什阿娜讓出道路。

一切都是那麼自然流暢，歐德雷迪從中看到了遠古的模式，她好像又看見一場儀式性舞蹈，一場歷經數千年而不變的儀式。

歐德雷迪常常把自己想成考古學家，此時她再次產生了這種想法。不過，她做的事情不是在歷史的塵埃裡淘選，尋找年代久遠的古物，而是著重在女修會常常全神貫注研究的領域：關注人類如何透過自身傳承歷史。暴君的居心相當明顯，什阿娜來到這裡，是神帝自己事先做好的安排。

歐德雷迪的窗戶下面，五個男人還在跳舞。不過，歐德雷迪看到旁觀者察覺到了其他事。誰都沒有轉頭，但是他們都知道侍衛祭司的方陣過來了。

牧人接近的時候，牲畜總會有所察覺。

人群現在更加騷動起來，誰都不能讓他們安靜下來！一塊泥從人群外圍飛了進來，砸在舞者附近的地上。五個人腳步絲毫不亂，他們拉長了舞步的迴圈週期，但是也加快了速度。每一個週期如此之長，動作如此之多，可見舞者的記憶力相當驚人。

人群裡又拋出一塊泥，砸在了一名舞者的肩上，五名男子的動作都沒有因此受到影響。

人群開始高聲呼喊，一些人大聲咒罵。呼喊隨後變成了鼓掌，企圖擾亂舞者的動作。

可是，舞蹈的模式仍然沒有改變。

人群的呼喊帶有刺耳的節奏，不斷地呼喊迴蕩，配合大廣場的呼嘯，此起彼伏。他們想要打破舞者的模式，歐德雷迪從樓下的場景中感受到了深刻的寓意。

什阿娜的隊伍已經走過了半個市場，他們從攤位之間比較寬闊的道路走過，現在轉了方向，徑直向歐德雷迪走來。人群已經將舞者圍得水泄不通，距離十五名侍衛祭司還有大約五十公尺。這些侍衛步伐矯健，速度始終一致，匆匆躲開的路人對於他們而言，都只是蟲豸。黃色頭盔的下面，十五雙眼睛筆直地看著前方，視線掠過圍觀的人群，絲毫沒有將他們看在眼裡。行進的侍衛有沒有看到圍觀的人群、跳舞的男人和其他障礙？完全無法從他們的表情和肢體得出結論。

混亂的圍觀人群聲音突然消失了，好像一名隱形的指揮家突然點出了休止符。五個男子仍然在跳舞。樓下的寂靜蘊藏了巨大的能量，歐德雷迪脖子後不由得寒毛倒豎。她的正下方，人群中的三名侍衛祭司整齊畫一地轉身，走進她的大樓。

人群深處，一個女人大聲咒罵了一句。

五名舞者好像沒有聽到。

人群向前擁去，舞者周圍的空間縮減了至少一半，看守蒸餾服和長袍的女孩已經沒了蹤影。

侍衛祭司的方陣繼續前進，女祭司和什阿娜跟在後面。

歐德雷迪右方的人群突然出現了暴力行為，人們開始互相毆打，石頭和泥塊擲向了跳舞的五個男子。人群再次開始呼喊，這次的節奏比之前快了一些。

與此同時，人群的末尾逐漸分開，他們的注意力仍放在跳舞的人身上，也還在高呼、鬥毆，但是他們為侍衛的方陣讓出了一條路。

歐德雷迪瞪大了眼睛，目不轉睛地看著下面。混戰發生，人們在互相咒罵毆打，高喊聲處處可聞，侍衛則像利刃一般穿越人群，同時發生了這麼多事。

什阿娜透過女祭司身體的縫隙瞅瞅左右，想知道周圍的人在幹什麼。

人群中有人拿出棍棒，打在周圍的人身上，但是沒有人對侍衛動手，也沒有人對什阿娜衛隊裡的人動手。

舞者持續騰躍，周圍的人群還在向他們靠攏。所有人正在向歐德雷迪的樓房靠近，她不得不把臉緊緊貼在合成玻璃上直直俯視。

混亂的人群逐漸讓出一條窄路，祭司侍衛帶領什阿娜的衛隊從中走過。那些女祭司並不左顧右盼，黃盔侍衛目視前方。

歐德雷迪覺得，「蔑視」這個詞語的含意太過單一，無法描述這些人對於周圍的態度，而且也不能說混亂的人群對於什阿娜的衛隊視而不見。他們都知道對方存在，但是存在於不同的世界，各自遵守嚴格的規則，絕對不干擾對方的活動。只有什阿娜沒有遵守這項約定俗成的規定，她不時蹦跳，希望看到女祭司人牆外面的情形。

樓下的人群衝向前去，跳舞的男子像波峰浪谷之間的船隻一樣，被洶湧而來的人流沖到了一邊。歐德雷迪看到人們將赤裸的肉體推來推去，對他們拳腳相向，混亂的人群一片叫喊。歐德雷迪將注意力完全集中在眼前的景象，方能區辨下面傳來的各種聲音。

這群人瘋了嗎？

舞者沒有一人反抗。這些人是要殺了他們嗎？這是一場活人祭祀嗎？女修會的分析目前根本尚未談到這個情況。

黃盔侍衛在歐德雷迪的窗下站到一旁，讓出空間給什阿娜和女祭司走進大樓，之後衛隊便聚攏。他們轉過身，站成弧線，守在樓房門口。他們橫持權杖，高度及腰，跟旁邊人的權杖重疊。

侍衛面前的混亂逐漸開始消散，五名裸男已經沒了蹤影，有人仰天倒在地上，有些人步履踉蹌，還看得到一些人滿頭是血。

什阿娜和女祭司已經走出了歐德雷迪的視野進入樓房。歐德雷迪往後一靠，想著剛才的所見所聞。難以置信。

女修會的文字記載或全息影像半點都沒有捕捉到這件事的關鍵！氣味也是極其重要的一點——塵土、汗水還有人類非常濃重的費洛蒙。歐德雷迪深吸了一口氣，她感覺自己的內心在顫抖。暴亂的人群已經散開，三三兩兩向市場走去。她看到有人在哭，有人在罵，有人在笑。

歐德雷迪身後的門「砰」的一聲開了，什阿娜大笑著走了進來。歐德雷迪迅速轉身，什阿娜還沒關上房門的時候，她看到走廊裡有她自己的護衛和幾位女祭司。

女孩深褐色的眼睛閃爍著興奮的光芒，她的小臉上已經開始顯露出成人面貌的柔和線條，但現在因為壓抑情緒而緊繃。不過，當她的注意力集中到歐德雷迪身上之後，表情便放鬆了下來。

歐德雷迪觀察著女孩的神情，心想：很好，建立親密關係的第一課已經開始。

「看見那些舞者了沒？」什阿娜問道，她轉圈蹦跳著穿過房間，站到歐德雷迪面前，「他們不好看嗎？我覺得他們好漂亮啊！可是卡妮亞不想讓我看，她說我不能參加賽艾諾克，太危險了。我不管！魔鬼不會吃了這些舞者的！」

歐德雷迪突然看懂了方才大廣場那事件的整體樣貌，她此前只在香料之痛的時候體驗過這種茅塞頓開的感覺。只有什阿娜來到這裡，說出這些話，事情才能真正明瞭。

這是一種語言！

這些人的集體意識深處擁有一種語言，他們對此毫無意識，但這種語言可以說出他們不願聽到的事。那些舞者說這種語言，什阿娜也說這種語言。這種語言由語調、動作，和費洛蒙組成，是種複雜精微的綜合體，和所有語言一樣一步一步地演進。

因應需求而生。

歐德雷迪對眼前開心的女孩笑了笑。現在，歐德雷迪知道怎麼給那個忒萊素人下圈套了。她現在更明白塔拉札的謀略了。

我必須把握機會，盡早陪什阿娜去一次沙漠。我們只須等這個忒萊素尊主，這個瓦夫來到拉科斯，就可以把他帶去了！

21

自由的概念非常複雜，可以追溯到宗教有關「自由意志」的觀點，也和君主專制暗含的「統治者奧義」有關。如果舊神之後沒有出現君主專制的模式，如果君主沒有秉持聖恩赦免的信念統治，自由也就絕對不會具備今天的含意。這個概念之所以能夠存在，是因為過去發生了種種的壓迫。維持「自由」這個概念的因素將會逐漸消失，除非出現極端的教訓或新的壓迫。這一點是了解我的一生的最基礎關鍵。

——沙丘神帝雷托二世，達艾斯巴拉特紀錄

• • •

伽穆主堡東北方向大約三十公里的密林裡，特格帶著鄧肯和盧西拉躲在蔽匿毯下面等待，直到太陽落到了西方高地後方。

他說：「今天晚上，我們換個方向。」

他領著他們在茂密昏暗的樹林之中走了三個晚上，每一步都沒有偏離派特林事先為他們規劃好的路線，充分展現了晶算師的記憶力。

「我身體都坐僵了，今天晚上看來也很冷。」盧西拉埋怨道。

特格折好蔽匿毯，放進背包的頂層。「你們倆可以稍微活動一下了。」他說，「但我們等天完全黑之後再動身。」

盧西拉和鄧肯走進樹林裡的一片空地，特格在更暗的地方坐下，背靠著一棵枝椏繁盛的針葉樹木望風放哨。此時，白天的最後一絲溫暖已消散，夜晚的寒意全面襲來，盧西拉和鄧肯在那裡哆哆嗦嗦地站了一會兒。特格心想：沒錯，今天晚上還會很冷，但是他們不會有多少時間考慮氣溫。

出其不意。

施萬虞絕對想不到他們還在距離主堡這麼近的地方，而且還是步行。

特格想：塔拉札幾次告誡我小心施萬虞，但是強調得都不夠到位。施萬虞公開而激烈地抗拒統御大聖母的命令，這種事情全然不合傳統。特格如果得不到其他的相關資料，晶算師的邏輯便無法接受這種情況出現。

他的記憶中浮現學生時代的一句警言，每一個晶算師運用自己的邏輯時都應該想起這句話。

「如果有一條邏輯的小徑，一條精心鋪砌、無可挑剔的奧坎剃刀[11]之路，晶算師可能就會隨著這種邏輯走向個人的滅亡。」

可見，人們知道邏輯也會失靈。

他回想塔拉札在公會飛船上的行為，還有事情結束之後的行動。她想讓我知道，我之後將會獨自作戰。我不能從她的角度看待問題，我要有自己的角度。

所以，施萬虞真正的危險必須由他自己發現，由他自己應對。

塔拉札並不知道派特林會因此遇到什麼事情。

11 奧坎剃刀：當兩個理論的解釋力相當時，簡單的那個較好，也就是應剔除理論中龐雜、非必要的假定及預設。——編注派特林會出什麼事、我會出什麼事、盧西拉會出什麼事，塔拉札其實都不在乎。

那這個甦亡人呢？

塔拉札肯定在乎！

這並不符合邏輯，她竟然……特格放棄了這條推理思路，塔拉札不希望他的行動合乎邏輯。她就希望他像現在這樣，希望他能夠採取窘境之中才會採取的辦法。出其不意。

所以，這一切也蘊含一種邏輯，只是這種邏輯讓人被迫從舒適的現實走進混亂之中。我們必須在混亂之中形成自己的秩序。

特格悲從中來。派特林！你這個老傢伙！派特林啊！你心裡早就清清楚楚，而我之前卻不清楚！你不在了，我又該怎麼辦呢？

特格好像聽到了派特林的回覆，這個老助手斥責他的指揮官時，語氣常常十分僵硬而正式。

「霸夏，盡己所能吧。」

逐漸成形的冷酷推理告訴特格，他永遠都不會再看到活生生的派特林，再也聽不到那個老頭真實的聲音。可是……那個聲音還是在他腦海中迴響，那個人在記憶裡久久沒有離開。

「我們不是應該動身了嗎？」

盧西拉站在樹下，就在他眼前，鄧肯站在她旁邊等著，兩個人都已經背好了背包。

他只顧著沉思，完全沒注意到夜幕已經落下，滿天星光在空地上投下模糊斑駁的影子。特格站起身，拿起背包，彎腰鑽過低矮的樹杈，走進了那片空地。鄧肯幫助特格背起背包。

「施萬虞終究會想到這一點。」盧西拉說，「她的搜捕隊還是會來這裡找我們，你也知道。」

「他們會先順著假線索走到盡頭，發現自己走錯了之後，才有可能到這邊來。」特格說，「跟我來。」

他帶著兩人向西走去，經過一片樹木稀少的地方。

他領著他們走了三個晚上，他稱這路徑為「派特林的記憶之路」。今天是第四個夜晚，特格想到自己沒能事先預測派特林的行為會導致的合乎邏輯後果，他邊走邊自責。

我明白他的耿耿忠心，但卻沒有從這份忠誠推算出顯而易見的結果。我們共事這麼多年，我以為自己對他的想法已經瞭若指掌。派特林，你這個混蛋！你根本沒必要送了自己那條老命！

特格轉念一想，他確實有必要犧牲自己，這一點派特林看到了，是這個晶算師不允許自己看到，邏輯和其他能力一樣，也有可能盲目。

正如貝尼．潔瑟睿德時常所說，也像她們時常所示。

所以，我們步行。施萬虞絕對想不到。

特格不得不承認，走在伽穆的這片荒野之中，他形成了一種全新的視角。大饑荒和大離散時期，植物在這片區域肆意生長。雖然之後曾經移植，但也沒有精心規劃和打理，還是變成了草木叢生的荒地，隱蔽的小道和路標是現在唯一的指引。特格想像少年派特林探索這片區域的情形──星光之下，樹叢之間，可以看到那座岩石孤山，那裡又是一個凸出的海角，這裡的道路可以穿過那些蒼天大樹。

他和派特林詳細規劃這個方案的時候，兩人都認為：「他們以為我們會逃往某艘無現星艦。誘餌必須把搜捕隊伍引向那個方向。」

派特林當時沒有說自己就是那個誘餌。

特格有些哽咽。

他在內心安慰自己：鄧肯在主堡裡已經得不到必要的保護了。

這話確實屬實。

第一天，他們藏在蔽匿毯下，躲過空中搜捕隊伍的巡查，盧西拉戰戰兢兢了一整天。

「我們必須想辦法告訴塔拉札！」

「有辦法的時候再說。」

「你要是發生意外怎麼辦？我必須知道你的整個逃跑方案。」

「如果我發生意外，你也沒辦法找到派特林的路線，沒有時間讓妳記住整條路線。」

那天，鄧肯沒有怎麼說話。他要麼靜靜地看著兩個人，要麼斷斷續續地打盹，每次醒來，眼神中都帶有一股怒氣。

第二天，躲在蔽匿毯下，鄧肯突然問特格：「他們為什麼要殺我？」

「他們想阻撓女修會為你安排的計畫。」特格說。

鄧肯盯著盧西拉：「什麼計畫？」

盧西拉沒有作聲，鄧肯說：「她肯定知道，因為我應該仰賴她，我應該愛上她！」

特格覺得盧西拉把心中氣餒掩飾得很好。她原本為這個甦亡人安排了很多計畫，現在卻已經完全被打亂了。

鄧肯的行為體現了另外一種可能：這個甦亡人是不是一個尚未得到培養的真言師？奸詐的忒萊素人還在這個甦亡人身上添加了什麼能力？

他們在野外的第二個傍晚，盧西拉滿腹牢騷：「塔拉札讓你來這裡，是為了恢復他初始的記憶！現在逃到這荒郊野外了，我看你怎麼辦！」

「等我們到避難所再說。」

那天晚上，鄧肯沉默不語，但格外機警。他的體內升起一股新的活力。他聽到他們的話了！

鄧肯心想：絕對不能讓特格受傷。無論避難所在哪裡，無論避難所是什麼樣子，特格都必須安然無恙地抵達。到時候，我就知道了！

鄧肯並不清楚自己會知道什麼，但是他現在堅信自己最終肯定會獲得收穫，這片荒野一定會把他們帶到某個目的地。他想起自己曾經站在主堡裡，迫不及待想逃進眼前這片野地。可是，他還沒來得及品味自由，那種自由的感覺便消失了，這片荒野只是一條路徑，通向意義更為重大的所在。

盧西拉走在隊伍最後，強迫自己冷靜下來，保持警醒，接受自己不能改變的現實。她的部分意識牢牢銘記塔拉札的命令：

「不要離開那個甦亡人，抓住時機，完成妳的任務。」

特格一步步丈量著腳下的大地，這是第四個晚上了，派特林說四個晚上差不多就能到達他們的目的地。

好一個目的地啊！

伽穆星球有許多神祕之處，整個緊急逃脫方案的中心便是派特林在青少年時期曾經發現的神祕地點。派特林的話在特格腦中響起：「兩天前，我以個人偵察為由，又去了一趟那個地方。還和以前一樣，沒有別人去過。」

「你怎麼知道別人沒去過？」

「幾年前離開伽穆的時候，我採取了一些防範措施，只有我才知道。如果另有他人造訪，一定會留下痕跡。我這次去的時候，所有東西都保持原樣。」

「那是哈肯能氏族的一座球狀無現空間？」

「年代非常久遠，但是各個廳堂都完好無損，而且可以正常使用。」

「那食物、水……」

「你想要和需要的，全都有，全都放在了無現空間核心的零熵筒[12]裡。」

特格和派特林制定了一個個方案，但是他們希望永遠都不需要到那裡藏身。派特林反覆告訴特格如何找到自己孩提時的發現，兩人將祕密深埋心中。

盧西拉被一條樹根絆了一下，特格聽到身後傳來小小的一聲驚呼。

特格心想：我剛才應該提醒她一下。鄧肯在他的身後，顯然是聽著聲音隨他前行，而盧西拉則顯然把大部分注意力放在了她自己心思上。

特格暗自驚嘆：她的相貌和達爾維．歐德雷迪實在太像了。在主堡的時候，兩個女人肩並肩站在一起，所以他注意到了她們年齡造成的差異。年輕的盧西拉皮下脂肪更為豐富，面容更為圓潤。可是，她們倆的聲音幾乎一模一樣！那個音色、口音和平淡的聲調，貝尼．潔瑟睿德說話時的那種特徵，全都一樣。兩個人如果在漆黑一片的環境中說話，旁人恐怕很難分得清誰是誰。

特格了解貝尼．潔瑟睿德，他知道這樣的事情並非意外。有鑑於女修會為了保護自己投入的資源，傾向擴大寶貴的基因譜系，兩人肯定有一個共同的祖先。

他想：亞崔迪家的人，我們都是。

塔拉札從未公開過她為這個甦亡人制定的計畫，但是特格光是參與其中，便逐漸知道了整個計畫的輪廓。沒有完整的模式，但是他已經能夠產生宏觀的感覺。

一代又一代，女修會一直在和忒萊素人做交易，購買艾德侯的甦亡人，在伽穆上訓練他們，最後卻讓他們死於暗殺。她們等了這麼長時間，只為等待合適的時機。這就好像一場可憎的遊戲，不過現在已進行到狂熱的高峰，因為拉科斯出現了一個可以指揮蟲子的女孩。

這項計畫肯定也涉及伽穆星球本身，這裡到處都有卡樂丹的影子，野蠻的古老作風之上也有很多丹星的蛛絲馬跡。暴君的祖母潔西嘉女士在丹星的聖殿裡終老，後來從那裡向外傳播的不光是居民而已。

特格第一次視察伽穆的時候，便看到了那些或隱或顯的印記。

財富！

你看到這些跡象就明白了，財富在他們的宇宙中四處流動，像阿米巴蟲一樣，無孔不入。特格知道，伽穆上的散失之人也帶來了財富。那些財富數額龐大，具體的數字和巨大的力量沒有多少人會察覺，也沒有多少人想像得到。

他突然停住腳步，周圍地形的面貌需要他全神貫注。他們前面有一塊牆壁似的裸岩，上面特別的記號與派特林留給他的記憶相符，之後的路程會更加危險。

「沒有洞穴，也沒多少草樹，你們沒地方可藏，把蔽匿毯準備好。」

特格從背包裡拿出蔽匿毯搭在手臂上。他向另外兩人示意繼續前行，蔽匿毯用以遮蔽生命感測訊號的深色纖維摩擦著他的身體，嘶嘶作響。

他想：盧西拉現在已經逐漸不甘於作個無名小卒。她希望自己的名字後面能加上「夫人」二字，盧西拉夫人，她肯定喜歡別人這麼稱呼自己。幾大氏族過去因為暴君的黃金之路而被歷史的沙塵長久掩埋，但現在又陸續顯露頭角，幾個擁有「夫人」頭銜的聖母也隨之出現。

12 零熵筒：可以永久保存物體的容器。此技術在沙丘世界中廣泛運用。——編注

盧西拉，誘引銘者。

女修會的這些女人都是性事技藝精湛的高手，特格的母親曾經讓他領教過這個體系的運作方式。他還小的時候，她便在當地挑選出一些女人，把他送到她們那裡，讓他觀察自己內心和那些女人內心的一些跡象，讓他對這些跡象形成敏銳的感覺。聖殿禁止聖母擅自開展這項訓練，可是特格的母親恰恰正是女修會的一個「異教徒」。

「邁爾斯，你這項本領早晚都會派上用場。」

不得不說，她確實有一些先見之明。她讓他擁有抵抗銘者的能力，銘者受過訓練，能藉由增強性高潮來固定男性和女性之間無意識的連結。

盧西拉和鄧肯。與她銘刻成功，就等於與歐德雷迪銘刻成功。

特格幾乎聽到這些碎片在他的腦海中「咔」的一聲拼接在一起。那拉科斯的那個女孩呢？盧西拉會不會把引誘的技藝教給自己銘刻的學生？會不會讓他有本領抓住這個能夠駕馭蟲子的少女？

目前資料還不充分，不能進行基本計算。

在毫無遮蔽而顯得危險的石路盡頭，特格停下腳步，把蔽匿毯收了起來，背包封好，鄧肯和盧西拉就站在他的身後等待。特格長長地舒了一口氣，這條毯子一直讓他很擔心，它不能像真正的護盾那樣抵禦攻擊，而且一旦碰上雷射槍的光束，瞬間就能燒起來，置人於死地。

都是些危險的玩具！

特格往往將這一類武器和機械設備歸入此類。正如母親所言，與其相信這些東西，不如依靠你自己的智慧、肉體和貝尼．潔瑟睿德的五式。

只有到了萬不得已，必須放大肉體的機能之時，才能使用這些器具——這是貝尼．潔瑟睿德的教誨。

「我們為什麼停下來？」盧西拉小聲問道。

「我在聽夜晚的聲音。」特格說道。

鄧肯緊盯著特格，他的臉龐在婆娑樹影之下好似朦朧的鬼魅。他看著特格的相貌，心裡便能踏實許多。鄧肯覺得，老人的樣子似乎存在於他某一段無法想起的回憶之中。他心中暗想：這個人我可以信賴。

盧西拉覺得年邁的特格停下腳步是因為體力不支，但是她不好意思這麼說。特格說他的逃脫方案包含把鄧肯帶到拉科斯，很好，這是目前最關鍵的事情。

她已經料到了，他們前往的避難所是某種無現星艦或者無現空間，否則他們無論如何最終都無法成功，由於某些原因，派特林成了這件事的關鍵。盧西拉聽出了特格的一些言外之意，知道這條逃跑路線是派特林的設想。

為了協助他們逃跑，派特林將會付出巨大的代價，盧西拉是第一個意識到這一點的人。他是整個計畫最弱的一環。他留在原地斷後，施萬虞會抓住他，誘餌被抓住是必然的事情。施萬虞這般實力的聖母，只有傻子才會覺得她們沒辦法從區區一個男人嘴中撬出她們需要知道的祕密。施萬虞根本不需要祭出殺手鐧，她只需運用精妙的魅音，動用女修會專用的酷刑，例如劇痛之盒和神經結壓力，只需這些就夠了。

盧西拉當時就清楚地看到忠心的派特林最終會有什麼結局，特格怎麼會完全沒有意識到！

因為愛！

就是這兩人長久以來形成的信賴。施萬虞必然會迅速行動，痛下狠手。派特林知道，特格當時卻沒有審視自己的這項認知。

鄧肯的聲音打斷了她的思考。

「後面！撲翼機！」

「快！」特格從自己的背包裡一把抽出蔽匿毯，甩在他們身上。三個人在黑暗中抱成一團，聞著泥土的氣味，聽著撲翼機飛過頭頂。飛行器沒有停下，也沒再飛回來。

確定飛行器沒有發現他們之後，特格帶著兩人繼續踏上了派特林的記憶之路。

「他們在找我們。」盧西拉說，「他們起疑心了……要不就是派特林……」

「有精力不如留著走路。」特格一句話打斷了她。

她沒有反駁，他們都知道派特林已經犧牲了，這件事情已經沒有爭論的必要。

盧西拉告訴自己：這個晶算師沒有那麼簡單。

特格的母親是一位聖母，在他接受女修會的教育之前，他的母親便對他進行了全方位的訓練，甚至超出了女修會允許的範圍。眼前，具備未知本領的不止那個甦亡人。

他們順著野獸走出的一條小徑，多次曲折穿過茂密的森林，爬上了一座陡峭的山丘。繁盛的枝葉密不透風，他們看不到天上的星星，完全依靠晶算師驚人的記憶力前行。

盧西拉感覺自己踩在了殘枝爛葉上，她聽著特格的動靜，根據聲音移動自己的腿腳。

她想：鄧肯好安靜，他把自己封閉起來。他很聽話，特格往哪裡走，他就往哪裡走。她覺察到了鄧肯聽話的原因，但是他悶不作聲。鄧肯服從命令，因為他乖乖聽話比較好，至少目前是如此。施萬虞造反的事令這甦亡人的心中產生了極其渴望獨立的念頭。那麼，忒萊素人到底在他體內擅自加入了什麼東西？

特格停在大樹之下的一片平坦地面，上氣不接下氣。盧西拉聽到他喘氣的聲音，她再一次想起這位晶算師已年過三百，早就過了這麼折騰的年紀。她輕聲說：

「邁爾斯，沒事吧？」

「有事我會告訴妳。」

「還有多遠？」鄧肯問道。

「沒多遠了。」

沒過多久，他又帶著兩人繼續上路。「我們得加快腳步。」他說，「過了這座山脊就到了。」

他現在接受了派特林犧牲的事實，心便像指南針一樣轉到了施萬虞那邊，他在想施萬虞此時的心情。施萬虞肯定感覺世界好像即將崩塌，這夥人已經逃了四天四夜！他們既然能夠躲開聖母的追捕，什麼事情就都有可能做到了！當然，他們可能已經離開了伽穆，靠著一艘無現星艦。不過，如果……

施萬虞的腦子裡肯定充滿了如果。

派特林的那個環節確實薄弱，但是他得到了邁爾斯．特格這位大師的充分訓練，完全了解如何消除薄弱的環節。

特格甩了一下頭，甩掉了眼中的淚水。有鑑於眼下的形勢，他必須保持誠實，他不能不面對自己的內心。特格向來不善於撒謊，連自己也不會欺騙。他在接受最早的訓練之時，便已經明白自己的母親和他成長過程中的人們已對他進行訓練，令他養成了極為堅定的誠實個性。

遵守榮譽信條。

特格在自己身上看到了這項準則，注意力便集中於此，再挪不開。這類準則的前提是認知到人類生來並不平等，各人先天遺傳的能力不同，生活中經歷的事情也各不相同。因此，各人會完成不同的事情，具備不同的價值。

特格早早便已意識到，要想守住榮譽，就必須準確了解自己在各類可以觀察的階級中的位置，必須明白也許未來某個時間點自己將無法再進一步。

忠誠仁義的訓練會對人產生深刻的影響，他有可能永遠都找不到其根源。它顯然已聯繫到他內心的人性，強硬地規定了他在階級的金字塔中可以採取的行為，例如他應該怎樣對待階級高或低於自己的人。

人與人往來，最重要的籌碼是忠誠。

無論對上對下，只要是值得交付這般情感的對象，都須待以忠誠。特格知道，自己的思想已深植了這些忠誠之道。除非形勢所迫，他必須犧牲自己才能保住女修會，除此之外的所有事，他都確信塔拉札一定會支持他。這本身就毫無疑義，他們所有人的忠誠都表現於此。

我是塔拉札的霸夏，這就是忠誠。

派特林喪命，也是因為忠誠。

老友，但願你沒受什麼苦。

特格又停在了一片樹林裡，他從靴子內緣的刀鞘裡抽出一把戰鬥短刀，在旁邊的樹上劃了一個小小的記號。

「你要幹什麼？」盧西拉問道。

「留個記號。」特格說，「只有我訓練過的人才知道這是什麼意思，塔拉札當然也知道。」

「可是你為什麼……」

「等會兒告訴妳。」

特格走了幾步，在另一棵樹上也留下了一個不起眼的相同記號，好像動物爪子在樹皮上留下的痕跡，完全和這片荒野融為一體。

特格邊走邊刻，他意識到自己已經下了決心——必須阻礙盧西拉對鄧肯的計畫。關於鄧肯的人身安全和心理神志，特格做了多種晶算師預測，所有預測的情形都要求他攔住盧西拉。鄧肯的初始記憶必須在他受到盧西拉的銘刻之前喚醒，特格知道攔住這個女人並不容易，他要用上十二分的心思才能騙住這個聖母。

這件事情絕對不能留下刻意的痕跡，必須好像普通的意外一樣，絕對不能讓盧西拉懷疑他反對自己的行動。特格明白，倘若激怒了聖母，與其近戰，自己幾乎沒有勝算。最好殺了她，他覺得自己有能力要了她的命，可是殺了她，塔拉札絕對不會覺得特格是為了執行自己的命令！

不行，他必須靜觀其變，伺機行動。

他們走進了一小片開闊地帶，不遠處有一塊高大的火山岩擋住了去路。岩石底部周圍滿是低矮的灌木叢和荊棘，星光之下只能看到斑駁的黑影。

特格看到灌木叢下面有一片更黑的地方，人可以匍匐進入。

「我們得貼著地面爬進去。」特格說道。

「我聞到了草灰的味道。」盧西拉說，「這裡曾燒過東西。」

「誘餌來過這裡。」特格說，「就在我們左邊，他燒焦了一片土地，偽造出了無現星艦起飛的痕跡。」

盧西拉倒吸了一口氣，膽子可真大啊！即便施萬虞膽敢動用擁有預知力的搜尋人員搜索鄧肯的下落（因為三人之中只有鄧肯不是希歐娜的血脈，無法屏蔽他人的預視），這些痕跡都會表明他們已經搭乘無現星艦從這裡逃出了這顆星球……前提是……

「可是你要帶我們去哪裡？」她問道。

「哈肯能氏族的一座球狀無現空間。」特格說，「有著數千年的歷史，現在歸我們了。」

22

把持權力的人希望阻止人們肆無忌憚地探索研究，這是相當自然的事情。有史以來，人類追求知識的腳步如果不加限制，常常會造成有人與統治階級奪權，後者不願意看到這樣的局面。掌權者希望「調查研究安全穩妥」，不要產生無法控制的產物和觀念，還有最重要的，要讓內部投資者取得大多數的利益成果。可是，這個宇宙隨機變化，到處都是相對變數，並不能保證「調查研究安全穩妥」。

——《伊克斯人評估》，藏於貝尼．潔瑟睿德檔案部

• • •

拉科斯名義上的統治者兼大祭司赫德雷．杜埃克感覺自己沒辦法滿足對方方才提出的要求。沙塵瀰漫的夜色籠罩著欽恩城，他自己的接見室裡燈火通明，許多懸浮燈球驅逐了暗影。即便在這裡，神廟的中心，他也能聽到遠方的風聲呼嘯，這顆星球每隔一段時間便會遭遇一次這樣的劫難。

接見室整體形狀不規則，長七公尺，最寬之處達四公尺，對邊略短一點，兩邊差異幾乎可以忽略不計，天花板也向那個方向微微傾斜。房間多處掛有香料幔簾，室內色調設計巧妙，多為淡黃色和灰色，這兩點令人難以發現房間輪廓不規則。有一塊幔簾後面放著一臺拾聲號角，再小的聲音都能傳到房間外面的人耳中。

接見室裡除了杜埃克，只有貝尼．潔瑟睿德拉科斯主堡新任的指揮官達爾維．歐德雷迪。兩人相視而坐，各自身下的綠色軟墊相距不遠。

杜埃克試圖掩飾自己為難的表情，一貫莊重的臉卻洩漏了內心的思緒。這位人高馬大的大祭司為了今晚的對峙費了很多心思。他高壯的身軀穿著更衣侍從整理得平平整整的長袍，修長的腳上穿金色的涼鞋，長袍裡的蒸餾服只是個擺設——他不需要水泵、集水袋，和費時彆扭的調節裝置。灰色長髮齊肩，梳理齊整，剛好襯出了一張方臉，嘴大唇厚，下巴寬厚。他的眼神突然流露和善，這是效仿了自己祖父的神情。杜埃克走進接見室的時候，便是這樣一副樣子。他原本覺得自己莊重肅穆，此時卻突然手足無措了。

歐德雷迪心中暗想：這個老傢伙確實沒什麼腦子。

杜埃克當時則在想：我現在不能跟她商討那篇《亞崔迪宣言》的事情！另一間房間坐著一位忒萊素的尊主，還有那些幻臉人，我們說什麼他們都能聽見。我是著了什麼魔，竟然把他們放進來了！

「這是異教邪說，就這麼簡單。」杜埃克說。

「全宇宙宗教眾多，你們只是其中一派。」歐德雷迪反駁道，「而且，散失之人陸續回歸之後，各個教派四分五裂，不同信仰……」

「只有我們才是真正的信仰！」杜埃克說道。

歐德雷迪心中一笑：不早不晚剛剛好，瓦夫肯定聽到了這句話。杜埃克非常容易被人牽住鼻子，如果女修會對瓦夫的判斷無誤，忒萊素的這位尊主聽了杜埃克的話，肯定火冒三丈。

歐德雷迪語重心長地說：「《亞崔迪宣言》提到的那些問題，無論是不是信徒，都需要面對。」

杜埃克問：「這些事情和聖童有什麼關係？妳說我們必須當面討論——」

「沒錯！很多人已經開始崇拜什阿娜，別告訴我你不知道。這篇《亞崔迪宣言》意味著——」

「《亞崔迪宣言》！《亞崔迪宣言》！不過是歪門邪道胡謅出來的東西，早晚都會被世人遺忘。至於什阿娜，她必須回來！必須由我們專門照顧！」

「不必了。」歐德雷迪柔聲說道。

她心想，杜埃克真是激動。他的頭轉來轉去，但是僵硬的脖子幾乎沒有轉動。他每次都會轉向歐德雷迪右側牆上的一塊幔簾，方向明確，彷彿頭上裝了一道照明光束，指向了那塊簾子。這個大祭司可真是心思簡單，一眼就能看透，他不如直接說瓦夫就躲在簾子後面偷聽他們。

「接下來，妳們就會神不知鬼不覺地把她帶離拉科斯。」杜埃克說道。

「她不會離開這裡。」歐德雷迪說，「我們說到做到。」

「那她為什麼不能……」

「她現在都已經是——」

「拜託！什阿娜已經說清楚她的想法了，你肯定也知道了。她想成為一名聖母。」

「杜埃克大人！你還和我裝什麼糊塗？她已經說了自己的願望，我們也願意尊重，你還反對什麼？早在弗瑞曼人時代，便有聖母信奉分裂之神，聽從他的神諭。現在就不行了嗎？」

「妳們貝尼．潔瑟睿德本事大得很，能讓人說出他們不想說的話。」杜埃克說道，「這件事情我們不應該私下商討，我的議員——」

「你的議員只會把事情攪得一團糟。出現了這麼一篇《亞崔迪宣言》，說明——」

「我只談什阿娜的事情！」杜埃克挺直了腰板，他覺得自己現在應該拿出大祭司絕不讓步的姿態。

「我們是在談她的事情。」歐德雷迪說道。

「那我現在就把話說清楚，我們要求在她身邊增派我們的人手。她現在必須嚴加保護，無論——」

「就像她在樓頂那樣嚴加保護？」歐德雷迪問道。

「歐德雷迪聖母，這裡可是神聖的拉科斯！妳們在這裡的權利全都是我們給的！」

「權利？什阿娜已經成了眾矢之的！許多野心勃勃的人都把她當成了目標，你還要談什麼權利？」

「我身為大祭司，職責明確。分裂之神的神聖教會絕對——」

「杜埃克大人！我正在極力克制，保持必要的禮節。我做的事情對我們有利，對你們也有利。我們採取的行動——」

「行動？什麼行動？」杜埃克咬牙切齒，嗓音沙啞。貝尼．潔瑟睿德這些狡猾惡毒的女巫！前有聖母，後有忒萊素人！杜埃克感覺正在上演一場恐怖的球賽，自己就是場上的球，雙方球員精力駭人，他就在兩方之間彈來跳去。平靜祥和的拉科斯，他每天睜開眼睛便會看到的那個地方，已經不復存在。他被扔進了一個競技場，但他不太清楚場上的規則。

「我派人去請邁爾斯．特格霸夏了，僅此而已。」歐德雷迪說，「僅此而已。他的先遣部隊馬上就到。我們要加強你們的星球防禦體系。」

「你們要是敢擅自接管——」

「我們並沒有要接管什麼。特格的人應令尊的要求，重新設計了你們的防禦體系。令尊與我們簽訂了協議，並且執意添上一項條款，要求我們定期檢查。」

杜埃克一言不發，神情恍惚地呆坐。瓦夫，忒萊素來的那個矮子掃把星，這些話全都被他聽見了。這裡面肯定有衝突！這個忒萊素人希望簽下祕密協議，暗中定下美藍極的價格，他們絕對不會允許貝尼．潔瑟睿德插手。

歐德雷迪剛才提到了杜埃克的父親，杜埃克現在只希望過世已久的父親能夠坐在這裡。他的父親很有手段，肯定知道如何應對這些對手，他總是能讓忒萊素人服服貼貼。杜埃克想起自己曾經聽到兩個忒萊素使者的對話，就像瓦夫現在這樣偷聽！一個叫沃斯……還有一個叫普克，列登·普克，稀奇古怪的名字。

杜埃克腦子裡一片混亂，突然又出現了一個名字，歐德雷迪剛剛提到……特格！那個老魔頭莫非還活著？

歐德雷迪又說話了，杜埃克口乾舌燥，費了很大力氣才嚥下一口口水，他彎身向前傾聽，強迫自己集中注意力。

「特格還會檢查你們星球表面之上的防禦系統。樓頂發生那場鬧劇之後——」

「我正式禁止妳們干涉我們的內部事務。」杜埃克說，「妳們不必費心，我們的侍衛祭司足以——」

「足以？」歐德雷迪搖了搖頭，「恐怕並非如此，因為拉科斯出現了新的情況。」

「什麼新的情況？」杜埃克的聲音裡流露出恐慌。

歐德雷迪並未答腔，只是坐在那裡，定定地看著他。

杜埃克費了好大力氣也沒能鎮靜下來，腦子裡依然一片混亂。她總不會知道那後面有忒萊素人在偷聽吧？絕對不可能！他顫抖著吸了一口氣。拉科斯的防禦體系有什麼問題？他安慰自己：防禦系統天衣無縫，完全沒有任何問題，他們有最好的伊克斯監控飛船和無現星艦。除此之外，拉科斯和另外那個香料產地一樣獨立，不受其他勢力影響，這是所有獨立勢力樂見的局面。

只有忒萊素人不希望他們獨立！他們不在乎拉科斯的香料，他們那些破再生箱可以快速生產大量的美藍極！

杜埃克想到這裡，不禁膽寒。兩人方才在這裡說的每一句話，那位忒萊素尊主全都聽得一清二楚！杜埃克心中默默祈求分裂之神沙胡羅保佑他大難不死。忒萊素的這個小個子說他的話也可以代表伊克斯人和魚言士，他當時還拿出了相關文件證明。這難道就是歐德雷迪說的「新情況」？什麼事情都瞞不了這些女巫多長時間！

大祭司想到瓦夫的相貌便不寒而慄：那顆圓頭不大，兩隻眼睛閃著光芒，塌鼻梁，大鼻頭，一臉假笑，滿嘴尖牙。瓦夫長得好像個子略大的孩子，但是你一和那雙眼睛對視，聽到他尖聲說的話，便會改變自己對他的判斷。杜埃克想起父親也曾抱怨過：「忒萊素人聲音跟小孩一樣，但說出來的那些話可絕對不是小孩能說出來的東西！」

歐德雷迪在墊子上挪了挪，她想到瓦夫正在另一邊偷聽。他聽夠了嗎？她安排的那些竊聽者現在肯定也會問自己這個問題。貝尼・潔瑟睿德的聖母時常事後反覆研究這些語言角力，希望加以精進，幫助女修會找到新的優勢。

歐德雷迪告訴自己：瓦夫聽夠了，這齣戲該演下一幕了。

歐德雷迪非常認真地說：「杜埃克大人，有位重要人物正在別的地方聽我們說話。這樣的人物暗中偷聽，你覺得合適嗎？」

杜埃克閉上了眼睛，她知道了！

他睜開雙眼，正對上歐德雷迪的目光，但是從她的眼中全然看不出任何東西。她在等他說話，看起來好像可以靜靜地一直等下去。

「合適？我……我……」

「請這位人物進來坐吧。」歐德雷迪說道。

杜埃克擦了一下額頭的汗水，他的父親和祖父——之前的兩任大祭司，定下了他們在大多數場合應該採取的儀式，但是唯獨沒有適合眼前這種情況的規矩。邀請那個忒萊素人進來坐坐？請他來接見室……杜埃克突然想起他不喜歡忒萊素尊主身上的氣味，他的父親也曾抱怨此事：「他們身上的味道跟某些食物一樣令人作嘔！」

歐德雷迪站了起來。「我非常尊重聽我說話的人。」她說，「我是不是要親自過去，請這位大人物——」

「萬萬不可！」杜埃克沒有站起身，但是舉起一隻手攔住她，「我當時實在沒有辦法。他帶了魚言士和伊克斯人的文件，說他能幫我們把什阿娜帶回——」

「幫你們？」歐德雷迪低頭看著滿頭是汗的大祭司，心裡產生了近似憐憫的感情。這個人以為他是拉科斯的主宰？

「他來自貝尼．忒萊素。」杜埃克說，「名叫瓦夫，而且——」

「杜埃克大人，我知道他叫什麼名字，也知道他為什麼來，只是沒想到你竟然允許他偷聽——」

「這不是偷聽！我們在談判。現在出現了一些新的勢力，我們必須調整——」

「新的勢力？喔，你說大離散回來的那群蕩婦，這位瓦夫有沒有帶幾位過來？」

杜埃克還沒來得及說話，接見室的側門便打開了，瓦夫從裡面走了出來，身後是兩個幻臉人。

歐德雷迪心想：祭司明明告訴他不要帶幻臉人！

歐德雷迪指著他們說道：「就你一人！杜埃克大人，另外兩個你可沒請吧？」

杜埃克費力地站了起來，他發現自己距離歐德雷迪如此之近，想起了那些有關聖母身手的傳聞。幻臉人更是令他驚慌失措，他們時常令他提心吊膽。

杜埃克轉向側門，努力穩住自己的情緒，擺出邀請的姿態，說道：「只請……只請瓦夫大使。」

每一個字每一句話像刀一樣從杜埃克的喉嚨裡劃過，大事不妙！在這些人面前，他感覺自己赤裸裸的。

歐德雷迪指了指身邊的墊子：「是瓦夫吧？請坐。」

瓦夫點了點頭，好像他從來沒見過她一樣。真是彬彬有禮！他打手勢要他的幻臉人同伴留在另外那個房間，自己走到軟墊旁，但只是站著等待。

歐德雷迪看到這個身形矮小的忒萊素人露出一絲緊張，他好像咧了一下嘴巴。他的袖子裡還藏著那些暗器，他難道準備打破他們先前的協議嗎？

歐德雷迪明白，瓦夫現在的疑心不僅恢復到了最初的狀態，甚至比當時還要重。他肯定感覺自己上了塔拉札的當，他想要他的那些育母！他的身上散發著費洛蒙刺鼻的氣味，充分顯示出他心底的恐懼。看來他還記得，根據雙方協定他該分享那些事——或者至少假裝分享哪些事。塔拉札知道瓦夫從尊母那裡知道了不少東西，但是沒指望他真的全都告訴她們。

「杜埃克大人說二位在……啊，談判。」歐德雷迪說道。讓他好好記著這個詞！瓦夫明白真正的談判必須在哪裡畫上句號。歐德雷迪說著往下跪坐，靠在軟墊上，不過雙腳擺在適當位置，以便隨時躲避瓦夫從任何方向發動的攻擊。

瓦夫向下瞥了一眼歐德雷迪方才舉手示意的那塊墊子，然後慢慢地跪坐下去，兩手放在腿上，袖口對著杜埃克。

他想幹什麼？歐德雷迪頗為不解。從動作來看，他正在進行自己的計畫。

歐德雷迪說：「我剛才一直在跟大祭司說，希望他認識到《亞崔迪宣言》對於我們雙方的重要——」

「亞崔迪！」杜埃克衝口說道，他險些倒了下去，「絕對不會是亞崔迪。」

「宣言非常有說服力。」杜埃克已是憂心忡忡，瓦夫的這句話更是火上澆油。

歐德雷迪心想：至少這是我們計畫好的。她說：「《亞崔迪宣言》中提到了開悟，這一點絕對不能忽視。很多人認為，自己開悟之後，便能見到他們的神。」

瓦夫聽到這話，意外而又憤怒地盯住了她。

杜埃克說：「瓦夫大使說這篇文章驚動了伊克斯人和魚言士，但是我跟他說——」

歐德雷迪說：「我們或許不用考慮魚言士，她們在哪裡都能聽到神的聲音。」

瓦夫聽到了那句行話，她在嘲諷他嗎？不過，她說得確實沒錯，魚言士已經放棄了過去獻身崇拜的神，她們的影響力已經微乎其微，僅存的影響也會受到掉包的新幻臉人左右。

杜埃克原本想對瓦夫笑一笑，結果卻露出了尷尬的表情：「您之前說要幫我們……」

「現在不是說這個的時候。」歐德雷迪打斷了大祭司的話，她必須把杜埃克的注意力集中在那份令他極度不安的宣言上。她複述了《亞崔迪宣言》中的內容：「你們的意志和你們的信仰——你們的信念體系——主宰了你們的宇宙。」

杜埃克知道這句話，他讀了那篇令人髮指的《亞崔迪宣言》。文章說神和他的所有傑作都不過是人類的創造。他不知道自己應該如何反擊，但是絕對沒有哪位大祭司會任由這種言論大行其道。

杜埃克還沒想到合適的措辭，瓦夫便對上了歐德雷迪的視線。他隱晦地回應了歐德雷迪，他知道這位聖母不會誤解自己的意思，她畢竟不是常人，必然不能小覷。

瓦夫說：「預知力的謬誤，這篇文章是這麼說的吧？這篇文章不就認為這是信徒思想停滯的原因嗎？」

「正是如此！」杜埃克說道。他非常感謝這個忒萊素人及時相助，這篇危險的邪說中心思想就是這個！

瓦夫依然盯著歐德雷迪，並沒有看杜埃克。貝尼・潔瑟睿德以為沒人會識破她們的陰謀詭計嗎？她以為自己無比強大！讓她知道什麼是小巫見大巫。萬能的神主守護《沙利亞特》的未來，貝尼・潔瑟睿德根本無法理解！

杜埃克沒打算放棄：「這篇文章攻擊了我們所有神聖的信念和事物！而且文章正在四處傳播！」

「這是忒萊素人幹的好事。」歐德雷迪說道。

瓦夫舉起雙臂，將武器對準了杜埃克。他之所以猶豫了一下，全是因為看到歐德雷迪識破了他的部分意圖。

杜埃克看了看瓦夫，又看了看歐德雷迪。此事當真如歐德雷迪所說？還是貝尼・潔瑟睿德的花招？

歐德雷迪注意到瓦夫猶豫的神態，猜到了原因。她的大腦飛速運轉，尋找線索，希望理解瓦夫的動機。這個忒萊素人殺了杜埃克能有什麼好處？他顯然準備把這位大祭司換成他的幻臉人，不過那又有什麼意義呢？

為了爭取時間，歐德雷迪迅速說道：「瓦夫大使，你可得千萬小心。」

「必要之時何須小心？」瓦夫說道。

杜埃克站了起來，高大的身軀慢慢走到一旁，兩隻手緊緊交握。「萬萬不可！這裡是神聖之地，不得妄議邪說。如果我們共議除邪之計，則另當別論。」他低頭看著瓦夫，說道，「那篇邪門異說不是真的吧？不是出自忒萊素人手筆吧？」

「不是我們。」瓦夫答道，這個草包祭司只知道梳洗穿戴！杜埃克走到了房間的一側，再一次成為移動的目標。

「我想也是！」杜埃克一邊說著，一邊在瓦夫和歐德雷迪身後大步走來走去。

歐德雷迪看著瓦夫，他早有預謀要行凶！她非常確定。

杜埃克在她身後說：「聖母，妳實在是冤枉我們了。瓦夫先生希望我們結成美藍極聯盟，我跟他說，神的祖母曾經是貝尼．潔瑟睿德的聖母，我們給妳們的價格絕對不能改變。」

瓦夫略微頷首，靜靜等待，這個祭司肯定還會走進射程之內，神主絕對不會讓他失敗。

杜埃克站在歐德雷迪後面，低頭看著瓦夫。他突然一陣顫抖，忒萊素人……令人厭惡，不辨是非，絕對不能相信他們！怎麼能夠相信瓦夫的一面之詞？

歐德雷迪仍然定定地看著瓦夫，說道：「可是，杜埃克大人，你不希望增加收入嗎？」她看到瓦夫的右臂稍微轉了一下，指向了她的方向，他的意圖現在已經一目了然。

歐德雷迪說：「杜埃克大人，這個忒萊素人想要了我們兩人的命。」

對於瓦夫而言，兩個人此時的相對位置都不便於瞄準，但是歐德雷迪話音未落，他便甩起雙臂，分別瞄準兩人。他的肌肉還沒作出反應，歐德雷迪便已閃開，她聽到了飛鏢微弱的聲音，但是感覺自己沒有被擊中。她的左臂向上一劈，打斷了瓦夫的右臂，右腳踢斷了他的左臂。

瓦夫大叫一聲。

他從沒想到貝尼．潔瑟睿德速度竟然如此之快，幾乎可以和伊克斯會議船上的尊母比肩。儘管劇痛難忍，他仍然想到自己必須將情況告知其他同胞——聖母在危急之時神經衝動可以繞過突觸直接傳導！

歐德雷迪身後的門「砰」的一聲開了，瓦夫的幻臉人衝了進來。歐德雷迪此時已經閃到瓦夫背後，扼住了他的脖子。她大吼一聲：「再往前走，就要了他的命！」

兩個人立刻定住了。

瓦夫用力掙扎。

歐德雷迪喝道：「老實點！」她瞥了一眼右邊趴在地上的杜埃克，一支飛鏢擊中了目標。

歐德雷迪說道：「瓦夫殺了大祭司。」這句話是說給她特意安排的竊聽者聽的。

兩個幻臉人依舊瞪著她，顯然一副手足無措的樣子。她發現兩個幻臉人都沒有意識到貝尼・潔瑟睿德怎麼突然占了上風，忒萊素人確實被打了一個措手不及！

歐德雷迪對幻臉人說：「你們都到走廊去，把那具屍體也抬過去，把門關上。你們的尊主幹了一件蠢事，他暫時不需要你們了。」她對瓦夫說：「現在你用不著這兩個幻臉人，你需要跟我談談，讓他們出去。」

瓦夫尖聲說道：「出去！」

兩個幻臉人還是一動不動地瞪著她，歐德雷迪說：「你們要是還不趕緊出去，我先宰了他，然後就解決你們。」

「還等什麼呢！」瓦夫大叫一聲。

兩個幻臉人以為尊主是命令他們退散，便慌忙離開了接見室。不過，歐德雷迪在瓦夫的話裡聽到了別的東西。他現在求死之心非常強烈，她需要想辦法勸他放棄這個念頭。

房間內現在只有他們兩人，歐德雷迪從他的袖子裡取出鏢夾，放進了自己的口袋裡，這些東西可以事後再作詳細檢查。她現在沒辦法治療他的骨傷，只能讓他昏迷一會兒，趁機把骨頭復位。她從大祭司的地毯上撕了一段綠色布料，再用坐墊上的木片做了一個臨時的夾板，暫時固定他的骨頭。

瓦夫很快便醒了過來，他看到歐德雷迪，嘴裡嘟囔了幾句。

歐德雷迪說：「你我現在是盟友了。剛才發生的事情，我的人聽到了，杜埃克敵對派系的代表也聽到了，他們希望把他換成自己的人。」

事情發生得太快，瓦夫花了一點時間才明白她的話。不過，他的思維牢牢地抓住了最重要的事情。

「盟友？」

她說：「我猜跟杜埃克打交道並不容易。明明給了他好處，但他還是含糊其詞。你殺了他，等於幫了一些祭司。」

瓦夫尖聲道：「他們還在偷聽？」

「當然。大祭司雖已故去，但是他剛才說你提議壟斷香料，我們來談談這件事情，我看看能不能推斷出你的心意。」

「我的手臂。」瓦夫呻吟道。

她說：「你還沒死。感謝我的智慧吧，不然你早就沒命了。」

他把頭別了過去：「死了更好。」

她說：「貝尼．忒萊素肯定不希望你死，女修會當然也不希望你死。我來看看，嗯，你們承諾向拉科斯提供多架新式香料收割機，那種會飛的新式機器，只有收割頭會接觸沙地。」

「妳竟然竊聽！」瓦夫斥責道。

「並非如此。這個承諾非常誘人，我知道伊克斯人白送他們這些機器肯定另有所圖。還要我繼續說嗎？」

「妳剛才說我們是盟友。」

她說：「如果形成壟斷，宇航公會將不得不增購伊克斯的領航機器，你們會把公會逼入絕境。」

瓦夫抬起頭，定定地看著她。這個動作引起兩隻手臂一陣劇痛，他本能地哼了一聲。他忍著疼痛，瞇著眼睛審視歐德雷迪。這些女巫真的以為這就是忒萊素人的大計了嗎？他覺得貝尼·潔瑟睿德應該不會這麼容易被糊弄。

歐德雷迪說：「這當然不是你們的基本計畫。」

瓦夫的眼睛一下子瞪圓了，她能看出他腦子裡的想法！他說：「我已經丟盡了臉面。妳是救了我，但只是救了一個廢物而已。」他頹喪地往後一靠。

歐德雷迪深吸一口氣，現在需要利用聖殿的分析報告了。她湊到瓦夫耳邊，小聲說道：「《沙利亞特》還需要你。」

瓦夫大驚失色。

歐德雷迪坐了回去，大驚失色的表情說明了所有問題，也證實了分析的結論。她說：「你以為自己和散失之人結成了更加可靠的聯盟，跟尊母還有其他那些以色謀利的女人。我問你，豬蝓會和垃圾結盟嗎？」

這個問題瓦夫只在蓋謳中聽人說過，他臉色煞白，呼吸急促。她說這些話是什麼意思？！他強迫自己忘記手臂的劇痛。她剛才說「盟友」，她知道《沙利亞特》！她怎麼會知道？

「我們肯定都知道貝尼·忒萊素和貝尼·潔瑟睿德結為同盟，雙方能夠擁有多少優勢。」歐德雷迪說道。

跟這些普汶韃女巫結盟？瓦夫的腦子裡一片混亂，雙臂的劇痛妨礙他思考。他現在感覺自己非常脆弱，舌根苦澀不堪。

「啊，聽見沒？祭司克魯譚西柯和他的人已經在門外了。」歐德雷迪說道，「他們會提議讓你的幻臉人偽裝成已故的赫德雷．杜埃克，否則翻天覆地的混亂是免不了的。克魯譚西柯非常聰明，過去從未爭搶鋒頭，這也是因為他叔叔斯蒂羅斯教導有方。」

「妳們女修會和我們結盟，能得到什麼好處？」瓦夫勉強提問。

歐德雷迪微微一笑，現在她可以實話實說了。實話永遠更容易說出口，通常也更加有說服力。她說：「一場風暴正在散失之人之中醞釀，我們雙方結為同盟，即可逃過此劫，忒萊素人也能逃過此劫。凡是依舊相信偉大信念的人，我們都不希望他們滅絕。」

瓦夫心裡一緊，她竟然在大庭廣眾之下說出了這句話！不過，他立刻明白了。別人聽到了又會怎樣？他們並不明白這些話背後的祕密。

歐德雷迪說：「我們的育母已經準備好了。」她定定地盯著他的眼睛，做出了禪遜尼祭司的手勢。

瓦夫感覺胸口的大石頭終於落了地，他沒想到這件事情竟然是真的！不敢想像！不可思議！貝尼．潔瑟睿德竟然不是普汶韃！整個宇宙仍將追隨貝尼．忒萊素，信仰真念！神主絕對不會允許出現任何差錯，尤其是在先知出生的星球！

23

官僚體制扼殺積極性和首創精神。創新，尤其如果可以改善舊的例行程序，最為官僚所排斥。在他們看來，這種創新比絕大多數事物都要可惡。改善和創新往往令位居塔尖的顯貴顯得愚蠢無能，誰會希望自己看起來是這樣的形象？

——《政府試誤指南》，貝尼・潔瑟睿德檔案部

・・・

長桌上擺了一排排的報告、總結和零碎的傳聞，長桌後坐著塔拉札。除了夜班守衛和維持組織運作必要的基礎服務人員，聖殿所有核心部門都已經進入了夢鄉，她在臥室裡只能聽到維修活動熟悉的聲響。兩盞燈球懸浮在長桌的上方，深色的木質桌面和一排排利讀聯晶紙沐浴在黃色的燈光之中。桌子對面的窗戶漆黑一片，倒映著屋裡的景象。

檔案部！

全息投影儀不停閃爍，在桌面上投下了一篇篇報告，都是她調用的資料。

塔拉札不太信任檔案部人員，她知道自己的心態挺矛盾的，因為她知道資料具有重要作用。然而，聖殿的紀錄只是一堆縮寫、特殊的記號、加密的插入內容和注腳。這些材料經常需要經過晶算師翻譯，甚至需要她在極度疲憊的狀態下深入他者記憶，尋找相關的資訊。檔案部的人當然都是晶算師，但是

這並不能讓塔拉札放心。你根本不能直截了當地查詢檔案紀錄，若想理解紀錄，多數時候必須聽取檔案人員的解釋，不然就只能依靠全息系統以機械方式檢索（真討厭！）。如此一來，塔拉札便需要依賴全息系統的維修人員。這種狀態使得她們擁有太多權力，多到超出塔拉札願意授權的範圍。

依賴！

塔拉札厭惡依賴，承認這一點令她懊喪，因為她會想起大多數的事態都不盡如己意，即便是晶算師最為縝密的預演，也會逐漸累積錯誤……只要時間夠長。

可是，女修會的每一個行動都需要事先參考檔案，然後沒完沒了地分析研究。普普通通的貿易交易也要這樣，她常常為此惱火。她們應不應該結成這個集團？應不應該簽那個協議？

每次開會，她往往都不得不宣布：

「接受檔案部女修西斯德里昂的分析結論。」

或者常常是：「檔案部報告與此事無關，報告駁回。」

塔拉札往前傾身，仔細閱讀桌面上的投影：「可行的育種計畫——研究對象：瓦夫。」

她快速瀏覽著資訊，歐德雷迪送來了細胞樣本，這些是樣本中提取的編號和基因方案。指甲碎屑通常不能形成可靠的分析結論，但是歐德雷迪打著固定骨頭的幌子，收集了他的生物資訊，已經非常了得。塔拉札看著資料搖了搖頭，貝尼．潔瑟睿德曾經嘗試和忒萊素人育種，瓦夫的後代肯定還是和過去的結果一樣：女性對記憶探測免疫，而男性必然又是無法探查又令人厭惡的一團混亂。

塔拉札往後靠，嘆了一口氣。查閱育種紀錄的時候，時常需要參閱大量其他資料，工作相當繁雜。這項工作正式的名稱為「先祖關聯性彙總」，即檔案人員口中的「CAP」。大多數聖母則稱之為「配種紀錄」，這個叫法雖然準確，但是沒有體現這些檔案的細緻入微。她命令她們推演出瓦夫之後三百代的交配結果，這些工作簡單便捷，可以滿足各種實際的需要。推演三百代主系（例如特格、他的旁系血親以及手足）的方法已經過了數千年時間的考驗，整體結果可靠，值得信賴。直覺告訴她，已經沒有必要在瓦夫的推演結果上繼續浪費時間。

疲勞漸漸湧向塔拉札身體各處，她在桌子上趴了一會兒，雙手抱頭，感覺到了木質桌面的冰冷。

拉科斯的事情，如果我錯了會怎樣？

反對派的觀點不會悄無聲息地變成塵封的檔案，為什麼這麼依賴電腦！巴特勒聖戰大肆摧毀「能夠思考的機器」之後，即便是在全面禁止的時期，女修會還是將她們的主系資訊存在電腦裡。現在是一個「更加開化」的時代，人們一般不會質疑古代那場大破壞背後無意識的動機。

有時，我們會在無意識之間就作出非常負責的決定。有意識地檢索檔案或他者記憶卻不保證如此。

塔拉札抽出一隻手，拍了桌子。她不喜歡和檔案部門的人打交道，她們時常輕快地走進她的房間，「解答」她的問題。這些女人態度輕蔑，時常背地裡譏諷各種事情。她曾經聽說她們將「CAP」工作比作培育牲畜，把自己比作禽畜管控人員和動物競賽的主辦人。這些玩笑糟透了！她們根本不知道當下作出正確的決定有多麼重要！那些侍從女修只須服從命令，不須擔負塔拉札的這些責任。

她抬頭看了看房間對面綺諾伊女修的半身像，這位古代的聖母曾經與暴君會面，還曾與他交談。

塔拉札心想：妳知道了這些事。妳雖然沒有成為聖母，但還是知道了這麼多。我們從妳的報告裡讀出來了。妳怎麼知道如何作出正確決定？

歐德雷迪請求軍事支援，她必須立刻回覆，時限迫在眉睫。可是特格、盧西拉和甦亡人現在下落不明，應急方案也必須立刻啟動。

特格這傢伙！

他又走了一步令人意外的棋。不管怎樣，他肯定不能置甦亡人的生死於不顧，施萬虞的行動盡在意料之中。

特格做了什麼呢？躲進了伊賽，還是伽穆其他的大城市？不對。他們在這些地方設置了祕密聯絡人，特格手上有這些人的完整名單，甚至還親自調查過其中一些人。如果真的躲進了這些地方，肯定早就傳訊聯絡了。

特格顯然不是百分之百信任這些聯絡人，他在視察伽穆的時候看到了一些事，沒有透過貝隆達告知聖殿。

當然，她必須召見伯茲馬利，速速告知他目前情況。伯茲馬利是最合適的人選，他是特格親手訓練的士兵，大霸夏的最佳候選人，必須派他去伽穆。

塔拉札心想：我現在完全是靠直覺行事。

不過，即便特格躲了起來，我們也可以在伽穆找到特格蹤跡的起點，或許也能在那裡找到終點。嗯，伯茲馬利去伽穆，拉科斯的事情只能先等一等。這項行動必然會引人注意，公會或許不會被驚動，但是忒萊素人和大離散的那些人肯定會上鉤。如果歐德雷迪沒抓住那個忒萊素人……不會，歐德雷迪不會出這種差錯，這件事情基本上已經十拿九穩了。

出其不意。

邁爾斯，看見沒？我從你身上學到了東西。

可是，這些都不能消除女修會內部反對的聲音。

塔拉札雙掌狠狠壓在桌面上，恨不得把聖殿的那些人、那些與施萬虞觀點相同的人都按下去。現在已經沒有人發聲反對她的計畫，但是這種情況往往代表暴力事件已蓄勢待發。

我該怎麼辦？

按理來說，統御大聖母在危急之時不應舉棋不定。可是，女修會與忒萊素人結盟，這件事情打亂了這一整盤棋。她給歐德雷迪的建議有一些似乎非常明確，已經發送出去，這一部分的計畫貌似合理而且簡單。

把瓦夫帶到沙漠深處，避開閒雜人等的耳目，令他陷入絕境之中，而後依據護使團長久以來使用的可靠模式，創造一段宗教體驗。藉此看一看忒萊素人是否正在利用製造甦亡人的技術延續他們自己的生命。執行這部分的計畫，歐德雷迪完全沒有問題，關鍵取決於什阿娜。

蟲子是未知數。

塔拉札提醒自己，現在的蟲子不是當年拉科斯的蟲子。雖然什阿娜已經展現出了指揮蟲子的能力，但是牠們的行動仍然無法預測。正如檔案部所說，牠們沒有任何歷史紀錄。塔拉札幾乎可以相信，歐德雷迪已經準確推斷出拉科斯人和他們的舞蹈的本質，這倒是個加分項目。

一種語言。

可是我們還無法運用，這是個扣分項目。

今天晚上我必須作出決定！

塔拉札讓自己的表層意識往過去遊蕩，沿著歷代統御大聖母綿延不絕的記憶走向從前，這些女性記憶全部濃縮在她和另外兩人——貝隆達和西斯德里昂——脆弱的意識之中。在他者記憶中行走非常痛苦，她時常感覺自己體力不支，難以繼續。這條道路旁邊常有摩阿迪巴的評論，亞崔迪家的這個混蛋曾經兩次在宇宙間激起軒然大波——先是率領弗瑞曼大軍奪下了帝國的王權，而後生下了暴君。

她想：我們這次如果輸了，可能就會全軍覆沒，大離散回來的那些蛇蠍可能會將我們盡數殲滅。

她的腦海中出現了另外一個方案：拉科斯的那個女童可以交給女修會的核心人員照顧，乘坐無現星艦到某個地方終老。雖然這不啻含辱逃跑。

特格的行動關乎重大，他莫非終究還是辜負了女修會的期望？抑或想到了出乎所有人意料的方法，將甦亡人藏了起來？

塔拉札想：我必須想方設法拖延時間，歐德雷迪在拉科斯必須放慢節奏，這樣特格才有時間聯繫我們。

這樣做非常危險，但也是不得已而為之。

塔拉札從犬椅上站了起來，渾身僵硬，走到對面漆黑的窗戶旁。她看到外面伸手不見五指，只有星輝灑落地面，聖殿星球沉睡在夢中。聖殿星球，一處避難所。這樣的星球現在已經不再有名字，它們在檔案裡只是一串編號。貝尼·潔瑟睿德來到這顆星球已經一千四百年了，可是也只能算是一彈指的時間。她想到了天上環繞的守衛無現星艦，那是特格親自全面設計的防禦系統。就算如此，聖殿依舊十分脆弱。

這個問題有一個名稱：「意外發現」。

這是一項始終存在的弱點。大離散的人類呈指數級增加，擁向了無限空間的各個地方。暴君的黃金之路終於完成了，不過當真如此嗎？亞崔迪家的那隻蟲子肯定不只是希望人類存續這麼簡單。

數千年過去了，我們到現在都還不知道他把我們怎麼了。我現在覺得自己知道了，但是反對我的人卻不以為然。

雷托二世拿著鞭子，在他的黃金之路上驅趕了整個帝國三千五百年，沒有哪位聖母願意審視那段奴役的歷史。

我們回顧那段歲月時總是跌跌撞撞。

塔拉札盯著合成玻璃上的自己，一張冷酷的臉，滿臉倦色。

我憑什麼不能疲倦？憑什麼不能冷酷？

她知道自己接受的訓練已將她引入了負面的狀態，這是她的防禦機制，也是她的強項。她無論與其他人形成何種關係，始終都會與對方保持距離，執行育種女修要求的引誘任務時也不例外。塔拉札總會故意跟主流意見唱反調以發掘更多可能性，她成為統御大聖母之後，這種作風成為整個女修會的主流勢力。在這種環境裡，他人很容易發出反對的聲音。

正如蘇非教派所說：「腐朽必始於中央。」

不過，一些腐朽的部分高尚而可貴，這個道理他們沒有說。

她藉由更加可靠的資料來安慰自己。隨著人類遷徙，大離散期間，暴君的教訓向外傳播，還發生了許多未知的改變，但是終究還是會趨於同一。隨著時間過去，人們也將找到讓無現星艦現形的辦法。塔拉札覺得散失之人還沒發現這個辦法，至少溜回母星的這些散失之人還沒發現。

想要穿過這些矛盾的力量，絕對沒有安全的辦法，但是她覺得女修會已經竭盡全力，做好了各方面的準備。這個問題類似公會的宇航員駕駛飛船穿過摺疊的空間，他們需要避免碰撞，防止進入陷阱。

陷阱，這些才是關鍵，歐德雷迪就為那個忒萊素人設下了陷阱。

在這種危急時刻，塔拉札時常想起歐德雷迪。想到歐德雷迪，她就會想到兩個人之間的關係。她好像在欣賞一塊掛毯，底色雖然已經褪去，但是還有一些人物的顏色依然鮮亮。最鮮亮的是歐德雷迪，她之所以能夠靠近女修會發號施令的權力中心，是因為她能夠快刀斬亂麻，直接點出意見衝突裡頭出人意料的關鍵。她的身上蘊藏著亞崔迪氏族危險的預見能力，一針見血就是能力的一種表現形式。她運用這項天賦之後，引起大多數人的反對，塔拉札也承認這一點諸位聖母言之鑿鑿。這項天賦本身深藏在歐德雷迪的內心，只有偶爾的暴躁才能證明它在深處的活動，這就是麻煩所在！

塔拉札曾經在爭辯時說：「我們可以利用她，但是應該隨時做好消滅她的準備。即便如此，我們仍然可以充分利用她的後代。」

塔拉札知道她可以依賴盧西拉……只要盧西拉已經與特格和甦亡人一同找到了避難的地方。拉科斯的主堡當然有替補的殺手，這件武器可能很快就會派上用場。

塔拉札心裡突然一陣混亂，他者記憶建議她千萬謹慎，育種譜系絕對不能再出任何差錯！如果女修會刺殺歐德雷迪未遂，她將永遠離開貝尼．潔瑟睿德。歐德雷迪是個十足十的聖母，還有一些聖母肯定也身處大離散的人類之中。雖然她們不在女修會觀察到的那些尊母之列……可是……

絕對不能再出差錯！這是執行任務的箴言。絕對不能再出現一個奎薩茲．哈德拉赫，也絕對不能再出現一個暴君。

管控育母，管控後代。

聖母肉體消亡之後，也不會死亡。她們將會深深地潛入貝尼．潔瑟睿德現存的核心之中，她們隨意的指示，乃至無意識的看法都會融入後世的女修會。

對歐德雷迪千萬不能有僥倖之心！

回覆她的資訊必須格外當心，要依據她的心理調整。歐德雷迪在自己的內心留有一點真情，她稱之為「微暖的溫情」。在她看來，如果不被情感支配，人類透過感情可以深入了解有價值的資訊。塔拉札認為這個「微暖的溫情」是歐德雷迪柔軟的缺口，可以從這裡進入她的內心。

達爾，我知道，妳雖然懷著微暖的溫情，視我是往日同窗，但依然覺得我是女修會的禍患，只有

警醒的「朋友」才能將我從自己帶來的禍患中拯救出來。

塔拉札明白自己手下的一些議事聖母和歐德雷迪的想法相仿，她們只會靜靜地聽，不會說出自己的觀點。大多數人依舊服從統御大聖母的領導，但是許多人知道歐德雷迪擁有強大的天賦，也贊同她對塔拉札的疑慮。只有一件事情讓大多數女修都不致輕舉妄動，塔拉札自己也非常明白。

所有統御大聖母無論做什麼事情，都是出於她們對於女修會無上的忠心。任何事情都不能危及貝尼．潔瑟睿德，她們自己也不可以。塔拉札精確嚴苛地審視了自己一番，分析自己與女修會存亡之間的關係。

目前，尚且不必立即消滅歐德雷迪，但是她現在距離甦亡人計畫的核心如此之近，發生的每一件事情幾乎都無法逃過她敏銳的眼睛。很多事情雖然沒有告訴她，但是她早晚都會知道。《亞崔迪宣言》幾乎是一項賭博，歐德雷迪顯然是撰寫宣言的最佳人選，可是把任務交給她之後，她便會更加深入了解計畫，不過文字本身是啟示的終極障礙。

塔拉札明白，瓦夫肯定會非常高興。

塔拉札轉過身子，離開昏暗的窗戶，坐回犬椅上。至關重要的決定——要做還是不要做——可以稍後再說，但是中間的各項措施必須立刻執行。她擬了一份腹稿，一邊檢查，一邊向伯茲馬利發出傳召的命令。霸夏的這位得意門生必須派往拉科斯執行任務，但不會如歐德雷迪所願。

塔拉札發給歐德雷迪的訊息實質內容非常簡單：

「援兵即將到達。達爾，妳就在現場。事關什阿娜安危之時，見機行事。其他事項如果與我的命令沒有衝突，則按照原計畫進行。」

好了，就是這樣，歐德雷迪收到了她的指示，知道了「計畫」的基本要務，但是她會發現計畫並不完整。歐德雷迪會服從她的命令。塔拉札覺得，訊息中的「達爾」很巧妙。達爾和塔爾。歐德雷迪的「有限的溫情」肯定不會對這個細節有所防備。

24

右側的長桌已經布置好盛宴，桌上正中擺了一道烤沙漠野兔佐賽佩達醬。桌子對面從左至右還順時針擺了其他美味，分別是天狼星的阿普羅密治奶凍、溫室種植的查卡星甜橙、美藍極咖啡（注意咖啡壺上亞崔迪的雄鷹家徽）、沙鵝肉派和巴魯水晶瓶中酒液剔透的卡樂丹佳釀。注意藏在水晶吊燈中的古代探毒裝置。

——達艾斯巴拉特，博物館陳列描述

•••

球狀無現空間閃亮的廚房旁有一間小小的用餐凹室，特格在那裡找到了鄧肯。特格站在通向凹室的通道裡，仔細端詳他。八天前，他們走進無現空間的外部通道，男孩突然一陣無名火發作，現在終於恢復了平靜。

他們當時正穿過一個淺洞穴，裡面瀰漫著當地熊類的氣味。洞穴深處的岩石並非真正的岩石，不過他人無論怎樣檢查，都不會發現這些不是真正的石頭。「石頭」上有一處不起眼的稜角，你如果知道密碼或者誤打誤撞轉對了，凸起旋轉了一圈，洞穴底部的岩壁便會完全打開。

三人走進外部通道，關上了身後的門，眼前立刻自動亮起耀眼的燈光，他們看到牆上和天花板上哈肯能的獅鷲家徽浮雕。年輕的派特林無意中撞進這個地方之後，是怎樣的表情？驚愕！驚嘆！驚喜！特格不禁浮想聯翩，忽略了鄧肯的反應。

霸夏聽到密閉的通道裡迴蕩起低沉的吼聲，這時才注意到鄧肯雙手握拳，兩眼死盯著右側牆壁上的一塊哈肯能家徽。鄧肯的臉上時而憤怒，時而迷惑，兩種情緒正在激烈地爭奪他的意識。他舉起雙拳，狠狠地砸在浮雕上面，雙手鮮血淋漓。

他大喊：「讓他們全都下地獄！」

十幾歲的孩子說出這樣的話，總歸讓人感覺有些奇怪。

怒吼過後鄧肯便開始不停打冷顫。盧西拉把他摟在懷裡，輕撫他的後頸，既是撫慰，甚至幾乎帶點情色的意味，直到他恢復了正常。

「我怎麼會做這種事？」鄧肯喃喃道。

「初始記憶恢復之後，你就明白了。」她說。

「哈肯能。」鄧肯聲音很小，臉漲得通紅。他抬頭問盧西拉：「我為什麼這麼恨他們？」

她說：「用講的不好解釋，等到你恢復了記憶就知道了。」

「我不想要恢復記憶！」鄧肯突然驚恐地看了特格一眼，「我想！我要恢復記憶。」

此時，鄧肯坐在用餐的凹室，抬頭看著特格，他的記憶顯然回到了外部通道那一刻。

「霸夏，什麼時候開始？」

「快了。」

特格左右環視這個地方，鄧肯獨自坐在一張自動清潔的餐桌旁，面前擺了一杯棕色的液體。特格聞出了杯子裡的東西，是從零熵筒裡拿出來的飲料，摻了美藍極。那個零熵筒是一個寶箱，裡面有奇特的食物、衣服、武器等各種東西，儼然是一座價值無量的博物館。無現空間內部到處都是薄薄的灰塵，但是儲存的東西依然如新。所有食物都加了美藍極，只要不暴飲暴食，攝入的量就不會達到成癮的程度，但是氣味依然明顯。即便是果乾，也撒上了些許香料。

盧西拉嘗過鄧肯杯中的那種棕色液體，她說這種飲料能讓人延長壽命。特格不知道聖母具體怎麼做到的，但是他的母親確實有這樣的能力，她們只須嘗一口，就能知道食物或者飲料的成分。

凹室盡頭的牆上嵌了一面式樣繁複的時鐘，特格看了一眼，才知道時間過得比自己以為的要快，他們定下的下午已經過去了三個小時。鄧肯原本應該還在裝修精緻的練習室，但是他們看到盧西拉去了無現空間的上層區域，特格覺得他們可以趁機私下交流一番。

特格拉過一張椅子，坐在鄧肯對面。

鄧肯說：「我討厭那些鐘！」

「這裡無論什麼東西你都討厭。」特格說道，然後又看了一眼那面鐘。那也是一件古董，圓形鐘面，兩根指針表示時和分，一塊數位螢幕顯示秒鐘。兩根指標各是一個裸體人形，充分彰顯了男性的生殖之力——一根是高大的男性，陽具巨大；一根是體形稍小的女性，兩腿大開。兩根指標每次交疊，男性便好像進入了女性的體內。

「粗俗。」特格也不喜歡那面鐘。他指了指鄧肯的飲料，「你喜歡喝這個？」

「長官，您不用擔心，盧西拉說我運動完之後應該喝點這個。」

「我以前劇烈運動或者耗費大量腦力之後，母親也會給我調一杯類似的飲料。」特格說道。他探過頭去，吸了一口氣，想起來那個餘味，鼻子裡瀰漫著美藍極濃烈的氣味。

「長官，我們要在這裡待多久？」鄧肯問道。

「除非等到了合適的人，或者確定不會有人發現我們，不然我們就繼續待著。」

「可是……我們關在這裡，與世隔絕，怎樣才能知道有沒有人找到這裡、他們又是不是合適的人？」

「我覺得時候到了，就會帶上那塊蔽匿毯，開始到外面去站崗。」

「我不喜歡這個地方！」

「我看得出來，不過你還沒懂得耐心的意義嗎？」

鄧肯皺了皺眉頭。「長官，您為什麼總是不讓我和盧西拉獨處？」

聽到鄧肯問起，特格愣了一下，嘴裡的氣只吐出了一半，呼吸便又立刻恢復正常。不過，他知道這個小夥子觀察到了。既然鄧肯發現了，那盧西拉肯定也發現了！

鄧肯說：「我覺得盧西拉還不知道您要幹什麼，但是事情現在愈來愈明顯了。」他看了看周圍的環境，「這個地方沒能吸引她太多注意力……那她剛才是跑到哪裡去了？」

「我覺得她是去上面的書房了。」

「書房！」

「我也知道它很原始，但也非常有意思。」特格仰起頭，將注視鄧肯的視線移到了廚房天花板上的渦旋裝飾上。他現在必須作出決定，不能指望盧西拉會在上面待多長時間。不過，特格明白她對圖書的迷戀，那些奇觀很容易讓你流連忘返。這座球狀無現空間直徑約為兩百公尺，雖然建於暴君時代，內外至今仍然完好無損。

盧西拉談起這裡時聲音很小，嗓音沙啞：「暴君肯定知道這個地方。」

特格聽到她的這句話，晶算師意識立刻便沉浸入其中。暴君為什麼允許哈肯能氏族將所剩的財富如此揮霍在這樣的工程上？

或許就是想讓他們散盡家財。

他們打通關節，將東西從伊克斯人的工廠運到這裡，其中的花費想必堪比天文數字。

「暴君是否知道我們此時會用到這個地方？」盧西拉問道。

特格贊成盧西拉的想法，雷托二世時常運用自己的預視能力，這件事情也有可能在他的預料之中。特格看著對面的鄧肯，感覺自己後頸寒毛倒豎。哈肯能的這處藏身之所有些詭異，好像暴君曾經親臨此地一樣。修建這座無現空間的哈肯能氏族呢？他們出了什麼事情？為什麼離開了這裡？特格和盧西拉沒有找到任何相關的證據。

兩人在無現空間中閒逛的時候，都會明顯感受到此地的歷史。特格時常想到問題，但是找不到答案。

盧西拉也提到了同樣的事。

「他們都去哪裡了？我在他者記憶裡完全找不到任何相關的資訊。」

「莫非暴君把他們引出去殺光了？」

「我要再去書房看看，說不定今天能發現什麼線索。」

三人進入無現空間之後的兩天，盧西拉和特格仔仔細細地把這個地方檢查了一番。鄧肯一言不發，一臉陰沉地跟在他們身後，好像害怕獨處。他們每次發現新事物，都會驚嘆不已或者萬分震驚。

無現空間核心附近的一堵牆邊有一具透明的合成玻璃棺，裡面保存了二十一具屍骨！若要去機械間和零熵筒旁，就會從這二十一位眼前走過。

派特林曾跟特格談起這些屍骨，他年輕時某次檢查這座球狀無現空間，發現了一些資料。根據其中的記載，這些死者均為修建無現空間的工匠，哈肯能氏族為了保守祕密，在竣工之後將他們盡數殺害。

總體而言，這座無現空間堪稱了不起的成就，脫離了時間，與外界的一切隔絕。儘管已過了數千年，這裡的機械內部依舊光滑，部件之間全無摩擦，仍然能夠在塵土和岩石上投下以假亂真的影像，即便是現代尖端儀器也無法分辨。

「女修會必須完好無損地拿下這個地方！」盧西拉說了一遍又一遍，「這裡簡直就是一座寶庫！他們甚至還保存著氏族的育種紀錄！」

哈肯能氏族在這裡不僅保留了那些紀錄，無現空間內每一個物件的粗鄙細節都令特格反感不已。就像那鐘！還有打掃、教育和娛樂所用的器具以及衣物，所有東西無不誇示哈肯能氏族目空一切的優越感，他們全然不考慮其他氏族和他人的標準。

特格再一次想起年輕的派特林，他來到這個地方的時候，年紀不會超過這個甦亡人。他為什麼隱瞞了這麼多年，連妻子都未曾告知？派特林從未說過理由，但是特格自有推論。派特林的童年不愉快，他需要有屬於自己的祕密空間。他當時的朋友不是真正的朋友，只是一群天天等著譏諷他的人。那些人都沒有資格知道這麼神奇的地方，這裡只屬於他！這座無現空間不只是他可以獨處的地方，也是他派特林勝利的獎盃。

「霸夏，我很多開心的時間都是在那裡度過的。所有東西都還好好的，裡面的紀錄都是古代的文字，不過您只要明白了他們的方言，就會發現其中的奧妙。這個地方有很多值得了解的東西，可是您必須去了才能知道。許多事情我沒跟您說過，您去了就懂了。」

古舊的練習室留下了一些使用痕跡，可以看出派特林經常來這裡。他把一些自動機器的武器編碼改成了特格熟悉的模式，計時器上顯示著他在練習複雜的鍛鍊項目時肌肉勉力活動的時間。特格時常會在派特林的身上見識到一些不同尋常的本領，他在這座球狀無現空間裡找到了答案——與生俱來的天賦在這裡獲得精進。

不過，無現空間裡的自動機器就是另外一回事了。古時候對於自動機器存在諸多禁忌，這裡的許多自動機器代表對此禁忌的反叛。不僅如此，有些自動機器設計的初衷甚至是滿足人類的快感。特格聽說過哈肯能氏族頗為令人憎惡的傳聞，看到這些機器，傳聞便得到證實。以痛為樂！派特林為何直至離開伽穆，仍舊剛正不阿，堅忍不拔？這些東西以它們獨特的方式，回答了這個問題。

反感也會形成其專有的模式。

鄧肯喝了一大口杯中的飲料，看著特格，視線掠過杯沿。

「我剛才在上面讓你完成最後一輪訓練，你怎麼一個人跑到這裡？」特格問道。

「那些訓練沒有意義。」鄧肯放下了他的杯子。

特格心想：塔拉札，這下好了，沒想到吧？他現在已經可以完全獨立了，比妳預期中更早。

鄧肯也已不再稱呼他的霸夏為「長官」。

「你違抗我的命令？」

「不算是吧。」

「那你到底想幹什麼？」

「我想知道所有事！」

「你知道了之後，就不會再對我有多少好感了。」

鄧肯露出了驚恐的表情：「長官，您這話什麼意思？」

哈，又叫我「長官」了。

特格說：「我們恢復你的初始記憶之前，你必須經歷某些非常強烈的痛苦。我之前對你進行的各項訓練，都是為了讓你能夠順利度過那段痛苦的階段。」

「痛苦？」

「初始的鄧肯．艾德侯已經犧牲了，我們只知道這個方法可以把他帶回人世。」

「長官，如果您這麼做，我不勝感激。」

「到時候你就不會這麼想了。有些人會經讓你一次又一次復活，恢復初始記憶之後，你可能只會覺得我只是他們手中另一根鞭子。」

「長官，知道了難道不好嗎？」

特格用手背抹抹嘴：「就算你恨我……我可能也不會怪你。」

「長官，如果您遇到了我現在的這些事情，您會這麼想嗎？」鄧肯的姿勢、語氣和臉部表情，在在表明他恐懼、困惑又混亂。

特格心想：目前一切順利。特格小心翼翼地執行每一步必要的步驟，他必須謹慎理解甦亡人的所有反應。鄧肯現在滿腦子疑問，他希望得到什麼東西，但是又害怕真的得到。

「我只是你的導師，不是你的父親！」特格道。

嚴厲的語氣令鄧肯內心一緊：「您不是我的朋友嗎？」

「是不是朋友，不是我一個人能說了算，初始的鄧肯．艾德侯將必須回答這個問題。」

鄧肯的眼神隱約出現變化：「我還會記得這個地方嗎？還有主堡、施萬虞和……」

「你什麼都不會忘記。你的記憶可能有一段時間會出現重疊，但是這些事情你都會記得。」

男孩的臉上露出了嘲諷的表情，他說：「所以您和我會成為戰友。」話語裡能聽出他的悲傷。

特格現在儼然是一個嚴厲的霸夏，嚴格遵循著喚醒甦亡人的各項指示。

「我並不太想成為你的戰友。」他目不轉睛地瞪著鄧肯的臉，希望發現某些跡象，「你以後說不定會成為霸夏，我覺得你可能是塊當霸夏的料。不過，到時候我肯定早就不在了。」

「您只把霸夏當作戰友？」

「派特林就是我的戰友，他只當過班長。」

鄧肯看了看自己的空杯子，然後看著特格，說道：「您為什麼不點一杯喝的？您剛才在上面也累得不輕。」

這個問題問得很敏銳，絕對不可小覷這個孩子。他知道分享食物或飲料可以與對方建立聯繫，這是一種歷史悠久的做法。

特格說：「聞到你那杯的香氣就夠了，它會讓我想起一些往事，我暫時不需要喝這些東西。」

「那您為什麼下來？」

這就對了，男孩的聲音裡摻雜了期待和恐懼，他希望特格說出某件事情。

特格說：「我想仔細看看這次訓練之後，你進步了多少。我得下來看看你才知道。」

「為什麼這麼仔細？」

期待和恐懼！現在該轉移談話的焦點了。

「我之前從來沒有訓練過甦亡人。」

甦亡人。無現空間的濾清器尚未清除烹飪的氣味，「甦亡人」這三個字便與那氣味一同在兩人之間飄蕩，久久不能散去。甦亡人！鄧肯的空杯子令這個詞沾上了濃烈的香料氣味。

鄧肯探過身去，一言不發，臉上是急切的表情。特格的腦海中浮現盧西拉對男孩的評價：「他懂得利用沉默的力量。」

鄧肯明白特格不會解釋那句簡單的陳述之後，便滿臉失望地坐了回去。他左邊的嘴角下垂，一副懊喪、苦惱的表情，恰如應當地進入反觀內心的狀態。

特格說：「你下來並不是為了一個人待著，你是在逃避。你現在還是在逃避，你覺得沒人會發現你。」

鄧肯一手捂住了自己的嘴巴，特格一直在等這個姿勢。有關此時的指示非常明確：「甦亡人希望恢復初始記憶，但又極度恐懼初始記憶恢復。這是你們必須跨越的主要障礙。」

特格一聲令下：「把手拿開！」

鄧肯的手好像被燙到一樣，應聲放了下來。他像困獸一樣盯著特格。

特格接到的指示告誡他：「告訴他事情的真相。這個時候，甦亡人所有感官都高度敏感，他可以看透你的內心。」

特格說：「我想讓你知道，女修會到底命令我對你做什麼事。我也希望你明白，我其實並不喜歡做這些事情。」

鄧肯的內心似乎蜷縮成了一團：「她們下了什麼命令？」

「她們讓我教給你的那些技能其實多多少少都存在一些問題。」

「問題？」

「一部分是綜合訓練，關於智力。這個方面你已經達到了軍團團長的水準。」

「超過了派特林？」

「為什麼必須超過派特林？」

「他不是您的戰友嗎？」

「是。」

「您說他最多只當過班長！」

「派特林完全有能力接手指揮整支跨星球的軍事力量。他的戰略出神入化，我曾經多次採納他的戰略。」

「可是您說他最多——」

「那是他自己的選擇，他覺得軍階低的話自己會更加平易近人，我和他多次體會到這一點的重要性。」

「團長？」鄧肯的聲音比喃喃耳語大不了多少。他怔怔地看著桌面。

「你的大腦已經掌握了那些機能，只是還會有些衝動，不過用得多了，就沒問題了。你在武器方面的造詣已經超過了同齡人。」

鄧肯依然低著頭，問道：「我的同齡人？……長官，我多大了？」

正如指示所說，甦亡人只會圍著核心的問題繞來繞去。「我多大了？」一個甦亡人的年齡有多大。

特格冷漠嚴厲地說道：「你想知道你的甦亡人年齡，為什麼不直接問？」

「甦……甦亡人年齡？長官，我的甦亡人年齡多大了？」

男孩的語氣十分悲苦，特格覺得眼淚已經在自己的眼眶裡打轉。塔拉札事先告誡過他：「不要表現出太多同情心！」特格清了一下嗓子，掩飾了自己的情緒，說：「這個問題只有你自己才知道。」

特格收到的指示非常明確：「讓他自己思考那個問題！始終都要讓他注意自己的內心。這個過程中，心理的痛苦和身體的痛苦一樣重要。」

鄧肯渾身顫抖著長吁了一口氣，雙眼緊閉。特格剛剛坐到對面的時候，鄧肯心想：時機到了嗎？他要開始了嗎？可是他完全沒有料到特格會對自己惡言相向，現在特格又是一種居高臨下的口氣。

他竟然用這種口氣跟我說話！

鄧肯惱羞成怒，特格以為他是傻子嗎？這樣的伎倆隨便一個指揮官都能使得出來，他覺得這樣就能唬住他了嗎？光是語氣和態度就足以使他人屈服。不過，鄧肯在特格的居高臨下裡察覺到了其他東西：一顆堅不可摧、合成塑鋼一樣的核心，是正直……是堅毅。鄧肯看到了特格眼中的淚水，還有他掩飾內心的動作。

鄧肯睜開眼睛，直視特格，說道：「長官，我不想傲慢無禮，也不想忘恩負義，可是您如果不回答我的問題，我實在沒辦法繼續下去。」

塔拉札的指示非常清晰：「甦亡人達到絕望的臨界之後，你自然會知道。沒有哪個甦亡人會掩飾這種情緒，他們的心智決定了這種狀態下的抉擇。注意他的聲音和姿勢，他一旦到達這個點，你就能發現。」

進入外部通道的時候，鄧肯差點進入了臨界狀態。特格現在必須沉默，絕對不能說話，逼迫鄧肯提出他想提的問題，讓他順著自己的思路思考。

鄧肯說：「您知道我曾經有一次想殺了施萬虞嗎？」

特格張了張嘴，又合上了，什麼聲音都沒發出。不能說話！可是男孩非常嚴肅！

鄧肯說：「我當時怕她，我不喜歡怕別人。」他的視線落在了桌面上，「您曾經跟我說，只有真正對我們有危險的東西，我們才會反感、牴觸。」

「他會靠近，退回去，靠近，再退回去，反反覆覆若干次。什麼都不要說，等他跳進來再說。」

「我不討厭您。」鄧肯說著抬起頭，再一次看向特格，「我只是不想讓您當著我的面提『甦亡人』。可是，盧西拉說得對，真相即便傷人，我們也絕對不能懷恨在心。」

特格抿了抿嘴唇，他此時說話的欲望非常強烈，但是還沒到「跳進來」的時間。

「我想過殺施萬虞，您不意外嗎？」鄧肯問道。

特格全身緊繃，一動不動。他哪怕只是搖搖頭，鄧肯都會以為他在回應自己。

鄧肯說：「我想過在她飲料裡下點什麼東西，可是只有懦夫才會幹這種事情，我不是懦夫。不管怎麼說，我都不會幹出那樣的事情。」

特格一言不發，文風不動。

鄧肯說：「霸夏，我覺得您真的在乎我。不過您說得對，我們不可能成為戰友。我要是活了下去，一定會超過您，到時候……我們也沒機會並肩作戰了，您說的是實話。」

特格不禁深吸了一口氣，他的晶算師意識突然發現自己不可能忽視甦亡人強大的跡象。最近，這名少年在某個地方，或許就是現在，就在這間凹室裡，由少年蛻變成了一個男人。這個突如其來的發現令特格黯然，事情發展得竟然如此之快！完全不是正常的成長過程。

鄧肯說：「盧西拉其實並不像您這樣關心我，她只是服從那個塔拉札大聖母的命令。」

現在還不是時候！特格提醒自己，他的舌頭舔了舔嘴唇。

鄧肯說：「您一直阻撓盧西拉執行命令，她到底是要對我做什麼？」

時候到了。「你覺得她要幹什麼？」特格反問道。

「我不知道！」

「初始的鄧肯．艾德侯肯定知道。」

「您明明知道！為什麼不能告訴我？」

「我只負責幫助你恢復初始的記憶。」

「那就快恢復吧！」

「其實只有你自己才能恢復。」

「我不知道怎麼恢復！」

特格坐到了椅子的邊上，但是什麼都沒有說。臨界點到了嗎？他感覺鄧肯的急切中還缺了什麼東西。

鄧肯說：「長官，您知道我會讀唇語。有一次，我爬上了瞭望臺，看到盧西拉和施萬虞在下面說話。施萬虞說：『他年齡小歸小！妳還不是得執行命令？』」

特格小心翼翼地再一次保持沉默，回視著鄧肯。果然是鄧肯會做的事，偷偷在主堡裡遊蕩，窺探、尋找他不知道的東西。他現在完全進入了回憶模式，沒有意識到自己還在窺探、尋找……不過是用不同的方式。

鄧肯說：「我覺得她不是要殺了我。不過您一直在阻撓她，您應該知道她要幹什麼。」他的拳頭狠狠地砸在了桌子上，「老傢伙！我在問你呢！聽見沒有？」

哈，徹底急了！

「我只能告訴你，她要做的事和我的任務衝突。塔拉札親自要我保護你，幫你增強自身的能力。」

「可是您剛才說我的訓練都……都有問題！」

「這是必要之舉，這是在為你恢復初始記憶作準備。」

「我該怎麼辦？」

「你已經知道了。」

「我不知道！您快說吧！」

「很多事情，別人不說，你也能學會。我們教過你怎麼抗拒命令嗎？」

「求求您，救救我！」鄧肯絕望地哀號一聲。

特格強迫自己保持冷若冰霜的神態：「我不就是在救你嗎？你以為我在幹什麼？」

鄧肯兩隻手攥成拳頭，捶在桌子上，震得杯子乒乓響。他狠狠地瞪著特格，臉上突然出現了一種詭異的表情，眼中透著迫切。

「你是誰？」鄧肯喃喃道。

這才是關鍵的問題！

特格的聲音好像一把利劍，砍在了忽然失去防禦的對手身上：「你覺得我是誰？」

鄧肯極度渴望的表情扭曲了他的五官，他只是大口大口地喘著粗氣，結結巴巴地說：「你是……你是……」

「少來這些胡言亂語！」特格騰地跳了起來，佯裝盛怒，惡狠狠地瞪著鄧肯。

「你是……」

特格甩出右手，「啪」的一個耳光打在鄧肯的臉上：「你怎麼敢抗命不從！」左手甩出，又是狠狠的一下，「抗命不從！」

鄧肯在電光石火之間作出了反應，特格大吃一驚，身上一時間好像觸電了一般。這是什麼速度！鄧肯一躍而起，雙腳踩在了椅子上，藉著椅子晃動，右臂劈向了特格脆弱的肩部神經，所有動作一氣呵成，快如閃電。

特格憑藉長年作戰培養的本能向右一閃，左腿掃過桌面，踢中鄧肯的腰胯。不過，特格仍舊沒能完全躲開，鄧肯掌根擊中了特格左膝蓋，特格感覺自己整條腿都麻了。

特格這一腳將鄧肯踢倒在桌上，男孩幾乎不能動彈，但仍努力想向後躲閃。特格左手撐著桌子，右手猛地劈在鄧肯脊椎底部，他這幾天安排的訓練刻意削弱了這塊軀幹連結之處的力量。

鄧肯全身一陣劇痛，他只是呻吟了幾聲。換了別人，現在肯定大聲痛叫，動彈不得，而鄧肯雖口中呻吟，仍朝特格伸出指爪，準備繼續攻擊。

為了達成目的，特格不得不硬起心腸繼續痛下狠手，每次都要確保鄧肯在劇痛之時能夠看到他的臉孔。

指示裡說：「看著他的眼睛！」貝隆達為了強調這個步驟，告訴他：「他的眼睛看著好像看透了你，但是他叫出來的名字只會是『雷托』。」

很久之後，特格很難再想起當時的所有細節，自己是如何遵循流程喚醒了鄧肯。他只知道自己的身體後來按照命令行事，但是記憶卻去了別的地方。他不知為何想起了另外一件抗命不從的往事：瑟柏之亂。他當時正值中年，不過已經成為聲名赫赫的霸夏。他穿著自己最威武的軍裝，但是一枚勳章都沒戴（含蓄的風格），頂著正午的烈日，站在瑟柏的戰火與硝煙之中，前方是來勢洶洶的叛軍，他卻什麼武器都沒有攜帶！

叛軍之中，許多人都欠他一條性命，多數人曾經誓死效忠於他，然而現在卻成了狂暴的叛亂分子。特格站在他們面前，等於告訴這些將士：

「我沒有戴那些勳章，你們不用想起我們當年並肩作戰的時候我曾經為你們做的事。我今天不會讓你們覺得我還站在你們那邊，我穿了這身軍裝，就是要告訴你們我還是霸夏。你們要是堅持犯上作亂，就儘管來取我這條命。」

叛軍紛紛扔下武器，圍到他的身旁，一些指揮官跪在了老霸夏的腳下，特格大聲痛斥：「低什麼頭！跪什麼跪！這是新指揮官讓你們養成的壞毛病嗎？」

後來，他告訴那些造反的將士，有些事情，他和他們一樣憤怒不滿。瑟柏遭到濫用，但是他也告誡他們：

「在這個宇宙裡，真正憤怒的無知民族非常危險。可是，消息靈通又聰明的社會如果憤怒不滿，將會比無知的民族危險百倍，你們完全無法想像這個社會的智識能夠造成怎樣的破壞。和你們之前險些形成的那股力量相比，暴君也只會像慈父一般！」

這些話當然全都沒錯，不過在貝尼．潔瑟睿德的情境下，對於他在球狀無現空間奉命執行的任務沒有幫助──他在生理和心理層面折磨一個幾乎全無招架之力的甦亡人。

鄧肯當時的眼神讓他留下極深的印象──雙眼如牛鈴一般，直直地瞪著特格的臉，最後聲嘶力竭大吼的時候，視線也沒有移開。

「雷托，你這個混蛋！你要幹什麼？」

他叫我雷托。

特格踉踉蹌蹌地後退了兩步，整條左腿好像針刺一樣，鄧肯擊中的位置還在疼痛。特格發現自己氣喘吁吁，已經筋疲力盡。他實在年事過高，不宜耗費這麼多心力和體力，方才自己的所作所為也令他感到羞愧，可是再喚醒流程徹底地銘刻在他的意識之中。他知道人們過去訓練甦亡人時，喚醒記憶的方法是讓他們在無意識中謀殺自己心愛的人。甦亡人的心智打碎之後，又被迫重組，往往會產生心理的傷痕，而這種新的方法則會令喚醒流程的執行者受到傷害。

鄧肯強忍著肌肉和神經的劇痛，慢慢地從桌面上滑了下來，靠著椅子站在桌旁，顫慄地盯著特格。

特格的指示說：「你必須安安靜靜地站著，絕對不要動，他想怎麼看你，就讓他怎麼看你。」

特格依照指示，站著不動。他已經放下了瑟柏之亂的回憶，他知道自己當時做了什麼，也知道自己現在做了什麼。某種意義上說，現在和當時確有相似之處。他告訴叛軍的話，是為了歸攏人心，而非終極真理——假如這種東西真的存在，他當時說的也不是。施加痛苦，之後的結果便可想而知了。

「這是為你好。」

他們對鄧肯．艾德侯的這個甦亡人這樣，當真妥當嗎？

特格想知道鄧肯的腦袋裡現在在想什麼，特格先前已經了解有關這種時刻的很多資訊，但是他現在發現語言並不足以描述真實的狀況。鄧肯嘴角歪斜，面目猙獰，眼光迅速游移，眼神和表情充分反映了內心的混亂。

鄧肯的臉慢慢放鬆了下來，他的身體仍然在顫抖。他感覺這具肉體正在隨著脈搏跳動，但是與自己沒有關係，渾身的疼痛也只是發生在另一個人身上。可是，他的意識在這一瞬間仍然清醒，無論他在哪裡，無論這一瞬間發生了什麼。可是他的記憶卻無法銜接起來。他突然感覺這具軀殼太過年輕，與成為甦亡人之前的他格格不入，所有意識都在他的大腦之中奔湧攪動。

特格收到的指示說：「甦亡人的意識會對他成為甦亡人之前的記憶進行過濾，部分初始記憶會湧入他的意識，部分則會慢慢恢復。不過，他得要想起自己最初死亡的瞬間，所有記憶才會銜接起來。」

鄧肯犧牲的所有已知細節，貝隆達全都告訴了特格。

「薩督卡。」鄧肯低聲說道。他環顧四周，看到了球狀無現空間裡無處不在的哈肯能家徽。「皇帝的突擊部隊穿上了哈肯能的軍裝！」他目露凶光，猙獰的笑容浮現：「他們肯定氣得咬牙切齒！」

特格一言不發，靜靜地看著他。

「我死在他們手裡。」鄧肯說道，語調平淡，全無任何情緒可言，如此堅定，明確，更令人恐懼。他全身忽然一陣顫抖，而後又恢復正常，「他們至少有十二個人在那間小房間裡。」他直直地看著特格，「一個人衝了過來，像剁刀一樣直接朝我的頭砍下來。」他猶豫了一會兒，喉嚨用力抽動，仍然目不轉睛地看著特格，「我有沒有幫保羅爭取到夠多時間逃跑？」

「如實回答他的所有問題。」

「他逃掉了。」

現在，他們需要弄清一個棘手的問題。忒萊素人從哪裡得到艾德侯的細胞？女修會多番測試結果證明這些細胞來自艾德侯本人，但是仍有人對此存在疑慮。忒萊素人擅自對這個甦亡人做了一些手腳，根據他的記憶，有可能知道真實的情況。

「可是哈肯能氏族……」鄧肯說道。他在主堡的記憶連起來了。「噢，對，沒錯！」他哈哈大笑，對弗拉迪米爾．哈肯能男爵發出一聲咆哮，「男爵，我贏了！你毀了那麼多的人，我替他們報仇了！」

「你記得伽穆主堡和我們教你的事情嗎？」特格問道。

鄧肯大惑不解，深深皺起眉頭，情感的痛苦正在與肉體的痛苦對抗。他點了點頭，回應特格的問題。他有兩段人生，一段封在再生箱內，另外一段……另外一段……鄧肯感覺自己並不完整，體內還有什麼東西沒有釋放出來。喚醒程式還沒完成，他憤怒地瞪著特格。難道還有什麼事情？特格剛才非常殘忍，難道是無奈之舉？必須這樣才能恢復甦亡人的初始記憶？

「我……」鄧肯張惶地左顧右盼，好像獵人面前受傷的巨獸。

「所有事情都想起來了嗎？」特格繼續問道。

「所有事情？喔，想起來了，我想起伽穆還叫羯地主星那時候的事情，遍地石油，遍地鮮血，完全是一副地獄的模樣！霸夏，我全都想起來了。我是您那個乖乖盡本分的學生，我是團長！」他再一次仰頭大笑，老成的姿勢與少年的身體格格不入。

特格的內心深處，在比釋然更深的地方，突然踏實了，方法奏效了。

他問道：「你恨我嗎？」

「恨您？我沒說自己對您滿懷感激之情嗎？」

鄧肯突然舉起自己的雙手審視，然後又低頭看了看自己年輕的身體。「真是太好了！」他喃喃自語，放下雙手，全神貫注地看著特格的臉，眼神順著特徵鮮明的線條移動。他說：「亞崔迪家的人，你們全都太像了！」

「並非如此。」特格說道。

「霸夏，我不是說你們的長相。」他的眼睛恍惚了，「我剛才問我年紀多大了。」他沉默了很長時間，然後說，「深淵之神啊！已經過了這麼長時間！」

特格說了女修會要求自己說的話：「女修會需要你。」

「她們需要我幹什麼？就靠這個還沒完全發育的身體？」

「鄧肯，我跟你說實話，我也不知道。身體總會發育完全，我想會有一位聖母告訴你相關的事情。」

「盧西拉？」

鄧肯忽然抬頭看著精美華麗的天花板，然後看著凹室和那面巴洛克風格的時鐘。他記得自己與特格和盧西拉一起來到這裡，這個地方一切還是之前的樣子，但是又好像不一樣了。「哈肯能氏族。」他低聲說道，怒氣沖沖地看著特格，「您知道我有多少族人慘遭哈肯能氏族折磨殺害嗎？」

「塔拉札有一個檔案人員，她給了我一份報告。」

「一份報告？你覺得文字能說得清楚這些事情嗎？」

「我覺得不能，但是我只能這麼回答你。」

「霸夏，您可真他媽混蛋！你們亞崔迪家的為什麼總是這麼喜歡說實話？怎麼總是這麼耿直？」

「我覺得是與生俱來的。」

「一點都沒錯。」特格身後傳來了盧西拉的聲音。

特格沒有回頭，她在後面站了多久？他們說的事情她聽到了多少？

盧西拉走過來，站在特格旁邊，但是她的注意力在鄧肯身上：「邁爾斯，看樣子你成功了。」

特格說：「完全依照塔拉札的吩咐。」

她說：「我知道你很聰明，但是遠沒想到會這麼聰明。你的那位母親教了你不少不該教的東西，女修會應該將她嚴加處置才對。」

鄧肯說：「哈，是誘惑人的盧西拉。」他瞥了一眼特格，然後注意力回到了盧西拉身上，「沒錯，我剛才問她要幹什麼，我現在可以得到答案了。」

特格說：「這些聖母叫作銘者。」

盧西拉說：「邁爾斯，要是耽誤了我的任務，我要是因為你完成不了主母的吩咐，就等著我用肉叉把你串起來活活烤熟吧。」

她的聲音全無情緒，特格聞聲不禁一陣顫慄。他知道她是在打比方，但不是在開玩笑。

鄧肯說：「懲罰性的宴會！真不錯。」

特格對鄧肯說：「鄧肯，我們對你做過的事情並沒有什麼浪漫色彩。我為貝尼．潔瑟睿德執行過不少齷齪的任務，但是沒有哪次比這次還要齷齪。」

「閉嘴！」盧西拉大聲喝道，動用全力發出魅音。

特格依據母親所教導的，任由聲音穿過自己，四散而去，然後說道：「我們誠心誠意效忠女修會，只擔心一件事情：貝尼．潔瑟睿德的生死存亡。我們不在乎任何個人的死活，只在乎女修會的存亡。女修會生死攸關之時，『欺騙』、『奸詐』這些詞便失去了其本身的含意。」

「邁爾斯！你那個媽媽真該死！」盧西拉怒不可遏，忍不住以此表達「敬意」。

鄧肯盯著盧西拉，這個女人是誰？盧西拉？他感覺自己的記憶不由自主地起了漣漪。這不是之前的那個盧西拉……截然不同的一個人，可是……有些細節和之前的那人一樣，比如聲音，還有相貌。他忽然又看到了那張臉，他在主堡房間裡瞥到的那張女人臉孔。

「鄧肯，我可愛的鄧肯。」

淚水從鄧肯的眼中落下，那是他的親生母親，也遭了哈肯能氏族的毒手，慘遭折磨……誰知道她還遭遇了怎樣的事情？她「可愛的鄧肯」從那以後便再也沒有見過她。

「諸神啊，我多想現在親手殺了一個姓哈肯能的。」鄧肯悲嘆。

他的注意力再次集中到了盧西拉身上，淚水模糊了她的相貌，鄧肯反而發現了自己熟悉的地方。盧西拉的樣子有些像雷托．亞崔迪摯愛的潔西嘉女士，鄧肯瞥了一眼特格，視線又回到了盧西拉那裡，轉頭之間甩落了眼裡的淚水。記憶中的臉孔逐漸消融，變成了站在眼前的盧西拉。真像啊……但絕對不一樣，再也不可能一樣了。

他能猜到這個頭銜的含意。他的內心升起了鄧肯．艾德侯的放蕩不羈：「銘者，妳想懷上我的孩銘者。

子嗎？我知道妳們不會無緣無故就成了一個『母』。」

盧西拉嗓音冷漠：「這件事情下次再說。」

鄧肯說：「那我們就選一個春宵美時。我到時候說不定還可以為妳獻唱一首。我的歌喉比不過葛尼．哈萊克那個老頭，但是絕對不會壞了床上運動的興致。」

「你覺得自己很幽默嗎？」她問。

「幽默？沒有，不過我確實想起了葛尼。霸夏，你們也讓他起死回生了嗎？」

「據我所知，並沒有過。」特格說道。

鄧肯說：「他能一邊唱歌，一邊要了你的命，而且一個音都不會走。」

盧西拉仍然冷若冰霜：「我們貝尼．潔瑟睿德懂得音樂的弊端，知道盡量避開。音樂會觸發太多混亂的情感，當然是記憶中的情感。」

盧西拉原本想用他者記憶震懾鄧肯，讓他想起貝尼．潔瑟睿德在他者記憶背後隱藏的實力，可是鄧肯笑得更加放肆了。

他說：「那實在太可惜了，妳們白活了那麼多日子。」他哼起了老葛尼．哈萊克經常哼唱的副歌：

「檢閱吧，朋友，檢閱這久未檢閱的軍隊……」

可是，重生之後全新的豐富滋味讓他的思維飄向了其他地方，他再次感覺到體內一股強大的力量迫切希望脫籠而出。他不知道這是什麼樣的力量，但是他知道它洶湧狂暴，而且跟銘者盧西拉有關。在想像中，他看見她死於一片血泊之中的場景。

25

人們不僅想要一時的喜悅，還希望獲得其他東西，也就是所謂的「幸福」的深層感覺。我們之所以能夠形塑我們的計畫成果，一個原因便是我們明白這個鮮為人知的道理。人們如果不能確定這個「其他東西」是什麼，或者如果人們堅信其存在，這個「其他東西」便會對他們產生更大的影響。對於深藏心底的這股力量，許多人只會作出下意識的反應。因此，我們只需要設計出一個「其他東西」，將其變為確切的現實，人們就會追隨而來。

——《貝尼・潔瑟睿德的領導祕訣》

• • •

沉默的瓦夫走在前面，大約二十步之後跟著歐德雷迪和什阿娜，三個人都穿著嶄新的沙漠長袍和熠熠生輝的蒸餾服，正沿著一條兩旁滿是雜草的道路行走，旁邊是一座香料囤場。囤場圍了一圈灰色的虛空塑玻圍欄，網眼上纏著草葉和類似棉花的植物種莢。歐德雷迪看著那些種莢，感覺它們好像努力擺脫人類干涉的生命。

圍欄裡面，達艾斯巴拉特周圍立著幾棟方正的建築，剛剛開始接受午後陽光的炙烤。如果吸氣過快，乾燥熾熱的空氣便會像火一樣進入喉嚨。歐德雷迪頭暈目眩，口乾舌燥，搖搖晃晃地好像走在懸崖邊緣，意志正在與身體激烈戰鬥。她遵照塔拉札的命令行事，現在成了這樣的局面，隨時都有可能崩盤。

危如累卵！

三股力量相互平衡，雖然並不是真正相互支持，但是因為共同的目的而匯聚起來。只是這些目的時刻都可能改變，整個聯盟或許便會因此土崩瓦解。歐德雷迪見到了塔拉札派來的部隊，但是並不放心。特格人呢？伯茲馬利人呢？而且，那個甦亡人在哪裡？他早就該到這裡了。為什麼必須延遲原定計畫？

今天這一趟肯定會耽誤原定的行動！三人雖然得到了塔拉札的祝福，但是歐德雷迪仍然覺得此次前往沙蟲之地，或許有去無回。況且還有這個瓦夫，他就算沒丟掉性命，也難全身而返吧？

雖然歐德雷迪動用了女修會最為先進的快速縫合醫療放大儀，瓦夫仍然說自己斷臂結合的地方疼痛難忍。他不是為了發牢騷，只是提供資訊。他似乎接受了三方脆弱的聯盟，甚至包括拉科斯祭司那群陰謀團體作出的改變。他的幻臉人假扮杜埃克，坐在大祭司的石凳上，這件事情必然令他頗為安心。瓦夫要求貝尼．潔瑟睿德交出他的「育母」時義正詞嚴，據理力爭，最後卻沒實踐他那部分的義務。

歐德雷迪向他解釋：「女修會正在查看新的協議，不會耽擱太長時間。我們趁這個時候……」

今天就是「這個時候」。

歐德雷迪放下心中的疑慮，逐漸變成了探險的心情。瓦夫的行為舉止令她頗為好奇，尤其是他見到什阿娜之後的反應：恐懼得非常明顯，同時也頗為驚嘆。

他信奉的先知的僕從。

歐德雷迪瞥了一眼旁邊的女孩，她正在老老實實地走路。這是女修會真正的利器，她們透過她將各種事情的走向引進了貝尼．潔瑟睿德的計畫之中。

女修會識破了忒萊素人的伎倆，看到了他們行為背後的真實樣貌，令歐德雷迪頗為激動。瓦夫每做出一個新的回應，他狂熱信奉的「真念」輪廓便會更加清晰。能夠在宗教情境下研究一個忒萊素尊主，她便已經感覺非常幸運了。瓦夫步伐剛毅有力，他的舉止因而也堅定果斷，歐德雷迪過去接受的相關訓練，讓她能夠看透他的特定行為。

歐德雷迪心想：我們早就該猜到的。看看女修會操控護使團的手法，我們早就能明白忒萊素人的做法：離群索居，與世隔絕，數千年緩慢發展，始終拒絕外界進入他們的世界。

他們似乎沒有借鑑貝尼．潔瑟睿德的結構，那麼又是怎樣的力量可以讓他們始終保持這種狀態？是某種宗教，是偉大信念！

還有一種可能，即忒萊素人利用他們的甦亡人系統，實現了某種意義上的長生不老。

塔拉札說的有可能沒錯，忒萊素尊主轉世之後，或許不會像聖母那樣擁有他者記憶，而只會擁有他自己的記憶，但是記憶的時間延長了！

真有意思！

歐德雷迪看著瓦夫的背影，步伐沉重緩慢，好像他原本走路就是這個樣子。她想起他叫什阿娜「埃爾雅瑪」，意為「受庇佑之人」，從這一點也能確認瓦夫信奉偉大信念。忒萊素人不僅保住了一種古老的語言，而且完全沒有改變。

瓦夫難道不知道，只有諸如宗教一樣強大的力量，才能做到這等程度嗎？

瓦夫！我們已經掌握了你們的執念從何而來，那跟我們創造的執念不無相似之處，我們知道如何納入你們的執念供我們所用。

與塔拉札的對話正在歐德雷迪的意識中發光發熱：「忒萊素人的目標非常明顯：稱霸宇宙。整個人類宇宙必須成為忒萊素人的宇宙。他們必須得到散失之人的幫助，才能奢望實現這個目標。所以就這樣了。」

統御大聖母的這番話不無道理。雖然女修會因她而分裂為兩派，彼此的關係已經到了勢不兩立的程度，但是反對派也贊成她的觀點。可是，歐德雷迪想到散失之人數量有如大海之中的水滴，想到他們還在指數級爆炸式增長，心頭便襲上一陣孤獨和絕望。

我們實在勢單力薄。

什阿娜彎腰撿起一塊鵝卵石，放在手裡端詳一陣子，便扔向旁邊的圍欄，石子穿過網眼，飛進了囤場。

歐德雷迪控制住自己的情緒，更加平靜了些。這條道路罕有人跡，他們在飛舞的沙塵中前行，腳步聲傳遍了整條路，此時似乎突然頗為響亮。往前最多不過兩百步，就是這條窄路的盡頭，會抵達一條狹長的堤道，越過了達艾斯巴拉特的環形坎兒井和護城河。

什阿娜說：「聖母，妳要我來，我就來了，但我還是不知道為什麼要來這裡。」

因為我們要在這裡考驗瓦夫，然後透過他改造忒萊素人！

「我們要展示一下。」她說道。

這是實話，雖然沒有說出整個真相，但是足夠了。

什阿娜低著頭，眼睛盯著腳下的路。歐德雷迪有些好奇，她每次都這樣走到她的魔鬼身旁嗎？都是這樣若有所思又冷漠嗎？

歐德雷迪聽到後方的頭頂傳來輕微的「喀嗒喀嗒」，觀察戒備的撲翼機到了。他們不會離得太近，但是很多雙眼睛都會觀察這場「展示」。

什阿娜說：「我要跳舞，那樣能召來一隻大的。」

歐德雷迪感覺自己的心跳加快，那隻「大的」看到什阿娜身邊多了兩個人，還會服從她的命令嗎？

這和自殺有什麼區別！

即便如此，這項行動還是得進行，這是塔拉札的命令。

歐德雷迪看了一眼旁邊的囤場，這個地方看起來莫名的熟悉，並不是既視感作祟。她在他者記憶中看到了這個地方古時的樣子，和現在別無二致。場院內有許多橢圓形筒罐，支架高大，好像金屬和塑化玻璃結構的長腿昆蟲，等待獵物出現，準備隨時一躍而起，這些香料筒倉的設計古舊，可以追溯到拉科斯星球最初的時候。她懷疑設計者潛意識裡希望藉此告訴眾人：美藍極既是福，也是禍。

筒倉下面是一片沙土荒地，任何草木均無法生長其上。荒地旁邊是一棟棟泥牆建築，這裡彷彿達艾斯巴拉特的一條手臂，一直伸到坎兒井的邊緣。暴君隱藏已久的球狀無現空間已經形成了一個熙熙攘攘的宗教社區，不過這裡大多數的活動均在沒有窗戶的室內和地下進行。

就像在我們無意識中偷偷發揮作用的欲望一樣！

什阿娜說：「杜埃克變了。」

歐德雷迪看到瓦夫的頭突然抬了起來。他聽到了。他肯定在想：我們瞞得住先知的信使嗎？

歐德雷迪心想：已經有太多人知道現在的杜埃克是幻臉人假扮的冒牌貨。那一小撮意圖謀反的祭司，他們當然覺得自己已經張開了一張大網，不僅能夠拿下貝尼．忒萊素，也可以困住女修會。

歐德雷迪聞到了化學品刺鼻的味道，這是香料囤場消滅野生植物的除草劑。濃烈的氣味令她將注意力轉回目前必須思考的事情上，她不敢在這裡神遊遐想！女修會很容易就會掉入自己設下的陷阱。

什阿娜絆了一下，輕輕地叫了一聲，不是因為疼痛，而是因為懊惱。瓦夫突然回頭看了看什阿娜，然後注意力又回到了路上。他看到孩子只是絆到了路面的坑窪，浮沙遮住了道路裂開的地方，不過他看到前面的堤道似乎頗為平整。路面雖然不能承受先知那些龐大後代的重量，但是絕對可以讓一個虔誠的人類由此處走進沙漠。

瓦夫覺得自己就只是一個虔誠的信徒。

神主，我像乞丐一樣來到了祢信使的土地。

不過，他對歐德雷迪心存疑慮，這位聖母將他帶到這裡，想必是讓他供出他所知道的所有事情，然後便會就地給他一個了斷。我有神主保佑，或許可以給她一些驚喜。他知道伊克斯刑訊儀拿他沒有辦法，不過她顯然也沒帶那麼龐大的設備。不過，瓦夫之所以從容不迫，一是他自己的意志堅強，二是他堅信神主定會降恩。

況且，如果她們誠心與我們結盟，這樣豈不是更好？

若真如此，肯定也是因為神主保佑。

與貝尼．潔瑟睿德結盟，將拉科斯牢牢抓在手裡，多麼美好的夢想啊！《沙利亞特》終於重見天日，貝尼．潔瑟睿德為他們傳教布道。

什阿娜一不小心又絆了一跤，又小聲嘟囔了幾句，歐德雷迪說：「小女孩，別那麼嬌生慣養！」

歐德雷迪看到瓦夫的肩膀僵住了，他不喜歡他人這樣強硬地對待「受庇佑之人」。這個小個子有幾分骨氣，歐德雷迪認為這是狂熱信仰的力量。即便沙蟲要殺了他，瓦夫也不會逃跑。他相信神主的意志，最終將會因此而死，除非他受到震撼教育，因而摒棄頑固而盲目的宗教信念。

歐德雷迪暗暗一笑，她能夠理解他的思維：神主即將傳達祂的旨意。

不過瓦夫當時惦記的是自己的細胞，它們正在班得隆生長，緩慢地更新。無論這裡發生了什麼事情，他的細胞都會繼續生長，完成貝尼．杰萊素的大業……還有神主的旨意，總會有一個瓦夫繼續為了偉大信念而效勞。

「我跟妳說，我能聞到魔鬼的味道。」什阿娜說。

「現在就能聞到嗎？」歐德雷迪仰頭看了看前方的堤道，瓦夫已經走了上去。

「現在聞不到，牠來了才能聞到。」什阿娜說。

「小女孩，牠來了妳當然聞得到，只要是個人都能聞到。」

「牠離我很遠的時候，我就能聞到。」

歐德雷迪深吸了一口氣，在燧石燃燒後的氣味中聞到了其他事物：美藍極隱約的氣味……臭氧，還有某種酸味明顯的東西。她向什阿娜示意，讓她先上堤道，瓦夫則始終和兩人保持著二十步的距離。往下的路很陡，一直延伸到前面大約六十公尺開外的沙漠。

歐德雷迪心想：*我要想辦法盡快嘗一口那裡的沙子，然後就能了解很多事情。*

她走上了堤道，腳下是護城河。她向西南方向望去，看到地平線那端有一道低矮的屏障。突然間，一段他者記憶湧進了歐德雷迪的意識。這段記憶不像真實的視覺效果那樣清晰鮮明，但是她記得這段記憶，其中摻雜的圖像源自她內心最深的地方。

她心中暗罵：*該死！來得可真不是時候！*

她無處可逃，他者記憶突然闖入意識，這種情況往往並非無緣無故，而是必須引起她的注意。

警告！

她瞇著眼睛看著地平線，讓他者記憶覆蓋在自己的視網膜上，她看到那裡久遠以前的一道高大屏障……上面有人走動。屏障分為兩段，中間架有一座奇幻的橋，非常不真實，但是美輪美奐。她不需要真正看見，便知道那座早已消失的大橋下面有一條河：艾德侯河！現在，視網膜上疊加的圖像出現了動態的內容：一些東西從橋上掉了下去。歐德雷迪距離橋梁實在太遠，看得並不真切，但是她現在已掌握這些投影的特徵。她既恐懼又欣喜，她認出了這個場景。

那座奇幻的大橋即將坍塌，落入底下的河流！

這段視覺記憶並不是隨機的破壞事件，而是一段經典的暴力事件，存於很多女性的記憶之中，於香料之痛期間傳給了她。這個圖像每一部分的內容都經過了細緻的調整，歐德雷迪知道這些內容的類別：歐德雷迪成千上萬的祖先曾經透過想像重建了當時的場景，這雖然不是一段真實的視覺記憶，但也是依據各類準確的報告拼合而成。

那裡就是當年出事的地方！

歐德雷迪停住腳步，讓這些圖像任意投在她的意識之中。警告！她發現了危險，但是她沒有試圖深究警告的本質是什麼。她知道如果自己尋根究柢，這件事實只會四分五裂，雖然每一塊碎片都與事實相關，但是她將無法再像從前那樣確切地看待這件事情。

那裡發生的事情牢牢刻在了亞崔迪的氏族歷史之中。暴君雷托二世從那座如夢似幻的橋上落入了洪流之中，因而消散死亡。拉科斯的巨蟲，神帝暴君的本體當時正在迎娶皇后的途中。

就在那裡！就在橋下的艾德侯河中，暴君淹沒在了自己的痛苦之中。就在那裡，分裂之神由變體中誕生——一切都始於那裡。

這件事情為什麼是警告？

河流與橋梁已經從這片土地消失了，暴君的旱地沙厲爾原本圍有一堵高牆，那牆經過歲月的風蝕，已經變成酷熱耀眼的地平線上破碎的線條。

假若暴君長眠的記憶以一顆珍珠的形式，現在隨著一隻蟲子來到這裡，會不會產生危險？反對塔拉札的聖母抱持這樣的疑問。

「他會甦醒！」

塔拉札和她的議事聖母認為這種可能性根本不存在。

即便如此，面對他者記憶的警告，歐德雷迪也不能置之不理。

「聖母，我們為什麼不走了？」

歐德雷迪感覺自己的意識猛地回到了當下的現實，這裡有需要她關注的事情。暴君無盡的夢境在那警告的畫面之中開始了，但是其他的夢境打斷了這段回憶。什阿娜站在她面前，滿臉疑惑。

「我在遠眺。」歐德雷迪指向遠方，「什阿娜，沙胡羅就是在那裡出現的。」

瓦夫停在堤道的盡頭，再一步就走進了茫茫沙漠，現在距離歐德雷迪和什阿娜大約四十步。歐德雷迪的聲音讓他警覺地停住腳步，但是他沒有轉身也沒有回頭。歐德雷迪能夠從他的姿勢感覺到不悅，任何人對先知哪怕有一丁點兒嘲諷之意，他也頗為介意。他始終懷疑女修會對他們冷嘲熱諷，事關宗教之時尤其如此。忒萊素人對於貝尼·潔瑟睿德的態度長期以來都是憎惡與懼怕交織，瓦夫還沒準備好接受她們也相信「偉大信念」的事實。小心至上，對待護使團是這樣，對待貝尼·潔瑟睿德也應該這樣。

「他們說那裡以前有一條大河。」什阿娜說。

歐德雷迪在什阿娜的聲音裡聽出了抑揚頓挫的譏嘲。這個小女孩學得倒挺快！

瓦夫轉過身來，怒目而視，他也聽出來了。他現在又會怎樣看待什阿娜？

歐德雷迪一隻手扶著什阿娜的肩膀，另一隻手指向橋的方向：「那裡曾經有一座大橋，旁邊是沙厲爾的高牆，牆上有一個缺口，艾德侯河從那裡流過。大橋就橫跨在那個缺口處。」

什阿娜嘆了一口氣。「真正的河。」她小聲說道。

「不是坎兒井，又沒有運河那麼寬。」歐德雷迪說。

「我從來都沒見過河。」什阿娜說。

「沙胡羅就是在那裡被他們扔進河裡的。」歐德雷迪說著指了指她的左邊，「這方向，好幾公里之外，他給自己建了一座宮殿。」

「那邊什麼都沒有，全都是沙子。」什阿娜說。

「宮殿在大饑荒的時候被拆了。」歐德雷迪說，「人們以為宮殿裡有存放香料，他們當然猜錯了，他那麼聰明的人，怎麼會做這種事？」

什阿娜湊到歐德雷迪耳邊，小聲說道：「可是確實有很多香料。經文裡說過，我聽他們唱過很多次。我的……他們說香料在一個洞裡。」

歐德雷迪微微一笑，什阿娜說的肯定是「口述史」，而且她差點說出了「我的爸爸……」那是她死在這片沙漠中的親生父親，歐德雷迪已經從女孩的嘴裡套出了那段過去。

什阿娜繼續小聲說道：「那個小個子為什麼總跟著我們？我不喜歡他。」

「這次展示不能沒有他。」歐德雷迪說道。

此時瓦夫走下了堤道，踏上柔軟的沙坡。他小心翼翼地走著，但是看不出任何遲疑的神色或舉止。他轉過身來，雙眼在熾熱的陽光下熠熠生輝，先是望了望什阿娜，然後又看了看歐德雷迪。

歐德雷迪想：他看什阿娜的時候仍然是那種敬畏的眼神，他以為自己會在這裡發現一些偉大的事物。他會恢復從前的地位，還有那些榮光和威望！

什阿娜一隻手遮在眼睛上方，仔細地看了看沙漠。

「魔鬼喜歡這樣的溫度。」什阿娜說，「天一熱，大家就躲進屋子裡了，可是魔鬼一到這種時候就來了。」

歐德雷迪想：她沒說沙胡羅，她說的是魔鬼！暴君，你一點都沒說錯。關於我們這個時代，你還看到了什麼事情？

暴君真的沉睡在他的蟲子蟲孫體內嗎？

歐德雷迪研究過的分析報告沒有一篇確切解釋了暴君的動機，一個人類到底為什麼會和厄拉科斯當年的那隻蟲子建立了共生關係？那次駭人聽聞的變形已經發生了數千年，他的理智發生了什麼變化？拉科斯這些蟲子體內是否還存有他星星點點的意識？

什阿娜說：「聖母，牠來了。聞到了嗎？」

瓦夫瞇著眼睛，不安地看著什阿娜。

歐德雷迪深吸一口氣，聞到濃郁的肉桂氣味，帶有些許燧石的苦澀味道。火焰、硫磺，她彷彿看到了巨蟲體內晶體內壁的煉獄。她彎下腰，捏起一撮浮沙，放在舌頭上，整個背景都出現了：他者記憶中的沙丘和如今的拉科斯。

什阿娜指了指左前方，恰恰是微風吹來的方向：「就在那邊，我們得趕快。」

什阿娜沒等歐德雷迪允許，便輕快地跑下堤道，跑過瓦夫，爬上了第一座沙丘。她等到歐德雷迪和瓦夫趕上來之後，帶著他們走下丘面，又爬上了一座，在黃沙之中艱難地行進，走在這片峽谷一樣起伏的沙地上，時不時看到一縷縷鹽晶從丘頂吹下。沒過多久，他們已經離清水環繞而安全的達艾斯巴拉特有將近一公里。

什阿娜再次停下腳步。

瓦夫氣喘吁吁地停在她的身後，蒸餾服兜帽下沿和眉毛之間閃著汗水的光。

歐德雷迪停在距離瓦夫一步的位置，呼吸深而平穩，她瞇著眼睛越過瓦夫，望著什阿娜視線的終點。

一陣暴風以排山倒海之勢從遠處席捲漫天黃沙而去，捲過了一條狹長的岩床，那裡滿是凌亂的巨石，好像被瘋狂的普羅米修斯一般的人物破壞之後的建築一樣。黃沙像奔騰的河水一樣流過這些自然形成的迷宮，填滿了深溝淺壑，然後從一處低矮的斷崖落下，融入了其他的沙丘之中。

「在那下面。」什阿娜說著指向那片岩床。她連滾帶滑地下到沙丘底部，停在一塊少說也有她的身高兩倍的石頭旁邊。

瓦夫和歐德雷迪在她身後停了下來。

他們旁邊又是一片廣闊峽谷的滑落面，蜿蜒曲折，好似嬉鬧的鯨魚背部，高高聳入銀藍色的天空。

歐德雷迪趁著停步的時間恢復了自己的氧平衡，剛才一段快跑耗費了不少體力，她看到瓦夫面紅耳赤，正在大口喘氣。在這個狹長的通道裡，燧石和肉桂混合的氣味非常濃烈，嗆得人難以呼吸。瓦夫聞了兩下，用手背抹抹鼻子。什阿娜抬起一條腿，踮起腳尖，轉了一圈，跑了十步，衝到了岩床通道對面。她一隻腳踩在外側沙丘的坡面上，雙手舉向天空。她慢慢地跳起舞，而後愈來愈快，並且朝沙丘上移動。

頭頂撲翼機的聲音愈來愈大。

「你們聽！」什阿娜大喊一聲，但是沒有停止舞步。

她說的並不是撲翼機的聲音，歐德雷迪轉過頭來，雙耳都聽到了一個新的聲音從岩石迷宮的遠處傳了過來。

沉悶的嘶嘶聲在沙地之下由遠及近，移動速度驚人，很快便響亮了起來。風打著旋，順著那條岩石大道颳了過來，他們感覺空氣明顯變熱許多。嘶嘶聲的頻率逐漸加快，變成震耳欲聾的咆哮，一張血盆大口突然鑽出沙丘，出現在什阿娜的正上方，口器周邊嵌了一圈水晶似的牙。

「魔鬼！」什阿娜大叫，舞蹈絲毫沒有中斷，「我在這裡，魔鬼！」

巨蟲攀至沙丘頂部，低垂口器朝向什阿娜。沙子像瀑布一樣落在她的腳邊，她不得不停下舞步。肉桂的氣味瀰漫在這條巨石嶙峋的峽谷之間，巨蟲的口器停在他們頭頂。

「神主的信使。」瓦夫以氣音自言自語。

歐德雷迪臉上的汗水已經蒸發，蒸餾服的自動隔熱系統也鼓脹得明顯可見。她深吸一口氣，釐清這濃烈肉桂氣味中的成分。他們周圍的空氣帶有臭氧刺鼻的味道，很快便產生了大量氧氣。歐德雷迪五感盡開，她在儲存現場的各類資訊。

前提是我能活著離開這裡，她心想。

沒錯，這些資料都非常寶貴，未來說不定其他人能用到。

什阿娜從傾瀉而下的沙子裡抽身，退到裸露的岩石上，然後繼續她的舞蹈，動作更加狂放，每一次轉身都會甩動她的頭顱。長髮抽打在她的臉上，每一次面向巨蟲，她都會大喊一聲：「魔鬼！」

蟲子好像身處陌生環境的孩子一樣，小心翼翼地再一次向前爬了幾步，越過沙丘的峰頂，蜷成一團，趴在裸岩上，炙熱的口器略微高於什阿娜的頭部，距離她兩步。

巨蟲停下之後，歐德雷迪便聽到了牠身體深處的轟鳴，彷彿是熔爐發出的聲音。她目不轉睛地盯著這個生物內壁反映的跳動橘色火焰，牠簡直就是一座神祕的火窟。

什阿娜停下了舞步，兩隻手攥成拳頭，狠狠地瞪著她召喚來的這隻怪物。

歐德雷迪控制住自己的呼吸，聚起全身力量。如果她活不到明天的話——不管怎麼說，反正她沒有違抗塔拉札的命令，今天的這些事情就讓撲翼機裡的那些人告訴統御大聖母吧。

什阿娜說：「喂，魔鬼，我帶來了一位聖母，還有一個忒萊素的男人。」

瓦夫「撲通」一聲跪了下去，連連磕頭。

歐德雷迪趁他不注意，溜到什阿娜身邊。

什阿娜的呼吸很重，臉漲得通紅。

歐德雷迪聽到他們全力運作的蒸餾服咔嗒作響，灼熱的空氣中充斥肉桂的氣味，周圍全都是他們的聲音，巨蟲體內火焰低沉的聲音最為引人注意。

瓦夫來到她身旁，眼神恍惚地盯著巨蟲，小聲說道：「我來了。」

歐德雷迪在心中暗罵，擅自發出任何動靜，他們都有可能葬身蟲腹。不過，她知道瓦夫的想法：從來沒有忒萊素人這麼近地面對過先知的後代，就連拉科斯的祭司也沒有享受過這樣的機會！

什阿娜的右手突然比出向下的手勢，說道：「魔鬼，下來！」

蟲子張大的口器探了下來，體內的火窟填滿了他們面前的整條峽谷。

什阿娜聲音微弱：「聖母，您看到了嗎？魔鬼聽我的話。」

歐德雷迪感覺到什阿娜確實可以控制沙蟲，女孩和巨獸在用一種隱祕的語言交流，實在令人匪夷所思。

什阿娜提高音量，說了一句膽大包天的話：「我要讓魔鬼把我們都馱起來！」她手腳並用爬上了沙丘的滑落面，爬到了沙蟲旁邊。

沙蟲巨大的口器立刻隨著她抬了起來。「別動！」什阿娜大喊一聲，巨蟲停了下來。

歐德雷迪心想：她指揮蟲子並不是依靠語言，應該是靠別的東西……別的東西……

「聖母，跟我來。」什阿娜喊了一聲。

歐德雷迪把瓦夫推到了自己前面，跟著他爬上了什阿娜身後的沙坡。散落的沙子滑到峽谷裡，積在沙蟲身旁。他們看到前方便是蟲子逐漸變細的尾部，沿著沙丘的頂部曲折蜿蜒。什阿娜帶著兩人，在沙地裡一步一步艱難地走到了蟲尾的末端。她抓住稜紋表面圓環的外沿，爬上了她的沙漠巨獸。

歐德雷迪和瓦夫戰戰兢兢地跟了上去，歐德雷迪感覺蟲子溫暖的體表不是有機物，好像伊克斯人的某種製品一樣。

什阿娜沿著蟲子後背蹦蹦跳跳跑了過去，蹲在口器後面，這裡的環節厚且寬大。

什阿娜說：「像我這樣。」她身體前傾，抓住了環節外沿的下面微微往上抬，露出了一點柔軟的粉色。

瓦夫立刻依她所說，抓住了環節，歐德雷迪則更加謹慎，存下了所有資訊。蟲甲表面硬度堪比塑堊，同時覆有細小的硬塊。歐德雷迪用手指戳了戳環節下面柔軟的部分，感覺到微弱的跳動。他們周圍的體表一起一伏，和著一個幾乎感覺不到的韻律，每一次起伏歐德雷迪都能聽到細微的摩擦聲。

什阿娜踢了一腳身後的蟲背。

「魔鬼，走！」她說。

沙蟲沒有反應。

「拜託啊。」什阿娜央求道。

歐德雷迪在什阿娜的聲音裡聽到了無助。孩子堅信自己確實可以駕馭她的魔鬼，但是歐德雷迪明白，她只有第一次騎上了沙蟲。從女孩向沙蟲求死，到祭司亂作一團，歐德雷迪知道這期間的一切，可是依然無法判斷之後將會發生什麼事。

巨蟲此時突然動了起來，牠猛地抬起了口器，扭向左側，一個小角度的轉彎便爬出了岩石峽谷，背對著達艾斯巴拉特的方向，直直奔向沙漠。

「神主與我們同行！」瓦夫大喊。

他的語氣如此狂放！歐德雷迪頗為訝異，她感覺到這個忒萊素尊主信念中的力量。撲翼機跟上來了，歐德雷迪聽到了一陣「喀嗒喀嗒」的聲音。大風拍打著他們的臉和身體，迎面吹拂，歐德雷迪聞到了臭氧濃重的氣味，還有狂奔的巨獸體內的味道。

歐德雷迪用餘光瞥了一眼後方的撲翼機，她在想三個人身在巨蟲之上、茫茫大漠之中，這一刻可說是極為脆弱，敵人很容易就可以一口氣幫這座星球消滅一個麻煩的孩子、一個同樣麻煩的聖母和一個人見人煩的忒萊素人。謀反的那群祭司或許有這樣的打算，她知道他們巴不得女修會的觀察者還來不及插手介入，這三個人就已丟了性命。

他們會因為好奇和恐懼而按兵不動嗎？

歐德雷迪承認，自己心中也有股巨大的好奇。

這東西要把我們帶到哪裡去？

他們現在肯定不是去欽恩的方向，她抬起頭，瞇著眼睛，視線越過了什阿娜。正前方的地平線上，她看到了落石砸出的凹洞，講述著暴君從那座彷彿位在仙境的橋上墜落的故事。

這就是他者記憶警告的地方。

歐德雷迪恍然大悟，大腦在這一瞬間失去了思考的能力。她明白警告的含意了。暴君死在那個地方並非意外，這是他自己選中的地方，他特意安排自己經過那裡。許多人都在那裡喪失了生命，但是只有他的死亡意義最為重大。暴君心懷著目的去選擇他的旅行路線。蟲子奔向那裡只是遵從自己的意願，並非聽從什阿娜的命令。暴君無盡的長夢像磁鐵一樣，將牠引回到長夢開始的地方。

26

曾有人問一個來自乾旱地帶的人：「對你來說，一壺水和一池水，哪一個更重要？」那人想了想，說：「一壺水更好。沒人能夠獨占一池水，但一壺水可以藏在斗篷下面帶走，沒有人會知道。」

——《古沙丘笑話集》，貝尼．潔瑟睿德檔案部

•••

球狀無現空間的練習室裡，訓練課程已經持續了很長時間。鄧肯此刻正在一個移動的籠子裡，練習怎樣用核心格鬥七式應對來自八個方向的攻擊，他知道，只要這個新的身體還沒熟悉這些招式，這個系列的課程就會日復一日地繼續下去。汗水已經浸透了他的綠色單衣。這門課他們已經連續上了二十天！

鄧肯練的是一套古老的格鬥招式，特格知道這些招式，不過名字和順序跟這一套都有所不同。他們開始練習的前五天，特格一度懷疑現代的教學方式可能不適合鄧肯。不過現在他發現，鄧肯把前人的格鬥理論和他在主堡裡學到的東西融合在一起，創造出一種全新的訓練方式。

特格坐在控制臺邊細細觀察，此刻其實他也在參與鄧肯的訓練。控制臺需要特格發揮精神力調控，才能操作練習中招式凶狠的虛擬影兵，特格現在用起來得心應手，他操控下的精兵不時會有出其不意的攻擊。

盧西拉如今已急不可耐，不時會來練習室探看。她總在一旁觀看，然後一言不發地離開。特格不知道鄧肯對盧西拉做了什麼，但他隱隱感覺到喚醒後的甦亡人正在拖延時間，不讓銘者的引誘計畫得逞。特格知道，她不會讓這種狀態持續太久，但是事情由不得他決定。對於這個銘者來說，鄧肯已經不再是一個「年紀太小的孩子」。少年如今恢復了成年男子的心智，過往的閱歷足夠讓他為自己作決定。

整個上午，鄧肯和特格只休息了一次。特格感覺飢餓陣陣襲來，但仍不太願意就此結束今天的訓練。鄧肯的格鬥水準今天上升到了新的高度，而且還在不斷提升。

特格坐在控制臺前的固定座椅上，操控暗影精兵做出一系列複雜的動作，從左邊、右邊和上方發出攻擊。

哈肯能氏族的武器庫裡有許多新奇的武器和訓練器材，有些特格只在歷史記載裡見過。鄧肯顯然認得眼前全部的武器和器材，而且了解頗深，令特格羨慕不已。他們現在使用的這套暗影訓練系統中，幾個尋獵鏢正試圖衝破鄧肯的力場護盾。

「它們為了衝破護盾，會自動減速。」鄧肯用他稚嫩中透出老成的嗓音說道，「若是進攻速度太快，護盾就會把它們擋回去了。」

「那種防禦方式快過時了。」特格說，「有些團體現在把這套系統變成一種運動來用，不過除此之外……」

鄧肯用快如閃電的速度反擊，將三個尋獵鏢打落在地，鏢體嚴重損壞需要球狀無現空間的維修系統處理。他離開籠子，讓系統繼續低速運轉，朝特格走去，呼吸很深但毫不費力。鄧肯的視線越過特格，點頭笑了笑。特格轉過身去，只見盧西拉袍子一甩走開了。

「這是我跟她之間的較量。」鄧肯說，「每次她嘗試突破我的防線，我就馬上反擊。」

「還是小心為妙。」特格說道，「你面對的畢竟是一位聖母。」

「當年我已經見識過她們的手段了，霸夏。」

特格又一次感到不知所措。女修會告誡過他，鄧肯・艾德侯被喚醒後，特格可能需要從頭開始適應，但他沒想到這種情況會出現得如此頻繁。鄧肯的眼神看得他心神不寧。

「我們的關係現在有一點變化，霸夏。」鄧肯說道。他撿起地上的毛巾，擦了擦臉。

「我不知道自己還能教你些什麼。」特格坦誠道。不過，他還是希望鄧肯聽進去了關於盧西拉的警告。鄧肯是不是認為現在的聖母跟他那個年代的沒有區別？特格認為這是不可能的。像所有其他人一樣，女修會也在不斷發展、變化。

特格明顯感覺到，關於鄧肯要在塔拉札的計畫裡扮演什麼角色，鄧肯本人已經做好了決定。鄧肯現在不僅是在拖延時間，他還希望在此期間把身體訓練到巔峰狀態，同時他對貝尼・潔瑟睿德也有了自己的判斷。

特格心想：這個判斷依據的資料並不充分。

鄧肯把毛巾往地上一扔，盯著它看了一會兒：「讓我來決定訓練的內容吧，霸夏。」他轉過頭，目不轉睛地看著坐在籠子裡的特格。

特格深吸了一口氣。身邊這臺耐用的哈肯能設備散發出淡淡的臭氧氣味，靜靜等待鄧肯返回訓練籠。這個甦亡人的汗水帶著一絲苦澀的氣味。

鄧肯打了個噴嚏。

特格聞了聞，空氣中到處都是他們活動揚起的灰塵，嘗起來比聞著更加明顯：鹼性的味道。除此之外，就是淨氣機和製氧機散發出的香氣。系統裡有一種獨特的花香味，但特格聞不出是哪種花。他們生活在球狀無現空間的這一個月裡，也把人的味道帶了進來，這裡的空氣夾雜了各種新的氣味，有汗味，有烹飪的香氣，還有總也除不掉的廢物處理設備的酸臭味。他們的這些氣味與這裡格格不入，讓特格覺得不舒服。他發現自己除了嗅聞各種味道，也豎起耳朵在聽有沒有入侵者製造的聲音——除了在過道裡他們腳步聲的迴響和廚房裡隱約的餐具碰撞聲之外的聲響。

鄧肯突然說道：「您很特別，霸夏。」

「為什麼這麼說？」

「您跟雷托公爵長得很像，尤其是五官，他要比您矮一些，但是其他特徵……」他搖了搖頭，想到了貝尼・潔瑟睿德在特格的遺傳特徵上下的功夫——雄鷹般的面部輪廓，臉上的褶皺線條，還有由內而外散發出的道德高尚的氣質。

這種道德高尚的氣質從何而來？

據主堡裡的紀錄（鄧肯敢肯定，她們是有意讓他看到這些紀錄的）記載，特格在這個宇宙裡幾乎無人不知，無人不曉。在瑪爾肯戰役中，敵方得知即將交鋒的軍隊是由特格率領時，便主動繳械求和。這種事情真的發生過嗎？

鄧肯看向坐在控制臺前的特格，說出了自己心中的疑問。

「有時聲望也能當成武器來用。」特格解釋道，「造成的傷亡往往會少一些。」

「在阿爾博遂，您為什麼要和士兵們一起上前線？」鄧肯問道。

特格有些吃驚：「你從哪裡聽說的？」

「主堡。您那麼做可能會送命，為什麼還堅持如此？」

特格想到，面前的這個少年擁有不可估量的知識，驅使著他不斷尋求答案。特格猜想，正是這種無從預知的潛力，讓女修會看到了巨大的價值。

「阿爾博逯戰役的頭兩天，我們損失慘重。」特格說，「我對敵軍的恐懼心理和盲目狂熱作出了錯誤判斷。」

「但這其中的風險……」

「我和戰士們一起奮戰沙場，是想讓他們知道我和他們同生共死。」

「主堡的紀錄說，阿爾博逯是受幻臉人唆使叛變的。派特林告訴我，當時參謀們力勸您肅清整座星球，把它變成不毛之地，而您——」

「你當時並不在場，鄧肯。」

「我在試著還原當時的情況。所以您無視部下的意見，放過了敵人。」

「除了那些幻臉人。」

「然後您不帶武器就走進了敵人的陣地，而當時他們還沒有放下手中的武器。」

「為了讓他們放心，以後不會遭受不公待遇。」

「這樣做很危險。」

「危險嗎？在我們突擊科洛伊寧反女修會勢力的最後一戰，他們很多人從阿爾博逯遠道而來，助我們一臂之力。」

鄧肯全神貫注凝視著特格。這位年老的霸夏不僅相貌與雷托公爵相似，還繼承了亞崔迪的領袖氣質：即使在曾經敵對的人眼中，他也是一個傳奇人物。特格說自己是亞崔迪氏族珈尼瑪的後人，但事情應該沒有這麼簡單。貝尼・潔瑟睿德爐火純青的育種技術令鄧肯驚嘆不已。

「繼續訓練吧。」鄧肯說。

「不要過度消耗自己。」

「您不記得了，霸夏，我記得自己曾經來過這裡，那時的那副身體跟現在的我一樣年輕，就在這座羯地主星上。」

「是伽穆！」

「現在是叫這個名字了，但是我還是會不由自主地想到它從前的名字。所以她們才把我送到這裡來，我猜到了。」

他當然能想到這一點，特格心想。

特格從短暫的休息中恢復體力，他在攻擊系統中加入了一種新的元素，突然朝鄧肯左側發起了「火線」攻勢。

鄧肯的躲閃多麼輕鬆寫意！

他的招式雜糅貝尼．潔瑟睿德的五式，又加以變化，每次應對都彷彿前一刻剛想出來一樣。

「每次攻擊都像是無盡道路上飄浮著的一根羽毛。」鄧肯的聲音聽起來毫不費力，「羽毛愈飄愈近，然後轉向，消失了。」

說話間，他躲開了對方變換的攻擊，並進行反擊。

特格控制下的影兵隨即對敵人的動作作出回應，晶算師的邏輯告訴他，這些動作終會使影兵陷入險境。他想起了：依賴性和關鍵的圓木！

鄧肯搶在對手之前出擊，轉守為攻。特格使出渾身解數，影兵身上燃起火光，閃轉騰挪間籠內火星四溢。鄧肯身形矯健，在移動的籠子裡自由飛舞，特格的尋獵鏢和火線反擊術毫無近身的機會。鄧肯時而騰空躍起，時而壓低身段，這臺設備的攻擊雖能夠造成實實在在的疼痛，但他似乎全不放在心上。

鄧肯再次加快攻擊的速度。

特格感到一陣劇痛從他放在控制臺上的手閃電般蔓延至肩膀。

鄧肯驚叫一聲，關上了系統：「抱歉，霸夏。您的防守嚴密得沒話說，但恐怕您的年紀大了，反應跟不上了。」

鄧肯再次走向特格，站在他面前。

「一點小痛而已，提醒我記得自己讓你禁受的疼痛。」特格揉了揉刺痛的手臂說道。

「都怪我一時頭腦發熱。」鄧肯說，「目前我們訓練得已經夠多了。」

「還不夠。」特格說，「只訓練你的肌肉是不夠的。」

聽見特格的話，鄧肯只覺得有一種警惕的感覺從心頭逐漸蔓延至全身。他身上還有尚未喚醒的部分，讓他茫無頭緒。鄧肯心想，有什麼東西蜷伏在他身體裡，蓄勢待發。

「您覺得還有哪些事可以做？」鄧肯問道，聲音有些嘶啞。

「現在局勢緊迫，危在旦夕。」特格說道，「我們做的一切都是為了保護你，讓你平安抵達拉科斯。」

「貝尼．潔瑟睿德這麼做是有目的的，你曾說過你並不清楚！」

「鄧肯，我確實不知道。」

「但您是一名晶算師。」

「晶算師需要足夠的資料才能進行推演。」

「您覺得盧西拉會知道嗎？」

「我不確定，但我希望你提防她。她受命將你帶往拉科斯，而且為了讓你順利完成在那裡的任務，她要幫你作一些準備。」

「任務？」鄧肯搖了搖頭，說道：「難道我連自己作決定的權利都沒有了嗎？您喚醒的是什麼東西？一個該死的幻臉人，只會服從命令的傢伙嗎？」

「你是說，你不打算去拉科斯？」

「我的意思是，在我知道別人想讓我幹什麼以後，我要自己作決定，我不當什麼職業殺手。」

「那你覺得我是嗎，鄧肯？」

「我覺得您是一個值得尊敬的人。關於責任和榮譽，請允許我有自己的判斷和標準。」

「女修會幫你延續了生命，那——」

「但您不是我的父親，盧西拉也不是我的母親。銘者是嗎？她要讓我作好準備去做什麼事？」

「可能她也不知道。她可能也像我一樣，只知道計畫的一部分。考慮到女修會的運作模式，這種可能性很大。」

「所以你們倆只負責訓練我，把我送上厄拉科斯，然後對那些聖母說：『妳們訂的貨物送到了！』」

「自你最初降生的年代到現在，宇宙已經發生了極大的變化。」特格說，「現在大公約依然有效，無論是原子武器，還是雷射槍和盾引發的類原子殺傷行為都是違反協定的，我們依然禁止偷襲行為，還簽訂了各種各樣的合約和協定，而且——」

「無現星艦的存在改變了所有這些協定的基礎。」鄧肯說，「我在主堡裡讀到的這方面的歷史知識夠多了。霸夏，我想知道，為什麼幾千年來保羅的兒子不斷讓忒萊素人製作我的甦亡人，接連製作了幾百個！」

「保羅的兒子？」

「主堡的紀錄裡他叫『神帝』，你叫他『暴君』。」

「噢，我們也不知道他為什麼這麼做。也許他覺得寂寞，希望有一個來自——」

「你們要用我對付沙蟲！」鄧肯說。

真的是這樣嗎？特格不禁好奇。他曾經多次考慮過這種可能性，但這也只是一種可能，並沒有經過推算。即便如此，塔拉札也必定還有其他的考慮。身為訓練有素的晶算師，特格幾乎可以確定這一點。那盧西拉知道嗎？從聖母身上刺探有用的資訊，特格知道自己沒那個能力。不行……他必須靜觀其變，伺機行動，他要用自己的方式處理，鄧肯顯然也是這麼打算的。阻撓盧西拉是一件很危險的事！

特格搖了搖頭，說道：「鄧肯，我跟你說實話，我也不知道。」

「但你聽從命令。」

「因為我向女修會宣誓效忠。」

「女修會生死攸關之時，欺騙、奸詐這些詞便失去了其本身的含意。」鄧肯引用特格說過的話。

「對，我是這麼說過。」特格同意道。

「我相信你，因為你曾經說過這樣的話。」鄧肯說，「但我不信任盧西拉。」

特格低下了頭，下巴靠近胸口。危險……危險……

雖然比往常要慢得多，特格還是努力擺脫了這些想法的困擾，進入精神淨化流程，集中精力思考塔拉札口中那些必須完成的任務。

「你是『我的』霸夏。」

鄧肯看著霸夏，仔細端詳了起來，老人的臉上透著疲憊。鄧肯突然想起特格年事已高，不禁好奇，像特格這樣的人有沒有想過去找忒萊素人，讓他們製作自己的甦亡人？應該沒有。他們知道這樣一來，自己就會變成忒萊素人的傀儡。

鄧肯的思緒久久無法抽離，陷入了沉思，特格一抬眼，便看見鄧肯想得出神。

「怎麼了？」

「忒萊素人在我身上動了手腳，目前還不知道他們到底做了什麼。」鄧肯啞聲說。

「我們擔心的正是這一點！」特格身後靠門的地方傳來盧西拉的聲音。她走到離鄧肯兩步遠的地方，說道：「我剛才一直在聽你倆說話，很有收穫。」

特格聽出盧西拉有些生氣，為了緩和她的怒氣，便迅速接話：「他今天掌握了格鬥七式。」

「他的動作像火一樣迅猛有力。」盧西拉說，「但不要忘了，聖母的行動像流水一般靈活，沒有我們應對不了的招式。」她低頭看向特格，「你難道沒有發現，這個甦亡人的功力已經跳出招式的框架了嗎？」

「攻無定式，化有形於無形。」鄧肯說道。

特格抬起頭，機警地看向鄧肯，鄧肯頭頸昂然，神色從容地迎上特格的目光，眼神清澈無比。鄧肯喚醒初始的記憶後，在這麼短的時間裡，成長的速度快得驚人。

「邁爾斯，你這該死的傢伙！」盧西拉低聲抱怨。

但特格的注意力依然在鄧肯身上。少年體內似乎注入了一種全新的活力，他表現出前所未見的從容鎮靜。

鄧肯轉向盧西拉，問道：「覺得自己完成不了任務了？」

「當然不是。」她答道，「你畢竟還是一個男人。」

她心中暗想：是的，這具年輕的軀體內必然流淌著陽剛精氣。沒錯，稍加撩撥，必然能點燃沉睡中的荷爾蒙。但考慮到鄧肯現在的態度和看待她的方式，盧西拉可能要花費更多精力，換一種方式才行。

「忒萊素人對你做了什麼？」她問道。

「稟告銘者大人，如果我知道，就會告訴妳了。」鄧肯的語氣中帶著輕浮，但只是裝出來的。

「你覺得我們是在玩遊戲嗎？」她質問道。

「我可不知道我們玩的是什麼遊戲！」

「我們現在本該逃到拉科斯了，但已經有很多人知道我們不在那裡。」她說。

「而且伽穆上有很多大離散歸來的人。」特格說，「他們人數眾多，總有人能推敲得出究竟發生了什麼事。」

「誰會知道這裡有一個哈肯能時代建成的祕密球狀無現空間呢？」鄧肯問道。

「只要有人把拉科斯和達艾斯巴拉特放在一塊想，就有可能推測得出來。」特格說道。

盧西拉說：「如果你把現在的情況當成遊戲，那就想想這場遊戲的形勢有多麼緊急吧。」接著她轉向了特格，對他說：「你竟然違抗塔拉札的命令！」

「妳錯了！我做的正是她命令的事。我是她的霸夏，我想妳忘了，她到底多了解我的行事作風。」

特格的回答直截了當，盧西拉聽後一時語塞，仔細回憶起塔拉札的各種微妙手腕來……

我們都是棋子！

塔拉札在排兵布陣時總是深思熟慮，嫻熟老練。盧西拉意識到自己是塔拉札的棋子，但並未因此受到打擊，女修會裡的每一位聖母，都是在這種觀點的薰陶下逐漸成長，不斷成熟的。這一點特格也知道。不，她並沒有受到打擊。盧西拉對眼前的形勢有了更深的認識。特格一言驚醒夢中人，她突然意識到，對於他們身處的錯綜局勢，自己先前的看法過於狹隘，就好像站在一條湍急的河流前，一開始她只看得見表面的水流，偶爾得以一窺水面下奔湧的激流。而現在她感覺自己置身於亂流之中，想到自己的處境，不免心生沮喪。

棋子是可以犧牲的。

27

你們相信奇點，相信粒性的絕對事物，便等於否認所有向前或向後的運動，包括演化在內！你們讓粒性的宇宙存留在自己的意識中，就看不到運動。你們的觀念已自我設限，事物一旦變化，你們那絕對的宇宙便會消失，再也感知不著。我們這個宇宙已經脫離了你們的感知和理解範圍。

——《亞崔迪宣言》初稿，貝尼．潔瑟睿德檔案部

•••

塔拉札兩手抱頭，手掌按在耳朵前面，連她的手指都能感覺到腦袋中的疲倦，整個頭都疲憊不堪。她眨了幾下眼睛，進入放鬆的迷醉狀態，雙手按住的位置是肉體意識唯一的焦點。

一百下心跳。

這項技能是她最早學會的貝尼．潔瑟睿德訣竅之一，她從小便會，此後時常運用。剛好一百下。多年練習之下，她的體內有了一臺無意識的節拍器，可以自動跟著心跳打拍。

她數到一百，睜開了眼睛，感覺自己的頭腦清醒了一些。她希望自己至少還可以再工作兩個小時，然後再筋疲力盡地睡去。在這一生中，這一百下心跳為她節省了累計許多年的休息時間。

可是，今天晚上，想起這個慣常使用的提神方法之後，她的記憶卻轉著圈回到了過去。不知不覺之間，她被記憶帶回童年時代。那間宿舍每到晚上，走廊裡便會有舍監女修巡邏，確保所有人都老老

實實待在床上睡覺。

巴蘭女修，巡夜舍監。

這個名字已經很多年沒有在塔拉札的記憶中出現過了。巴蘭女修身體矮小，體形肥胖，沒有通過聖母的試煉。失敗的原因並不明顯可見，不過醫療女修和她們的蘇克醫生發現了一些線索。女修會始終都未曾允許她經歷香料之痛。她對自己的缺陷有所了解，也並不避諱。她十幾歲的時候，就發現了這個問題——週期性神經顫動，每當她即將入睡，疾病便會發作。這是更深層的病因所顯現的症狀，而那更深層的病因使她被女修會絕育。神經顫動使得巴蘭夜間無法入睡，巡夜的任務自然就落在她的肩上。

巴蘭還有其他的缺點，但是沒有被她的上級發現。如果孩子沒睡著，蹣跚著溜到了洗手間，便可以跟巴蘭悄悄地聊上一會兒。小孩子只會問單純的問題，巴蘭告訴她們的大多也都是單純的答案，不過有時候也會告訴她們一些有用的東西。塔拉札就是從她那裡學到了這個放鬆的訣竅。

某天早晨，一個年齡稍大的女孩發現巴蘭死在了洗手間裡。巡夜舍監的神經顫動是某種致命缺陷的症狀，這件事情主要只對育種女修和她們的大量紀錄有重要性。

在女修會的學員進入侍祭階段中期或後期之前，貝尼．潔瑟睿德通常不會安排完整的「單人死亡教育」，所以塔拉札當時是第一次見到死人。巴蘭女修當時半個身子趴在洗手池下面，右臉貼著瓷磚地板，左手卡在一個水槽的管道裡。她想把虛弱的身體站直，但是卻在這個時候離開了人世，好像琥珀裡的昆蟲一樣，保持著死前最後的姿勢。

她們把巴蘭女修翻了過來抬出去，塔拉札看到她右臉上的紅色印記。白天的舍監從實用主義的角度出發，解釋了這塊印記的科學知識。這些孩子未來都有可能成為聖母，她們經歷的所有事都可以變成資料，以便她們在日後的侍祭階段「與死亡對話」。

屍斑。

塔拉札坐在聖殿的桌子旁邊，腦海裡滿是那些年的回憶。她不得不借助自己小心翼翼集中的精力，才將記憶驅散，讓她安然處理眼前的工作。這麼多教訓，她的記憶這麼豐富，令人恐懼，儲存了這麼多的人生。看到眼前的東西，她再一次感覺到了活著的意義。還有很多事要做，還有人需要她，塔拉札想到這裡，便彎下腰，迫切地繼續工作。

那個甦亡人非得在伽穆訓練，還真是惱人！

換了其他任何地方都不行！他只有接觸到熟悉的土地，才能恢復初始的記憶。

派伯茲馬利去伽穆是明智之舉，邁爾斯如果確實找到了藏身的地方……如果準備現在行動，肯定非常需要支援。現在是不是到了考驗先見之明的時候？她再一次想到了這個問題。太危險了！而且忒萊素人已經知道她們可能需要備用的甦亡人了。

「把他準備好，等待交貨。」

她的思維突然轉到了拉科斯的問題上，杜埃克那個蠢貨，之前應該看得再緊一點。一個幻臉人又能冒充多久呢？不過，歐德雷迪雖然擅作主張，但是作了一個絕妙的決定，讓忒萊素人陷入無以防守的境地。冒牌大祭司一旦被人揭穿，貝尼．忒萊素便會成為眾矢之的。

這場遊戲原本在貝尼．潔瑟睿德的計畫之中，但是已經變得非常微妙。多少代以來，她們一直都以結盟為餌，引誘拉科斯的祭司上鉤，可是現在不一樣了！必須讓忒萊素人以為女修會看中了他們，而不是祭司。歐德雷迪建起了三角聯盟，那些祭司必然以為所有聖母都願意許下恭神誓言，供奉分裂之神，祭司的議會肯定會高興得合不攏嘴。忒萊素人確實看到了壟斷美藍極的機會，他們覺得自己終於能夠控制這一個不需依賴他們的生產來源了。

塔拉札聽到有人敲了敲房門，便知道是侍祭送茶來了。這已經成了規矩，只要塔拉札熬夜工作，侍祭就會端茶過來。桌子上放著一件伊克斯的顯時器，她看了一眼：凌晨一點二十三分十一秒，這種設備的誤差一百年都不會超過一秒。

她答應了一聲，門外的侍祭應聲走了進來。女孩金髮白膚，眼神冷靜，觀察敏銳。她走到塔拉札身旁，彎腰擺放著茶盤裡的器皿。

塔拉札不理會女孩，全神貫注地盯著桌子上剩餘的工作。還有這麼多事情要做，工作遠比睡眠重要。可是她的頭疼了起來，一陣眩暈，好像大腦將要失去意識一樣，她知道喝茶的緩解作用有限。她把自己逼進了心力交瘁的狀態，必須設法改善，否則連站都站不起來。

塔拉札感覺自己的肩膀和背部肌肉不由自主地抽動，侍祭剛要走開，卻被她叫住了：「女修，來給我揉揉背吧。」

侍祭嫻熟的雙手慢慢地按揉塔拉札的背部，將肌肉緊張的部位一一揉開了。這個女孩不錯，塔拉札想到這裡笑了，這女孩當然不會差，統御大聖母身邊怎麼會有等閒之輩。

女孩走了之後，塔拉札靜靜地坐著，深陷沉思之中。時間太急迫了，她一分鐘都不想多睡。可是睡覺總是不可避免的事情，她的身體最終提出了無法迴避的要求。她已經連續很多天把自己逼得太緊，不能輕鬆恢復。塔拉札直接起身走進大廳盡頭狹小的臥室，桌子上的茶一口都沒喝。她吩咐夜間的守衛早上十一點叫醒她，而後便和衣睡在了硬板床上。

她靜靜地調整自己的呼吸，將感官與干擾因素隔絕，進入清醒與意識關機的中間狀態。

她沒有睡著。

她動用了所有助眠的辦法，睡意仍然並未降臨。

塔拉札在床上躺了很久，最後認知到自己無論採用哪種辦法，都無法入睡。中間狀態得先緩慢修復她的身心，她的大腦此時卻仍在活躍運轉。

她從來都沒把拉科斯的教會當作一個問題的核心，那些祭司已經中了宗教的邪，透過宗教的手段就可以加以操縱。在他們看來，貝尼．潔瑟睿德主要是一個可以幫助他們推行教義的勢力。就讓他們保持這樣的想法，這樣剛好正中女修會的下懷，防止他們明白女修會的真實意圖。

邁爾斯．特格這個老傢伙！三個月了，一點消息都沒有，伯茲馬利那邊也沒有什麼好消息。地面燒焦了，這是無現星艦起飛的跡象。特格到底可能去了哪裡呢？甦亡人搞不好已經死了。特格以前從來沒做過這樣的事，他多年以來一直都很可靠。她讓他執行這項任務就是因為他夠可靠，也因為他的軍事能力，還因為他酷似過世的雷托公爵，這些因素都是她們一手安排好的。

特格和盧西拉，絕佳的合作組合。

甦亡人如果沒死，會不會已經脫離了她們的控制範圍？會不會落入了忒萊素人或者那些散失之人手中？很多可能。特格他多年以來一直都很可靠。杳無音信，難道杳無音信是為了告訴我什麼嗎？是要告訴我什麼呢？

施萬虞和派特林都死了，伽穆上發生的事情有陰謀的味道。特格難道是敵人很久之前插入女修會的臥底？絕對不可能！他家人的情況就可以反駁這種懷疑，特格家中的女兒和所有人一樣不了解他的工作。

已經過去三個月了，什麼消息都沒有。

謹慎，她曾經告誡特格保護甦亡人時要千萬小心。伽穆主堡發生的事情，特格事先便預料到了，從施萬虞最後一次報告來看再清楚不過。

特格和盧西拉到底把甦亡人帶到哪裡去了？

他們在哪裡找到無現星艦的？兩人暗中謀反？

塔拉札的思維圍繞她心底的疑慮不停打轉。難道是歐德雷迪的花招？那麼她的同謀是誰？盧西拉？歐德雷迪和盧西拉只在伽穆見過那一面，之前從沒見過。莫非她們在那之前見過？莫非有人和歐德雷迪私下串通一氣？歐德雷迪沒有露出蛛絲馬跡，可是這能證明什麼？她從來沒有懷疑過盧西拉的忠誠，兩個人都一直在嚴格執行自己的任務。可是，兩人就算暗中共謀，也會嚴格執行自己的任務。

事實！塔拉札迫切需要了解事實！她聽到了長袍摩擦床鋪的聲音，這聲音和滿心的憂慮打破了隔絕感官的意識。塔拉札放棄徒勞的努力，讓自己平靜下來，等待進入放鬆狀態。

先得放鬆，然後才能入睡。

散失之人的飛船在塔拉札疲勞的腦海中迅速飛過，他們乘坐數不勝數的無現星艦回來了。特格莫非是從他們那裡弄來飛船？她們盡可能不動聲色地在伽穆和其他地方確認這種可能性。她試著一艘艘數清腦海中的飛船，但是它們的飛行方式全無秩序可言，實在不利於引導睡眠。塔拉札一動未動，卻突然警醒起來。

她最深層的思維一直想告訴她某件事情，疲勞妨礙了深層思維與表層意識交流，不過現在她坐了起來，完全清醒了過來。

忒萊素人一直在和回歸的散失之人打交道，與那些蕩婦尊母，還有回歸的貝尼・忒萊素。塔拉札感覺這些事情是同一盤棋，散失之人回歸並不僅為了了解他們的根源。諸如「讓人類團聚」這類社交性的理由，本身可不足以使人想大老遠跑回來，肯定還有別的動機，那些尊母回歸，顯然是在幻想征服人類。

可是如果離散的忒萊素人當初並沒有掌握再生箱的祕密呢？那會怎樣呢？那樣的話，就要考慮美藍極的問題。那些橘色眼睛的蕩婦顯然用了某種不合適的替代品。散失之人可能始終沒有解開忒萊素人再生箱的祕密，但是他們肯定會知道有這個東西，而且想重新造一個出來。可是如果他們失敗了，那麼美藍極就又成了問題！

她開始考慮這種推測。

散失之人用完了祖先帶去的真正的美藍極，那他們還能從哪裡獲得香料呢？拉科斯的蟲子和原來的貝尼·忒萊素。那些蕩婦肯定不敢暴露她們的真實意圖，她們的祖先認為沙蟲不能轉移到其他星球。散失之人有沒有可能找到了適合沙蟲居住的星球？當然有可能。她們開始跟忒萊素人討價還價，可能只是個幌子，拉科斯才是她們真正的目標。也有可能拉科斯是幌子，忒萊素人才是她們的目標。

可以運輸的財富。

她看過特格的報告，知道伽穆積聚了多少財富。回歸的散失之人當中，有的人有錢，有的人擁有可以轉讓的籌碼，從銀行的活動至少可以看出這些情況。

可是什麼貨幣會比香料更值錢？

財富。當然是財富。無論籌碼是什麼，討價還價已經開始。

塔拉札這時注意到有人在門外說話，門口的侍祭守衛正在和某人爭吵。兩人的聲音都不大，但是塔拉札聽到了對話的內容，立刻完全清醒了。

守衛說：「大聖母吩咐我明天接近中午的時候再將她叫醒。」

另一個人小聲說道：「她吩咐我一回來就要讓她知道。」

「我都跟你說了，大聖母很累，她需要——」

「她需要我們服從命令！快去跟她說我回來了！」

塔拉札坐起身，挪動雙腿到床榻邊緣，兩隻腳探上地面。天哪！她的雙膝疼得要命，可是她聽不出是誰在跟她的護衛爭吵，心裡也很焦急。

我吩咐過誰一回來就……伯茲馬利！

「我醒了。」塔拉札對門外喊了一聲。

門開了，守衛探進來半個身子，說：「大聖母，伯茲馬利從伽穆回來了。」

「趕緊讓他進來。」塔拉札啟動了床頭的單盞燈球，黃色的燈光驅散了房內的黑暗。

伯茲馬利走進房間，關上了房門，主動按了一下門上的隔音開關，外面所有聲音便全部消失了。他人不能知道的事情？看樣子不是好消息。

她抬頭看著伯茲馬利，小夥子個頭不高，身材苗條，臉型呈倒三角形，臉龐線條分明，額頭高，頭髮金黃。他的眼距較寬，雙眼呈綠色，眼神機警敏銳。看他的模樣，肩負霸夏的責任為時尚早，不過特格在阿爾博遜的時候年紀比他現在還要小。我們已經不年輕了，該死。她強迫自己放鬆下來，告訴自己這是特格親手訓練出來的人，特格對他充滿信心，姑且可以相信他的忠誠和實力。

「什麼壞消息？」塔拉札說道。

伯茲馬利清了一下嗓子，說：「報告主母，伽穆上仍然沒有發現霸夏一行人的蹤影。」他的聲音低沉，頗有男子氣概。

塔拉札心想：這不是最壞的消息。她明顯看出了伯茲馬利的緊張。

她說：「還有呢？主堡的廢墟你們顯然已經檢查完了。」

「無人倖存。」他說，「襲擊方一個活口都沒留下。」

「忒萊素人？」

「有可能。」

「還不確定？」

「襲擊方用的是新型伊克斯炸彈，尤里十二號。我……我覺得對方或許想以此誤導我們。施萬虞的頭骨也發現了機械打出的探測孔。」

「派特林呢？」

「施萬虞的報告完全屬實，他炸了他那艘引誘敵人的飛船。他們根據兩根手指和一顆完好的眼球確定了他的身分，完全沒辦法探測他的記憶。」

「可是你還有不確定的地方！快講重點！」

「施萬虞留了一條訊息，只有我們才可能看懂。」

「她在家具上留下了記號？」

「報告大聖母，是的，而且——」

「那就說明她事先便知道自己會遇襲，而且有時間給我們留信。我看見你之前的報告了，這次襲擊破壞非常嚴重。」

「此次襲擊非常迅速，雙方力量懸殊，襲擊方根本沒有打算活捉俘虜。」

「她在信裡說了什麼？」

「蕩婦。」

塔拉札雖然預期施萬虞會提到這兩個字，但是仍然大為震驚。她幾乎耗盡了殘存的所有精力，才克制住內心的情緒。大事不妙，塔拉札長嘆了一口氣。施萬虞直到死前依舊反對她的計畫，不過她料到自己在劫難逃之後，作出了正確的決定。她知道沒機會將自己的人生記憶轉交給另一位聖母，便靠著最基本的忠誠心行動——妳如果什麼事情都做不了，那就讓諸位女修有所防備，阻挫敵人。

可見那些尊母已經行動了！

塔拉札說：「甦亡人的搜索結果如何？」

「報告主母，在我們之前，那片地方已經有人搜過。另外，有不少樹木、岩石和灌木叢都存在灼燒的痕跡。」

「一艘無現星艦？」

「一艘無現星艦留下的痕跡。」

塔拉札點了點頭，難道是那老頭留下的無聲訊息？

「這片區域你們檢查得有多仔細？」

「我從那裡飛過，不過只是常規飛行。」

塔拉札指了指床腳附近的椅子，示意伯茲馬利坐下：「坐下來，放鬆一下。我想讓你幫我猜猜看。」

伯茲馬利小心地坐上椅子，說：「猜什麼？」

「你是他的得意門生，假如你是邁爾斯・特格，你知道自己必須把甦亡人帶出主堡，但是周圍所有人你都無法完全信任，包括盧西拉。這種情況下，你會怎麼辦？」

「當然會採取出人意料的行動。」

「沒錯。」

伯茲馬利摸了摸自己的下巴，而後說道：「我信任派特林，完全信任他。」

「好，你們會怎麼規劃？」

「派特林生在伽穆，長在伽穆。」

她說：「我也在想這件事情。」

伯茲馬利看著前方的地板，說：「我和派特林會早早制定一個應急方案。處理問題時，我一向都會準備備選方案。」

「沒錯，現在，這個方案。你們會怎麼規劃？」

「派特林為什麼自殺？」伯茲馬利問道。

「你確定這就是事實？」

「您看到了報告，施萬虞和其他幾個人都很確定。我也贊同這種說法，派特林忠心耿耿，完全有可能為他的霸夏做出這樣的事情。」

「為你！你現在就是邁爾斯．特格。你和派特林設計了什麼應急方案？」

「我肯定不會故意讓派特林去送死。」

「除非？」

「除非他自己擅作主張。他有可能幹出這種事情，前提是方案是他設計的，而不是……我。他可能是為了保護我，防止其他人識破我們的方案。」

「派特林找來了一艘無現星艦，我們怎麼會毫不知情？」

「派特林是伽穆星球的本地人。這座星球還叫羯地主星的時候，他的家族就來到了這裡。」

塔拉札閉上眼睛，頭轉向了另一個方向，可見伯茲馬利的思路與她方才所想相同。我們知道派特林的出身，這跟他們的應急方案有什麼關係？她的大腦拒絕推測，這就是不加節制、瘋狂工作消耗腦力的後果！她的視線回到了伯茲馬利身上。

「派特林有沒有想辦法祕密聯繫家人和老友？」

「能找到的人，我們都已經問過了。」

「這是一個突破口，還有人你沒找到。」

伯茲馬利聳了聳肩膀，說：「確實還有人沒找到，我還沒順著這個思路採取行動。」

塔拉札深吸一口氣：「返回伽穆，安全部門能給你多少人，你就帶多少人回去。就跟貝隆達說是我的命令。各行各業，不論高低貴賤，都必須安插下人手，找到派特林認識的所有人。他健在的家人現在什麼情況？朋友又是什麼情況？一個個全都找出來。」

「這樣的話，我們無論多麼仔細，都會產生不小的動靜，會被其他人發現。」

「發現就發現吧，也是沒辦法的事情。另外，伯茲馬利！」

他站了起來：「大聖母有何吩咐？」

「還有其他搜索特格的人，你的動作必須比他們快。」

「我可以動用宇航公會的宇航員嗎？」

「不行！」

「那我怎麼——」

「伯茲馬利，如果邁爾斯、盧西拉，還有我們的甦亡人還在伽穆星球上呢？」

「我已經跟您說了，我認為他們肯定不會乘坐無現星艦離開伽穆！」

塔拉札沉默了很長一段時間，她打量著站在床腳的這個男子。這是邁爾斯・特格親手訓練出來的人，老霸夏的得意門生，他飽經訓練的直覺會告訴我什麼？

塔拉札低聲接了一句：「然後？」

「伽穆原來叫羯地主星，是哈肯能氏族的地盤。」

「是又怎麼樣呢？」

「他們非常富有，非常有錢。」

「所以呢？」

「所以他們完全有可能建造一間無現空間……甚至是一個大型球狀的無現空間。」

「壓根沒有這方面的紀錄！伽穆星球上有一間球狀無現空間？伊克斯人連暗示都沒暗示過。他們沒有在伽穆上探測過……」

「他們可以買通關節，通過第三方採購，一道道轉運。」伯茲馬利說，「大饑荒時期寰宇動盪，在那之前又是數千年的暴君統治，這些事情完全有可能發生。」

「暴君在位期間，哈肯能氏族要麼藏起鋒芒，要麼直接就丟了性命。不過，我承認，他們確實有一定的可能私下建造球狀無現空間。」

伯茲馬利說：「紀錄也有可能丟失。」

「我們的紀錄不會丟，其他政府只要沒有在那一段歷史之中消亡，也不會丟失相關的紀錄。為什麼會有這樣的推測？」

「因為派特林。」

「啊。」

他連忙說道：「如果有人發現了這種東西，伽穆的當地人說不定就會知道。」

「多少當地人會知道這種事？你覺得這樣的祕密他們能保守……噢！我知道你是什麼意思了。這件事要是派特林氏族內部的祕密……」

「我沒敢直接詢問他們。」

「當然不能直接問他們！可是，你們去哪裡找……才不會驚動……」

「那座山上，無現星艦留下痕跡的地方。」

「那你必須親自過去！」

「確實很難躲開間諜的耳目。」他說，「除非我只帶幾個人，而且假裝是去做其他的事情。」

「其他什麼事情？」

「安放老霸夏的墓碑。」

「暗示我們知道他已經犧牲了？好極了！」

「您已經讓忒萊素人為我們準備了新的甦亡人。」

「這只是基本的防範措施，並不代表……伯茲馬利，這件事情極其危險。我感覺我們可能瞞不住在伽穆暗中觀察你的那些人。」

「我和我帶過去的人，我們的哀傷心情會顯眼得夠讓人信服。」

「夠讓人信服的事不一定騙得過警醒的眼睛。」

「您不相信我和跟我一同前往的人的忠誠嗎？」

塔拉札抿住嘴巴，陷入了沉思。她提醒自己，女修會早已明白如何參考亞崔迪家族行事的模式以使屬下的忠誠之心穩固不變，知道怎麼塑造全心奉獻自我的人。伯茲馬利和特格兩人都是極好的範例。

塔拉札說：「這個方法或許可行。」她盯著伯茲馬利，心裡暗暗思忖。這是特格的得意門生，他的判斷說不定是對的！

「那麼屬下告退。」伯茲馬利說著轉身準備離開。

「慢著。」塔拉札說道。

伯茲馬利回過身。「你們都要多用一些謝爾，所有人都要服用。如果被幻臉人——新的那些幻臉人——抓住了，你們必須破壞自己的大腦或者直接撞爛，採取必要的預防措施。」

塔拉札看到伯茲馬利的臉上突然露出嚴肅的表情，便放心了許多。他剛才有點得意忘形了，還是殺殺他的威風比較好，免得他魯莽行事。

28

長久以來我們都知道，感官經驗能觸及的物件會因為選擇的不同而發生變化，無論這種選擇是有意識的還是無意識的。這一事實已經過驗證，無論我們是否認同我們內在有某種力量在向外觸探宇宙，事實都不會改變。我認為，我們眼中的「真實」跟我們的信念有一種實務上的關聯。受繼承自先人的信念的影響，我們所有的判斷都套上了沉重的歷史枷鎖，而在這個方面，貝尼．潔瑟睿德比多數人更容易受影響。我們不僅要意識到這一點、以此為戒，還應時時提醒自己從新的角度解讀。

——統御大聖母塔拉札：議會發言

• • •

「神主在上，吾等靜候裁奪。」瓦夫洋洋得意地說。

沙蟲帶領他們穿越沙漠的這段漫長旅程中，他不時會有這樣的舉動。什阿娜看起來並不在意，不過瓦夫的嗓音和評論已經開始讓歐德雷迪惱火起來。

此時拉科斯的太陽早已開始西沉，但他們腳下這隻沙蟲仍在不知疲倦地繼續前行，試圖穿越古老的沙厲爾，前往暴君的屏障高牆。

為什麼是這個方向？歐德雷迪頗為不解。

她想不到令人滿意的答案。不過，考慮到瓦夫的狂熱表現和他構成的新威脅，歐德雷迪不得不立即回應他。她說起了《沙利亞特》中專用的詞語，知道這必將在他心中掀起波瀾。

「他自有裁奪，吾等不得僭越。」

瓦夫聽出了她言語中的嘲弄意味，面露慍色，他望向前方的地平線，而後抬頭看了看，撲翼機始終跟隨，盤旋在他們上空。

「吾等自當為神主分憂。」瓦夫咕噥道。

歐德雷迪沒有作聲，有意將瓦夫引入疑問的泥潭，現在他必定心生疑竇：這些貝尼．潔瑟睿德的女巫是否真的相信「偉大信念」？

她開始陷入沉思，思索那些尚未解答的問題，搜尋腦中所有關於拉科斯沙蟲的知識。歐德雷迪自己的記憶和他者記憶交織纏繞，她的思緒開始在淩亂交錯的時空蒙太奇中流連。她彷彿能看見身著長袍的弗瑞曼人騎在一隻更大的沙蟲之上，每人都靠在一根長鉤上，鉤端掛住巨蟲的環脊，正如她現在雙手牢牢抓住了蟲甲的外沿一般。她能感覺到迎面而來的風颳過臉頰，飄動的長袍下襬不時拂過她的小腿。這次騎行與記憶中的其他騎行經歷有所重疊，令她倍感親切。

亞崔迪家的人已經很久沒有像這樣騎沙蟲了。

他們還在達艾斯巴拉特時，是否就有線索讓她知道將前往何處呢？怎麼可能呢？然而周圍如此炎熱，她又在不斷猜測這次沙漠之旅究竟會發生什麼，因而她的警惕有些鬆懈了。

下午一兩點正是熱浪最強的時候，和拉科斯上所有其他地方一樣，達艾斯巴拉特的人們此時活動會收斂些。歐德雷迪回想起在達艾斯巴拉特最西邊發生的事。當時她正站在一棟建築的陰影裡，嶄新的蒸餾服穿起來並不舒服。歐德雷迪正在這裡等候什阿娜和瓦夫，兩支衛隊已領命分頭前往歐德雷迪給兩人安排的安全屋，要將他們帶過來。

這一舉動無疑讓她成為了一個明顯的目標，不過她們必須確保拉科斯不會有任何違抗女修會的衝動之舉。貝尼．潔瑟睿德的衛隊在有意拖延時間。

什阿娜說過：「魔鬼喜歡這樣的溫度。」

拉科斯人對炎熱的空氣避之唯恐不及，但蟲子們在極熱的環境下卻如魚得水。這隻蟲子現在要把他們帶往某個地方，那這個目的地會和牠們嗜熱的天性有關嗎？

我的心如孩子手中的皮球一樣怦怦亂跳！

烈日當頭，拉科斯人都遠遠地躲在曬不到太陽的地方，而一個矮小的忒萊素人、一位聖母和一個恣意妄為的女孩此時卻騎著一隻沙蟲，疾馳在沙漠深處，這說明了什麼？活動時避開陽光最毒辣的時間，是拉科斯人自古形成的生活習慣，在歐德雷迪看來也不足為奇。不過古代的弗瑞曼人大多在夜間才開始活動，他們的後人反而更倚靠建物的遮蔭，以躲避熱辣陽光的直接照射。

祭司們生活在護城河的庇護之中，多麼有安全感啊！

拉科斯上每座城市的居民都知道坎兒井的存在，水在陰暗的管道中靜靜流淌，經引流後進入一條條狹窄的運河，河中水分蒸發後又重新被捕風器捕集。

「祈禱帶來神明的庇佑。」雖然明知是什麼設備在真正庇護著他們，這些人依然如此感嘆道。

「神在沙漠中顯靈了。」

聖蟲。

分裂之神。

歐德雷迪低頭看向身前巨蟲的環脊。我們就騎在牠身上！

她想起了空中撲翼機上追蹤他們的那些祭司。他們可真愛監視別人啊！她還在達艾斯巴拉特等候什阿娜和瓦夫的時候，就感覺到有人在監視她，從隱藏式陽臺的格子窗裡，從厚實牆壁上的孔隙裡，從鏡面合成玻璃後面，或是從其他任何隱蔽的地方。

歐德雷迪強迫自己不去想可能出現的危險，把注意力轉向視線上方牆壁上的陰影——隨著時間流逝，太陽角度發生變化，牆上陰影的明暗交界線也在移動。這種方法能夠準確地辨識出當地的時間，而絕大多數當地人則習慣用「日時」計量時間。

緊張氛圍持續發酵，但歐德雷迪必須表現出若無其事的樣子，使得她的緊張情緒有增無減。他們會發動攻擊嗎？在知道她早有防備的情況下，他們敢這麼做嗎？祭司在威逼之下加入女修會和忒萊素的祕密三方同盟，他們對此究竟有多憤懣不平？歐德雷迪要以自己為餌引誘祭司上鉤，主堡的議事聖母全都認為這個想法過於冒險。

「從我們之中找一個人當誘餌吧！」

歐德雷迪不為所動，說道：「如果換成妳們，他們會覺得事有蹊蹺，就不會上鉤了。而且，如果去的是我，他們肯定會派阿爾博圖來談判。」

所以歐德雷迪依約前往達艾斯巴拉特。她站在庭院中的綠蔭深處，視線越過四周的六層高樓，望向陽光明媚的天空。每層樓的雕花陽臺上都種上了綠色植物和紅色、橘色、藍色的花，六層樓之上是被四面建築裁成長方形的銀色天空。

樓裡必然滿是暗中監視的人。

她右邊那扇臨街寬門有動靜！一個身穿白底紫邊金繡紋祭司長袍的人走進了庭院。她仔細打量此人，在他身上搜尋幻臉人的特徵，擔心忒萊素人已將黑手伸向了杜埃克之外的祭司。不過此人確實並非幻臉人假扮，她認出他是達艾斯巴拉特的高級祭司，阿爾博圖。

如我們所料。

阿爾博圖從庭院那頭穿過寬敞的中庭，走向歐德雷迪，威嚴的步履中帶著一絲謹慎。從他身上能看出不對勁的地方嗎？有沒有危險？他會示意暗處的殺手動手嗎？歐德雷迪抬頭瞥向一旁的建築，隱約能看見高層陽臺裡有些動靜。看來眼前這位祭司並非隻身一人。

我也不是！

阿爾博圖在離歐德雷迪兩步遠的地方停了下來，視線從庭院精緻的金紫色瓷磚上移，看向面前的這個女人。

歐德雷迪心想：他看上去可真懦弱。

她裝作沒認出他。祭司內部有幾個人已經知道大祭司被幻臉人掉了包，阿爾博圖就是其中一個。

他清了清嗓子，顫顫巍巍地吸了一口氣。

懦弱！不堪一擊！

儘管有這樣的想法，歐德雷迪依然不敢掉以輕心。身為聖母，總會觀察各種細節，例如對方身上的育種特徵。阿爾博圖所在譜系的血統存在瑕疵，如果女修會認為他有育種的價值，就會試圖為他的後代修正瑕疵。當然，這件事值得考慮。阿爾博圖不聲不響地爬到了現在的地位，手中握有重權，女修會需要弄清楚，這件事情是否就表明他的基因材料有用於育種的價值。不過，他的教育程度不高，修業第一年的侍祭就應付得了他。從過去的魚言士時代起，拉科斯祭司接受的訓練就已開始走下坡路。

「你在這裡做什麼？」歐德雷迪厲聲質問道，語氣中透出指責的意味。

阿爾博圖不由得一顫：「我是來給妳們送信的，聖母大人。」

「那就有話直說！」

「有人走漏了衛隊的行進路線，他們需要臨時更改，耽擱了一些時間。」

這是她們事先商量好要告訴祭司的說詞。但從阿爾博圖的表情還能看出更多事情，他知道的那個祕密很可能就要暴露了。

「我真希望已經派人把你給殺了。」歐德雷迪說。

阿爾博圖嚇得後退兩步，眼神變得空洞無比，彷彿當時已經死在了她面前。她明白這個反應意謂什麼，阿爾博圖已嚇得六神無主，只消稍加威懾，他便會將所有事實和盤托出。他知道，這位可怕的歐德雷迪聖母輕輕鬆鬆就能判他死刑，甚至親手解決他，無論他說了什麼，做出什麼舉動，事實真相都逃不過她的法眼。

「你曾考慮過要不要殺了我、毀掉欽恩城的主堡。」歐德雷迪厲聲譴責。

阿爾博圖抖得更厲害了。「聖母大人，您怎麼會這麼想？」他語氣中透出一股悲怨。

「別不承認。」她說，「我們讓你保守祕密，結果呢？你心裡藏不住一點祕密，全都寫在臉上了，還頂著這張臉四處走！真不知道有多少人跟我一樣，只需掃你一眼就什麼都看出來了！」

阿爾博圖應聲跪地，歐德雷迪覺得他馬上就要開始搖尾乞憐了。

「是您的人派我來報信的！」

「這不正是你求之不得的嗎？正好趁這個時機把我殺了。」

「我們為什麼——」

「閉嘴！你們不希望什阿娜受我們的控制，你們害怕忒萊素人。有人從你們手裡奪走了原本屬於祭司的特權，而且情況已經發展到讓你們恐懼的地步。」

「聖母大人！我們該怎麼辦？我們該怎麼辦？」

「你們應該聽從我們的指揮！而且，你們還要聽從什阿娜的命令！現在就開始害怕了？後面還有更可怕的事情等著你們！」

她假裝失望地搖搖頭，對於她的一連串言行會給可憐的阿爾博圖帶來什麼影響，她心裡一清二楚。在歐德雷迪傾瀉而出的怒火中，他將身子縮成一團。

「給我站起來！」她說，「別忘了，你是一位祭司，人們希望從你口中聽到真相！」

阿爾博圖跌跌撞撞地站了起來，不敢抬頭。藉由他的姿勢和神態，歐德雷迪就能看出來阿爾博圖打算實話實說了。剛才可真是難為他了！阿爾博圖已決定臣服於這位一眼便能看穿他的聖母，現在，他必然也是忠於自己的宗教信念的。他如今必定面臨著所有宗教的終極悖論：

神能洞悉一切！

「無論什麼事，你都休想瞞過我和什阿娜，也逃不過神的眼睛。」歐德雷迪說。

「請原諒我吧，聖母大人。」

「原諒你？我可沒有權力原諒你，你也不需要尋求我的原諒。你是一位祭司！」

阿爾博圖抬眼看向歐德雷迪憤怒的臉。

現在他不得不正視這個悖論了。神必然就在這裡！不過神一般待在遠離塵世的地方，還不必擔心馬上就要被問罪。明天又是嶄新的一天，事實就是這樣。一兩個小小的錯誤，或者撒一兩次謊，都是可以接受的，目前暫時如此。如果誘惑非常大，即使罪行嚴重，或許也可以算在神的允許範圍內。神理當更能諒解那些罪大惡極的人，祂會給人類留下贖罪的機會的。

歐德雷迪以護使團特有的審視目光看著阿爾博圖。

啊，阿爾博圖，她心想，你堅信只有你和神才知道的那些事情，站在你面前的這個人也全都了然於胸。

阿爾博圖現在的處境和死了沒什麼區別，他如今面臨的難題無異於神的最終審判，儘管他自己並未察覺，但他的意志力已經到達了瓦解的邊緣。他內心所有與宗教有關的恐懼都被面前的聖母喚醒了。

歐德雷迪的聲音不帶任何感情，她甚至沒有動用魅音，說道：「這場鬧劇，是時候結束了。」

阿爾博圖艱難地嚥了嚥口水。他知道，自己不能說謊，他或許有那麼一點兒說謊的能力，但是在歐德雷迪面前完全發揮不了作用。他順從地抬頭看向歐德雷迪，目光落在她額頭上，蒸餾服頭罩的邊緣緊緊地貼在眉毛附近。他虛弱地說道：

「聖母大人，我們只是覺得自己被剝奪了應有的權利。您和那個忒萊素人要帶著『我們的』什阿娜一起去沙漠，您和他都會從她身上獲得收穫……」他的肩膀垮下來，問道：「您為什麼要帶上那個忒萊素人？」

「這是什阿娜的意思。」歐德雷迪騙他。

阿爾博圖張了張嘴，又合上了，什麼都沒說。歐德雷迪發現他完全接受了這個說法。

「你回去以後，替我警告其他祭司。」歐德雷迪說道，「拉科斯和教會的命運如何，完全取決於你們有多聽話。無論如何都不可妨礙我們！還有，收起你們那些幼稚的小把戲，你們那些邪惡的念頭，我們早就從什阿娜那裡知道了！」

阿爾博圖搖了搖頭，發出一聲乾笑，他的反應令她頗感意外。歐德雷迪發現，許多祭司喜歡挫敗的感覺，但從未想過他們會從中發現樂趣。

「你笑得很勉強。」她說。

阿爾博圖聳聳肩，稍作調整，恢復了之前的表情。歐德雷迪在他臉上看過好幾種用來掩飾的表情。偽裝的手段！他總會同時戴上好幾層面具，在層層偽裝之下，是一個有真情實感的人，就在剛才，歐德雷迪還讓他短暫地現出了真面目。不過在面對太多問題時，這些祭司總有各種各樣的解釋和托詞。

歐德雷迪心想：我得揭掉他的面具才行。阿爾博圖剛開口，歐德雷迪就出聲打斷。

「夠了！你就等著我從沙漠回來。從現在開始，你就是我的傳話人了，好好幫我傳話，我絕不會虧待你。要是搞砸了，就等著魔鬼的懲罰吧！」

在歐德雷迪的注視下，阿爾博圖急急逃出了庭院，他聳肩縮頸，腦袋前探，一副急著回去向其他人通風報信的樣子。

歐德雷迪心想，整體進展良好。女修會提前評估過風險，對她個人而言，這是一次冒險的嘗試。她斷定有殺手埋伏在陽臺上，阿爾博圖打出信號他們就會動手。現在，他滿心恐懼地逃了回去，這種心理貝尼．潔瑟睿德非常熟悉，數千年來她們一直在透過它操控他人，它像瘟疫一樣容易傳播，蝕骨侵髓，教導聖母稱之為「受到導引的歇斯底里」。經過女修會的精心導引（「瞄準」一詞更為準確），它的目標直指拉科斯教會的弱點。這種手段十分可靠，她們此後還將採取一系列鞏固措施，祭司定將乖乖聽命於她們。現在需要擔心的，只剩下少數幾個有免疫力的異端分子了。

29

這個神奇宇宙令人驚嘆，沒有原子，四面八方只有波和運動。在這裡，你摒棄了妨礙理解的所有信念，也不執著於理解。一成不變的感官無論如何都無法看到、聽到、感知這個宇宙。這裡只有終極的虛空，沒有事先確定的螢幕，無法投射形體。你在這裡只有一種意識——賢者的螢幕：想像！你在這裡能夠明白人所以為人的原因。你創造秩序，創造美妙的形態和系統，將混亂變為有序。

——《亞崔迪宣言》，貝尼．潔瑟睿德檔案部

•••

特格說：「你現在這樣太過危險。塔拉札吩咐我保護你、磨鍊你，我不能再讓你繼續做這種事情。」

特格和鄧肯站在無現空間練習室外面木質牆板的長廊裡。根據他們定下的時間，現在已經接近傍晚，盧西拉剛剛在一場唇槍舌劍之後憤而離去。

鄧肯和盧西拉最近每次碰面，都會發生一場堪比戰鬥的衝突。她剛才站在練習室的門口搔首弄姿，兩位男士看到她矯健的身姿和柔美的曲線，知道她在誘惑他們。

「盧西拉，夠了！」鄧肯大喝一聲。

盧西拉面無慍色，只有語氣中透出了憤怒：「你以為我會等多久？我需要執行我的任務！」

「那妳或者其他人得先告訴我——」

「我們倆都不知道塔拉札對你有什麼要求！」盧西拉說道。

特格希望緩和她的怒氣：「妳看，鄧肯能繼續進步，這不就行了嗎？再過幾天，我就開始定期到外面望風放哨，我們可以——」

「你可以別再礙我事了嗎？死老頭子！」盧西拉打斷了特格，一氣之下，轉身離去。

特格看到鄧肯臉上堅定的表情，內心難以平靜。現在這種與世隔絕的處境令他不得不進一步採取行動，他雖然貌似心如止水，但是內心卻澎湃洶湧，他的思考能力，超凡脫俗的晶算師機能全然得不到施展。他覺得自己只要消除大腦中的所有聲音，讓一切停止運動，便可以看清所有事情。

「霸夏，您為什麼屏住了呼吸？」

鄧肯的聲音刺進了特格的大腦，老霸夏憑藉他極強的意志力才恢復了正常的呼吸。他感覺兩位同伴的情緒像潮水一般起起伏伏，暫時不會受到其他力量的影響。

其他力量，其他勢力。

在其他席捲宇宙的勢力面前，晶算師的意識有可能像傻瓜一樣低級、愚蠢。這個宇宙之中，某個民族的生活或許洋溢著他無法想像的力量。面對這樣的勢力，他就像驚濤駭浪之中的穀殼一樣微不足道。

誰跳進這樣的海浪之中，還能安然無恙地從海中游出？

「如果我繼續抵抗，盧西拉可能會採取什麼手段？」鄧肯問道。

「她對你用過魅音嗎？」特格問道。他感覺自己的聲音疏遠而又陌生。

「用過一次。」

「你反抗了？」疏遠的訝異在特格內心深處遊蕩。

「保羅—摩阿迪巴親自教過我抵抗魅音的方法。」

「她有能力讓你動彈不得，然後——」

「她如果動用暴力，就違反她收到的命令了吧？」

「鄧肯，什麼算是暴力？」

「霸夏，我要去沖涼了，您沖嗎？」

「幾分鐘之後過去。」特格深吸一口氣，他感覺自己的精力即將耗盡。他在練習室陪鄧肯練了一下午，後來又發生那些事，他已經筋疲力盡。老霸夏看著鄧肯走了出去。盧西拉去哪裡了？她在盤算什麼？她能夠等待多久？這才是關鍵的問題，也讓他意識到這座球狀無現空間裡的生活，重點在於他們已經與外在時間隔絕。

他再一次感覺到那起伏來去的潮水，只受他們三個人的生活影響。我必須和盧西拉談談！她去哪裡了？書房？不行！我得先去做另一件事。

盧西拉坐在自己的房間裡，這是她自己挑選的住所。這裡空間不大，一面牆裡嵌了一張裝飾精美的床。周圍許多粗鄙又微妙的線索表明這間房間原來住的是哈肯能氏族最青睞的一位交際花。床具盡是粉藍色，綴著各種深藍色的圖案和花紋。床上、凹室、天花板和每一個附屬設備的表面都刻有巴洛克風格的紋路，但是她只要放鬆下來，這些東西便可以從她的意識之中統統消失。她在床上躺下來，閉上眼睛，凹室天花板上淫猥的人像消失在她的視野之中。

我得搞定特格。

即便如此，她不能觸怒塔拉札，也不能削弱甦亡人的意志。從很多角度來說，特格都是一個需要特別對待的問題，他的大腦深處有一種類似他者記憶的資源，可以為他的心理過程任意調用，這一點尤其需要注意。

當然，是生下他的那個聖母幹的好事！

只有這樣的母親，才會把這種東西傳給這樣的孩子，自母胎之中開始，母子分離之後也未必終止。他在母腹之中從未經歷過如妖邪之人那種極其劇烈的變異……不，不是那種，但是他確實擁有一些了不得的實力。這些從聖母的子宮出生的人，往往能夠洞悉他人不可能了解的東西。

特格非常清楚盧西拉如何看待各種形式的愛，她曾經從他臉上看出這一點，當時是在伽穆主堡霸夏的住處。

「這個女巫真是工於心計！」

他就像是大聲說出這句話。

她想起自己對他如何善意地微笑，如何嬌蠻跋扈。她不該那樣，貶低了自己，也貶低了他。想到這些事情，她感覺自己能夠體會特格的感受了。儘管貝尼．潔瑟睿德的訓練謹慎細緻，她的內心仍有一些柔軟的地方，老師曾經多次告誡過她。

「要想具備激發真實的愛的能力，妳必須感受到愛，但是不能沉湎其中，而且感受一次就夠了！」

特格對鄧肯．艾德侯甦亡人的反應說明了很多事情，特格既受到這個少年吸引，又想排斥他。

我也一樣。

她之前或許應該引誘特格。

在她的性教育課堂上，老師曾說與男人交媾的時候，應該從中汲取力量，而不是將自我喪失其中。老師特別著重相關的研究報告和過往事件的內容，許多都能夠在聖母的他者記憶中找到。

盧西拉將思緒集中在特格的男性特質上，感覺到自己產生了某種女性的反應，肉體希望特格接近，達到了性的巔峰，即將到達神祕的時刻。

盧西拉的意識裡浮現淡淡的笑意，神祕的時刻，不是性高潮，沒有任何科學的定義和名稱！純粹是貝尼．潔瑟睿德專用的名詞，也是銘者終極的專長。任何聖母，只有明白這個概念，才能真正了解貝尼．潔瑟睿德歷史悠久連續的原因。經過女修會多年的教育，她已經形成了一種根深柢固的二元觀念：育種女修依據科學的知識指導她們，但是任何知識都無法解釋那神祕的時刻。貝尼．潔瑟睿德的歷史和科學表明，生殖衝動肯定深植於人類的心靈之中，只有消滅這個物種才能消除此衝動。

這是人類存續的安全網。

盧西拉將性的力量聚集到自己身體的一個位置，這件事情只有貝尼．潔瑟睿德的銘者才能做到。她將思緒向鄧肯集中。他肯定正在淋浴，想著今天晚上聖母老師的訓練課程。

她想：我要立刻找到我的學生，必須教給他這重要的一課，不然他將無法充分應對拉科斯的情況。

這些是塔拉札的指示。

盧西拉把注意力完全集中到鄧肯身上，她好像已經看到他一絲不掛地站在了蓮蓬頭下面。

他根本不知道自己能夠在這一堂課上學到什麼！

鄧肯獨自坐在淋浴室外面的更衣隔間裡，淋浴室旁邊就是練習室。他沉浸在深沉的悲傷之中，記憶中的事情喚醒了往日的傷痛，然而這具年輕的肉體從來沒有經歷過那些傷痛。

有些事一直都沒有改變！女修會依舊耍弄著她們陳舊的伎倆。

他抬起頭，環顧四周，看到了深色的木質牆板。牆壁和天花板上雕有華麗的阿拉伯式花紋，馬賽克地磚上刻著奇怪的圖案。怪物的身體與人類漂亮的身體在同一條線條上交織，只有精神恍惚時才能將二者分開。

鄧肯低頭看著這具軀體，這是忒萊素人和他們的再生箱為他製造的身體，有時依然感覺非常奇怪。他記起了自己最初的人生，想起自己曾經在成年之後經歷過許多事情，曾經擊退大批薩督卡戰士，為他年輕的公爵爭取到逃生的機會。

他的公爵！保羅當時的年紀和這具肉體相仿，不過已經像亞崔迪氏族的其他人一樣，經過了相同的訓練：忠誠和榮譽對於他們而言，高於一切。

她們也對我進行了這樣的訓練，這是她們將我從哈肯能氏族手中救下來之後的事情。

他內心的某樣東西躲不開這筆遠古的恩惠，他知道源頭在哪，能夠大概描述出它如何在他的心底扎根。

從此之後，這筆恩惠便一直存在於那個地方。

鄧肯瞥了一眼地上的馬賽克磚，看到隔間防水板邊緣的地磚上刻了一些文字。一部分的他認為這是久遠以前哈肯能氏族活躍的時代留下的古文，另一部分的他又覺得這是自己再熟悉不過的凱拉赫文。

「潔淨／甜美／潔淨／明亮／潔淨／純潔／潔淨」

這段古老的文字沿著房間的邊緣刻了一圈，彷彿這樣就能改變鄧肯記憶中的哈肯能氏族。

淋浴室的門口上方也有一段文字：

「袒露本心／方得純淨」

哈肯能的據點裡竟然會有一條宗教性的誡言？他死後那幾百年之間，哈肯能氏族莫非已經不再是過去的哈肯能？鄧肯感覺這種事情實在難以相信。這些或許只是建築工匠想到的文字，他們覺得合適，便刻在了這裡。

盧西拉走進更衣隔間，他感覺她走到了自己身後。鄧肯站起身，別好了短上衣上的夾扣（這是他從零熵筒裡拿出來的衣服，但是已經摘掉了所有哈肯能的家徽）。

他沒有轉頭，說道：「盧西拉，妳又想幹什麼？」

她隔著短上衣撫摸著他的左臂，說：「哈肯能氏族的人品味真不錯。」

鄧肯輕輕地說：「盧西拉，未經我同意，妳要是再敢碰我一下，我就要動手了，不是妳死就是我死。」

她退了兩步。

鄧肯盯著她的雙眼說道：「妳們這群女巫，休想把我當成交配工具！」

「你以為我們的目的就是交配？」

「沒人提過妳們的目的，可是妳的行為說明一切！」

他前腳掌著地，重心前移，體內尚未喚醒的那個東西正在擾動，他的脈搏因此而加快。

盧西拉仔細地打量著眼前的少年，**邁爾斯·特格**這個老傢伙！她沒想到他會以這樣的方式反抗。毫無疑問，鄧肯是認真的，語言本身已經不足以讓他平靜下來，魅音也對他無可奈何。

真話。

這是她手裡剩下的唯一武器。

「鄧肯，我真的不清楚塔拉札讓你去拉科斯到底是要幹什麼。我只能猜測，但是猜得不一定對。」

「那妳就猜猜看。」

「拉科斯有個女孩，十多歲，名叫什阿娜。她可以指揮拉科斯的沙蟲，女修會必須想方設法讓擁有這種能力的人成為貝尼·潔瑟睿德的一員。」

「這種事情和我……」

「我要是知道的話，早就告訴你了。」

他聽出了她的真誠，也聽出了她的無奈。

「那妳的『能力』和這件事情又有什麼關係？」他問道。

「只有塔拉札和她的議事聖母知道。」

「她們想要控制我，不讓我逃脫！」

盧西拉已經猜到了這一點，但是她沒想到少年這麼快就看透了其中的關鍵。鄧肯的外表雖然年輕，但是盧西拉到現在都沒能洞悉他的心思，她的思維正在飛速運轉。

「控制了那些蟲子，你就能夠復興那個古老的宗教。」特格的聲音從門口傳了過來。

我竟然沒聽到他的腳步聲！

她迅速轉過身去，看到特格站在那裡，左手托著一把古董級別的哈肯能雷射槍，槍口對著她。

「只是為了保證妳能老老實實地聽我說話。」他說。

「你站在那裡偷聽了多久？」

她怒目而視，但是他的表情並沒有改變。

「我過來的時候，妳正在說自己不知道塔拉札為什麼讓鄧肯去拉科斯。」特格開口，「我也不知道，不過我可以提供幾個晶算師的推演結果，目前還不能確定是否屬實，但是都能說明一定的問題。如果我的推演有誤，麻煩妳告訴我。」

「關於什麼的推演？」

特格看了一眼鄧肯，說道：「塔拉札吩咐了妳幾件事情，其中一件是讓他無法抗拒大多數女人的魅力。」

盧西拉極力掩飾自己內心的沮喪，塔拉札曾經告誡她盡量不要讓特格知道這件事。她知道現在已經瞞不住他了，特格已經憑藉該死的能力看透了她的反應，真得感謝他那位好媽媽！

「許多力量已經聚集起來，而且瞄準了拉科斯星。」特格說道，他凝視著鄧肯，「無論忒萊素人在他身上埋藏了什麼東西，他的基因裡都帶有古代人類的特徵。育種女修要的是這個嗎？」

「根本就是貝尼．潔瑟睿德的種馬！」鄧肯說。

「你托著那把槍想幹什麼？」盧西拉朝著特格手裡的雷射槍點了點頭。

「妳說這個？我連能量匣都沒放。」他說著將雷射槍靠在身旁的牆角。

「邁爾斯．特格，你早晚會受到懲罰！」盧西拉咬牙切齒道。

「懲罰的事情以後再說。」他說，「外面馬上就天黑了。我剛才披著蔽匿毯出去了一趟，看到伯茲馬利來過，他留下了他的標記，告訴我他看懂了我留在那些樹上的記號。」

鄧肯的眼中閃起了警覺的光芒。

「你準備怎麼辦？」盧西拉問道。

「我已經留下了新的記號，和他商量碰頭的時間。現在我們先去上層的書房，研究一下那些地圖。我們要記住上面的資訊，至少跑的時候知道我們在往哪裡跑。」

她微微點頭，表示贊許。

鄧肯只有部分意識注意到她的動作，思維早已飛到哈肯能書房那件古老的設備那裡。是他向盧西拉和特格演示了這臺設備的正確用法，調出羯地主星的一張古代地圖，它可以追溯到球狀無現空間尚未竣工的時期。

特格綜合鄧肯的初始記憶和自己對於這座星球現在的了解，已經更新了地圖上的資訊。「蒼林衛戍」變成了「貝尼．潔瑟睿德主堡」。

鄧肯當時說：「這個地方原本有一部分是哈肯能的獵場。他們專門豢養訓練了一些人類，當作動物狩獵。」

地圖更新之後，村鎮一個接一個消失了，一些城市沒有消失，但是出現了新的標籤。「伊賽」是距離他們最近的大都市，原本標記的名稱是「男爵封地」。

鄧肯的眼神突然因回憶而變得十分凶惡：「他們就是在那裡折磨我的。」

特格已經窮盡了自己對於這顆星球的記憶，然而仍有許多地方標記著「未知地帶」的字樣，不過很多地方都帶有貝尼．潔瑟睿德彎鉤狀的標記，塔拉札的人告訴他，這些地方或許可以躲避一時的困難。

特格希望記住的正是這些地點。

特格轉身帶著他們走向書房，他說：「我們記住地圖上的資訊之後，我就會把這些東西全部抹除，畢竟我們不知道誰還會找到這裡，發現這張地圖。」

盧西拉從他旁邊衝了過去，說道：「出了問題，那就是你邁爾斯的責任！」

特格向著她的背影喊道：「身為一名晶算師，我告訴妳，我做的事都是盡我的本分。」

她頭也不回地說道：「真是邏輯縝密，毫無漏洞！」

30

這間房還原了沙丘星上沙漠裡的部分景色。正中間的這臺機器叫沙地爬行車，可以追溯到亞崔迪時代。它的周圍，從你左手邊起順時針的方向，分別是一架小型的香料採收機、一架運機艦、一臺早期的採收處理機以及其他支援設備，每個都有詳細的介紹。展品上方有一句發光的文字：「他們要吸取海裡的豐富，並沙中所藏的珍寶。」[13]這句話摘自一本年代久遠的宗教著作，葛尼．哈萊克時常引用這句話。

——導覽聲明，達艾斯巴拉特博物館

• • •

沙蟲一刻不停地向前行進，直到臨近黃昏才停下。在這之前，歐德雷迪一直在思考幾個問題，但最終也沒有找到答案。什阿娜是如何控制沙蟲的？什阿娜說了，她並沒有讓魔鬼往這個方向走。什阿娜究竟是用哪種隱祕的語言，能夠讓這個沙漠中的龐然凶煞對她言聽計從？歐德雷迪明白，在緊跟著他們的撲翼機上，那些侍衛女修必然也在絞盡腦汁思考這些問題，當然，讓她們不解的還有另外一件事：

為什麼歐德雷迪還讓沙蟲繼續帶著他們往前走？

她們還可能猜測：她不召喚我們，也許是不想讓我們驚擾這隻怪獸。她覺得我們能力不夠，沒法從牠背上把這三個人救走。

其實歐德雷迪遲遲不傳令的原因很簡單：她很好奇。

沙蟲在沙丘間穿行，發出巨大的嘶嘶聲，彷彿一艘乘風破浪的巨船，在洶湧波濤間航行。風捲起滾燙的沙子掠過蟲背上的三人，一股燧石的氣味侵入鼻端，則給人相反的感受。周圍滿眼黃沙，狀似鯨背的巨大沙丘綿延數公里，彷彿大洋中的海浪般整齊而規律。

瓦夫默不作聲已經好一陣子了。他蜷縮著身子，姿勢和歐德雷迪如出一轍，目視前方，表情呆滯。他的最後一句話是：

「審判降臨，神主庇佑虔誠之人！」

宗教上的極度狂熱足以延續千萬年，歐德雷迪認為此人便是最佳範例。禪遜尼和古老的蘇非教派在忒萊素人身上得到延續，彷彿致命病菌一般，數千年來的蟄伏只為尋找一個合適的宿主，釋放蓄積已久的毒性和威力。

她不禁好奇：我在拉科斯教會作的安排會怎樣發展？什阿娜在教會中的神聖地位已經不可動搖了。

女孩坐在魔鬼的環脊上，長袍拉起，露出了纖細的小腿，雙手緊緊抓住身下的環脊。她說過，第一次騎沙蟲，她被直接帶到了欽恩城。為什麼把她帶到那裡？沙蟲只是想要把她帶回同類身邊？

顯然，他們身下的這隻蟲並沒有這種想法。什阿娜不再發問，隨後歐德雷迪便命她不要說話，指

13 引用自聖經申命記第三十二章十九節。——編注

示她進入淺層入定狀態，這樣一來，至少能保證什阿娜今後從記憶中調用這段經歷時，能毫不費力地想起每一個細節。如果什阿娜和蟲子之間的交流是透過某種未知的語言進行，她們之後會發現的。

歐德雷迪凝望著地平線，他們距離沙厲爾古牆的廢墟只餘下幾公里，陽光朝向遠方的古牆腳，在沙丘上投下長長的影子，歐德雷迪這才發現，這些廢墟比她想像的更高一些。遠遠望去，古牆的輪廓破碎而凌亂，沿著牆根散落著許多巨石。暴君從橋上跌入艾德侯河的那個缺口就在他們的右前方，與他們當前的路線有大概三公里距離，那條河現在已經不復存在了。

身旁的瓦夫激動起來。「神主，我聽從祢的召喚。」他說道，「恩緹歐氏族的瓦夫前來覲見。」

歐德雷迪沒有轉頭，視線卻瞥向瓦夫。恩緹歐氏族？在她的他者記憶裡，也有一個恩緹歐氏族的人，他是禪遜尼大漫遊時期的一位部落首領，遠在沙丘時代之前。這是怎麼回事？這些忒萊素人究竟保留了多少年代久遠的記憶？

什阿娜突然開口說道：「魔鬼慢下來了。」

古牆的廢墟擋住了他們的去路。即使跟最高的沙丘相比，這些高牆少說也高出了五十公尺。蟲子稍微向右一偏，便從兩塊高聳的巨石中間穿了過去，慢慢停在一處幾乎完好無損的牆腳旁，長長的蟲背與牆腳平行。

什阿娜站起來，看向那道高牆。

「這是什麼地方？」瓦夫問道。撲翼機就在他們頭頂盤旋，他不得不抬高聲音。

歐德雷迪鬆開一路緊握的環脊，活動了一下手指。她保持跪姿，打量著周圍的環境。散亂巨石的影子投在周圍的散沙和小石塊上，陰影的輪廓凌亂粗獷。不到二十公尺遠的地方，牆面布滿裂縫，縫隙內部的顏色很深，露出年代久遠的基石。

瓦夫站起來，雙手不停揉搓。

他問道：「我們為什麼會被帶到這裡？」語調中透出些許哀傷。

蟲子抽動了一下。

「魔鬼讓我們下去。」什阿娜說。

她怎麼知道的？歐德雷迪頗為不解。蟲子確實動了一下，但是起伏很小，他們也沒有因此摔倒，那可能只是長途跋涉之後的反射動作。

但什阿娜還是順著蟲背的弧線，面朝古牆腳滑了下去，然後雙手抱膝，落在軟沙上。

歐德雷迪和瓦夫往前挪了幾步，不由自主地看向什阿娜，她踉蹌著走到這個龐然大物的面前。什阿娜雙手扠腰，正對著蟲子張開的口器，蟲子體內的火光在她年輕的臉龐上投下橘黃色的光。

「魔鬼，我們為什麼來這裡？」什阿娜質問道。

蟲子又抽動了一下。

「牠想讓你們都下來。」什阿娜朝他們說道。

瓦夫看著歐德雷迪：「若神欲汝卒於斯，神必將親引汝至葬身之所。」

歐德雷迪以《沙利亞特》中的句子回答：「神使之命，吾等不得違抗。」

瓦夫嘆了一口氣。雖然滿臉疑惑，他還是轉過身，先行離開了蟲身，他前腳剛落地，歐德雷迪後腳也跟了下來。他們效仿什阿娜，也走到巨蟲的面前。歐德雷迪處於極度警戒狀態，始終注視著什阿娜。

站在巨蟲的火盆大口前，溫度比其他地方要熱得多，熟悉的美藍極香氣充盈鼻端。

「神主，吾等在此，恭候祢的命令。」瓦夫說道。

歐德雷迪已經開始厭煩他不時發出的感嘆，眼角餘光掃向周圍的環境——破碎的石塊，凋敝的古牆腳高聳在薄暮之下，沙坡的石塊上滿是歲月的痕跡，巨蟲噴出的灼熱氣體緩慢地炙烤周圍空氣中的一切。

這是什麼地方？歐德雷迪頗為不解，沙蟲把我們帶來這裡，究竟是為什麼？

四架跟蹤而來的撲翼機列隊飛過他們頭頂，飛行翼的搧動聲和噴氣機的嘶鳴聲短暫地蓋過了巨蟲體內的隆隆聲響。

我要叫她們下來嗎？歐德雷迪有些疑惑。她只須一個手勢就能呼喚她們降落，但她沒有這麼做，她舉起雙手，示意上面的人繼續待命。

夜間的寒意已經降臨，歐德雷迪打了個寒顫，便根據環境調整自己的新陳代謝模式。有什阿娜在身邊，她知道蟲子不會把他們一口吞下。

什阿娜轉過身來，背對沙蟲，說道：「牠想讓我們留在這裡。」

彷彿聽到命令一般，蟲子掉了個頭，就從高聳的巨石間離開返回沙漠了，劇烈的摩擦聲表明牠正高速行進。

歐德雷迪此時面朝著牆腳。夜幕即將降臨，但沙漠的漫長白晝尚未消失殆盡，天空仍有一絲餘光，他們得以繼續往周遭探尋巨蟲把自己帶來這裡的端倪。右邊的石牆上有一道巨大的裂縫，歐德雷迪認為可以從這個地方開始調查。她朝著那處晦暗的缺口，沿著沙子鋪就的斜坡向上走，同時不忘關注瓦夫的動靜。什阿娜跟在身後，問道：

「聖母，我們為什麼來這裡？」

歐德雷迪搖了搖頭，她聽見瓦夫也跟上來了。

面前的裂縫像洞口一樣向前延伸，裡面是伸手不見五指的黑。歐德雷迪停了下來，讓什阿娜站在她身邊。她目測洞口約一公尺寬，四公尺高，洞口四周的石頭非常光滑，彷彿手工打磨過一般。洞裡面吹進了一些沙子，落日照在其上反射出金色的光，洞口一側也染成了金色。

站在她們身後的瓦夫開腔了：「這是什麼地方？」

「沙漠裡有很多老舊的洞穴。」什阿娜說，「弗瑞曼人會把香料藏進這些洞穴裡。」說著她用鼻子深吸了一口氣，「聖母，妳聞到了嗎？」

這個地方確實有一股美藍極的氣味，歐德雷迪也聞到了。

瓦夫繞過歐德雷迪走進洞口，轉身抬頭看著牆面以銳角相交的位置。他面向歐德雷迪和什阿娜，向洞內退了幾步，注意力還在牆面上，歐德雷迪和什阿娜向他走去。突然耳邊出現沙子滑動的窸窣聲，瓦夫從她們眼前消失了。與此同時，歐德雷迪和什阿娜周圍的沙子也開始滑動，把她們也一起帶向洞內。歐德雷迪抓住什阿娜的手。

「聖母！」什阿娜叫道。

兩人順著長長的散沙坡往下滑，聲音經四周看不見的岩壁反射，在黑暗中迴響，最後兩人慢慢地停了下來。歐德雷迪從及膝深的沙子裡脫了身，帶著什阿娜找到了一處堅硬的地面站上去。

什阿娜剛開口便被歐德雷迪打斷：「別說話！妳聽！」

左邊某個地方傳來了有些刺耳的聲音。

「瓦夫？」

「沙子淹到我腰上了。」他的語氣透露出內心的恐懼。

歐德雷迪冷漠地說：「這自然是神的旨意。自己慢慢掙脫出來吧。我們站的地方應該是石頭。動作輕點！別讓沙子再塌一次。」

歐德雷迪的眼睛適應了四周黑暗的環境後，看向他們跌下來的那個沙坡，進來時的洞口已經離得很遠，遠遠地透進一絲薄暮色的光。

「聖母。」什阿娜輕聲說道，「我害怕。」

「快唸制驚禱文。」歐德雷迪命令她，「站著別動。上面的朋友知道我們在這裡，她們會來救我們出去的。」

「是神主把我們帶來這裡的。」瓦夫說。

歐德雷迪沒有回應。一片沉默中，歐德雷迪噘嘴吹了一聲口哨，然後專注地聆聽回聲。根據回聲，她聽出他們現在身處一個寬敞的空間，身後有一些低矮的障礙物。她轉身背朝那道窄縫，又吹了一聲口哨。

那道障礙距離他們大約一百公尺。

歐德雷迪放開什阿娜的手，向她說：「乖乖待在這裡。瓦夫？」

「我聽到撲翼機的聲音了。」他說。

「我們都聽到了。」歐德雷迪說，「她們降落了，我們快要得救了。現在乖乖待在原地，不要出聲，我需要安靜。」

她吹響口哨，然後聆聽回聲，小心翼翼地踏出每一步，慢慢往黑暗深處挪動。突然，伸出的手碰到了粗糙的石頭，她便沿著表面四處摸了摸，發現石頭只有及腰的高度，除此之外沒有別的發現。通過口哨的回聲，她推斷前方是一個稍小一些、半封閉式的空間。

一個聲音從高處傳來：「聖母！您在那裡嗎？」

歐德雷迪轉過身，雙手攏在嘴邊大喊：「別過來！我們滑到了一個很深的洞穴裡，先去找燈，再帶一捆長繩過來。」

一個小小的暗色身影從遠處的洞口消失了，上方傳來的光愈來愈微弱。她放下圈在嘴邊的雙手，在黑暗中喊話：

「什阿娜？瓦夫？往我的方向走十步左右，然後在那裡等我。」

「聖母，我們在哪裡？」什阿娜問道。

「有耐心點，小女孩。」

歐德雷迪聽見瓦夫低聲喃喃自語，她聽出他在用古老的伊斯蘭米亞語祈禱。瓦夫已經放棄一切偽裝，不再向她遮掩自己的出身。很好。她要向這位信徒灌輸護使團的先進教義。

與此同時，蟲子帶他們來的這個地方蘊含著各種可能性，讓歐德雷迪非常興奮。她一隻手摸索著岩石屏障，沿著屏障向左前進。頂部某些地方的觸感很光滑，整個構造朝著遠離她的方向傾斜。她在他者記憶中搜尋線索，突然得出了一個猜想：

集水槽！

這是弗瑞曼人的水分儲集槽。歐德雷迪深吸一口氣，測試這裡的溼度。此處乾燥得和燧石一樣。

此時，一道明亮的光線從洞口處直射下來，瞬間驅散黑暗。洞口傳來一個聲音，歐德雷迪認出這是其中一個聖母。

「我們看見你們了！」

歐德雷迪從障礙物退後幾步，轉過身往四周看去。瓦夫和什阿娜站在離她六十公尺的地方，打量著自己周圍的環境。這處空間內部大致呈圓形，直徑約兩百公尺，正上方是一座石頭材質的穹頂。她檢視身旁的低矮障礙物，發現這確實是弗瑞曼人的集水槽。她認出了槽體中間的小型石島，弗瑞曼人將俘獲的沙蟲放在這座石島上，作入水前最後的準備。她的他者記憶重現了這個痛苦、致命的過程，最終生產出的香料毒藥是弗瑞曼人狂歡儀式的重要元素。

集水槽另一頭有一處低矮的拱形結構，那裡的光線尤為昏暗。她看到了溢洪道，捕風器的水從那裡流入集水槽。這裡肯定還有其他集水槽，古老的弗瑞曼部落透過複雜的集水槽系統為整個部落儲存水分。她知道這是什麼地方了。

「泰布穴地。」歐德雷迪低語道。

她的腦中出現了許多與這個詞有關的有用記憶。在摩阿迪巴的時代，此處曾是史帝加的地盤。那隻蟲子為什麼帶我們來泰布穴地？

一隻沙蟲把什阿娜帶到了欽恩城，為的是那裡的人可以認識她？那這裡有什麼好認識的呢？黑暗中還有其他人嗎？在歐德雷迪看來，那個方向並沒有任何生命跡象。

洞口的聖母打斷了她的思緒。「我們只能讓人從達艾斯巴拉特拿繩子來！博物館的人說這裡可能是泰布穴地！她們以為這個地方已經被毀了！」

「送一盞燈下來，我要好好探索一下這個地方。」歐德雷迪叫道。

「祭司們希望我們不要打擾它，馬上離開！」

「送盞燈下來！」歐德雷迪堅持道。

沒過多久，一個深色的東西夾著散沙，沿沙坡滾了下來。歐德雷迪讓什阿娜把那東西取了過來。輕觸開關，一束亮光便照向了集水槽那頭陰暗的拱道。沒錯，還有其他集水槽。這座集水槽旁邊的岩石上，鑿出了一段窄小的樓梯，階梯向上延伸，在最深處轉了個彎便隱沒不見。

歐德雷迪彎下身子，在什阿娜的耳邊說了幾句悄悄話：「好好盯著瓦夫。如果他想攻擊我們，就大聲喊出來。」

「好的，聖母。我們這是要去哪裡？」

「我得好好看看這裡。蟲子把我們帶過來，是為了我，要我在這裡有所發現。」她抬高聲音，對瓦夫說道，「瓦夫，請在這裡等她們把繩索放下來。」

「妳們剛才說什麼悄悄話？」他質問道，「我為什麼要等在這裡？妳要幹什麼？」

「我在祈禱。」歐德雷迪說，「接下來，我必須獨自一人前往朝聖。」

「為什麼妳一個人去？」

她用古老的伊斯蘭米亞語回答道：「書上是這麼寫的。」

這句話對他有用！

歐德雷迪快步走向石頭臺階。

什阿娜急忙跟在後面，說道：「我們一定要把這個地方告訴別人，這裡是古老的弗瑞曼洞穴，魔鬼不會襲擊這裡。」

「小女孩，安靜一點。」歐德雷迪說。她舉起燈，照向石階，階梯在岩石中彎曲向前，然後突然轉向右邊。歐德雷迪有些猶豫。這段冒險開始時，她便感覺此行可能會遇到危險，如今這種感覺又出現了，而且更加強烈。在她看來，這種感覺非常真實。

上面等著她的是什麼？

「什阿娜，在這裡等我。」歐德雷迪說，「別讓瓦夫跟著我。」

「我怎麼阻止得了他呢？」什阿娜害怕地看向身後的房間，瓦夫正站在那裡。

「跟他說，讓他留下是神的旨意。妳就這麼說……」歐德雷迪彎腰靠近什阿娜，用瓦夫的古老語言把剛才那句話複述了一遍，然後囑咐道：「別的什麼都不用說。如果他要跟過來，攔在他前面，然後再把這句話說一遍。」

什阿娜口中默唸。歐德雷迪知道，她學會了，這個女孩學起東西來很快。

「他怕妳。」歐德雷迪說，「他不會傷害妳的。」

「好的，聖母。」什阿娜轉過身，雙手環在胸前，看向房間那頭的瓦夫。

歐德雷迪舉燈照向前方，沿著石階走了上去。*泰布穴地！蟲子啊蟲子，你在這裡給我們留下了什麼驚喜呢？*

石階盡頭是一道低矮的長廊，歐德雷迪在這裡看見第一批沙漠乾屍。兩男三女，總共五具，身上沒有任何可供辨認身分的標記或衣物。這些人的衣服被完全褪去，沙漠乾燥炎熱的天氣使屍身得以保存，由於脫水，皮膚、肌肉和脂肪緊緊地綳在骨頭表面。這些屍體在走廊中擺成一排，雙腿都伸長擋在過道中間，歐德雷迪為了繼續前進，不得不跨過這些可怕的障礙物。

每經過一具屍體，她都會用手提燈照一照。這些屍體被刺殺的方式幾乎一模一樣，胸骨下猛地挨了一刀，刀鋒朝上劈。

他們是獻祭的祭品？

傷口周圍的皮肉收縮在一起，傷口處只留下一個暗色的印記。歐德雷迪知道，弗瑞曼人會收集每一具屍體上遺留的水分，使屍體徒留灰燼，所以這些人必定不是死於弗瑞曼人生活的時代。

歐德雷迪舉燈照著前方，然後停下腳步思考自己當前的處境。這些屍體使得她心中感覺更加危險。我應該帶武器的。但是這樣就會讓瓦夫心生懷疑。

歐德雷迪心中的不安揮之不去，泰布穴地的遺跡危機四伏。她小心翼翼前進，踏上第一級階梯後，她順著手提燈的光線，她發現走廊盡頭連著另一段樓梯。她向樓梯上方照去，臺階並不深，不用走多久，上面就是一個更寬敞的空間，那裡有更多石頭。歐德雷迪轉身，拿起燈向走廊的各處掃了掃，石頭牆面上滿是小坑和火燒的痕跡。她再次仰望樓梯上方。

上面有什麼？

她心中不安的感覺很強烈。

歐德雷迪開始往上爬，一次一級臺階，中途不時停下來。她走進了一條稍微寬敞些的過道，整條過道都由天然岩石雕鑿而成，在這裡，她看見了更多屍體。這些屍體依然保持死去時的姿態，凌亂不堪，和剛才那些一樣，都是一絲不掛的乾屍。在這條寬敞些的過道裡，二十具屍體四散，她不得不迂迴前進。有些屍體遭刀刃捅刺，手法和樓下那五個人一樣，有一些人身上則留下了刀砍和雷射槍灼燒的痕跡。其中一個人的頭被砍了下來，裹著皮膚的頭骨擺在牆邊，彷彿某場恐怖遊戲中一顆被遺忘的球。

歐德雷迪用燈照向走道兩旁的幾間小房間，房間的地上、牆上和天花板上四處散落著香料織物的碎片、熔化的岩石碎片，和燒熔的圓形氣泡痕跡，除此之外並沒有什麼有價值的東西。

這裡究竟發生過多麼慘烈的暴力衝突？

有些房間的地板上還殘留一些汙漬，會不會是血跡？其中一個房間的角落裡，有一小堆棕色的布片，扯破的布片散在歐德雷迪腳下。

四處都蒙著一層厚厚的灰塵，凡她經過之處，腳下都會揚起灰塵。

過道的盡頭有一道拱門，再往前是一座寬平臺，她往平臺另一側照去，發現一個巨大的房間，比剛才樓下那間要大得多。房間的弧形天花板離地面很遠很遠，她覺得，再往上肯定就是古牆的石基。寬矮的階梯一層一層從平臺往下延伸到房間地板。歐德雷迪遲疑地走下樓梯，踏上了房間地板。她舉起手中的燈，四處掃了一圈，房間四周還有好幾條走道，有些曾經被石頭擋住，然後有人把石頭挪開，碎石散落在平臺和房間的地板上。

歐德雷迪的鼻子嗅了嗅，她揚起的塵土裡夾雜著美藍極的氣味，讓她產生了極度不安的感覺。她想離開這裡，回到其他人身邊，但是這種危險的感覺就像燈塔一樣，她必須找出燈塔指引的方向。

不過，她知道這是什麼地方了。這裡是泰布穴地的集會大廳，弗瑞曼人在此舉辦過無數次香料狂歡儀式和部落集會。史帝加耐巴曾在這裡主持過各種儀式，葛尼．哈萊克、潔西嘉女士、保羅—摩阿迪巴、珈尼瑪的母親荃妮都曾出現在這間房間。摩阿迪巴曾在這裡訓練戰士，初始的鄧肯．艾德侯也來過這裡……還有第一個鄧肯．艾德侯的甦亡人！

我們為什麼會被帶到這裡？會發生什麼危險？

是這裡，就在這裡！她能感覺到。

這裡曾是暴君香料庫所在的地方。根據貝尼．潔瑟睿德的紀錄，整間房的香料堆到了天花板，還溢到周圍的許多條過道裡。

歐德雷迪原地轉了一圈，沿著燈光觀察各處。這個是耐巴用過的檯子，那邊那座寬一些的大平臺是摩阿迪巴命人搭建的。

這是我進來的那扇拱門。

燈光沿著地板，照亮了石頭上的小坑和燒痕，人們為了尋找暴君留下的香料，用盡了一切可能的手段。魚言士拿走了香料庫裡的大部分香料，是希歐娜的伴侶——鄧肯．艾德侯的甦亡人發現了香料庫的藏身之地。根據紀錄記載，他們之後的搜尋者又在假牆面和地板裡發現了更多香料。關於這些搜尋者，有許多經過證實的相關資料，他者記憶也能提供佐證。大饑荒時期形勢動盪不安，絕望的搜尋者在爭鬥中贏得勝利而來到這裡，剛才那些死去的人或許就是那時的落敗者。很多人拚死一搏，就是為了有機會在泰布穴地尋寶。

她謹記往日接受的教導，以她對危險的感知作為嚮導。難道數千年前慘劇的惡濁之氣直到如今仍未消散？但她心中的不安並非由此而生，而是因為某件即將發生的事。歐德雷迪的左腳踩在地板上一處不平整的地方，她順著燈光低頭檢視，發現塵土間隱約透出一條暗色的線。她用腳掃開灰塵，先是看清了一個字母，而後整個詞便顯現出來，筆劃流暢。

歐德雷迪默唸了一遍，然後大聲讀出來。

「亞拉費爾。」

她認識這個詞。暴君時期的聖母將這個詞儲存在貝尼．潔瑟睿德的意識裡，連同關於它最古老的記載。

「亞拉費爾：宇宙盡頭，陰雲遮蔽。」

在這個詞的觸碰下，歐德雷迪心中的不安再度發酵。

「暴君的神聖審判。」祭司們如此解讀這個詞，「神聖的審判下，陰雲將遮蔽一切！」

她低頭仔細打量這個詞，發現它最後一筆的末端變成了一個小小的箭頭，於是順著箭頭的方向看去，它指向一個檯子。那裡有被人鑿過的痕跡，說明已經有人發現了箭頭的玄機。歐德雷迪朝檯子走過去，發現石頭檯面上有許多燒熔後留下的深洞。搜尋者用了噴火槍，岩石遇熱熔化順著檯子邊緣向下流淌，凝固成根根分明的條狀，地板上則留下了一攤暗色的熔岩。

歐德雷迪彎腰，就著燈光往每個洞裡看了看，但沒有任何發現。在恐懼不安之外，她內心還萌生了一絲尋寶的興奮。這間密室蘊藏的財富簡直讓想像力受挫。在過去，即使是最不景氣的時候，一手提箱的香料也足以買下一整個星球。可是，魚言士卻因不斷的爭吵、判斷失誤和各種愚蠢的理由把這筆寶藏漸漸耗光，由於交易目的大多微不足道，因此對於她們如何將如此巨額的寶貴財富揮霍殆盡，歷史上並沒有記載。所以當忒萊素人打破美藍極壟斷時，她們非常樂意和伊克斯人結為聯盟。

尋寶者找到所有的寶藏了嗎？暴君可是絕頂聰明。

亞拉費爾。

宇宙的盡頭。

他是否有話要傳給今日的貝尼．潔瑟睿德？

她又一次就著燈光環視房間一周，然後看向了頂部。

天花板是一個非常標準的半球形，她知道，這個設計獨具匠心，穹頂意在還原從泰布穴地入口處看到的夜空。但即使在此地首位行星學家列特－凱恩斯生活的那個時代，穹頂上最早畫上的星星也已經不見了蹤跡，小規模地震造成的縫隙豁口和千年萬年的歲月侵蝕，日積月累地抹去了天花板上的圖案。

歐德雷迪的呼吸急促起來，不安的感覺上升到前所未有的程度。危險的燈塔在她內心發亮！她快步走到房間門口的那段階梯下，轉過身，結合他者記憶中的描述勾勒這間房間過去的模樣。畫面慢慢出現在她腦海中，暫時壓制她心中末日降臨般的恐懼。手中的燈照向穹頂，她跟著燈光，古老記憶中的畫面與當前的場景逐一重疊。

穹頂反射出點點星光！

結合他者記憶的描述，早已模糊不堪的穹頂上閃爍出點點的星光，還有那裡！半圓形的厄拉欽恩之日，銀黃色的半圓環，她知道這代表著落日。

弗瑞曼人的一天從晚上開始。

亞拉費爾！

歐德雷迪讓燈光持續照著落日所在的位置，然後倒退從樓梯走上平臺，根據他者記憶的描述，繞著房間周圍的平臺準確地找到了牆面上的那塊區域。

但那年代久遠的半輪落日早已不見了蹤跡。

只剩下搜尋者們鑿出的小坑，和噴火槍留下的氣泡在燈光下微微發亮。石頭上並沒有出現裂縫。

歐德雷迪此刻心中忐忑不安，她感覺自己正在危險邊緣遊蕩，即將揭開此地的奧祕。燈塔將她帶到了這裡！

亞拉費爾……宇宙的盡頭。在落日之外的地方！

她舉起燈，從右到左掃了掃，發現左邊有一個過道的入口，原本用來堵住入口的石頭如今散落在平臺上。歐德雷迪感覺心臟開始猛烈搏動，她穿過入口，裡面是一條短廊，短廊盡頭填滿了熔化的岩石。在她右側，就在牆上落日位置的背面，有一間小房間，裡面充盈著濃郁的美藍極氣味。歐德雷迪走進去，發現牆面和天花板上有更多小坑和燒痕，這裡的危險氛圍壓得她喘不過氣。她默唸起制驚禱文，同時藉著燈光巡視整個房間。房間近似正方形，長寬各兩公尺，天花板在她頭頂不到半公尺的位置。肉桂香氣不停往她鼻孔裡鑽，她不禁打了個噴嚏，眨眨眼，突然發現門檻一旁地板上有一處小小的褪色之處。

又是舊時尋寶者留下的痕跡？

她彎下腰，斜著燈照向那處褪色的地方，從近處隱約能看見石頭上深深地刻著幾個字，大部分都被灰塵蓋住了。她雙膝跪地，掃開灰塵，那些字便露了出來，筆劃細且深，可想而知刻字的人希望字跡能長久留在石頭上。這會是某位流落在外的聖母留下的最後訊息嗎？貝尼．潔瑟睿德掌握了這種在石頭上刻字的技藝。她用手指觸摸刻痕，在心裡描摹著幾個字的筆劃。

頓時，她認出了這個詞，是契科布薩文的「這裡」。

這個詞如果放在普通的情境下或許沒有什麼特殊的意義，但在此時此地，它蘊含了一種強烈的語氣和感情，告訴來人：「你發現我了！」她的心臟猛烈搏動，將氣氛渲染得更加濃烈。

歐德雷迪把手提燈放在右膝旁的地上，雙手開始摸索古文字旁的門檻。肉眼看上去，此處的石頭完好無缺，但她還是摸到了一處小小的缺口。她按了按缺口，又試著從各個方向施力，重複了幾次。

石頭依然文風不動。

歐德雷迪向後坐在腳跟上，仔細琢磨起當下的情況來。

「這裡。」

忐忑不安的感覺愈發強烈，危險當前的預感壓得她喘不過氣來。

她稍微向後挪了挪，把燈往後放，整個人趴在地上專注地觀察門檻的底邊。這裡！是不是可以把工具放在文字旁邊，然後把門檻撬起來？不行……這裡不像是需要工具的樣子。這個詞感覺上不像是聖母留下來的，而像是暴君所為。她試著把門檻往兩邊推，石頭依然紋絲不動。

歐德雷迪有些沮喪，緊張的氛圍和危險將至的感覺也因而愈發濃烈，她站起身，朝刻字旁的門檻踢了一腳，居然動了！頭頂傳來刺耳的摩擦聲。

歐德雷迪敏捷地向後躲開，沙子便像瀑布般傾瀉下來，落在她身前的地板上。腳下的石頭開始震動，隆隆巨響頓時填滿了房間，她前面的地板朝著門口往下傾斜，露出房門和牆壁底下的隱藏空間。

歐德雷迪又一次跌了下去，忽地闖進一個未知境地。手提燈隨她一同滑落，燈光不停翻滾。在她面前，是一座座暗紅棕色物質堆成的小山，肉桂的氣味鑽進她的鼻孔。

她跌在一處柔軟的美藍極山上，手提燈就落在身旁，掉進來的那個洞口現在離她的頭頂大約有五公尺距離。她拿起一旁的燈，就著燈光，發現從洞口到地下空間有一段石梯相連，每級樓梯都很寬，樓梯的垂直面上好像寫著什麼東西，不過此時，她只當樓梯是回到上面的出口，尚無暇顧及其他。跌落時的驚慌已經平息，但危機四伏的預感依然緊扼住她的喉嚨，壓得人喘不過氣。

她舉起燈，四處觀察她跌落的空間。這是一個長方形的房間，就在大廳拐進來的那條過道下面，房間裡面堆滿了美藍極！

歐德雷迪將視線轉向頭頂，頓時明白為什麼當時尋寶者沒有發現過道地下的密室。房間的天花板布滿十字形的支撐結構，即使有人敲擊樓上過道的地板，聲音也會經由這個結構直接傳到旁邊的石牆上，這樣一來，傳到人們耳中的就只有石頭的聲音。

歐德雷迪看了看身邊的美藍極，儘管因為忒萊素人的再生箱，美藍極的價格跌了不少，但她明白自己腳下是批驚人的寶藏。此處的美藍極估計有好幾噸。

我心裡預感的危險，就是指美藍極嗎？

她心中的不安並沒有減輕分毫。令她產生恐懼的絕不會是暴君的美藍極，將這裡的寶藏均分三份，三方同盟各得其一即可，不會再橫生枝節。這是甦亡人計畫的意外收穫。

危險依然潛伏在某處，強烈的不安讓她無法忽略這一點。

她再次舉燈照向美藍極，注意力被香料上方的牆面吸引。牆上刻著字！依然是契科布薩文，筆劃優美流暢，這是一條新的訊息：

「聖母務閱此言！」

這幾個字讓歐德雷迪不寒而慄，她撥開一旁的美藍極，往右邊挪了挪，看見接下來的一段話：

「我的憂懼與孤獨，均遺贈予汝等。我可斷言，貝尼·潔瑟睿德靈肉之命運，與萬物靈肉之命運乃殊途同歸。」

她撥開眼前礙事的美藍極，接著讀右邊的一段話。

「若無法全身而退，便難稱為倖存。貝尼·杰萊素便深諳此道！若無法聽聞生命樂音，汝等當何以應對？若非為崇高事業，則記憶不足為道！」

長方形房間短邊的牆面上還寫著一段話，歐德雷迪在美藍極堆中踉蹌向前，跪下閱讀。

「黃金之路乃大勢必須，女修會明知如此，為何不為其效力？汝等不忠，陷神帝於千年之絕境。」

「神帝」兩字並非契科布薩語，而是伊斯蘭米亞文，這樣做，無疑是在向能看懂的人傳達第二層含意：

「我便是你們信奉的神帝。」

歐德雷迪不禁冷笑，這兩個字必定會讓瓦夫陷入狂熱的崇拜中無法自拔！他愈狂熱，防備之心就愈容易攻破。

對於暴君的指責，她並不懷疑其準確，也無意否定暴君對女修會滅亡的預言。憑藉對危險的預知力，她最終找到了這裡，這裡面肯定還有其他東西在起作用。雖然暴君早已成為歷史，但拉科斯的蟲子仍然聽從他的召喚。他或許已長眠於無盡的夢境中，但正如暴君所言，他的意識幻化為珍珠，寄居在每一條沙蟲的體內，依然在發揮作用。

他還在世時，曾對女修會說過什麼？歐德雷迪回憶起他說過的一句話：

「我離世後，世人必稱我為魔鬼，地獄帝皇。歷史的車輪將沿著黃金之路，不停轉動。」

沒錯——塔拉札原來是這個意思。「妳難道不明白嗎？一千多年來，拉科斯的平民一直叫他魔鬼！」

所以塔拉札一直都知道這件事，她沒看過這些文字，也知道這件事。

塔拉札，我知道妳的打算了。這些年來妳的所有擔憂和恐懼，現在我都能體會了，這其中的一點一滴，我都像妳一樣，能夠深刻體會到，分毫不差。

歐德雷迪明白，從此刻起，這種不安的感覺將一直陪伴著她，直到她離世或女修會滅亡，或直到危險解除。

她舉起手提燈，站了起來，穿過美藍極堆走向出口處的樓梯。到達樓梯腳下後，她又退了幾步，她發現每級臺階的垂直面上都刻有文字。她一邊上樓，一邊顫抖著讀完臺階上的字。

「我的話語已然成為歷史。

「但餘一問：

「汝等欲與誰為伍？

「尊崇偶像之忒萊素？

「官僚習氣之魚言士？

「宇宙漂泊之宇航公會？

「嗜血者哈肯能？

「抑或汝等培育的教條之徒，臭不可聞？

「汝等將如何走向末路？

「終究乃區區螻蟻之輩？」

歐德雷迪走上階梯，經過時又依次讀了一遍臺階上的文字。崇高事業？多麼脆弱的東西，又如此易受扭曲。危機四伏的氛圍裡，暴君的威懾來勢洶洶，密室的牆面和臺階寫得明明白白。塔拉札無須解釋就早已看透一切。暴君的意圖不言而喻：

「加入我！」

歐德雷迪走進小房間，找了處壁架，借力把自己撐到了門外，然後低頭看向滿室的寶藏。她搖了搖頭，驚嘆於塔拉札過人的智慧。所以女修會就會這樣走向滅亡？如今在她看來，塔拉札的計畫已非常明瞭，所有環節都已浮出水面，確定無疑。沒有什麼是確定的，到頭來，財富和權力也都一樣。崇高的計畫已經啟動，哪怕最終要賠上整個女修會，也應當有始有終。

看看我們選的工具，多麼不堪一擊啊！

沙漠地底暗室裡，正等著她的那個小女孩，還有那個甦亡人，都要在拉科斯上作好準備。

蟲子啊蟲子，我現在會講你的語言了，它並沒有字詞，但我已經完全掌握了中心思想。

31

我們的父親在沙漠上吃著嗎哪，在那旋風四起的燒灼之地，主啊，救我們逃離這可怕大地！救救我們……哦──哦，救我們逃離飢渴乾涸的大地。

──《葛尼．哈萊克歌集》，達艾斯巴拉特博物館

．．．

特格和鄧肯兩人全副武裝，與盧西拉一同走出了球狀無現空間，此時是夜晚最寒冷的時刻。天上的點點繁星好像一個個針尖，在他們現身之前，氣流完全停滯。

特格的鼻子裡滿是雪寒冷潮溼的氣味，三人吸氣時氣味充塞鼻腔，呼氣時臉周形成一大團蒸汽。

鄧肯已經凍出了眼淚，他們準備離開球狀無現空間的時候，他回想起很多老葛尼的事，想起哈肯能墨藤鞭在他臉上留下的傷疤。鄧肯覺得自己現在需要值得信賴的同伴，他不怎麼信任盧西拉，特格又老了，太老了。在滿天星光下，鄧肯看到特格的眼裡閃著光。

鄧肯左肩掛著一把沉重的古董雷射槍，雙手深深插在口袋裡取暖，他都忘了這顆星球多麼寒冷。盧西拉似乎沒有受到低溫的影響，顯然在利用貝尼．潔瑟睿德傳授的辦法取暖。

鄧肯看著她，意識到自己從來沒多麼信任這些女巫，連潔西嘉女士也不例外。他很容易將她們視為背信棄義的叛徒，她們只會對女修會忠心耿耿，她們的鬼把戲數不勝數！不過盧西拉知道他在隔間

說的話是認真的，所以也不再試圖誘惑了。他感覺到她一直在生悶氣，就讓她去氣吧！

特格一動不動地站著，注意力集中在外界，仔細聆聽周圍的聲音。他應不應該把希望完全寄託在他和伯茲馬利制定的這項方案上？他們沒有設計備用方案。他們確定這個方案之後只過了八天的時間嗎？儘管準備時間非常緊張，但他還是感覺日子遠不止八天。他瞥了鄧肯和盧西拉一眼，看到鄧肯背著一把老式重型哈肯能實戰雷射步槍，備用的能量匣也不輕巧。盧西拉只在緊身胸衣裡面藏了一把小型雷射手槍，槍裡的能量只夠攻擊一次，完全只是一件殺手的玩具，然而除此之外，她什麼都不願意多帶。她說：「我們是女修會的成員，作戰向來不靠武器。改變這種模式有辱我們的聲譽。」

可是她在腿上倒是藏了幾把匕首，特格親眼見過，而且懷疑刀上有毒。

特格手持他從主堡帶過來的現代實戰雷射步槍，肩上掛著的槍則和鄧肯的同款。

特格告訴自己：我必須相信伯茲馬利，他是我親手訓練出來的人，我知道他的品格。既然他讓我們相信這些新的盟友，我們就該相信他們。

伯茲馬利發現自己的老指揮官安然無恙，當時喜不自禁。

可是他們上次碰面之後便下起了大雪，到處都是皚皚白雪，好像一塊白板，所有行跡都會留在上面。他們沒想到會下雪，難道氣象管理部門出了叛徒？

特格一陣顫抖，空氣是冷的，周圍好像太空裡一樣冰冷、空曠，繁星將光輝毫無阻礙地灑在了他們周圍的林間空地上，微弱的星光下，特格看見地上的積雪和石頭上白色的粉雪。松柏露出漆黑的輪廓，落葉喬木上則已空無一物，他們只能看到樹木白色的外型，其他全都是深不可測的陰影。

盧西拉對著手指哈了哈氣，然後湊到特格耳邊小聲說道：「他這個時候不是應該到了嗎？」

他知道她真正要問的並不是這個。「伯茲馬利可不可靠？」這才是她的問題。八天前，特格跟她解釋了他們的計畫，她之後便一直換不同說法詢問同一件事。

他只能說：「我已經賭上了這條老命。」

「你把我們的性命也賭上了！」

特格也不喜歡不確定的事像雪球一樣滾在一起，不過計畫能否成功，最終還是取決於執行者的本事。

他提醒盧西拉：「是妳一直說我們必須離開無現空間，到拉科斯去。」他希望這位聖母能看到自己臉上的笑容，他不想讓對方覺得自己是在責怪她。

可是，盧西拉的心情並沒有平復。特格從來沒見過哪位聖母緊張得這麼明顯，她如果知道了他們的新盟友是誰，肯定會更加緊張！她之所以處於緊繃狀態，一部分當然是因為她沒能完成塔拉札交給她的任務，她現在肯定難受極了！

盧西拉提醒特格：「我們可是發過誓了，絕對不能讓甦亡人受到任何傷害。」

「伯茲馬利也發了同樣的誓。」

特格看了一眼鄧肯，少年安靜地站在兩人中間。鄧肯的臉上沒有任何異樣，既看不出他是否聽到了兩人的爭論，也看不出是否和他們一樣緊張，他的安詳沉穩，臉龐毫無動作。特格意識到鄧肯在聽夜晚的聲音，他們三個人現在其實都該這麼做，少年的臉龐看來超齡又成熟得詭異。

現在是我最需要值得信任的同伴之時！鄧肯心想。他的思緒已經回到了初始記憶中的羯地主星，他們曾經將這樣的夜晚稱作「哈肯能之夜」。哈肯能氏族的人在這樣的夜晚，常常身穿保溫護具，獵殺他們豢養的人類。身為獵物的人即便負傷逃了出來，也會在寒冷的夜晚凍死。哈肯能氏族的那些人心裡非常清楚！這些喪心病狂的人渣！

盧西拉看著他，好像在說：「我們還有事情沒解決，你和我。」果不其然，這個表情吸引了鄧肯的注意。

鄧肯抬起頭來，迎著星光，讓她看到他臉上放肆的會心一笑，盧西拉心中頓時緊繃了起來。他從肩上取下重型雷射槍端詳一番，她注意到槍托和槍管上精緻的渦卷花紋。這把槍雖然是古董等級，但是依舊讓人感覺是把能置人於死地的凶器。鄧肯左臂端著槍身，右手抓住握把，手指放在扳機上，與特格此時的姿勢一模一樣。

盧西拉轉過身去，背對著她的兩位同伴，利用感官探測著山上和山下的情形。正當她走動的時候，四周突然響起了聲音。隆隆巨響在夜空中瀰漫，他們的右側傳來一陣轟鳴，而後一片寂靜，山下再一陣轟鳴，一片寂靜。山上也響了起來！聲音從四面八方傳來！

三個人聽到第一陣聲響，便立刻鑽進了球狀無現空間洞穴入口外面林立的岩石之中。

他們幾乎完全聽不清具體是什麼聲音，有人聲喧譁，也有機器的聲音，也有物體傾軋的嘎吱聲、風聲呼號和氣體的嘶嘶聲，大地不時傳來震天撼地的響動。

特格知道這是什麼情況，那邊有人正在戰鬥。他能夠聽到火焰槍呼嘶作響，看到裝甲雷射炮的光線刺穿了遠方的天空。

他們的頭頂閃過了一道光，尾端拖著紅色和藍色的火花，一道接著一道！大地在顫抖。特格吸了一口氣，聞到了酸性物質燒焦的味道和大蒜的味道。

無現星艦！數量還不少！

它們正在球狀無現空間下面的山谷降落。

「快進去！」特格厲聲令道。

話音剛落，他便發現為時已晚，四面八方都已經有人向他們的方向走來。特格舉起雷射長管槍瞄向山下，那裡的聲音最大，也是離他們最接近的動靜所在。許多人在下方呼喊，燈球在樹林間隨意移動，不知道是誰把它們釋放了出來。跳動的燈光隨著一陣寒風飄向了山上，黑色的人形在影影綽綽的光亮中移動。

「幻臉人！」特格低聲說道，他認出了來襲的人。那些燈光幾秒鐘之內便會從樹林中出來，一分鐘內便會到達他的位置！

「叛徒！」盧西拉說道。

山上突然傳來一陣呼喊：「霸夏！」是許多人的聲音。

伯茲馬利？特格自言自語道。他回頭看了一眼那個方向，然後看了一眼正向山上推進的幻臉人。沒時間斟酌取捨了，他湊到盧西拉耳邊說道：「山上是伯茲馬利，快把鄧肯帶過去！」

「但萬一——」

「沒別的機會了！」

「你這老糊塗！」她罵了一句，但還是服從了他的命令。

特格的「對！」並沒有消滅她的擔憂和恐懼，這就是依賴他人計畫的結果！

鄧肯則在想別的事情，他明白特格的打算，老霸夏準備犧牲自己，為他們倆爭取逃跑的時間。鄧肯看到爬上山的進攻者，心中有些猶豫。

特格看到少年猶豫，對他大吼道：「這是軍令！我是你的指揮官！」

盧西拉目瞪口呆，這句話是她從男人口中聽過最接近魅音的聲音。

鄧肯眼中只見已故公爵的面孔吼出命令要他遵從，他無法承受，抓起盧西拉的手臂就要把她推向山上，同時說道：「我們安全之後就來掩護你！」

特格沒有回應，當盧西拉和鄧肯爬開，他蹲倚著一塊落滿雪花的石頭。他知道自己現在絕對不能白白丟掉性命，要死得其所，而且還有一件事情——必須出其不意，這是老霸夏的最後一個計謀。

襲擊者加快了上山的速度，激動地大聲相互鼓舞。

特格將雷射槍的火力設至最大，扣下了扳機，一道熾熱的火弧劃過。樹木瞬間燃起熊熊火焰，樹幹斷裂，有人在尖聲厲叫。這件武器無法以最大火力支撐多長時間，但是這一把火燒出了特格希望達到的效果。

第一次掃射結束之後，周圍突然安靜了下來，特格挪到了左側的一塊石頭後面，再次將這把火焰之劍揮向漆黑的山下。第一次掃射之後，樹木倒塌，碎屍遍地，只有極少數飄浮的燈球倖免於難。

特格第二次攻擊又帶來一片慘叫聲，他轉身爬過石頭，躲到了球狀無現空間入口洞穴的另外一側，向著這邊的山下又是一陣掃射。他聽到又一片慘叫，看到又一片火焰和倒下的樹木。

對方沒有開火反擊。

他們想活捉我們！

那些忒萊素人已經準備好利用幻臉人的人海戰術耗盡他雷射槍的所有能量！

特格調整了一下肩上那把老式哈肯能武器的位置，準備好隨時使用。他扔掉了現代雷射槍耗竭殆盡的能量匣，裝上了新的能量匣，然後把槍架在石頭上。特格感覺自己不一定有機會給另外一把武器填裝能量匣，姑且讓下面的那些人以為他的能量匣用完了吧。他的腰上還別了兩把哈肯能式手槍，這兩把槍近距離的殺傷力應該很大，是他最後的依靠。忒萊素的那些尊主，下令執行這次行動的那些人，你們再靠近一點！

特格小心翼翼地舉起雷射長管槍，慢慢退後，退進了山上聳立的岩石之間，滑到左邊，然後又滑到右邊。他停下了兩次，向山下短促地掃了兩次，像是在節省槍支的能量。他現在完全不必掩飾自己的行動，他們肯定已經用生命追蹤器鎖定了他，而且他也在雪地裡留下了足跡。

攻其不備，出其不意！他能不能吸引他們靠近自己？

他退到了距離球狀無現空間入口洞穴很遠的山上，在這裡發現了一處更深的凹地，底部落滿了雪。特格滑了進去，這個地方的攻擊範圍令他頗為讚嘆。他簡單地觀察了一下這裡：自己身後是高崖陡壁，另外三面是開闊的下坡。他謹慎地抬起頭，想看看上坡岩石周圍的情況。

上面只有一片寂靜。

剛才呼喊「霸夏」的是伯茲馬利的人嗎？就算是他的人馬，鄧肯和盧西拉在這樣的情形之下也不一定就能逃到他們那裡，現在的形勢取決於伯茲馬利。

他這次還會如我一直以來認為的一樣隨機應變嗎？

現在沒有時間考慮相關的可能性，也沒有時間調整計畫了。戰鬥已經開始，他已經拚上了自己的老命。特格深吸一口氣，視線貼著岩石表面瞄向山下。

沒錯，他們整頓完畢，繼續向山上走來。這次沒有燈球暴露他們的位置，而且安安靜靜，不再大聲地打氣。特格將雷射長槍架在眼前的一塊石頭上，從左到右掃射了一段時間，火力明顯變小之後才鬆開扳機。

特格從肩上取下那把哈肯能式雷射槍，準備好之後，靜靜地在石頭後面等待，他們肯定以為他會逃向山上。他蹲在掩護自己的石頭後面，希望山上有足夠的動靜能夠干擾生命追蹤器。他仍然聽到下面火光沖天的山坡上有人在移動。特格默默地在心裡數著，一點一點大概估算出他們與他的距離，憑藉長年的作戰經驗判斷對方多久之後會進入致命的攻擊範圍，同時也在等待忒萊素人的另外一種聲音：尖利的號令。

他聽到了！

那些尊主在山下的位置分散，而且與他的距離比他預期的更遠。一群懦夫！特格將這把老式雷射槍的火力開到最大，突然從石頭後面站了起來。

他藉著樹木和灌木叢燃燒的火光，看到了一群幻臉人排成弧線，正在向山上行進。號令的聲音來自幻臉人的後方，完全脫離跳動的橙光照射範圍。

特格的視線掠過最近的襲擊者頭頂，看到了火焰後面，他扣下扳機，來來回回長時間掃射了兩次。他沒想到這把古董等級的武器竟然會有如此大的殺傷力，一時間大為驚詫。這把雷射槍的工藝顯然十分精良，可是那座球狀無現空間並沒有場地試驗它的威力。

對方這一次的尖叫出現了不同的聲調，聲音高而瘋狂。

特格降低雷射槍的準心，清除了附近的幻臉人，向他們展示這把武器最大的火力，也讓他們知道他身上並非只帶了一件武器。他來來回回揮動著這條死亡的光弧，直到槍支劈啪了幾聲，熄滅了之後才鬆開了扳機，讓對方充分知道這把槍已經沒有火力了。

就是現在！他們被吸引過來了，肯定會更加謹慎，或許可以趁此機會追上鄧肯和盧西拉。特格滿腦子只有這個想法，他轉身爬出凹地，爬過了上坡的石頭。他剛爬了五步，便以為自己撞上一堵加熱牆。他的大腦在一瞬間意識到眼前發生的事：一顆擊昏器炸在了他的臉上和胸前。炮彈恰好來自鄧肯和盧西拉上山的方向。特格墜入了黑暗之中，他的心中充滿了悔恨。

並不只有他懂得出其不意，攻其不備！

32

所有宗教組織都面臨同一個難題：如何區分傲慢與神啟？這是一個可以善加利用的弱點，從此處入手，或許能讓這些組織為我們所用。

——護使團，內部教義

• • •

歐德雷迪刻意別開目光不去看樓下的方院，院內的綠蔭下，什阿娜和一位教導女修坐在一起。要完成什阿娜下一階段的教育任務，這位女修是最佳人選，女孩身邊所有的人，都由塔拉札精挑細選。

歐德雷迪心想，一切都按照妳的計畫進行，但是統御大聖母，在拉科斯的這個意外發現可能對我們造成什麼影響，妳預料到了嗎？

還是說，這件事情早在塔拉札的意料之中？

歐德雷迪身處女修會在拉科斯的核心據點，此時她的視線已經轉向據點內其他的低矮建築，彩色瓷磚屋頂被午間的烈日照得發燙。

這些都是我們的。

她知道，在經祭司許可的所有使館中，這是聖城欽恩裡最大的一個，而她出現在貝尼．潔瑟睿德的據點，便打破了她先前與杜埃克的約定。不過，那是在發現泰布穴地以前的事了。而且，現在的杜埃克名存實亡，如今領導眾祭司的那個人不過是個幻臉人，隨時都可能被拆穿。

歐德雷迪又想到了瓦夫，那人如今正站在她身後，身旁伴著兩位侍衛女修。四人所在的地方位於據點裡一座建築的頂樓，房間的窗戶由裝甲合成玻璃製成，視野極佳，房間裝潢採用整齊劃一的黑色，除了聖母露在長袍外面的臉，整間房裡便再也見不到其他淺色調。

她對瓦夫的解讀是否正確？一切都嚴格按照護使團的教義進行，她在瓦夫內心的防備護甲上開了一道口子，是否足以讓她順利開展後面的計畫？他馬上就會在刺激下開口說話的，那時她就能知道了。

瓦夫站在房門附近，合成玻璃上映出他十分沉著的樣子。歐德雷迪為了防止他發動突襲，在他身邊安排了兩位身材高大、深色頭髮的女修，他看起來似乎完全沒有意識到這一點，但他肯定明白。

她們是我的侍衛，不是他的。

他低垂著頭站著，不讓她看見臉上的表情，但她知道，瓦夫此刻內心充滿了不確定。這一點毫無疑問。他心中的疑慮就像飢餓的野獸，歐德雷迪則在一旁適時餵養這些亟待回答的疑惑。動身前往沙漠時，他認定自己此行必死無疑，如今他卻完好無損地回到欽恩，此時他的禪遜尼和蘇非教信仰必然會告訴他，他全身而返是神的意旨。

不過，瓦夫現在必然在回顧與貝尼・潔瑟睿德的約定，檢討自己究竟是否委屈了自己的子民，令珍貴的忒萊素文明陷入險境。沒錯，他的沉著正一點一滴消磨殆盡，但這件事只有貝尼・潔瑟睿德才能看出來。女修會需要重塑他的意識，讓他能更妥適地滿足貝尼・潔瑟睿德的需求，時機眼看就要到了，由著他繼續煎熬一會兒吧。

歐德雷迪將注意力再度轉向窗外，給自己的拖延策略製造更多懸念。當初貝尼・潔瑟睿德為使館選址時，最終選擇了這個地方，是因為當時此地正在進行大面積的改建，這項工程最終讓老城區的東北角煥然一新。由於正逢城區改建，她們得以根據自己的意圖，自行建設和改造此處的建築。在此之前，欽恩城的建築為行人設計了便捷的入口，建築一旁有寬闊的車道，供官方地行車通行，一些建築還設有供撲翼機起降的廣場，但這些都被她們改掉了。

與時俱進。

這裡的新建築距離林蔭大道更近了，大道兩旁種著高大的外來樹種，一眼便知需要耗費不少水資源。撲翼機的起降地點被挪到了某些建築的樓頂，行人要進入建築，則需要先從人行道走上建築外部的狹窄高臺。新建築內設有不同類型的升降機，從投幣式、鍵控式到掌紋識別式，升降機的能量場處在深棕色半透明的外罩包裹之下。建築由塑堊和合成玻璃材質建成，外觀呈單調的灰色，而深色的升降機槽則如脊椎一般佇立在建築內部。升降機管道內的人隱約可見，升降機上下穿行間，從外面看來，彷彿原本純淨的機械香腸內有什麼雜質在上下移動。

一切都藉著現代化的名義。

身後的瓦夫動了動，清清嗓子。

歐德雷迪沒有轉身。兩位侍衛女修知道她在做什麼，因此沒有任何表示。瓦夫的神經愈來愈緊張，這表明一切進展順利。

歐德雷迪並不感覺一切真的進展順利。

在她看來，窗外的景象只是這個令人不安的星球上又一個令人不安的徵兆罷了。在她記憶裡，杜埃克並不喜歡這座城市裡的現代化改造。他一度控訴這種改建工程，希望能夠透過某種方式加以阻止，保護古老的地標建築，假冒他的那位幻臉人還在繼續這一主張。

這個新幻臉人跟杜埃克本人真像啊。假扮他人的幻臉人會有自己的思想，還是單純根據主人的命令行事？這些新幻臉人還是像騾子一樣沒有生育力嗎？他們跟人類有多大區別呢？

掉包杜埃克一事，讓歐德雷迪心煩不已。

冒牌杜埃克的議員之中，參與所謂「忒萊素人的陰謀」掉包計畫的那群人，他們曾公開發表支持現代化改造的言論，如今頗為得意，公然宣稱自己的目的已經實現。阿爾博圖定期向歐德雷迪彙報一切事務，每一次報告的內容都讓她的擔憂只增不減，而阿爾博圖毫不掩飾的諂媚態度，也令歐德雷迪頗為厭煩。

「當然，議員們的意思並不是『公然地』公開支持。」阿爾博圖說道。

她只能表示贊同。那些議員的言行表明，他們身後有強大的靠山，無論是教會內部的中層人員，那些敢於在週末聚會中取笑分裂之神、力圖擠進上層階級的人，還是那些被泰布穴地的香料寶藏安撫的人，都是議員們的堅強後盾。

那間密室裡藏著九萬多噸的香料！相當於拉科斯半年的香料產量。這些香料被均分為三份，每一份都是有力的籌碼，都將在新的制衡關係中發揮舉足輕重的作用。

阿爾博圖，我希望自己從沒見過你。

她曾想要喚起他心中「關心、在乎他人」的那一面。她對阿爾博圖的所作所為，任何經過護使團訓練的人都能輕易看出來。

卑躬屈膝的馬屁精！

他堅信歐德雷迪與聖童什阿娜的關係非同一般，正因為如此，如今他才對歐德雷迪俯首貼耳，不過這已經無關緊要了。歐德雷迪過去從未關注過，護使團的教義如此輕易便能摧毀一個人的獨立精神。當然，這就是它的目的：讓他們成為追隨者，為我們的需求服務。

暴君在密室裡寫下的那些話，勾起了她對女修會未來走向的恐懼，那些話的效果不止於此。

「我的憂懼與孤獨，均遺贈予汝等。」

遠在千年以前的暴君，成功地在她心中種下了疑慮的種子，一如她對瓦夫所做的那樣。

暴君的問話彷彿以發光線條描摹在她眼中一樣，無法忽視，揮之不去。

「汝等欲與誰為伍？」

我們真的只是「區區螻蟻之幫」嗎？我們將如何走向末路？在我們自己培育出的教條之人營造出的汙穢環境中嗎？

暴君的話已經在她的意識裡留下了深深的烙印。女修會的崇高事業又是什麼呢？歐德雷迪能夠想像到，塔拉札怎樣對這個問題報以嘲諷的回答。

「生存，達爾！這就是我們的崇高事業。生存！這一點連暴君都知道！」

也許連杜埃克也知道，可即便如此，他如今又落得怎樣的下場呢？

對於這位已故的大祭司，歐德雷迪始終抱著同情。成員關係緊密的家族能夠養育出怎樣的孩子，杜埃克便是一個鮮活的例子，從他的名字也能一窺端倪：這個名字從亞崔迪時代起便一直沿用至今，從未改變。這個氏族的先祖是一名走私者，是雷托一世的密友。杜埃克的氏族嚴格遵循傳統，他們宣稱：「傳統可貴，吾輩當悉力守衛。」歐德雷迪自然不會忽略他們世代流傳的教誨。

但是你失敗了，杜埃克。

窗外現代的街區就是力證——拉科斯所有為了現代化而作出的努力，都是為了討好這個星球上逐漸崛起的新勢力，而為了鞏固這股勢力，女修會付出了長久的努力。在杜埃克看來，這就是他即將失勢的前兆，他將無力阻止現代化帶來的任何改變：

耗時更短，氣氛更歡快的儀式。

新的歌曲，內容更加現代。

舞蹈也發生了改變。(「傳統舞蹈花的時間太久了！」)

最重要的一點，權貴家庭出身的見習祭司冒險前往沙漠的次數減少了。

歐德雷迪嘆了口氣，看了看身後的瓦夫。這個矮小的忒萊素人咬了咬下嘴唇。很好！該死的阿爾博圖！我倒是很希望你能反抗我！

許多祭司已經開始閉門爭論大祭司的交接事宜。新拉科斯人談到，他們需要「跟上時代的腳步」，他們其實是在說：「我們需要更多權力！」

歐德雷迪心想：世事從來就是這樣的，貝尼・潔瑟睿德也不例外。

她依然會不可抑止地對杜埃克產生憐憫之情。

據阿爾博圖的報告，就在被殺並被幻臉人取代之前，杜埃克曾經警告過他的族人，自己死後家族可能無法繼續掌握大祭司之位。杜埃克比他敵人想像的要更加狡猾，更加足智多謀。他的家族已經開始收回外債，為奠定勢力基礎開始集聚資源。

那個幻臉人在假扮杜埃克的過程中，也暴露出了一些事情。杜埃克的家族並不知道大祭司已被人掉包，幻臉人的模仿能力很強，若不是知曉內情，有些人真的會相信如今的大祭司還是原來的那個杜埃克。透過觀察幻臉人的言行，警覺的聖母們有了許多新發現，當然，這件事(連同其他幾件事)如今讓瓦夫極為不安。

歐德雷迪突然原地向後轉，大步朝這位忒萊素尊主走去。是時候教訓教訓他了！

她在離瓦夫兩步遠的地方停步，低頭瞪視他。瓦夫回敬了她一個挑釁的眼神。

「我給了你足夠的時間考慮自己的處境。」她質問道，「你為什麼還一言不發？」

「我的處境？妳們給了我考慮的餘地嗎？」

「人不過是跌落池塘的一塊卵石。」她引用了他的信仰中的一句話。

瓦夫顫抖著吸了一口氣。她的措辭得體，但她說這些話的用意何在？這些話一旦從一個普汶鞑女人的口中說出，聽上去就不再合宜了。

瓦夫還未回應，歐德雷迪便接著引述道：「如果人是卵石，那麼他的所有成就也無法超越應有的範圍。」

歐德雷迪說完，不由自主地打了個冷顫，令一旁觀察的侍衛女修頗為訝異，不過兩人掩飾得很好，並未表露出來。歐德雷迪事先為本次會面所做的預演中，這個動作並未包含在內。

為什麼我會在這個時候想起暴君的那句話？歐德雷迪頗為不解。

「貝尼．潔瑟睿德靈肉之命運，與萬物靈肉之命運乃殊途同歸。」

暴君那鋒芒畢露的話語影響她了。

為什麼我會變得這麼脆弱？她的腦中馬上浮現問題的答案：《亞崔迪宣言》！

塔拉札指引我完成這份文件，在我心中留下了一道裂痕。

削弱歐德雷迪抵禦外界影響的能力，這是否正是塔拉札的目的？在拉科斯上會有什麼發現，塔拉札怎麼可能預先知曉呢？統御大聖母不但未曾展現過預知力，她也不希望他人在她面前展現這樣的能力。在極為少見的情況下，塔拉札曾要求歐德雷迪運用她的預知力，但身為訓練有素的聖母，歐德雷迪感覺得到塔拉札如此要求實屬無奈之舉。

可是，她還是降低了我的防禦能力。

也許她並非有意為之？

歐德雷迪開始迅速吟誦制驚禱文，全程不過眨幾下眼的光景，但就在這段時間裡，從瓦夫的表情神態，便能看出他做好了決定。

「妳會強迫我們接受的。」他說，「但妳並不知道，我們為了應對這樣的情況，事先作了什麼準備。」他亮出袖管，給她看原本藏著獵殺鏢的地方，「比起我們真正的武器，這些不過是微不足道的小玩具。」

「女修會從未懷疑過這一點。」歐德雷迪說道。

「我們之間會出現暴力衝突嗎？」他問道。

「取決於你。」她說。

「為什麼要引發衝突呢？」

「有人希望看到貝尼．潔瑟睿德和貝尼．忒萊素相爭。」歐德雷迪說，「等到你我兩敗俱傷，我們的敵人就可以輕鬆地從中獲益了。」

「妳嘴上說要談判，但是我們根本就沒有餘地！或者妳說話根本就不能算數，沒權力代表女修會跟我們談判！」

把主動權交回塔拉札的手裡，正中塔拉札心意，一切留給她運籌，自己倒不用那麼操心了。歐德雷迪看向兩位侍衛女修，兩人將情緒掩飾得很好，臉上看不出任何端倪。她們到底知道多少內情呢？如果她違抗塔拉札的命令，她們看得出來嗎？

「妳說話能算數嗎？」瓦夫窮追不捨。

歐德雷迪心想：崇高事業，沒錯，暴君的黃金之路至少具備其中一項特質。

歐德雷迪決定假話真說。「我說話當然能算數。」她回道。她主動攬下決策權，塔拉札便無從否認，這樣一來，假話也成了真話。但是歐德雷迪明白，自己這麼做，便打亂了塔拉札接下來的計畫。獨立行動。這也是她對阿爾博圖的期望。

我身在其中，最了解當前亟待解決的問題。

歐德雷迪看向兩位侍衛女修：「妳們留在這裡，別讓其他人打擾我們。」她對瓦夫說，「我們坐下來談。」她伸手示意了一下房間裡的兩張犬椅，椅子的位置經過精心安排，分別位於房間的兩頭。

歐德雷迪待兩人雙雙落坐，方才接下剛才的話頭：「這個時候靠外交手段是不夠的，我們需要開誠布公地談。有太多問題需要解決，拐彎抹角不是辦法。」

瓦夫用一種奇怪的眼神看著她，說道：「我們已經知道了，女修會的最高議會出現了分歧，已經有人開始向我們示好，這是不是妳們計畫好……」

「我對女修會沒有異心。」她說，「那些接觸你的人，她們也對女修會忠心不貳。」

「妳們在跟我耍花招——」

「我們不耍花招！」

「不耍花招就不是貝尼．潔瑟睿德了。」他控訴道。

「你到底在擔心什麼？有話直說。」

「只怕我知道得太多了，妳們容不得我繼續活在這個世界上。」

「你不覺得我對你們也有這樣的擔心嗎？」她問道，「還有誰知道我們之間的關係？在你面前說話的這個女人可不是普汶韃！」

她大著膽子用了這個詞，而此時對方的反應讓她了解到很多資訊。瓦夫明顯地顫了一下，花了一分鐘調整自己，而這一分鐘讓他倍感煎熬。不過，他的心裡依然有疑慮，正是歐德雷迪讓這些疑慮在他心裡生根發芽。

「空口無憑。」他說，「我們給了妳想要的資訊以後，還是有可能什麼都拿不到。主動權還是在妳們手上。」

「我袖口裡可沒有藏武器。」歐德雷迪說道。

「但妳知道的一些事情卻可能毀了我們！」他朝兩位侍衛女修看了一眼。

「她們是我的武器。」歐德雷迪承認，「需要我讓她們迴避一下嗎？」

「我不僅想要妳趕走她們，還想讓她們忘了在這裡聽到的所有事情。」他說。他轉向歐德雷迪，眼神頗為謹慎：「最好妳們把所有事情都忘了！」

歐德雷迪調整好音調，理性地問道：「在你們還沒決定如何行事前，如果我們就把你們的祕密使命公之於眾，對我們有什麼好處？告訴其他人你們把新幻臉人安插在哪些地方，敗壞你們的名聲，於我們何益？沒錯，我們知道伊克斯人和魚言士的事。我們研究了那些新的幻臉人，然後就開始四處尋找他們的蹤跡了。」

「我說得沒錯吧！」他的聲音變得十分尖銳。

「除了把不利於雙方的事情攤開來說，好像沒有更合適的方式證明我們之間的關係。」歐德雷迪說道。

瓦夫陷入了沉默。

「我們要把先知的蟲子送到大離散不可計數的星球上。」她說，「如果你們把這件事告訴拉科斯教會，他們會有什麼反應？」

兩位侍衛女修看向她，雖然經過掩飾，但臉上仍露出些許看熱鬧的神情。她們覺得歐德雷迪在騙瓦夫。

「我沒有帶侍衛。」瓦夫說，「當某個祕密只有一個人知道時，要讓他永遠閉嘴很容易。」

她向瓦夫亮了亮自己的袖子，裡面空無一物。

他看向兩位侍衛女修。

「好吧。」歐德雷迪說。她朝兩位聖母看了一眼，做了個不易察覺的手勢讓她們放心：「兩位姊妹，請到外面待一會兒。」

門關了以後，瓦夫向歐德雷迪說出了心中的疑問：「我的人還沒搜查過這些房間，我怎麼知道妳們有沒有偷偷用什麼東西記錄這次談話？」

歐德雷迪說起了伊斯蘭米亞語：「如果你擔心這個，不如我們換一種語言交流，一種只有我們能聽懂的語言。」

瓦夫的眼睛一亮，他用同一種語言回道：「很好！那我就來賭一把。我想知道，妳們……貝尼．潔瑟睿德出現分歧的真正原因。」

歐德雷迪笑了笑。換了這種語言之後，瓦夫的個性、舉止都不一樣了，他的反應和預想中的一模一樣。換成這種語言交流後，他的疑慮沒有加深。

她以同樣自信的態度回答道：「有些愚蠢的人擔心，我們這樣做會造出另一個奎薩茲．哈德拉赫！一些聖母因此產生了爭論。」

「沒有必要再造一個出來。」瓦夫說道，「我們曾經有過這麼一個人，他能夠同時出現在很多地方，但是他已經走了。他的到來只是為了給我們帶來先知。」

「同樣的訊息，神主不會傳遞兩次。」她說。

瓦夫用這種語言進行交流時，常常聽到這樣的話。對於一個女人也能說伊斯蘭米亞語，他已經不再感到奇怪了。這種語言本身，以及這些熟悉的話語就已經能夠說明一切了。

「施萬虞死了以後，女修會內部的爭端消失了嗎？」他問道。

「我們有一個共同的敵人。」歐德雷迪說。

「尊母！」

「你們殺了她們，然後還從她們那裡獲得有用的資訊，這麼做很明智。」

瓦夫身體前傾，熟悉的語言和流暢的交談讓他沉浸其中：「她們征服別人，靠的是性的力量！」他興奮地說道，「她們放大高潮的手段，令人嘆為觀止！我們——」說到一半，他才意識到對面坐聽他評論的是什麼人。

「我們已經了解這些手段了。」歐德雷迪打消了他的顧慮，「拿我們跟她們作比較，這個想法很有趣。不過我想讓你知道，我們不允許自己人動用這麼危險的手段，是有原因的。只有這些沒腦子的蕩婦才會犯這樣的錯誤！」

「錯誤？」他臉上充滿疑惑。

「她們把韁繩緊緊地握在自己手上！」她說，「權力愈大，對掌控力的要求也愈高。這個東西愈來愈強大，總有脫離掌控的一天，她們就是在玩火自焚！」

「權力，總是權力。」瓦夫喃喃自語道。他靈光一現，「妳是說，先知也是這樣倒下的？」

「他知道一切自有定數。」她回道，「宇宙在先知統治下延續了千年的和平，然後迎來了大饑荒和大離散時期。這些便是他想傳達的訊息。別忘了！他並沒有讓貝尼·忒萊素和貝尼·潔瑟睿德走向滅亡！」

「妳我兩方結盟，妳們希望從中得到什麼？」瓦夫問道。

「希望是一回事，生存又是一回事。」她答道。

「總是那麼務實。」瓦夫說道，「妳們中有人擔心，這麼做會讓拉科斯的先知毫髮無損地回來？」

「我剛才說的不就是這個意思嗎？」這種問句用伊斯蘭米亞語說起來，尤其震懾人心。這句話讓瓦夫承擔提出證明的壓力。

「所以她們懷疑妳們創造的這個奎薩茲．哈德拉赫背後有神的力量。」他說道，「那麼她們是不是也懷疑先知呢？」

「好吧，那我們就打開天窗說亮話吧。」歐德雷迪說道，然後開始提出她早已盤算好的謊言，「施萬虞和她的黨羽背棄了偉大信念。貝尼．忒萊素殺了她們，相當於幫我們解決了這個麻煩，所以我們並不會因為這件事對他們心生怨恨。」

瓦夫完全接受了這個說法。結合當前的形勢，事態的發展完全符合預期。他知道自己在這裡透露了很多不該說的祕密，但是他並沒有把一切和盤托出。而且，他也得到了很多有用的資訊！

歐德雷迪接下來的話讓他震驚不已：「瓦夫，如果你覺得，從大離散回來的忒萊素後代和當初他們離開時相比完全沒有改變，那麼你就大錯特錯了。」

他沒有作聲。

「這其中的每一個環節，你都掌握到了。」她說道，「你們的後代受那些大離散的蕩婦擺布，如果你覺得她們之中會有人遵守約定，那你簡直太天真了！」

她從瓦夫的反應就能看出來，這些話對他起作用了。事情開始步入正軌了。在所有必要的地方，她都向他指明了真相。她為他疑慮的矛頭找到了最合適的對象：散失之人，而且用的是他的語言。

他的喉頭緊得發不出聲音，他只好不停按摩喉嚨，直到自己能夠說出話來：「我們該怎麼辦？」

「很明顯，散失之人把我們當成了征服的對象，在這些人看來，這就好像把所到之處全部清理乾淨一樣。謹慎行事的常規手段。」

「但他們人數眾多！」

「如果我們不聯手擊潰他們，這些人就會像豬蝓享用晚餐那樣把我們吃乾抹淨。」

「我們不能向骯髒的普汶韃屈服！神主不會允許我們這樣做的！」

「屈服？誰說我們要屈服了？」

「可貝尼．潔瑟睿德總是說：『贏不了的，就結盟。』」

歐德雷迪不禁冷笑，說道：「神主不允許你們屈服！你覺得祂會允許我們這麼做嗎？」

「那妳是怎麼想的？面對這麼多敵人，妳有什麼計畫？」

「正如你想的那樣：策反他們。只要你開口，女修會就會公開支持真念。」

瓦夫震驚得說不出話來。看來她知道忒萊素計畫的核心內容了。那她知道忒萊素人要怎麼執行這項計畫嗎？

歐德雷迪盯著他看，不加掩飾地揣測起來。她心想：必要時直擊要害，脅迫對方聽任差遣。可如果女修會的分析人員錯了怎麼辦？那麼這次的協商就成了一個笑話。瓦夫的眼神中散發出一種特別的感覺，那是一種老練的睿智……年代比他的肉體要久遠得多。她用一種比實際上更自信的語氣，說出了下面的話：

「你們用再生箱培養甦亡人時的所有收穫，你們費盡心思想要保守的祕密，其他人為了得到它們，會不惜花費很大力氣。」

她把話說得十分隱晦（有人在偷聽嗎？），不過對於貝尼．潔瑟睿德連這等祕辛都知道，瓦夫絲毫沒有起疑心。

「妳們想要從中分一杯羹？」他的嗓門有些發乾，粗聲粗氣地問道。

「所有東西！我們要求分享所有東西！」

「作為交換，妳們能拿出什麼東西分享呢？」

「你想要什麼？」

「妳們所有的育種紀錄。」

「可以。」

「由我們挑選育母。」

「隨便選。」

瓦夫倒抽一口氣。他發現這比當初統御大聖母的承諾要慷慨得多，喜得心花怒放。她對尊母的判斷自然不會錯，關於從大離散回來的忒萊素後代，她說得也有道理。他從未完全相信過他們，未來也永遠不會！

「妳們當然還希望獲得取之不竭的美藍極資源。」他說。

「這是當然。」

他凝視著歐德雷迪，不敢相信自己剛才聽到的那一切。只有擁護偉大信念的人，才有資格體驗再生箱的永生魔力。沒人敢貿然奪取這項技術，因為所有人都知道，忒萊素人寧可把它毀了也不會讓它落入他人之手。何況現在形勢一片大好。貝尼．潔瑟睿德，這支無論是在過去還是現在都無往不利的傳奇隊伍如今已為他所用。這自然離不開神的庇佑，瓦夫起初敬畏不已，而後便感知到這是神的授意。

他對歐德雷迪柔聲說道：

「那麼聖母，我想知道，妳我兩方此次聯手師出何名？」

「為了崇高事業。」她說道，「先知留在泰布穴地的話，你也已經知道了。你對他的話有疑問嗎？」

「絕對沒有！但是……有一件事我想不明白：鄧肯．艾德侯的甦亡人和這個叫什阿娜的女孩，你們打算拿他們怎麼辦？」

「我們自然要讓他們交配，如此一來，我們跟所有這些先知的後代之間便建起了溝通的橋梁，我們的所有想法，兩人的子孫後代都能夠為我們傳達。」

「在妳們將要帶他們前去的所有星球上！」

「在所有這些星球上。」她贊同道。

瓦夫靠向椅背。他心想：我拿下妳了，聖母！這個同盟聽從的不是妳的號令，而是我們的號令。甦亡人也不是妳的甦亡人，是我們的甦亡人！

歐德雷迪從瓦夫的眼中能夠看出此人仍有所保留，但她已經把自己能下的賭注全都押上了，再多一分都可能重新引起對方的懷疑。無論如何，她都親手將女修會領上這條路。這個同盟，塔拉札無論如何都要面對了。

瓦夫挺直了肩膀，他的這個動作顯得出奇的孩子氣，與他眼神中透出的老練和狡黠極不相符。「對了，還有一件事。」他說道。從頭到尾，這位尊主之主都在用自己的語言交流，彷彿在向所有人發號施令。「妳能幫我傳播這份……這份《亞崔迪宣言》嗎？」

「這份宣言就是我寫的。何樂而不為呢？」

瓦夫的身子猛地向前傾：「妳寫的？」

「你覺得那些不如我的人寫得出來嗎？」

他點頭贊同，不再深究。由這件事，瓦夫產生了一個新的想法，他發現雙方結盟的最後一個好處：無論何時，忒萊素人都有足智多謀的聖母提供建議！那些大離散的蕩婦的確人多勢眾，但這又有什麼要緊呢？忒萊素人和女修會的智慧，再加上戰無不勝的稀世武器，誰能匹敵？

「這份宣言的標題也是有根據的。」歐德雷迪說道，「我是亞崔迪氏族的後代。」

「妳願意做我們的育母嗎？」他壯膽問道。

「我已經快過育種的年紀了，不過，我願意聽候你的差遣。」

33

昔我同袍，今為之傷。昔我同袍，悠悠思長。苦痛地方，為戰所餓。爭兮戰兮，非我所望。兵耕火種，何取何喪。

——《大離散歌集》

• • •

伯茲馬利制訂計畫的時候，充分利用霸夏教給他的知識和資訊，多種選擇和不利之處都沒有告訴他人。這是指揮官特有的權力！於是他當然盡可能地了解了這個地方的地形。

舊帝國時代乃至摩阿迪巴在位之時，伽穆主堡附近的區域都是一片保護林，高高地俯瞰哈肯能氏族遍地殘油的地盤。哈肯能氏族曾經在這片土地種了一片上等的蒼樹，這種植物的木材通常為達官貴人所愛，是種保值的貨幣。自遠古時期以來，有智之士在生活中便青睞良木製成的用品，少用大量生產的人造材料（時稱波勒斯坦恩、波勒茲和波莫巴特，後簡稱坦恩、勒茲和巴特）。早在舊帝國時代，就有些氏族因為了解某種稀有木材的價值，成為了小富小貴或新貴之族，即使人們對他們的稱呼並不好聽。

「三波之家」表示某戶人家中使用大量廉價的仿冒產品，均採用有辱自身社會地位的材質製作而成。貴族即便不得不使用三波，也會盡可能使用蒼木偽裝。

伯茲馬利安排了人馬在球狀無現空間附近尋找位置便於作戰的蒼樹，因而不僅了解這些知識，還知道了這種樹備受工匠大師喜愛的原因。蒼樹在生命的早期可以伐下用作軟木，乾燥衰老之後則可用作實木。這種木料可以吸收多種顏料，最終成品可以讓人產生樹木本來便是這種顏色的假象。蒼樹不會長出真菌，目前也尚未發現以此樹為食的昆蟲，這一點更加重要。除上述特點之外，這種植物耐火燒，活體衰老之後樹心形成中空並不斷膨大，停止縱向生長，繼續橫向生長。

伯茲馬利告訴他的搜查人員：「我們必須出其不意，攻其不備。」

他第一次飛過這片區域時，便發現蒼木翠綠無比，與其他樹木截然不同。這座星球的森林曾經遭受戰火的重創，抑或在大饑荒時期被人砍下，只有高貴的蒼木仍然在常青樹以及女修會下令重新種植的硬木樹種間茁壯成長。

伯茲馬利的搜索人員在球狀無現空間上方的山脊便發現了一棵巨大的蒼樹，枝葉延伸了將近三公頃。關鍵的當天下午，伯茲馬利派出誘敵人員，命令他們與這個位置保持一定距離待命，並且從一處窪地挖出了一條地道，通入蒼樹寬敞的內部。他在那裡設下指揮部，也存放了逃跑的必要物資。

他向部屬解釋：「這棵樹有生命，我們在這裡不會被生命追蹤儀發現。」

出其不意。

伯茲馬利制訂計畫的時候，從不認為自己能夠不被察覺地完成所有行動，他只能分散自己的弱點。對方來襲之後，他看到對方似乎如自己所料，與伽穆主堡上次的模式一樣，還是依靠無現星艦和人海戰術。女修會的分析人員要他放心，告訴他主要需要提防的對象是回歸的散失之人，有一群窮凶極惡的女人自稱尊母，她們派遣的忒萊素後裔才是真正的威脅。他認為這種看法與膽識無關，只能說是自負，邁爾斯・特格霸夏訓練出來的所有學生才是真正的有膽有識之人。除此之外，特格能夠在作戰計畫允許的範圍內隨機應變，這一點也讓伯茲馬利安心了許多。

伯茲馬利透過中繼器看著鄧肯和盧西拉手腳並用地逃上山來，誘敵位置的士兵戴著對講頭盔和夜視鏡，造成了很大的動靜，伯茲馬利和他的部分儲備兵力則持續觀察著襲擊者的情況，始終沒有暴露他們自己的位置。特格的反擊動作非常劇烈，很容易就能發現。

伯茲馬利贊許地注意到，盧西拉雖然聽到戰鬥的聲勢變大，但依舊沒有停下腳步。然而，鄧肯卻想停下，險些毀了整個計畫，幸虧盧西拉向鄧肯某個敏感的神經戳了一把，大吼一聲：「你救不了他的！」

伯茲馬利透過頭盔的耳機清晰地聽到她的聲音，不禁低聲罵了一聲。其他人肯定也聽到了她的聲音，不過他們肯定已經對她進行了追蹤。

伯茲馬利透過頸部植入的話筒下達一項無聲的命令，並且做好了轉移的準備。他將自己大部分的注意力放在盧西拉和鄧肯身上，如果一切順利，他的人會把兩人帶過來，兩個沒戴頭盔、喬裝打扮的步兵則會繼續逃向誘敵位置。

與此同時，特格殺出了一條活路，足以駛過一輛地行車。

一名副官突然報告伯茲馬利：「兩名襲擊者正在由後方向霸夏靠近！」

伯茲馬利揮了揮手，示意副官離開。他現在沒有心思考慮特格的生死，一切都要以救援甦亡人為重。伯茲馬利看著逃跑的兩人，心裡非常緊張：

快啊！快跑！混蛋，快跑啊！

盧西拉此時心中的念頭相去不遠，她一邊催促鄧肯向前跑，一邊為他殿後。她彙聚了全身所有力量，做好了終極反擊的準備。此時此刻，她在培育和訓練過程中獲得的一切本領和特質全都派上了用場。絕對不能放棄！一旦放棄，她就得把意識傳給某位聖母的人生記憶，或者被人遺忘。連施萬虞最終都決定將功補過，選擇徹底反抗，並且遵從貝尼．潔瑟睿德的傳統——反抗到最後一刻，伯茲馬利已透過特格彙報了施萬虞死前的英勇壯舉。盧西拉回顧了她心中的無數個人生，心想：我絕對不會比她遜色！

她緊跟鄧肯來到一片淺窪地，旁邊是一棵參天蒼樹的樹幹。幾個人從黑暗之中突然跳了出來，將他們按在地上，她剛要以狂暴模式反擊，耳邊聽到有人用契科布薩語說：「是朋友！」她遲疑了一下，看到誘敵人員接著逃跑，奔出了窪地。她看到這個情景，便明白了他們的計畫，也知道身後這些把他們按在散發濃濃樹葉味的土地上的人是誰。鄧肯和盧西拉被那些人一前一後推進了一條朝巨樹方向的地道，她聽到有人叫他們動作快一點（還是契科布薩語），便明白這是一場特格風格的作戰行動。

鄧肯也想到了這一點，兩人剛走到地道昏暗的入口，他便藉由氣味認出盧西拉，使用亞崔迪氏族古老的作戰語言，在她的手臂上敲打出一條訊息。

「跟他們走。」

盧西拉一時之間頗為訝異，但是很快便意識到這個甦亡人當然懂得這種通訊方式。

周圍的人一聲不響地拿下了鄧肯體積龐大的古董雷射槍，還沒等她看清，便將兩人推進了一輛車，黑暗中有一盞紅燈閃了一下。

伯茲馬利傳達另一條無聲的命令：「他們上車了！」

二十八輛地行車和十一架高速撲翼機從誘敵位置迅速發動。伯茲馬利心想：這樣應該能夠轉移對方的注意力。

盧西拉感覺耳壓突然增大，她知道這說明車門已經關上了。紅燈又閃了一下，然後熄滅了。

車外的巨樹倒在一片爆炸聲中，盧西拉此時發現這是一輛裝甲地行車，車下是幾臺懸浮裝置和噴氣裝置。她透過橢圓形的合成玻璃多次看到火光在兩側一閃而過，天上的星光亂作一團。懸浮場包裹了整輛地行車，她只有透過眼前的景象才能感覺到他們正在移動。他們坐在合成鋼材質的座位上，地行車像火箭一樣飛速衝過特格負隅頑抗的位置，不斷變換方向。兩個人完全沒有感覺到這種狂亂的動態，只看到樹影、火光和天上的星星化成模糊的影子。

他們緊貼著特格擊倒的斷樹殘枝上方飛過！到了這時，盧西拉才敢讓自己心生一絲希望，希望他們能夠全身而退。車子突然抖了幾下，速度慢了下來。橢圓合成玻璃外，天上的星星歪了一下，便被深色的障礙物擋住了。地行車恢復了重力，出現了昏暗的光，盧西拉看到伯茲馬利一把打開了她左側的車門。

他厲聲說：「出來！一秒都不能浪費！」

盧西拉跟著鄧肯趕忙從車裡爬了出來，他們腳下踩著潮溼的泥土。伯茲馬利重重地拍了一下她的背，抓住鄧肯的手臂，將他們從車旁拉開。「快！這邊！」他們穿過一人高的灌木叢，眼前出現了一條人工鋪砌的窄路。伯茲馬利一手抓一個，將兩人迅速帶到窄路對面，並把他們推進一道溝裡，將一塊蔽匿毯一把蓋在他們身上。然後，他抬起頭，看了看過來的方向。

盧西拉瞇著眼睛望向他的身後，看到了一點雪坡上的星光，她感覺鄧肯在旁邊動了一下。

一輛地行車正在那座山坡上飛速行駛，星光下可以看到汽車下方加裝的多個噴射裝置。汽車乘著紅色的滾滾煙霧，正在向山上爬啊爬啊……爬啊，突然轉向了右方。

「我們剛才坐的那輛？」鄧肯喃喃道。

「是的。」

「怎麼跑到了那裡，而且還沒有……」

伯茲馬利小聲說道：「那邊有一條廢棄的導水管，那輛車事先編好了程式，自動行駛。」他繼續盯著遠處的那片紅煙，看到那一團紅色突然變成一大片藍光，而後立刻聽到了一聲悶響。

伯茲馬利呼了一口氣：「啊。」

鄧肯低聲說道：「他們應該以為你讓傳動裝置過載了。」

伯茲馬利立刻轉過頭來，滿臉驚訝地看著這張年輕的面孔，星光下彷彿幽靈一般。

盧西拉說：「鄧肯．艾德侯曾經可是亞崔迪氏族數一數二的飛行員。」這件事情只有少數人知道，伯茲馬利聽了立刻明白這兩人並非只會等待他來保護，他們有些能力在必要的時候也可以發揮作用。

那輛經過改裝的地行車爆炸了，滿天都是藍色的電火花和紅色的火星。那些無現星艦正在探測遠方的這團高溫氣體，他們的探測器會得出什麼結論？藍光和紅光拖著拋物線落到了遠處的群山後面。

伯茲馬利聽到路上傳來了腳步聲，立刻轉過身去。鄧肯也迅速抽出一把手槍，速度之快令盧西拉咋舌。她一隻手按住他的手臂，但是被他甩開了。他沒看到伯茲馬利已經放鬆警惕了嗎？

兩人聽到上方傳來了一個柔和的聲音：「快，跟我走。」

一團黑色的影子跳到了他們身邊，從路邊灌木叢中間的缺口處穿了過去。灌木的後面是一片白雪皚皚的山坡，山上的幾個黑點慢慢化開了，變成一二十名武裝人員。其中五個人在鄧肯和盧西拉身旁圍了一圈，沉默地催促他們走在灌木叢旁邊一條落滿了雪的小路上。其他人則毫不掩飾地跑下雪坡，鑽進一排黑漆漆的樹林。

一行人剛走了一百步，五個沉默的人便排成了一列，兩個走在前面，三個走在後面，最中間是鄧肯，前後分別為伯茲馬利和盧西拉。他們很快便走到了一處岩色深暗而又陡峭的山谷，在崖壁上突出來的一塊岩石下面靜靜等待，聽著一輛又一輛改裝過的地行車在他們身後的上空爆炸。

伯茲馬利小聲說道：「車上全都是誘敵的士兵。我們用誘餌讓敵人應接不暇。那些人知道我們肯定會慌亂地逃跑。我們只要在附近等待，不要暴露即可，而後慢速行進……步行。」

「出其不意。」盧西拉喃喃道。

「特格呢？」鄧肯的聲音很小，小到幾乎聽不到的地步。

伯茲馬利湊到鄧肯左耳說道：「我想已經被他們抓住了。」他的語氣中帶有深沉的哀傷。

一個膚色黝黑的武裝人員說道：「快，下來。」

五個人帶著他們走進狹窄的山谷，附近某個東西「嘎吱」響了一聲，幾隻手將他們推進了一條封閉的通道，他們身後又是嘎吱一聲。

「把那扇門修好。」某人說道。

他們周圍亮起炫目的光。

鄧肯和盧西拉打量了一番周圍的環境，看到一間巨大的房間，富麗堂皇，似乎利用岩石挖鑿而成。地上鋪著柔軟的地毯，深紅與金色相間，上頭繡著淡綠色的花紋，看起來像不斷重複的城垛。伯茲馬利身旁的桌子上堆了一包衣服，他正在與護送他們來的一名男子低聲交談，此人頭髮金黃，額頭突出，眼睛呈綠色，眼神犀利。

盧西拉仔細聽他們的對話，內容基本都能聽懂，兩人在討論如何安排守衛。不過，綠眼男人的喉音很多，輔音也經常戛然而止，盧西拉從來沒有聽過這樣的口音。

「這裡是個無現空間？」她問道。

「不是。」聲音來自她身後的一名男子，也是同樣的口音，「那些藻類保護了我們。」

盧西拉沒有回頭看說話的人，倒是抬頭看著天花板和牆壁上顏色很淡的黃綠色藻類植物，只有靠近地板的幾塊地方能看到深色的岩石。

伯茲馬利突然轉過來對盧西拉和鄧肯說道：「我們在這裡就沒有危險了，種這些藻類就是這個目的。生命探測儀只能探測出植物生命，探測不到藻類下面的東西。」

盧西拉以腳跟為軸心轉動身體，觀察房間的各種細節：一張水晶桌上刻了哈肯能的家徽，椅子和沙發用的是罕見的布料。牆邊有個武器架，上面放了兩排野戰雷射長管槍，她從來沒有見過這種設計的雷射槍。兩排雷射槍前端均為喇叭口，扳機周邊是一個彎曲的金質護圈。

伯茲馬利繼續和綠眼男子交談起來，兩人正在爭論他們應該如何偽裝。盧西拉一面聽著兩人的對話，一面打量房間內的兩名護送人員。其他三名護送人員已經從武器架旁邊的通道走出了房間，那裡有一個出入口，罩著厚厚一層銀光閃閃的線簾。她看到鄧肯正在仔細地觀察自己的反應，他的手放在腰帶上的雷射手槍上。

盧西拉心想：這些是大離散回歸的人類？他們效忠哪一股勢力？

她若無其事地走到鄧肯身邊，手指在他的手臂上傳達了她的疑慮。兩個人都看向了伯茲馬利，他難道成了叛徒？

盧西拉繼續打量起這間房間，是不是有人正在暗處觀察他們？

房間裡共有九盞燈球，全都調成了奢華的金色，每盞下面都有一片尤其明亮的區域。伯茲馬利所在的地方恰恰是室內燈光彙聚的地方，他還在那裡與綠眼男子交談。部分光線直接來自空中飄浮的燈球，另一部分柔和的光線則來自藻類植物的折射，如此一來，即便是家具附近，也難以找到明顯的陰影。

那片銀色的線簾被人分開，一位老婦走了進來。盧西拉注視著她的面孔，婦人滿臉皺紋，好似滄桑的紅木，散亂在臉周的灰髮幾乎及肩，整張臉只露出了狹長的部分面容。她身穿一件黑色長袍，上面繡有多條金絲惡龍，停在了一張長沙發後面，青筋凸出的雙手放在靠背上。

伯茲馬利和那個男子停止交談。

盧西拉的視線從那個老婦的身上移到了自己身上，除了那些金色的惡龍之外，兩人的衣服款式相同，寬大的兜帽蓋住了肩膀，只有側面和底襟的剪裁不同。

這個女人始終沒有說話，盧西拉看向伯茲馬利，希望他解釋一下。伯茲馬利只是全神貫注地回望她，老婦也安靜地打量盧西拉。

如此強烈的關注令盧西拉頗為不安，她看到鄧肯心有同感，他的手始終沒有離開那把雷射手槍。兩雙眼睛看著自己，任何人都沒有說話，這種情境令她心裡七上八下。老婦人只是站在那裡，安靜地端詳，這種做事的方式感覺頗為類似貝尼．潔瑟睿德。

鄧肯打破了沉默，質問伯茲馬利：「她是誰？」

老婦答道：「我們是你們倆的救星。」她的聲音單薄、沙啞，但是口音和那些人一樣奇怪。

盧西拉的他者記憶針對老婦的衣著，給出了一個比對建議：類似古代優伎的服裝。

盧西拉在心裡搖了搖頭，這位婦人年事已高，不可能從事這樣的行當，而且長袍上神祕的惡龍與記憶提供的圖案不同。盧西拉的注意力回到那張蒼老的臉上，對方的雙眼因為衰老而溼漉漉的，兩片眼瞼與鼻根相交的地方結了一層乾硬的分泌物。她的年紀實在太大了，怎麼看都不會是優伎。

老婦人對伯茲馬利說：「我覺得那件衣服她穿著肯定合適。」她說著脫下了自己的惡龍長袍，對盧西拉說，「這是給妳的，穿的時候放尊重點，我們殺了人才弄到這件衣服。」

「你們殺了誰？」盧西拉問道。

「一個還沒成為尊母的女人！」老婦喑啞的聲音中帶有幾分豪氣。

「我為什麼要穿那件衣服？」盧西拉問道。

「因為妳要把妳那件給我。」老婦人說道。

「解釋清楚，不然休想讓我把衣服給妳。」盧西拉沒有接下對方遞過來的衣服。

伯茲馬利向前走了一步，說道：「妳可以信任她。」

「我是妳朋友的朋友。」老婦人說道。她晃了晃盧西拉眼前的長袍：「拿著吧。」

盧西拉對伯茲馬利說：「你必須把你的計畫告訴我。」

「也必須告訴我。」鄧肯說道，「是誰要求我們相信這些人的？」

伯茲馬利說道：「特格，還有我。」他看著老婦，說道：「思拉法，跟他們說吧，時間還來得及。」

思拉法說：「妳要穿著這件長袍跟隨伯茲馬利進入伊賽。」

盧西拉心中默唸，思拉法，這個名字聽起來很像貝尼．潔瑟睿德的某個直系變體。

思拉法端詳了鄧肯一番：「他個子不怎麼大，喬裝打扮之後可以單獨護送。」

「不行！」盧西拉說道，「我奉命保護他！」

思拉法說：「妳是蠢貨嗎？他們肯定在找與妳樣貌相仿的女人和與他樣貌相仿的少年，你們倆走在一起只會增加暴露身分的機率。一個尊母優伎帶著她夜晚的伴侶不會引起他們的注意……一位忒萊素尊主帶著他的隨從也不會引起注意。」

盧西拉用舌頭舔了舔嘴唇。思拉法說起話來自信篤定，好像聖殿的監理一樣。

思拉法將惡龍長袍搭在沙發的靠背上，她直直站著，穿著一件有彈性的黑色緊身連身褲，她的身體柔韌、靈活，甚至還有幾分圓潤，看起來遠比她的臉龐年輕。盧西拉看著思拉法的雙手拂過自己的前額和兩頰，撫平了臉上的褶皺，顯出了一張相對年輕的面孔。

幻臉人？

盧西拉死死盯著這個女人，她的身上絲毫沒有其他幻臉人具有的特徵，可是……

「把妳的長袍脫下來！」思拉法命令道。她的聲音現在年輕了許多，甚至多了一份威嚴。

伯茲馬利懇求道：「妳必須聽她的，思拉法會假扮成妳的樣子，繼續引誘敵人。只有這樣我們才能度過難關。」

「度過難關之後呢？」鄧肯問道。

「度過難關之後，登上一艘無現星艦。」伯茲馬利說道。

「駛向哪裡？」盧西拉問道。

「駛向安全的地方。」伯茲馬利說道，「我們的體內會灌入謝爾，不過我不能再說了，謝爾的效力時間長了也會減弱。」

「我要怎麼偽裝成忒萊素人？」鄧肯問道。

「這件事包在我們身上。」伯茲馬利說道，他的注意力一直在盧西拉身上，「聖母？」

「你讓我別無選擇。」盧西拉說著打開了固定裝置，褪下了長袍。她取出了緊身胸衣裡的手槍，扔到了沙發上。她裡面穿了一件淡灰色的緊身連身褲，她看到思拉法正在仔細觀察自己的內衣和腿上的匕首。

盧西拉一面穿上惡龍長袍，一面說：「我們有時候會穿黑色的內衣。」長袍看起來很重，穿在身上卻感覺輕盈無比。她原地轉了一圈，感覺衣服先是張開了，而後貼在了身上，好像原本就是為她量身剪裁的一般。衣服的頸部有一處布料有些粗糙，她伸出一根手指，摸了摸那裡。

思拉法說：「那是飛鏢命中的部位。我們動作很快，但酸液還是在衣服上留下了一點痕跡，肉眼注意不到那個地方。」

「她的模樣對嗎？」伯茲馬利問思拉法。

「很好。不過，我還得教她一些東西，她絕對不能出錯，不然他們會要了你們兩個的命！」思拉法拍手以示強調。

我在哪裡見過這個手勢？盧西拉問自己。

鄧肯觸碰盧西拉右臂的後側，他的手指祕密而又迅速地說道：「她剛才拍手那一下！羯地主星的人經常會那樣。」

盧西拉透過他者記憶確認了鄧肯的說法。這個女人莫非來自某個與世隔絕的群體？他們難道一直保留著遠古的習俗和習慣？

「年輕人現在該走了。」思拉法說著向兩名護送人員招了招手，「帶他過去。」

盧西拉說：「我不喜歡這樣。」

「我們別無選擇！」伯茲馬利吼道。

盧西拉只能同意，她現在只能依靠伯茲馬利對女修會發下的效忠誓言，她明白這個道理。而且鄧肯也不是個孩子，他的普拉那－並度反應經過了老霸夏和她的訓練，這個甦亡人的某些能力幾乎只有貝尼・潔瑟睿德內部的人可以匹敵。她默默地看著鄧肯和那兩個男人走出了銀光閃閃的垂簾離開房間。

思拉法繞到了沙發前面，走到盧西拉面前，兩手扠腰，兩人四目相對，視線齊平。

伯茲馬利清了清嗓子，手指翻弄著身旁桌子上的那堆衣服。

思拉法的相貌有一種令人無法抵抗的特質，這種特質在她的眼神中尤其明顯。兩隻眼眸呈淡綠色，眼白單純、清澈，沒有鏡片等東西遮掩。

思拉法說：「妳的樣子恰好適合這身衣服。千萬記得自己是一個特殊的優伎，伯茲馬利是妳的客人，一般人絕對不會插手你們的好事。」

盧西拉聽出了言外之意：「可見還是有人會插手囉？」

思拉法說：「各大教派的使團現已經到達伽穆。其中有些人你們從來都沒遇到過，也就是你們所說的散失之人。」

「你們叫他們什麼？」

「尋根之人。」思拉法抬起了一隻手，說道：「不要擔心！我們有一個共同的敵人。」

「尊母？」

思拉法的頭轉向左側，「啪」地向地上啐了一口唾沫：「看著我，貝尼．潔瑟睿德！我受了那些訓練，就是為了要她們的性命！這是我生存的唯一動機！」

盧西拉小心翼翼地說道：「根據我們所了解的情況來看，妳肯定非常厲害。」

「有些方面確實非常厲害，可能比妳還厲害。聽著！妳是男歡女愛的好手，明白我的意思了嗎？」

「教派的祭司為什麼會插手？」

「妳管他們叫祭司？是……也沒叫錯。妳根本想不到他們會因為什麼插手。以性為樂，宗教之大忌，嗯？」

盧西拉說：「他們追崇神聖的喜樂，不允許其他任何形式的快感取而代之。」

「願怛特羅斯保護妳！尋根之人中有許多不同的『祭司』，有些人為了一時的歡愉，不惜放棄之後的喜樂。」

盧西拉心中暗笑，這個自稱尊母殺手的女人以為自己能在宗教話題上指點聖母？

思拉法說：「這裡有些人假扮『祭司』，非常危險。怛特羅斯的那些祭司最為危險，他們聲稱性是膜拜他們的神的唯一方式。」

「我要怎麼判斷哪些人是怛特羅斯的信徒，哪些不是？」盧西拉聽出了思拉法的真誠，心中產生了不祥的預感。

「不用考慮這個問題，妳絕對不能讓別人看出妳能分辨這些人的差別。妳首先要考慮的是確保自己不會白白接待客人，我覺得妳可以收他們五十太陽幣。」

「妳還沒說他們為什麼會插手。」盧西拉回頭瞄了一眼伯茲馬利，他已經鋪開了那堆粗布衣服，正在脫下戰鬥用的工作服。她的注意力轉回思拉法的身上。

「某些人有一條古老的習俗，他們有權打斷妳和伯茲馬利，有些人則會考驗妳。」

伯茲馬利說：「聽好了，這部分非常重要。」

思拉法說：「伯茲馬利會扮成野外工作的工人，只有這樣，他手上的繭子才能說得通。妳要叫他斯卡，這個名字在這裡很常見。」

「可是如果有祭司來搗亂，我該怎麼辦？」

思拉法從她的緊身胸衣拿出一個小袋子，遞到盧西拉手裡，盧西拉掂了掂重量。「這裡有兩百八十三太陽幣，如果有人自稱聖徒……還記得嗎？聖徒？」

「我怎麼會忘了？」盧西拉的語氣與嘲諷幾無二致，但是思拉法並沒有注意她說的話。

「如果碰到了這麼一個人，妳就假裝滿心歉意地還給伯茲馬利五十太陽幣。另外，那個小袋子裡邊有妳的優伎名卡，妳叫琵拉。來，說一遍你的名字。」

「琵拉。」

「不對！『拉』字要重讀！」

「琵拉！」

「還算說得過去。現在，仔仔細細聽好了，妳和伯茲馬利晚上要到大街上去。妳事先應該接待過客人，必須讓人看到，所以妳得……哈，先讓伯茲馬利開心開心，然後才能離開這裡。明白了嗎？」

「真是仔細！」盧西拉說道。

思拉法認為她這是誇讚自己，便克制地笑了一下，她的反應如此奇怪！

盧西拉說：「我有一個問題，要是我必須讓聖徒開心，之後要怎麼才能找到伯茲馬利？」

「斯卡！」

「嗯，我怎麼才能找到斯卡？」

「不論妳去哪裡，斯卡都會在附近等候。妳一露面，他就能找到妳。」

「很好，所以如果我們碰到了聖徒，我就還給斯卡一百太陽幣，然後——」

「五十！」

盧西拉慢慢地搖了搖頭，說道：「思拉法，我覺得不該只有五十。那個聖徒開心完了之後，就會知道五十太陽幣實在是太少了。」

思拉法抿緊了嘴巴，眼睛瞥過盧西拉，定在了伯茲馬利身上，說道：「你事先告誡過我有她這種人，可是我沒想到她竟然會說這樣的話……」

盧西拉微微動用魅音說道：「我沒說過的事情，就不要胡亂猜想！」

思拉法皺了一下眉頭，她顯然受到了驚嚇，可是她緩過神來以後，語氣仍然像剛才一樣傲慢：「那我想妳是不是不需要我講解各種性愛的姿勢了？」

盧西拉說：「非常正確。」

「那妳也知道自己身上穿的是霍穆團五階長袍囉？」

這次換盧西拉皺了一下眉頭：「我如果展現出超出五階的能力會怎樣？」

「啊。」思拉法道，「那妳願意繼續聽我說囉？」

盧西拉簡短地點了點頭。

思拉法說：「很好。妳應該能夠控制陰道的搏動吧？」

「我能。」

「什麼體位都可以？」

「我可以控制全身上下的每一塊肌肉！」

思拉法的視線從盧西拉移到了伯茲馬利身上：「此話當真？」

伯茲馬利就在盧西拉身後說道：「不然她也不會這樣聲稱。」

思拉法似乎陷入沉思，目光聚焦在盧西拉的下巴上：「這樣的話，那可就複雜了。」

盧西拉說：「妳不要誤會，我這一身本領另有別的用途，一般不會用來交易。」

思拉法說：「噢，這我明白。可是性交的靈敏程度──」

「靈敏程度?!」盧西拉利用自己的語調充分傳達了自己作為聖母的盛怒。無論思拉法是否故意激怒盧西拉，這位聖母都要讓她明白自己有眼不識泰山。「妳說什麼?靈敏程度?我可以控制生殖器官的溫度，我知道人體的五十一處興奮點，我也可以將它們盡數喚醒。我──」

「五十一處？不是只有——」

「五十一處！」盧西拉厲聲打斷了思拉法，「次序加上不同的組合，一共有兩千零八種方式，如果再算上兩百零五種體位——」

「兩百零五種？」思拉法已經瞠目結舌，「妳說的肯定不是——」

「如果算上細微的變體動作，其實不止這些。我是銘者，也就是說我已經掌握了放大高潮的三百個步驟！」

思拉法清了一下喉嚨，舌頭舔舔自己的嘴唇，說道：「那我必須告誡妳，務必克制自己。絕對不能露出妳真正的實力，不然……」她再一次望向伯茲馬利，「你之前為什麼沒告訴我這些事情？」

「我跟妳說過。」

盧西拉在他的聲音中聽出了幾分歡樂，但是沒有回頭看他臉上的表情。

思拉法吸了一口氣，然後重重地吐出兩口，說道：「不論他們問妳什麼問題，妳就說自己馬上就要接受晉級的考驗，這樣應該可以打消他們的懷疑。」

「如果有人問我考驗的事情。」

「這個簡單，妳什麼都不用說，只要神祕地笑一笑就行了。」

「如果有人問我這個霍穆團的事情呢？」

「那妳就說要把他們彙報給妳的上級，對方聽到這話，應該就不會再問了。」

「如果依然糾纏不休呢？」

思拉法聳了聳肩膀，說：「那妳就隨便編個故事，即便是真言師，也只會對妳的隱瞞覺得好笑。」

盧西拉思考自己的處境，臉上神色平靜。她聽到伯茲馬利——斯卡！——在自己正後方動了幾下。她覺得這場戲沒有太大的難處，或許可以成為一段有意思的插曲，供她日後在聖殿與他人提起。

她看到思拉法正在對著伯茲——斯卡！——微笑。盧西拉轉過身去，看著她的「客人」。

伯茲馬利一絲不掛地站在那裡，軍裝和頭盔整齊地疊在一小堆質料粗糙的衣服旁邊。

「看樣子斯卡願意讓妳在上路之前先準備一下。」思拉法說著指了指他堅挺上翹的陽具，「那我就不打擾你們倆了。」

盧西拉聽到思拉法走出了那道垂簾。她現在滿心怒火：

「現在站在這裡的應該是那個甦亡人！」

34

忘卻，這便是你們逃不開的宿命。生命中長久以來的所有經驗，你們失而復得，得而復失，終而復始，循環往復。

——雷托二世，達艾斯巴拉特錄音

• • •

「以教團和堅不可摧的女修會之名義，經評判，本報告內容切實可靠，可納入《聖殿編年史》。」

塔拉札注視著投影區域顯示的文字，臉上露出了不悅的表情。投影區域裡，晨光鍍上了一層模糊的黃色倒影，讓詞句增添了些許神祕氣息。

塔拉札惱火地從投影桌前抽身站起，走到一扇朝南的窗戶前。時候尚早，陽光投在院子裡的影子還很長。

我要親自去一趟嗎？

想到這裡，她心裡便滿是不情願，這個地方讓她非常……非常有安全感。可是她知道，這樣的想法非常愚蠢。貝尼·潔瑟睿德以聖殿星為根據地已經有一千四百年之久，即便如此，這裡也只能算作一個暫時的容身之所。

她左手搭在光滑的窗框上。每扇窗戶的位置都經過精心考量，讓臨窗的人能夠將窗外的宜人景色盡收眼底。建築師和設計師在修建這間房間時，系統性地考量了它的面積、裝潢、色調等要素，目的便是讓身處其中的人產生心有所依的安全感。

塔拉札嘗試讓自己沉浸在這種獲得支持的氛圍裡，但未能如願。

就在剛才，她和幾位議事聖母在這間房裡起了爭執，儘管大家的聲音都非常柔和，卻依然在空氣裡留下了一絲苦澀的味道。議事聖母們非常頑固，塔拉札能夠理解，甚至毫無保留地同意她們堅持的理由。

讓女修會去當傳祭司？而且還為忒萊素人做事？

她輕觸窗邊的一塊控制板，打開窗戶，一陣和煦的微風撲面而來，夾雜著蘋果園飄來的馨香，從窗子鑽進了房間。這裡是女修會各處據點的權力中心，周圍是女修會引以為豪的蘋果園。放眼舊帝國人類占據過的大部分星球，無論是貝尼．潔瑟睿德在任何一座星球上的主堡，還是其他從屬分會，沒有哪個地方的果園能夠與她眼前的相媲美。

「食其果，便識其人。」她心想。某些古老的宗教依然能夠成為人類的智慧之源。

此地居高臨下，塔拉札能夠一眼望盡一整片南邊的聖殿建築群。附近的一座瞭望塔在一旁的房頂和庭院上投下了一道長而歪扭的影子。

她想到，跟這處地方代表的龐大勢力相比，它的規模小得令人驚訝。在果園和花園構成的包圍圈之外，有一處如棋盤般井井有條的私人住宅區，每一間住宅周圍都有一片農園，是為退休聖母和部分忠心之士家庭特意安排的住所。西邊最遠處是起伏的山脈，許多山峰上還積著皚皚白雪，航空基地在東邊二十公里外的地方。這處聖殿核心地帶的周邊，是一望無際的平原，草原上養了一種稀有的牛，牠們對陌生的氣味十分敏感，只要外人試圖闖入，便會驚動牠們，牛隻就會在刺耳的吼叫聲中四處亂竄。她們的家園在園林中心深處，位於成片林木的包圍之中，早期的一位霸夏選擇了此處作為聖殿核心的所在地。地面布滿錯綜交織的通道，不論晝夜，進入通道的人都逃不開聖殿嚴密的監控系統。

一切看起來如此偶然，但其實其中蘊含著嚴明的規律。塔拉札知道，這便是女修會的特點。

一聲乾咳從她身後傳來，塔拉札想起還有一個人耐心地候在門口，她是議會裡言辭最為激烈的一位聖母。

她在等我作決定。

聖母貝隆達希望「立刻殺掉」歐德雷迪，但她們至今尚未作出決定。

妳居然真的這麼做了，達爾。我猜到妳或許能發揮自己的天性，獨立行事，我甚至希望妳會這麼做。但妳做了什麼！

貝隆達是一位年事已高、身形臃腫的聖母，她面色紅潤，眼神冷漠，天性中帶有一種惡毒的品質，也正因此受到女修會重用，她希望女修會這次能給歐德雷迪安上謀逆的罪名。

「換作暴君會立刻讓她粉身碎骨的！」貝隆達爭論道。

我們從他那裡就只學到這點嗎？塔拉札不禁好奇。

貝隆達爭辯道，歐德雷迪不僅是亞崔迪的後代，還是柯瑞諾的後代。她的祖先裡，曾經出現過很多帝王、副攝政和勢力強大的管理者。

她身體裡流淌著的血液和這些人一脈相承，代表她內心可能也充滿對權勢的渴望。

「她的祖先可是從薩魯撒．塞康達斯走出來的！」貝隆達一直在重複類似的話，「難道我們從過往的育種經驗裡學到的東西還不夠多嗎？」

塔拉札心想：我們學會了怎樣創造出歐德雷迪。

歐德雷迪通過香料之痛的考驗後，便被送往阿爾－達納布接受訓練。這座星球的環境與薩魯撒．塞康達斯不相上下，有險峻的懸崖、乾涸的峽谷，暴烈的強風時而燥熱，時而嚴寒，空氣裡的溼度不是過低便是過高。歐德雷迪在此無時無刻不在禁受嚴苛氣候條件的錘煉。女修會認為，這裡的條件非常適合用來磨鍊和篩選聖母，為將在拉科斯上進行的任務作準備。只有最為堅韌不拔的人才能通過這種考驗，高眺、靈活、強壯的歐德雷迪便是其中之一。

當前的形勢，要我如何補救？

歐德雷迪傳來的最新訊息表明，無論哪種形式的秩序，即便是暴君高壓手腕下延續千年的穩定局面，都會傳遞出一種錯誤信號，過於依賴這種信號，將面臨嚴峻後果。貝隆達觀點的優勢和缺陷都在於此。

塔拉札抬眼看向等在門口的貝隆達。她太胖了！她還在我們面前炫耀這一點！

「如果我們沒法除掉甦亡人，那我們也不能除掉歐德雷迪。」塔拉札說道。

貝隆達低著嗓子，語調平緩地說：「現在對我們來說，這兩個人都很危險。自從歐德雷迪報告了泰布穴地那些字的事以後，瞧瞧它對妳的影響有多大！」

「暴君的話影響我的判斷力了嗎，貝爾？」

「妳知道我指的是什麼，貝尼．忒萊素是一群卑鄙無恥之徒。」

「不要轉移話題，貝爾。妳的思緒就像花叢裡的昆蟲一樣，四處亂竄。妳到底察覺到什麼了？」

「那些忒萊素人！他們製作那個甦亡人另有目的，而歐德雷迪現在讓我們——」

「妳一直在重複同樣的話，貝爾。」

「忒萊素人喜歡走捷徑，他們對基因的看法跟我們不一樣，那不是『人類』應該有的想法，他們做出來的都是怪獸。」

「他們真的是這樣的嗎？」

貝隆達走進房間，繞過桌子，最後站在塔拉札身旁，正好擋在她的視線和壁龕中綺諾伊女修的小雕像之間。

「和拉科斯的祭司結盟，沒問題，但是忒萊素人不行。」貝隆達握緊拳頭，長袍隨著動作相互摩擦，發出沙沙的聲音。

「貝爾！現在的大祭司是一個頂替他的幻臉人。妳的意思是，讓我們和他結盟？」

貝隆達憤怒地搖了搖頭：「信仰沙胡羅的人很多！到處都是。如果我們參與掉包大祭司的事情暴露了，他們會有什麼反應？」

「別再說了，貝爾！我們已經採取了必要的措施，確保在那裡處於劣勢的只有忒萊素人。在那件事情上，歐德雷迪做得沒錯。」

「大錯特錯！如果我們和他們同流合汙，那我們也會落於下風。我們將被迫為忒萊素人賣命，這比長期屈服於暴君的淫威下還要糟糕。」

塔拉札看見貝隆達眼睛裡閃著惡毒的光芒。她的反應可以理解。回想起神帝統治下她們曾遭受的奴役，即便是最為鎮定的聖母，腦中也會閃現出一些令人不寒而慄的回憶。那個時期，女修會長年屈服於暴君的淫威之下，貝尼．潔瑟睿德隨時都有可能滅亡。

「難道妳覺得，加入這個愚蠢的同盟，我們的香料供應就能有保障了？」貝隆達質問道。

塔拉札知道，這是老生常談了。沒有美藍極，沒有香料之痛，也就不會有聖母。那些大離散回來的蕩婦，想必她們的一個目標，便是香料和貝尼．潔瑟睿德在這方面的技藝。

塔拉札回到桌子旁，坐上犬椅往後一靠，等著牠適應自己的身體曲線。這是個問題，一個屬於貝尼·潔瑟睿德的問題。儘管女修會一直在孜孜不倦地搜尋、實驗，但她們至今尚未找到香料的替代品。宇航公會或許需要美藍極才能讓宇航員進入深度香料迷醉狀態，不過如今他們能用伊克斯的航行機器作為代替。伊克斯和公會的附屬機構在公會市場上形成了競爭關係。他們找到了替代品。

我們沒有任何能夠替代美藍極的東西。

貝隆達走到桌子的另一邊，雙拳置於光滑的桌面上，身體前傾，低頭看向統御大聖母。

「而且我們到現在還不知道忒萊素人到底對我們的甦亡人做了什麼！」

「歐德雷迪會調查清楚的。」

「但是要饒恕她的背叛罪行，光靠這一點是不夠的！」

塔拉札低聲說道：「我們世世代代都在等待這一刻的到來，而妳卻輕易開口說要中止計畫。」她揚起手掌，輕輕地拍在桌面上。

「那個了不得的拉科斯計畫已經不再是我們的計畫了。」貝隆達說，「可能一直都不是。」

塔拉札集中起大部分的精力，重新審視起這個熟悉的觀點來。在剛才的會議上，爭論中的聖母多次提到了這件事。

甦亡人計畫是由暴君發動的嗎？如果是，她們現在能做些什麼？她們「應該」做些什麼？

在這場持續很久的爭論中，每個人都想到了那份《少數報告》。施萬虞已經死了，但她的勢力依然活躍在女修會內部，如今看來，貝隆達也成了她們中的一員。女修會是否刻意蒙上雙眼，不去考慮可能導致她們滅亡的事物？歐德雷迪在拉科斯的密室裡發現了那些隱藏的訊息，這似乎可以看作一個不祥的警告。歐德雷迪在提交報告時，還描述了她在發現訊息前內心的恐慌。面對這件事，沒有聖母能夠泰然處之。

貝隆達直起身子，交叉雙臂置於胸前。「我們從未完全擺脫年少時老師的影響，也從沒完全脫離過塑造我們的模式，難道不是嗎？」

這是只有在貝尼．潔瑟睿德的爭論中才會出現的觀點，她們會由此聯想到自己的情況。

我們是不為人知的貴族，能夠繼承權力的人，唯有我們的子孫。是的，這是我們與生俱來的理念，邁爾斯．特格就是一個很好的例子。

貝隆達找了一張直背靠椅坐下，雙眼平視塔拉札。「在大離散的巔峰時期，」她說，「我們損失了百分之二十左右的失敗者。」

「回來的那些並不是失敗者。」

「但是暴君肯定知道會發生這樣的事！」

「貝爾，大離散是他的目標，這是他的黃金之路，人類的生存之道！」

「我們知道他是怎麼看忒萊素人的，可他卻讓他們活了下來。他有能力讓他們滅亡，但他卻沒有！」

「他想要多樣化的宇宙。」

貝隆達的拳頭狠狠砸在桌子上：「他確實做到了！」

「貝爾，這些事情我們已經爭論很多遍了，但我現在依然認為無法避免歐德雷迪做的事。」

「卑躬屈膝！」

「並非如此。在暴君之前，我們屈從過任何一任帝王嗎？我們連摩阿迪巴也未曾屈從過！」

「我們依然身處暴君布下的陷阱中。」貝隆達控訴道，「那妳說，為什麼忒萊素人還在繼續製造他鍾愛的甦亡人？已經過去一千年了，甦亡人還是一個接一個從再生箱跳出來，就像跳舞的娃娃一樣。」

「妳覺得忒萊素人還在奉行來自暴君的密令？如果是這樣的話，那妳就和歐德雷迪看法相同了，她為我們創造了絕佳的條件，讓我們能夠好好調查這件事。」

「他沒下過這種命令！他只不過做出了那個甦亡人，那個對貝尼．忒萊素非常有吸引力的甦亡人。」

「難道他對我們就沒有吸引力嗎？」

「大聖母，我們必須現在就逃離暴君設下的陷阱！而且要用最直接的方法。」

「貝爾，決定權在我。我依然傾向謹慎地跟他們結盟。」

「那麼至少我們要殺了那個甦亡人，什阿娜可以生孩子，我們可以——」

「現在還不是時候，而且這原本就不是一個單純的育種計畫！」

「但我們現在還是可以把它變得單純些。關於亞崔迪氏族的預見能力，如果妳判斷錯了，那怎麼辦？」

「貝爾，妳的所有提議，目的不過是離開拉科斯和疏遠忒萊素人。」

「我們現在的美藍極儲量，足夠女修會連續使用五十代，如果定量供給，還能更久些。」

「貝爾，妳覺得五十代很久嗎？現在這個位子上坐的是我而不是妳，原因就在這裡，妳還不明白嗎？」

貝隆達從桌旁起身，她的椅子摩擦地面發出刺耳的聲音。塔拉札看得出來，貝隆達並不服氣，她不再值得信任了，也許不能再留著她了。可這又跟崇高事業有什麼關係呢？

「這樣爭下去不會有結果的。」塔拉札說，「妳走吧。」

房間裡只剩自己一人，塔拉札又想起了歐德雷迪的訊息。不祥的預兆。不難理解為什麼貝隆達她們反應那麼激烈。但激烈的反應恰恰說明她們缺乏自控能力，這很危險。

女修會還沒到寫臨終遺言的時候。

歐德雷迪和貝隆達內心產生的恐懼是一樣的，不過，她們在恐懼下作出的決定卻不一樣。對於拉科斯那些刻在石頭上的訊息，歐德雷迪的解讀帶有警告意味：

這些一樣也會過去的。

我們會在大離散那群貪婪之人的圍攻下滅亡嗎？

不過，再生箱的祕密幾乎就在女修會的掌握之中。

如果我們掌握了這個祕密，就沒有什麼能夠阻擋我們了！

塔拉札環視整個房間，這裡仍然是貝尼．潔瑟睿德力量的所在。外面是一片無現星艦編織成的保護網，聖殿星球便隱藏在其後，它的具體位置沒有任何紀錄，只深深印在每個自己人的腦中，隱藏在浩瀚的宇宙中。

可這只是暫時的！隨時都可能出現意外。

塔拉札挺直了肩膀。採取必要的防範措施，但不能受這些擔憂情緒的影響，務必始終保持隱藏狀態。每當塔拉札想要擺脫不良情緒的影響，制驚禱文總是特別有用。

暴君留下的那些警示訊息，告訴所有人黃金之路仍在他的帶領之下，暗示未來還會發生其他可怕的事，由歐德雷迪口中說出所帶來的恐怖感，遠遠勝過其他人。

亞崔迪氏族那該死的預知力！

「區區螻蟻之幫？」

塔拉札咬牙切齒，懊惱不已。

「若非為崇高事業，則記憶不足為道！」

「若無法聽聞生命樂音」，如果這是真的該怎麼辦？

可惡！暴君還是能傷害到她們。

他究竟想傳達什麼訊息？他不會讓黃金之路陷入危險境地，大離散就是為了確保這個目的。人類朝各個方向奔竄，四散的方向就像刺蝟身上的刺一樣，數不勝數。

他當時有看到散失之人回歸的預象嗎？他是否有可能預見，這條金色之路一旁會出現荊棘叢呢？

他知道我們會察覺他的能力。他知道的！

塔拉札想到了那些關於散失之人回歸的報告，報告的數量不斷增加。不同來歷的人和製品大批湧現，十分神祕，許多證據都表明他們圖謀不軌：這些人配備製造奇巧的無現星艦、複雜精密的武器和製品，他們的來歷各不相同，採用的方法也形形色色。

其中一些還非常的原始，至少表面上看是這樣。

他們想要的不只是美藍極。散失之人回歸的目的十分神祕，但塔拉札從中看出了端倪：「我們想要你們擁有的古老祕密！」

尊母的訊息也十分明確：「只要是我們想要的，我們都會拿走。」

塔拉札心想：歐德雷迪手中握有一切必要的資源。她有什阿娜，如果伯茲馬利成功了，那個甦亡人也會送往她身邊，她還和忒萊素的尊主之主結成了同盟。她可以擁有整座拉科斯星球！

只要她不是亞崔迪氏族的後代。

塔拉札看向桌子上方的投影區域，上面顯示著新的甦亡人和之前被殺的幾個的對比資料。每個新的甦亡人都會跟先前的略有差異，這一點非常明顯，忒萊素人在改善甦亡人的某些特質。可是是什麼特質呢？線索會隱藏在新幻臉人中嗎？很明顯，忒萊素人始終在研發一種無懈可擊的幻臉人，他們與假冒對象間完全不存在差異，不僅會複製受害人的淺層記憶，還會竊取對方內心的思想和真實身分。這種延續生命的方式，比忒萊素尊主如今使用的更有誘惑力，所以他們才不斷研發。

大部分議事聖母和她抱持相同的看法：這樣的假冒者最終會「變成」那個模仿對象。歐德雷迪關於那個杜埃克幻臉人的報告也印證了這一點。面對這樣的幻臉人，或許即便是忒萊素尊主也無法令他們掙脫模仿對象的外形和表現，變回原本的面貌。

掙脫不了的還有他們的信仰。

該死的歐德雷迪！她將聖母們逼入了窘境，歐德雷迪知道，她們別無選擇，只能追隨自己！她怎麼會知道這一點？又是因為她的強大天賦嗎？

我不能盲目行事，我必須知道原因。

塔拉札動用熟記的冷靜要訣，讓自己平靜下來，情緒沮喪時，她不敢貿然做決定。她盯著綺諾伊女修的雕像看了許久，終於恢復常態。塔拉札離開犬椅，回到那扇她最愛的窗戶前。

在女修會的管理下，這座星球的氣候十分宜人。每當塔拉札看向窗外，看著日升日落間各不相同的四時景致，她的心情就會輕鬆許多。

飢餓感向她襲來。

我今天要與侍祭和見習女修一起吃飯。

和年輕人待在一起，重溫用餐禮儀，恢復每日早、午、晚的進食時間，她有時透過這種方式自我調節。這樣，她就能重新找到可以依靠的力量。她喜歡觀察同伴，她們談論各種深刻的話題，就像潮水一樣，蘊藏著未經發掘的強大力量，貝尼．潔瑟睿德能夠給這種力量提供源源不斷的能量。

諸如此類的想法讓塔拉札的內心恢復了平衡。令人頭疼的問題可以暫時擱置，讓她可以冷靜地考慮檢視。

歐德雷迪和暴君說得沒錯：如果不以崇高事業為目的，我們什麼都不是。

歐德雷迪是拉科斯上一切重要事務的決策者，但她的身上帶有亞崔迪氏族的種種弱點，沒有人能迴避這一事實。歐德雷迪總會表現出亞崔迪譜系特有的缺陷，她對犯錯的侍祭總是過於仁慈，感情便是從這樣的行為中產生的！

會蒙蔽判斷力的危險感情。

它會削弱他人的力量，讓人付出代價。女修會派遣了更加合適的女修，讓她們負責教導犯錯的侍祭糾正缺點。當然，歐德雷迪的行為暴露了這些侍祭身上的弱點，這一點無可否認。或許歐德雷迪正是出於這樣的考慮，有意為之。

每當她這樣想時，心中便會產生一種微妙而強大的情緒。她不得不強壓下心頭強烈的孤獨感，情緒便在心中繼續鬱結發酵。憂傷的情緒可能影響人的判斷力，程度可能和喜愛之情……甚至愛情不相上下。在塔拉札和善於觀察的記憶女修們看來，這是對死亡產生的情感反應。最終，她也只能以記憶的形式存在於其他人的腦中，她必須面對這個現實。

她意識到，記憶和意外發現削弱了自己的力量，就在她需要一切可用資源的時候！

但我可還沒有死。

塔拉札知道怎麼恢復平靜，她也知道之後會有什麼反應。每次戰勝憂傷的情緒後，她都會以一種更加積極、更加堅定的感情面對自己的生命和人生目標。作為統御大聖母，她因為歐德雷迪犯下的錯變得更加強大。

歐德雷迪也明白這一點。想到這裡，塔拉札不禁冷笑。每當大聖母戰勝了憂傷情緒，她在眾聖母前的表現就會更加強勢。其他人觀察到了這樣的規律，但只有歐德雷迪知道她內心還隱藏著憤怒之情。

這就對了！

塔拉札意識到，自己找到了懊惱情緒的根源。

很顯然，在許多場合下，歐德雷迪都注意到了影響統御大聖母行為的關鍵因素。對於別人利用她的生命做的那些事，塔拉札的內心產生了莫大的憤怒。她絕不能將怒氣宣洩出來，但她需要動用大得可怕的力量，才能壓制住怒火。這樣的憤怒永遠無法平息。這種感覺多麼難熬啊！歐德雷迪注意到這件事，讓她心裡的苦痛更加強烈。

當然，這樣的情緒也會產生相應的效果。貝尼．潔瑟睿德的訓練讓她們的大腦得到了某種鍛鍊，她們在內心構築起層層麻木不仁的防禦機制，不給外人任何窺探的機會。愛情是宇宙中一股非常危險的力量，她們必須保護自己不受愛情的影響，聖母絕不能牽扯入親密的私人關係中，即使是為了執行貝尼．潔瑟睿德的任務也不行。

模擬：為了保護自己，我們會扮演必要的角色。貝尼．潔瑟睿德會堅持下去！

這一次，她們會屈從多久？又一個三千五百年嗎？讓他們都去死吧！都只是暫時的而已。

塔拉札從窗邊轉身，離開窗外的宜人風景。她感覺自己確實恢復平靜了，體內融入了新的力量，足夠讓她掃除心中的不情願，擺脫困擾，正視自己現在必須做的事。

我要去拉科斯。

她無法再逃避那個讓她不情願的原因。

我可能得讓貝隆達如願了。

35

自我的生死、物種的存續、環境保護，這些是驅動人類向前的力量。你可以看到，這些事情相對的重要性會隨著人年紀的增長而變化。人到了某個年紀，哪些成了最緊要的事情？天氣？消化系統的狀態？他們真的在意嗎？肉體能夠察覺到這些欲望，也可望得到滿足。除此之外，他們還會在乎什麼事情呢？

——雷托二世對赫薇．諾里言，本人聲音，藏於達艾斯巴拉特

• • •

邁爾斯．特格醒了，周圍一片漆黑，他發現自己躺在一副擔架上，幾臺懸浮裝置托在下面。藉著裝置微弱的光，他看到懸浮裝置的一排小燈倒掛在自己周圍。

他嘴裡塞了東西，兩隻手牢牢地捆在背後，雙眼倒是沒有被遮住。

看樣子他們不在乎我會看到什麼。

他看不出這些人的身分，身旁的黑影上上下下，他感覺他們可能正在坎坷不平的地形裡向下走。是一條小路嗎？擔架在懸浮裝置上平穩地移動。每當遇到不好走的彎道，特格身邊的人便會停下腳步，設法把擔架繞過去，他在這種時候可以察覺到懸浮裝置微弱的嗡嗡聲。

他的視線不時穿過阻礙視野的障礙物，看到前方閃爍的光。他們很快就停在一個明亮的區域。他

看到一盞燈球拴在一根竿子上，離地大約三公尺，在寒冷的微風中輕輕搖動。他藉著燈球黃色的光，看到一片泥濘的空地中間有一座破房子，雪地裡有很多車轍和腳印，空地周圍有一些灌木叢和稀稀疏疏的幾棵樹。一支手電筒掃過他的臉，對方沒有說話，但是特格看到那人向著房子做了一個手勢。他很少見到這麼破敗的建築，好像稍微一碰就會塌下來，他覺得那個房頂肯定會漏雨。

身邊的人動了起來，搖搖晃晃地帶著他走向那間破屋。他趁著昏暗的光打量了一番護送自己的人，所有人都遮住了嘴和下巴，只露出一雙眼睛，頭上的兜帽蓋住了頭髮。他們的服裝臃腫，只能看出四肢，看不出身體其他的細節。

竿子上的燈球滅了。

一扇門打開，炫目的光從房子內照了出來。那些人匆匆把他送了進去便離開，他聽到他們關上了房門。

室內的光亮頗為刺眼，他眨了幾下眼睛，才從黑暗中適應過來。他看了看周圍的環境，心中產生了一種奇怪的錯亂感覺。他原本以為房子內部和外部一樣破敗，沒想到裡面卻十分整潔，沒有幾件家具，只有三把椅子、一張小桌和……一臺伊克斯刑訊儀！他倒抽了一口氣，他們難道沒聞到他呼出的謝爾氣味嗎？

既然他們這麼粗心，姑且就讓他們動用那臺刑訊儀吧。雖然他會受到不少痛苦，但是他們在他的大腦裡什麼也不會找到。

他聽到自己身後什麼東西「啪」的一響，然後聽到了物體移動的聲音。三個人走進他的視野，在擔架的尾端站成一排，一言不發地注視著他。特格逐一打量這三個人，左邊那個人身穿一件深色單衣，翻領敞開了，是個男性，臉型偏方正，特格見過一些伽穆的土著，相貌和他相仿——眼睛小，眼神犀利，直直地看透了特格。這是一張審問者的臉，絕對不會因為受刑者的痛苦而動搖。哈肯能氏族當年引入不少這樣的人，他們為了達到目的可以動用一切手段，即便令他人受到極大的痛苦，也可以面不改色。

特格正前方的人穿著一件臃腫的黑灰相間衣服，和護送他的人穿著相似，但是這個人摘下了兜帽，一頭灰白的短髮，臉上毫無表情。特格從這個人的臉上看不出任何線索，從衣服上也看不出什麼，完全判斷不出此人是男是女。特格將這張面孔記錄了下來：寬額頭，方下巴，嘴巴不大，緊緊地抿著，一副厭惡的表情，鼻梁像刀一樣鋒利，上面是一雙綠色的大眼睛。

特格盯著第三個人的時間最久，這個人個子很高，穿著一件剪裁考究的黑色單衣，外面套著一件樸素的黑色外套。衣服非常合身，造價不菲，沒有任何裝飾或徽章，肯定是個男人。這個人一副不耐煩的樣子，讓特格有了記住他的依據。男子的臉型狹長，神情高傲，眼睛呈棕色，嘴唇很薄。無聊，無聊，無聊至極！這裡的所有事情無緣無故占用了他寶貴的時間，別的地方還有至關重要的事情等待他去處理，他必須讓另外兩個人，讓這兩個手下明白自己有多忙。

特格心想：這個人是官方的觀察員。

房子的主人派這位不耐煩的男子來到現場，讓他彙報自己觀察到的資訊。他的數據箱呢？啊，在那裡，靠著牆放在他的身後，這些箱子就像這些公務員的證件一樣。特格巡查伽穆的時候，在伊賽和其他城市的大街上見過這種人。箱子又小又薄，公務員的階級愈高，他的箱子就愈小。這個人的箱子只能裝下幾個資料卷軸和一個袖珍攝影機，他肯定隨時都要帶著這個攝影機，以便與他的上級聯繫。箱子很扁，這個公務員的階級很高。

特格忍不住想，如果自己問他：「我這麼從容不迫，你會怎麼跟他們說？」他會得到什麼回答？

答案已經寫在那張不耐煩的臉上，他什麼都不會說，他來這裡的目的不是回答特格的問題。特格心想：這個人迫不及待想要離開，走的時候步伐肯定會邁得很大。他的注意力將會飛向遠方，只有他知道遠方有什麼在等待他。他的腿肯定會把那口箱子碰得啪啪響，以便提醒他自己身居要位，也讓其他人看到這個象徵權力的物件。

正前方的那個人開口了，聲音迷人婉轉，必然是個女子。

「看見沒？他很鎮定，正在看著我們呢。沉默打不垮他的，我們進來之前，我就跟你們說過了。這樣只會浪費時間，我們可沒那麼多時間能浪費。」

特格盯著她，她的聲音隱約有些耳熟，有一些迷人的特質，像是聖母會有的聲音。她有可能真的是聖母嗎？

那個疑似伽穆士著的人點了點頭：「淳穆，妳說得沒錯。可是，這裡不是我在下命令。」

淳穆？特格不禁好奇，這是名字還是頭銜？

兩個人都看向了那個公務員，那個人轉身彎下腰，從資料箱裡拿出了一個袖珍的攝影機。他站了起來，攝影機背對著特格和另外兩個人。螢幕亮起了綠光，映在觀察員的臉上成為一片病態的顏色。他神氣十足的笑容消失了，嘴唇安靜地動著，向攝影機裡的人彙報。

特格沒有暴露他讀唇的能力，任何人只要經過貝尼・潔瑟睿德的讀唇訓練，只要看得清對方的嘴唇，不論從哪個角度都可以看懂他說的話。這名男子說的是一種古凱拉赫語。

他說：「肯定是特格霸夏，我已經確認了。」

綠光在他的臉上跳動，他緊盯著螢幕。從綠光閃動的情況來看，螢幕裡的人似乎有些躁動。

公務員的嘴唇又動了起來：「我們都認為他經過了訓練，可以忍受巨大的疼痛，而且我在他身上聞到了謝爾的氣味。他可能……」

綠光再次跳動起來，男子住嘴。

「我並不是找藉口。」他嘴唇的動作戰戰兢兢，「您知道我們必然會盡我們所能，不過我建議還是努力透過其他方式攔截那個甦亡人較好。」

綠光閃了一下，熄滅了。

公務員將攝影機別在自己的腰際，轉向兩位同伴，點了一下頭。

女人說道：「T式探測儀。」

他們將刑訊儀轉到了特格頭部上方。

T式探測儀，特格暗暗注意到她是怎麼稱呼這儀器的。他的視線轉向眼前的罩子，沒有看到伊克斯人的標誌。

特格產生了一種奇怪的感覺，他好像遭遇過這樣的事情，他感覺自己曾經多次被人抓到這裡。似曾相識的並不只是這起事件，自己被抓，這三個審訊人，還有……那個刑訊儀令他產生了發自心底的熟悉。他感覺自己的內心空蕩蕩，眼前的場景他為什麼這麼眼熟？他從來沒有用過刑訊儀，不過他曾經完完整整地學過這種儀器的使用方法。貝尼．潔瑟睿德時常利用痛苦，不過多數情況依賴真言師。更多時候，女修會認為她們如果依賴某些設備，便可能過分受到伊克斯人的影響，這樣等於向外界示弱，表示她們不能沒有這些卑鄙的儀器。很久之前，機器能夠複製人類思想和記憶的精華，人類為了毀滅這些機器，發起了巴特勒聖戰，特格甚至覺得女修會的態度受到巴特勒聖戰的影響。

似曾相識！

晶算師邏輯向他提出了問題：眼前的這個場景我為什麼這麼眼熟？他知道自己從來沒有當過俘

虜，堂堂的大霸夏特格，這一次竟然成了任人宰割的羔羊，真是荒唐至極！他差一點笑了出來，可是那種熟悉的感覺依舊在心底飄蕩。

兩個人將罩子轉到他頭部的正上方，然後將儀器的探測頭一一固定在他的頭皮上。公務員面無表情看著兩個人，只有些許煩躁的跡象。

特格將三個人逐個打量了一番，誰會故作友善？啊，肯定是那個「淳穆」。有意思，難道是「尊母」的另一種說法？不過特格聽說了那些回歸之人的事情，另外兩個人對這女人似乎沒有那麼畏懼。

不過，這些人是回歸之人，除了那個棕色單衣的方臉男子或許是伽穆的土著。特格仔細觀察這個女人，一頭暗淡無光的灰白短髮，兩隻綠色的眼睛，眼距較寬，神色冷靜，下巴略微凸出，給人踏實可靠的感覺，儼然是扮白臉的絕佳人選。淳穆看起來不像奸邪狡詐之人，是一個可以信任的人。不過，特格也看到了她隱藏了一種特質：這個女人觀察仔細，眼光尖銳，她能知道自己什麼時候必須出手。她肯定是貝尼．潔瑟睿德，不過只接受過極少量訓練。

還有一種可能，訓練她的是那些尊母。

他們在他的頭上固定好探測頭，疑似伽穆土著的男子將刑訊儀的控制臺轉到了三個人方便觀看的位置，特格看不到刑訊儀的螢幕。

女人摘掉了特格嘴裡的填塞物，證實了他的判斷，她會扮白臉。他在嘴裡動了動舌頭，恢復了知覺。他的臉和胸口還有些麻木，沒有從擊昏器的威力中完全恢復過來。他中彈已經多久了？不過，如果公務員彙報上級的話屬實，那麼鄧肯便逃過了這一劫。

疑似伽穆土著的男人看著觀察員。

觀察員說：「亞爾，開始吧。」

亞爾？特格不禁好奇。這個名字有些怪異，聽起來有些忒萊素人的感覺，但亞爾不是幻臉人……也不是忒萊素尊主。以幻臉人來說他個頭太大，身上也沒有尊主特有的特徵。特格受過女修會的訓練，對自己的判斷很有把握。

亞爾碰了一下控制臺上的一個按鈕。

特格聽到自己疼得哼了起來，他完全沒有料到會是這麼強烈的劇痛。他們肯定一下就把這臺惡魔機器開到了上限！毫無疑問！他們知道他是晶算師，能夠無視某些肉體方面的影響。可是他現在痛入骨髓，完全無法無視這樣的痛苦！特格整個人疼得抖了起來，他的意識即將變成一片空白。謝爾能夠隔絕痛感嗎？

疼痛漸漸消失，只留下顫抖的記憶。

又來了！

他突然想到對於一名聖母而言，香料之痛肯定就是這種感覺，任何痛苦都不可能超越這種痛了。他努力保持沉默，但還是聽到自己不由自主地呻吟。他動用了自己所學的所有晶算師能力和貝尼．潔瑟睿德能力，極力克制自己，不讓自己說話，不讓自己放棄抵抗，不讓自己向他們求饒，承諾告訴他們任何事。

痛苦再一次退去，然後又湧了回來。

「行了！」是那個女人的聲音，特格努力地回憶著她的名字。淳穆？

亞爾陰沉地說道：「他渾身上下都是謝爾，至少夠他撐一年的。」他指了指控制臺，「一片空白。」

特格呼吸急促，又疼了起來！儘管淳穆高聲反對，痛感仍然不斷加強。

「我說夠了！」淳穆厲聲喝道。

特格心想：真是誠心誠意。他感覺痛苦消退了，每一根神經都好像痛苦記憶的線頭一樣，被人從身體裡拔了出來。

淳穆說：「我們不能這樣，這個人——」

「他和其他男人一樣。」亞爾說道，「我是不是得在他的陰莖上放一個特殊的探測頭？」

「只要我在這裡，你就試試看！」淳穆說著。

特格感覺女人的真誠險些唬住了自己。痛苦的最後幾根絲線抽出了他的肉體，他感覺自己被吊掛在支撐他的表面上方。似曾相識的感覺依然存在，他的意識有些恍惚，他好像在那裡，又好像不在那裡，好像來過那裡，又好像沒去過那裡。

亞爾說：「我們要是沒完成任務，肯定會讓他們大發雷霆，妳還想那樣灰頭土臉地面對他們嗎？」

淳穆猛地搖了搖頭，她彎下腰來，特格在探測頭之間看到了她的臉：「霸夏，說心裡話，我們實在不想這麼對您。這真的不是我的主意，我覺得這些做法真令人作嘔。只要把該說的說出來，我就讓您舒服一點。」

特格對著她笑了。這個女人很行！他將目光轉向了那個密切留意這邊動向的公務員：「替我轉告你們主人，這個女人有兩下子。」

公務員漲紅了臉，氣得眉頭倒豎：「亞爾，給他開到最大。」他的語速很快，聲調很高，完全聽不出受過訓練的痕跡，與淳穆截然不同。

「萬萬不可！」淳穆說著站了起來，但是她的注意力仍在特格的眼睛上。

貝尼．潔瑟睿德的教員曾經教過特格這一招：「看著對方的眼睛！觀察它們的焦點如何變化。隨著眼睛的焦點移向外界，意識的焦點則移向了內心。」

他故意將視野聚焦在她的鼻子上。這個女人長得不醜，相貌相當出眾。他想知道那一身臃腫的衣服下面是怎樣的一副身材。

「亞爾！」公務員的聲音。

亞爾調了一下控制臺上的物件，然後按下了一個開關。

痛苦湧入特格全身每個角落，他現在才知道剛才的疼痛確實沒有達到上限。然而，此時伴隨著新的疼痛也出現了清晰的神志。他感覺自己現在幾乎可以將痛苦從自己的意識中剝離，這些痛苦完全發生在另外一個人身上。他發現了一座避風港，這裡幾乎沒有任何東西能夠接觸到他。出現了疼痛，甚至劇痛，他接受了有關這些感官刺激的消息。當然，部分原因應該在於謝爾。他心裡明白，也很慶幸。

淳穆的聲音闖了進來：「我覺得他快不行了，關小點吧。」

特格又聽到了一個人的聲音，可是他還沒聽清具體的內容，人聲便漸漸消失了。他突然察覺他的意識找不到錨點，一片寂靜！他覺得好像聽到自己的心臟正在恐懼之中快速跳動，但是又好像沒聽到。四處一片靜寂，全然無聲，後方什麼都沒有。

我還活著嗎？

這時，他感覺到了心跳，但是不確定是不是自己的心跳。撲通撲通！撲通撲通！這是動作的感覺，不是聲音，他不知道這個感覺源自哪裡。

我怎麼了？

視覺中心的黑色背景亮起了刺眼的白字：

「我調回了三分之一。」

「就這樣吧，看看能不能透過他的肢體反應讀到什麼資訊。」

「他能聽到我們說話嗎？」

「不存在有意識的聽覺。」

特格從來不知道一個探測儀在有謝爾的情況下，還可以發揮作用，不過他們管這臺機器叫作T式探測儀，或許與一般探測儀有所不同。肢體的反應可以洩漏心中抑制的想法嗎？他們可以透過物理手段撬出什麼資訊嗎？

特格的視覺中心再一次出現了文字：「他現在還是隔離狀態嗎？」

「完全隔離。」

「要保險一點，再深一點。」

特格想將自己的意識從他的恐懼中剝離。

我必須控制住自己！

身體如果和他自己失去了聯繫，會洩漏什麼資訊？他能想像他們正在幹什麼，他的神志中出現了恐慌，但是肉體並沒有出現恐慌的感覺。

隔離刑訊對象，讓他無法認知自我。

這句話是誰說的？某個人，他再次出現了清晰的既視感。

他提醒自己：我是晶算師，我的神志是我的中心。這個中心可以寄託在他過往的經歷和記憶之上。

痛感再次出現，聲音，非常響！震耳欲聾！

「他又出現了聽覺。」這是亞爾的聲音。

「怎麼可能？」這是公務員的高音。

「可能因為你調得太低了。」淳穆的聲音。

特格想睜開眼睛，但是眼皮完全不聽使喚。這時，他想起他們把這臺儀器叫作T式探測儀，這是回歸之人帶來的東西，不是伊克斯製造的設備。他感覺這臺儀器控制了他的肌肉和感官，就像另一個人進入了這具軀體，一切反應都要以他為先。特格任由這臺機器操控自己的身體，真是一臺恐怖的儀器！它可以讓他眨眼、放屁、大口喘氣、排便、排尿，什麼事情都可以做到。他的思維好像完全不能控制自己的行為，他也變成了置身事外的觀察員。

他突然聞到了一股濃烈的味道，令人作嘔。他沒辦法讓自己皺眉頭，但是他的神志皺起了眉頭，這就夠了。是儀器產生這些氣味，它在玩弄他的感官，學習他的感官。

「現在能讀取他的思維和記憶了嗎？」這是公務員的高音。

「他還是能聽到我們的聲音！」亞爾的聲音。

「晶算師怎麼都這麼難對付！」淳穆的聲音。

「嘀、嗒、哆。」特格發出了聲音，他想起了很久以前的童年，唸出勒尼烏斯冬季晚會上三個傀儡的名字。

「他說話了！」公務員的聲音。

特格感覺那臺機器擋住了他的意識，亞爾正在操作控制臺。不過，特格知道自己憑藉晶算師邏輯發現了至關重要的事：這三個人都只是傀儡。操縱傀儡的人才是重要的目標，透過傀儡的一舉一動，能夠了解傀儡師在做什麼。

探測儀仍在侵犯他的身體，儘管施加了極大的力量，特格感覺自己的意識已經趕上了這臺儀器。它在學習他，但他也在學習它。

他現在明白了，這臺T式探測儀可以複製他的所有感官，然後加以識別並標記，以便亞爾在需要的時候調用。特格的體內存在一條有機的神經反射鏈，這臺機器可以追蹤這些反射的路徑，好像能夠複製出另一個他。謝爾和他的晶算師意識將這些人拒在了記憶的門外，但是其他所有東西都可以複製下來。

他安慰自己：這個東西不會像我這樣思考。

機器無法完全模擬他的神經和肉體，無法擁有特格記憶或特格經驗。它不是女性體內孕育的生命，並未由產道進入這個令人驚奇的宇宙。

特格的部分意識在這裡加了一個記憶標記，告訴自己這個想法反映了甦亡人的一些事情。

鄧肯是從再生箱培養出來的生命。

特格的舌頭此時突然感覺到了酸性物質造成的劇烈疼痛。

又是T式探測儀搞的鬼！

特格任由自己同時在多個意識之中飄蕩，他隨著T式探測儀的運轉，繼續思考關於甦亡人的那個想法，同時聽著嘀、嗒、哆的對話。三個傀儡異常安靜，沒錯，他們正在等待T式探測儀完成任務。

那個甦亡人，鄧肯是細胞拓展的結果，這些細胞由一個男人讓女人受孕而誕生。

機器和甦亡人！

想法：機器無法理解出生的體驗，只能間接了解，必然無法體會重要的個體差異。

就像現在，這個機器便無法理解他的其他體會。

T式探測儀正在反覆製造各種氣味，特格每聞到一種味道，大腦中便會出現一些回憶。他感覺T式探測儀正在高速搜索它需要的資訊，但是他自己的意識置身事外，隨意沉浸在大腦中喚醒的記憶裡。

就在那裡！

那是他灑在左手上的熱蠟，他當時才十四歲，還在貝尼．潔瑟睿德學校上學。他想起了學校和實驗室，好像他現在就在那裡。學校附屬於聖殿。特格知道，能夠進到這裡說明他的身體裡流淌著希歐娜的血液，任何擁有預知力的人都不會發現他在這裡。

他看到了實驗室，聞到了蠟的味道，這種化合物中包含人造酯類以及蜜蜂的自然產物，養蜂人是沒有通過試煉的女修和她們的幫手。他看著蘋果園中辛勤勞作的人和蜜蜂，他將記憶轉向了這個時刻。貝尼．潔瑟睿德社會結構的運作機制非常複雜，只有穿透表象，看到了必需的因素，才能理解其中的奧義。必需的因素包括食物、衣服、溫暖、通訊、學習、禦敵（生存動力的子集）。貝尼．潔瑟睿德的生存與一般意義的生存存在些許差別，她們繁衍並不是為了整個人類，任何牽涉人種的事情都必須受到監視！她們繁衍的目的在於延續她們自己的力量，延續貝尼．潔瑟睿德，她們認為這樣便為人類作出了莫大的貢獻，或許確實如此。對於其他人類而言，繁衍生殖的動機深植女修會的心底。

又一股味道突然襲來。

他聞出了自己衣服上毛料溼潤的氣味，當時龐希亞德戰役剛剛結束，他剛要走進指揮艙裡。這股味道充滿了他的鼻腔，引出艙內儀器的臭氧氣味，以及艙內其他人員的汗味。毛料啊！女修會一直覺得他在這方面有一些古怪，他偏愛天然的質料，拒絕使用俘虜工廠製造的人造質料。

他對於犬椅也是同樣的態度。

不論哪種形式的壓迫，我都不喜歡它的氣味。

這三個傀儡，嘀、嗒、哆，他們知道自己受到了多大的壓迫嗎？

他聽到了晶算師邏輯的譏諷，毛料就不是俘虜工廠的產品了嗎？

這不一樣。

他自己同時提出了反對意見，人造質料幾乎可以永久保存，想想哈肯能球狀無現空間那些零熵筒裡的布料已經存在了多少個年頭。

「但我還是喜歡毛織品和棉製品！」

喜歡就喜歡吧！

「不過我為什麼喜歡這兩種材質的布料？」

這是亞崔迪氏族的偏見，他們遺傳給了你。

特格將那些氣味擱置一旁，全神貫注地感受這臺探測儀的所有動作。他很快發現自己可以預測這個東西，它就像一塊新的肌肉。他一邊伸展著這塊肌肉，一邊繼續查看被引牽而出的記憶，尋找寶貴的資訊。

我坐在勒尼烏斯星上母親的家門外。

特格調動部分意識，看著這個場景：十一歲那年。他正在和貝尼・潔瑟睿德的一個小個子侍祭聊天，她是因為護送重要人物，才來到了這裡。侍祭身形嬌小，頭髮金紅，一張娃娃臉，朝天鼻，眼睛灰綠。重要人物是一位聖母，身穿黑色長袍，相貌十分滄桑，她和特格的母親一同走進了那扇門裡。侍祭名叫卡拉娜，她正在拿這戶人家的小男孩試驗自己剛學會的技能。

卡拉娜還沒說完二十個字，邁爾斯・特格就知道她想從自己的嘴裡撬出點資訊。他的母親剛開始教他偽裝自己的時候，便提過此事。畢竟總會有人希望了解某位聖母的家庭情況，他們會詢問家裡的小男孩，以期獲得有價值的資訊。和聖母有關的資料從來不缺市場。

他母親教導他：「你要判斷對方是什麼樣的人，然後根據情況調整你的反應。」這種辦法絕對糊弄不了一位聖母，但是糊弄侍祭，尤其是這個，則綽綽有餘。

在卡拉娜看來，特格似乎十分靦腆，不願開口。這個侍祭自視甚高，覺得自己頗有幾分魅力。特格等待她動用了幾分功力，假裝受她魅力影響，終於說出了她想要的資訊。然而卡拉娜問到的只是一堆假話，她如果告訴門裡的那位重要人物，至少必然會受到一頓怒斥。

嘀、嗒、哆說話了：「他現在應該可以探測了。」

這是亞爾的聲音，他把特格從過去的記憶中拽了出來。「根據對方的情況調整反應。」特格聽見母親的聲音說道。

傀儡。

傀儡師。

那位公務員說道：「問問模擬結果，他們把甦亡人帶到哪裡去了。」

儀器沉默了一會兒，然後發出了微弱的嗡嗡聲。

「什麼都沒有回答。」亞爾的聲音。

特格能夠聽到他們的聲音，但是非常刺耳、痛苦。探測儀雖然命令他的身體閉上眼睛，但是他硬生生把眼睛睜開了。

「你們看！」亞爾說道。

三雙眼睛轉向了特格，他們的動作十分緩慢。嘀、嗒、哆三個人眨了一下眼睛……然後又眨了一下……兩次眨眼之間至少隔了一分鐘。亞爾的手伸向了控制臺上的某個按鈕，他的手指需要一星期才能摸到目標。

特格摸索著捆在自己手上和手臂上的東西。竟然是普普通通的繩子！他慢條斯理地動著手指，碰到手上的繩結。繩子鬆了，剛開始很慢，而後一下便被掙開了。他開始解擔架上的綁帶，只是簡單的防滑扣，更是小菜一碟。此時，亞爾的手還移動不到四分之一的距離。

眼睛眨了一下……然後又眨了一下……然後又眨了一下……

三雙眼睛露出了些許訝異。

特格摘掉了糾結交錯的探測頭，一個個鉗夾「啪」地從他身上飛了出去。右手拂過探測頭鉗夾的手背緩慢地開始出血，眼前的景象令他非常意外。

晶算師推演：我現在在以非常危險的速度活動。

不過他已經走下了擔架，公務員正在慢慢地將手伸向衣服側面鼓起的口袋。特格一隻手掐斷了他的脖子，這位公務員再也摸不到自己日常隨身的那把雷射手槍了。亞爾的手距離控制臺還有超過三分之二的距離，不過他的眼睛明確出現了驚慌的神色，特格不知道他有沒有看到掐斷自己脖子的那隻手。淳穆的動作稍微快了一點，她的左腳正在踢向特格幾秒之前的位置。還是太慢了！淳穆頭部後仰，露出了脖子，特格一個單手下劈解決了她。

他們落地的速度如此之慢！

特格意識到自己已經汗流浹背，可是他沒有時間顧及這個。

我竟然可以預先知道他們的每一個動作！我這是怎麼了？

晶算師推演：探測儀的劇痛將我的能力提升到了全新的水準。

他突然感到飢腸轆轆，這時才發現自己流失了大量的體力。他無視飢餓的感覺，感覺自己的時間恢復了正常。他聽到了三聲悶響，三個人倒在了地上。

特格檢查了探測儀的控制臺，絕對不是伊克斯的產品，不過控制按鈕和開關相差不多。他讓資料儲存系統短路，刪除了所有資料。

房間的燈怎麼辦？

開關就在門邊，他關了燈，深吸了三口氣，旋風一般衝進了黑夜之中。送他過來的那些人穿著臃腫的衣服，站在冬夜的寒風裡。他們聽到一個古怪的聲音，還沒轉過身來，便被這陣旋風擊倒在地。

特格的時間感覺再次恢復了正常，這次比剛才快了一些。他藉著星光看到一條下山的小道，穿過濃密的灌木叢，在和著雪水的泥地上跌跌撞撞地滑了一會兒，然後發現自己能夠預知前面的地形，方才站穩了腳跟。每一步他都知道該走在哪裡，很快便不知不覺走到了一片開闊的區域，前方可以看到一道山谷。

區域中央的附近可以看到城市輝煌的燈火和一個黑色的立方體建築。他知道這個地方：伊賽，那些傀儡師就在這裡。

我自由了！

36

一處高聳的木頭圍籬上缺了一塊木板，圍籬上便有了一道豎直的狹窄豁口，圍籬裡有個人，每天坐在豁口處，從裡往外看。沙漠裡有一頭野驢，每天都會從這堵圍籬和豁口旁經過——首先是鼻子，接著是頭、前腿、長長的褐色驢背、後腿，最後是尾巴。一天，這個人突然跳起來，眼中閃耀著發現的喜悅，他向身邊的所有人大聲喊道：「事情再明顯不過了！因為有鼻子，所以才有了尾巴！」

——《隱祕智慧故事集》，拉科斯口述史

• • •

自從來到拉科斯以後，歐德雷迪多次想到塔拉札的那幅年代久遠的畫，就掛在她聖殿住所內牆面的顯著位置。每當想起這幅畫，想起畫上的筆觸，歐德雷迪就感覺自己的雙手隱隱發麻。她彷彿聞到了油彩和顏料的氣味。她的情感在畫布上奔湧。歐德雷迪每次從這樣的回憶中抽離，腦海中都會產生新的疑惑：什阿娜是她的畫布嗎？

我們兩人中，手握畫筆的是哪一個？

這天早上又發生了同樣的事情。此時天還沒亮，歐德雷迪正在拉科斯主堡頂層的住所裡，什阿娜也住在這裡。一位侍祭進來，用輕柔的聲音喚醒了歐德雷迪，告訴她塔拉札馬上就要到了。歐德雷迪抬眼看向這位深色頭髮的侍祭，微弱的燈光照在那人的臉上，此時她的腦中立即閃現出關於那幅畫的記憶。

我們兩人，究竟是誰造就了誰？

「讓什阿娜再睡一會兒。」歐德雷迪說完，便讓侍祭離開了。

「您要在大聖母到達前用早飯嗎？」侍祭問道。

「等塔拉札到了再說吧。」

起床後，歐德雷迪迅速梳洗完畢，然後穿上了自己最好的黑色長袍。她大步走向頂層公共休息室東邊的窗戶，順著航空基地的方向往外看去。在那個方向，許多條移動的光線點亮了灰色的天空。她啟動了房間裡所有的燈球，讓外面的景象不再那麼刺眼。燈球耀眼的金色光芒反射在厚實的裝甲合成玻璃上，泛灰的玻璃表面映出了她的臉，從模糊的五官線條能明顯看出疲倦的痕跡。

歐德雷迪心想：我就知道她會來。

就在此時，拉科斯的太陽出現在遠處灰暗的地平線上，彷彿孩子手中橘色的皮球，忽地一下彈入了人們的視線。空氣的溫度瞬間爬升，這就是很多拉科斯觀察員提到過的熱彈跳現象。歐德雷迪轉過頭，這時大廳的門打開了。

塔拉札走了進來，身上的長袍窸窣作響。她身後有人把房門關上了，房內只剩她和歐德雷迪兩人。統御大聖母走向歐德雷迪，頭上戴著黑色的兜帽，露出臉龐。眼前的場景讓人輕鬆不起來。

見歐德雷迪一臉憂慮，塔拉札便故意說道：「好吧，達爾，我們終於以陌生人的身分見面了。」

塔拉札的這番話把歐德雷迪嚇了一跳，她準確地接收到話中的威脅信號後，心中的恐懼就像杯中倒出的水一樣傾瀉而出。自她出生以來，歐德雷迪頭一次準確地捕捉到了自己跨越分界線的那一刻。在她看來，沒有多少聖母會察覺這條線的存在。跨過分界線的時候，她意識到自己一直知道它的存在：走過去，她就能進入虛空之境，自由自在地飄蕩。她不再脆弱了，她們可以殺了她，但她絕不認輸。

「所以，不再有達爾和塔爾了。」歐德雷迪說。

塔拉札聽出了歐德雷迪語調中不羈的意味，認為這是她自信的表現。「也許一直都沒有達爾和塔爾。」她冷冰冰地說，「我看得出來，妳覺得自己聰明極了。」

歐德雷迪心想：戰鼓打響了，但我可不會站著不動，等著她來攻擊我。

歐德雷迪說：「除了跟忒萊素結盟，沒有其他的選擇，尤其在我意識到妳真正為我們謀求的事物是什麼之後。」

塔拉札突然感覺很疲憊。雖然在來拉科斯的路上，無現星艦經過了好幾次空間躍遷，但這一路仍然很漫長。當人經過扭曲空間，離開熟悉的環境時，身體總能感覺到這種變化。她找了張柔軟的沙發坐下，無比舒適的感覺讓她嘆了口氣。

歐德雷迪看出大聖母的疲態，立刻同情起她來。忽然間，她們變成了兩位處境相同的聖母。

塔拉札明顯意識到了這一點。她拍拍身旁的坐墊，等著歐德雷迪坐過來。

「我們必須保全女修會。」塔拉札說，「這是唯一重要的事情。」

「這是當然。」

塔拉札注視著歐德雷迪，仔細打量面前這副熟悉的面容。沒錯，歐德雷迪也很疲憊。「妳在這裡待一陣子了，親自接觸了這裡的人和各種問題。」塔拉札說，「我想要……不，達爾，我『需要』妳的看法。」

「忒萊素人裝作全力配合。」歐德雷迪說，「但他們表現得遮遮掩掩的，我已經開始思考一些讓人不太愉快的問題了。」

「什麼問題？」

「如果再生箱不是……真正的箱子呢？」

「為什麼這麼說？」

「瓦夫現在的表現，就好像那些極力隱瞞家中情況的人，不想讓別人知道家裡還有個畸形的孩子或者神經病的叔叔。我向妳發誓，每當我們開始談到再生箱時，他都會表現得非常窘迫。」

「但他們可能會用什麼來……」

「代孕母親。」

「但這樣他們就得……」這個問題打開了太多種可能性，塔拉札深受震驚，陷入了沉默。

「有人見過女性忒萊素人嗎？」歐德雷迪問道。

塔拉札的腦子裡滿是反駁的想法，說道：「可是如果這樣的話，他們是怎麼做到如此精準的化學控制，怎麼控制變數……」她掀開兜帽，搖搖頭讓頭髮散落下來，「妳說得對，我們應該懷疑所有可疑的地方。可是，這件事……太荒謬了。」

「關於我們的甦亡人，瓦夫還是沒有把全部事情告訴我們。」

「他說了什麼？」

「就是我之前報告過的那些：他們在初始的鄧肯．艾德侯基礎上進行了變化，新的甦亡人滿足我們對於普拉那－並度的所有要求。」

「這解釋不了他們為什麼要殺害，或者說密謀殺害我們之前買下的甦亡人。」

「他以偉大信念的名義起誓，他們這麼做只是出於羞愧，因為之前的十一個甦亡人並不能滿足期望。」

「他們是怎麼知道的？難道他們安插了臥底在……」

「他發誓沒有，我逼他解釋這件事，他說，如果製作出來的甦亡人滿足所有期望，必然會在我們中間引發外界察覺得到的動盪。」

「外界察覺得到的動盪？他什麼……」

「他不願說。他說他們已經履行了約定的義務，他每次都用這個搪塞我們。塔爾，甦亡人在哪裡？」

「什麼……噢，他在伽穆。」

「我聽說……」

「局勢全在伯茲馬利的掌握之下。」塔拉札說罷雙唇緊閉，希望真如自己所說的那樣。從最新的報告來看，情況不是很樂觀。

「很明顯，妳在跟她們爭論是不是要殺了甦亡人。」歐德雷迪說。

「不只是甦亡人的問題！」

歐德雷迪微微一笑：「看來貝隆達是真的想把我永遠除掉了。」

「妳怎麼……」

「在某些情況下，友情是很有價值的資產，塔爾。」

「妳踏入了一個非常危險的境地，歐德雷迪聖母。」

「但我沒有做錯，塔拉札聖母。關於瓦夫說的那些尊母的事，我仔細思索了很久。」

「跟我講講。」塔拉札的聲音透出無比的堅定。

「有一件事是毫無疑問的。」歐德雷迪說，「在性技巧上，她們已經超過了我們的銘者。」

「蕩婦！」

「沒錯，無論是對他人還是對自身，她們所用的技巧都會造成毀滅性的影響。這些人已經被手中的力量蒙蔽了雙眼。」

「妳思考的只有這些問題嗎？」

「塔爾，我想知道，她們為什麼要毀掉伽穆主堡？」

「她們明顯是衝著甦亡人來的，她們想要抓住或者殺了他。」

「為什麼這件事對她們那麼重要？」

「妳想說什麼？」塔拉札厲聲問道。

「這些蕩婦採取這些行動，有沒有可能是因為她們從忒萊素人那裡獲得的資訊？塔爾，如果忒萊素人在甦亡人身上動的手腳，是為了讓他成為男版的尊母呢？」

塔拉札手捂住嘴，隨即發現這個動作洩漏了很多資訊，便馬上把手放了下去。已經太遲了。不過不要緊，現在談話的人還只是兩位聖母。

歐德雷迪說：「而且我們已經把盧西拉派到了甦亡人身邊，要把他變得無法抵擋多數女人的魅力。」

「忒萊素人跟這些蕩婦打交道多久了？」塔拉札問道。

歐德雷迪聳聳肩，說道：「不如問這個問題：他們跟大離散回來的忒萊素人打交道多久了？只要他們之間互通有無，就會洩漏很多資訊。」

「妳的推演很精彩。」塔拉札說，「妳覺得可能性有多大？」

「妳跟我知道的一樣多，這可以解釋很多事情。」

塔拉札苦澀地說道：「妳現在怎麼看待和忒萊素人結盟一事？」

「必要性更勝以往。我們必須了解內部資訊，我們必須具備影響競爭對手的能力。」

「可憎的妖邪！」塔拉札厲聲喝道。

「什麼？」

「這個甦亡人就是一個人形的記錄設備，他們把他安插在我們內部，如果忒萊素人得到了他，就會了解很多我們的事情。」

「那種手段未免太拙劣了。」

「這便是他們的本性！」

「我承認，目前我們的情況可能還會產生其他後果。」歐德雷迪說，「但是根據現有的分析，能確定的只有一件事：在仔細檢查過那個甦亡人之前，我們不敢殺了他。」

「那可能就太遲了！該死的同盟，達爾！妳把我們的把柄交到了他們手上……也握住了他們的把柄——雙方都不敢輕易放手。」

「這難道不是一個完美的同盟嗎？」

塔拉札嘆了口氣：「我們最晚什麼時候得把育種紀錄給他們？」

「拖不了多久了，瓦夫一直在催。」

「那麼，我們能看到他們的再生……箱嗎？」

「當然，我在拿這個跟他們談條件，他很不情願地答應了。」

「雙方都想要更多的收穫。」塔拉札低吼道。

歐德雷迪一副無辜的語調說道：「就像我剛才說的那樣，這是個完美的同盟。」

「該死，該死，真該死。」塔拉札喃喃道，「特格已經喚醒了甦亡人的初始記憶！」

「可盧西拉有沒有……」

「我不知道！」塔拉札表情冷峻地轉向歐德雷迪，開始複述伽穆最近的幾次報告：她們找到了特格一行人，得到關於三人的簡要報告，但盧西拉沒有回傳任何訊息。女修會計畫把他們從伽穆救出來。

塔拉札聽著自己說出的話，心中產生了不安的感覺。這個甦亡人到底是個什麼樣的人？她們早就知道，鄧肯．艾德侯的甦亡人與普通甦亡人不同。但如今，隨著他的神經和肌肉能力得到加強，再加上忒萊素人在他身上做的手腳，女修會如今的處境，就好像手上拿著一根燃燒的木棍一樣——全靠這根木棍拯救自己，但火焰向下蔓延的速度超乎想像。

歐德雷迪沉思著說道：「妳有沒有想像過，甦亡人在新的肉體裡恢復記憶時的感覺？」

「什麼？什麼意思……」

「意識到自己的肉體是從死人的細胞裡長出來的。」歐德雷迪說，「他還記得自己是怎麼死的。」

「艾德侯的甦亡人跟普通人不一樣。」塔拉札說。

「忒萊素尊主的甦亡人也跟普通人不一樣。」

「妳想說什麼？」

歐德雷迪揉了揉額頭，花了點時間整理思路。眼前的這個人拒絕任何溫情，憤怒是影響她行為的關鍵因素，對於這樣的人，很難解釋清楚這件事情。塔拉札沒有……沒有同理心。如果不當成邏輯練習，她無法體會其他人的感覺和想法。

「甦亡人被喚醒時，必定禁受了極大的震撼。」歐德雷迪放下手，說道，「只有精神足夠堅韌，具有強大恢復能力的甦亡人才能存活下來。」

「我們假設那些忒萊素尊主比表面上更加強大。」

「那鄧肯．艾德侯呢？」

「當然。否則暴君也不會一直從忒萊素人手中買他的甦亡人。」

歐德雷迪發現這個結論並沒有意義。她說：「眾所周知，艾德侯甦亡人對亞崔迪氏族一向忠誠，而我又是亞崔迪的後代。」

「妳覺得，這個甦亡人會在忠誠心的驅使下緊緊追隨妳？」

「尤其是在盧西拉——」

「那樣太危險了！」

歐德雷迪靠向沙發的一角。塔拉札不做沒有把握的事情，這個系列的甦亡人就像美藍極一樣，在不同的環境下會呈現出不一樣的味道。她們怎麼可能對這個甦亡人有把握呢？

「忒萊素人在操弄創造出奎薩茲·哈德拉赫的那種力量。」塔拉札喃喃道。

「妳覺得這就是他們想要育種紀錄的原因？」

「我不知道！該死的，達爾！現在妳明白自己做了什麼了嗎？」

「我覺得當時沒有其他選擇。」歐德雷迪說。

塔拉札露出了冷笑。歐德雷迪的表現仍然無可挑剔，但是她需要認清自己的位置。

「妳覺得我也會這麼做嗎？」塔拉札問道。

歐德雷迪心想：她還是不明白我身上發生了什麼。塔拉札希望順從的達爾獨立行事，但她的獨立行動驚動了最高議會。塔拉札並不願意自己親手處理歐德雷迪。

「慣例。」歐德雷迪說道。

塔拉札聽見這句話，感覺自己臉上挨了一耳光。要不是憑藉貝尼·潔瑟睿德苦練出的忍耐能力，她就已經對歐德雷迪動手了。

慣例！

不知有多少次，塔拉札當眾因為這東西大發雷霆，她謹慎壓制的怒火，總會因為它的撩撥而燃起。歐德雷迪經常聽說這樣的事。

歐德雷迪引述統御大聖母的話，說道：「固定不變的習慣非常危險，敵人會從中找出規律，然後用它來對付你。」

塔拉札費了很大的氣力，說道：「沒錯，這是弱點。」

「敵人覺得自己對我們的手段瞭若指掌。」歐德雷迪說道，「就連妳也覺得，妳知道行動的界線，而且認為我會採取的行動都在這界線內，大聖母。我就像貝隆達，在她開口之前，妳就知道她要說什麼。」

「沒把妳的權力提升到我之上，我們做錯了嗎？」出於對女修會的赤誠忠心，塔拉札問出了這句話。

「不是這樣的，大聖母。我們選擇的這條路，需要謹慎對待，不過我們兩人都知道接下來應該怎麼走。」

「瓦夫現在在哪裡？」塔拉札問道。

「還在睡，有人守著他。」

「傳什阿娜。要不要中止計畫的這個部分，我們必須作個決定。」

「然後接受懲罰？」

「沒錯，達爾。」

什阿娜睡眼惺忪，揉著眼睛走進了公共休息室，不過她顯然已經洗過臉，還換了一身乾淨的白色長袍，她的頭髮還有些溼潤。

塔拉札和歐德雷迪就在東窗旁，背光站著。

「大聖母，這就是什阿娜。」歐德雷迪說道。

什阿娜背後突然一僵，完全清醒過來。她聽說過塔拉札，這個強大的女人執掌整個女修會，她住在一個叫作聖殿的遙遠星球上。兩位聖母身後的窗外，陽光正明媚，打在什阿娜的臉上，照得她睜不開眼。耀眼的陽光下，什阿娜只能隱約看見兩人部分的臉，輪廓也十分模糊。

為了這次會面，侍祭教員已經告誡過她：「在大聖母面前，要立正站好，說話時態度要恭敬。她跟妳說話時才能回話。」

什阿娜按照教員說的，挺直身子站立。

「有人跟我說，妳可以成為我們中的一員。」塔拉札說道。

這句話對女孩產生的效果，兩位聖母都看在眼裡。如今，什阿娜對聖母的本領有了更加深刻的理解。真相的光束完全聚集在她的身上，她開始逐漸體會女修會巨大的知識寶庫，這是貝尼·潔瑟睿德數千年來不懈累積的成果。她已經學到了選擇性記憶傳輸、他者記憶的運作模式和香料之痛。而此時站在她面前的，是所有聖母中最強大的一位，沒有什麼能夠逃得過她的眼睛。

什阿娜沒有作聲，塔拉札繼續說道：「小女孩，妳沒有話要跟我說嗎？」

「大聖母，還有什麼可以說的嗎？您都已經說完了。」

塔拉札細緻敏銳地瞥了一眼歐德雷迪：「達爾，妳還給我準備了其他驚喜嗎？」

「我跟妳說了，她有些高傲。」歐德雷迪說道。

塔拉札的注意力回到什阿娜身上：「小女孩，妳為那句評語感到驕傲嗎？」

「大聖母，我感到害怕。」

什阿娜繼續盡可能保持面無表情，她感到自己的呼吸稍微輕鬆一些了。她提醒自己：只說心裡最真切的感想。老師的警告如今有了更加深刻的含意。她的目光不再聚焦，雙眼盯著兩位聖母前面的地板，避開最猛烈的陽光。她的心跳依然很快，而且她知道兩位聖母能察覺到，歐德雷迪已經多次施展過這個本領。

「好吧，妳感到害怕很正常。」塔拉札說道。

歐德雷迪問：「什阿娜，妳知道大聖母剛才跟妳說了什麼嗎？」

「大聖母想知道我是否做好了準備，決心為女修會效力。」什阿娜說道。

歐德雷迪看向塔拉札，聳了聳肩。關於這個問題，兩人已經不需要繼續討論了。在像女修會這樣的大家庭裡面，成員之間憑藉對彼此的了解，這樣的溝通便已足夠，無須多說。

塔拉札一言不發，繼續研究什阿娜。什阿娜在大聖母的凝視下倍感煎熬，她知道自己必須保持安靜，默默忍受這番折磨人的審視。

歐德雷迪壓制下自己的同情心。在很多方面，什阿娜都像是年少版的自己，她的才智就像一個氣球，以知識填充時，才智會向各個方向擴張。歐德雷迪想起當年自己的老師對此羨慕不已，同時也十分警惕，正如塔拉札如今對什阿娜的警惕一樣。在比什阿娜還小時，歐德雷迪就意識到了這種警惕的情緒，因此她知道什阿娜也同樣會察覺。才智必然有它的用武之地。

「嗯。」塔拉札說道。

歐德雷迪聽見統御大聖母內省時發出的嗡嗡聲，這是意識並流的一部分。歐德雷迪陷入了回憶中。她熬夜學習時，帶食物給她的女修總會逗留不去，用一種特別的方式觀察她，就像什阿娜如今接受的各種觀察和監控一樣。年紀尚幼時起，她就意識到自己處在各種特殊的觀察之下。這便是貝尼·

潔瑟睿德誘導學員的一種方式，被觀察的人也會想掌握這種玄祕的本領。什阿娜肯定也會有這種想法，這是每一位學員的夢想。

我也有可能做到！

塔拉札終於開口，說道：「小女孩，妳想從我們這裡得到什麼？」

「回大聖母，您在我這麼大的時候想要什麼，我就想要什麼。」

歐德雷迪暗暗一笑，什阿娜的獨立意識缺乏管束，已經發展到近似傲慢的程度，塔拉札必然也意識到了這一點。

「對於生命的饋贈，妳認為這種態度合適嗎？」塔拉札問道。

「回大聖母，我只知道這一種態度。」

「我欣賞妳的直率，不過我在這裡提醒妳，凡事要謹慎些。」塔拉札說道。

「是，大聖母。」

「妳已經欠我們不少東西，將來妳還會從我們這裡獲得更多東西。」塔拉札說，「妳要記住一點，收下我們的禮物，就要做好付出相應代價的準備。」

歐德雷迪心想：關於她將付出的代價，什阿娜一點概念都沒有。

貝尼·潔瑟睿德會時時提醒新成員，她們需要為女修會的饋贈付出代價，不能用愛回報，因為愛是一種危險的東西。什阿娜已經開始領悟到這一點了。生命的饋贈？歐德雷迪的身體不由得顫抖起來，她清了清嗓子作為掩飾。

我還活著嗎？也許當她們把我從西比亞媽媽身邊帶走的時候，我就已經死了。在那間房子裡生活的時候我還是活著的，但在聖母把我帶走以後呢？

塔拉札說：「什阿娜，現在妳可以走了。」

什阿娜原地向後轉，離開了房間。歐德雷迪發現那張年輕的臉上露出了不自然的笑。什阿娜知道，自己已經通過了統御大聖母的考驗。

什阿娜關上房門後，塔拉札說：「妳提過她天生擁有魅音的技能，當然，我聽出來了，非常出色。」

「她控制得很好。」歐德雷迪說，「她已經吸取教訓了，知道不能用在我們身上。」

「達爾，妳怎麼看這個孩子？」

「也許有一天，她會成為一位能力非凡的大聖母。」

「會發展到我們無法掌控的地步嗎？」

「我們得耐心等等看。」

「妳覺得她有能力為我們取人性命嗎？」

歐德雷迪明顯受到了震撼，問道：「現在？」

「當然是現在。」

「那個甦亡人？」

「特格下不了手的。」塔拉札說，「我懷疑盧西拉也做不到。根據她們的報告，這個甦亡人具備一種很強的能力，能夠與人建立……緊密的情感聯繫。」

「甚至對我也是嗎？」

「連施萬虞也並非完全無感。」

「為了完成崇高事業，還需要做這樣的事嗎？」歐德雷迪問，「暴君的警告難道沒有——」

「他？他自己就殺過好多人！」

「而且為此付出了代價。」

「達爾，有取必有捨。」

「其中還包括奪取他人的性命？」

「達爾，為了讓女修會延續下去，統御大聖母可以作出任何決定，隨時記住這一點。」

「那就這樣吧。」歐德雷迪說，「取己所需，然後付出相應的代價。」

這樣的回答合情合理，但歐德雷迪說完後，卻感覺內心那股新的力量更加強大了，她進入了一個全新的宇宙，能夠以自己的方式自由地回應。這股強韌的力量從何而來？出自貝尼．潔瑟睿德殘忍的訓練課程，出自亞崔迪的血統，或是因為她決定以後只聽從自己的決定，不再跟隨其他道德規範的指引？她當然知道事情絕非如此。如今她內心的寧靜狀態必然不是純粹的道德作用的結果，她也沒有在強裝鎮定。它們起不了這麼大的作用。

「妳跟妳的父親很像。」塔拉札說，「一般情況下，人類的勇氣更多來自母親，但對妳來說，我覺得父親占的比重更大些。」

「邁爾斯．特格英勇過人，令人尊敬，不過我覺得妳把事情想得太簡單了。」歐德雷迪說道。

「也許是這樣吧。但是從我們還是學生時起，我在每件事情上對妳的判斷都是正確的。」

她一直都知道！歐德雷迪心想。

「不需要明說了。」她說。她心中暗想：我的出身、女修會的訓練和外部條件的打磨造就了現在的我……*不論是達爾還是塔爾*，我們兩人都是如此。

「影響因素是亞崔迪血統帶有的某種特質，雖然我們還沒做出完整的分析結果。」塔拉札說。

「不是基因意外？」

「我有時會想，從暴君的年代起，我們有沒有遭遇過真正的意外。」塔拉札說道。

「那個時候，他在城堡裡就能跨越千年的距離，直接預料到現在發生的事嗎？」

「妳要把根源回溯到多久以前？」塔拉札問道。

歐德雷迪說：「大聖母命令育種女修：『這個人跟那個人交配過了嗎？』這種情況下，到底會發生什麼事？」

塔拉札露出了冷笑。

歐德雷迪突然意識到一件事，整個人像被掀到波浪頂峰一樣，到達了全新疆域。塔拉札想讓我反抗她！她想讓我成為她的對手！

「妳現在要見瓦夫嗎？」歐德雷迪問道。

「首先，我想聽聽妳對他的評價。」

「他把我們當成了工具，想要借助我們實現『忒萊素人的崛起』。對忒萊素人來說，我們就是神主給他們的禮物。」

「他們為這一刻已經等待了很長時間。」塔拉札說，「他們小心翼翼地掩飾，一直堅持了這麼多年！」

「他們對時間的看法跟我們一樣。」歐德雷迪贊同道，「他們最終能相信我們也是偉大信念的擁護者，這是原因之一。」

「可是為什麼手法這麼拙劣？」塔拉札說道，「他們並不傻。」

「為了分散我們的注意力，不讓我們發現他們製作甦亡人的真正目的。」歐德雷迪說，「誰會相信傻子做得出這種事情來呢？」

「那他們造出了什麼？」塔拉札問道，「只有邪惡愚蠢的『形象』嗎？」

「人若用夠傻的方式行為處事，只要持續的時間夠久，最終就會變成傻子。」歐德雷迪說，「不斷增進幻臉人的模仿技能，然後……」

「不論發生了什麼，我們都必須懲罰他們。」塔拉札說，「這一點我非常確定。帶他來見我。」

歐德雷迪令人將瓦夫帶來，兩人在等待的空檔，塔拉札說：「在他們逃出伽穆主堡之前，我們對甦亡人的訓練順序就已經被打亂了。他在教師上課之前，就能準確領悟到事物的隱含意義，而且速度快得驚人。不知道他現在變成了什麼模樣。」

37

歷史學家擁有巨大的權力，他們有些人明白這個道理。史學家可以重塑過去，以便迎合他們的解讀。這樣一來，他們便也改變了未來。

——雷托二世，本人聲音，藏於達艾斯巴拉特

・・・

嚮導趕路的速度很快，鄧肯跟得非常辛苦。嚮導雖然看起來年事已高，腳步卻和瞪羚一樣靈活，似乎永遠都不會疲憊。

天亮了起來，幾分鐘之前，他們剛剛摘下夜視鏡，鄧肯早就巴不得摘下這副眼鏡了。夜晚的時候，星光透過重重枝杈，昏暗地灑了下來，眼鏡視野範圍之外的區域漆黑一片，彷彿世界只存在於眼前一般。兩側的視野不斷搖擺晃動，一會兒是一團黃色的灌木叢，一會兒是兩根蒼白的樹幹，一會兒又是一面石牆，中間一扇合成鋼大門，帶有一層閃光的藍色防火罩，一會兒又是一座天然的石拱橋，腳下全是綠色和黑色。然後，他們看到一道打磨光滑的白色石拱門，整個結構似乎非常古老、奢華，必定是手工保養的。

鄧肯不知道他們到了哪裡，這裡的地形完全沒有喚起他在羯地主星的任何記憶。

鄧肯藉著曙光看見兩側的樹木，樹枝在他們頭頂交會，他們正在沿著一條獸徑爬山。路愈來愈陡，

鄧肯向左側樹叢投去幾瞥，看到後面是一條山谷。空中瀰漫著薄霧，包圍了這兩個登山者，遮掩了他們前方的視野。他們與宏大的宇宙失去了聯繫，眼前的世界愈來愈小。

他們稍微停了一會兒，不過不是歇息，而是為了探聽周圍的森林。鄧肯趁著這個空檔打量了一下霧氣繚繞的環境，他感覺自己來到了另一個宇宙，這裡沒有天空，狹隘閉塞，與世隔絕。

他的偽裝手段非常簡單，一身忒萊素人的防寒衣服，兩塊腮托讓他的臉圓了不少，頭上戴了一頂深色毛帽。黑色的鬈髮用了某種化學試劑，加熱之後變成了直髮，還漂成了沙子一樣的金色，陰毛也已經全部剃除。他們拿給他一面鏡子，他完全沒有認出鏡子中的人。

一個骯髒的忒萊素人！

整個造型由一位老婦人設計，她的灰綠色眼睛炯炯有神，她說：「你現在是忒萊素的尊主了，名字叫沃斯。一位嚮導會帶你過去，碰見陌生人的時候，你就把他當作幻臉人，其他的場合，就聽他指揮。」

他們帶他從一條蜿蜒曲折的通道走出洞穴，通道的牆壁和頂部厚密地生長著麝香味道的綠藻。他們將他推出通道，來到點點星光下漆黑的寒夜，也推進了一個男人的手裡，他沒有看到對方的模樣，只看到一個衣著臃腫的身影。

鄧肯聽到身後有人低聲說道：「安比敦，把他交給你了，一定要把他送過去。」

嚮導的口音帶有許多喉音：「跟我走。」他在鄧肯的腰帶上掛了一根牽引繩，調整好夜視鏡，然後轉過身去。鄧肯感覺牽引繩拉了他一下，然後他們便上路了。

鄧肯知道這根繩子的用途，並不是為了防止他跟丟，他戴著夜視鏡就能清晰地看到安比敦。繩子是為了在危急之時迅速把他拉倒，這樣可以省去指揮的時間。

他們夜間在一片平原上走了很久，來來回回穿過若干條尚未完全融化的狹窄水道，偶爾才能透過上空的枝葉看到伽穆幾顆初升的衛星灑下的光輝。他們最終爬上一座小山的山頂，眼前是一片灌木叢遍布的荒原，衛星的光亮之下，可以看到一片銀白的土地。他們走下山丘，進入灌木叢。灌木大約有嚮導兩個人那麼高，在他們頭頂交織。腳下是動物走出來的泥濘小路，不比他們啟程走的那條通道寬多少。這裡暖和一些，熱量來自糞堆。幾乎沒有光線穿透上方的灌木，地面上鬆軟地鋪滿了腐爛的草木，鄧肯聞到植物腐敗產生的真菌氣味。他在夜視鏡裡看到兩側始終都是沒完沒了的厚密植被，所有草木似乎別無二致。在這個陌生的世界裡，那根繩子似乎是他和安比敦之間唯一的維繫。

安比敦不喜歡說話，鄧肯問他是不是叫「安比敦」，他就說了聲「是」，然後說：「不要說話。」

鄧肯整晚內心都不平靜，他不喜歡獨自思考，喜歡有人交流。羯地主星的記憶久久未能消散，可是在他成為甦亡人之前，他並不記得小時候見過這樣的地方。每一條獸徑看起來都相差無幾，他不知道安比敦怎麼知道這裡的路，也不知道他為什麼能夠記住路線。

鄧肯跟著安比敦平穩地慢跑，他的大腦有了漫遊的時間。

我必須讓女修會利用我嗎？我欠了她們什麼東西？

他想到了特格，這位勇士為了替他們爭取逃跑的時間，英勇地擋在敵人面前。

我也曾經為保羅和潔西嘉做過同樣的事。

這件事情將他和特格聯繫在一起，也令他悲痛不已。特格是女修會忠誠的成員，他最後的壯舉難道是為了收買我的忠心？

該死的亞崔迪氏族！

趕了一夜的路之後，鄧肯更加熟悉這具新的身體了。這具肉體真是年輕！回憶稍一晃動，他便能看到生前的最後一段記憶。他感覺到薩督卡的大劍劈開了自己的頭顱，看到劇痛眩目地炸裂，然後是一片光亮。他知道自己當時的死狀，然後……然後便是他在哈肯能球狀無現空間內看到特格的那個瞬間。

獲得了新的生命，他應該慶幸還是悲哀？亞崔迪氏族希望他再作一次貢獻。

天將亮起的時分，安比敦帶著他，蹚著雪水和稀泥，在一條小溪旁邊跑了一陣子。溪水冰冷刺骨，寒意穿透了忒萊素人防水保溫的長靴。伽穆拂曉之前的衛星此時落到了他們前方，水面倒映著灌木叢間斑駁的白色天空。

天色剛剛亮起，他們便走進了這條樹木夾道的寬闊獸徑，爬上這座陡峭的山丘。獸徑的出口是一條亂石嶙峋的狹窄山梁，山梁上方有參差不齊的巨石。安比敦帶他繞到一片枯死的棕色灌木後面，灌木叢上面零星落了一些隨風而來的散雪。他從鄧肯的腰帶上取下牽引繩。他們正前方是一道石頭緩坡，雖然算不上洞穴，但是鄧肯知道只要沒有大風從灌木叢那邊吹過來，這個地方就能提供一些保護，地上一點雪都沒有。

安比敦走到緩坡後方，小心謹慎地掀開一塊凍土和幾塊扁平的岩石，露出一個小坑。他從坑裡拿出一個黑色的圓盤，然後忙碌了起來。

鄧肯蹲在山坡下面，打量著他的嚮導。安比敦面部凹陷，皮膚像深棕色的皮革一樣。沒錯，幻臉人的臉部特徵就是這樣。他雙眼呈棕色，嘴唇扁薄，額頭寬大，鼻梁扁平，下巴狹窄，歲月的褶皺爬滿了他的臉——眼角、嘴角、前額、鼻側和淺淺的顎裂，到處都是。

安比敦面前的黑色圓盤飄出了可口的香味。

安比敦說：「我們在這裡吃點東西，然後等一下就繼續趕路。」

他說的是古凱拉赫語，可是鄧肯從來沒有聽過這種帶有喉音的口音，他不知道他的重音為什麼放在雙母音上。安比敦是散失之人，還是伽穆土著？摩阿迪巴統治沙丘的時代結束之後，顯然出現了許多語言流變。鄧肯覺得伽穆主堡所有人，包括特格和盧西拉，他們說的凱拉赫語都與他生前童年所學的語言有所不同。

鄧肯說：「安比敦，這是個伽穆人的名字嗎？」

嚮導說：「你要叫我敦薩。」

「這是綽號嗎？」

「你這麼叫我就行了，不要管那麼多。」

「夜裡那些人為什麼叫你安比敦？」

「我告訴他們我叫安比敦。」

「可是你為什麼……」

「你在哈肯能氏族的統治下活了那麼多年，還不明白隱姓埋名的道理嗎？」

鄧肯陷入了沉默，真的是這樣嗎？又是一層偽裝，安比……敦薩沒有改變自己的模樣。敦薩，這是忒萊素人的名字嗎？

嚮導遞過來一杯熱氣騰騰的東西，說道：「沃斯，喝了這個，你就恢復體力了。一口喝完，喝完就不會冷了。」

鄧肯兩隻手捧住了那杯飲品。沃斯，沃斯和敦薩，忒萊素尊主和他的幻臉人同伴。

鄧肯向著敦薩舉起他的杯子，就像亞崔迪氏族古代的士兵那樣，然後將杯子放到嘴邊。真燙！可是喝下去之後，這杯飲品卻驅散了他體內的寒意。他嘗出了某種蔬菜濃厚的味道，還略帶一點甜味。

他學著敦薩的樣子，吹了一下，然後一飲而盡。

鄧肯心想：我竟然沒有懷疑這裡面有沒有下了毒或者什麼藥。這個敦薩和昨天晚上的那些人讓他想到了老霸夏，正因為如此，他才不由自主地做出戰友之間才會有的動作。

「你為什麼要冒這麼大的生命危險？」鄧肯問道。

「你認識霸夏，還需要問這樣的問題？」

鄧肯啞口無言。

敦薩伸出手，拿走鄧肯的杯子。很快，早飯的所有證據都藏到了那幾塊石頭和凍土下面。從這頓飯來看，鄧肯覺得整個行動一定經過了縝密的規劃。他轉過身來，蹲在冰冷的地上。灌叢後面還是霧濛濛一片，空無一物的枝椏將視野切成了稀奇古怪的形狀。他看著薄霧漸漸消散，顯現出山谷另一端一座城市朦朧的輪廓。

敦薩蹲在他旁邊，說道：「這座城市非常古老，那是哈肯能氏族的地盤，你看。」他遞給鄧肯一支小型單筒望遠鏡，「我們今天晚上要去這裡。」

鄧肯將望遠鏡舉到左眼前，試圖讓油鏡聚焦。望遠鏡上的按鈕非常陌生，他生前年輕的時候未曾用過這樣的望遠鏡，在主堡裡也沒有用過。他把望遠鏡放在手裡，仔細地研究一番。

「伊克斯人的產品？」他問道。

「不是，我們製造的。」敦薩伸出一隻手，指了指黑色鏡筒上面兩個凸起的小按鈕，「慢，快，往左按是拉遠，往右是推進。」

鄧肯再度舉起望遠鏡。

誰製造了這個東西？「我們」是誰？

他碰了一下「快」按鈕，景象立刻躍入他的視野。城市裡有許多小點在移動，是人！他增加了放大倍數，那些人變成了小小的人偶。鄧肯看到這些人與城市的相對比例，意識到山谷那邊的城市非常宏大……而且距離他們並沒有他想像的那麼近。城市的中心，一座獨立的立方體高聳入雲，碩大無朋。

鄧肯認出了這個地方，雖然周圍的環境已與當年不同，但是城市中心的那座建築深深刻在他的記憶之中。

我們有多少人走進那個黑色的地獄之後再也沒有出來？

敦薩看到了鄧肯的目標，說道：「九百五十層，四十五公里長，三十公里寬。從上到下、裡裡外外全都是合成鋼和裝甲合成玻璃。」

「我知道。」鄧肯放下望遠鏡，交還給敦薩，「那裡以前叫作『男爵封地』。」

敦薩說：「伊賽。」

「這是現在的名字。」鄧肯說道，「那裡還有幾個其他的名字。」

鄧肯做了一個深呼吸，放下舊日仇恨。那些人全都已經死了，只剩下那座建築，還有那些回憶。他掃視大廈周圍的環境，整座城市擁擠不堪，好像一個巨大的兔子洞一樣。城市隨處可見綠意，每一處都圍起了高牆。那是獨立的宅邸，配有私家園林，特格提過這些地方。靠著這個單筒望遠鏡，鄧肯看到高牆上面走動的護衛。

敦薩向著面前的地上啐了一口唾沫：「那是哈肯能氏族的地盤。」

鄧肯說：「他們建造這種地方，就是為了讓人們覺得自己渺小。」

敦薩點了點頭：「渺小，無足輕重。」

鄧肯覺得這位嚮導現在倒變得口若懸河了。

夜裡鄧肯曾經幾次不顧敦薩的命令，試圖與他交談。

「這條路是什麼動物走出來的？」

那條路顯然是一條獸徑，還散發著野獸的味道，走在這條路上，問出這樣的問題似乎並不奇怪。

「不要說話！」敦薩只回了這一句。

後來，鄧肯問他們為什麼不能駕駛交通工具逃跑。每一條路感覺都十分辛苦，即便只是地行車，也要比在荒野中徒步跋涉輕鬆許多。

敦薩停在一片月光之中，定定地看著鄧肯，好像覺得他的同伴突然喪失了理智一樣。

「交通工具會被跟蹤！」

「徒步就沒人能跟蹤了嗎？」

「我們徒步的話，他們也必須徒步。那樣的話，他們就會死在這裡。他們心裡明白。」

這個地方可真是奇怪！這個地方可真是原始。

鄧肯待在貝尼．潔瑟睿德的主堡裡時，並沒有發現自己所處的星球是這副模樣。後來，他進了球狀無現空間，也未能接觸外面的世界。他擁有生前的記憶和甦亡人的記憶，可是這些記憶並不足以令他了解現在的這顆星球。他仔細思考了一番，發現之前其實接觸到了一些線索。伽穆顯然只具備基本的氣象管控實力，而且特格說許多監控飛船圍繞這顆星球飛行，防止其遭遇襲擊，那些飛船的作戰能力數一數二。

一切都是為了防護，全然不顧冷暖舒適！這方面和厄拉科斯差不多。

拉科斯，他糾正了自己的話。

特格，那個老爺子活下來了嗎？被俘虜了嗎？這把歲數被人俘虜了會怎麼樣？在哈肯能統治的日子裡，這種年紀的老人被俘虜了之後便會被強迫從事繁重的苦役。伯茲馬利和盧西拉……他看了一眼敦薩。

「我們在城市裡會與伯茲馬利和盧西拉會合？」

「前提是他們成功到達了那裡。」

鄧肯低頭看了看自己的衣服。這身裝扮能不能蒙混過關？一個忒萊素尊主和他的同伴？別人肯定以為他的同伴是一個幻臉人，幻臉人非常危險。

這條寬大的褲子，鄧肯從來沒有見過這種質料，像是毛料的手感，但他感覺是人造的材質。唾液星子吐在上面也不會黏住，而且聞起來並不是羊毛。他的手指感覺它的質地非常一致，任何天然的材質都不可能有這樣的質地，柔軟的長靴和毛帽也是同樣質料。衣著整體鬆鬆垮垮，只有腳踝處收得比較緊，不過沒有夾層，保溫的原理是某種製造工藝阻礙了空氣流通，將空氣留在衣物裡面。綠色和灰色斑駁相間，這樣的迷彩非常適合這裡的環境。

敦薩的穿著與他類似。

「我們要在這裡等多久？」鄧肯問道。

敦薩搖了搖頭，示意他不要說話。嚮導現在也屈膝坐了下來，雙手抱住腿，頭放在膝蓋上，眼睛望向了山谷的盡頭。

夜間趕路的時候，鄧肯便發現這身衣服相當舒服，除了有一次踩在水裡的時間以外，靴子裡面剛好夠暖和又不會太悶熱。褲子、襯衣和外套裡面都有很大的空間，活動方便，任何部位都不會磨到身體。

「這樣的衣服都是誰做的？」鄧肯問道。

「我們做的。」敦薩低聲吼道，「不要說話。」

鄧肯覺得現在和未喚醒記憶之前待在女修會主堡裡的日子沒有分別，敦薩的意思就是說：「你不需要知道。」

沒過多久，敦薩伸直了腿。他好像在放鬆，他看了一眼鄧肯，說道：「城裡的朋友傳來了信號，說有人在天上搜索我們。」

「撲翼機？」

「是。」

「那我們怎麼辦？」

「我怎麼辦，你就怎麼辦，其他什麼事情都不要做。」

「但你只是坐在這裡。」

「我們現在只需要坐在這裡，不過馬上就要走進那個山谷。」

「可是我們怎麼——」

「當你走在這樣一片土地上，你就變成了生活在這裡的一隻動物。你看看動物的足跡，看看牠們如何行走，看看牠們如何躺下休息。」

「可是那些人難道分不清……」

「動物低頭吃草，你就假裝低頭吃草。就算那些人找到了這裡，你也不必驚慌，繼續做你原本在做的事情，模仿其他動物。搜捕我們的撲翼機只會在高空飛行，我們很走運。他們除非低空飛行，不然分不出來哪個是人，哪個是動物。」

「可是他們就不會——」

「他們相信機器，相信他們看到的動態。他們很懶，只會在高空飛行。這樣搜捕，速度更快。他們相信自己的智力，覺得自己能夠看懂儀器上的資訊，能夠區分人類和動物。」

「所以，他們如果覺得我們是野生動物，就會直接從我們頭頂飛過。」

「他們如果懷疑，就會再掃描一遍。掃描完之後，我們也絕對不能改變活動的模式。」

少言寡語的敦薩一口氣竟然說了這麼多話，他現在仔細地打量著鄧肯：「明白了嗎？」

「我怎麼知道他們是不是在掃描我們？」

「他們掃描的時候，你的腸道會出現刺痛，會感覺胃裡嘶嘶作響，好像喝了不該喝的飲料。」

鄧肯點了點頭：「伊克斯的掃描器。」

「不過，你不用擔心。」敦薩說道，「這裡的動物都已經習慣了。牠們有時候會停下來，但是過不多久便又會繼續做牠們的事，好像什麼都沒發生過。對於牠們而言，確實沒有發生什麼事情。只有我們才可能遭遇邪惡的事情。」

敦薩很快便站了起來：「我們現在要進山谷了。跟緊點兒，我幹什麼，你幹什麼，其他的什麼都不要做。」

鄧肯緊緊跟在嚮導身後，嚮導的腳踩在哪裡，鄧肯就把腳踩在哪裡，很快便走進了遮天蔽日的樹林之中。夜間趕路的時候，鄧肯意識到自己已經逐漸接受了自己在他人計畫之中的位置。一種新的耐性掌控了他的意識，好奇也令他的內心激動起來。

亞崔迪氏族將這個宇宙變成了什麼樣子？伽穆，羯地主星竟然變成了這樣一個陌生的地方。

他緩慢而又清晰地知道了許多事物，每一件新事物都令他形成了新觀念，進而了解到更多的事物，他感覺到多個模式正在逐步成形。他覺得自己總有一天會發現一個獨立的整體，那個時候他就會知道他們為什麼讓他起死回生了。

他想：是的，這就好像開門。你打開了一扇門，走進一個空間，又看到了幾扇門。你又打開了一扇門，然後看看門後是什麼東西。有的時候，你可能需要將所有門都開一遍，不過你開的門愈多，你就愈清楚下面應該開哪一扇門。最後，你在一扇門後面發現了自己熟悉的地方，然後你就會說：「啊，原來如此。」

「搜捕撲翼機來了。」敦薩說道，「我們現在是進食的動物。」他伸手折斷了灌木叢裡一根細小的樹枝。

鄧肯也折下了一枝。

38

「我必須像雄鷹統治下等鳥類一樣，依靠敏銳的眼睛和銳利的尖爪統治他們。」

——亞崔迪主張（見於貝尼・潔瑟睿德檔案部）

・・・

天亮了，特格從一條大路旁邊藏身的防風林裡走了出來。這條路寬闊平整，經過了射線硬化，路面沒有任何植物。特格估計這大概是一條十車道，適合駕車行駛，也適合步行，不過這個時候路上大多都是步行的人。

他撣掉了衣服上大多數的灰塵，除去了所有能夠體現軍銜的東西。灰白的長髮已無平日的齊整，但他只能用手梳理。

路上的人正在朝著伊賽的方向走去，他們需要穿過數公里長的山谷，才能抵達那座城市。天空萬里無雲，微風拂過他的臉，吹向他身後遠方的大海。

經過一個晚上，他終於適應了自己新的意識。各種事物在他的第二視野中一閃而過，他在事情發生之前便可以事先獲知，因而知道自己每一步必須怎麼走。他明白，這種能力的背後是一種危險的反射機制，如果不加以克制，很有可能做出肉體無法承受的高速動作。理性無法解釋這件事情，他感覺自己好像走在刀鋒邊緣，隨時都有喪命的危險。

他苦思冥想，然而仍舊不知道自己在那臺T式探測儀上發生了什麼事情。難道類似聖母在香料之痛中的經歷？可是他感覺自己有關過去的回憶中並沒有出現他者記憶，他覺得女修也不可能擁有他現在這樣的能力。第二視覺讓他能夠知道自己即將感知到什麼東西，這種視覺像是一種新的真理。

特格的晶算師老師總是告訴他世間存在一種鮮活的真理，無論怎樣組織普通的事實，這種真理都不會受到影響。據說，它有時蘊含在寓言和詩歌之中，而且時常與人們的期待相反。

他們說：「這是晶算師最難以接受的經歷。」

特格過去始終沒有表達過意見，現在則不得不承認這句話說得確實有道理——他感覺那臺T式探測儀將自己猛地推進了一個新的現實世界。

他不明白自己為什麼這個時候走了出來，只知道自己現在能夠融入步行的人流之中。

路上的行人大部分都是菜農和果農，身後拖著一筐一筐的瓜果蔬菜，廉價的懸浮裝置托著菜筐。他感知到蔬果之後，飢餓感在他的體內造成了一陣劇痛，不過他強迫自己忽略。特格在貝尼．潔瑟睿德的軍隊服役期間，曾經去過更加原始的星球，見過農民牽著馱滿重物的牲畜，眼前的景象似乎並無二致。這些行人讓他看到了古代和現代奇怪的混合——農民步行，非常稀鬆平常的科技設備載著農作物飄在他們後面。如果沒有懸浮裝置，這個場景和人類上古時代的日常生活並沒有什麼區別。役畜就是役畜，即便產自伊克斯工廠的生產線，也改變不了役畜的本質。

特格利用他的第二視覺選中一名農民，那人身形矮壯，皮膚黝黑，五官深邃，滿手老繭，昂首闊步的姿態給人一種特立獨行的感覺。他拖著八個大籃子，裡面裝滿皺皮的瓜。特格追上農民的步伐，籃裡散發出來的清香令他痛苦地嚥著口水。特格一言不發地走了幾分鐘，然後貿然問道：「去伊賽這條路最合適嗎？」

「這條路可不近。」男人說道。他的喉音非常明顯，言語之間有一些謹慎。

特格看了一眼那些菜籃子。

農民用餘光看著特格，說道：「我們是去集市中心，他們再把這些瓜果蔬菜送到伊賽。」

兩人說話之間，特格卻發現農民把自己連推帶趕地帶往路邊。男人瞄了一眼後面，頭輕輕向前點了一下。三個農民從後面走過來，用高大的菜籃把特格和那個農民嚴嚴實實地圍在了裡面。

特格頓時緊張起來，他們要幹什麼？不過，他沒有覺察到惡意，第二視覺在他周圍沒有發現暴力活動。

一輛重型車從他們旁邊飛馳而過，絲毫沒有減速。特格之所以知道車輛經過，是因為他聞到燃油燃燒的氣味，看到菜籃被風颳動，聽到發動機強勁的震動，感覺到四個農民的緊張。菜籃圍起的高牆完全擋住了呼嘯而過的車輛。

「霸夏，我們一直都在找您，想保護您來著。」他身旁的一名農民說，「很多人都在抓您，不過這邊沒有那些人。」

特格聽到這話，大為驚訝，看向了那個男人。

「我們在倫迪泰跟著您打過仗。」一個農民說。

特格嚥了一口口水，倫迪泰？他過了一會兒才想起來，在他漫長的人生裡經歷的各種衝突與協商中，那次只是一場小規模的衝突。

「實在不好意思，我不知道該怎麼稱呼你。」特格說。

「不知道更好。」

「謝謝你們。」

「棉薄之力而已，我們非常樂意。」

「我必須去伊賽。」特格說。

「那裡很危險。」

「哪裡都很危險。」

「我們就猜到您要去伊賽。馬上就會有人過來，您不能這麼光明正大地過去。啊，他來了。霸夏，我們沒在這裡見過您，您也沒來過這裡。」

另外一個農民接過了同伴的貨物，把兩排菜籃的拖繩扛到了自己肩上，特格最先遇到的那個農民推著他從繩子下面鑽進了一輛深色的車子。特格瞥見光亮的合成鋼和合成玻璃，車子只在特格進入的時候短暫地減緩速度。門猛地關上了，他獨自一人坐在一輛地行車的後排，身下是一個柔軟的座位。地行車加速，很快便將步行的農民甩在後頭。特格周圍的車窗經過了暗化處理，外面的景象看得並不真切，前面的司機也只能看到一個朦朧的人影。

特格被抓住之後，一直都沒有機會好好放鬆一下，車內溫暖舒適的環境險些讓他進入夢鄉。他沒有覺察到任何危險，身體由於之前的劇烈運動還在疼痛，T式探測儀刺激產生的痛感也還沒消失。

不過，他提醒自己現在必須保持清醒，保持警惕。

司機稍稍偏頭，沒有回身，越過肩膀往後說道：「霸夏，他們為了抓您已經找了兩天兩夜。有人覺得您已經離開伽穆了。」

兩天？

他中彈之後，他們對他做了什麼手腳？他竟然失去了這麼久的意識，卻只是讓他更加飢餓。他想在自己的視覺中心喚出身體內置的時器，但是時器只是閃了一下便消失了，T式探測儀事件之後，每次都是這樣的結果。他的時間感知和相關的參照物都變了。

所以有些人以為他已經離開了這顆星球。

特格沒問誰想抓他，那場襲擊和之後的刑訊，忒萊素人和散失之人都參與了。

特格看了看這輛車，這是大離散之前生產的漂亮老式地行車，帶有伊克斯工藝最為精良的廠商的標誌。他從來沒有坐過這款車，但是他非常了解。修復工匠會把這些車維修一新，無論是恢復車輛原本的狀態還是改裝，目的都是找回古時那種品質精良的氣息。特格聽說這種車時常被人遺棄在奇怪的地方，例如涵洞、機械倉庫、農田抑或破敗的建築裡。

司機又稍微側了一下身子，對後面說：「您要去伊賽哪裡？有地址嗎？」

特格第一次巡遊伽穆的時候，發現了幾個聯絡點，他此時在記憶中調出了這些地方，告訴那個男子其中一處的位址：「你知道這個地方嗎？」

「霸夏，這基本上就是一個見面和喝酒的地方。聽說他們吃的東西也不錯，不過有錢人才進得去。」

特格不知道自己為什麼選了這個地點，說道：「我們去試一試。」他覺得沒必要告訴司機那個地方有隱蔽的私人用餐室。

特格聽見他提到食物，再次感到飢餓在體內劇烈地絞動。特格的手臂開始顫抖，過了好幾分鐘才恢復平靜，他這才意識到昨天晚上的活動幾乎消耗了他所有體力。他仔細掃視地行車的內部，好奇能不能找到隱藏的食物或飲料。這輛地行車的修復工作做得非常仔細，能看得出車主對車輛的感情，不過他沒有看到任何隱藏的隔間。

這樣的車在一些地方並不算罕見，他知道，可是這種車能展現出不凡的財富。車子的主人是誰？肯定不是這位司機，他明顯只是受雇於人的專業司機。不過，既然有人讓他來接自己，那麼想必另外有人知道了特格的下落。

「會有人把我們攔停搜查嗎？」特格問道。

「霸夏，這是伽穆星球銀行的車，沒人會攔。」

特格安靜地思考司機的這句話，這家銀行確實屬於他的聯絡點。他巡視伽穆的時候，曾經仔細研究了關鍵的支行，這段記憶讓他想起自己守護甦亡人的職責。

「我的同伴。」特格貿然說道，「他們……」

「霸夏，那些人自有安排，我沒法告訴您。」

「能不能傳話給……」

「我們先要抵達安全的地方。」

「這是當然。」

特格靠在車座的靠墊上，打量起周圍的環境。這些地行車採用了大量合成玻璃和幾乎堅不可摧的合成鋼，但是其他的東西隨著時間的推移，終究會喪失原本的性能，例如坐墊、頂篷內飾、電子元件、懸浮器設備、渦扇管道的燒蝕內襯。還有黏合劑，無論怎樣保護，時間久了都會失效。這輛地行車好像工廠剛剛生產出來一樣，金屬部位閃爍著低調的光澤，坐墊剛好契合他的體形，褶皺時才會發出細微的聲響。還有那種味道，新產品那種無法用語言描述的氣味，混合了拋光劑和精細布料的味道，車底平滑運行的電子元件還散發出些許微刺鼻的臭氧氣味，可是怎麼都聞不到食物的味道。

「到伊賽還要多久？」特格問道。

「還要半個小時。有什麼事情需要加速嗎？我不想引起……」

「我現在非常餓。」

司機瞥向兩側，看到他們周圍已經沒有農民了。路上空空如也，只有兩臺牽引裝置左側載著重型運輸艙，還有一輛卡車後面拖掛一臺巨型水果採摘機器。

「我們只能在這裡稍事逗留，不然太危險。」司機說道，「我知道一個地方，至少能讓您喝一碗湯。」

「只要是吃的就行，我已經兩天沒有進食，大量活動消耗了過多體力。」

地行車來到一個十字路口，司機左轉，穿過等距間隔的高大松樹，上了一條窄路，沒過多久再次轉向，穿過樹林開到了一條單行車道上。車道盡頭有一棟低矮的房子，房頂是黑色合成玻璃，下面是深色的石磚。房子的窗戶形狀狹窄，窗戶上的防禦用燃燒器噴嘴在陽光下閃閃發光。

司機說：「長官，您在車裡稍等。」他下了車，特格這才第一次看到了他的臉：非常清瘦，鼻子長，嘴巴小。男人的臉頰上明顯可以看到重塑手術留下的疤痕，雙眼閃著銀色的光，顯然是人造眼球。他轉過身去，走進了房子，出來以後，打開了特格的車門：「長官，快。裡面的人在給您熱湯。我說您是銀行家。不需要給錢。」

地上結了一層薄冰，腳下嘎吱作響，特格稍微低了低頭才能閃過門框。眼前是一條漆黑的走廊，牆上鋪了木質牆板，盡頭是一間燈火通明的房間。那裡飄出了食物的香味，像磁鐵一樣將他吸引過去，他的手臂又顫抖了一陣。房間的窗戶旁邊擺了一張不大的餐桌，窗外是一座帶有頂篷的封閉式花園。灌木叢中滿是嬌豔欲滴的紅花，幾乎完全遮住了花園的石牆。上方是黃色的發熱合成玻璃，人造光線令整座花園彷彿是一片盛夏的光景。特格滿懷感激地坐在桌邊柔軟的單人椅上，他看到桌上是白色的餐布，邊緣飾有壓花圖案，還有一把湯匙。

右邊的一扇門「吱呀」一聲開了，走進來一個身材矮壯的男人，端著熱氣騰騰的碗。他看到特格，遲疑了一下，然後把碗端到桌邊，放在特格面前。這一下遲疑令特格心生警惕，他強迫自己無視鼻子裡誘人的香味，將注意力集中在這個男人身上。

「先生，這湯不錯，我自己做的。」

是人工合成的聲音。特格看到男子下巴側面有幾道疤痕。男人看起來像是古代的機械——脖子很短，頭好像長在厚實的肩上，兩條手臂和肩肘相接的模樣有些彆扭，兩條腿貌似只從臀部耷拉而下。他一動不動地站著，可是他進門的時候搖搖擺擺，特格能看出來這個人渾身都換上了人造器官，也看到他痛苦的眼神。

「我知道我現在是什麼鬼樣子。」男人的嗓音嘶啞，「阿勒哲里那場爆炸把我給毀了。」

特格根本不知道阿勒哲里是什麼地方，但是對方顯然以為他知道。不過，「毀了」這兩個字有些意思，這是對命運的控訴。

「我在想自己是不是認識你。」特格說。

「這個地方，誰都不認識誰。」男人說道，「您喝湯吧。」他指了指上面，特格看到一個探測器蜷曲的末端，探測器沒有發出任何聲音，只有閃燈證明它正在讀取周圍的資訊，而且沒有發現有毒物質。「這裡的食物您不用擔心。」

特格看著碗裡深棕色的液體，裡頭有幾塊肉。他把手顫巍巍地伸向了湯匙，試了兩次才握住，可是還沒抬起來一公釐，就把湯匙裡的湯幾乎全灑了出來。

一隻手穩住了特格的手腕，他的耳邊溫和地響起了那個人工合成的聲音：「霸夏，我不知道他們把您怎麼了，但是在這個地方，只要我活著，就沒人能傷著您。」

「你知道我是誰？」

「霸夏，許多人都願意為您付出生命。要不是您，我兒子早就死了。」

特格讓男子扶著他的手舀起了一匙湯，若非如此他連第一口湯都喝不到。湯裡的食材很豐富，溫熱而撫慰人心。他的手很快便不抖了，他向男人點了點頭，示意他鬆開自己的手腕。

「再來一碗嗎？」

特格這時候才發現一碗湯已經被自己喝完了，他多麼想說「再一碗」啊，可是那個司機說了他們得抓緊時間。

「謝謝，不用了，我得走了。」

「您沒來過這裡。」男人說道。

他們再次回到了大路上，特格靠在地行車座椅的靠墊上，回想剛才那個男人說的怪話。那個農民也說過同樣的話：「您沒來過這裡。」這句話感覺像是一句常見的日常用語，說明特格第一次巡視過伽穆之後，這個地方發生了一些變化。

他們很快便進入了伊賽的城郊，特格在想自己是不是應該偽裝一下，畢竟那個滿身人造器官的男人一下就認出了他。

「那些尊母正在哪裡抓我？」特格問道。

「霸夏，到處都有他們的人。我們不能保證您安然無恙，但是正在採取一些措施。我會告訴那些人我把您送到了哪裡。」

「那些尊母說沒說她們為什麼抓我？」

「她們從來不解釋原因。」

「她們來到伽穆多長時間了？」

「霸夏，很久了，當年我還是個小孩，我在倫迪泰當過上尉。」

特格心想：少說也有一百年了。她們該把各方力量集中到她們手上了……前提是塔拉札的憂慮可信。

特格相信她的判斷。

塔拉札說過：「不論是誰，只要有可能受到那些蕩婦的影響，就一定信不得。」

不過，特格目前沒有察覺到危險，他只能思考自己現在遇到的這些謎團，但他沒有向司機繼續追問。

他們進入伊賽已經有一段時間了，他透過私家大宅高牆之間的縫隙，時不時能瞥到哈肯能男爵那座古老建物。地行車轉進一條街道，路邊是一些胡亂建成的小店，建築材料大多是從事故或者火災之類的地方搶救出來的材料，歪七扭八，五顏六色，一眼就能看出來哪塊磚是哪裡來的，哪根柱子是從哪裡撿的。店鋪外面掛著花俏的招牌，都說自己店裡的東西最好，自己店裡修東西最牢靠。

特格覺得伊賽並不是衰落了，而是發展成了一個醜陋不足以形容的地方。他在這座城市裡看到現在，覺得是因為有些人想讓這裡變成令人厭惡的地方。

這裡的時間沒有停止，而是向後退去。這不是一座現代的城市，沒有明亮的運輸艙，沒有保暖隔熱、形態實用的建築，只有漫無章法的雜燴。古舊的建築彼此相接，一些依據個人品味建造，一些顯然是為了某些早已不合時宜的「必要」考量而設計。伊賽的方方面面都只能算是勉強避免了混亂的程度，之所以沒有變成一團混亂，特格知道，是因為舊有的條條大道保證了城市基本的格局。雖然擺脫了一塌糊塗的命運，但是道路鮮有橫平豎直之處，大多均為斜角相交，排布走向並沒有整體的規畫。如果鳥瞰這座城市，會看到一塊荒唐的百衲被，只有男爵封地那巨大的黑色矩形能夠令人看出有條有理的規畫，其餘的地方全都是建築意義上的反叛。

特格突然意識到這個地方就是一個謊言，上面貼了一層又一層的謊言，下面壓著從前的謊言，摻雜了各種凌亂的東西，他們或許永遠都挖掘不到有用的真相。整個伽穆都變成這副瘋癲的樣子，事情是從什麼時候開始的？莫非是哈肯能氏族幹的好事？

「長官，我們到了。」

司機將地行車停在路邊，旁邊是一棟大樓，面向道路的樓面沒有窗戶，通體均為黑色平整的合成塑鋼，一樓只有一扇門，完全沒有看到廢物利用的建築材料。特格認出了這個地方，這是他自己挑選的避難之處。不明事物在他的第二視覺中一閃而過，不過他感覺當下不存在任何威脅。司機為特格打開車門，站到了一邊。

「長官，這個時間，這裡沒有多少人，建議您趕緊進去。」

特格頭也沒回，三步併作兩步衝過狹窄的步道，走了進去。一間燈火輝煌的前廳映入眼簾，面積不大，採用打磨光滑的白色合成玻璃，他只看到一排又一排攝影鏡頭。他彎腰鑽進了一條升降管，用力按下記憶中的座標。他知道這條管道並非直上直下，可以將自己送到大樓後方的五十七樓，那裡就有一些窗戶了。他記得那裡有一間私人用餐室，室內有著深紅的色調和大量棕色的陳設和家具。還有一個眼神冷若冰霜的女人，明顯接受過貝尼．潔瑟睿德的訓練，但並非聖母。

管道將他吐到了他記憶中的房間，但是沒有人接待他。特格環顧四周，審視了一番室內純棕色的陳設和家具，厚重的褐紅色垂簾遮住了對面牆上的四扇窗戶。

特格知道有人看到他了，於是靜靜地等待著，運用自己新近習得的第二視覺尋找即將出現的麻煩，可是他沒有看到任何襲擊的先兆。他站到管道出口的一側，再次環顧這間房間。

特格認為房間和室內的窗戶存在一種關係——窗戶的數量、位置、尺寸、下邊相對地板的高度、房間和窗戶的相對面積、房間的高度以及窗戶用的是哪種窗簾，用晶算師邏輯解讀這些因素，即可知道房間的具體用途。房間的布置和裝潢可以反映某種極度複雜的秩序，除了緊急特殊用途以外，依據這種秩序判斷通常不大出錯。

地表之上的房間如果沒有窗戶，必然有特殊寓意。即便室內住了人，這樣布置的主要目的也不一定是為了保密。他曾經見過沒有窗戶的教室，種種明顯的跡象表明這些房間可以逃避外部世界，同時也能看出對於兒童的厭惡。

然而，這間房間卻並非如此，這裡的布置是為了有條件地保密，另外需要偶爾關注一下外部世界，必要的地方採取防護性的保密措施。他走到對面的一扇窗前，掀開窗簾的一角，更加確信自己的看法。窗戶採用三層裝甲合成玻璃。果不出其所料！密切關注外面的世界有可能引來攻擊，採取防護措施的人想必有這樣的想法。

特格再一次撩開窗簾，看了一眼窗角，那裡的稜鏡反光裝置擴大了他的視野，讓他看到相鄰牆壁兩邊的景象和從屋頂到地面的整個樓面。

真有兩下子！

他之前到這裡時沒來得及仔細觀察，現在更加確實地評估了一番。這間房間很有意思。特格放下窗簾，轉過身，剛好看到管道裡走出一名高個男子。

特格的第二視覺對這名男子做出了確切的預測——他的身上藏著危險。這個人顯然是一名軍人，從他的步態便能看出，還有那雙敏銳的眼睛，只有訓練有素、久經沙場的軍官才會如此關注細節。這個人的行為舉止之中另外某些事物令特格緊張起來，這人是個無信無義的傭兵，願意為出價最高的人服務！

男子看到特格便說道：「那群混蛋竟然讓您受了那麼大的罪。」他的聲音不高不低，語氣深沉，潛意識中有一種想要掌控局面的感覺。特格從沒聽過這種口音，是散失之人！特格猜想應該是一個類似霸夏的人物。

可是，他依舊沒有看到任何即將發生襲擊的先兆。

特格沒有作聲，男人說：「噢，不好意思，我是穆札法爾，哈法．穆札法爾，杜爾軍隊的軍區指揮官。」

特格從來沒聽說過杜爾軍隊。

特格滿腦子都是問題，但是沒有問出口。他現在無論說什麼，都有可能暴露自己的弱點。他之前在這裡見到的人呢？他們去哪裡了？我為什麼選了這裡？他當時對這個選擇那麼有把握。

「您請坐。」穆札法爾說著指了指一張低矮的小沙發，沙發前面放了一張矮几，「您放心，之前那些事情都與我無關。我本來還想加以阻止，可是聽說您已經……離開了現場。」

特格從穆札法爾的聲音中聽出了其他線索：近乎恐懼的緊張。這個男人看樣子要麼聽說了破屋的事情，要麼親眼看到了屋內屋外的情景。

「您真是太高明了。」穆札法爾說道，「竟然克制住您的攻擊火力，等到他們全神貫注採取您的記憶，然後打得他們措手不及。他們獲得什麼資訊了嗎？」

特格沉默地搖了搖頭，他覺得自己瀕臨出手攻擊的邊緣，可是他並未察知這裡當下有任何動武的跡象。這些散失之人正在幹什麼？不過穆札法爾和他的手下作出了錯誤的判斷，刑訊室實際發生的事情與他們所想不同，這一點很清楚。

「您請坐。」穆札法爾說道。

特格坐上矮沙發。

穆札法爾坐到矮几對面一把座位較深的椅子上，斜對著特格。他一副虎視眈眈的樣子，似乎準備好隨時可動手。

特格饒富興味地打量穆札法爾，這個男人沒有透露他真實的軍階，只知道他是指揮官。男子身材頎長，面部寬闊，臉色紅潤，鼻子很大，雙眼呈灰綠色，兩人說話的時候，總是習慣性地看著特格右肩的後面。特格認識一個間諜，那人也有這個習慣。

「哎呀。」穆札法爾說道，「我來到這裡之後，聽說了不少您的事情，也讀了不少有關您的資料。」

特格仍然沉默地打量著這個男人，他的頭髮很短，左眼上方的髮際線處有一道長約三公釐的紫色疤痕。他上身穿著一件淺綠色的開襟獵裝，下身的褲子顏色相同。這套衣服算不上軍裝，但是十分整潔，看得出來他平時頗為注意自己的儀表。他腳上的鞋是最好的證明，特格感覺自己如果湊得近一點，能在淺棕色的鞋面上看到自己的倒影。

「不過，從來沒想到能跟您面對面交流。」穆札法爾說，「十分榮幸。」

「我只知道你指揮一支大離散歸來的軍隊，除此之外，對你一無所知。」特格說道。

「嗯——！沒什麼好知道的。」

飢餓帶來的陣陣腹痛再一次轉移了特格的注意力，他的視線落到管口旁邊的按鈕上，他記得那個按鈕可以叫來一名服務生。在這個地方，自動機器的日常任務全都分配給了人類，這樣便有藉口集結一支人數龐大的軍隊，隨時可以調動。

穆札法爾誤解了特格看著管口的想法，說：「您別急著走，我已經安排好了，我的醫生馬上過來給您檢查一下。應該用不了多久時間，希望您能安安靜靜等他過來。」

「我只是想點一些食物。」特格說。

「建議您等醫生檢查完了之後再說，擊昏器有可能造成很嚴重的後遺症。」

「所以你知道那件事情。」

「整件事情我都知道，簡直是胡鬧。您和您的手下伯茲馬利很有兩下子，絕對不可小覷。」

特格還沒來得及說話，管道便吐出了一個高個男子。來者骨瘦如柴，外套走起路來隨風擺動，裡面穿了一件紅色單衣。他凸出的前額有蘇克醫生的菱形刺青，不過是橘色的，而非常見的黑色。閃閃發亮的橘色眼罩遮住了這位醫生的眼球，特格看不到他眼睛的真實顏色。

他難道對某種物質上癮？特格不禁好奇。這個人身上沒有熟悉的麻醉劑的氣味，連美藍極的味道都沒有，倒是能聞到酸酸的味道，很像某種水果。

「索利茨，你來了！」穆札法爾說道。他指了一下特格，說：「給他好好掃描一下，他前天被擊昏器打中了。」

索利茨拿出一臺儀器，玲瓏小巧，單手便可以使用。特格知道這是蘇克掃描器，聽到儀器的探測場發出了低沉的嗡嗡聲。

「所以你是個蘇克醫生。」特格說道，眼睛直盯著他額頭上的橘色烙印。

「沒錯，霸夏。我們的傳統源遠流長，我接受的是最優質的訓練。」

「我從來沒見過這個顏色的烙印。」特格說道。

醫生將掃描器繞著特格的頭部掃了一圈：「霸夏，什麼顏色都一樣，關鍵是顏色背後的東西。」他掃過特格的兩肩，然後向下掃完全身。

特格等待嗡嗡聲音消失。

醫生往後退了一步，對穆札法爾說：「元帥，他很健康，相當健康，畢竟都這樣的年紀了。不過他急需補充營養。」

「嗯……那就行。索利茨，交給你了，霸夏是我們的座上賓。」

「我會根據他的需要安排餐點。」索利茨說，「霸夏，慢用。」索利茨俐落地向後轉，外套和褲子拍打在他身上，管口將他吞了進去。

「元帥？」特格問道。

「杜爾恢復了一些古代的軍銜。」穆札法爾說。

「杜爾？」特格冒險問了一句。

「我可真糊塗！」穆札法爾從外套側面的口袋裡拿出一個小盒子，從裡面取出一個薄薄的資料夾。特格看出這是一臺全息投影儀，和自己從前在軍隊裡隨身帶的那個差不多，裡頭有他家和家人的影像。穆札法爾把全息投影儀放在兩人面前的桌上，按下控制按鈕，桌上便出現一小片綠色的叢林。

「家。」穆札法爾說，「那中間是建築灌木。」一根手指指向投影中的一處，「之前的都不服從我的命令。他們嘲笑我選了這麼一片灌木，而且還一直守著。」

特格盯著眼前的投影，從穆札法爾的語氣中聽出了深沉的憂傷。他指著一叢搖搖欲墜又稀疏的枝葉，枝端掛著天藍色的球莖狀物體。

建築灌木？

「我知道，稀稀落落的。」穆札法爾說著把手放了下來，「一點都不牢固。剛開始的幾個月需要我親自看守幾次，不過逐漸有了感情，它們對我也產生了感情。杜爾的永恆之岩啊！所有深谷現在都找不到這麼好的家！」

穆札法爾看著特格滿臉的疑惑：「哎呀！你們怎麼會知道建築灌木是什麼東西。實在抱歉，還望原諒。我們有很多東西要互相學習。」

「你說那個是家？」特格說道。

「噢，是的。只要指示得當，當然它們還得聽你的話，建築灌木就能自己長成一座不得了的宅子。只需要四標到五標。」

「四標到五標。」特格想，所以散失之人還在使用標準年。

管口發出一陣嘶嘶聲，一名女孩身穿藍色侍餐袍，拉著一個懸浮保溫箱，倒退著走進房間，然後將箱子放在桌子旁邊。特格第一次來探查的時候見過這樣的服裝，但是沒有見過這張可人的圓臉。女孩的頭髮全都剃光了，露出了滿頭凸出的青筋。她藍色的眼睛水汪汪的，舉止之間有一些膽怯。她打開保溫箱，四溢的香氣飄進特格的鼻孔。

特格十分警惕，但是感覺眼前沒有什麼危險。他看到自己大快朵頤，沒有出現不良反應。

女孩在他面前擺開一排餐食，然後走到桌旁擺放餐具。

「我這裡沒有探測器，您要是介意的話，我可以幫您試吃。」穆札法爾說。

「沒有必要。」特格說。他知道這句話會令對方產生疑問，不過感覺他們會懷疑他是一個真言師。特格的目光牢牢定在眼前的飯菜，他並未有意識地決定進食，便彎身吃了起來。他雖然熟悉晶算師的飢餓，但是自己的反應卻超出他的意料。在晶算師模式下動用大腦，熱量消耗極快，但他現在受到一種新需求的驅動。他感覺求生欲望控制了自己的行動，他從來沒有過這樣的飢餓感。他之前雖然喝了一碗湯，但是身體沒有產生這樣強烈的反應。

特格心想：那個蘇克醫生選對了，他直接根據掃描器的結果挑選了這些吃食。

女孩從管口中拿出一個又一個保溫箱，端出一道道菜。

特格吃到一半，迫於內急，只得來到洗手間方便了一下。他察覺這裡藏有攝影機，正在監視自己。自己的身體反應令他有些意外，他判斷自己的消化速度已經達到了新的水準。他回到餐桌旁，感覺自己依然飢餓，好像根本沒有吃過東西一樣。

侍餐的女子先是出現意外的神色，接著是驚恐的表情，不過仍應他的要求，不停端來飯菜。

穆札法爾愈看愈驚異，但是什麼都沒有說。

特格終於感覺到食物的作用，卡路里剛好達到了那個蘇克醫生規劃的狀態。不過他們顯然沒有考慮量的問題，特格的這一頓飯令女孩大為震驚。

穆札法爾終於開口說話了：「我從來沒見過誰一次能吃下這麼多東西，不知道您怎麼吃下去的，也不知道您為什麼吃這麼多？」

特格的食欲終於獲得滿足，他靠在椅背上，明白自己不能如實回答。

「晶算師就是這樣。」特格騙他，「我畢竟經歷了那樣一段極度艱苦的階段。」

「真是不可思議。」穆札法爾說著站了起來。

特格剛要起身，穆札法爾便示意讓他繼續坐著：「您不用麻煩，我們給您安排了住處，就在隔壁。您現在還是不要四處走動較好。」

女孩帶著空的保溫箱離開了房間。

特格打量著穆札法爾。在他用餐期間，這位元帥發生了一些變化，他正在冷酷而仔細地看著特格。

「你有一個植入式的通訊器。」特格說，「你接到了新的命令。」

「建議您的朋友不要襲擊這個地方。」穆札法爾說道。

「你以為我是這麼計畫的？」

「霸夏，那您是怎麼計畫的？」

特格笑了。

「好吧。」穆札法爾眼神變得恍惚，他正在聽通訊器裡的聲音，而後他的注意力再次聚集在特格身上，眼露凶光。特格感覺他此時的眼神像劍一般銳利，意識到又有什麼人要來了。這位元帥覺得事態接下來的發展對他的客人極度危險，可是特格在第二視覺中並沒有發現自己的新能力應付不了的事情。

「你覺得我已經是你的囚犯了。」特格說道。

「永恆之石啊！霸夏，您和我預料中完全不同！」

「要過來的那個尊母，她是什麼想法？」特格問道。

「霸夏，聽我一言，跟她說話可千萬不要用這種語氣。您完全不知道自己等下會有怎樣的遭遇。」

「我會遭遇一個尊母。」特格說。

「但願她能對您手下留情！」

穆札法爾轉身進了管道離開房間。

特格盯著他的背影，他看到第二視覺在管口附近像一道光似的一閃而過。那個尊母就在附近，但是她還沒準備進來。這個危險的女人首先要向穆札法爾問話，但是這位元帥並不能告訴她真正重要的事情。

39

記憶無法使現實再現，只能重塑現實。所有重塑的結果都會改變原本的事物，成為參照現實的外部框架，而且必然會與原本的事實有落差。

——晶算師手冊

• • •

盧西拉和伯茲馬利進入了伊賽南面的下等住區，這裡的街燈十分稀疏。還有一個小時便是午夜了，可是大街小巷還是擠得水泄不通。有些人安靜地走著；有些人精力異常旺盛，顯然服用了毒品；有些人只是眼巴巴地看著。他們聚集在街角巷口，每每走過這樣的人群，盧西拉的注意力便會被吸引過去。伯茲馬利催促她快走，儼然是一個客人迫不及待希望找到一個隱祕的地方，與她單獨相處。盧西拉偷偷地繼續觀察這些人。

他們在幹什麼？房子門口的那些男人，他們在等什麼？盧西拉和伯茲馬利經過了一條寬闊的通道，裡面走出許多身穿厚重圍裙的工人，他們散發著下水道和汗水濃烈的氣味，男女人數約略相等，身材高大魁梧，手臂粗壯。盧西拉想像不出他們從事的是什麼工作，但他們類型相似。她看到這些人，發現自己對伽穆其實所知甚少。

這些工人走出來的時候，都會大聲清嗓子、向排水溝裡吐幾口痰，他們是想吐出某種汙染物質嗎？

伯茲馬利湊到盧西拉耳邊，小聲說道：「這些工人都是博爾達諾。」

她大著膽子回頭瞄他們一眼，看到他們走向路旁的一條小路。博爾達諾？啊，想起來了，那些人生來就是為了操作壓縮下水道廢氣的機器。他們出生時，嗅覺便已移除，肩部和手臂的肌肉組織增加。伯茲馬利帶著她繞過一個街角，走出那些博爾達諾的視野。

五個孩子從他們旁邊一扇漆黑的門洞裡跑了出來，繞了一個圈，一個跟一個地走在盧西拉和伯茲馬利的後面。盧西拉看到他們手裡攥著什麼東西，在身後跟得特別緊。伯茲馬利突然停下來，轉過身，五個孩子也停住了，直直地盯著他，盧西拉看到這些孩子顯然準備採取某些暴力行動。

伯茲馬利雙手交握舉在胸前，向幾個孩子鞠了一躬，他說：「古杜爾！」

伯茲馬利回身領著她繼續向前走，那些小孩離開了。

他說：「他們本來要用石頭砸我們。」

「為什麼？」

「這裡的人稱呼暴君『古杜爾』，他們的教派視他為神。」

盧西拉回頭看去，但是那幾個孩子已經不見了，他們去找其他的目標了。

伯茲馬利領著她繞過另一個街角，走進一條熙熙攘攘的街道。到處都是小商小販，推著車子賣東西：吃食、衣服、小工具和刀具。商販賣力地吆喝，盧西拉的耳邊迴蕩著此起彼落的叫賣聲。他們的聲音帶有收攤之前的輕鬆喜悅，可以聽出這些人一面不切實際地希望從前的夢想能夠成真，一面卻又知道他們的生活不會發生改變。盧西拉突然想到，這些街道上的人的夢想轉瞬即逝，他們追尋的並不是某種實在的事物，而是一段別人編造之後教給他們的謊言。他們好像賽場裡的動物一樣，不停追逐橢圓形跑道上飛奔的誘餌，卻永遠也追不上。

正前方有兩個人正在高聲爭吵，其中一人身材高大，穿著厚實的風衣，另一邊是一個小販，推車裡放著一個個網袋，網袋裡裝著球莖狀的深紅色水果，兩人周圍可以聞到水果濃厚的酸甜氣味。小販大聲說：「我可全指望這養家啊！」

大個子尖聲厲氣：「我也要養家糊口！」盧西拉聽到他熟悉的口音，不禁出了一身冷汗。

盧西拉極力克制住了自己。

他們走出集市之後，她小聲地對伯茲馬利說：「剛才穿厚風衣的那個人，他是忒萊素尊主！」

「不太可能，太高了。」伯茲馬利反駁。

「兩個人，一個站在另一個肩上。」

「妳確定？」

「我確定。」

「我們來到這裡之後，我還看過其他這樣的人，但是當時並沒有起什麼疑心。」

「這些大街小巷上有很多搜捕我們的人。」她說。

盧西拉發現自己對這個骯髒汙穢的星球上骯髒汙穢的居民的日常生活，實在沒什麼好感。女修會為什麼把甦亡人帶到這裡？她再也無法相信之前聽到的那種說法。那麼多星球都可以培養這個珍貴的甦亡人，女修會為什麼偏偏選了這顆？這個甦亡人真的珍貴嗎？他會不會只是誘餌？

他們經過一條巷子，有個男人站在狹窄的巷口，操縱著一臺高大的發光機器，把巷口幾乎擋得嚴嚴實實。

「現場演出！」他吆喝道，「現場演出！」

盧西拉放慢腳步，看著一個路人走進巷子，遞給那人一枚硬幣，然後低頭趴在一個閃亮的凹面平臺上。老闆也向盧西拉的方向看了過來，他臉型狹長，膚色黝黑，模樣好像卡樂丹的原住民，僅僅略高於忒萊素尊主。他接過客人的硬幣時，盧西拉看到他陰鬱的臉上露出了鄙夷的表情。

客人抬起頭，打了個冷顫，然後踉踉蹌蹌地走出巷子，兩眼恍惚。

盧西拉認出了那臺機器，用戶稱之為催眠盆，這個東西在所有比較開化的地方都屬於違禁物品。

伯茲馬利拉著她走出催眠盆老闆的視野。

他們又走到一條小巷旁邊，這條比剛才那條寬敞了些，對面有一棟建築，門就開在街角上。周圍到處都是步行的人，一臺車輛都沒有看到。一個高個兒男子坐在街角那個門口的第一級臺階上，修長的手臂抱著腿，纖細的十指交握，下巴緊貼在膝蓋上。他戴著一頂黑色的寬簷帽，擋住了街燈的光線，可是盧西拉看到了帽簷下那兩道犀利的光，她知道自己絕對沒有碰過這類人。貝尼．潔瑟睿德曾推斷有這種人存在，從來沒有掌握到確鑿的證據。

等到遠離那個黑帽人之後，伯茲馬利方才滿足了她的好奇心。

「是混合人。」他低聲說道，「他們自稱『混合人』。之前從來沒人在伽穆上見過他們。」

盧西拉猜測：「是忒萊素人的實驗產物。」她心中暗想：這是從大離散返回的錯誤。「他們為什麼來這裡？」她問道。

「聽本地人說，是為了交換殖民地。」

「你別聽他們胡說，那些是人類和猛獸雜交出來的畜生，專門用來追捕目標。」

「啊，我們到了。」伯茲馬利說道。

他帶著盧西拉穿過窄門，走進一間燈光昏暗的餐廳。盧西拉知道，來這裡也是為了偽裝，他們需要入境隨俗，不過她並不喜歡這裡的味道，不想在這個地方用餐。

剛才還是人滿為患，他們進來的時候卻慢慢地空了。

兩個人坐進了一桌，等待投影菜單顯示出來。伯茲馬利說：「這家店的口碑非常好。」

盧西拉觀察離開的那些客人，她覺得他們是附近工廠和辦公室的夜班工人。這些人行動匆忙，似乎非常焦急，大概擔心自己磨磨蹭蹭會受到什麼懲罰吧。

她感覺自己待在主堡簡直就是與世隔絕，可是她並不喜歡自己了解到的這個伽穆。這家店邋遢極了！她右邊長桌旁的凳子傷痕累累，她眼前的桌面有很多刻痕，不知道被帶著沙粒的清潔工具磨損了多少次，吸塵器現在已經無法保持潔淨，吸塵器的吸頭就在她左肘附近。連最廉價的聲波清潔工具都沒有看到，無怪乎會這麼髒亂。餐桌的刮痕裡積滿了食物的殘渣和其他腐敗的東西，盧西拉打了個冷顫，她實在覺得自己不應該離開那個甦亡人。

她剛剛看到投影菜單顯示出來，伯茲馬利已經開始瀏覽菜單了。

「我幫妳點。」他說道。

他其實是擔心她犯錯，點了霍穆團成員會避免食用的品項。

她不喜歡依賴他人，這種感覺令她頗為惱火。她可是一位聖母！她經過了貝尼．潔瑟睿德的訓練，任何情況都要掌握主導權，她是自身命運的女王。真是無聊極了。她指了指左邊骯髒不堪的窗戶，看到人們從店外狹窄的街道走過。

「斯卡，有這個磨蹭的時間，我都可以接好幾筆生意了。」

這就對了！這才是她現在該有的樣子。

伯茲馬利在心裡呼了一口氣，他想：終於變回來了，她剛才又變成了一副聖母的樣子。他不知道她為什麼心不在焉，不知道她為什麼會那樣觀察這座城市和這裡的人。

兩杯乳狀飲料從機器裡滑到桌子上，伯茲馬利一飲而盡。盧西拉先用舌頭嘗了嘗，分析出飲料的成分：一杯人造咖啡，還加了堅果風味的果汁。

伯茲馬利抬了抬下巴，示意她趕緊喝完。她雖然頗為排斥這些化學品的味道，還是強行喝了下去。伯茲馬利的注意力轉移到她的右後方，但是她不敢回頭，不然她就露出了破綻。

「跟我來。」他在桌子上放了一枚硬幣，然後便拉著她走到了店外。他一臉笑容，笑得好像一個心急的客人，但是他的眼神中帶有些許警惕。

街上的節奏變了，人少了，路邊是一扇扇朦朧不清的門，讓街道更添一分陰森。盧西拉提醒自己，她應該表現出一個強大組織的成員該有的樣子，這個組織的成員在這個骯髒汙穢之地不會遭遇尋常的暴力事件。街道上已經沒有多少人了，不過他們見到她，確實紛紛讓開，敬畏地看著她長袍上的惡龍。

伯茲馬利停在一棟建築門口。

建築的門和街上其他的門沒有差別，沒有直接開在路邊，稍微向裡邊退了一點，而且十分高大，顯得門窄了一些，門口只有一個老式的雷射保全系統。新的系統技術看來完全沒有進入這個貧民區，這些街道本身就是最好的證明：僅僅適合地行車行駛。她懷疑這一整塊區域裡所有房頂都沒有停機坪，她完全沒有聽到撲翼機或高速飛行器的聲音，也完全沒有看到相關的蹤跡。不過她隱約聽到了音樂，輕輕的哼唱，讓她想起了塞木塔。難道是塞木塔成癮者玩出了新的花樣？這個地方肯定藏了不少癮君子。

伯茲馬利走到她前面，阻斷門口的雷射，讓裡面的人得知門口有人，盧西拉趁機抬頭看了看大樓的正面。

大樓正面一扇窗戶都沒有，陳舊的合成塑鋼表面暗淡無光，只有幾處攝影機閃著光。她發現這些都是老式的設備，體積比現代的型號大了許多。

一扇門在陰影深處突然安靜地打開了。

「這邊。」伯茲馬利伸手抓住她的手肘，把她拉了進來。

他們走進一條昏暗的走廊，聞到了異國風味食物的味道和一些苦澀的精油氣味，她過了一陣子才聞出來部分味道。美藍極，她清晰地捕捉到醇厚的肉桂香氣，還有，沒錯，塞木塔。她聞到了燒煮米飯的味道，還有希傑特鹽。有人假裝做飯，實際在做其他的東西。有人在這裡製造炸藥，她想到該警告伯茲馬利，但是轉念一想，便又打消了念頭。他沒必要知道這件事情，而且這裡說不定隔牆有耳。

伯茲馬利帶著她爬上一段陰暗的臺階，護壁板上歪斜地裝了一條不怎麼亮的光帶。眼前的牆補了一遍又一遍，他在修補過的一處找到一個隱藏的開關。他按下了開關，什麼聲音都沒有聽到，可是盧西拉感覺他們周圍出現了某種變化。一片寂靜，她覺得這種寂靜和剛才不一樣，有一種蓄勢待發、準備逃跑或戰鬥的感覺。

樓梯間裡寒意逼人，她打了個冷顫，但不是因為寒冷。開關旁邊那扇門的後面響起了腳步聲。開門的是一個黃衣灰髮的老婦人，長了一對歪歪斜斜又濃密的眉毛，她抬頭盯著他們看了一會兒。

「你們來了。」她顫抖地說道，然後便讓到一旁。

盧西拉和伯茲馬利走了進去，身後的房門剛一關上，她便迅速打量一番這間房間。不善觀察的人或許覺得這間房間破舊不堪，但這表象之下蘊藏著某種特質。陳舊是另一種掩飾，其實是某位吹毛求疵的人要求把房間擺設成了這個樣子：這個，就得在這裡；那個放到那邊去，不要再動了！家具和其他零零碎碎的東西看起來稍舊，可是那個人並沒有什麼意見。這樣就挺好，本來就是這樣的房間。

這間房間是誰的？那個老婦人的嗎？她正在朝他們左邊的一扇門痛苦蹣跚地走去。

「天亮之前不要有人來打攪我們。」伯茲馬利說道。

老婦人停下腳步，轉了過來。

盧西拉仔細地打量了她一番。又是一個偽裝出來的老女人嗎？不是，她確實上了年紀。每一個動作都顫顫巍巍，她的脖子發抖，反映出生理上的問題，她完全沒有辦法掩飾。

「要緊的人物也不能打擾？」老婦人聲音顫抖。

她說話的時候，眼皮一跳一跳的，嘴幾乎不動，僅夠發出必要的聲音，三五個字就要停頓一下，好像費了很大氣力才從身體深處吐出來一樣。她的後背彎曲，因為長年從事某種工作，現在已經直不起來，連直視伯茲馬利都成了問題。她只能讓眼睛用力地向上看，好像偷瞄似的，非常奇怪。

「您說的是哪位要緊的人物？」伯茲馬利問道。

老婦人抖了一下，好像費了很長時間才明白伯茲馬利的話。

「要、要、要緊的人物會來這裡。」她說。

盧西拉認出了一些肢體上的跡象，不假思索地說道：

「她是拉科斯人！」

老婦人吊著的雙眼牢牢盯著盧西拉，滄桑地說道：「霍穆團的女士，我原本是拉科斯的祭司。」

「她確實來自拉科斯。」伯茲馬利說道，他的語氣告訴盧西拉不要繼續追問。

「我絕對不會害你們的呀。」老婦人哀怨地說道。

「妳還信奉分裂之神嗎？」

老婦人又等了很久才回應了她的話。

「許多人都信奉偉大的古杜爾。」她說。

盧西拉噘起嘴，再次掃視房間。這個老女人已經失去了昔日的地位。「幸好我用不著要了妳的老命。」盧西拉說道。

老婦人似乎頗為驚訝，張大了嘴巴，唾液從嘴裡流了出來。

她真的是弗瑞曼人的後代？盧西拉打了個冷顫，完全沒有掩飾自己的反感。她的祖先堂堂正正，威武不屈，而她卻卑微至極，唯唯諾諾，這個弗瑞曼人最終只會哀號著死去。

「求求你們相信我啊。」老太婆哀怨地逃出房間。

「妳想幹什麼？」伯茲馬利質問道，「我們要指望這些人才能登上拉科斯！」

她什麼都沒說，只是看著他，她聽出了他的恐懼，那是對她的恐懼。

可是我之前並沒對他進行過銘刻。

盧西拉突然意識到伯茲馬利看出了她內心的憎恨，她十分震驚。她想：我恨他們！恨這個星球上的人！

對於一位聖母而言，這種情緒非常危險，但是憎恨的烈火依舊在她心中燃燒。這個星球讓她變成了自己不願變成的人，她不想承認會發生這種事。她能夠理解，但是不願遭遇這樣的事情。

讓他們都去死吧！

可是他們現在的樣子已經與死沒有什麼分別。

她心痛不已，挫敗！這個新的認知是躲不開的，這些人到底是怎麼了？

他們還算得上人嗎？

他們只剩下一副皮囊，已經不算真正的活人了。不過，他們非常危險，危險至極。

「我們必須趁現在趕緊休息。」伯茲馬利說。

「我不用掙錢了嗎？」她問道。

伯茲馬利的臉「唰」的一下白了：「之前那是出於必要！我們很幸運，沒有被人攔住，可是這種事情誰都說不準！」

「那這個地方安全嗎？」

「我盡力確保這裡的安全了，這裡的每一個人都被我和我的手下檢查過了。」

盧西拉找到一張長沙發，散發著陳年的香水味，她躺了上去，希望驅散心中危險的憎恨。心中有恨，就有可能心生愛意！盧西拉聽到伯茲馬利躺在附近牆邊的幾塊墊子上，很快便酣然入睡，可是她卻怎麼都睡不著。她總是能感覺到大量記憶湧現出來，思緒的庫房中有「他者」共同存在。她突然在大腦中瞥見一條街道和很多張面孔，人們正走在燦爛的陽光下。她過了好一陣子才意識到自己的視角非常奇特——她被一個人捧在懷裡，然後便明白這是她自己的一段回憶。她想起了抱著她的那個人，感覺到溫暖的心跳和溫暖的臉頰。

盧西拉嘗到了自己鹹澀的淚水。

此時，她意識到自從自己進入貝尼・潔瑟睿德學校以來，沒有什麼比伽穆更深刻觸動她的心。

40

以堅固的屏障包裹，心會變得像冰一樣冷酷。

——達爾維·歐德雷迪，議會發言

• • •

房間裡聚集著各方人馬，衝突形勢一觸即發：塔拉札（長袍內套著一身密甲，還準備了其他的預防措施）、歐德雷迪（料想可能會發生暴力事件，因此格外機警）、什阿娜（詳細了解過可能發生的情況，此時正處在三名安保聖母的保護下，三人就如她的人肉盔甲一般隨著她移動）、瓦夫（擔心自己會被貝尼·潔瑟睿德某種神祕的花招蒙蔽了心智）、冒牌杜埃克（種種跡象表明他的怒火瀕臨爆發），還有九位拉科斯議員（每個人都憤怒不已，積極地為自己或家人尋找晉升機會）。

除此之外，塔拉札身旁伴著五名守衛侍祭，這些人都經過女修會的嚴格訓練，能夠應對任何暴力事件。瓦夫身邊則是數量相當的新幻臉人。

他們此刻身在達艾斯巴拉特博物館的頂層房間裡。房間很長，朝西的那面牆是合成玻璃材質，正對著一座綠意蔥蘢的樓頂花園。房間裡擺放著幾張柔軟的沙發，還有從暴君的無現之室挪過來的幾件藝術品。

歐德雷迪不同意讓什阿娜也一同參與，但塔拉札堅持要這麼做。這個女孩能夠震懾住瓦夫和部分祭司，對貝尼．潔瑟睿德來說是很大的優勢。

寬闊的牆面上是一長排窗戶，全部裝有濾光屏，擋住了西邊烈日的炙烤。在歐德雷迪看來，房間的朝向頗有深意。窗子正對著這片夕陽沐浴下的土地，正是沙胡羅日常歇息之處。這間房的主題有關過去，有關死亡。

她對眼前的濾光屏頗為欣賞，這些濾光屏中有許多黑色的扁平窄條，十分子寬的窄條在透明的液態介質中旋轉。進入自動狀態後，只有滿足預設程度的光線能透過這種伊克斯濾光屏照進房間，而窗邊的人也能看到窗外的大部分景色。歐德雷迪知道，比起偏光系統，藝術家和古董商更喜歡它，因為所有光譜的自然光都能穿過這種屏障。房間內使用這種裝置，是為了展示神帝最不尋常的珍藏。沒錯——房間裡展示著一件他的準新娘的禮服。

房間的一頭，祭司議員正在激烈地爭論，完全無視那個冒牌杜埃克。塔拉札站在一旁聽著，從她的表情看來，她覺得這些祭司很愚蠢。

寬闊的房門入口附近，站著瓦夫和他的幻臉人隨從。他的注意力從什阿娜轉向歐德雷迪，又轉向塔拉札，只是偶爾看向那群爭吵的祭司。瓦夫的一舉一動都洩漏了他內心的困惑：貝尼．潔瑟睿德真的會支持他嗎？他們兩方攜手，是否能以和平的方式成功壓制拉科斯教會的反對意見呢？

什阿娜和她身邊的安保聖母站到了歐德雷迪身邊，歐德雷迪觀察到，女孩的身上的肌肉依然纖細、修長，不過她正在慢慢地長大，肌肉形態已經開始具備貝尼．潔瑟睿德的特徵。她高高的顴骨變得更加柔和，皮膚呈橄欖色，棕色的眼睛更加清澈了，不過她的棕髮依然有著長年日曬留下的紅色。她不住看向那群爭執中的祭司，說明她正在評估之前了解到的相關資訊。

「他們會打起來嗎？」她輕聲問道。

「繼續聽。」歐德雷迪說。

「統御大聖母會怎麼做？」

「仔細觀察她。」

兩人都看向了塔拉札，此時她正站在一群強壯的侍祭中間。她還在觀察那些祭司，從她現在的表情看來，她似乎被他們逗樂了。

還在樓頂花園時，這幾個拉科斯人就開始爭論，太陽逐漸西移後，他們便將戰場轉移到了室內，幾個人呼吸急促，時而喃喃細語，時而高聲叫嚷，他們難道沒注意到那位冒牌杜埃克正在看著他們嗎？

歐德雷迪將注意力轉向窗外，她的視線越過樓頂花園，看向遠處的地平線：沙漠裡沒有任何生命的跡象，從達艾斯巴拉特，無論往哪個方向看，視野內都只會有空無一物的沙地。與大多數祭司議員相比，這裡土生土長的平民對人生和這顆星球抱有不同的看法。拉科斯的這個地方不同於高緯度地區，那裡有許多綠色地帶和水分充足的綠洲。從高空俯視，那些地方好像綴滿繁花的手指，伸入了漫長的沙路。經線上的沙漠由達艾斯巴拉特出發，像腹帶一樣繞整顆星球一周，然後回到了達艾斯巴拉特。

「我已經聽夠了！」冒牌杜埃克爆發了。他粗暴地推開一位議員，走到爭論人群的中央，站在原地慢慢旋身，打量每一位議員的臉：「你們都瘋了嗎？」

其中一位祭司（是老阿爾博圖，神啊！）看向房間另一頭的瓦夫，向他喊道：「閣下！您能管管這個幻臉人嗎？」

瓦夫猶豫了一下，然後走向爭執中的這群人，他的隨從緊隨其後。

冒牌杜埃克轉過身，抬手指向瓦夫：「你！就站在那裡！我不允許忒萊素人插手此事！別以為我看不出你們有什麼陰謀！」

假杜埃克說話時，歐德雷迪一直在觀察瓦夫。真是意外！貝尼．忒萊素的尊主什麼時候遭受過走狗的如此對待？瓦夫倍感震驚。盛怒之下，他的五官不住抽搐，口中發出的嗡嗡聲彷彿一群憤怒的昆蟲在鳴叫，這種刻意發出的聲音明顯是某種特殊的語言。他的幾位幻臉人隨從頓時僵住，但冒牌杜埃克只是將注意力轉回幾位議員身上。

瓦夫停止發出嗡鳴。他大驚失色！幻臉人杜埃克並沒有聽從他的指揮！他蹣跚地走向那群祭司，冒牌杜埃克見狀，又一次舉手指向他，手指不住顫抖。

「我告訴你了，不要插手！你或許有辦法弄死我，不過你們這些骯髒的忒萊素人休想騎到我頭上！」

這句話起作用了，瓦夫停下來，突然意識到了什麼。他看向塔拉札，她顯然已經意識到瓦夫的窘境，神情頗為愉快。現在他的怒火有了新的目標。

「妳早就知道！」

「我只是懷疑過。」

「妳……妳……」

「你們的製造技術太先進了。」塔拉札說，「這是你們咎由自取。」

祭司並沒有注意到這兩人的對話，他們向冒牌杜埃克叫嚷，命令他閉嘴離開房間，還罵他是「該死的幻臉人」。

歐德雷迪仔細打量議員攻擊的對象。這次精神複印的程度有多深？他已經確信自己就是杜埃克了嗎？

這位假冒者突然靜下來，言行舉止間充滿威嚴，他朝那些指責他的人投以輕蔑的眼神。「你們都認識我。」他說，「你們都知道我這些年來為了侍奉分裂之神，我們唯一的神，所做出的貢獻。如果除掉我的陰謀得逞了，那我去見祂就是了，不過不要忘了：你們心裡想些什麼，祂一清二楚！」

祭司一齊看向瓦夫，幻臉人替換大祭司時，他們中並沒有人身在現場，也沒見到屍體。單憑幾個人的證詞，就認定事實便是如此，這樣的依據似乎並不可靠。有幾個人這時才看向歐德雷迪，她也是聲稱目睹杜埃克被假冒的證人之一。

這時瓦夫也看向她。

她微微一笑，向忒萊素尊主說道：「這次教會沒有落入其他人手中，正合了我們的意。」

瓦夫馬上意識到了自己的優勢。這件事在教會和貝尼．潔瑟睿德間埋下了嫌隙的種子，從此以後，女修會手中又少了一個牽制忒萊素人的重要工具。

「也正合我意。」他說。

祭司們再一次憤怒地提高聲音，就在這時，塔拉札說話了：「你們有誰要打破我們的約定？」

杜埃克推開身前的兩位議員，穿過房間大步走向統御大聖母，在距離她只有一步的地方停了下來。

「妳在玩什麼把戲？」他問道。

「我們支持你，反對那些想把你換掉的人。」她說，「在這一點上，貝尼．忒萊素的想法跟我們一樣。我們透過這種方式表明，在大祭司的人選上面，我們也有發言權。」

幾位祭司異口同聲地高聲問道：「他到底是不是幻臉人？」

塔拉札眼神溫和地看著面前的男人，問道：「你是幻臉人嗎？」

「當然不是！」

塔拉札又看向歐德雷迪，後者說：「看起來什麼地方出錯了。」

歐德雷迪找到站在祭司之中的阿爾博圖，盯著他看。「什阿娜。」歐德雷迪說，「分裂之神的教會現在應該怎麼做？」

什阿娜按照之前聖母教的那樣，從幾位侍衛包圍下走了出來，用她們教的傲慢語氣說道：「他們應該繼續侍奉神主！」

「看起來，這次會面可以告一段落了。」塔拉札說，「杜埃克大祭司，我們的衛隊現在就在走廊裡候著，如果你需要保護的話，她們隨你調遣。」

在她們看來，他已經接受和理解情況，他已經成了她們的寵物，完全不記得自己是幻臉人了。祭司和杜埃克離開後，瓦夫只向塔拉札說了寥寥數字，這回他用了伊斯蘭米亞語：「給個說法！」

塔拉札從侍衛身邊走開，製造出自己放鬆防禦的假象，事實上，這個動作經過準確的計算，她們曾在什阿娜面前討論過這個問題。塔拉札用同一種語言回道：「我們將不再控制貝尼．忒萊素。」

兩人都保持沉默，瓦夫則仔細斟酌這句話的含意。塔拉札提醒自己，忒萊素人的忒萊素名字可以翻譯為「不可名之族」，而這個標籤一般是用在神身上的。

她面前的這位「神」顯然還沒有意識到，剛才發生的事也有可能出現在他們安插在伊克斯人和魚言士內部的幻臉人身上。瓦夫還會遭遇更多打擊，不過，現在的他看起來頗為疑惑。

擺在瓦夫面前的，是許多尚未解答的疑問，他對伽穆傳來的報告並不滿意。如今他在玩一個危險的雙面遊戲。女修會是否也在玩類似的遊戲呢？不過，一旦他把大離散回來的忒萊素人全打發走，必然會招致尊母的攻擊，關於這一點，塔拉札也提醒過他。伽穆上那位年邁的霸夏到底還有沒有考慮的價值？

他向塔拉札提出了這個疑問。

塔拉札則向他回敬了另一個問題：「你對我們的甦亡人做了什麼手腳？你們想得到什麼？」她覺得自己其實已經知道答案了，但是在瓦夫面前裝作不知情是有必要的。

瓦夫想說：「我們希望貝尼．潔瑟睿德全都死去！」她們太危險了，但她們的價值也是不可估量的。他有些惱怒，陷入了沉默，看向面前的幾位聖母，臉上露出沉思的表情，讓他縮小版的五官顯得更加孩子氣。

塔拉札心想：他是個任性的孩子。她警告自己，絕對不能低估瓦夫。將忒萊素人的雞蛋敲碎，會發現裡面還套著另一個蛋，只要繼續，這種狀況會一直延續下去。無論從哪件事入手，最終都會回到歐德雷迪對於這次爭端抱有的懷疑，而這可能導致雙方在此地發生流血衝突。關於他們從那些蕩婦和其他散失之人那裡得到的資訊，這個忒萊素人真的說了實話嗎？甦亡人只是忒萊素人的潛在武器嗎？

塔拉札決定再刺激刺激他，她動用了議會的「第九條分析」。她繼續用伊斯蘭米亞語說道：「你承諾要告訴我們一些事，可如今卻還沒有做到。你要讓自己在先知的土地上蒙羞嗎？」

「我們說了她們的性——」

「你只說了一部分！」她打斷道，「我們知道是因為甦亡人的關係。」

塔拉札看得到他的反應，他就像一隻被逼入絕境的動物，這種情況下的動物，往往都極度危險。她曾經看過一隻野生的雜種獵犬，尾巴夾在腿間，是丹星古代寵物中倖存至今的物種，當時牠在一群少年的包圍下被逼得走投無路，便開始攻擊身旁追趕牠的這群人，撕咬出一條生路，當時那隻狗的凶殘程度超乎所有人的想像。最終，有兩個孩子因傷勢嚴重而終身殘廢，只有一個孩子沒有受傷。現在的瓦夫，就像那隻絕境中的動物一樣。她看得出他恨不得此時手上拿著一件武器，但忒萊素人和貝尼．

潔瑟睿德在此會面之前，都仔細搜查過對方。她確定他沒有帶武器。可是……

瓦夫舉止間充滿了猶疑不決，他說道：「妳們就是想要統治我們，妳覺得我看不出來嗎？」

「這就是散失之人帶回來的腐朽之物。」她說，「腐朽必始於中央。」

瓦夫的態度有所改變。他無法忽視貝尼・潔瑟睿德更深層次的暗示。她是在故意挑起雙方的不和嗎？

「先知在所有人的腦中都埋下了一個定位器，包括散失之人。」塔拉札說，「他引導他們回到我們身邊，而他們的那些腐朽的東西完好無損。」

瓦夫聽了咬牙切齒。她到底想幹什麼？他腦中產生了一個瘋狂的想法，覺得女修會在空氣裡下了某種神祕的藥物，讓他的腦子沒辦法正常運轉。她們知道了別人無法了解的事情！他的視線從塔拉札轉向歐德雷迪，然後又回到塔拉札身上。他已先後在一連串的甦亡人身上復活，但他知道自己的年歲遠不如貝尼・潔瑟睿德久遠。女修會真夠久遠的了，她們的人看上去往往不顯老態，但她們已經存在了很長的一段時間，長到令他不敢想像。

塔拉札也在思考類似的事情。她從瓦夫的眼睛裡發現了一種深邃的光芒，當前情況的需求為她打開思考推演的新道路。忒萊素人究竟有多深入？他眼中的滄桑感是如此強烈！她有一種感覺，忒萊素人眾尊主的大腦如今與往昔必然有所不同，他腦中對於過去的記憶應該就像全息錄影一般，抹去了所有會削弱他的情感因素。她對瓦夫說出了自己對感情的不信任，而且她懷疑這種不信任也存在於瓦夫心中。這一點能使他們聯合起來嗎？

相同思維的趨向性。

「妳說妳不會再控制我們。」瓦夫低吼道，「可我覺得妳的手正掐在我的喉嚨上。」

「那你的手也掐在我們的喉嚨上。」她說，「你們的散失之人回歸了，可至今沒有出現一位從大離散回來的聖母。」

「可妳說妳們知道所有……」

「我們還有其他獲得資訊的途徑。在你看來，我們派往大離散的那些聖母發生了什麼？」

「都在災難中喪生了？」他搖了搖頭。這是一個全新的情報，回歸的忒萊素人從未提過這件事。不一致的資訊讓他的懷疑不斷加深。他該相信誰？

「她們被策反了。」塔拉札說。

歐德雷迪還是頭一次聽統御大聖母提到對這件事的懷疑，從塔拉札這句簡短的話裡，她感覺到巨大的力量，讓歐德雷迪震驚不已。有時，聖母為了解決一些棘手的問題，往往會準備一些應急計畫，或者臨機應變想出一些解決方案，這一點歐德雷迪是知道的。有什麼東西能夠阻止它嗎？

看瓦夫沒有回應，塔拉札又說道：「你來找我們，為的是不可告人的目的。」

「妳居然好意思這麼說？」瓦夫說，「妳們還不是在按照霸夏的母親教的那樣，想要繼續榨乾我們的資源？」

「因為我們知道，如果你們擁有大離散來的資源，就能承受得起這點損失。」

瓦夫顫抖著吸了一口氣。所以貝尼・潔瑟睿德連這件事都清楚，他猜到其中一部分原因了。好吧，他需要找個辦法，把冒牌杜埃克的控制權奪回來。散失之人真正想要得到的是拉科斯，而且他們可能需要忒萊素人的幫助。

塔拉札又朝瓦夫走了幾步，她現在身旁一個侍衛都沒有，防禦非常薄弱，她看見自己的侍衛變得非常緊張。什阿娜朝統御大聖母走了一小步，然後被歐德雷迪拉了回來。

歐德雷迪的注意力一直放在大聖母身上，而不是那幾個可能隨時會攻擊她的人。她們是否真的已經說服忒萊素人，讓他們相信貝尼．潔瑟睿德會為他們服務呢？毫無疑問，塔拉札剛才已經試探過他們的底線了，而且她用了伊斯蘭米亞語。可她走出了侍衛的保護範圍，孤身一人站在瓦夫一行人旁邊。很明顯，瓦夫現在仍心存懷疑，那他下一步會有什麼舉動呢？

塔拉札打了個冷顫。

歐德雷迪看見了。塔拉札本就如孩童一般瘦弱，而且體重從未增加過，因此她對溫度的變化極為敏感，忍受不了寒冷的環境，但歐德雷迪並未感覺到房間內的溫度有任何變化。那就是塔拉札剛才作了一個危險的決定，危險到讓她的身體不受控制地打顫。當然，危及的不會是她自己，而是整個女修會。貝尼．潔瑟睿德最無法容忍的罪行，便是背棄女修會的制度。

「你想要我們做的，我們都答應，只有一點例外。」塔拉札說，「我們絕不會成為孕育甦亡人的容器！」

瓦夫的臉色變得煞白。

塔拉札繼續說道：「我們現在不是，未來也絕不會成為……」她停頓了一下，說，「……再生箱。」

瓦夫抬起右手，每一位聖母都知道他接下來要做的手勢意謂什麼：這是他讓幻臉人發動攻擊的信號。

塔拉札指著他舉起的那隻手，說：「如果你完成了那個手勢，忒萊素人會失去所有東西。神主的信使——」塔拉札回頭朝什阿娜的方向點了點頭，接著說，「——會離你們而去，先知的話也會在你們的口中化為塵埃。」

這些話用伊斯蘭米亞語說出來，對瓦夫產生了非常大的影響。他把手放了下來，但仍對塔拉札怒目而視。

「我的大使告訴我，我們和忒萊素會分享彼此知道的一切資訊。」塔拉札說，「你也說過要跟我們分享。先知透過神主的信使聽見了你說的話！忒萊素人的阿卜杜都說了些什麼？」

瓦夫聞言，肩膀垮了下來。

塔拉札轉過身背對他。這一步走得很巧妙，不過她和在場的其他聖母都知道，她如今的處境非常安全。塔拉札朝房間那一頭的歐德雷迪笑了笑，知道對方能領會自己的意思。貝尼．潔瑟睿德施加懲罰的時候到了！

「忒萊素人想要一位亞崔迪後代為你們育種。」塔拉札說，「我把達爾維．歐德雷迪交給你們，以後還會有更多。」

瓦夫作了一個決定。「妳們可能知道尊母的不少事情。」瓦夫說道，「但妳們——」

「蕩婦！」塔拉札突然轉身喝道。

「如妳所願。不過從妳說的這些看來，她們有件事妳並不知道，我告訴妳這件事以後，我們就算成交了。她們能夠放大高潮的快感，並將這種快感傳遞到男人的四肢百骸，讓男人的所有感官都參與到交媾中，女方能夠引導男人達到多重高潮，而且還能藉由……女方讓這種感覺延續得更久。」

「所有感官？」塔拉札詫異不已。

歐德雷迪也十分震驚，她發現在場的聖母，甚至侍祭也和她有相同的感想。只有什阿娜看起來不太明白瓦夫說了什麼。

「塔拉札大聖母，我告訴妳。」瓦夫臉上露出洋洋自得的微笑，「我們在自己人身上再現了這個過程。連我都參與了！盛怒之下，我命令扮演……女方的那個幻臉人自我銷毀。沒有人……我敢說，沒有人，能夠像這樣操控我！」

「怎麼操控？」

「如果換成是這些……妳們口中的蕩婦，我就會毫不遲疑地屈服於她們了。」他不寒而慄，「我完全沒有任何……毀滅……」他搖了搖頭，對這段回憶倍感疑惑，「是憤怒拯救了我。」

塔拉札口乾舌燥，費了很大的力氣才嚥下一口口水：「怎麼……」

「怎麼做到的？好吧！在我告訴妳之前，我先警告妳：絕對不要把這招用在我們身上，否則我們必會讓妳們血償！我們的多莫和所有子民都隨時待命，一旦有任何跡象表明妳們想把這招用在我們身上，他們都會殺掉能夠找到的所有聖母！」

「我們不會這麼做的，不過不是因為你的威脅，而是因為我們知道，這種做法會把我們帶入毀滅的深淵。你們用不著四處追殺我們了。」

「噢？可是為什麼它沒有毀了這些……這些蕩婦呢？」

「當然有！而且包括她們接觸到的所有人！」

「它並沒有摧毀我！」

「我的阿卜杜，是神主在保佑你。」塔拉札說，「正如祂保佑所有虔誠的人那樣。」

瓦夫接受了這個解釋，他朝房間四周看了一圈，視線又回到塔拉札身上：「讓所有人都知道，我在先知的土地上完成了我的約定。那麼，她們的做法是這樣的……」他朝兩名幻臉人侍衛揮了揮手，「我們來演示給你們看。」

很久以後，歐德雷迪獨自一人身在頂層房間。剛才，她們讓什阿娜目睹了整個演示過程，她不知道這麼做是否明智。好吧，這樣有什麼不好呢？什阿娜已經決心為女修會效力了，而且如果這個時候讓什阿娜迴避，會讓瓦夫起疑心的。

什阿娜觀看幻臉人演示的時候，從她臉上已經明顯能看出情欲的跡象。訓練監理給什阿娜召喚那些男助手的時間，可能要比一般人更早些。到時什阿娜會怎麼做呢？她會把剛才學到的新知識用在男人身上嗎？必須嚴格禁止什阿娜使用那些技能！需要有人告訴她這樣做對她自己很危險。

在場的聖母和侍祭把自己控制得很好，她們將學到的東西牢牢地記在腦中。什阿娜的教育必須建立在這種觀察上，學學其他人是怎麼掌握內在技能的。

在一旁觀察的幻臉人沒有透露出任何資訊，不過關於瓦夫還有些事情值得思考。他說他會處理掉這兩位演示的幻臉人，但他會先做什麼呢？他禁受得住誘惑嗎？男性幻臉人在極致的快感下不住扭動時，他的心裡在想些什麼？

在歐德雷迪看來，這場演示讓她想起了欽恩大廣場上拉科斯人跳的舞蹈。如果只看短短一段，這支舞蹈似乎全無節奏可言，但是放眼跳舞的整個過程，會發現舞蹈本身是有節拍的，每隔大約兩百步就會出現重複。這些跳舞之人把每個節拍延伸到了驚人的長度，進行演示的那些幻臉人也是如此。

賽艾諾克成為了性操控的手段，大離散中數以十億計的人都處在它的控制之下！

歐德雷迪想起了這支舞蹈，它漫長的節拍，以及在那之後混亂的暴力場面。賽艾諾克的重點在於宗教能量，而這一主題已逐漸轉變為另外一種交流方式。她想起了什阿娜在大廣場看見舞蹈時的激動反應。歐德雷迪當時問什阿娜：「他們在那裡跳舞，是想分享什麼？」

「跳舞的人啊，妳傻了嗎！」

女修會不允許這種說話方式。「什阿娜，我提醒過妳要注意禮貌，妳想現在就嘗試一下被聖母懲罰的滋味嗎？」

歐德雷迪此時正在達艾斯巴拉特的頂層房間，她看著窗外漸濃的夜色，這幾句話就像鬼魂的訊息一般出現在她的腦海中。她心中湧現出強烈的孤獨感，房間裡如今只剩下她一個人。

只有受罰的人會留下來！

她還記得，在大廣場上方的那個房間裡，什阿娜的眼睛格外明亮，心中充滿了各種疑問：「妳為什麼總是提到傷害和懲罰？」

「妳需要學會遵守紀律，如果不能控制自己，還談什麼控制其他人？」

「我不喜歡這門課。」

「我們都不怎麼喜歡……但不久之後我們就會在實踐中發現，這門課的用處很大。」

正如歐德雷迪盤算的那樣，她的話在什阿娜的心中生根發芽，影響久久不退。最後，什阿娜把她所知關於這支舞蹈的事全都告訴了歐德雷迪。

「有些跳舞之人逃脫了，其他那些直接去見魔鬼了。祭司們說他們去了沙胡羅那裡。」

「那些活下來的人，後來怎麼樣了？」

「他們恢復以後，需要再進沙漠裡跳一次舞，如果魔鬼來了，他們就會死，如果魔鬼沒來，他們就會得到獎勵。」

歐德雷迪覺得這種模式似曾相識，什阿娜已經不需要再繼續說下去了，不過歐德雷迪沒有打斷她。什阿娜的聲音異常苦澀。

「他們得到的獎勵一般是錢和市集裡的攤位之類的，祭司會說，他們已經證明了自己是人類。」

「那失敗的人就不是人類了嗎？」

什阿娜陷入沉思，很長一段時間裡都沒有作聲。不過，歐德雷迪十分清楚這是一條怎樣的路，這是女修會的人性測驗！她接受這項測試時的體驗，在什阿娜身上重演了。比起其他的試煉，這段經歷何其溫和！

在博物館頂層房間的昏暗燈光下，歐德雷迪看向抬起的右手，她想起了劇痛之盒，還有當時放在頸邊的戈姆刺，一旦她臨陣退縮或者叫出聲來，便會喪生在這毒針之下。

什阿娜也沒有叫出聲來。不過，她在經歷劇痛之盒前，就已經知道了歐德雷迪那個問題的答案。

「他們也是人類，不過不太一樣。」

空蕩的房間裡，只剩下歐德雷迪和暴君無現空間裡的珍藏，她大聲說道：

「雷托，你對我們做了什麼？你只是跟我們說話的魔鬼嗎？現在你要強迫我們分享什麼呢？」

陳舊的舞蹈會變成陳舊的性行為嗎？

「聖母，妳在跟誰說話？」

什阿娜的聲音從房間那頭傳來，她從房門走了進來，穿著灰色的學員長袍，一開始只有一個模糊的輪廓，她愈走愈近，身影也逐漸變大。

什阿娜走到歐德雷迪身邊，停步說道：「大聖母要我找妳過去。」

「我在自言自語。」歐德雷迪說道。她看向這個異常安靜的女孩，想起當時問她那個關鍵問題時，她表現出的令人揪心的激動。

「妳想成為聖母嗎？」

「聖母，妳為什麼跟自己說話？」什阿娜的聲音裡充滿了關切之情，教學督察需要花費好些力氣，才能把這些情感從她心裡清除掉。

「剛剛我想起問妳願不願意當聖母的事。」歐德雷迪說，「這段記憶又讓我想起了其他事情。」

「妳說過，無論任何事情都要聽從妳的指揮，絕不猶豫，要絕對地服從妳。」

「然後妳說：『就這些嗎？』」

「我當時了解的東西不多，不是嗎？我現在了解的東西也不算多。」

「小女孩，我們都有不了解的東西。除了我們都在跳同一場舞。而且如果我們中有人失敗了，魔鬼一定會來的。」

41

陌生人相遇時，應盡力包容風俗習慣方面的差異。

——潔西嘉女士，出自《厄拉科斯的智慧》

・・・

最後一道帶著一抹綠色的光落到了地平線下面，伯茲馬利才給出了行動的信號。他們到達伊賽另一邊的時候，天已經完全黑了，順著城周的這條路他們理應能找到鄧肯。滿天雲朵將城市的燈光折射下來，照在髒亂不堪的城裡。兩個人按照嚮導的指示，在城裡急急地走著。

這些嚮導令盧西拉頗為惱火，他們要不是從後街小巷突然冒出來，就是突然打開門，悄悄地告訴他們新的指示。

兩人原本應該暗中行動，現在卻被這麼多人知道了他們的目的！

她現在已經能夠處理自己的憎恨，但是殘留的負面情緒令她深深懷疑他們遇到的每一個人，她也逐漸難以繼續偽裝優伎面無表情的模樣。

路邊的人行道上有一些尚未完全融化的雪水，大部分是地行車經過時甩下來的。盧西拉還沒走完半公里，腳已變得冰涼。她為了促進腳部血液流動，不得不消耗一些能量。

伯茲馬利一言不發地低頭走著，似乎沉浸在他的憂慮之中。盧西拉沒有被他唬住，她知道這個男人能聽到他們周圍的所有聲音，看到每一輛飛馳而來的車輛。每當有地行車迎面駛來，他就會拽著她速速遠離道路躲避。一輛又一輛車嗖地從他們身邊飛了過去，髒雪從底部懸浮裝置的扇葉中甩出路旁的灌木叢上。伯茲馬利只有確認地行車已經駛出他們耳目所及之處，才會將盧西拉從雪裡拉起來，雖說車裡的人其實僅僅能聽到自己車輛的聲音。

他們走了兩個小時之後，伯茲馬利停下來，觀察了一番前方的路。他們的目的地是個位於城市周邊的社區，聽說那裡「絕對安全」。盧西拉心裡非常清楚，伽穆不存在絕對安全的地方。

前方有一片黃色燈火映在了天空的雲彩上，標示出目的地所在。他們蹚著冰雪穿過了一條地下道，爬上一座滿是草木的矮山，最後來到了一個類似果園的地方，枝枒在暗淡的環境中頗顯荒涼。

盧西拉看了一眼天上，雲彩漸漸散了。伽穆有許多小型衛星，都是衛戍的無現星艦。部分無現星艦由特格部署，她瞄到了幾排新近上天的無現星艦，也在保衛著這顆星球。飛船看起來大約比最亮的星星大了三倍，而且時常結伴而行。飛船反射的光因而可以發揮一些作用，但是又讓人難以捉摸，因為飛船飛行的速度很快，幾個小時之內便會從天上落到地平線後方。她透過雲彩之間的縫隙看到六顆這樣的衛星串成一線，她不知道這幾艘無現星艦是否屬於特格的防禦體系。

此時她想起了這種防禦系統固有的缺點和系統背後的圍攻理念。特格之前說得沒錯，軍事行動勝利的關鍵在於機動性，不過她覺得他說的不是步行的機動性。

山坡上白雪茫茫，沒有方便藏身的地方，盧西拉察覺到伯茲馬利十分緊張。要是有人來了，他們該怎麼辦？雪地裡有一條溝，從他們的位置指向左邊，然後拐向前方的社區。算不上是條道路，但她覺得有可能是一條小徑。

「這邊走。」伯茲馬利話音未落，便帶著她邁步出發。

積雪沒過了他們的小腿。

「希望這些人值得信任。」她說。

「他們恨尊母。」他說，「我覺得這一點就夠了。」

「我們到了之後，要是見不到甦亡人，我肯定饒不了他們！」她憋住了一句更加憤怒的話沒講，但還是忍不住說：「我覺得他們恨尊母並不夠。」

她覺得凡事都應該作好最壞的打算。

不過，伯茲馬利現在讓她放下了心。他和特格一樣，只要他們還有辦法，就一定不會走進死胡同。她感覺即便是現在這種關頭，周圍的灌木叢裡可能也藏了他們的援兵。

積雪小徑的盡頭接著一條人工鋪砌的道路，路面與側邊相交處略微呈曲面，融雪系統除去了路上的所有積雪，只有中央存在些許水汽。盧西拉走了幾步才發現腳下其實是一條磁懸浮道，這裡是一個古老的磁力轉運基地，大離散之前負責向一座工廠運輸產品和原料。

「這裡變陡了。」伯茲馬利對她說，「他們在這裡建了臺階，不過不是太深，還是小心為上。」

他們很快便走到磁懸浮道的盡頭，眼前是一道破敗的牆，牆根是合成塑鋼，上面壘著本地的磚材。天空逐漸放晴，繁星微弱的光輝照在牆上，他們看到了磚牆粗糙的工藝，顯然建造於大饑荒時期。牆上滿是藤蔓和斑駁的真菌，然而仍然可以看到磚材的裂紋和磚與磚之間隨意塗抹的灰泥。牆面上開了一列窄窗，裡面的人能夠看到磁懸浮道沒入了一片灌叢和雜草之中。三扇窗戶閃著藍色的電光，裡面似乎有人在活動，隱約能夠聽到劈里啪啦的聲音。

「這裡以前是工廠。」伯茲馬利說。

「我有眼睛，也有記憶。」盧西拉打斷了他的話。這個碎嘴的男人以為她完全沒有智商嗎？

他們左邊有什麼東西吱呀地響了起來，一扇地下室的活板門掀起一塊草皮，露出耀眼的黃光。

「快！」伯茲馬利拉著她跑過濃密的樹叢，鑽進那扇活板門。下面是一段臺階，他們剛下來，活板門便伴著一陣機械的轟隆聲蓋上了。

盧西拉發現自己走進了一個巨大的空間，天花板不高，巨大的塑鋼頂梁旁邊掛了長長一排現代的燈球。地面打掃得非常乾淨，但是有一些凹印和劃痕，原本顯然放置了一些機器。她注意到遠處有什麼動靜，一個年輕女子一路小跑步靠近，身上也穿著同樣的惡龍長袍。

盧西拉用力嗅了兩下，聞到了濃重的酸味和某種令人作嘔的味道。

「這裡過去是哈肯能氏族的工廠。」伯茲馬利說，「不知道他們在這裡生產什麼。」

年輕女子停在盧西拉面前，她身形高䠷，貼身的長袍顯出了曼妙的身材和優雅的舉止。女子容光煥發，看得出她勤於修煉，身體健康。不過那雙綠色的眼睛卻十分狠辣，仔細打量著她看到的每一件事物，眼神令人膽寒。

「所以他們又派了一個我們的人來看守這個地方。」女子說。

伯茲馬利剛要說話，盧西拉便一隻手按住了他。這個女人沒有外表看來這麼簡單，我也一樣！盧西拉措辭十分小心，說：「看樣子，我們總是能認出彼此。」

年輕女子笑了笑，說道：「我看你們走過來，當時簡直不敢相信自己的眼睛。」她譏諷地看了伯茲馬利一眼，「這應該是個客人吧？」

「也是嚮導。」盧西拉說道。她看到了伯茲馬利臉上迷惑的表情，祈禱他不會說出什麼不該說的話。這個女人非常危險！

「不是有人在等我們過來嗎？」伯茲馬利問道。

「啊，這東西會說話。」年輕女子哈哈大笑道。她的笑聲和眼神一樣令人毛骨悚然。

「建議妳不要稱呼我『這東西』。」伯茲馬利說道。

「伽穆上的雜碎，我想怎麼叫就怎麼叫。」年輕女子說道，「我管你什麼狗屁建議！」

「妳剛才叫我什麼？」伯茲馬利已經累了，女子意外的言語攻擊令他怒火中燒。

「我想叫什麼就叫什麼，狗雜碎！」

伯茲馬利實在忍無可忍，他在盧西拉出手攔阻之前，便發出了一聲低吼，一巴掌狠狠搧了過去。這一巴掌打空了。

盧西拉驚訝地看到女子俯身躲過伯茲馬利的手掌，輕而易舉地擒住男子的衣袖，一招迅速又精妙的飛踢在電光石火之間將他踹了出去。女子此時一條腿半蹲，另一隻腳準備好了再次攻擊。

「我現在就該殺了他。」女子說道。

盧西拉完全不知道下一秒會發生什麼，本能地側身彎腰，勉強躲開了女子突然踢過來的腳，然後一招標準的貝尼．潔瑟睿德薩巴德，先是重重劈在女子背上，同時對她的腹部猛力一擊，瞬間將她打倒在地。

「我這是建議妳對我的嚮導手下留情，不管妳叫什麼名字。」盧西拉說道。

年輕女人大口大口喘著氣，然後氣喘吁吁地說道：「報告大尊母，我叫默貝拉。大尊母方才以如此之慢的動作打敗了屬下，令屬下羞愧難當。不知大尊母此舉何意？」

「我只是教導了妳一下。」盧西拉說。

「報告大尊母，屬下剛襲袍升格，還望海涵。大尊母教導，屬下感激不盡。已將您的教誨牢記腦中，他日每次屬下活用時都將心存感激。」她低下頭，輕輕地一躍而起，臉上露出頑皮的微笑。

「妳可知道我是誰？」盧西拉問道，聲音冷若冰霜。她在餘光中看到伯茲馬利痛苦地慢慢起身，站在一旁看著兩個女人，不過臉上明顯能夠看到怒色。

「報告大尊母，您方才既有能力教導屬下，屬下便已知道自己冒犯了大尊母大人。不知您可否寬恕屬下？」默貝拉臉上頑皮的笑容消失了，她低垂著頭肅立。

「這次暫且饒過。是否有一艘無現星艦即將來到？」

「據這裡的人所說，確實如此。我們已經做好了準備。」默貝拉瞥了伯茲馬利一眼。

「他還有用，必須陪在我身邊。」盧西拉說道。

「好極了。敢問屬下可否知道大尊母姓名？」

「不行！」

默貝拉嘆了一口氣，說道：「我們已經抓住了甦亡人，他從南邊來的，喬裝打扮成了忒萊素人。您過來的時候，我剛要與他上床。」

伯茲馬利一瘸一拐地走了過來，盧西拉知道他已察覺形勢危急。敵人已經湧進了這個「絕對安全」的地方！不過敵人還不怎麼了解情況。

「甦亡人沒受傷？」伯茲馬利問道。

「這東西還能說話。」默貝拉說道，「真是怪了。」

盧西拉說：「妳不能和那個甦亡人上床，他是我的！」

「屬下遵命。屬下已將他標記，他現在已經稍稍屈服。」

她再一次大笑起來，那種放肆的冷漠、麻木令盧西拉大為震驚：「請這邊走，有個地方可以供您觀察。」

42

願你長眠卡樂丹！

——古代祝酒詞

•••

鄧肯正在努力回想自己身處何方，他知道敦薩死了。敦薩的雙眼噴出汩汩鮮血，那個場景他記得非常清楚。他們進了一棟陰暗的大樓，四周突然亮起刺眼的光。鄧肯感覺後腦勺很疼，自己遭到了鈍器襲擊嗎？他想移動身體，但是渾身的肌肉都不聽使喚。

他記得自己坐在一大片草地邊緣，遠處有人正在玩某種保齡球，奇怪的球彈來跳去，橫衝直撞，看似並沒有任何規律可言。球手是一群男孩，穿著……羯地主星常見的服裝！

「他們在練習成為老年人。」他記得自己說了這麼一句話。

他的身旁坐了一個年輕女子，面無表情地看著他。

「這些室外運動只有老年人才應該玩。」他說。

「噢？」

這個問句令他無所適從，她只用了簡簡單單的一個語氣詞便駁斥了他的觀點。

然後立刻把我出賣給了哈肯能氏族！

所以這是變成甦亡人之前的記憶。

甦亡人！

他想起了貝尼．潔瑟睿德的伽穆主堡，想起了圖書館裡亞崔迪公爵雷托一世的全息影像和三維影像。特格和公爵相貌相似並非偶然，他只是比公爵略高一點，除此之外，那張瘦長的臉，那個高鼻梁，還有亞崔迪氏族的那種人格魅力，全都一模一樣……

特格！

他想起了老霸夏那天晚上在伽穆英勇抗敵的身影。

我這是在哪裡？

他被敦薩帶到了這裡，他們當時走在伊賽——男爵封地——郊外一條長滿草木的野路上。兩人還沒走兩百公尺，天上就下起了雪。潮溼的雪沾在他們頭上，冰冷刺骨，不到一分鐘兩人便打起了寒顫。他們停下腳步，戴上兜帽，拉上保溫外套，這樣就好多了。可是天馬上就黑了，氣溫會下降很多。

「前面有一個歇腳的地方。」敦薩說，「我們先過去，等到天黑再繼續走。」

敦薩見鄧肯沒有說話，說道：「地方不是很暖和，但是不潮溼。」

又走了三百步左右，鄧肯看到了那個地方灰濛濛的輪廓。建築大概有兩層高，立在周圍的髒雪之中。他立刻認了出來，這是哈肯能氏族一座清點人頭的崗哨。哨兵會查點路過的人頭數目，有時也會將路人殺死。建築為磚石結構，由巨大的黏土磚建造而成。土磚採用當地的泥土壓製成型，然後使用大口徑噴槍高溫燒製，哈肯能氏族也會使用這種工具控制暴亂的人群。

他們走到崗哨門前，鄧肯看到一塊全野防禦屏障的殘骸，上面有幾個架設火槍的缺口，對準接近建築的人。不過，這套系統很久之前便已被人破壞，網狀結構扭曲的破洞裡已經長出了雜草。不過，火槍的缺口沒有堵上，這樣裡面的人才能看到外面的情況。

敦薩停下腳步，豎起耳朵，仔細觀察他們周圍的環境。

鄧肯看著這座清點站，這些地方他都記得很清楚，可是眼前看到的卻彷彿是管狀種子長出的畸形植物。建築表面已經曬出了類似玻璃的質感，高溫處理的土磚變得坑坑窪窪。歲月在建築上留下了纖細的劃痕，但是原始的形狀沒有改變。他抬起頭來，看到一套老舊的懸浮升降系統，有人在外梁上臨時裝了一個滑輪組。

看樣子全野屏障那幾個架火槍的缺口是最近才出現的。敦薩穿過屏障，走了進去。

鄧肯好像突然打開了一個開關似的，記憶的影像發生了變化。他回到了球狀無現空間的書房，特格也在那裡。投影儀投出了現代伊賽多個地點的一系列景象，用「現代」來形容伊賽，在他看來有些奇怪。如果「現代」表示實用形態在技術層面符合時代的標準，男爵封地便是一座現代的城市。整座城市完全依靠懸浮導軌運輸人和貨物，所有東西都在天上移動，所有建築的接地樓層都沒有開口。他正在向特格一一解釋。

除去貨物和人類移動所需的必要空間之外，整座城市占用了水平方向和垂直方向的所有空間，導軌上只需要保證高度和寬度夠讓通用交通艙移動即可。

特格說：「最理想的是管狀設計，頂部扁平，便於撲翼機降落。」

「哈肯能氏族的人喜歡方形和矩形。」

確實如此。

男爵封地的交通狀況鄧肯至今依舊歷歷在目，回想當時的情形令他不禁一顫。懸浮軌道像穿過蟲洞一樣，貫穿整座城市，時而直行，時而過彎，時而轉過一個生硬的折角……向上、向下或側行。哈肯能氏族不僅提出了絕對矩形準則，還提出了一個有關人口設計的建設標準：在盡量節省材料的前提下，容納盡量多的人口。

「平頂是那個地方唯一以人為本的空間！」他想起自己對特格和盧西拉說過。

平頂上面是空中別墅，四周、停機坪、下面的入口和所有公園周圍都駐有守衛。高度密集的人群就在下面摩肩接踵地生活，然而住在平頂的人們完全不用理會，甚至會逐漸忘卻他人的存在。人群的氣味和聲音都不會傳到平頂，僕人上樓之前，也被強制規定先洗澡，更換乾淨的衣服。

特格問：「為什麼大眾會情願活在這麼擁擠的地方？」

答案很簡單，鄧肯向他解釋了原因。因為外面的世界很危險，城市的管理者還進一步誇大了危險程度。沒有多少人知道「外面」的生活更美好，他們只知道平頂之上的生活令人嚮往，而絕對的卑躬屈膝則是登龍門的唯一辦法。

「事情總會發生，而你無計可施！」

這是鄧肯大腦中迴蕩的另一個聲音，他聽得很清楚。

保羅！

鄧肯心想：真是奇怪，這句預言帶有一種傲慢，就像晶算師使用尖銳無情的邏輯推演時會流露的情緒。

我以前從來不覺得保羅傲慢。

鄧肯看著鏡子裡的自己，他的部分意識發現這是他成為甦亡人之前的一段記憶。突然之間，鏡子變了，鏡中的面孔也變了，但還是他自己，膚色黝黑的圓臉上線條已愈發銳利，成熟之後便會變成當年的模樣。他和自己的雙眼對視，沒錯，這是他的眼睛。有人曾說他的眼睛「深邃」，深深地嵌在眼窩之中，下面是凸出的顴骨。有人曾經告訴他，除非光照顏色剛好，否則很難判斷他的眼睛是深藍色還是深綠色。

是個女人說的，但是他不記得她是誰了。

他想抬起手摸一摸自己的頭髮，可是雙手不聽使喚，這時想起自己的頭髮被漂成了白色。是誰漂的？一個老婦人。他的頭上已經不是烏黑茂密的鬈髮了。

雷托公爵看著他站在卡樂丹城堡的餐廳門口。

公爵說：「我們吃飯吧。」這是一道命令，不過並不令人感覺高傲，淡然的笑容彷彿在說「這句話總得有人說」。

我的腦子怎麼回事？

他想起敦薩說那艘無現星艦會在某個地方和他們碰頭，他們後來到了那裡。

夜幕之下，他看到一個龐然大物，下面有幾個較小的附屬結構，裡面似乎有人，他聽到人聲和機器的聲音。狹長的窗戶裡沒有人露臉，也沒有門打開。兩人走過幾個較大的附屬結構，鄧肯聞到了烹煮的香味，他想起他們當天只吃了敦薩說的「乾糧」——某種口感類似皮革而且乾燥的條狀物質。

他們走進那座陰暗的建築。

周圍突然亮起了光。

鮮血從敦薩的雙眼噴了出來。

光滅了。

鄧肯看著一張女人的臉，他見過一張與之相似的面孔：那是一段全息長序列中的一個三連影像。哪裡的事情？他在哪裡看到的？這張臉如果不是眉骨寬了一些，便是完美的橢圓形臉蛋了。

她說：「我叫默貝拉。這個名字你不會永遠記著，但是我現在要標記你，暫時不會讓你忘記。我選中了你。」

默貝拉，我確實記住妳了。

她的雙眉很彎，一對綠色眼睛，眼距較寬，引人注意。她的嘴巴小巧，嘴唇飽滿，他知道這張嘴巴放鬆之後會略微噘起。

有東西正在碰觸他的臉頰。

那雙綠眼看著他的雙眼，他看到了冷若冰霜的眼神，看到了眼神中的力量。

他睜開雙眼。這不是回憶！這是正在發生的事情，她就在眼前！

默貝拉！她先前在這裡，後來離開他，現在又出現了。他想起自己醒來的時候一絲不掛地躺在一張柔軟的……睡墊上，他用手觸摸才分辨出來。默貝拉騎在他身上寬衣解帶，綠色的眼睛盯著他，眼神中有股恐怖的專注。她同時撫摸他的身體多處，唇間發出溫柔的輕吟。

他感覺自己迅速勃起，硬得非常痛苦。

他喪失了所有還擊之力。她的雙手在他的身上摩挲，她的舌頭，還有那輕吟！她的嘴巴愛撫他的全身，乳頭蹭著他的臉頰和胸膛。他看見她的眼睛，看到陰謀和詭計。

默貝拉回來了，又來了一遍！

他的視線越過她的右肩，瞥見一扇寬大的合成玻璃窗戶，後方站著盧西拉和伯茲馬利。他在做夢嗎？伯茲馬利雙手緊按在合成玻璃上，盧西拉則雙手環胸站著，臉上滿是憤怒和好奇。

默貝拉湊到他的右耳邊：「我的雙手是火焰。」

她的身體擋住了窗戶後方的臉孔，他感覺她的手所到之處就像著了火一般。

突然之間，火焰吞噬了他的理智，他內心隱藏的地方活躍了起來。他看到紅色的膠囊像一串發亮的香腸從他眼前飄過，他感覺自己的身體很熱。他變成了一顆充血的膠囊，興奮令他的意識變成了一片白光。那些膠囊！他知道那些膠囊！那就是他自己……那些膠囊就是……

所有鄧肯．艾德侯，包括初始的艾德侯和後續的甦亡人，全部進入了他的理智。他們像炸裂的種莢一樣，爭搶著占據他的所有理智。他看到自己被一隻人面巨蟲碾壓在身下。

「雷托，你這個混蛋！」

碾壓，碾壓，碾壓……一遍又一遍。

「你這個混蛋！混蛋！去死吧……」

他死在薩督卡士兵的劍下，痛苦爆炸了，變成刺眼的亮光，而後黑暗吞沒了一切。

他死在一次撲翼機的事故之中、他死在一個魚言士殺手的匕首之下。他死了一遍又一遍，一遍又一遍。

然而，他現在還活著。

無數記憶湧入了他的意識，他不知道自己怎麼可以全數容納。他抱著一個新生的女兒，多麼甜美的回憶；激情洋溢的伴侶散發著麝香一般的氣味；丹星美酒豐富的醇香瀰漫在他的鼻間；他正在訓練室氣喘吁吁地訓練。

再生箱！

他想起自己一次次離開那些管子，想起了明亮的光線和帶有軟墊的機械手臂。機械手臂將他轉了一圈，新生兒失焦的雙眼模糊地看到一個巨大的女性肉體，幾乎無法移動，樣貌猙獰噁心……錯綜複雜的黑色軟管將她的身體和若干巨大的金屬容器連在一起。

再生箱？

甦亡人記憶湧入他的意識，彷彿死死扼住他的喉嚨，令他驚恐地倒吸了幾口冷氣。這些都是他的人生啊！全都是他的人生！

他想起了忒萊素人在他身上植入的東西，他們在他的理智之下植入一層意識，只待貝尼．潔瑟睿德的銘者引誘他的時刻，便會從理智之下浮出。

但這是默貝拉，不是貝尼．潔瑟睿德的人。

不過，眼下引誘他的是她，而且忒萊素人植入的意識已經控制了他的反應。

鄧肯溫柔輕哼，撫摸著默貝拉的身體，動作之靈敏令她驚異。他怎麼會做出反應！怎麼會有這樣的反應！他的右手輕拂她的陰唇，左手愛撫著股溝。與此同時，他的嘴唇輕輕滑過她的鼻尖與唇瓣，往下來到左側腋窩。

他一直柔聲低哼，和著她身體搏動的節奏，令她昏昏欲睡……削弱了她的意志……

她想將他推開，而他則加快了動作的節奏。

他怎麼知道那個時候碰我那裡？還有那裡！還有那裡！噢！杜爾的聖岩啊！他怎麼懂得這些？

鄧肯觀察到她胸部起起伏伏，注意到她的鼻息出現了不暢。她的乳頭挺立，乳暈顏色加深，她呻吟著張開了雙腿。

救命啊，大尊母！

然而這房間鎖得嚴嚴實實，她唯一能想到的那位尊母被擋在門閂和合成玻璃之後。

默貝拉奮力一搏，使出渾身解數，動用長年以來學習的所有技巧，細細觸摸愛撫他。

她每做出一個動作，鄧肯都會回以狂放的刺激。

默貝拉感覺已經無法控制自己的所有反應了，比訓練嵌得更深的知識令她不由自主產生反應。她感覺陰道的肌肉收緊，潤滑的液體迅速釋放。鄧肯進入她身體的時候，她聽到自己的嬌喘。她的手臂、雙手與雙腿，整個身體隨著兩個反應系統活動——一個是經過良好訓練的自動反應，一個是其他需求深入心底的意識。

做出這樣的事，他是怎麼辦到的？

骨盆的平滑肌隨著一陣陣快感收縮，她感覺到對方同時也產生了反應，兩人的肉體不斷猛烈撞擊，反應因而更加增強。連續收縮的陰道令快感的抽搐向外擴散……擴散……擴散到了全身。快感吞噬了她的所有感官，她雖然閉著眼睛，但是看到刺眼的白光逐漸充斥眼內所有區域。她從沒想到自己能夠體會到這等快感，每一塊肌肉都在隨之顫動。

快感的浪潮再次襲來。

一陣一陣，一陣又一陣……

她已經數不清多少次了。

鄧肯低吼一聲，她便嬌聲陣陣，感官的愉悅便再次像波紋一樣向全身蕩開。

一次又一次……

她已經感知不到時間和周圍的環境，完全沉浸在持續的愉悅之中。

她希望感覺永遠持續下去，又希望感覺立刻消失。這種事怎麼可以發生在女性身上！堂堂尊母絕對不能有這樣的感覺，這是用來統治男人的手段。

鄧肯脫離了忒萊素人植入的反應模式，他還有別的事情該做，可是他想不起來是什麼。

盧西拉？

他想像她死在自己面前，然而眼前的女人並不是盧西拉，而是……而是默貝拉。

鄧肯幾乎已經筋疲力盡，他離開默貝拉體內，跪坐下來。她的雙手還在躁動地揮舞，他不知道代表什麼意思。

默貝拉想將鄧肯推開，這一推才發現他已經讓開了。

她猛然睜開雙眼，看到鄧肯跪在自己身旁。她不知道時間已過了多久，想要坐起身，但是渾身癱軟。慢慢地，她找回了理智。

她盯著鄧肯的眼睛，察覺這個男人的身分。男人？他只是個少年，可是他很有本事……本事……所有尊母都接到了預警，知道忒萊素人在一個甦亡人的意識中植入了禁術，任何人見到那個甦亡人，絕對不能饒過他的性命。

她的肌肉迸發出一點力量，雙肘撐起身體。她大口大口喘著氣，想要從少年身邊逃開，卻又癱倒在睡墊上。

杜爾的聖岩啊！絕對不能讓這個男性活下去！他是甦亡人，但是剛才卻做了只有尊母才辦得到的事。她想一拳打過去，但同時又想把他拉回到自己身上。那種快感！她明白，他現在無論要她幹什麼，她都會答應。只要是為他做的事情，她都會答應。

不行！我必須殺了他！

她再一次用雙肘把自己撐起，費了不少氣力才坐起身。她的眼神已經不像剛才那麼冷酷，她望向窗外，看到大尊母和嚮導仍舊站在原地看她。男人滿面通紅，大尊母的神色像杜爾的聖岩一樣漠然。

她看到了這些事，怎麼可以無動於衷、袖手旁觀？大尊母必須殺了這個甦亡人！

默貝拉向窗戶之後的女人示意，然後搖搖晃晃掙扎著到了睡墊旁邊上鎖的門旁。她剛打開門，人便又倒了下去。她看著跪在一邊的少年，他渾身閃著汗水的光澤，他那令人無法割捨的肉體……

不行！

默貝拉情急之下滾出了睡墊，在地板上翻身跪起，幾乎完全憑藉意志力站了起來。她的力量漸漸恢復了，可是雙腿仍在顫抖，她從睡墊的尾端跌跌撞撞地繞了過去。

我要親自動手，什麼都不要想，我必須動手。

她的身體左右搖擺，她想穩住自己，然後朝著脖子給他一擊。這一招她已經練了很久，非常熟悉。一掌劈斷對方的喉頭，令他窒息而死。

鄧肯輕而易舉地躲開了，不過動作很慢……很慢。

默貝拉險些倒在他身邊，不過大尊母的手攬住了她。

「快殺了他。」默貝拉氣喘吁吁地說道，「他就是預警說的那個，他就是那個甦亡人！」

默貝拉感覺兩隻手環上自己的脖子，手指狠狠地按在了雙耳後面的神經束上。

默貝拉陷入昏迷前的最後一刻，只聽到大尊母說：「我們誰都不殺，這個甦亡人要被送到拉科斯去。」

43

無論何種生物，最嚴酷的競爭均有可能來自同類。生物會消耗必要的資源，而必要資源的數量稀缺，便會限制這一物種的發展。生存環境極為不利的話，物種的發展速度便會受到控制。（最低量定律）

——《厄拉科斯之誡》

• • •

這間大樓位於一條大道旁邊，中間隔了一排樹木，還有精心修剪的花叢。花叢錯落有致，好像迷宮一般，周圍立著一人高的白色柱子。無論什麼車輛進出，都只能慢速行駛。特格乘坐一輛裝甲地行車抵達門口，軍人的習慣讓他將眼前的一切都記在心裡。車裡只有他和穆札法爾元帥兩人，元帥看到他的神情，說道：

「上面有光束縱射系統保護我們。」

一名士兵身穿迷彩服，單肩掛著一把雷射長槍，打開了車門，看到穆札法爾下車，隨即立正行禮。

特格隨後也走下車，他知道這個地方。貝尼．潔瑟睿德安保部門向他提供了幾個「安全」的地址，其中有一處便是這裡。女修會掌握的資訊顯然已經過時了，不過是最近才過時，因為穆札法爾沒有發現特格知道這個地方。

他們走近門口，特格又看到了一套保護系統，他第一次來伊賽的時候就曾見過，現在依然完好如初。樹木和花叢周圍的立柱幾乎沒有什麼差別，這些立柱都是掃析儀，由樓內某個房間裡的人操作。柱子上菱形的連接器可以「讀取」立柱和大樓之間區域的資訊。操作者只需要輕輕按下房間裡的按鈕，任何穿過立柱所在區域的活體都會被切成肉塊。

穆札法爾走到門前停步，看著特格說：「這裡來了不少人，但是你等下會見的這位尊母最為強大。見到她必須畢恭畢敬，絕對不能有絲毫頂撞。」

「你這是在告誡我嗎？」

「我還以為你能明白。叫她尊母就行，別用別的稱呼。我們進去吧，我沒有詢問你的意見，擅自幫你做了一身軍裝。」

特格跟隨穆札法爾進門，他上次並沒有看到這間房間。空間不大，放滿了滴答作響的黑色箱子，兩人幾乎沒有立足之地，天花板上也只有一盞燈球亮著黃光。穆札法爾走到牆角邊暫避，特格脫掉了那件滿是汙漬、處處褶皺的單衣，這件衣服他從離開球狀無限空間一直穿到現在。

穆札法爾說：「實在不好意思，沒法讓你先洗個澡。我們實在耽擱不起，她已經等急了。」

特格穿上那身軍裝之後，好像完全變了一個人。他對這身黑色的軍裝很熟悉，連領口都帶著他熟悉的星徽。所以他要以女修會霸夏的形象出現在這位尊母面前，真有意思。他再一次成為了真正的霸夏，雖說他一直堅定地將自己視為一名霸夏，只是這身軍裝明白無誤地表明了他的身分。他穿上這身衣服，便不必透過其他的方式強調自己是誰了。

「這樣就好多了。」穆札法爾說完便領著特格出了房間，穿過入口的走廊，走進特格記得的一扇門。沒錯，他就是在這裡見到了那些「安全」的聯絡人。他當時就已看出房間的作用，這裡似乎還保持著當時的樣子。天花板和牆壁交接處安裝了好幾排微型攝影機，全都偽裝成懸浮燈球的銀質導軌。

特格想：受到監視的人什麼都看不到，監視的人倒是有數不清的眼睛。

他的第二視覺發現這裡存在危險，但是當下不會發生暴力事件。

房間長約五公尺，寬約四公尺，是開展超高級別商務活動的地方。這裡的交易不會涉及金錢，人們只會看到能代替貨幣且攜帶方便的物品，可能是美藍極，也可能是眼球大小的正球形蘇石，看起來似乎柔潤閃亮，一旦有光線照射，或者接觸了肉體，便會閃爍七色彩光。罐子裝著美藍極，布囊裝著蘇石，這些都是正常的事情。他們只需要點點頭，眨一下眼睛或者幾句輕聲低語，就可能完成足以買下一個星球的高額交易。沒人會在這裡拿出一包包錢，頂多只有一個扁平的透明箱子，從塗了毒藥的防護層裡取出薄薄一疊利讀聯晶紙，上面用防偽資料油墨寫著非常大的數目。

「這是一家銀行。」特格說。

「什麼？」穆札法爾正盯著對面一扇沒有打開的門，「噢，對。她馬上就到。」

「她正在看著我們，當然了。」

穆札法爾沒有回應他的話，但是神色有些陰鬱。

特格看了看周遭，他上次來過之後，這裡有什麼東西變了嗎？他沒有發現明顯的變化。他想這樣一座神殿經過億萬年之後，是否會出現任何變化？地上有一塊露毯，雁絨一般柔軟，毛鯨的下腹一般潔白，泛著瑩瑩水光，可是倘若光腳踩在上面（從未有人在這裡光過腳），只會感覺到乾爽的舒柔。

房間中央附近放了一張兩公尺長的桌子，桌面少說也有兩公分厚。特格猜測長桌的材料是丹星藍花楹木。深棕色的表面打磨得十分光滑，似乎可以看到裡面河水一樣的木紋。長桌周圍只放了四把上將椅，材質與長桌相同，由精工巧匠打造，椅座和椅背均採用里爾皮，顏色與磨光的表面完全相同。

只有四把椅子，多一把都是多餘。他不曾坐在這些椅子上，現在也沒有坐下。不過，他知道身體一旦和椅子接觸之後，享受到的舒適堪比那令他鄙夷的犬椅。當然，這些椅子不會像犬椅那樣柔和，也不會那麼契合人的體形。太過舒服會令人懈怠，這間房間和裡面的陳設彷彿在說：「舒適之餘不要放鬆警惕。」

特格覺得在這個地方不僅需要動用智慧，身後還要有強大的武力支持。他過去便得出了結論，現在想法依然不變。

房裡看不到窗戶，但是他在外面見到過幾扇，而且閃爍著明亮的光線，這是能量柵欄，防止外面的人隨意進入，也防止裡面的人逃出。特格知道能量柵欄本身有多種危險，但是其意義重大。欄杆耗能驚人，若將其需要的能量用於一座大型城市，城內最長壽的人去世之時，能量或許才會耗竭。

如此炫耀財富並非隨意之舉。

穆札法爾盯著的那扇門咔嗒一聲開了。

危險！

一個女人身穿金光閃閃的長袍，走進了房間，衣服上紅橘相間的線條翻飛。

她真老！

特格沒有想到這個女人年紀這麼大。她滿臉皺紋，眼眶深陷，一雙綠色的眼睛冷若寒冰，鼻子尖長而唇薄，下巴與鼻梁一樣稜角分明，頭上戴著一頂黑色的圓頂小帽，幾乎完全遮住了灰白的頭髮。

穆札法爾鞠了一躬。

「退下吧。」她說。

他一言未發，從女人進來的那道門走了出去。門關上了，特格打了聲招呼：「尊母。」

「看樣子你發現這裡是銀行了。」她的聲音顫動並不是非常明顯。

「當然。」

她說：「人們總有辦法轉移巨額金錢或買賣權力——那種讓人們運轉的力量。」

「而且通常打著政府、社會或者文明的幌子。」特格說道。

「我就猜想您的智識異於常人。」她說著拉出一把椅子坐下，但是並沒有示意特格也坐，「我自認為做的是銀行生意，這樣我們就不用和稀泥地繞來繞去了。」

特格沒有說話，他覺得似乎沒有必要，便只是繼續打量她。

「為什麼這樣看著我？」她質問道。

「我沒想到您年事已如此之高。」他說。

「咳，咳，咳。霸夏，你沒想到的事情可多了，稍後還可能會有一位年輕的尊母在您耳邊呢喃輕語，告訴你她的名字，將你標記。希望一切順利，願杜爾保佑。」

他點了點頭，不太明白她的話。

「這棟大樓也非常老了。」她說，「我看著您進來的，這是不是也出乎您意料？」

「我想到了。」

「這棟建築已經幾千年了，關鍵的地方都沒有變，這種建築材料還可以再撐很長時間。」

他看了一眼長桌。

「哦，不是那塊木頭，是裡邊的波勒斯坦恩、波勒茲和波莫巴特。迫不得已的時候，三波總能派上用場，而且絕對不會讓人失望。」

特格什麼都沒有說。

「迫不得已的時候。」她說，「我們之前迫不得已讓你吃了些苦頭，不知道你有沒有什麼意見？」

「我有沒有意見都無所謂。」他說。這個女人想幹什麼？當然是想摸清他的斤兩，就像他現在打量她一樣。

「你之前對其他人做的事情，你覺得他們有沒有意見？」

「這還用說嗎？」

「霸夏，你天生就是當指揮官的好料子，你對我們來說很有價值。」

「我一直以為我對自己來說最有價值。」

「霸夏！看著我的眼睛！」

他看到她眼白裡飄著星星點點的橘色，危險的感覺頗為強烈。

「你要是哪天看到我的眼睛完全變成了橘色，那就要小心了！」她說，「說明你已經讓我怒不可遏。」

他點了點頭。

「我欣賞你發號施令的魄力，但就是不能指揮老身！你指揮那些狗東西，對我們來說，你這樣的人只要負責這一件事就行了。」

「狗東西？」

她輕蔑地揮了揮手：「就是外面那些人，你認識他們。他們只會琢磨稀鬆平常的小事，從來不會考慮重大的問題。」

「我以為妳們就希望他們這樣。」

「這就是我們努力的結果。」她說，「所有事物我們首先都會嚴格篩濾，然後才會到他們那裡，無非都是有關溫飽和生存的事情。」

「沒有重大的問題。」他說。

「你好像生氣了，不過不要緊。」她說，「對於外面那些狗東西而言，重大的問題就是『我今天有沒有飯吃？我今天有沒有地方過夜？會不會碰上襲擊者或者人渣？』奢侈品是什麼？奢侈品就是弄來一點毒品，或者找到一個異性，暫時關住那頭猛獸。」

他想：妳就是那頭猛獸。

「霸夏，我之所以抽出一些時間來見你，是因為我明白你的價值或許比穆札法爾還大，其實他的價值已是無比巨大。他把你這麼配合地帶到這裡，我們的人正在好好犒勞他。」

她看到特格依然一言不發，便呵呵地笑了：「你覺得自己這樣不算配合嗎？」

特格克制住了自己，一聲不出，一動不動。他們難道在飯菜裡下了藥？他的第二視覺閃動了幾下，但是尊母眼中的橘色斑點消失之後，視覺中的暴力行為便也消失了。不過，她的兩隻腳可以置人於死地，必須小心。

「只是你不該對那些狗東西懷抱期待。」她說，「幸好他們是最會自我設限的一群生物。在意識最深處的深淵之中，他們明白這個道理，可是沒有時間思考問題，只能為眼前的生存和溫飽奔波。」

「不能幫助他們進步嗎？」他問道。

「絕對不能幫助他們！哦，我們讓這些狗東西活在時時刻刻追求進步的風潮之中，不過只是風潮而已，並不會產生實際的結果。」

「絕對不能給他們這個奢侈品。」他說。

「這不是奢侈品！這種事情根本不能發生！必須始終攔在一道障礙之後，我們稱之為保護性愚昧。」

「畢竟人不會被自己不知道的事物所傷。」

「霸夏，老身不喜歡你的口氣。」

她的眼中再次出現了橘色的斑點，然而特格第二視覺中的暴力動作很快便消失了，因為她又呵呵笑了起來：「人會小心提防的事物，就是他們所不知的事物之反面。我們告訴他們新的知識會帶來危險，你自然明白這話的言外之意：所有新的知識都與生存和溫飽無關！」

尊母身後的門開了，穆札法爾走了進來，站在尊母的椅子後面。他臉色紅潤，眼睛炯炯有神，彷彿換了一個人一樣。

「終有一天，我也會容許你這樣走到我身後。」她說，「我有這個權力。」

他們對穆札法爾動了什麼手腳？特格大為疑惑。這個男人看起來好像打了毒品一樣。

「你明白我有權力吧？」她問道。

他清了一下嗓子，說：「當然。」

「你還記得嗎？我做的是銀行生意。我們剛剛替忠誠的穆札法爾存了一筆錢。穆札法爾，你是不是要謝謝我們？」

「謝謝尊母。」他的聲音有些沙啞。

她說：「霸夏，你肯定大致明白這種能力。你在貝尼・潔瑟睿德的手裡訓練得很好，她們確實相當有天賦，但是恐怕不能與我們相提並論。」

「而且聽說妳們人多勢眾。」他說。

「霸夏，我們的關鍵不在於人多勢眾。我們的力量可以導引，所以不需要多少人就可以控制這股力量。」

他覺得這位尊母現在與貝尼・潔瑟睿德的聖母有些類似，看似回答了對方的問題，但是並沒有真正說出很多資訊。

「歸根究柢，」她說，「我們的力量可以成為許多人生存的實質，少了這種力量，他們便無從生存。這樣一來，我們只要以撤回力量要脅眾人，即可將他們置於股掌之間。」她看了一眼身後，說道：「穆札法爾，你希望我們撤回給你的好處嗎？」

「報告尊母，不希望。」他竟然在顫抖！

「你們發現了新的毒品。」特格說。

她突然放聲大笑起來：「霸夏，你這可就說錯了！這個毒品可不是什麼新東西了。」

「你們想讓我也染上這個毒癮？」

「霸夏，我們控制了很多人，你跟他們一樣，有兩個選項：要麼死，要麼服從。」

「這兩個選項也不是什麼新東西了。」他說道。她會怎樣要脅他？他沒有覺察到任何暴力，反倒在第二視覺中支離破碎地瞥到了一些極其淫穢的暗示。他們以為自己能對他進行銘刻？

她微笑地看著他，一副心領神會的表情，但是頗為冷漠。

「穆札法爾，他會不會效忠於我們？」

「報告尊母，在下相信會。」

特格心裡皺緊了眉頭，這兩個人都是窮凶極惡、奸邪狠辣之人。他們與他的道德信條格格不入，不過幸好兩人不知道他身上發生奇怪的事，因而加快了他的反應速度。

他們看到他迷惑不解，似乎很開心。

特格憑藉女修會賦予的犀利洞察力，發現對方兩人的生活其實都並沒有多少樂趣，這一點令他得到了一些安慰。愉悅的人生所需要的各類元素，這位尊母和穆札法爾都已經忘卻，或者更有可能已經放棄。他覺得他們或許已經無法在自己身上找到愉悅真正的源泉，大多時候只能透過窺探他人獲得。他們變成了永恆的旁觀者，只是始終記得從前的那種欣喜。他們無論怎樣折騰都無法產生過去的歡愉，每次都必須努力達到新的極端，才能依稀喚起記憶中的感覺。

尊母笑得露出了一排潔白的牙齒：「穆札法爾，你看他，完全不知道我們能做出怎樣的事情。」

特格聽到了這句話，貝尼．潔瑟睿德訓練過的眼睛也捕捉到了一些資訊。兩人已經喪失了所有純真，任何套路都不會令他們意外，對於他們而言都算不上新東西。可是他們仍然處心積慮，費盡心機密謀策劃，希望這一次的極端行動能夠讓他們再次感受到記憶中的驚喜。不過，他們知道自己不會感受到驚喜，並且會因為這次事件而更加憤怒，進而再次嘗試喚起那種無法喚回的感覺。這就是他們的思考模式。

特格動用貝尼．潔瑟睿德教給他的所有技巧，滿臉堆笑，他要讓他們以為他明白他們的想法，他確實喜歡自己的生活。他明白這是他能夠向他們發起的最致命的攻擊，也看到攻擊確實命中了目標。穆札法爾怒目而視，尊母先是滿眼怒火，而後突然露出了驚詫的表情，再非常緩慢地轉為恍然大悟之後的喜悅。她沒想到特格會是這樣的反應！這是新的狀況！

「穆札法爾。」橘色逐漸從她的眼中褪去，「我們之前選好的那位尊母，把她帶過來標記我們的霸夏。」

特格在第二視覺中看到自己危在旦夕，此時才終於明白了怎麼回事。他感覺自己的未來像水波一樣在他的意識中向四周蕩開，力量與此同時在他的體內不斷增長。那個巨大的變化依然正在他的體內進行！他感覺到能量正在擴散，隨之明白了許多事情，也擁有了更多選擇。他看到自己旋風一般席捲了整棟建築，身後遍地橫屍（穆札法爾和尊母也死在他手裡），他離開的時候，大樓裡裡外外好像屠宰場一樣。

我必須大開殺戒嗎？他心想。

他每殺一個人，就得殺更多人。不過，他明白這是無奈之舉，他也終於明白了暴君的構想。他看到自己遭受巨大的痛苦，險些叫了出來，硬生生地壓了下去。

「好，把那位尊母帶來吧。」他知道這樣一來，自己便可以將那個女人也在這裡解決，省去了找她的麻煩。掃析儀的那間控制室，他知道自己首先必須消滅那裡的人。

44

哦，知道我們在此受苦的人，別忘了在祈文中提到我們的名字。

——厄拉欽恩起降場標示
（歷史紀錄：達艾斯巴拉特）

•••

拉科斯晨間的銀色天空下，塔拉札看著飄零的花瓣如雪片般紛飛。天空泛出乳白色的光澤，儘管她在此行前聽了許多簡報，仍然沒有預想到眼前的這番情景。拉科斯是一個充滿意外的地方。在達艾斯巴拉特樓頂花園一邊，山梅花的味道十分濃郁，蓋過了所有其他香氣。

無論對哪個地方，都不要覺得自己有了深入的了解……對人也是一樣。她提醒自己。女修會的會議已經在幾分鐘前結束，不過，聖母們在會議中交流的思想仍在她耳邊迴蕩。所有人都一致認為，行動的時間到了。馬上，什阿娜就要為她們「跳舞召來一條蟲子」，再一次展示她對蟲子的掌控能力。

這個「神聖的活動」的參與人員，還包括瓦夫和一位新的祭司代表，不過塔拉札確定，兩人都不了解自己即將目睹的活動的真實目的。當然，瓦夫承受得了觀看這一幕。他對所見所聞依然抱持懷疑，其中摻雜著一絲惱怒，同時他對自己身處拉科斯一事又心懷敬畏，這幾種情緒一般不會同時出現，卻同時體現在他身上。當他發現統治拉科斯的人居然是一群廢物，自然怒不可遏，他心中交織的情緒也因此被點燃，表現得更加明顯。

歐德雷迪從會議室出來，在塔拉札的身邊停下。

「伽穆的報告讓我非常不安。」塔拉札說，「有什麼新消息要告訴我嗎？」

「沒有。那裡的一切仍然很混亂。」

「達爾，妳覺得我們應該怎麼做？」

「我一直想起暴君對綺諾伊說的話：『貝尼．潔瑟睿德離該有的樣子是如此近，又如此遙遠。』」

塔拉札指向這座城市坎兒井外那片空曠的沙漠：「達爾，他還在那裡。這一點我很確定。」塔拉札轉身面向歐德雷迪，說道：「而且什阿娜能跟他說話。」

「他撒了很多謊。」歐德雷迪說。

「但關於自己死後會化身，他說的倒是實話。還記得他說過的話嗎：『我化身而成的每一個後代，身上都有我的一部分意識，它們是那麼迷茫而無助，我的意識幻化成珍珠，沒有目的地在沙漠裡移動，在無盡的夢境裡徘徊。』」

「妳覺得那個夢是真的，而且不斷向自己灌輸這種想法。」歐德雷迪說。

「我們必須重現暴君的計畫！從頭到尾！」

歐德雷迪嘆了口氣，但是沒有說話。

「不要低估想法的力量。」塔拉札說，「亞崔迪氏族在位時始終是哲學家，哲學是一門危險的學問，因為它能讓人產生新的想法。」

歐德雷迪依然沒有回應。

「他的一切都附在了蟲子身上！達爾，他調動起的所有力量都還在那裡。」

「塔爾，妳是想說服我，還是想說服妳自己？」

「我在懲罰妳，達爾，就像暴君還在懲罰我們那樣。」

「因為我們不是應該有的樣子？啊，什阿娜她們已經到了。」

「達爾，蟲子的語言是最重要的事情。」

「大聖母，既然妳都這麼說了。」

塔拉札面露惱火，歐德雷迪心神不寧地沉著臉，走上前迎接剛剛到來的幾個人。

不過，什阿娜的出現讓塔拉札重獲使命感。什阿娜，這個機靈的小傢伙，是塊好料子。前一天晚上，什阿娜在博物館的大房間裡演示過她的舞蹈，房間的背景是一幅香料纖維製成的掛毯，上面裝飾著沙漠和蟲子的圖案，充滿異域風情，與什阿娜舞蹈中散發的氣息十分契合。她幾乎與身後的掛毯融為一體，疾馳的蟲子在沙丘間穿行，各種細節栩栩如生，畫面前方是一個舞動的身影。塔拉札還記得，什阿娜的棕色頭髮在旋轉中飄動，劃出一道模糊的弧線，側光的照耀下，她髮間的紅色更加鮮豔了。雖然她雙眼緊閉，表情卻不平靜，她的嘴巴緊抿，鼻孔擴張，下巴前伸，顯示出她此刻非常激動，舞蹈動作中透出老練的氣質，與她的真實年紀並不相符。

塔拉札心想：舞蹈就是她的語言。歐德雷迪說得沒錯，多看一看，我們就能學會了。

這天早上，瓦夫看起來有點孤僻，很難看出他的眼中映照的是外界還是他內部自身。

瓦夫身旁站著圖魯山，一個膚色較深、長相英俊的拉科斯人，教會派他來參加今天的「神聖活動」。塔拉札在舞蹈展示時見過他，此人在說話時從來不說「但是」，但他說的每件事裡似乎都隱藏著這個詞，是個典型的官僚主義者。他對此行抱有很高的期望，這也是理所應當的，但即將發生的事會令他震驚不已。關於此事，她對他沒有絲毫同情，圖魯山是個五官柔和的年輕人，祭司是背負眾人信任的工作，但從他身上幾乎找不出能夠與此職務相匹配的特質。當然，有些特質無法一眼看出，而有些特質也並不與表面一致。

瓦夫從歐德雷迪、什阿娜和圖魯山身邊離開，走到花園的另一頭。

這位年輕的祭司自然是個可有可無的人，教會派他來參加這個活動，說明在他們看來，她已經到了隨時可能引發暴力事件的級別，不過塔拉札知道，祭司中沒有哪股勢力敢傷害什阿娜。

我們會緊緊跟著什阿娜。

幻臉人展示那些蕩婦的性技能之後已經過去了一個星期，她們也忙了整整一個星期，一段非常令人頭疼的時間。歐德雷迪忙著處理什阿娜的大小事，塔拉札其實更希望盧西拉能夠肩負教育什阿娜的例行工作，但考慮到現實情況，歐德雷迪顯然是拉科斯上最適合教育任務的人。

塔拉札回頭看向沙漠，他們正在等候從欽恩趕來的一批重要觀察員。這些人會搭乘撲翼機前來，他們沒有遲到，不過這類人士都一樣，非要拖延到最後一刻。

什阿娜看起來能夠接受性教育的內容，不過，塔拉札對拉科斯上現有男性教員的評價不是很高。她到達拉科斯的第一晚就召見了一位男性僕人，事後她覺得自己在自找麻煩，因為她那晚並未獲得多少愉悅體驗，也沒有忘卻任何事情。而且，有什麼需要忘記呢？忘記是一種示弱的表現。

永不忘卻！

不過，那些蕩婦們利用的就是這一點，她們用遺忘跟人做交易。而且她們完全沒有意識到暴君始終將人類的命運攥在自己手裡，也沒有意識到需要擺脫暴君的掌控。

前一天，塔拉札悄悄旁聽了歐德雷迪和什阿娜上課的內容。

我想聽到什麼？

年輕的女孩和老師在樓頂花園裡，面對面各自坐在一張長椅上，兩人頭頂是一臺可攜式的伊克斯干擾器，只有使用加密翻譯器才能聽到兩人說話的內容。懸浮干擾器在她們上方盤旋，像一把造型奇特的傘，黑色的圓盤發出了干擾信號，蓋住了兩人嘴唇的動作和說話的聲音。

塔拉札站在長長的會客室裡，左耳戴著一臺微型翻譯器，她聽著歐德雷迪講授的課程，回憶起自己上課時的情況。

學習這些課程的時候，我們還不知道大離散的那些蕩婦能做出什麼來。

「我們為什麼要說性很複雜？」什阿娜問道，「妳昨晚派來的那個男人一直重複這些。」

「什阿娜，很多人覺得自己已經掌握了這一點，但也許從來沒人真正掌握過，因為在實踐中，頭腦需要發揮比身體更大的作用。」

「我們看見幻臉人做的那些事，為什麼我不可以這麼做？」

「複雜事物的背後往往隱藏著更加複雜的道理，什阿娜。透過性的驅使，人們完成了許多事，其中既有偉大成就，也有令人不齒的勾當。我們說過『性的力量』、『性的能量』，還有『超越一切的欲望衝動』之類的東西，這些是可以觀察到的，我並不否認。但是我們那天看到的，是一種太過強大的力量，能夠摧毀妳和妳重視的所有事物。」

「我不明白的就是這一點，那些蕩婦做錯了什麼？」

「什阿娜，她們無視物種的自然運作，妳應該已經感覺到了。暴君肯定知道這一點，除了透過性的力量不斷創造人類，他的黃金之路還能有什麼別的目的呢？」

「那些蕩婦不會創造東西嗎？」

「她們主要想利用這種力量控制她們到手的世界。」

「看起來確實是這樣。」

「啊，瞧瞧她們招來了怎樣的反抗？」

「我不明白。」

「妳知道魅音能夠控制一些人，對吧？」

「但不是所有人。」

「正是如此。經過長時間的努力，受魅音控制的文明找到了適應的方法，最終擺脫了魅音的操控。」

「所以，有人知道怎麼應對那些蕩婦的手段？」

「很多明確的跡象表明，是這樣的。這也是我們來到拉科斯的原因之一。」

「那些蕩婦也會到這裡來嗎？」

「沒錯，她們想要控制舊帝國的核心，因為她們認為戰勝我們不是難事。」

「妳擔心她們會贏嗎？」

「什阿娜，放心吧，她們不會贏的。不過她們對我們有好處。」

「為什麼？」

什阿娜的語調反映出和塔拉札同樣的情緒，對於歐德雷迪剛才的這番話，她驚詫不已。歐德雷迪察覺了多少事？塔拉札轉瞬便明白了，她不禁好奇，這節課的內容，這女孩到底聽懂了多少。

「什阿娜，穩定是關鍵。數千年來，我們在宇宙中都幾乎處於停滯不前的狀態，而大離散裡反抗那些蕩婦的力量一直『就在那裡』，他們在不斷繁衍發展。無論如何，我們必須讓那股反抗的力量變得更加強大。」

撲翼機的聲音愈來愈近，把塔拉札一下從回憶拉到了現實。欽恩的重要人士到了。撲翼機離花園仍有一段距離，不過晴朗的天氣裡，飛行的聲音能夠傳得很遠。

塔拉札一邊掃視空中尋找撲翼機的蹤影，一邊暗自承認，歐德雷迪的教育方式很得當。他們飛行的高度很低，而且是從建築的另一邊飛過來的，這個方向跟預先商定的不同，但有可能他們先帶著這些重要人士去暴君高牆的廢墟那裡轉了轉。對於歐德雷迪發現香料庫的地方，很多人都非常好奇。

什阿娜、歐德雷迪、瓦夫和圖魯山回到了那間長長的會議室，他們也聽見了撲翼機的聲音。什阿娜急於展示她對蟲子的控制能力。塔拉札猶豫了一下，正在逼近的那些撲翼機發出了不堪重負的轟鳴聲。是因為超載嗎？他們到底帶來了多少人？

第一架撲翼機懸浮在頂層房間的屋頂上方，塔拉札看見配備裝甲的機艙，她剛意識到有人背叛了自己，那臺機器便射出了一道光束，從她膝蓋下方劃過，她的雙腿被完全切斷，重重地倒在一棵盆栽樹上，又一道光束劃過，斜著切向她的髖部。這架撲翼機突然發出噴氣助推器的轟鳴聲，從她上方掠過，然後轉向左邊。

塔拉札雙手抓住身旁的樹，努力擺脫劇痛的影響。她止住了傷口的大部分血流，卻無法緩解傷口帶來的劇痛，她提醒自己，這跟香料之痛比不算什麼。念頭一浮現，疼痛便緩解了些許，不過她知道自己已難逃一死。博物館周圍響起叫喊和各種交戰的聲音。

我贏了！塔拉札心想。

歐德雷迪從頂樓房間飛奔而來，彎下身看向塔拉札。她們什麼都沒有說，但歐德雷迪明白了，她把額頭靠在塔拉札的太陽穴上，實行貝尼．潔瑟睿德的一種古老儀式。塔拉札開始把自己的人生注入歐德雷迪腦中——他者記憶、希望、恐懼……所有東西。

她們中的一人還有機會逃出去。

什阿娜被命令留在頂層房間，她從那裡看見了樓頂花園的這一幕，她很清楚發生了什麼事，這是貝尼．潔瑟睿德最古老的奧祕，每一位學員都知道。

瓦夫和圖魯山在襲擊發生時已經離開了房間，沒有再回來。

什阿娜因恐懼而不住顫抖。

歐德雷迪突然站起身來，衝回頂層房間。她的眼神十分凌厲，行動果斷，一躍而起，把燈球聚集在一處，繼而將燈球的線整理成幾束握在手中。她往什阿娜手中塞了幾束，什阿娜隨即感覺身體變輕了，燈球的浮力為她施加了漂浮的力量。歐德雷迪將視野範圍外的燈球也拉了過來，然後快步走向房間較窄的一端，在牆上找到一處鐵格柵。在什阿娜的幫助下，她順利將格柵拆了下來，洞口通向一座很深的通風井，成束的燈球把井內粗糙的牆面照得分明。

「把燈球攏在一起，燈球之間靠得愈近，浮力場的效果愈大。」歐德雷迪說，「想下降的時候，就把燈球稍微散開一些。快進去。」

什阿娜將線束緊緊握在冒汗的手心裡，跳進了通風井，她先讓自己落下幾秒，然後害怕地將燈球往中間收聚，看見上方傳來的光，她便知道歐德雷迪也跟著跳了下來。

落地後，她們進了一間泵房，裡面有許多旋轉的風扇發出沙沙聲，伴著外面傳來的打鬥聲鑽進兩人的耳朵裡。

「我們得到無室去，然後去沙漠。」歐德雷迪說，「所有機器系統都是相連的，在那裡我們能找到出去的路。」

「她死了嗎？」什阿娜輕聲問道。

「對。」

「可憐的大聖母。」

「什阿娜，現在我是統御大聖母了，至少暫時是這樣。」她向上指了指，說道：「襲擊我們的是那些蕩婦，我們得動作快。」

45

這是生的世界。他們是誰？
我們勇敢地面對黑暗，以企及潔白與溫暖。
她像風一樣，在我的面前徘徊。
我在正午生機勃勃，我在她的形體中死去。
從肉體升為靈魂，方才知道墮落是怎麼回事：
文字越過了世界，一切皆變成了光明。

——希歐多爾．羅賽克（史料引用：達艾斯巴拉特）

・・・

特格幾乎沒有動用多少意志便成為了一陣旋風，他終於明白了那些尊母威脅的本質。移動速度大幅提升之後，他出現了新的晶算師意識。

既然是令人髮指的威脅，便只能採取令人髮指的措施應對。他屠戮整座大樓，見一人殺一人，身上濺滿了鮮血。

貝尼．潔瑟睿德的教員曾經說過，如何管控繁殖是人類宇宙最大的一個問題，他在殺人的時候聽到了第一位老師的聲音。

「你們可能認為這只是性事，但是我們通常使用更加基本的稱呼：繁殖。這件事擁有許多面向和枝節，而且似乎擁有無窮無盡的能量。『愛情』只是其中很小的一個方面。」

一名男子怔怔地站在特格的面前，被特格捏扁了脖子。他終於找到了大樓防禦系統的控制室，房間裡只坐著一個男人，男子的右手差一點就摸上了面前控制臺上的紅色按鍵。

特格左手只一揮便幾乎斬下了男人的頭顱，人體緩緩向後倒下，鮮血從斷裂的頸部慢慢湧出來。

女修會稱她們叫蕩婦還真是精準！

如果能夠操控繁衍的巨大能量，便幾乎可以任意改變人類宇宙的走向。有些事情人們覺得自己完全做不出來，然而透過操縱繁衍便可以逼迫他們動手。有位教員說得非常直白：

「繁衍的能量必須有發洩之處，發洩口被封住了，後果就會不堪設想。如果改變了這種能量的導向，它可以將牽涉的任何事物都變成自己的載體，這是宗教的終極奧祕，所有教派莫不如是。」

特格走出了大樓，他知道自己殺了五十多個人。最後一個死在他手裡的是一名士兵，身穿迷彩軍裝，站在大樓門口，似乎準備進門。

當特格從看起來彷彿動作停止的人們和車輛一旁跑過，飛速運轉的大腦回顧了剛才的情況。年邁的尊母死前，臉上露出了極度詫異的表情，這件事情會不會讓他自己有所寬慰？穆札法爾永遠見不到他的建築灌木了，自己能不能為此慶賀一下？

不過，他接受過貝尼．潔瑟睿德的訓練，明白剛才那幾秒做的都是必要的事情。特格了解以前的歷史，舊帝國時代存在許多天堂一般的星球，在大離散的人去的地方可能有更多，人類似乎總是會嘗試那個愚蠢的實驗。在這樣的地方，人們通常會慵懶地度過一生。倘若不經仔細思索，人們會認為這是因為此類星球的氣候宜人，但他知道其實是因為他們愚蠢，因為性的能量在這些地方非常容易釋放。如果分裂之神的傳祭司或者某個宗教組織登上這樣一顆天堂一般的星球，最終只會爆發令人髮指的人禍。

特格的一位老師說：「我們女修會了解這種情形，我們曾經透過護使團多次點燃那條導火線。」

特格一路跑進一條巷子，距離老尊母那成了屠宰場的大本營至少五公里。他知道時間並沒有過去多久，但比起時間感，他更需要全神貫注地思考極其重要的事情。大樓裡有人躲過了他的毒手，知道了他的本事。他們看到他殺了尊母，也看到穆札法爾死在了他手裡。任何人看到滿地的屍體和慢速重播攝影機的錄影之後，便可以了解事情經過。

特格靠在一堵牆上，看到左手手掌掉了一塊皮。他的時間感慢慢恢復正常，他看到傷口不斷滲出的鮮血幾乎變成了黑色。

我的血氧增加了？

他雖然氣喘吁吁，但是並不像一番劇烈活動之後該有的樣子。

我到底是怎麼回事？

他知道肯定和自己的亞崔迪血統有關，他的生理狀態在危急之時進入了另一個維度。不管這變化是怎麼回事，但想必非比尋常。他現在明白了許多必要行動的真正意義。他跑過來的路上看到了許多人，他們好像雕塑一樣。

我以後會不會把他們當成「狗東西」對待？

他只要心中警惕，犯下這種錯誤。不過誘惑終究存在，他簡短地同情了一下那些尊母，巨大的誘惑令她們陷入泥淖之中。

現在怎麼辦？

特格知道了行動的主要方向，他需要在伊賽找到某個男人，那人肯定認識他要找的每一個人。特格看了看這條巷子，沒錯，那人就在附近。

巷子深處飄來了陣陣花朵和香草的氣味，他循著香氣走去，知道盡頭就是自己的目的地，而且不會遭到襲擊，因為目前這裡還沒有成為是非之地。

他很快就找到了氣味的源頭，看見一個凹嵌的出入口，門上一頂藍色的遮陽篷，上面印了四個現代凱拉赫文字：「個人服務。」

特格走了進去，立刻發現了他找尋的東西。舊帝國許多地方都能看到這樣的場所：歷史久遠的餐廳，從廚房到餐桌均為人工服務，完全看不到自動機器。這種地方大多都是「私房」去處。人們會告訴朋友自己最近發現了一個「好地方」，但又告誡他們不要告訴別人。

「去的人太多的話就毀了。」

告訴別人資訊，然而又不希望他人告訴別人，特格時常覺得這種想法十分好笑。

後頭的廚房飄出了令人垂涎的香味，一名服務生手托托盤，走了過去，餐盤裡熱氣騰騰，看就知道肯定是美味佳餚。

一個年輕女子身穿黑色短洋裝，外面罩著白色圍裙，走到了他的面前：「先生，這邊請，牆角有一張空桌子。」

她扶著靠牆的椅子讓他入坐：「麻煩您稍等，馬上就會有人過來。」她遞給他一張廉價的加厚紙板，「我們的菜單是列印的，但願您不介意。」

他看著女子走遠，剛才那個服務生又走向廚房，托盤空了。

特格的腳把他帶到了這裡，彷彿沿著一條固定的軌道前進，而他要找的男人正在附近用餐，那個人知道接下來應該如何發展。

服務生走到男人旁邊，跟他說了一些話，兩個人哈哈大笑。特格掃了一眼整間房間，另外只有三張桌子坐了人。對面牆角坐了一個年紀較大的婦人，小口吃著某種鋪了糖霜的甜點。她身穿紅色低胸貼身短禮服，特格覺得這肯定是目前最時尚的衣裝，她的腳下踩著一雙風格相配的鞋子。他右手邊的桌子坐著一對年輕的情侶，兩個人眼中只有對方。門邊坐著一個上了年紀的男子，身穿很合身的棕色舊式短上衣，仔仔細細地吃著一盤綠色蔬菜，注意力完全放在自己眼前的菜上。

服務生旁邊的那個男人撫掌大笑。

特格盯著服務生的後腦勺，看到他脖子後面冒出一撮黃色的頭髮，好像一把枯草一樣，下面的衣領已經綻了線。特格視線往下，服務生的鞋跟外側已經出現了明顯的磨損，黑色外套的下襬也有補綴的痕跡。這個地方難道講求節約？節約，還是迫於經濟壓力？然而，後頭廚房的香氣中聞不出絲毫節儉。餐具閃亮、光潔，所有盤子都沒有缺口或裂紋。紅白相間的條紋桌布倒是有幾處縫補，不過也盡量與原本的布料和花紋保持一致。

特格再一次打量起其他客人。他們看起來都是富足之人，並非吃了上頓沒下頓的餓漢，特格將此事記在心裡。這個地方不僅是個「私房」去處，而且是故意設計成這種風格，很有頭腦。某些年輕有為的高級主管會分享這種餐廳，以討好潛在顧客或者取悅某位上級。飯菜的品質一定是上乘，分量一定不能少。特格意識到自己雖然只是跟隨直覺來到這裡，但是並沒有來錯地方。他低頭看起眼前的菜單，終於讓飢餓感進入他的意識。此時飢火中焚，至少堪比已故的穆札法爾元帥親眼見識的那一次。

服務生托著托盤出現在他旁邊，餐盤上放著打開的小盒子，還有一個罐子，裡面飄出了新膚藥膏辛辣的味道。

「霸夏，您的手受傷了。」服務生說著將托盤放在桌上，「我先給您包紮傷口，然後您再點菜。」

特格抬起傷手，看服務生迅速處理自己的傷口。

「你知道我是誰？」特格問道。

「報告長官，是的。我這幾天聽說了一些傳聞，沒想到還能看到您，而且穿著一身軍裝。好了。」

他包紮好了特格的傷口。

「你聽到了什麼消息？」特格低聲說道。

「我聽說那些尊母正在抓您。」

「我剛剛殺了她們幾個人，還有她們的許多……那些人我們該叫什麼？」

服務生臉色煞白，但是聲音十分堅定：「報告長官，奴隸。」

「你當年是不是參加過倫迪泰的戰鬥？」特格說。

「報告長官，是的。我們許多人後來都在這裡安頓下來。」

「我需要吃東西，但是沒錢付給你。」特格說。

「霸夏，倫迪泰的人無論是誰都不會要您的錢。他們知道您來了這裡嗎？」

「我覺得應該不知道。」

「店裡這些人都是常客，都不會告訴別人您來過這裡。要是來了危險的人物，我會想辦法告訴您。您想吃什麼？」

「什麼都行，你幫我點，只要量夠大就行。碳水化合物和蛋白質二比一，不要酒。」

「長官，量多少算夠大？」

「儘管把飯菜端上來，能上多少上多少，等我吃夠了，就會告訴你……或者等到你覺得我超出你的慷慨所容許的範圍。」

「長官，這家餐廳雖然看起來不算豪華，但並不是一個寒酸的地方。我在這裡靠著小費掙了不少錢，已經不是窮酸的人了。」

特格心想：我的判斷沒錯，節約果然只是精心設計的風格。

服務生離開了，走到餐廳中央的餐桌旁，又和那個男人交談起來。服務生走進廚房之後，特格光明正大地打量起那人。沒錯，就是他要找的對象。男人把注意力放在面前滿滿一盤義大利麵，上面點綴了些許綠色。

特格看著他，感覺這個男人似乎沒有女人照顧。他的領口歪斜，繫帶糾結，左手袖口濺了一些綠色的醬汁。他右手的動作很自然，但是用餐的時候左手一直放在醬汁濺落的範圍之內。兩條外翻的褲邊已經有些磨損，一隻褲口修補的線已經鬆開，半隻褲腳搭在了腳跟上，襪子顏色不同，一隻藍色，一隻淡黃。他似乎毫不在意，從來沒有母親或者其他女人從門口把他拽回去，命令他整理好服裝儀容才能出門。他現在的裝束已經明確反映了他的基本態度：

「我的服裝儀容最多就只能這樣了。」

男人好像被人戳了屁股似的，突然抬起頭，棕眼掃遍整個房間，每看到一張臉便要停頓一下，好像在找人。男子看完一輪，注意力便又回到自己的盤子裡。

服務生端來了一碗清湯，特格看到湯裡有蛋花和綠色蔬菜。

「長官，您其他的菜還在做，先喝碗湯。」他說。

「倫迪泰戰役結束之後，你就到這裡來了？」特格問道。

「報告長官，是的。不過我還跟您打過阿克利涅那場。」

「伽穆六十七兵團。」特格說道。

「沒錯，長官！」

「我們那次救了不少人的命。」特格說，「他們的，我們的，都有。」

特格遲遲沒有開始用餐，服務生有點冷漠地說：「長官，您需要探測器嗎？」

「只要是你給我上菜，就用不著。」特格說道。他確實這麼認為，但是又感覺自己有些虛偽，因為他在第二視覺中已看到飯菜的確安全無毒。

服務生滿意了，剛要轉身離去。

「等等。」特格說道。

「長官，怎麼了？」

「中間桌子的那個男人，他經常來你們這裡嗎？」

「您說戴爾奈教授？他是經常來。」

「哦，戴爾奈。我猜也是。」

「長官，他是武術教授，也有實戰經驗。」

「我知道。等會兒給我上甜點的時候，麻煩過去問問戴爾奈教授願不願意過來聊聊。」

「長官，我要把您的身分告訴他嗎？」

「你覺得他不知道我是誰嗎？」

「他可能知道，可是……」

「該小心的時候還是小心一點為好。」特格說，「繼續上菜吧。」

服務生還沒轉達特格的邀請，戴爾奈便早早對特格產生了濃厚的興趣。他剛一坐到特格的對面，便說道：「我從來沒見過您這麼會吃的人，您真的能吃下甜點嗎？」

「至少兩份或者三份。」特格說。

「不可思議！」

特格嘗了一勺加了蜂蜜的甜點，一口吞了下去，然後說：「這裡真是個好地方。」

「我一直都沒把這個地方告訴別人。」戴爾奈說，「當然，幾個好朋友除外。鄙人有幸與您同桌，不知道您有何貴幹？」

「你有沒有被尊母……啊，標記過？」

「諸神在上！沒有！我可不是什麼重要的人物。」

「戴爾奈，我想讓你冒一次生命危險。」

「您想讓我幹什麼？」毫不猶豫，令人欣慰。

「我之前的手下會在伊賽的某個地方碰面，我想過去看看，盡量多見幾個。」

「您想像現在這樣，一身軍裝大搖大擺地過去？」

「這個由你來安排。」

戴爾奈一根手指輕輕地點了點自己的下唇，靠在座位上，看著特格。「您也知道，偽裝您可不太容易。不過，我有個辦法，說不定可以。」他若有所思地點了點頭，「對。」他笑了，「不過您恐怕不喜歡這個點子。」

「什麼點子？」

「我們給您塞一些東西，然後再裝扮一番，變成一個博爾達諾的監工。當然，身上肯定還得有下水道的味道，而且您得假裝自己根本聞不到才行。」

「為什麼這樣就能蒙混過關？」特格問道。

「哦，因為今天晚上要下暴雨，每年到了這個時候都有一場暴雨。這樣一來，明年的莊稼才能有足夠的水分，熱田的水庫才能灌滿。」

「我不知道你的考量是什麼，但是等我再吃一份甜點，我們就走。」特格說。

「您肯定喜歡我們晚上躲雨的地方。」戴爾奈說，「我真是不要命了，可是這家餐廳的老闆說我必須幫您，不然就永遠別想再來了。」

天黑一小時之後，戴爾奈帶他來到了碰面的地方。特格穿著皮衣皮褲，扮成一個跛子，他被迫耗費了大量心力才能忽略自己的氣味。戴爾奈的朋友先在特格的身上糊滿了下水道裡的汙物，再用水管沖掉，強風乾燥之後，他散發出濃郁的「香氣」。

會面地點的門口有一座遠端判讀氣象站，特格看到室外氣溫比起前一個小時掉了十五度。戴爾奈繞到他面前，急匆匆地鑽進一間人聲鼎沸的房間，裡面傳出了玻璃杯碰撞的聲音。特格停下腳步，研究起氣象站，他看到現在風速每小時三十公里，氣壓下降。氣象站上面的標牌寫著五個字：

「為顧客服務。」

想必也是為酒館服務，顧客出門的時候說不定會看一眼數字，然後就轉身走回溫暖熱鬧的人群之中。

酒館最深處有一座巨大的壁爐燒著香木，真正的火焰升騰。

戴爾奈出來了，聞到特格的氣味，皺了皺鼻子，帶他從人群旁邊擠進一間裡屋，然後走進了一間私人浴室。特格的軍裝搭在一把椅子上，清洗乾淨，熨燙整齊。

「我先出去了，在壁爐旁邊等您。」戴爾奈說道。

「我穿這一身軍裝出去？」特格問道。

「您只要不出去街上，就不會有危險。」戴爾奈說著便原路返回。

特格很快便梳洗完畢，走出裡屋，從人群裡擠到了壁爐旁邊。人們認出他，突然安靜了下來。房間裡一陣竊竊私語：「老霸夏來了。」「嗯，是特格。以前跟他打了那麼多年的仗，他長什麼模樣，非常熟悉了。」

眾人擁到了壁爐原始的溫暖之中，特格聞到了很濃的酒氣和溼衣服的味道。

這些人來酒吧難道是為了避雨嗎？特格看到這一張張經過戰火洗禮的面孔，心裡明白無論戴爾奈怎麼說，這都不是一場尋常的聚會。不過，這些人認識彼此，他們知道自己會在這裡遇到其他人。

戴爾奈坐在壁爐旁邊的長凳上，手裡端著一杯琥珀色的飲料。

「你放出了消息，讓他們在這裡見我們。」特格說道。

「霸夏，您不就是這個意思嗎？」

「戴爾奈，你到底是什麼身分？」

「我是個農場主，有一座冬季農場，就在南邊，沒幾公里。我還有幾個做銀行生意的朋友，時不時能借我一輛地行車用用。我就明說吧，我跟這屋子裡的人一樣，我們都想要擺脫那些尊母的荼毒。」

特格身後的一個男子問道：「霸夏，您今天真的殺了她們一百個人嗎？」

特格沒有轉頭，口乾舌燥地說：「這個數字太誇張了。誰能給我來杯喝的？」

特格趁機居高臨下地掃視整個房間，然後接過一個玻璃杯，果然是深藍色的丹星馬利涅特，這些老兵知道他愛喝什麼酒。

大家繼續喝起了酒，但是克制了許多，他們在等他說明來意。

特格覺得這種風雨交加的夜晚更能激發人類團結的本性，部落的男人哪！我們聯合起來！站在洞口，面前是熊熊燃燒的火焰，我們將擋住一切危險，野獸看到我們的篝火，更不會輕易上前！他一邊抿著杯中的酒，一邊思考：這樣的夜晚，伽穆各地會有多少類似的聚會？這些人不希望暴露行動，惡劣的天氣恰好是最佳的掩飾，同時也能讓部分人老老實實地待在室內。

他認出幾張臉孔，有的曾經是軍官，有的是普通的士兵。他記得有些人十分可靠，但他們之中有些人今晚將丟掉性命。

大家漸漸放鬆了下來，音量便提高了。沒人強迫他說明來意，他們知道他的風格，時候到了，他自然會說。

笑聲話音此起彼伏，他知道人類社會誕生之初，人類為了保護彼此而聚集起來的時候，一定就是這樣的景象。酒杯相碰，哄堂大笑，偶爾輕聲暗笑，這些人更了解自身的能力。輕聲暗笑說明你不是一塊木頭，但是也不希望大聲狂笑，在人前出了洋相，戴爾奈便是這樣的人。

特格瞥了一眼頭頂，看到房間的橫梁屋頂並不太高，比較傳統。如此一來，整個空間立刻似乎加長了一些，同時又令人感覺更加私密。這裡非常注重人類的心理感受，他發現伽穆的很多地點都有類似特色。這種設計旨在防止人們操不必要的心，盡量讓他們感覺舒適、產生充分的安全感。當然，他們事實上並不舒適，也不安全，但是千萬不要讓他們意識到這一點。

技藝嫻熟的服務生將酒水送到光照柔和的餐桌上，全都是本地的黑啤酒和一些價格不菲的進口貨，特格盯著他們一會兒。吧檯和桌子上四處放了幾碗炸得酥脆的本地蔬菜，碗裡撒了不少鹽，讓客人更易口渴，雖然明目張膽，但是似乎沒有人介意，這只是這個行業的習慣。啤酒肯定也摻了不少鹽，向來都是這樣，酒廠知道如何激發口渴的神經反射。

有幾群人的聲音愈來愈大，飲料開始施展來自遠古的魔法，酒神巴克斯降臨！特格明白，這場聚會如果任由其自然進行，室內稍後將會變得愈來愈熱鬧，然後噪音慢慢地平息。有人會去瞄一眼門外的氣象站，這個地方或許會迅速冷清下來，或許還會繼續熱鬧一段時間，全取決於那個人看到的數字。特格突然意識到，吧檯後面肯定有什麼裝置可以竄改氣象站顯示的數字。這種增加收入的好方法，酒吧肯定不會放過。

把他們弄進來，想方設法留住人，只要別讓他們有意見就行。這裡的老闆肯定會贊同尊母的作為，連眼睛都不眨一下。

特格放下酒杯，喊了一聲：「注意了。」

房間頓時一片寂靜。

連服務生也停下手頭的事。

「你們找幾個人守門。」特格說道，「沒有我的命令，誰都不能進來，也不能出去，那幾個後門麻煩也守住。」

然後，他仔仔細細地在房間裡掃視一圈，憑藉他的第二視覺和多年的作戰經驗挑了幾個看上去十分可靠的人。他現在該做的事已經非常明白。第二視覺已經隱約可以看到伯茲馬利、盧西拉和鄧肯，他們的需求非常清楚。

「你們應該很快就能找到自己的武器吧？」他說。

「霸夏，我們有備而來！」某個人在房間裡高吼。特格聽出了酒意，但也聽出血脈賁張的鬥志，鬥志必不可少。

「我們要拿下一艘無現星艦。」特格說道。

這句話抓住了他們的注意力，沒有什麼人工製造的裝備像無現星艦一樣受到嚴密看守。這些飛行器神出鬼沒，裝甲表面設有各類武器，停泊在脆弱的地點時，艦員時時保持戒備。智取或許可行，強攻幾無勝算。然而，特格為形勢所迫，亞崔迪血統狂放的基因令他出現了一種新的意識。他現在能夠看到伽穆星表和星球周圍無現星艦的位置，他的內部視野出現了許多亮點，第二視野看到了穿過這個迷宮的路線，好像一條線將一顆顆彩球串了起來。

可是我不想離開這裡。他心想。

但這是形勢所迫，他無法抗拒。

「具體來說，我們要拿下離散之人的一艘無現星艦。」特格說道，「他們有幾艘最好的。你、你、你，還有你。」他用手指點出了四個人，「你們留在這裡，不要讓任何人離開，也不要讓任何人跟外界聯絡。我想你們會遭到攻擊，能撐多久就撐多久。其他人拿上武器，跟我走。」

46

公理？誰要在這裡找公理？強權就是公理，而我們要做的就是建立自己的公理，就在厄拉科斯——要麼贏，要麼死。只要我們手裡還有武器，而且可以自由使用，那就不必抱怨有沒有公理。

——雷托一世，貝尼・潔瑟睿德檔案部

• • •

無現星艦在拉科斯的沙地上方低空飛行，經過之處沙塵飛揚，飄浮在艦體周圍，然後在一陣「嘎吱嘎吱」的響動聲中，降落在沙丘上。一天漫長的炙烤過後，銀黃色的落日墜入了地平線，炎熱的沙地上方熱氣蒸騰。無現星艦在沙丘上吱嘎作響，這個鋼製球狀物的外表泛出耀眼的光，無論從視覺還是聽覺，它都很容易被人發現，但卻能躲過所有預知或遠端儀器的偵察。特格的第二視覺告訴自己，他的到來沒有引起不必要的注意。

「十分鐘內，把裝甲撲翼機和車子安排好。」他說道。

身後的人群領命開始行動。

「霸夏，您確定她們在這裡嗎？」聲音來自伽穆酒吧裡陪他喝過酒的人，一名曾和特格在倫迪泰並肩作戰、備受信賴的軍官，一開始時重溫青春熱血的激情已經退去，如今他的心情與彼時完全不同。他的幾位老友在伽穆的戰役中犧牲了。和大部分從戰場上倖存、跟隨特格來到這裡的人一樣，他把家人留在身後，不知道未來迎接家人的是什麼命運。他的聲音裡透出一絲苦澀，彷彿想讓自己相信，他是受到哄騙才參加這次行動的。

「她們很快就會到了。」特格說，「她們會騎著蟲子過來。」

「您是怎麼知道的？」

「一切都安排好了。」

特格閉上了眼睛，他不需要睜眼便能看見身邊的一切活動。這裡跟他曾使用過的許多指揮所很像：橢圓形的房間裡擺放著很多儀器，有人在一旁操作，軍官則在他身邊等待指令。

「這是什麼地方？」有人問道。

「看到我們北邊的那些石頭了嗎？」特格說，「那裡曾經是一座很高的懸崖。這東西叫捕風器，旁邊有一座弗瑞曼人的穴地，現在比一個洞穴大不了多少，一些拉科斯的拓荒者住在那裡。」

「弗瑞曼人。」有人輕聲說道，「神啊！那條蟲子過來的時候，我想親眼看看，我從沒想過我還能親眼看見這種東西。」

「這是您的另一個意外安排嗎？」軍官問道，言語中苦澀的意味愈發濃烈。

如果我告訴他我剛剛獲得的能力，他會說什麼？特格不禁好奇。他可能會覺得我隱瞞了什麼不可告人的目的，而事實便是如此。這個人處在獲得真相的邊緣，如果他了解真相，還能對我忠心耿耿嗎？特格搖了搖頭。這位軍官幾乎沒有其他選擇，除了戰鬥和死亡，這裡的所有人都沒有其他選擇。

特格隨後想到：沒錯，在安排戰鬥的過程中，許多人都會受到蒙蔽，不了解事實真相，他居然這麼輕易就陷入了和尊母一樣的想法。

狗東西！

掩蓋真相操作起來比想像中要容易一些，很多人都希望跟隨別人的領導，當時那位軍官也有相同想法。箇中原因是這些人心中都懷有根深柢固的部落本能（一種無意識但卻強大的動機）。當人意識到自己如此輕易便被他人牽著鼻子走時，一個自然的反應便是尋找代罪羔羊。那位軍官現在就想為自己找隻代罪羊。

「伯茲馬利想見你。」特格左方有人說。

「現在不行。」特格說道。

伯茲馬利可以再等等，他馬上就有機會親自指揮作戰了。他現在出現會讓人分心，他可以晚些再體驗瀕臨成為代罪羊的感覺。

找代罪羊是多麼容易的事啊，而且他們接受起來也毫無困難。當他們的另一個選項是發現自己有罪或愚蠢或兼而有之時，情況尤為如此。特格想告訴身邊所有人：

「留心那些蒙蔽你們的招數！然後你們就會知道我們的真正意圖了！」

特格左邊的通訊官說道：「那個聖母現在跟伯茲馬利在一起，她堅持要我們放他們進來見你。」

「告訴伯茲馬利，我要他回去和鄧肯作伴。」特格說，「讓他看住默貝拉，一定要確保她不會逃脫。把盧西拉放進來。」

特格心想：必須這樣。

對於他身上發生的變化，盧西拉的疑慮愈來愈深，聖母對變化的感覺十分敏銳。

盧西拉衝了進來，身上長袍沙沙作響，間接反映出她的激動程度。她十分憤怒，但是把情緒隱藏得很好。

「我想要一個解釋，邁爾斯！」

他心想：這倒是一個不錯的開場白。「什麼解釋？」他說道。

「我們為什麼不直接進入——」

「因為尊母和她們從大離散回來的忒萊素同夥控制了拉科斯的大部分要地。」

「你……你是怎麼……」

「妳知道嗎？他們殺了塔拉札。」他說。

她的動作凍結了，沒過多久又說道：「邁爾斯，你一定要告訴我——」

「我們沒有多少時間了。」他說，「衛星下一次經過這裡時，就會發現我們了。」

「但拉科斯的防禦系統——」

「如果它們停滯不動，就和其他所有防禦系統一樣不堪一擊。」他說，「守軍的家人就在這裡，挾持他們的家人，就能有效地控制所有守軍。」

「那為什麼我們還在這裡——」

「我們在等歐德雷迪和那個跟她一起的女孩，還有她們的沙蟲。」

「我們要沙蟲做什——」

「歐德雷迪知道怎麼處理那隻蟲子，妳知道嗎？她現在是妳的統御大聖母了。」

「所以你要把我們弄到——」

「你們要把自己弄過去！我的手下和我要留在這裡掩護你們。」

話音剛落，指揮室在震驚之下一片寂靜。

特格心想：掩護。這個詞用得並不合適。

在他的計畫裡，他們的反抗將引爆尊母的情緒，尤其如果她們相信甦亡人就在拉科斯，她們不僅會反擊，而且最終可能會啟動消毒程序，拉科斯的大部分土地都可能會變成燒焦的廢墟，人類、沙蟲或沙鱒倖免於難的可能性微乎其微。

「尊母曾想要找到蟲子抓捕起來，不過失敗了。」他說，「她們覺得你們會把一隻沙蟲遷移到其他星球，真不知道她們怎麼會有這樣的想法。」

「遷移？」盧西拉大為不解，特格很少見到聖母露出如此茫然失措的表情。她正在試著把對方說的話串聯起來，他觀察到，女修會擁有一部分晶算師的能力，真正的晶算師能夠在資料不足的情況下得出結論。特格覺得，當她從資料裡琢磨出什麼結論時，自己早就不在她（或者任何一位聖母）的接觸範圍內了，然後她們就會開始手忙腳亂地培育他的後代！當然，她們會讓迪梅拉去當育種女修，還有歐德雷迪，她是逃不掉的。

她們還掌握了忒萊素人再生箱的祕密，貝尼·潔瑟睿德克服良心不安，掌握那種生產香料的技術只是時間早晚的問題罷了。居然用人類的身體生產香料！

「所以，我們在這裡很危險。」盧西拉說。

「是的，有一定危險。尊母的問題是她們太富有了，會犯富有的人容易犯的錯誤。」

「墮落的蕩婦！」她說道。

「我建議妳到入口那裡去。」他說，「歐德雷迪馬上就到了。」

她不發一語直接離開了。

「全部裝甲都已部署完畢。」通訊官說道。

「通知伯茲馬利，準備來此指揮作戰。」特格說道，「我們剩下的人馬上就要出去了。」

「您覺得所有人都會跟您一起走嗎？」那個在找代罪羔羊的人問道。

「我要出去了。」特格說，「哪怕沒有人跟隨我也要一個人去，願意去的人跟我走。」

他心想：這樣講以後，他們都會跟著來的。只有接受過貝尼．潔瑟睿德訓練的人才會真正明白同儕壓力的影響力。

指揮室安靜了下來，只剩下儀器發出的微弱嗡嗡聲和滴答聲。特格想起了那些「墮落的蕩婦」。他心想，用「墮落」形容她們並不合適。有些非常富有的人會墮落，是因為他們認為錢或權能夠買到一切。他們怎麼會不產生這種想法呢？這些人每天都在經歷這樣的生活，很容易就會視之為顛撲不破的真理。

希望製造永恆，還有所有那些鬼話！

這就像是一種信念，認為錢能夠讓所有不可能的事情變為可能。

然後就是墮落的開端。

尊母並非如此，她們的邪惡已經不能稱為墮落，他能看出來，她們已經度過了那個階段。現在，這些人做的事已經遠超過墮落的程度，特格也不清楚自己是否真的想知道她們要做什麼。

不過，資訊已經存在於他的新意識裡，無法逃避。只要能滿足私利，或者能夠讓她們獲得想像中的愉快體驗，或者能讓她們多活上幾天甚至幾個小時，她們之中任何一人都會毫不猶豫地將整顆星球丟入痛苦煎熬的深淵。

什麼樣的東西才能讓她們心滿意足？她們就像對塞木塔上癮的人一樣，只要她們喜歡，無論是什麼，她們總是需索無度。

而且她們自己也知道！

她們必然怒火中燒！掉進了這樣的陷阱！她們飽經滄桑，卻永不滿足——永遠沒有足夠好或者足夠邪惡的概念，她們已經完全失去了節制的本領。

不過，她們很危險。也許有一件事他想錯了：那些散發甜品味道的神祕物質讓她們經歷了轉變，將她們的眼睛染成了橘色，也許她們不再記得那可怕的轉變之前的事了。記憶中的記憶可能會產生扭曲，每位晶算師都會發現自己身上存在這樣的缺陷。

「蟲子來了！」

是通訊官的聲音。

特格轉過椅子，看向投影區域，一個小小的全息影像呈現出艦外西南方向的情況，蟲子背上騎著兩個乘客，此時離特格他們還有一段距離，只見一個分節的身影在沙漠裡蠕動著前行，牠背上的兩人看起來只有黑點大小。

「歐德雷迪到了以後，讓她一個人來見我。」他說，「什阿娜，就是那個小女孩，留在後面，會幫你們把蟲子趕進獸欄，蟲子會聽從她的指揮。一定要讓伯茲馬利留在附近待命，我們沒有太多時間交接指揮權。」

歐德雷迪走進指揮室時，呼吸還很急促，身上散發出沙漠的氣味，一種雜糅著美藍極、燧石和汗水的味道。特格坐在椅子上，顯然是在閉目養神。

歐德雷迪發現霸夏此時休息的狀態和平時的他有些不同，散發出近似憂鬱的氣息。特格睜開雙眼，歐德雷迪馬上發現他身上有些不一樣，盧西拉剛才只來得及簡短地跟她稍稍一提，然後寥寥數語將甦亡人恢復記憶的情況簡單帶過。特格身上發生了什麼？他彷彿是故意想讓歐德雷迪發現一樣，想看看她到底能不能看出來。他堅毅的下巴微微上揚，一如平時的審視神態，一張窄臉上布滿皺紋，警覺的表情絲毫沒有懈怠，他的鼻子又長又窄，這是來自柯瑞諾和亞崔迪血統的特徵，在長久歲月的洗禮下，他的鼻子又長長了一些，灰白的頭髮依然濃密，髮際線的美人尖將人的審視目光集中在……

他的那雙眼睛上！

「你怎麼知道要在這裡等我們？」歐德雷迪質問道，「我們不知道蟲子會把我們帶到哪裡。」

「在這烈日下的沙漠裡，有人居住的地方不多。」他說，「我賭了一把，這個地方的可能性很大。」

賭了一把？她知道這個晶算師的常用語彙，但從來沒有真正了解意思。

特格站起了身：「這艘無現星艦交給妳了，去妳最了解的地方吧。」他說。

聖殿星？她幾乎脫口而出，但想到了身邊還有其他人，這些特格召集起來的陌生軍人。他們是什麼人？盧西拉的簡單介紹並沒有讓她了解到所有情況。

「我們稍微修改了塔拉札的計畫。」特格說，「甦亡人不留在這裡，他必須跟你們一起走。」

她明白，她們以後可能需要鄧肯．艾德侯的新技能對付那些蕩婦，他已經不是拉科斯摧毀計畫中的誘餌了。

「當然，他必須一直留在無現星艦裡，不然會被發現的。」特格說。

她點了點頭，在那些擁有預知力的搜索人員面前……比如宇航公會的領航員，鄧肯並不具備隱藏自己的能力。

「霸夏！」通訊官的聲音傳來，「一顆衛星發現我們了！」

「好吧，你們這些土撥鼠！」特格吼道，「所有人都給我出去！叫伯茲馬利進來。」

指揮室後部的艙門打開，伯茲馬利衝了進來：「霸夏，我們在——」

「沒時間了！你來指揮！」特格離開指揮椅，揮手讓伯茲馬利過來坐下，「歐德雷迪會告訴你怎麼走。」特格一時衝動，一把抓過歐德雷迪的左臂，彎身在她的臉頰上親了一口，他知道，自己這麼做一部分是出於報復心理。「女兒，做妳該做的事。」他輕聲說道，「獸欄裡的那隻蟲子可能馬上就要成為宇宙裡唯一的一隻了。」

歐德雷迪明白了：特格知道塔拉札的全部計畫，也打算把他的大聖母的命令執行到最後。

「做妳該做的。」這句話就說明了一切。

47

我們探討的不是某種新的物質狀態，而是意識和物質之間新近發現的一種關係，藉此可以更加清楚了解預見的機制。預言影響了內部宇宙的樣態，從而借助無法理解的力量產生了新的外部可能。我們可以直接利用這些力量改變物質宇宙，不需要理解它們的具體作用。上古時代的金屬匠人不懂得鋼鐵、青銅、紅銅、黃金和錫複雜的分子結構和亞分子結構，但一樣可以一邊繼續揮動大錘，一邊創造玄祕的力量來描述這些未知的東西。

——統御大聖母塔拉札，議會發言

• • •

女修會的聖殿、檔案部和極其神聖的領導層的辦公室隱匿在這座年代久遠的建築之中，建築夜間發出的並非尋常的聲音，更像是各種信號。歐德雷迪待了許多年，已經學會解讀這些信號。那邊的一聲吱呀，來自地板下面八百多年沒有更換的一根木梁，晚上收縮的時候便會發出聲音。

她現在擁有塔拉札的記憶，能夠更加具體地理解這類信號。記憶還沒有完全整合，當時時間非常緊繃。這天晚上，歐德雷迪到了塔拉札辦公的地方，趁著空閒繼續整合部分記憶。

達爾和塔爾，終於合二為一了。

這句話顯然是塔拉札說的。

進入他者記憶需要同時身處多個平面，有些平面藏在深處，不過塔拉札依然位於接近表面的位置。歐德雷迪任由自己繼續同時在多個平面探索，很快便認出一個正在呼吸的遙遠的自我，但其他的自我要求她走進完整的情境。氣味、觸感、情緒，原始情境的一切元素都完好無損地保存在她自己的意識之中。

夢見屬於別人的夢境會令人頗為不安。

這句話也是塔拉札說的。

塔拉札玩了這麼危險的遊戲，竟然將整個女修會的未來懸於一線！她處心積慮算準時間，令那群蕩婦適時得知忒萊素人在這個甦亡人身上添加了危險的能力。她聽說伽穆主堡受到襲擊之後，便知道消息已經傳到了源頭。不過那次襲擊慘無人道，令她意識到自己已經沒有多少時間。那些蕩婦定會集結兵力，摧毀整顆伽穆星球，只為了殺死甦亡人。

特格的行動決定了很多事件的結果。

她在自己的他者記憶裡看到了霸夏，看到那位她始終都未能真正認識的父親。

我直到最後也沒能真正了解他。

沉湎於回憶之中可能削弱人的意志，可是她實在無法抗拒。

歐德雷迪想起了暴君的話：「我的過去啊！恍若恐怖的田野！答案像驚嚇的鳥兒一般飛起，遮蔽了我那無法逃避的記憶的天空。」

歐德雷迪克制自己，像一名泳者一樣，只讓自己剛好淹沒於水面之下，但不繼續下潛。

歐德雷迪心想：我很有可能被取而代之，甚至會遭到斥責和抨擊。貝隆達肯定不會輕易接受女修會新的權力架構，但不要緊，女修會的生死存亡才是她們唯一該在乎的事。

歐德雷迪從他者記憶的水中浮了起來，抬頭望向房間對面陰暗的壁龕。她藉著室內燈球昏暗的燈光，看到一個女人的半身雕像，雖然隱隱約約看不真切，但是這座雕像已經擺在此處很長時間，她非常熟悉那張面孔：綺諾伊，守護聖殿的象徵。

「蒙神保佑……」

每一位聖母禁受香料之痛（綺諾伊未能通過這一考驗）之後，心裡或者嘴上都會說這句話，可是這句話到底是什麼意思？許多聖母通過考驗，這是女修會悉心計畫和訓練的結果，與神有什麼關係？她們從拉科斯帶來的那條蟲子肯定不是神，難道女修會只有在成功的時候才會感覺到神的存在？

我竟然也相信了護使團的那些鬼話！

她知道自己曾經在這間房間內無數次聽過類似的疑問和想法，全都是無稽之談！可是，她依然無法命人搬走那座雕像。

她告訴自己：我不是迷信，也不是執迷不悟，只是因為事關傳統，我們都清楚這種東西的價值。

當然，我的半身雕像肯定不會獲得這樣的榮譽。

她想起了瓦夫和他的幻臉人，他們和邁爾斯．特格都死在被摧毀的拉科斯。繼續考慮舊帝國的腥風血雨已經沒有太多意義，不如考慮尊母的暴行所引發的報復力量。

特格事先便已知道事情的結果！

女修會剛剛結束的議程因為與會人員疲憊而不了了之，歐德雷迪慶幸自己將諸位議事聖母的注意力轉移到幾件迫在眉睫的要務上。

關於懲罰措施，她們討論了一段時間，檔案部參照歷史上的先例，得出令人滿意的結果——與尊母結盟的人類必將遭到巨大的衝擊。

伊克斯肯定會因為不堪重負而垮塌，他們完全不明白回歸之人將會對他們造成什麼競爭壓力。

宇航公會會被晾在一邊，而且將為他們的美藍極和機器付出巨大代價，宇航公會和伊克斯都將猝不及防地落得同樣下場。

魚言士基本上可以忽略不管，她們早已淪為伊克斯的附庸，成為了必將被人遺棄的歷史。

還有貝尼．忒萊素，啊，忒萊素人。瓦夫早已屈服於尊母的淫威，雖然他始終沒有承認，但是事實非常明顯。「只有一次，而且只是和我手下的幻臉人。」

歐德雷迪勉強一笑，她想起了父親苦澀的吻。

我要再造一處壁龕，再放一尊半身雕像，紀念邁爾斯．特格，偉大的異端！

不過，她想起盧西拉對特格的懷疑，心裡久久不能平靜。他最後獲得預知力了嗎？他真的「看到」那些無現星艦了嗎？好吧，這些問題可以交給育種女修。

「我們一定要嚴防死守！」貝隆達的話不無指責的意味。

她們知道女修會已經退到了堡壘位置，將要面對那些蕩婦洶湧而至的漫漫長夜。

歐德雷迪發現自己不怎麼喜歡貝隆達，包括這位聖母大笑時會露出的寬大粗鈍牙齒。

她們針對什阿娜的細胞樣本討論了很久，她們發現了「希歐娜的證據」。什阿娜確實擁有她的血脈，因而不會被人預視，可以走出那艘無現星艦。

鄧肯的情況尚不清楚。

歐德雷迪將思緒轉向無現星艦裡的甦亡人。她從椅子上起身，走到漆黑的窗前，望向遠方起降場的方位。

她們敢讓鄧肯從飛船遮蔽預視的防護裡走出來嗎？細胞研究的結果顯示，他是艾德侯多個甦亡人的混合體，算是希歐娜的後代。可是來自初始的鄧肯．艾德侯的瑕疵，該怎麼辦呢？

不行，不能讓他出來。

默貝拉呢？懷孕的默貝拉呢？一個尊母，但是失去了尊嚴。

「忒萊素人原本想讓我殺了銘者。」鄧肯說道。

「你準備殺了那個蕩婦嗎？」盧西拉問他。

「她不是銘者。」鄧肯說。

議會探討了鄧肯和默貝拉之間的親密關係，詳細分析各種可能。盧西拉認為兩人之間不存在任何親密關係，仍舊是互相提防的敵人。

「最好不要冒險讓他們碰面。」

不過，那些蕩婦在性方面的能力需要仔細研究。或許可以讓鄧肯和默貝拉在無現星艦裡見一次面，當然需要妥善做好相關的保護措施。

最後，她想到無現星艦裡關著的那條蟲子，牠馬上就要變形了。一個滿是水和美藍極的窪地正等著牠，四面圍有泥牆。當時機成熟時，什阿娜會將牠引誘到窪地中。蟲子變成沙鱒之後，便可以開始牠們漫長的轉化過程了。

父親，您說得沒錯，事情一旦看清楚了，就非常簡單。

不需要幫蟲子尋找沙漠星球，沙鱒自己就可以創造適合沙胡羅居住的環境。歐德雷迪不希望聖殿星變成一望無垠的荒漠，但是別無選擇。

特格在無現星艦的亞分子儲存系統裡留下了「邁爾斯．特格遺言」，這份檔案無懈可擊，即便是貝隆達也認為檔案內容高度可信。

聖殿要求查看檔案的所有歷史紀錄，根據特格對散失之人的了解，對大離散那些蕩婦的了解，她們必須改變現在的面貌。

「真正富有和強大的人很少會讓外人聽到他們的名字，人們看到的只是他們的代言人。政治世界存在一些例外，但是也不會完全暴露整個權力架構。」

這位晶算師哲學家深入思考了她們普遍接受的所有事物，思考結論駁斥了檔案部仰賴「我們未受侵犯」的信念。

邁爾斯，我們都明白，只是始終不能勇敢面對罷了。未來幾代人的時間，我們將完全依靠我們的他者記憶。

他們不能信任固定的資料儲存體系。

「你們只要銷毀大部分複本，時間可以幫妳們解決剩下的事。」

霸夏的話十分犀利，令檔案部大發雷霆！

「歷史紀錄往往會轉移人的注意力。多數歷史記載會將人們關注的重點引向其他地方，令人忽略在事件背後發揮影響力的祕密力量。」

這話讓貝隆達心服口服，她親口承認：「確實如此，極少數的歷史雖然有幸避開這種命運，但是卻又因為各種可以想見的原因而被人們遺忘。」

特格羅列了銷毀歷史紀錄的部分流程：「盡可能毀掉相關歷史記載的複本，用譏嘲掩蓋清楚明白的表述，常規教育中不排入相關課程，確保他人不可在別處引用這些記載。某些情況下，甚至需要抹殺作者本人。」

更別說許多信使因為帶回不受歡迎的消息而慘遭殺害，成了替罪羊，歐德雷迪心想。歐德雷迪想起古代的一位統治者，他手邊時時刻刻都備有一柄長槍，用來刺死帶回壞消息的信使。

「我們擁有良好的資訊基礎，可以藉此更透澈了解我們的過去。」歐德雷迪在議會上如是說，「我們始終明白，確定誰控制著財富，才是一場衝突中最要緊的事情。」

這種想法或許算不上「崇高」，但是可以解決眼前的問題。

我一直都在迴避那個核心問題，她心想。

她們全都明白，鄧肯．艾德侯的事情早晚都要解決。

歐德雷迪嘆了一口氣，喚來一架撲翼機，稍作準備便飛向無現星艦的起降場。

歐德雷迪走進無現星艦，心想鄧肯的這間監獄至少還很舒適。這裡原本是飛船指揮官的私人艙室，之前住的是邁爾斯．特格，現在依然能看到他的痕跡。一臺小型全息投影儀正在投放一棟年代久遠又大氣的宅子、一塊長長的草地和一條波光粼粼的小河——是他在勒尼烏斯的家。床邊桌子上還留了一個針線盒。

甦亡人坐在一張躺椅上，盯著全息投影。歐德雷迪進門時，他無精打采地抬起頭。

「妳們就讓他在拉科斯犧牲？」鄧肯問道。

「我們必須這麼做。」她說，「而且這也是他的命令。」

「我知道妳來找我的目的。」鄧肯說，「我不會改變主意，妳們這群女巫別想把我當成交配工具。聽見沒有？」

歐德雷迪撫平了她的長袍，坐在床沿，面對鄧肯，問道：「你有沒有聽我父親留給我們的錄音？」

「你父親？」

「邁爾斯．特格是我的父親，建議你聽一聽他最後的那番話。他是我們最終留在那裡的眼睛，必須親眼目睹拉科斯上的死亡。『萌發伊始的大腦』明白了依賴性和關鍵的圓木。」
鄧肯滿臉疑惑，她解釋道：「我們已經困在暴君預言的迷宮裡太久。」
她看到甦亡人頓時打起精神，警惕地坐起身，動作像貓一樣機敏，明顯能夠看出各部位的肌肉靈活有力，已經做好了攻擊的準備。
「你根本不可能活著逃出這艘飛船。」她說，「你知道原因。」
「因為希歐娜。」
「雖然你對於我們來說是一個禍患，但是我們希望能讓你發揮一些作用。」
「我還是不會為妳們育種，尤其是跟拉科斯的那個小丫頭，想都不要想。」
歐德雷迪笑了，她不知道什阿娜聽到別人這麼稱呼自己會有什麼反應。
「好笑嗎？」鄧肯問道。
「不怎麼好笑。不過，我們肯定還是會收留默貝拉的孩子，這樣應該就能滿足我們的需要了。」
「我和默貝拉在通話系統上談了幾次。」鄧肯說，「她準備加入貝尼．潔瑟睿德，她覺得妳們會接納她。」
「這不是滿好的嗎。她的細胞通過了希歐娜血統測試，我覺得她肯定能成為一名出色的聖母。」
「妳們真的被她迷惑住了嗎？」
「鄧肯，我們怎麼可能不知道她的心思？她想打入女修會內部，假裝接受這個團體，探聽我們的祕密，然後再逃走。」
「妳覺得她逃不出去？」
「鄧肯，她們只要加入了我們，就絕對不會再脫離。」

「妳覺得潔西嘉女士沒有脫離女修會嗎？」

「她最後又回來了。」

「妳為什麼親自到這裡來見我？」

「因為我覺得應該跟你解釋統御大聖母的計畫。她想毀了拉科斯，消滅絕大多數的蟲子。」

「諸神在上！為什麼？」

「這些蟲子是類似神諭的力量，牢牢地束縛住我們。暴君的意識結晶放大了束縛的力量，他製造了歷史上的事件，而非預見。」

鄧肯指了指飛船尾部，說道：「可是那……」

「那一隻？一隻蟲子不足為懼。等到這一隻未來數量龐大到足以再次影響我們的時候，人類早已超出了他的能力範圍。我們如宇宙一般浩瀚，各自做著不一樣的事，便再也不會受到他的束縛了，再也不會有單一力量完全控制所有的未來。」

她站起身。

她看到鄧肯沒有作聲，說道：「在我們為你劃定的限制範圍內——我知道你很清楚界限何在——請你想想自己想過什麼樣的生活。我保證盡己所能幫助你。」

「為什麼妳要盡己所能幫我？」

「因為我的祖先愛你，因為我父親愛你。」

「愛？妳們這些女巫根本感覺不到愛！」

她低頭盯著他將近一分鐘，看到漂白的頭髮根部漸漸長出黑色，再次捲了起來，脖子附近的頭髮尤為明顯。

「我明白自己的感情。」她說，「而且，鄧肯．艾德侯，你的水是我們的。」

她看到弗瑞曼人的話語對他產生了效果，便轉身經過護衛走出了艙室。

她離開飛船之前，來到關著沙蟲的地方，蟲子安靜地趴在拉科斯的沙子上。她透過觀察窗看著距離自己大約兩百公尺的俘虜，塔拉札與她融合的程度愈發提高，兩人一同默默地笑了。

我們猜對了，施萬虞和她的人錯了。我們早就知道他想出去，他做了那些事之後勢必想出去。

歐德雷迪身邊站著駐守的幾名觀察員，她們負責監控沙蟲，在牠開始變形時及時彙報女修會。

「我們現在掌握了你的語言。」她的語氣柔和，聲音不大，既是說給自己聽，也剛好能讓附近的觀察員聽見。

這門語言沒有文字，只能藉著運動和跳動來適應一個運動並跳動的宇宙。這種語言只能言說，不能轉譯。想要知道其中的含意，你便必須親身經歷。即便如此，含意也會在你的眼前不斷變換，畢竟「崇高事業」是無法轉述的經歷。可是歐德雷迪看到拉科斯沙蟲粗糙耐熱的外殼，便明白自己看到了什麼：崇高事業確鑿的證據。

她溫柔地向牠喊道：「嘿！蟲子啊蟲子！這就是你的千年大計嗎？」

她沒有聽到答覆，但也不期待聽到答覆。

fiction 14

沙丘：異端

HERETICS OF DUNE

作　　者　法蘭克・赫伯特（Frank Herbert）
譯　　者　魏晉、聞若婷
校　　對　魏秋綢
責任編輯　楊琇茹
編輯協力　賴淑玲、聞若婷
內頁排版　黃暐鵬
行銷企畫　陳詩韻
總 編 輯　賴淑玲

社　　長　郭重興
發行人暨出版總監　曾大福
出　　版　大家／遠足文化事業股份有限公司
發　　行　遠足文化事業股份有限公司
231 新北市新店區民權路108-2號9樓
電　　話　(02) 2218-1417
傳　　真　(02) 8667-1065
劃撥帳號　19504465　戶名・遠足文化事業股份有限公司
法律顧問　華洋法律事務所　蘇文生律師
初版一刷　2021年9月
初版四刷　2021年10月

定　　價　630元
I S B N　9789865562137
I S B N　9789865562243 (PDF)
I S B N　9789865562298 (EPUB)

本簡體中文版翻譯由讀客文化股份有限公司授權

沙丘：異端 / 法蘭克.赫伯特 (Frank Herbert) 著 ; 魏晉, 聞若婷譯. -- 初版. -- 新北市 : 大家 : 遠足文化事業股份有限公司, 2021.09
面；　公分.—（fiction；14）
譯自 : Heretics of Dune.
ISBN 978-986-5562-13-7（平裝）

874.57　　110012030